T0274682

Mélissa Da Costa

Todo el azul del cielo

Traducción de
Julia Calzada y Xisca Mas

SUMA
de letras

Papel certificado por el Forest Stewardship Council®

Título original: *Tout le bleu du ciel*
Primera edición: enero de 2023

© Publicado originalmente por Librairie Générale Française, 2020
Esta edición se publica mediante acuerdo con Editions Albin Michel, París
© 2023, Penguin Random House Grupo Editorial, S. A. U.
Travessera de Gràcia, 47-49. 08021 Barcelona
© 2023, Julia Calzada y Xisca Mas, por la traducción

Printed in Spain – Impreso en España

ISBN: 978-84-9129-754-3
Depósito legal: B-20294-2022

Compuesto por Blue Action
Impreso en Liberdúplex,
Sant Llorenç d´Hortons (Barcelona)

SL 9 7 5 4 3

Para mi Émile de ojos mágicos

1

ASUNTO: Búsqueda de compañero/a de viaje para una última escapada
AUTOR: Emile26
FECHA: 29 de junio 01.02
MENSAJE:
Joven de 26 años, sentenciado a causa de un alzhéimer precoz, desea lanzarse a la carretera para un último viaje. Busco compañero/a de aventuras que quiera compartir conmigo este periplo final. Itinerario pendiente de ser aprobado conjuntamente. ¿Los Alpes, los Altos Alpes, los Pirineos? Viaje en autocaravana combinado con senderismo (habrá que cargar con mochila y tienda). Se necesita una condición física adecuada.
Salida: lo antes posible. Duración del viaje: dos años como máximo (según la estimación de los médicos). Posibilidad de acortar.
Perfil de mi compañero/a de viaje:
No es necesario ningún conocimiento médico especial: no preciso cuidados ni recibo ningún tratamiento, y mis capacidades físicas están intactas.
Buen estado de salud mental (puedo sufrir pérdidas de memoria cada vez más importantes).
Pasión por la naturaleza.
Que no le asusten las condiciones de vida un poco rústicas.

Ganas de compartir una aventura humana.

Contactadme solo por correo. Más adelante podremos comunicarnos por teléfono.

Émile se frota el mentón. Es un tic que tiene desde pequeño cuando está pensativo o indeciso. No le convence el anuncio. Le parece frío, distante, un tanto disparatado también. Lo ha escrito de un tirón, sin pensar. Es la una de la madrugada. Lleva una semana sin dormir nada, o casi nada. Eso no ayuda a escribir.

Vuelve a leer el anuncio de www.petitesannonces.fr. Le parece que deja un regusto extraño, un poco amargo. Sin embargo, se dice a sí mismo que ya está bien así, que es lo bastante oscuro como para disuadir a los sensibles y lo bastante descabellado como para desalentar a las personas convencionales. Solo alguien lo suficientemente especial podría percibir el peculiar tono del anuncio.

Lleva desde que le dieron los resultados médicos viendo a su madre llorar y a su padre contraer las mandíbulas. Y su hermana languidece mientras las ojeras se apoderan de su rostro. Él no. Él recibió la noticia con total lucidez. Un tipo de alzhéimer precoz, le dijeron. Una enfermedad neurodegenerativa que causa una pérdida progresiva e irreversible de la memoria. La enfermedad acabará dañándole el tronco encefálico hasta destruirlo. El tronco encefálico es el responsable de las funciones vitales: los latidos del corazón, la tensión arterial, la respiración... Esa es la parte buena: la muerte lo alcanzará pronto. En dos años como mucho. Es perfecto. No quiere convertirse en una carga, ni pasar el resto de su vida, decenas y decenas de años, en un estado de senilidad avanzado. Prefiere saber que morirá pronto. Dos años está bien. Todavía tiene tiempo para disfrutar un poco.

Después de todo no está tan mal que Laura se marchara hace un año. Las cosas hubieran sido mucho más complicadas. Hace una semana que se lo repite a sí mismo, desde que recibió el pronóstico. Laura se fue, y no tiene noticias suyas desde hace un año. Ni una llamada. Ni siquiera sabe dónde vive. Y es mejor así. De esta manera no tiene ninguna atadura. Puede irse. Puede emprender este último viaje con serenidad. No es que no tenga ya a nadie... Están sus padres, su hermana Marjorie y su pareja Bastien, y los gemelos. Está Renaud, su amigo de la infancia. Renaud, que acaba de ser padre y que está buscando una casa para instalarse con su familia. Renaud, padre y casado... ¡Ironías de la vida! Ninguno de los dos se lo hubiese imaginado jamás. Renaud era el chico gordito del fondo de la clase. Asmático, alérgico a los cacahuetes y completamente patético en deporte. En cambio él era el chico travieso y un poco rebelde, espabilado. Al verlos uno se preguntaba qué hacían juntos. El gordito y el rebelde. Renaud siempre se había mantenido un poco a su sombra. Y después, con los años, se volvieron las tornas. A Renaud le fue bien. Empezó perdiendo diez kilos, después encontró su vocación: se convirtió en logopeda. A partir de ese momento, se transformó. Renaud conoció a Laëtitia y ahora formaban una familia. Mientras que él, el chico travieso, se encontraba allí, abandonado. Con veintiséis años y mucha menos vitalidad. Y había dejado que Laura se fuese.

Émile sacude la cabeza mientras se recuesta en su silla de escritorio. No es momento de ponerse sentimental y remover el pasado. Ahora tiene que concentrarse en el viaje. Se le ocurrió en cuanto le dieron los resultados. Se permitió derrumbarse durante una o dos horas, y después la idea del viaje empezó a germinar en su mente. No ha hablado de ello. Con nadie. Sabe que se lo impedirían. Sus padres y su hermana enseguida lo apuntaron a un ensayo clínico. Sin embargo, el médico había sido muy claro: no se trataba de curarlo o de tratarlo, sino simplemente de aprender un poco más sobre su enfermedad rara. No tenía ningún interés en pasarse los últimos años de su vida en una habitación de hospital siendo objeto de estudios médicos. No obstante, sus padres y su hermana insistieron. Él sabe por qué. Se niegan a aceptar su muerte. Se aferran a la esperanza ínfima de que el ensayo clínico y sus observaciones permitan frenar la enfermedad. ¿Frenarla para qué? ¿Para alargarle la vida? ¿Para alargar un estado de senilidad? Está decidido: se irá. Ultimará todos los detalles en el más absoluto secreto, sin decirles nada, y se irá.

Ya ha encontrado la autocaravana y la ha pagado. Recogerá el vehículo a finales de semana. La estacionará en un aparcamiento de la ciudad, mientras pone todo en orden, para no levantar las sospechas ni de sus padres ni de su hermana. En cuanto a Renaud, todavía tiene dudas. ¿Se lo cuenta? ¿Le pide consejo? No lo sabe. Si Renaud hubiese estado soltero, sin un hijo, todo habría sido diferente. Se hubieran ido juntos. No cabe ninguna duda. Pero resulta que las cosas han cambiado. Renaud tiene su vida, sus responsabilidades. Y Émile no quiere enredarlo en sus últimas andanzas. Aunque, a pesar de todo, siempre habían soñado con vivir aventuras así. Decían: «Cuando acabemos la carrera, cogeremos las tiendas y las mochilas y nos iremos a los Alpes». Luego Émile conoció a Laura. Y Renaud a Laëtitia. Y abandonaron sus ansias de evasión.

Hoy por fin puede irse. Ya no tiene ataduras. Solo le quedan dos años de vida y sus allegados se están preparando para su pérdida. Que sea ahora o en dos años, no hay tanta diferencia. Vuelve a leer el anuncio una vez más. Sí, es extraño e impersonal. Sí, probablemente nadie responda. No importa, se irá de todos modos. Sin nadie. Le da miedo morir solo, es algo que le angustia, pero si así es como tiene que ser, si nadie responde a su anuncio, qué se le va a hacer. Se irá porque su último sueño es más fuerte que su miedo. Hace clic en «Enviar» y aparece un mensaje en pantalla que le indica que se acaba de publicar su anuncio. Se recuesta en la silla con un suspiro. Es la una y cuarto de la madrugada. Si alguien responde, si alguien comete la locura o tiene la valentía (no sabe muy bien cómo definirlo) de escribirle, entonces estará convencido de haber encontrado al mejor compañero de viaje de todos los tiempos.

—Émile, colega, lo siento, no he podido dejarle el niño a Laëtitia porque trabaja. Por cierto, me ha dicho que en cuanto acabe viene.

Renaud parece molesto por tener que ir a la habitación del hospital con su hijo en brazos. Émile le da una palmada en el hombro.

—Anda, calla, ya sabes que me gusta ver al mocoso.

—Debería estar durmiendo. No ha dormido en toda la noche. Se quedará roque en breve.

Renaud parece cansado. Émile ve cómo lucha por abrir el carrito mientras sostiene a su hijo en brazos. El bebé tiene apenas seis meses y Émile aún no se ha acostumbrado a ver a Renaud con un hijo. Todavía le resulta absurdo. Así que al verlo allí, desplegando un carrito tan concentrado, no puede contenerse.

—¿De qué te ríes?

—Tengo la impresión de estar viendo un espejismo.

—¿Qué? ¿Por qué?

—Tú y el mocoso, tú siendo el rey de los carritos plegables.

—Sí, eso, tú ríete. Ya te lleg...

No acaba la frase y Émile enseguida entiende el porqué. Renaud iba a responder «ya te llegará el día», como suele hacer, pero ha parado en seco. Se ruboriza ante la metedura de pata que acaba de cometer.

—Lo siento... No...

Émile sacude la cabeza y contesta con una amplia sonrisa:

—Pues no, no me llegará. ¡Por lo menos me libro de eso! ¿Quién dijo que la vida es injusta?

Intenta hacerle sonreír, pero es en vano. Renaud deja el carrito y se vuelve hacia él, con el rostro descompuesto.

—¿Cómo lo haces? Quiero decir... Yo no puedo dormir... ¿Cómo lo haces para bromear sobre el tema?

Émile intenta esquivar su mirada fingiendo inspeccionarse las uñas. Responde con actitud despreocupada:

—Estoy bien. A ver..., en unos meses ya ni siquiera sabré quién soy así que... Nada importará. ¡No vale la pena amargarse!

—Émile... No estoy de broma.

—Ni yo.

Renaud está a punto de romperse. Tiene los ojos llenos de lágrimas. Durante un segundo, Émile tiene ganas de contárselo, de soltarlo todo: «Todo irá bien, colega, me iré, me lanzaré a la aventura con mi mochila y una autocaravana, como soñábamos. Voy a vivir sesenta años en solo uno. Te lo prometo. No me arrepentiré de nada».

Pero no puede. Renaud no intentaría disuadirlo, todo lo contrario. Ese no es el problema. Renaud es mucho más que un amigo, es un hermano, y, si se entera de que se va, la idea de dejar que lo haga solo, de no acompañarlo, le destruirá. Ni hablar. Émile se niega a hacerlo sentir culpable. Y, si conoce tan bien como cree a Renaud, es capaz de decidir que lo acompaña, cueste lo que cueste, por lo menos durante unos meses o unas semanas. Y eso es todavía más intolerable. No quiere ser la persona que aleje a Renaud de su familia, ni por un breve periodo de tiempo.

—No tienes que hacerte el duro conmigo —insiste Renaud, con los ojos todavía más empañados.

—Se te va a caer el mocoso.

Efectivamente, el bebé se está resbalando de los brazos de Renaud, que tiene toda la atención puesta en Émile.

—Ay, mierda.

Renaud sujeta mejor al bebé y lo deja encima de la cama de hospital, al lado de Émile, que lo coge y se lo sube al regazo.

—Émile...

—Irá bien, colega. La vida es así. No me ha tocado una buena papeleta. Tendré que conformarme.

—No digas eso.

—Está el ensayo clínico... Nunca se sabe.

Ha usado la misma carta que sus padres y su hermana: tapar la terrible verdad con una esperanza absurda. Ha intentado sonar creíble y parece funcionar, puesto que Renaud abandona su aspecto abatido y vuelve a pelearse con el carrito.

—¿Quieres que te ayude?

—No, ya puedo.

—Bueno, ¿y cómo está mi mocoso preferido?

El bebé, sentado sobre las rodillas de Émile, suelta un grito divertido. Renaud y Laëtitia le pusieron Tivan. Se inventaron el nombre. Émile sospecha que Renaud se dejó engatusar por Laëtitia. No puede negarle nada. Tivan... ¡Vaya nombre! Prefiere llamarlo «mocoso». Incluso eso suena mejor. Renaud por fin ha desplegado el carrito. Se incorpora, coge a su hijo y lo deja en el interior como si se tratase de un objeto precioso. Una vez instalado el bebé, Renaud se sienta en la cama, al lado de Émile. Lo observa de manera extraña.

—Bueno... ¿Qué..., qué tal vas?

—Bien. ¿Y vosotros? ¿Y Laëtitia? ¿Habéis visitado casas nuevas?

La estrategia de distracción no funciona. Renaud continúa:

—Me he cruzado con tu madre en la entrada del hospital.

—¿Cuándo? ¿Ahora?

—Sí. Está...

No se atreve a continuar. Émile termina la frase en su lugar.

—Está destrozada, lo sé.

—Suerte del ensayo clínico ese...

—Sí... Suerte...

—Joder...

Renaud se pasa la mano por la cara. Tiene un aspecto envejecido. La noticia de la enfermedad de Émile le ha causado una gran conmoción.

—¿Cómo has pillado eso?

—No he pillado nada de nada. Es una enfermedad genética rara, eso es todo.

—Ya, pero ¿por qué tú?

—¿Por qué yo? ¿Por qué no yo? Es la gran lotería del universo, punto.

—¿Cómo aguantas el tipo? ¿Cómo lo haces para no romperlo todo?

—¿Y llorar? ¿Compadecerme por mi mala suerte?

Renaud no sabe qué responder.

—Lo he aceptado, nada más.

—Siempre has sido así.

—¿Así como?

—Resuelto, fuerte... Yo era el miedica de los dos. Tú tirabas de mí hacia arriba.

—Ya estás arriba del todo, Renaud. Lo has conseguido tú solo. No me necesitabas.

Renaud sonríe. No consigue guardar más las apariencias. Una lágrima se le escapa por el rabillo del ojo. Se le quiebra la voz.

—Te voy a echar muchísimo de menos, colega.

Émile no podrá aguantar mucho más. Tiene un nudo en la garganta que se niega a sentir, pero ver a Renaud llorar es demasiado. Deja de contenerse. No suelen abrazarse, pero en ese momento les resulta evidente.

—Para. Todavía no ha pasado.

—Lo siento... Estoy llorando como un flojo.

—Y delante del mocoso, ¡no tienes vergüenza!

Renaud sonríe entre lágrimas. Se sorbe los mocos.

Émile resiste. Le arde la garganta, pero no llorará. Lo ha decidido. Renaud tiene razón. Siempre ha sido fuerte y resuelto. Y lo será hasta el final.

—¿Cuándo llega Laëtitia? Tendrás que secarte las lágrimas antes de que llegue y te vea así. Igual te deja.

—No se atrevería a dejar al pequeño sin padre.

—Por tu bien eso espero.

Renaud lo mira de manera extraña, con los ojos húmedos.

—¿Realmente confías en el ensayo clínico?

Émile no quiere mentirle.

—No.

A Renaud se le hunden todavía más los hombros.

—Entonces ¿por qué has dicho...?

—Algo hay que decir.

—¿Qué harás?

—¿Cómo que qué haré?

Un grito sale del carrito de Tivan, pero ninguno de los dos se mueve. Se están evaluando. Ambos aguardan una reacción en la mirada del otro.

—No te vas a quedar para el ensayo clínico. —Renaud no está preguntando. Es una afirmación, clara y rotunda. Y añade—: Colega, te conozco mejor que nadie. No es propio de ti.

Émile mira a su amigo con afecto. Tiene los ojos enrojecidos de llorar. Su amigo más antiguo. El niño gordito y asmático. Uno de los pilares de su vida. Lo ha entendido. Por supuesto que lo ha entendido. Se conocen a la perfección.

—Colega...

—¡Lo sabía!

—Aún no he dicho nada...

—¡Sabía que tramabas algo!

—Tienes razón. No me quedaré aquí.

—¡Estaba seguro!

Renaud ya no parece devastado. Está casi sonriente, invadido por una excitación todavía mezclada con dolor.

—¡Cuéntame!

—No puedes decir nada a nadie, ¿de acuerdo?

—¡Estás loco! ¡Jamás!

—Me voy.

—¿Te vas? ¿A dónde?

—Todavía no sé a dónde...

Unos golpes en la puerta los interrumpen. Renaud se sobresalta y se seca los ojos húmedos con rapidez. Émile responde:

—¿Sí?

La puerta se abre y aparece una mujer joven con el pelo rizado y rubio, vestida con un traje ceñido.

—¡Laëtitia!

Parece sofocada. Se quita las gafas de sol, deja el bolso en el suelo y lanza una rápida mirada al carrito de Tivan.

—¿No duerme?

Émile percibe al instante el cambio en la actitud de Renaud. Se endereza y saca pecho. Se da aires de importancia, de padre responsable. En cuanto llega Laëtitia, él siempre adopta ese papel. Es cierto que Laëtitia impone un poco. Es una gran mujer con la cabeza bien amueblada y una idea muy clara sobre cómo debe ser la vida. Sabe lo que quiere y hacia dónde va. Trabaja duro. Tiene todos los frentes cubiertos.

—Se está quedando dormido.

Miente. Seguramente teme que Laëtitia lo tome por un mal padre. La situación hace sonreír a Émile. Laëtitia se acerca a la cama y le da un beso rápido a Renaud antes de plantarse ante Émile.

—¿Qué tal?

—Bien.

Lo abraza. Émile no está acostumbrado a gestos de afecto como ese de su parte. Siempre se han llevado bien, pero manteniendo una cierta distancia educada y respetuosa. En cambio, entre Laura y ella nunca hubo conexión. Laura era lo opuesto a ella. Tan morena como Laëtitia rubia, tan despreocupada y ligera como Laëtitia seria y previsora. Una siempre le había inspirado admiración mezclada con miedo mientras que por la otra sentía una adoración sin límites. Siempre había preferido la despreocupación, la espontaneidad y el lado infantil de Laura. Era libre como el viento. Y se había largado.

Laëtitia lo suelta. Desde que recibió la noticia de su enfermedad, de pronto la gente de su alrededor se ha vuelto afectuosa, como Laëtitia. Abrazos, largas miradas, frases susurradas, como si el ruido pudiera matarlo. Le hace sentir incómodo. No le gusta.

—¿Sigues muy desbordada por el trabajo? —pregunta Émile.

—Ni me lo recuerdes...

—¿Y la casa?

—Ya no tenemos tiempo para hacer visitas. Entre Tivan, el trabajo..., estamos hechos polvo.

El silencio vuelve a reinar en la habitación de hospital. Laëtitia se ha situado delante de la ventana, al lado del carrito de Tivan.

Con una mano le acaricia la cabeza, pensativa. Entonces parece volver en sí.

—¿Cuándo empiezas el ensayo clínico?

—La semana que viene.

—¿Por qué te tienen aquí?

—Me tienen que hacer pruebas antes de empezar el ensayo.

—¿Pruebas?

—Análisis de sangre, análisis de ADN, escáneres, test de memoria...

—¡Madre mía! —Aparta un mechón sedoso de la cabeza de Tivan, y prosigue—: ¿Puedes salir de aquí este fin de semana?

—Claro. No me tienen preso. —Intenta hacerla sonreír pero no surte efecto.

Laëtitia siempre ha sido seria. Émile cree que le aporta tranquilidad a Renaud, que por eso la quiere tanto. Él siempre ha sido miedoso y en ella ha encontrado a alguien fuerte.

—Pues podrías venir a cenar a casa este fin de semana.

—Me parece genial.

—El viernes por la noche. Ven el viernes por la noche. Haré lasaña.

—¡Qué buen plan!

Émile nota como Renaud lo observa con desconfianza. Lo vigila. Escudriña su mirada en busca de algún indicio. Renaud sabe que quiere irse. Probablemente se está preguntando si el fin de semana seguirá aquí o si está mintiendo. Émile quisiera tranquilizarlo, pero Laëtitia está presente y se niega a compartir el secreto con ella. Estaría en contra. No lo entendería.

En todo caso este fin de semana sí que estará. Irá a buscar la autocaravana el sábado por la mañana. La estacionará en el aparcamiento que se encuentra delante del cine, donde a menudo hay todo tipo de autocaravanas y extrañas furgonetas aparcadas. Después ya verá. Todavía no sabe exactamente cuándo se irá. El anuncio registra ciento siete visualizaciones desde que lo publicó hace dos días, y nadie ha respondido. No abriga muchas esperanzas, pero se dice a sí mismo que nunca se sabe. Tiene previsto aprovechar el domingo para concretar el itinerario. Ansía naturaleza, bosque, olor a pino, sentir piedras bajo los pies.

—¿Y el trabajo?

Se sobresalta al escuchar la voz de Laëtitia. Ella lo mira desde la ventana de la habitación, con la mano todavía en el carrito, sobre la cabeza de Tivan.

—¿Qué?

—No volverás, supongo...

—Ah... No.

—¿Te han dado la baja?

—Sí. Indefinida.

Un silencio pesado flota en la estancia. Renaud se retuerce, incómodo.

—No lo voy a echar de menos —añade Émile.

Su trabajo es poner en contacto hoteles con páginas web de reservas. Obtiene una comisión cada vez que se firma un contrato. Se trata de una empresa emergente muy pequeña creada hace apenas tres años. Aparte de él está el jefe, un amigo de Laura. Fue ella quien los presentó hace tres años. El jefe tiene veintiocho años y ganas de comerse el mundo. No llegará muy lejos. No dispone de los medios necesarios para satisfacer sus ambiciones. Además de ellos dos, hay también un estudiante en prácticas: Jérôme-Antonin, un niño de papá incompetente y holgazán. No, no va a echar de menos ese trabajo. En su momento lo aceptó porque necesitaba un salario, pero nunca le entusiasmó. Trabajaba como un autómata, para pasar el tiempo. Por eso le costó darse cuenta de que estaba perdiendo la memoria. Lo atribuyó al aburrimiento y la falta de motivación. Todos aquellos correos electrónicos que había perdido, reescrito, reenviado, las citas que se le habían pasado, las llamadas con los clientes que olvidaba cada dos por tres, las lagunas de memoria en medio de la jornada, delante de un documento en blanco («¿Qué iba a hacer yo ahora?»)... Era un trabajo aburrido, sin sorpresas, así que pensó que simplemente se había cansado. Pero no era eso o, en todo caso, no era solo eso. Estaba perdiendo la memoria. Después vinieron los desvanecimientos y las faltas de equilibrio. Culpa del cansancio, pensó. Una reacción a la partida de Laura... un año después... Fue su madre quien insistió para que fuese al médico. Y llegaron los resultados.

Laëtitia se dirige con rapidez hacia la ventana. Forcejea con la manilla para abrirla.

—Hace un calor infernal.

El aire fresco de última hora del día se cuela en la estancia. El mes de julio ha llegado y fuera los pájaros cantan muy fuerte.

—¿No hay aire acondicionado aquí?

—Lo reservan para la zona de geriatría.

—No puedo más. Voy a la máquina expendedora a buscar una limonada fresca. ¿Queréis algo?

Émile sacude la cabeza, Renaud lo imita. Laëtitia se seca la frente, donde se le han quedado pegados algunos mechones rizados.

—Ahora vuelvo.

Sale de la habitación y cierra la puerta con suavidad. Renaud se gira inmediatamente hacia Émile. Lo quiere saber ahora.

—Bueno, entonces... ¿Qué es lo que tramas?

—Todavía no lo sé del todo.

Émile extiende el brazo hacia la mesita de noche blanca y coge el móvil. Abre una página de internet, desliza el dedo, teclea.

—Toma. Este es el punto en el que me encuentro de momento. —Le tiende el teléfono a Renaud. Es el anuncio—. Lee.

Émile está frente al volante de la autocaravana, inmóvil, perdido en sus pensamientos, perplejo. Ha ido esta mañana a buscar el vehículo. Está en perfecto estado. Incluso viene con una vajilla y un juego de toallas que parece que nadie ha utilizado. Si quisiera podría irse hoy mismo...

La autocaravana está en el aparcamiento delante del cine y Émile no se decide a salir. Está inmerso en un verdadero tormento.

Ya no sabe qué pensar. Renaud se alarmó un poco el otro día cuando vio el anuncio.

—Lo de irse lo entiendo, pero con un desconocido... —Hizo un gesto incómodo, como excusándose por no poder acompañarlo—. Está claro, nadie responderá... O un pirado. Un psicópata. Un perturbado sexual. ¿Dónde te estás metiendo?

A Émile le desalentó un poco su reacción. Por lo general, Renaud y él estaban en sintonía, pero esta vez era diferente. Y eso le generaba serias dudas. «¿Renaud reacciona así porque sabe que moriré dentro de poco? ¿Porque sabe que moriré lejos de mi casa, lejos de mi gente? ¿O es que realmente se trata de una idea pésima?». Estuvo a punto de borrar el anuncio. No obstante, esta mañana alguien ha respondido. Y lo ha cogido totalmente por sorpresa, puesto que no ha sido un hombre, tal y como había dado por hecho que sería en el caso de que alguien respondiera. No, se trata de una mujer. Una mujer joven. Dice tener veintinueve años. El anuncio debería haberla asustado o al menos inquietado. Irse sola con un desconocido, que afirma estar viviendo los últimos años de su vida, sin tener ninguna idea precisa del itinerario o del verdadero objetivo del viaje... Sin embargo, no parece preocupada. Ha respondido con un mensaje corto, casi no ha hecho preguntas. ¿Estará mal de la cabeza?

ASUNTO: Re: Búsqueda de compañero/a de viaje para una última escapada
AUTOR: Jo
FECHA: 5 de julio 08.29
MENSAJE:
Hola, Emile26.
Su anuncio me ha llamado la atención.
Me llamo Joanne, tengo 29 años.
Soy vegetariana, no soy demasiado maniática con la limpieza ni con la comodidad.

Mido apenas 1,57 m, pero puedo llevar una mochila de 20 kg durante varios kilómetros.
Estoy en buena forma física, aunque tengo algunas alergias (picaduras de avispa, cacahuetes y moluscos).
No ronco.
No hablo demasiado, me gusta la meditación, sobre todo cuando estoy en plena naturaleza.

Estoy disponible para irme lo antes posible.
Espero noticias suyas.
Joanne

No hace más que releer el mensaje en bucle desde esta mañana. No lo entiende demasiado. ¿Quién es? ¿Por qué hace eso? Ahora es él quien desconfía... No pide nada. Está dispuesta a seguirlo tal cual, sin ningún temor. ¿Qué clase de chica hace eso? De pronto tiene muchas ganas de enseñárselo a Renaud, para saber su opinión. «Soy vegetariana, no soy demasiado maniática con la limpieza ni con la comodidad». ¡Es de lo más peculiar! Ni siquiera habla de su enfermedad, de la sentencia de muerte que flotará en el ambiente durante todo el viaje... ¿Le da igual? «No ronco. No hablo demasiado, me gusta la meditación, sobre todo cuando estoy en plena naturaleza».

Émile se frota el mentón, se pasa la mano por la cara, por la barba, que se empeña en mantener desde hace un año. A decir verdad, lo que le cuesta admitir es que su anuncio quería atraer justo este tipo de respuestas. Lo había redactado para captar a personas exactamente así. ¿Entonces qué? ¿Cuál es el problema? ¿Por qué ahora tiene una actitud tan escéptica y desconfiada? Se mira en el retrovisor: barba castaña, unos hoyuelos que se intuyen bajo el vello, unos ojos almendrados color marrón. Apenas empieza a tener arrugas junto a los ojos. Patas de gallo. Son muy sutiles. Está seguro de que nadie se ha dado cuenta excepto él. Observa la expresión inquieta en su rostro, el pliegue en la frente.

En realidad nunca creyó que pasaría. Nunca se imaginó que alguien respondería a su anuncio. O, en todo caso, que sería una chica. Eso es lo que tanto le perturba. Laura tenía ese punto alocado, un lado espontáneo y disparatado, pero jamás de los jamases habría respondido a ese mensaje. Nunca se habría embarcado en una aventura semejante. Y, sin embargo, Laura era la chica más independiente y desenvuelta que había conocido jamás. La Laura del principio, por lo menos. De la que se había enamorado perdidamente.

El tono de llamada de su móvil lo saca de sus pensamientos. El nombre «Mamá» parpadea en la pantalla y él espera tres largos segundos antes de responder.

—¿Émile? ¿Dónde estás?

—Estoy bien, mamá. Estoy comprando algunas cosas. ¿Qué ocurre?

—He pasado por tu casa. He llamado al timbre y nadie responde...

—Pues espérame. Llego en diez minutos.

—Solo me pasaba para ver qué tal estás. Tu hermana está aquí... con los gemelos.

Reprime el suspiro que tiene ganas de soltar. Se obliga a responder con amabilidad:

—Voy enseguida.

Desde que le dieron los resultados, no le dejan ni un segundo de descanso. Ni los unos ni los otros. Resulta asfixiante. Tiene ganas de irse, de acabar con todo este espectáculo. En el fondo, ellos también se sentirán aliviados, salvo que todavía no lo saben. De momento, están colmados de dolor y de buenas intenciones, pero todo esto acabará pesándoles. Tienen que volver a vivir. Ya nadie puede hacer nada más por él, pero ellos tienen que vivir.

ASUNTO: Re: Re: Búsqueda de compañero/a de viaje para una última escapada
AUTOR: Emile26
FECHA: 5 de julio 20.11

MENSAJE:
Bueno, Joanne, encantado.
Tengo que confesarte que no me esperaba recibir una respuesta a este anuncio.
Has sido una increíble sorpresa.
¿Dónde vives? Si no estamos muy lejos podríamos encontrarnos antes de salir, para hablar sobre el itinerario.
Yo vivo al lado de Roanne.
Émile
P. D.: Puedes tutearme.

El entusiasmo ha pesado más que las dudas. Émile ha dejado de lado la preocupación y la aprehensión. Ha pasado el día con su madre y su hermana. Lo han colmado de cuidados como se hace con los moribundos. Por poco no explota. Ha visto cómo intercambiaban miradas dolorosas, cómo contenían las lágrimas. Ha sentido todo el peso de la sentencia flotando por encima de sus cabezas en el piso. Incluso los hijos de Marjorie, los gemelos, lo notaban. No han llorado. Han estado silenciosos, demasiado silenciosos para unos niños de tres años. Si no se va, esto se convertirá en un infierno. La muerte cada vez ocupará más espacio, sofocará todo lo demás y ya no quedará nada entre ellos más allá de ese olor agrio, ese sabor amargo de la muerte acercándose.

Tiene que irse. Y rápido. Ahora que todo está casi intacto.

ASUNTO: Re: Re: Re: Búsqueda de compañero/a de viaje para una última escapada
AUTOR: Jo
FECHA: 5 de julio 20.21
MENSAJE:
Hola otra vez, Émile.
Vivo en Saint-Malo y tú en Roanne. Nos separan 700 km. Me temo que no podremos tomar un café antes del gran inicio...
Sin embargo, puedo estar en Roanne pasado mañana. Podemos

encontrarnos en la salida número 3 de la autopista. Llevaré un sombrero negro de ala ancha, sandalias doradas y una mochila roja. ¿Qué te parece?
Joanne

ASUNTO: Re: Re: Re: Re: Búsqueda de compañero/a de viaje para una última escapada
AUTOR: Emile26
FECHA: 5 de julio 20.29
MENSAJE:
Me parece que tienes tanta prisa por irte como yo... ¿Me equivoco?
Émile

Joanne no ha respondido. Es medianoche, Émile está tumbado en la cama, las ventanas abiertas de par en par. Está solo en el piso. Resulta obvio que ella no quiere hablar del tema. Se pregunta por qué. Se pregunta de qué huye ella. Él ha puesto las cartas sobre la mesa. Ella no. Puede que no huya de nada, puede que simplemente esté chiflada. O que sea una ninfómana. Le da igual. Va a morir. Ya nada tiene importancia. Aun así vuelve a escribirle, para cerciorarse de que no ha cambiado de opinión.

ASUNTO: Re: Re: Re: Re: Re: Búsqueda de compañero/a de viaje para una última escapada
AUTOR: Emile26
FECHA: 6 de julio 00.14
MENSAJE:
¿A las 12.00 del mediodía te va bien?
No tengo tu número de teléfono. ¿Cómo nos encontraremos?
Émile

ASUNTO: Re: Re: Re: Re: Re: Re: Búsqueda de compañero/a de viaje para una última escapada

AUTOR: Jo
FECHA: 6 de julio 00.49
MENSAJE:
A las 12.00 del mediodía me va bien. Me reconocerás por el sombrero negro, las sandalias doradas y la mochila roja.
Joanne

2

El corazón de Émile late extrañamente fuerte y tiene un nudo en la garganta. No sabe muy bien lo que está haciendo. No es fácil conducir esta autocaravana. Nunca había conducido una. En un semáforo en rojo se mira en el retrovisor de manera furtiva. Tiene mala cara. Ojeras, la barba hirsuta. Sube todavía más el volumen de la música. No quiere pensar en lo que acaba de hacer, en lo que acaba de dejar atrás o, mejor dicho, en las personas que acaba de abandonar. Lo ha hecho rápido, muy rápido, antes de cambiar de opinión. Ayer por la noche todavía dudaba y esta mañana se ha ido.

El semáforo se pone en verde. Sigue el cartel que indica la autopista, pasa la rotonda. Ya distingue la salida número 3. Es allí donde ha cogido la autopista durante casi veintiséis años, cada verano, con sus padres y su hermana, para ir hacia el sur. Émile aparta los recuerdos. No quiere pensar en ello ahora. De momento no. Debe concentrarse en lo que está por venir.

Cuando llega al pequeño aparcamiento que hay a la entrada de la autopista baja el volumen de la música. No es un lugar demasiado transitado un martes a la hora de comer. Consulta la hora en el panel de control. Faltan diez minutos. Todavía no debe de haber llegado. El aparcamiento está desierto. ¿Quién la traerá? ¿Un amigo? ¿Un familiar? ¿Qué les habrá contado? Estaciona la autocaravana y justo mientras apaga el motor percibe un movimiento, al fondo del aparcamiento. Al final del todo, hay un árbol. Un único árbol que ha crecido en un minúsculo rincón de hierba, a la entrada de la autopista. Allí está la chica, sentada al pie del árbol. No cabe duda, es ella. Está sentada con las piernas cruzadas y lleva un sombrero negro de ala ancha. Contra el árbol, junto a ella, se encuentra una gran mochila roja. Ella lo observa vacilante, con la mano a modo de visera para protegerse del sol. Émile quita las llaves del contacto y abre la puerta, y allá a lo lejos en el aparcamiento la chica se levanta. Lleva un vestido negro muy largo, que le llega hasta los tobillos y esconde la forma de su cuerpo. Émile no está seguro, porque todavía está lejos, pero le parece delgada, más bien endeble, perdida en medio de ese vestido tan grande. Émile avanza. Ella también. Se siente un poco tonto y torpe. Todavía más que si se tratase de una primera cita. La tiene delante. Se la ve frágil y muy menuda. Tiene los hombros finos. Émile se pregunta cómo puede llevar una mochila tan grande. Bajo el gran sombrero negro se esconde un rostro fino, unos ojos pequeños marrones, sin brillo alguno, una melena color castaño claro enmarañada, ni del todo lisa ni del todo ondulada. Debe de ser guapa cuando quiere, cuando se peina, cuando se pinta la raya de ojos, cuando no se envuelve en ropa demasiado grande y cuando no se esconde bajo la sombra de su sombrero. Pero ahora mismo simplemente parece pequeña. Pequeña y un poco apagada. Un tanto descuidada.

—Hola —dice Émile con un nudo en la garganta.

Ella levanta la cabeza para responderle. Tenía razón, debe de medir apenas 1,57 metros.

—Hola.

No añade nada más. Él se siente un poco descolocado. Se la había imaginado de otra manera. Por el tono de su primer mensaje parecía que se trataba de una chica segura, un tanto desenvuelta, un tanto alocada. No esta especie de mujercita devorada por su propio sombrero y tan tímida. Se siente obligado a seguir con la conversación puesto que sabe que ella no lo hará.

—Pues este soy yo. Soy..., soy Émile.

Ella asiente con la cabeza. Esboza algo parecido a una pequeña sonrisa.

—Yo Joanne.

—¿Llevas mucho tiempo aquí?

—Dos horas.

—¡Oh! No lo sabía... ¡Lo siento!

—No pasa nada. Me han dejado antes de lo previsto.

Tiene una vocecita que apenas se oye. Definitivamente, no tiene nada que ver con la chica del primer mensaje.

—¿Te han traído en coche?

—He hecho autostop.

—Ah.

No se le ocurre nada más que añadir. Está allí, plantada delante de él con su enorme mochila roja. Entonces añade:

—¿Nos...? ¿Estás lista? ¿Nos vamos?

Ella asiente con la cabeza. Se dirigen hacia la autocaravana. Tiene un andar pesado y ligero a la vez. Pesado porque parece que lleva una gran carga. Ligero porque parece que flota por encima del suelo. Le abre la puerta. Apenas presta atención al interior del vehículo. No obstante, Émile le dice:

—Esta es la autocaravana. Aquí es donde viviremos.

Le parece extraño pronunciar estas palabras. «Aquí es donde viviremos». Solo ha vivido con Laura. Y ahora va a compartir este vehículo minúsculo con una perfecta desconocida. Ella barre con la mirada la parte trasera del vehículo.

—Oh. Perfecto.

Émile no detecta ninguna emoción concreta en su voz, ningún brillo en sus ojos. Parece completamente indiferente a todo lo que le pase. Émile se instala en el asiento del conductor. Ella se abrocha el cinturón. Todavía no se ha quitado el sombrero. A Émile le da la sensación de que no lo hará. Se retuerce, incómodo en el asiento, suelta una risa nerviosa.

—En cuanto al itinerario, no... —La risa nerviosa se convierte en un carraspeo—. No nos hemos puesto de acuerdo. No sabemos a dónde vamos...

De pronto, la situación le parece de lo más absurda: estar allí, al volante de esa autocaravana, con una chica totalmente ausente, sin siquiera saber hacia dónde van. Se oye un hilo de voz:

—A mí me da igual.

¿Qué puñetas hace aquí? Caray, ¿de qué puede estar huyendo para lanzarse al vehículo del primer tipo que pasa, sin preocuparse por su propia suerte? Han decidido que irán hacia los Pirineos. Durante el trayecto, no dicen ni una palabra. Émile intenta lanzarle miradas discretas, pero está seguro de estar siendo de todo menos discreto. Sin embargo, no puede evitarlo. Ha soltado la frase tal cual, irrevocable, sin rodeos, sin pretextos: «A mí me da igual». Y sabe que está siendo totalmente sincera. No le importa a dónde van, quién es él ni por qué hace esto, ni lo que pueda pasarle... Todo eso le da igual. Solo quiere huir. ¿De quién? ¿De qué? Esta situación lo está volviendo loco.

Ahora lo entiende todo. Estaba equivocado. El tono de su mensaje, tan peculiar... Le había parecido desafiante, una travesura. Creía estar ante una personalidad fuera de lo común, un poco excéntrica, un poco extrovertida. Se había confundido. El tono era peculiar, sí, pero por una simple razón... Esta chica está fuera de lugar, tiene la cabeza en las nubes, está disociada. Está perdida. Está en otra parte. Apenas debe de ser consciente de estar viva.

Conducen con la música baja, casi sin volumen. La chica tiene la mirada fija en la carretera. Está completamente inmóvil.

—Avísame si quieres abrir la ventana...

—Sí.

—Y si quieres parar...

—Sí. De acuerdo.

Los kilómetros van pasando. Émile empieza a acostumbrarse a la autocaravana, a la conducción, y al silencio de la chica también.

Se dice a sí mismo que en realidad le viene bien, que no tiene ni ánimo ni ganas de hablar. Siente un nudo en la garganta y las lágrimas se le acumulan en los ojos, pero se contiene. Ayer estaba en casa de sus padres para decirles las fechas de su primera sesión del ensayo clínico.

—Mamá, para que te lo anotes en la agenda... Por si quieres acompañarme.

Vio el programa *La pregunta de los 1.000 euros* con su padre un rato, mientras su madre regaba las orquídeas a su lado. Después fue a casa de Marjorie, para ayudarla a cambiar la bombilla de la lámpara de techo del comedor.

—Pero Émile... No hacía falta que te molestaras... Ya hace tres meses que estoy sin...

Parecía sorprendida. Su marido, Bastien, trabajaba mucho. No estaba siendo una época fácil con la llegada de los gemelos. Les costaba llegar a final de mes. Bastien tenía poco tiempo para las chapuzas de la casa, y cuando la bombilla de la lámpara del techo había exhalado su último aliento, tres meses antes, Marjorie le había pedido a Émile si podía pasarse a cambiarla. Por supuesto nunca lo había hecho. No es que no tuviera tiempo... No, pospuso esa tarea que no era tan importante durante tres meses. Pero ayer fue. Pasó por un hipermercado a comprar una bombilla y después fue a casa de Marjorie. Bastien estaba en el trabajo. Los gemelos habían llegado de la escuela y estaban merendando. Marjorie estaba limpiando la encimera.

—Vengo por lo de la bombilla —anunció.

Marjorie le instaló una escalera plegable en el comedor. Los gemelos se quedaron abajo, para observar, intrigados. Cuando acabó, Marjorie le ofreció café e insistió para que se quedase a cenar con ellos, pero respondió que no podía, que tenía que ir a casa de Renaud. Sin embargo, esperó a que Bastien volviera del trabajo para tomarse un segundo café con él y hablar de todo y de nada. Después se fue. Dijo «Hasta luego». Se largó rápido, muy rápido, hacia casa de Renaud. No era momento de llorar o de dejarse llevar. Todavía tenía una despedida secreta pendiente, un rostro que quería grabar en su mente antes de irse al día siguiente. Así que llamó al timbre de casa de Renaud, con un cartón de huevos en la mano.

—¡Mi madre me ha traído más! ¡Dos cartones en una semana! Se me pudrirán. Os los traigo para que los cocinéis enseguida.

Renaud quiso decir algo. Se puso extrañamente pálido, pero Laëtitia estaba al lado. Ella dijo:

—¡Oh, qué amable! ¿Quieres tomar algo antes de irte?

Había ido expresamente a esa hora porque sabía que Laëtitia estaría en casa. Sabía que Renaud no podría interrogarlo, hablar a solas, derrumbarse sobre su hombro. No era juego limpio irrumpir así, a traición, pero no quería despedidas. Nunca le habían gustado. Laëtitia sirvió unos martinis y los tres se los tomaron en el comedor. Émile cogió a Tivan en brazos, para hacerlo llorar un poco.

—¡Qué poco me quiere tu mocoso!

Renaud estaba pálido y silencioso. No hablaba. Sospechaba que algo no iba bien, que quizá esa visita fuese la última. Cuando se marchaba, en el umbral de la puerta, Renaud intentó retenerlo.

—Espera, Émile...

Laëtitia había vuelto al comedor después de despedirse.

—¿Qué significa la historia esta de los huevos? ¡No me tomes por un estúpido!

En el fondo de la mirada de Renaud había un profundo dolor. Émile respondió:

—Colega, tengo que irme, de verdad.

Le dio un abrazo y empezó a bajar las escaleras a toda prisa. Renaud gritó con todas sus fuerzas en el hueco de la escalera:

—¡¡Desgraciado!!

Lo había entendido. Sabía que Émile huía como un ladrón, sin decirle adiós. Émile oyó como Laëtitia salía a la escalera y le preguntaba a Renaud:

—¿Qué te pasa?

La puerta del piso se cerró. Émile no oyó nada más. Pasó por su casa a buscar la mochila y cerró con llave. Esa noche durmió en la autocaravana, en el aparcamiento del centro, para asegurarse de que nadie lo molestaría. Para asegurarse de que Renaud no aparecería y echaría la puerta abajo. Pasó la noche en vela. No pudo pegar ojo en ningún momento.

Intenta ahuyentar todos estos pensamientos. Todavía resulta demasiado doloroso. Nunca ha hecho algo así. Se pregunta si para Joanne es igual de doloroso, si esa es la razón por la que no pronuncia ni una palabra y parece tan perdida. Puede ser. No está tan mal que guarden silencio después de todo, que ambos respeten este momento tan difícil.

Se detienen en un área de servicio para estirar las piernas. Joanne se queda de pie al lado de la autocaravana. Émile camina unos pasos en dirección a la tienda. En unas horas ha entendido muchas cosas. Cosas que ignoraba. No sabía que cambiar una bombilla podía convertirse en un momento tan agradable y preciado, ver sonreír a su hermana, ver el programa *La pregunta de los 1.000 euros* junto a su padre, sentir a su madre alrededor cuidando de sus orquídeas, oír llorar al mocoso mientras Laëtitia le sirve martini en un vaso y Renaud mira por la ventana. No sabía que todo eso tenía tanto valor. Cuando Laura se fue, creyó que ya no le quedaba nada, solo un vacío y unas cuantas cosas insignificantes. No vio lo que sí tenía, pequeñas cosas sin importancia que, sin embargo, hacen que nos sintamos queridos, que sigamos con vida.

Contiene las lágrimas mientras cruza las puertas de cristal de la tienda del área de servicio. No tiene hambre, pero ya es entrada la tarde y debería comprar alguna cosa para esta noche. Tarde o temprano llegará el hambre. Escoge un sándwich de la vitrina refrigerada, y luego deambula por los pasillos. No sabe si Joanne tiene algo para comer. Por si acaso, decide coger una bolsa de patatas y dos compotas. Se hace con una lata de guisantes en conserva y otra de lentejas. Por si acaso... Así tendrán reservas. Cuando llega a la caja, añade una botella de agua a la compra y saca la tarjeta de crédito.

—Dieciséis euros con cuarenta y seis, por favor.

En el aparcamiento hace un calor sofocante. El sol de julio es abrasador. Joanne se ha sentado en una pequeña zona con hierba al lado de la autocaravana. Ha extendido las piernas hacia delante revelando unos centímetros de sus tibias. Están pálidas, no debe de haber tomado mucho el sol últimamente. Émile se reúne con ella, con la bolsa de plástico en la mano.

—¿Quieres comer? He comprado algunas provisiones.

Ella levanta la mirada hacia Émile y mueve la cabeza de un lado a otro.

—Estoy bien, gracias. De momento no.

Parece que ha recuperado un poco de vitalidad. Pronuncia frases más largas. Émile se sienta a su lado, en la hierba, y pregunta: «¿Estás bien?», como si se conocieran mucho. Ella asiente.

—Sí. —Duda un instante, y luego añade—: ¿Sabes dónde dormiremos hoy?

Émile se encoge de hombros.

—No. Pensaba parar en cualquier lugar, cuando tenga sueño. Pero si quieres algún sitio concreto...

—Ah, ¡no! Solo preguntaba...

El silencio vuelve a cernirse sobre ellos. De pronto, una pregunta intriga a Émile. No puede evitar hacérsela.

—¿Cómo encontraste mi anuncio?

El rostro de Joanne desaparece bajo el sombrero puesto que de repente baja la cabeza. Arranca unas briznas de hierba para fingir serenidad.

—Había decidido que me iba. Necesitaba un vehículo. Estaba consultando la página para encontrar uno.

Émile espera que continúe, pero no ocurre.

—¿Y viste mi anuncio así, tal cual?

—Estaba en la página de inicio. Creo..., creo que debes de haber tenido muchas visualizaciones, porque aparecía entre los más consultados de las últimas veinticuatro horas.

—Ah, ¿sí?

Émile esboza una sonrisa, medio divertida, medio triste.

—Hay que reconocer que el anuncio era un poco raro, ¿no?

Joanne se encoge de hombros.

—Sí, puede ser.

Salta a la vista que a ella no le ha parecido raro. O está demasiado ida como para darse cuenta.

—Creía que un anuncio así asustaría a una mujer. —Émile insiste un poco, buscando una reacción.

—Oh... No..., a mí no.

Émile entiende que no obtendrá respuestas más precisas. Se levanta con movimientos lentos y le pregunta:

—¿Quieres ir al baño? ¿Estirar un poco más las piernas?

Ella niega con la cabeza.

—No, estoy bien.

—¿Nos vamos, entonces?

—De acuerdo.

Hace más fresco fuera. En el horizonte el sol desciende. Han conducido durante varias horas más. Émile creyó que iba a quedarse dormido al volante. Entre la noche en vela y las emociones... Demasiadas cosas que sobrellevar en un mismo día. Así que ha decidido parar. Ha aparcado la autocaravana al borde de la nacional, cerca de Brive-la-Gaillarde. Apenas son las seis, pero ahora está hambriento. Han sacado una mesa plegable y dos sillas de un armario del interior y las han puesto al lado de la carretera, improvisando una terraza.

—¿Qué quieres comer?

Joanne ha examinado las patatas, el sándwich y las compotas. Ha elegido una compota.

—¿Y ya está?

—No tengo demasiada hambre.

Se ha comido la compota de pie, sin sentarse con él a la mesa. Después ha preguntado si podía ducharse, si el depósito de agua estaba lleno.

—Adelante. Lo he comprobado esta mañana. Todavía nos quedan cincuenta litros. Mañana lo rellenaremos. Intentaremos encontrar un área de servicio para autocaravanas.

Ella ha asentido y ha desaparecido en el interior. Y ahora Émile está aquí, sentado al lado de la mesa plegable, en el borde de una nacional, comiendo un sándwich y mirando a la nada. Tiene el móvil al lado, apagado. No lo volverá a encender nunca más. O hasta que pase mucho tiempo. No ha dejado ninguna nota, a nadie. Lo hará más adelante. Escribirá una carta y se la enviará a sus padres. Ellos se la mostrarán a Renaud y a su hermana.

De vez en cuando pasa un coche. Cuando se aleja, vuelve el silencio. Solo se oye el agua de la ducha. Todavía percibe la absurdidad de la situación: él comiendo en el borde de la nacional, Joanne duchándose a unos pocos metros. Esa noche se tumbarán uno al lado del otro, en el colchón doble, en el techo abatible de la autocaravana. Émile espera que ella no tenga claustrofobia. No hay mucho espacio... Puede que no quiera dormir a su lado... Quizá prefiera dormir en el banco acolchado que hay abajo frente a la mesa.

Se dirán «buenas noches» y nada más, porque apenas hablan. Podrían ser una pareja mayor que viaja juntos.

El sonido de la ducha se detiene. Émile engulle los últimos bocados del sándwich y se recuesta en la silla plegable. No tardará en irse a tumbar a la cama. Está exhausto. Siente como si pesara una tonelada. Oye ruido de gravilla. Joanne se acerca, envuelta en un albornoz. Tiene el pelo empapado y le gotea sobre la cara. Apenas la reconoce así. Parece preocupada.

—Émile...

Se le hace extraño oírla pronunciar su nombre. Es la primera vez. Tendrá que acostumbrarse.

—Me he acabado la reserva de agua... Lo siento... No pensaba que se iba a terminar tan rápido...

Émile hace un gesto despreocupado con la mano.

—No pasa nada.

—Ya, pero... si querías ducharte...

—Ya lo solucionaremos mañana.

No parece aliviada. Siempre tiene ese aire de preocupación, con la cabeza hundida entre los hombros.

—¿Crees que podría utilizar el armario empotrado... para guardar mis cosas?

Émile le dirige una sonrisa tranquilizadora.

—Sí, por supuesto. También puedes poner algunas cosas debajo del fregadero.

—¿Y tus cosas?

—Hay más espacio debajo del sofá. Ese puede ser mi sitio.

—De acuerdo. Gracias.

Joanne vuelve hacia la autocaravana. Émile se estira y se levanta.

—¿Dejo la mesa y las sillas fuera? —pregunta alzando la voz, para que lo oiga desde dentro.

La cabeza de Joanne asoma por el marco de la puerta.

—¿Por qué?

—Me voy a dormir. Necesito recuperar horas de sueño.

—Ah... Sí, déjalas. Las guardaré antes de acostarme.

Émile recoge el envoltorio del sándwich, lo arruga con la mano, el móvil que sigue apagado, y vuelve al interior del vehículo. Joanne está arrodillada ante su mochila. Saca montones de ropa, con gestos lentos. Se levanta y abre la puerta del armario empotrado, donde estaban la mesa y las sillas plegables. Hay bastante espacio de almacenaje. No estarán demasiado apretados.

—¿Es tuya? —pregunta Joanne.

Acaba de descubrir una caja abajo del todo del armario. Se dispone a cogerla, pero Émile la interrumpe, con demasiada brusquedad.

—¡Es mía, déjala!

Joanne se detiene en seco. No sabe si la ha ofendido, pero ella no demuestra nada y continúa ordenando. En la caja hay fotografías apiladas. Años y años de fotografías. Émile usa un tono más suave.

—Voy a desplegar el techo. Dormiremos arriba.

Le indica la pequeña escalera de cuerda, al fondo del vehículo, que sirve para acceder al techo donde está la cama.

—De acuerdo.

Nunca ha desplegado un techo de autocaravana. Se pelea durante diez largos minutos con el mecanismo. Termina justo cuando Joanne asoma la cabeza y pregunta:

—¿Puedes?

—Todo en orden. —Mira el reloj. Son las siete—. Bueno, voy a acostarme... Si quieres quedarte un rato fuera hay velas bajo el fregadero. Y un encendedor.

—De acuerdo. Gracias.

—Si necesitas cualquier cosa, no dudes en despertarme... o en rebuscar. Como si estuvieras en tu casa.

—De acuerdo —repite.

—Buenas noches.

Sube la escalera y desaparece, bajo el techo. El colchón es cómodo pero pequeño. Habrá que intentar no moverse demasiado. Se desviste como puede, tumbado. El techo no es lo suficientemente alto como para sentarse. Se queda con una camiseta y los calzoncillos y deja la ropa sucia a sus pies. Se tumba sobre la almohada con alivio. No tardará mucho en dormirse esta noche.

Deben de ser las tres de la madrugada, quizá más. Tarda un buen rato en darse cuenta de dónde está. Quizá porque no reconoce el sitio. Quizá porque le falla la memoria. No sabe durante cuánto tiempo más será capaz de acordarse de quién es, quién era, por qué está allí. Los médicos no fueron demasiado claros.

«Pueden pasar meses antes de que se le deteriore de verdad la memoria. O puede ir muy rápido. No lo sabemos con certeza».

Es el segundo caso en Europa. No tienen experiencia al respecto. Una luz blanca baña la autocaravana. La luna. Todo está en silencio a su alrededor. La silueta inmóvil de Joanne se recorta en el resplandor blanquecino, muy cerca de él. Duerme de lado. Le da la espalda. Tenía razón, no ronca. Solo puede ver su espalda, frágil, y su melena, desparramada por la almohada. En la penumbra no se distinguen los colores y su pelo ya no parece tan claro. Ahora podría parecer moreno. Y liso. Podría tratarse de Laura.

Émile tiene un tic nervioso en la cara. Una mueca que parece una sonrisa. Sabe que es ridículo, que no tiene ningún sentido, pero por unos minutos quiere observarla dormir e imaginar que es Laura. Se acerca imperceptiblemente, hasta hundir la nariz en su pelo. No huele como el de Laura y no tienen el mismo aspecto, pero su imaginación hará el resto. La escucha respirar, no se mueve. Visualiza a Laura. Sus piernas musculosas, su pelo perfectamente liso que le cae sobre los hombros, su cuello, que siempre encontró tan sensual, sus hombros redondeados, carnosos en su justa medida, sus pechos, como dos hermosas manzanas, no muy grandes pero perfectamente definidos. Y su vientre... Su delicioso vientre... Un poco blando, eso hacía que se quejase, pero era tan mullido... Era donde más le gustaba besarla, en el vientre. Sus labios carnosos. Sus glúteos... Cierra los ojos, intenta calmar su pecho desbocado. Los hombros de Joanne son demasiado finos. Laura no era como Joanne. Era todo formas, todo curvas. Voluminosa pero musculosa. No era este ser pequeño y frágil. No, Laura era rolliza, irradiaba vida.

Joanne suelta un suspiro en sueños. Émile se prepara para cerrar los ojos, para fingir que duerme, por si se da la vuelta, pero Joanne no se mueve. Continúa durmiendo, de espaldas a él. Émile se vuelve a concentrar en su pelo, solo en el pelo. Podría ser el de Laura. Y funciona. Laura está allí. Laura duerme a su lado. Ha venido con él en su última escapada. Están los dos, solo ellos dos en la autocaravana. Laura se quedará, no se irá. Se han reencontrado. Está seguro de que tiene su sonrisa traviesa y ligeramente insolente, que finge que duerme, solo para provocarle, solo para que sienta ganas de pasar una mano alrededor de su vientre y otra por su cuello, hasta sus pechos. Después, ya no podrá seguir fingiendo que duerme. Soltará un pequeño suspiro y él acercará su boca a su pelo, contra su oreja. Él se pegará a su espalda, ella le dirá: «¿Tienes ganas de mí?». Le encanta que tenga ganas de ella. Le hará repetírselo, sin cesar. «Dímelo, di que tienes ganas de mí».

Un coche pasa a toda velocidad al lado de la autocaravana, y Émile sale de su fantasía de manera abrupta. Resulta violento. Como un jarro de agua fría. Tira de la colcha hacia él con brusquedad y se da la vuelta. Tiene el ceño fruncido y un nudo en la garganta. También es su culpa. De Joanne. Está allí, durmiendo a su lado y con el pelo sobre la almohada... ¿Con qué derecho hace eso?

Esta mañana no han intercambiado más de dos frases. Seguramente se debe al episodio de la noche anterior. Émile todavía está de mal humor. Sabe que es estúpido y que ella no ha hecho nada, pero no puede evitarlo. Además esta mañana se la ha encontrado comiendo lentejas, directamente de la lata, y se ha enfadado. No sabe por qué. No deja de pensar que no debería haberla traído, que habría estado mucho mejor solo. Pero resulta que aquí está... No sabe si podrá deshacerse de ella ni de qué manera.

—Gira aquí —indica Joanne.

Llevan desde las nueve conduciendo. Están buscando un área de servicio para autocaravanas para rellenar el depósito de agua y poder ducharse y lavar los platos. Además también tienen que vaciar el inodoro químico.

—¿Estás segura? —pregunta de mal humor.

Joanne no deja que le afecte.

—Allí está indicado.

Gira por la carretera que le señala. Tiene razón. El área de servicio está allí. Salen del vehículo. El sol matutino es abrasador. Émile se arrodilla bajo el vehículo y suelta un suspiro de desaliento.

—Nunca he hecho esto...

Joanne está a su lado, con los brazos colgando. Se ha puesto de nuevo el gran sombrero que le esconde el rostro.

—Yo tampoco.

Émile se levanta malhumorado y mira a su alrededor. Una pareja de unos cincuenta años acaba de aparcar a pocos metros de allí. Tienen una autocaravana del mismo modelo.

—Mira, avisa a aquel tipo de allí. Seguro que él sabe cómo hacerlo.

Observa a Joanne obedecer y alejarse, enfundada en su vestido negro, que le llega hasta los pies. Se dice a sí mismo que es muy amable. Laura lo habría mandado a paseo. Lo habría mirado con su sonrisa insolente y habría respondido: «Ve tú a buscar a ese tío. Yo tengo todo el día».

Se habría tumbado en el césped y se habría negado a levantarse hasta que no le pidiera perdón por haberle hablado con ese tono. Después habría aceptado ayudarlo, pero con una mueca enfurruñada, y él habría querido devorarle el cuello.

—Buenos días.

Joanne ya está de vuelta con la pareja de cincuentones.

—Me parece que necesitan ayuda.

Joanne permanece escondida bajo el sombrero. Émile estrecha la mano al hombre y hace un gesto con el mentón a la mujer.

—Buenos días. Sí... Es que acabo de comprarla... Todavía no sé cómo funciona.

—¿Qué quieren hacer? ¿Llenar el depósito de agua?

—Sí...

—¿Y lo del retrete, saben cómo se hace?

Émile duda.

—Más o menos...

El hombre esboza una sonrisa divertida que significa que no ha conseguido engañarle.

—Bueno, no pasa nada. Siempre hay una primera vez. —Se arremanga y se arrodilla—. Vengan, vengan a verlo, no hace falta ser ningún genio.

Émile se queda mirando a la pareja de cincuentones mientras se alejan, agradecido. Acaban de salvarles la vida. ¡Y pensar que había empezado un viaje en autocaravana sin siquiera saber vaciar el inodoro! A veces es realmente estúpido. Joanne lo ha sorprendido. Se ha arremangado el vestido por encima de las rodillas y se ha puesto manos a la obra. Tiene unos brazos minúsculos —está convencido de que puede rodearlos con dos dedos—, pero han cargado juntos el depósito, después se ha ido a vaciar el contenedor del inodoro químico y lo ha vuelto a poner en su lugar. No ha rechistado. No parece tan frágil cuando trabaja. Le ha recordado una frase de su mensaje: «Mido apenas 1,57 m, pero puedo llevar una mochila de 20 kg durante varios kilómetros». Ha sonreído y se ha ablandado. Esta mañana ha sido injusto con ella. No puede culparla por haberlo sumergido en el recuerdo de Laura la pasada noche.

—¿Hacemos un descanso antes de continuar? —propone Émile justo cuando ella se dispone a subir de nuevo al vehículo.

Ella se gira hacia él y se encoge de hombros.

—Como quieras.

—Hay un riachuelo detrás del área de servicio —añade Émile.

Se dirigen hacia el pequeño arroyo. Es casi mediodía. Hay un sol abrasador. Se instalan a la sombra de los árboles. Émile se quita los zapatos y los calcetines. Se acerca al agua, sumerge los pies y suelta un suspiro de alivio.

—Deberías probarlo, ¡es muy agradable! —le dice a Joanne.

Ella está sentada con las piernas cruzadas bajo un árbol. Émile supone que lo rechazará con educación, pero se equivoca. Se levanta lentamente y va hasta donde se encuentra él, a la orilla del agua. Émile observa a los renacuajos deslizándose entre los dedos de sus pies. Joanne se pone en cuclillas para quitarse las sandalias doradas.

—Un poco de agua fresca, un poco de sombra, es perfecto —declara él.

Quiere compensar el malhumor de esta mañana. No sabe si está funcionando, ya que Joanne es siempre tan inexpresiva. La mira mientras pone un pie en el agua, y después el otro. Cierra los ojos, puede que sea un gesto de placer.

—¿Después iremos a comprar? —pregunta Émile.

—De acuerdo.

Vuelve a hacerse el silencio y se quedan allí, plantados, con los dos pies en el arroyo, disfrutando del frescor que proporcionan los árboles.

Observa la espalda inmóvil de Joanne, y piensa que no hay mucha diferencia entre que esté allí o no. Habla poco, no ocupa espacio, apenas respira. Pero allí está, y cierra los ojos al notar el contacto con el agua fría, mueve los dedos cuando un rayo de sol la acaricia, y así es como se percibe su presencia, una presencia dulce.

El sol se pone con lentitud. Han aparcado la autocaravana en un pequeño terreno puesto a disposición por el ayuntamiento. Hay otros viajantes en la zona. Émile y Joanne los han saludado, desde lejos. Han aparcado a la sombra, en la hierba. Han instalado la mesa y las sillas plegables bajo los árboles. Joanne, con su voz endeble, se ha ofrecido para preparar una ensalada y se ha sentado a la mesa a cortar tomates y pimientos. Émile se ha sentado enfrente y ha sacado su guía de viaje. Esa misma tarde, cuando han ido a hacer la compra, han adquirido una guía de viaje de los Pirineos. Incluye un mapa gigante, fotografías de los mejores miradores y rutas de senderismo. También están anotadas las áreas de servicio para autocaravanas. Émile está inclinado sobre el mapa gigante que ha desplegado. Se frota el mentón, rodea un nombre de ciudad de vez en cuando. Joanne continúa cortando tomates, indiferente. Unos metros más allá, unos niños gritan mientras juegan con un balón. Una mujer toma el sol delante de su autocaravana. Un perro ladra. Ellos están en silencio.

Émile cierra el mapa y se estira. Parece casi sorprendido de ver a Joanne delante de él, en la mesa. No puede evitar sonreírle cuando levanta el rostro, medio tapado por el gran sombrero. Ella no le devuelve la sonrisa, puesto que baja la mirada de inmediato y vuelve a cortar tomates. Émile se levanta.

—Me voy a la ducha.

Estaba soñando con una ducha fresca, pero el agua del depósito también se ha visto afectada por el calor. Está templada. Émile tiene cuidado de no dejarla correr demasiado rato. Solo tienen un depósito de cien litros. No es mucho. El espejo del cuarto de baño es muy pequeño, Émile piensa que le costará mantener la barba bien cuidada. Quizá deje que crezca libremente. Allí está, pensativo, mientras se observa en el espejo empañado del cuarto de baño. Se dice a sí mismo que este segundo día ha sido menos extraño que el anterior, que la presencia de Joanne en la autocaravana, a su lado, ya le parece menos absurda. Quizá acaben por adaptarse el uno al otro.

Cuando Émile sale de la autocaravana, con el torso desnudo, el calor sigue siendo sofocante. Joanne está atareada poniendo la mesa. Está colocando los cubiertos, al lado de los platos. La ensalada ya está lista. Debe de haber preparado una especie de vinagreta, puesto que en el centro de la mesa hay un pequeño bol con una cuchara dentro.

—Oh —suelta Émile sorprendido—. Gracias por haber preparado todo esto...

Joanne no parece entender por qué le da las gracias. Se encoge de hombros y se sienta, con movimientos lentos. Espera paciente a que se seque el cabello con la toalla.

—¿Te gusta cocinar? —pregunta Émile sentándose a la mesa.

Joanne no responde enseguida. Primero sirve la comida en los platos.

—Sí... Bueno..., cosas simples... Ensaladas, platos gratinados al horno...

Pincha un par de trozos de tomate con el tenedor y los mordisquea. Come como un pájaro. Émile se siente animado y pregunta:

—¿Qué hacías antes?

Joanne parece desconfiada.

—¿Antes? ¿Antes de qué?

—Antes de empezar este viaje. Trabajabas, ¿no?

—No. No trabajaba.

Émile alza las cejas, sorprendido.

—¿Nunca has trabajado?

—Sí. Claro que sí.

No parece que vaya a decir nada más al respecto así que se lanza él, para alentarla.

—Yo ponía en contacto hoteles y páginas web de reserva. Cada vez que se firmaba un contrato obtenía una comisión. Era horrible. Debía perseguir sin parar a los hoteleros... Y ellos estaban siempre desbordados de trabajo, así que no tenían ningún problema en mandarme a paseo. Te puedes hacer una idea... Estoy contento de haberme largado.

Joanne no sonríe. Vuelve a picotear la comida. Lo coge por sorpresa cuando la oye responder:

—Yo trabajaba de conserje en una escuela primaria.

Émile deja de masticar.

—¿Conserje? Es..., es sorprendente.

—Ah, ¿sí?

—No tienes pinta de conserje —añade él a modo de justificación.

Ella se termina lo que tenía en la boca antes de responder.

—No me dedicaba a la seguridad...

—¿No?

—No. Abría la verja de la escuela por la mañana y las aulas, el gimnasio, la zona para dejar las bicicletas... Y por la tarde lo cerraba todo. Hacía un poco de limpieza y..., y recogía las hojas secas o la basura del patio. Echaba una mano cuando había que pintar una clase o colgar un cuadro... Vigilaba que no se colara nadie en la escuela por la noche o los fines de semana. Y si eso ocurría tenía que llamar a la policía municipal. Nunca pasó. También regaba las plantas... Dibujaba rayuelas en el suelo... No era gran cosa, pero estaba bien.

Émile ha empezado a sonreír mientras la escuchaba. Es la primera vez que está tan habladora. Incluso cree adivinar un rastro de expresividad en el fondo de su mirada, pero no está seguro, ya que lleva puesto su inmenso sombrero.

—¿Vivías en la escuela?

—Sí.

—¿De verdad?

—Sí. Tenía una casa en el patio que me ofrecían por trabajar allí.

Émile se la imagina con su vestido largo y su gran sombrero negro, en medio del patio de una escuela. La visualiza con un largo rastrillo, retirando las hojas secas y después con una regadera, encargándose de un arbusto de geranios. O caminando tranquilamente hacia una pesada verja metálica con un gran manojo de llaves en la mano. Después de todo le pega... Conserje de una escuela primaria.

—¿Trabajaste de eso durante mucho tiempo?

—Casi ocho años.

—¿Dimitiste?

Hace un gesto con la cabeza que Émile no acaba de comprender. No es ni un «sí» ni un «no». Decide no insistir. No quiere ahuyentarla con sus preguntas.

—En cualquier caso, esto está buenísimo —concluye.

Terminan la cena en silencio. Escuchan los sonidos de sus vecinos de camping. Los niños gritan, el perro ladra, a lo lejos se oye una televisión, o una radio, que han puesto los adultos. De vez en cuando hay música, como una sintonía. Anochece poco a poco. Émile recoge la mesa y saca dos velas.

—¿Quieres melón? —le pregunta a Joanne.

—No, gracias.

Apenas ha comido. Unos pocos trozos de tomate y pimiento, pero se ha dejado la mayor parte. Émile tampoco tiene más hambre, pero porque se ha comido tres cuartos de la ensalada. Vuelve a sentarse, enciende las velas y extiende las piernas.

Esta noche se siente bien. Ayer y esta madrugada no han sido fáciles, pero esta noche se siente calmado. Se pregunta con qué se entretendrán durante las largas noches, Joanne y él, todos esos meses... Joanne se aclara la garganta, y se levanta con lentitud. Parece que se mueva siempre al ralentí. Realiza movimientos precisos pero calmados, tranquilos, como si nada, absolutamente nada, pudiera alterarla.

—Voy..., voy a pasear un poco.

Émile le sonríe.

—De acuerdo.

La observa alejarse caminando sobre la hierba, con su andar pesado y ligero. Detrás de la autocaravana, se extienden varios centenares de metros de un campo totalmente abrasado por el sol. Joanne parece deambular sin saber demasiado hacia dónde se dirige. La ve desviarse tras un fardo de heno y continuar en dirección a una arboleda, detenerse unos segundos y seguir.

Émile se estira y se levanta. Esta tarde han comprado un hervidor de agua eléctrico. Le apetece prepararse un té. El calor nunca ha sido un impedimento para tomarse un té. Empieza a trastear en la autocaravana: saca las bolsitas, llena el hervidor, lo oye silbar, apoyado en la minúscula encimera. Mira su móvil, que está encima de la mesa, piensa que ya debe de contener decenas de mensajes de voz angustiados. Sin embargo, esta noche Émile se siente bien. Vuelve a salir, con la taza humeante en la mano, retoma su lugar frente a la pequeña mesa plegable. Ya ha anochecido por completo. Las velas proyectan una luz temblorosa. Algunas autocaravanas de su alrededor ya están a oscuras. Esta noche la luna no es más que un fino arco que ilumina débilmente el campo y los fardos de heno. Émile entorna los ojos. Joanne está allí, a lo lejos, en medio del campo. Está sentada con las piernas cruzadas, inmóvil. Distingue el sombrero negro de ala ancha, recortado contra la sombra, y su rostro, mirando al cielo, parece hablar a las estrellas. «No hablo demasiado, me gusta la meditación, sobre todo cuando estoy en plena naturaleza».

Se le escapa una sonrisa. Su mensaje no era tan extraño después de todo. Joanne había contado lo esencial. Nada más.

Un ruido lo despierta a medianoche. Es Joanne trepando por la escalera de cuerda. Pero no es el único sonido. Se oye un tamborileo contra el techo de la autocaravana. También hay destellos de luz. Se incorpora sobre un codo.

—¿Qué pasa?

Sin embargo, lo entiende antes de que Joanne abra la boca, ya que cuando llega a su altura, gateando por el colchón, puede ver que está empapada. Le gotea el cabello por encima de los hombros. Está temblando.

—Hay una tormenta de verano.

—Vaya... ¿Te ha pillado por sorpresa?

—Sí.

Se desliza bajo la colcha, y empieza a retorcerse para quitarse el vestido allí debajo, sin que él la vea. Émile se deja caer sobre la almohada con pesadez. Todavía tiene mucho sueño. Debe de ser de madrugada...

—¿Qué hora es?

—Las dos. O las tres.

Levanta una ceja, sorprendido.

—¿Y todavía estabas fuera?

—Me he quedado dormida.

—¿En medio del campo?

—Sí.

—¿Y eso te pasa a menudo?

—A veces.

Siempre igual de imperturbable. Por fin consigue quitarse el vestido negro empapado por debajo de la colcha. Émile le tiende una de sus camisetas que estaba sobre el colchón.

—Toma, ¿la quieres para secarte el pelo?

Joanne asiente. Otro destello rasga el cielo. Observa sus movimientos tranquilos: se incorpora cubriéndose el pecho con la colcha, se recoge el pelo y lo enrolla con la camiseta a modo de turbante. No parece darse cuenta de que la está observando. Se vuelve a tumbar, se apoya sobre el costado y tira de la colcha hasta el mentón.

—Buenas noches —murmura.

—Buenas noches.

Émile observa durante unos instantes los destellos que iluminan el techo de la autocaravana, el colchón, su ropa, amontonada a un lado y a otro de la cama. La lluvia cae con más intensidad. La oye tiritar a su lado. Le castañean los dientes. Permanece así, tumbado, escuchando los sonidos de la tormenta durante largos minutos. No tiene sueño. A su lado, Joanne se mueve. Ya no tiembla pero de vez en cuando se da la vuelta. Deduce que ella tampoco consigue dormir. Duda, se aclara la garganta.

—¿No duermes?

Joanne se queda quieta. Deja pasar un segundo, dos.

—No.

—¿Te dan miedo las tormentas? —pregunta intentando bromear.

Le sorprende la respuesta.

—Sí.

Émile se queda atónito durante unos instantes, incapaz de encontrar una respuesta.

—¿Quieres... que suba una vela?

—No. Está bien.

Nunca ha conocido a alguien como esta chica. Carga con un depósito de agua, se sube a una autocaravana con el primero que pasa, pero tiene miedo de las tormentas. No puede evitar sonreír.

—Buenas noches, Joanne.

Se le hace extraño oírse a sí mismo pronunciando su nombre, así, en la oscuridad de la cama. Tendrá que acostumbrarse.

—Buenas noches —murmura ella.

Émile también se gira sobre el costado, de manera que ambos se dan la espalda. Cierra los ojos, se deja acunar por el sonido de la lluvia, el rugido de los truenos, y luego se queda dormido sin darse cuenta.

3

La noche anterior se detuvieron en el terreno para autocaravanas, en un pueblo llamado Pouzac, en el departamento de los Altos Pirineos. Según la guía que compraron, están a una veintena de kilómetros de una de las mejores vistas de la cordillera pirenaica: el Pic du Midi. Émile ha abierto el mapa sobre la mesa durante el desayuno. Joanne todavía duerme. Ha instalado fuera la mesa y una silla. Se ha hecho un té, una tostada de mermelada de grosella y come distraído, recorriendo el mapa con la mirada. Le cuesta creer que estén tan cerca del Pic du Midi, que tiene una altura de 2.877 metros. Pouzac no se parece en nada a un pueblo de montaña. Es más bien llano. Solo hay campos y algunos plataneros. Las casas son corrientes, parecidas a las que hay cerca de casa de Émile, en Roanne. Está impaciente por ver chalets alpinos, casas viejas de piedra, abetos.

Le echa un vistazo al interior de la autocaravana. Ni rastro de ruido, ni de actividad. Sin embargo, le ha parecido oír algo. Un sonido muy sutil, como un temblor. Sigue comiendo, alisa el mapa con el dorso de la mano. Otra vez. El sonido se repite. Parece la vibración de un teléfono. Sin embargo, está seguro de que no ha encendido el suyo. Siente cómo se le acelera el corazón. ¿Lo habrá encendido? Últimamente se ha encontrado en diversas ocasiones con que de pronto no recordaba que acababa de hacer una llamada, o apagar el ordenador o quitar la mesa. Era una sensación muy extraña encontrarse así, sin entender que acababa de sufrir un episodio de amnesia temporal.

Casi derriba la silla de lo rápido que se levanta. Confía, de hecho reza, en no haber encendido el móvil. ¿Y qué más podría haber hecho? ¿Llamar a sus padres? Entra en la autocaravana a toda prisa, pero se detiene en seco, aliviado. El sonido no viene de su móvil, que está sobre la encimera y sigue obstinadamente apagado, sino del armario donde se encuentran las pertenencias de Joanne. Aguza el oído. Sin duda es una vibración. ¿Tendrá un teléfono? Es curioso... Desde que subió a la autocaravana, en aquella área de servicio, nunca le ha visto un teléfono. Pensó que no tenía, o que se había deshecho de él. Se acerca con cuidado, duda, abre el armario intentando no hacer ruido. No ve el móvil pero suena más fuerte allí. Algo vibra entre una pila de ropa. De pronto se tensa. Ha oído algo arriba, en la cama. Joanne se remueve. Émile cierra con rapidez el armario y regresa a la mesa donde estaba desayunando, fuera. Se vuelve a sentar y coge la taza de té humeante. Oye cómo la escalera de cuerda golpea contra la pared. Joanne está bajando. Se sumerge de nuevo en el mapa.

—Buenos días.

Joanne asoma tímidamente la cabeza al exterior, con la melena todavía envuelta en el turbante hecho con la camiseta de Émile.

—Buenos días.

No añade nada más. No le dice que ha sonado su teléfono, dentro del armario. Joanne se encierra en el cuarto de baño y Émile intenta centrarse de nuevo en el mapa, pero no lo consigue.

Alguien llama a Joanne... Ha escondido el móvil entre una pila de ropa para no oírlo sonar, pero lo ha dejado encendido y hay alguien que la llama... Hay alguien sobre la faz de la tierra que se preocupa por ella, que quiere saber dónde está, cómo está. Hay una persona sobre la faz de la tierra que quizá quiere a esta peculiar chica con su sombrero negro y sus sandalias doradas, y eso le intriga sobremanera.

Émile tarda un rato en darse cuenta de que está susurrando. Cuando se levanta a lavar la taza advierte su voz amortiguada en el cuarto de baño. Ha debido de coger el teléfono del armario empotrado antes de encerrarse allí dentro. Le cuesta entender lo que dice. Distingue varios «no», un «para», y luego parece que la conversación termina. Después oye un sonido extraño, como si se sorbiera los mocos, y nada más. No se atreve a preguntar: «¿Estás bien?», a través del panel que los separa. Se dirige hacia fuera con rapidez para no encontrarse cara a cara con ella cuando salga del cuarto de baño. Seguramente no le gustaría. Y él no sabría qué decirle.

¿Es un hombre? ¿Tiene novio? Tal idea le parece de lo más improbable y una locura. ¿Un familiar?

Han plegado la mesa y las sillas, se han vestido y han continuado con la ruta. Esta mañana Joanne lleva una camiseta de tirantes y unos bermudas negros. Émile se pregunta si siempre va de negro. Los bermudas son demasiado grandes y le dan un aspecto de niño intrépido en el patio de la escuela. Sigue llevando el sombrero.

Émile ha puesto la radio y le ha parecido escucharla canturrear muy bajo. No está seguro. La cabeza le tiembla apoyada contra el vidrio. Pasados unos diez minutos, pregunta sorprendiendo a Émile:

—¿A dónde vamos?

Como si de pronto se diera cuenta de que han retomado el viaje. Émile no se ha molestado en preguntarle si estaba de acuerdo con el itinerario del día. Tiene la impresión de que le da totalmente igual el lugar en el que se encuentra, siempre y cuando pueda sentarse con las piernas cruzadas contra un árbol o en un campo. Émile pone el intermitente y coge la calle de la derecha antes de responder:

—Creo que nos quedaremos unos días en un pueblo que se llama Artigues.

Joanne asiente, no contesta nada y vuelve a apoyar la cabeza contra el cristal. Esta mañana, Émile ha localizado el municipio de Artigues en el gran mapa. Es un pueblo de montaña muy pequeño con una treintena de habitantes. Será un remanso de paz perfecto para una primera parada, para saborear la llegada a los Pirineos y preparar el comienzo de la aventura. Destinarán uno o dos días a descansar y equiparse y después cogerán las mochilas y seguirán a pie. Cerca de Artigues está el Pic du Midi, el Pont d'Espagne, el Cirque de Gavarnie, un arroyo, cascadas... Tantas maravillas por descubrir. Cogerán una tienda y dos sacos de dormir y harán excursiones. Supone que Joanne se unirá.

—No tardaremos mucho en llegar —añade.

Pero tiene la impresión de que Joanne se ha quedado dormida.

No sabe muy bien a dónde va. Conduce lentamente por las callejuelas de Artigues mientras Joanne duerme apoyada contra el cristal. Está buscando un aparcamiento donde estacionar, pero sobre todo está disfrutando del paisaje. Está encantado. Es justo lo que buscaba. Callejones estrechos, casas de piedra que conserven los techos de madera de los chalets alpinos. Piensa que es una lástima que Joanne no esté viendo todo esto. Se pregunta si las vistas que hay de las cumbres, de las explanadas verdes más abajo y el encanto de las callejuelas conseguirían despertar en ella un poco de interés. Hasta el momento, no la ha visto desprenderse ni por un instante de ese aspecto ligeramente aturdido.

No aparta la mirada ni un segundo para no perderse ni un centímetro del paisaje. Pasa de largo un grupo de coches que se ha parado a hacer fotografías y a admirar las vistas. Más allá, necesita un par de intentos para entrar en una callejuela sin rayar el vehículo. Distingue un aparcamiento. Hay algunos coches estacionados. Debe de ser el punto de partida de alguna ruta, puesto que una pareja acaba de salir de uno de los coches, con bastones en mano y mochila en la espalda.

Émile continúa para estacionar al fondo del aparcamiento, alejado de los demás vehículos, detrás de los árboles. Apaga el motor. Estaba en lo cierto. Se oye el borboteo del agua. El riachuelo pasa por aquí y bordea el aparcamiento. Será agradable dormir en este lugar. Echa un vistazo a Joanne. Todavía duerme. Sale del vehículo y se dirige directamente hacia el agua, dejándose guiar por el sonido. Solo hay que cruzar el aparcamiento y atravesar una franja de hierba. El arroyo está allí, detrás de los árboles. El agua desciende tranquilamente, brinca por encima de los guijarros, los rodea, arrastra aquí y allá una rama de árbol. Un camino de tierra estrecho bordea el río. Una ruta de senderismo pasa por aquí. Émile se pregunta a dónde llevará. Lo mirará en su guía más tarde. Pero ahora se sienta sobre una gran roca, extiende las piernas y cierra los ojos durante unos instantes.

Siente cómo su mente divaga, deambula por encima del arroyo. Piensa de nuevo en el móvil de Joanne, en la llamada que ha recibido. Lo perturba. No solo por lo que supone: que alguien la espera en algún lugar, y puede que le esté suplicando que vuelva. No. Hay otro motivo. Es por las llamadas que debe de estar recibiendo él también y que acaban en el buzón de voz. Es por la carta que tendrá que escribir a sus padres, a su hermana, a Renaud, para explicarles... ¿Explicarles el qué? No lo sabe muy bien. Todo ha sido tan rápido y precipitado. Incluso a él mismo le cuesta entender por qué se ha ido. ¿Es siempre así cuando se deja atrás a alguien? ¿Siempre cuesta comprender las razones que nos impulsan a hacerlo?

No obstante, Laura parecía completamente segura de lo que hacía cuando se fue. Todavía la recuerda, aquel día que pasó por el piso a recoger sus últimas pertenencias. La había acompañado su madre, que esperaba debajo del edificio para dejarles un poco de intimidad durante la despedida. Rara vez se había sentido tan desgraciado y miserable. Allí estaba ella, con sus vaqueros ajustados, las pequeñas deportivas de tela blanca y una camiseta amarilla que le marcaba el pecho. Del cuello le colgaba un reluciente diamante. Le encantaban las joyas. Siempre llevaba algún pequeño detalle, un anillo, un brazalete fino, unos pendientes de aro...

Aquel día llevaba el bolso colgando de la mano y su cabello, siempre tan liso, siempre tan moreno, le caía sobre los hombros. Émile no se sentía a la altura, con sus vaqueros y su camiseta blanca. Se sentía feo y descuidado, poco deslumbrante. Ya habían hablado de la ruptura, tres veces. Laura había declarado que ya no había nada más que decir, que solo pasaba a recoger las últimas cosas. No quería hablar. Y él no sabía cómo comportarse. El piso estaba vacío. Laura se había quedado con el sofá, la mesita del comedor y el somier, puesto que eran de sus padres. Émile vivía en medio del silencio y el vacío desde hacía ya dos semanas. Pero todavía quedaban frascos del perfume de Laura en el cuarto de baño, su ropa de invierno en el armario, sus novelas de chicas en el salón... Eso le había creado la ilusión de que todavía no se había acabado del todo. Sin embargo ese día iba a llevárselo todo. Era la última vez que la veía. Parecía que tenía prisa.

—Mi madre me espera abajo. Tenemos cita en la peluquería en una hora. No puedo entretenerme.

La observaba mientras iba haciendo cosas. Se dirigía de una habitación a la otra, atareada, doblando, apilando. Él tenía un aspecto abatido, con los brazos colgando al lado del cuerpo.

—¿Necesitas ayuda? —le preguntó con una voz sorprendentemente quebrada.

—No, no te preocupes. Haz lo tuyo, solo tardaré unos minutos. Me las apañaré sola. Te aviso antes de irme.

Pero Émile no se movió. No pudo apartarse de la imagen de una Laura ahora indiferente y ajena por completo, que recogía sus cosas con la misma presteza que si estuviera yéndose de fin de semana improvisado. Era la última vez que la veía. Era la última vez que estaría allí, con él, en su piso. No podía despegarse de ella. Se quedó en la puerta de la sala de estar, siguiéndola con la mirada. «No hay nada más que hablar. Solo paso a buscar algunas cosas, rápido». No se atrevió a decirle nada. Se había mostrado muy firme al respecto. ¿Qué habría podido decir para hacerla cambiar de opinión, para convencerla de que se quedase? Tenía la sensación de que por su parte ya estaba todo decidido desde hacía tiempo. Mucho antes de que le hablara de ruptura. Laura había sido paciente, se había esforzado, pero ahora ya estaba, se había terminado. Ya había tenido suficiente. Volvía a ser el pájaro libre que Émile había conocido cuatro años antes.

Se subió al ascensor con tres bolsas llenas y una caja.

—¿Necesitas ayuda? —volvió a preguntar.

—No. Ahora subo a buscar mi bolso y ya habré acabado.

Desapareció en el ascensor. Émile se quedó postrado en el pasillo del piso con sensación de asfixia. Miró con anhelo su bolso, que estaba en la entrada. Intentaba contenerse. Tenía ganas de revisarle el móvil, de verificar si sus sospechas eran fundadas. Estaba convencido de que había conocido a alguien. Acabó abriendo el bolso y metiendo la mano en el interior. Encontró el teléfono. Le había puesto un código de bloqueo. Estaba bloqueado por un maldito código. Eso le dolió. En los dos años que habían vivido juntos, nunca había tenido código de bloqueo en el móvil. ¿Por qué ahora tenía una puñetera contraseña?

Oyó que llegaba el ascensor y volvió a dejar el móvil en el bolso. Laura entró en el piso un tanto sofocada. Su pecho se agitaba bajo la camiseta amarilla y tenía las mejillas sonrojadas. Le dirigió una sonrisa que fue espantosa, puesto que era fría, una sonrisa cordial, apenas cercana, como si Émile no fuese más que un conocido lejano con quien se había llevado bien.

—Bueno. Creo que es el momento de despedirse.

Émile no respondió. Se le habría quebrado la voz. Esperó ver una señal de alguna emoción dolorosa en el rostro de Laura, en su preciosa cara. O un breve suspiro melancólico... No distinguió nada más que prisa y una especie de alivio. Lo único que Émile quería era hundirse en su dolor cuando se fuera y no despertarse nunca más. Laura cogió el bolso, posó una mano ligera sobre su hombro y se puso de puntillas para darle un beso. El beso retumbó en el piso vacío. Entonces añadió, con rapidez, mientras retrocedía:

—Me alegro por..., por lo que hemos podido vivir juntos. Te deseo lo mejor, de verdad...

Después se esfumó, muy rápido, mientras él permanecía en silencio, con el corazón roto de dolor. Laura se había ido a una cita en la peluquería, como si la vida continuase.

Émile apenas se ha dado cuenta de que tiene un nudo en la garganta y le cuesta respirar, como aquella tarde de junio, hace un año. Y, sin embargo, allí está, a la orilla del río, acariciado por una ligera corriente de aire. No se le ha pasado. Las emociones siguen estando muy presentes, y los largos meses transcurridos apenas han conseguido amortiguarlas. Se toma unos instantes para reponerse, para que remita esa terrible sensación que tiene en el pecho y en la garganta. Lanza algunas piedras al arroyo para descargar la rabia. Sigue sin entenderlo. Habían sido felices juntos. Habían sido la pareja más feliz de todas. ¿Cómo pudo ocurrir? No eran una pareja corriente, una de esas que se dejan devorar por la rutina. Lo suyo era distinto. Y a pesar de todo ella se había ido...

Cuando llega a la autocaravana, Émile se sorprende al ver que Joanne ha sacado la mesa y las sillas y que ha puesto los cubiertos.
—¿Joanne?
Está delante de la encimera, inclinada sobre la tabla de cortar.
—Lo siento, estabas durmiendo y... he salido a pasear un rato.
Joanne se encoge de hombros, señal de que no pasa nada.
—Me lo he imaginado.
—¿Qué estás preparando?
—Una ensalada de crudités. —Le señala una ramita de romero que tiene al lado—. He encontrado esto detrás de la autocaravana.
—¿Una planta silvestre?
—Sí.
No añaden nada más. Émile la observa mientras corta los tomates con gestos lentos y precisos. Se pregunta cuánto tiempo ha

permanecido a la orilla del arroyo. Por lo menos una hora. Se aclara la garganta.

—¿Necesitas ayuda? ¿Puedo... hacer algo?

—No, está bien.

—Puedo cortar el pan.

—Si quieres.

Se sientan a la mesa en silencio, mecidos por el borboteo del agua.

—Allí detrás hay un riachuelo.

—Ah, ¿sí?

—Sí. Tienes que ir a verlo. También hay una ruta de senderismo.

Joanne asiente con la cabeza y continúa picoteando la comida. Émile tiene la sensación de que solo come fruta y verduras. Es por eso por lo que está tan delgada. Esta noche cocinará pasta, con una buena capa de queso fundido, y la obligará a que coma algo.

—He pensado que podríamos descansar un poco aquí. Un par de días. Y después dejar la autocaravana por un tiempo. Hay muchas cosas que ver. Podríamos coger la mochila e irnos una o dos semanas.

Joanne asiente de nuevo. Émile continúa:

—Tengo una tienda, un hornillo y un saco de dormir.

—Yo también tengo un saco de dormir.

—¿Tienes ropa de abrigo? Allí arriba la temperatura es muy baja, solo unos pocos grados. Y necesitarás botas de montaña, no sandalias.

Joanne duda durante unos instantes. Émile añade:

—Podemos ir a comprarlas antes de partir, si quieres.

—De acuerdo.

Émile piensa que también necesitarán unas buenas cantimploras, un botiquín, bolsas de comida deshidratada...

Cuando acaban de comer se disponen a fregar los platos. Han comido en silencio, escuchando el agua y el canto de los pájaros.

Algunos excursionistas han cruzado el aparcamiento para tomar el sendero junto al río. Han llegado algunos coches y otros se han ido. Ellos están tranquilos, resguardados tras los árboles.

—Esta tarde me quedaré en la autocaravana —anuncia Émile mientras guarda los platos debajo del fregadero—. Debo escribir una carta.

Ha decidido que tiene que lanzarse a escribirla. Es mejor quitárselo de encima ahora, antes de coger la mochila y adentrarse en plena montaña. Si le pasara cualquier cosa... Es mejor hacerlo ahora, y así poder empezar la aventura en calma, sin darle vueltas a todo lo que deja atrás. Se instalará en la mesa con una taza de té y tendrá toda la tarde para pensar en lo que quiere escribir.

Joanne asiente.

—De acuerdo. Yo iré al río.

Continúan fregando, secando y ordenando durante un rato. Y al fin Émile deja el paño. Ya han terminado de lavar los platos.

—Más tarde deberías ir a dar una vuelta por el pueblo. Las vistas son increíbles.

—Ah, ¿sí?

—Sí. Podemos ir juntos si quieres.

—De acuerdo.

Después de la comida, Joanne se ha ido con una pequeña toalla bajo el brazo, las gafas de sol y un libro, como si fuese a la playa. Émile ha preparado té, ha cogido su cuaderno y un bolígrafo y se ha instalado fuera, en la mesa plegable. Eso ha sido hace tres horas. No ha escrito ni una línea. Ha empezado tomándose el té, después ha tenido muchas ganas de ir al baño, ha empezado a escribir la fecha en la carta y después se ha perdido en sus pensamientos. Entonces le ha entrado sueño, se ha ido a tumbar en el colchón del techo desplegable. Luego se ha preparado otro té y ha decidido ponerse con la carta de una vez por todas. Pero entonces ha vuelto a pensar en la ruta de senderismo que bordea el río y ha querido verificar en su guía de los Pirineos de cuál se trata. Ha descubierto que es un sendero que lleva hasta las cascadas de Arizes. Dos horas y media ir y volver. Después la verdad es que ya no sabe lo que ha hecho a continuación, hasta que una voz femenina lo ha sacado de su ensimismamiento. Una voz completamente distinta a la de Joanne.

—¡Hola!

Émile derrama un poco de té sobre la mesa, sorprendido por la irrupción. No responde enseguida. La mujer se acerca desde detrás de los árboles. Va vestida con un equipo completo de senderismo y empuña unos bastones. Debe de tener unos treinta años, no más. Lleva el pelo rubio recogido en un moño y sus facciones son un tanto duras, pero armoniosas. Es deportista. Tiene los gemelos musculados y la espalda ancha.

—Hola —responde por fin, cuando recobra el uso de la palabra.

Únicamente entonces se da cuenta de que la mujer no está sola: una pareja la espera, al otro lado de los árboles, apartados.

—No quería molestarte. Me ha llamado la atención la autocaravana. ¿Tú también estás haciendo el GR?

No entiende de qué está hablando. Frunce el ceño. Debe parecer idiota.

—¿El GR?

—El GR10.

—¡Ah!

Lo ha leído en la guía. El GR10 es la ruta que cruza todos los Pirineos. Artigues forma parte del itinerario.

—No. He..., he llegado esta mañana.

—¿Entonces no vas a hacer el GR?

—No... Tengo intención de salir un tiempo con la mochila y la tienda a descubrir la zona, pero... no seguiré ningún itinerario concreto.

—¿Te vas a quedar aquí unos días?

—Sí. Lo que tarde en preparar el itinerario y todo el material...

—¿Vas a subir el Pic du Midi?

No ha dejado de sonreír ni un momento. ¡Nada que ver con Joanne!

—Sí, entre otros.

—Entonces tengo algunos consejos para ti. Nosotros justo volvemos. Te recomiendo encarecidamente el Sentier des Muletiers. Es bastante más largo pero impresionante... ¡Y pensar que los hombres recorrían ese camino en pleno invierno, en medio de la nieve, cargando hasta cuarenta kilos!

Su entusiasmo resulta contagioso. Émile asiente sonriendo también.

—Hoy vamos a las cascadas —continúa la chica—. Hemos decidido descansar unos días aquí antes de retomar la ruta, y estamos aprovechando para descubrir la zona.

Se coloca detrás de la oreja un mechón que se ha escapado del moño y se humedece los labios.

—Bueno, no te molesto más, pareces ocupado. ¿Estás escribiendo un libro?

Émile sacude la cabeza sonriente.

—No. Una carta.

—¡Oh! No pareces muy inspirado.

Tiene la mirada puesta en la hoja en blanco. Émile suelta una carcajada.

—No mucho.

—Podrías unirte a nosotros esta noche. Somos un buen grupo los que hacemos el GR10. Nos alojamos todos en el albergue. Ayer hicimos una hoguera. Y esta noche parece que vamos a repetir. La pareja de alemanes se va temprano por la mañana. Les haremos una fiesta de despedida. Trae vino, si puedes.

Tiene una sonrisa resplandeciente que contrasta con sus facciones más bien duras.

—Vale, veré si puedo —responde Émile.

La pareja que está detrás de la chica empieza a impacientarse. El hombre le hace una señal discreta para que se dé prisa. Ella coge los bastones que había dejado clavados en el suelo.

—Si vienes, pregunta por Chloé... Si por lo que sea estoy en la cocina, te llevarán hasta mí.

Émile asiente con la cabeza, todavía sonriente.

—Perfecto. Gracias.

—Faltaría más. Bueno, pues nos vemos luego... ¡Tal vez!

—Sí. ¡Hasta luego!

Se aleja con paso enérgico y su imagen se desvanece tras los árboles. Ahora ya no puede volver a ponerse con la carta, se ha acabado. Se recuesta contra el respaldo de la silla y estira las piernas. Se pregunta si irá esta noche. Le apetece. La presencia de Joanne es agradable pero demasiado silenciosa. Le iría muy bien una velada con vino, gente, conversaciones, sonrisas... Bajo el fregadero tiene una botella de vino tinto que cogió cuando se fue. Podría llevarla a la fiesta. Pero ¿y Joanne?... ¿Puede dejarla aquí sola?

Está oscureciendo. Joanne no ha vuelto. Émile se ha dado una ducha rápida y ha puesto a hervir agua para la pasta. Ha puesto los espaguetis en la olla y va controlando la hora. ¿Qué estará haciendo? Decide ir hasta la orilla del riachuelo para ver si está allí. La ruta de senderismo está desierta y no hay ni rastro de Joanne. Decide recorrer un tramo en una dirección, después en la otra, para ver si la encuentra. Es en vano. Se empieza a enfadar. Tiene hambre y hay algo más que le molesta. La fiesta en el albergue... Si Joanne no vuelve, no podrá ir.

La espera un rato más y de pronto recuerda que ha olvidado la pasta en el agua hirviendo. Es demasiado tarde. La autocaravana está llena de humo y la olla negra. Se ha evaporado toda el agua. La pasta está carbonizada. Le cuesta contener el enfado y empieza a lanzar improperios dando portazos con las puertas de los armarios. Le lleva unos diez minutos arreglar el desastre del fondo de la olla y otros diez volver a cocinar la pasta. Cuando se instala fuera a la mesa ya casi es de noche.

Todavía sigue furioso. Joanne le ha arruinado la fiesta. ¿Qué estará haciendo? No sabe si tendría que preocuparse por su ausencia o simplemente seguir enfadado. Ayer por la noche se quedó dormida en el campo... Seguramente ha vuelto a ocurrir. Volverá por la noche, adormecida, y él se habrá quedado sin fiesta.

Se acaba el plato de pasta y se sirve una segunda ración que espolvorea con queso. Empieza a preocuparse de verdad. ¿Y si se pone a llover? ¿Y si empieza a subir el nivel del agua? ¿Y si al haberse hecho de noche no encuentra el camino de vuelta? Émile deja el plato de pasta, coge una linterna del armario de debajo del fregadero y sale a su encuentro, en dirección al riachuelo. Allí está. Volviendo vestida con sus bermudas demasiado grandes, el libro y la toalla en la mano. Camina con paso tranquilo y eso lo saca de sus casillas por completo.

—¿Se puede saber qué hacías? —le grita a la silueta que se acerca.

Joanne ni siquiera parece acelerar el paso al oírlo.

—¡Me estaba empezando a preocupar! ¡Se está haciendo de noche!

Joanne ha llegado ante él y tiene una expresión sorprendida, como si no entendiera su enfado.

—¡Tendrías que haberme avisado!

—Lo siento, no me he dado cuenta de que era tan tarde...

Su vocecilla de disculpa no consigue sosegarlo.

—¡Es de noche!

—Estaba leyendo... —dice con un tono de excusa.

—¿Y no has visto que se hacía de noche?

Émile se interrumpe en seco porque se da cuenta de que está siendo muy duro. No tiene que darle explicaciones de nada. Es adulta y perfectamente capaz de cuidarse sola. Sin embargo, ese es justamente el problema... ¿Es capaz? Está siempre tan abstraída.

—Lo siento, es solo que... empezaba a preocuparme.

Joanne se encoge de hombros con indiferencia.

—Como ayer por la noche te quedaste dormida en medio del campo, me ha dado miedo...

Lo coge un poco desprevenido al interrumpirlo.

—A partir de ahora volveré antes de que se haga de noche.

Y a él no se le ocurre nada más que añadir, así que balbucea:

—He cocinado pasta.

Vuelven a la autocaravana en silencio. Ahora ya no tiene ningún tipo de ganas de ir a la fiesta. Enciende algunas velas sobre la mesa y se sumerge en su guía de los Pirineos mientras Joanne come. Le ha dado el sol hoy. Tiene la nariz muy roja. ¿Se habrá quitado el sombrero?

—¿Está bien? ¿Aún está caliente? —pregunta levantando la vista de la guía.

—Sí.

—Se ha hecho un poco tarde para dar una vuelta por el pueblo... Iremos mañana...

—Vale.

A esas horas el aparcamiento está desierto. No hay ni un alma. Émile se sobresalta al escuchar un ruido entre el follaje, detrás de él. Entorna los ojos y cree distinguir una silueta. Un segundo después aparece alguien con una ramita de árbol entre el pelo. Émile suelta un suspiro de alivio al reconocer a la chica de esta tarde, Chloé.

—¡Ah, eres tú! ¡Me preguntaba quién rondaba por aquí!

Joanne, que está en la mesa junto a él, alza la cabeza al oírlo hablar y descubre a Chloé, plantada frente a ellos. No muestra el menor signo de sorpresa. Chloé, por el contrario, de pronto parece incómoda. Hace una pausa.

—Lo siento, quería..., pensaba que..., como había la fiesta...

Tiene una expresión turbada, como si quisiera que se la tragase la tierra. Émile se levanta y la invita a que lo siga un poco más lejos, en dirección al riachuelo. Chloé duda un instante, después lo sigue, tras haber lanzado un «Buenas noches» furtivo a Joanne. Dan unos cuantos pasos y después Émile se detiene.

—Quería ir —explica—, pero Joanne no había vuelto del río. Empezaba a hacerse de noche. Quería esperarla, estar seguro de que volvía sana y salva. Pero después ya se había hecho muy tarde.

Chloé no parece haberlo escuchado, tiene la mirada fija en la autocaravana y Joanne, que está cenando rodeada de velas y con el sombrero negro todavía en la cabeza.

—¿Es tu novia? No sabía que habías venido con tu pareja...

Sigue la mirada de Chloé, que va hasta Joanne, y sacude la cabeza riendo.

—No... ¡No es mi novia!

Joanne acaba de dejar el tenedor y ha levantado la mirada hacia el cielo. No se mueve. No queda claro qué está haciendo, si mira las estrellas o si reza.

—Parece un poco rara —susurra Chloé.

El comentario hace reír a Émile.

—¡Está completamente majara, sí!

—¿Y qué hace aquí? ¿Por qué viaja contigo?

Émile no tiene ganas de contárselo todo. La enfermedad, el pronóstico, el anuncio...

—La he recogido por el camino.

Chloé abre los ojos como platos.

—¿Qué?

Émile intenta inventarse algo rápidamente.

—Estaba haciendo autostop, la he recogido en un área de servicio. Está un poco perdida... Le..., le he hablado de mi viaje por los Pirineos y ha querido venir conmigo.

Chloé abre la boca sorprendida.

—¿Pero no la conoces?

—No.

—¿Y cuándo la has recogido?

—Hace tres días.

—¿Sin conocerla?

—Sin conocerla.

—Igual está loca..., quiero decir, loca de verdad, quizá tiene una enfermedad mental o... puede que se haya dado a la fuga. ¡Igual la están buscando!

Émile se encoge de hombros.

—No parece peligrosa.

La estupefacción en la mirada de Chloé le hace darse cuenta de que quizá esté tan loco como Joanne, de que están hechos el uno para el otro.

—¡Tú sí que estás completamente majara!

Chloé suelta una carcajada, y Émile la imita, contento de que deje de mirarlo horrorizada.

—Esto es ir a la aventura, ¿no?

—Hum... —duda Chloé—. No lo sé.

—¿Tú con quién estás haciendo el GR10?

—Con mis dos mejores amigas y sus parejas. Bueno, debería decir maridos, pero todavía no estoy preparada. Me hace sentir vieja.

Intercambian una sonrisa.

—Creo que te entiendo... Mi mejor amigo acaba de ser padre y quiere comprarse una casa.

Chloé hace una mueca de aversión que le hace reír.

—¡Qué rollo! ¡Tendría que haber venido aquí contigo!

—Creo que le habría gustado.

—¿Era ella la que quería la casa y los niños?

Émile reflexiona un segundo.

—Creo que sí, pero a él le hace superfeliz.

—Entonces eso es lo importante.

Se quedan en silencio. Émile se da cuenta de que esta noche Chloé se ha soltado el pelo. La melena le llega hasta los hombros. Ha cambiado la indumentaria de excursionista por un vestido de verano de color verde manzana y unas sandalias de cuña. Es igual de alta que él. Un centímetro más y lo pasaría.

—Entonces ¿quieres ir a la fiesta? Le podemos proponer a tu amiga loca que venga.

Tiene una sonrisa maliciosa. Ambos miran a Joanne levantarse, recoger su plato y los cubiertos e ir hacia el interior de la autocaravana.

—Creo que se va a dormir —responde Émile.

—Sí... ¿La abandonamos aquí?

—Podemos.

—O podemos sentarnos allí, al lado del río. El problema es que no he traído vino...

Émile le dirige una sonrisa.

—Dentro tengo vino. Y un mechero. Podemos hacer la fiesta aquí.

Chloé le da una palmadita feliz en la espalda.

—¡Hecho!

Encuentra a Joanne en el interior de la autocaravana fregando los platos. Se pone a su lado, un poco incómodo.

—Esta tarde he conocido a esta chica. Cuando se iba de paseo con sus amigos.

Joanne no reacciona. Sigue frotando el plato.

—Vamos a tomar algo a la orilla del río, ¿quieres venir?

Joanne sacude la cabeza.

—No, gracias.

—¿Te vas a dormir?

—Sí.

—Vale... Hasta luego, entonces...

—Hasta luego.

Émile abre la puerta del armario de debajo del fregadero y coge la botella de vino tinto, el abridor y un mechero. Nota que Joanne lo sigue con la mirada mientras sale de la autocaravana y se pregunta si todavía tiene esa mirada aturdida y extraviada.

4

—Mira, aquí estaremos bien.

Chloé se deja caer sobre una gran roca tras haber recolectado unas cuantas ramitas secas. Émile las ha agrupado y se esmera en cercar la pequeña pila de madera con piedras. El fuego prende sin demasiada dificultad. Émile se va a buscar algunas ramas más mientras Chloé abre la botella.

—No he cogido vasos —se disculpa.

—Beberemos de la botella.

Ahora ya está todo listo. Émile deja las ramas al lado del fuego. Tienen reservas para alimentarlo durante varias horas. Se sienta al lado de Chloé. Ella extiende sus largas y musculosas piernas hacia delante. Brillos naranjas bailan sobre su piel. Chloé levanta la botella, se la lleva a la boca y después se la pasa. Le hace sentir genial estar aquí, al borde del arroyo, al lado de una hoguera, con una chica que le sonríe, que le da a entender que le gusta, una chica desbordante de energía. Después de esos primeros días silenciosos dándole vueltas al pasado, esta velada es como un soplo de aire fresco. Ella es quien comienza a preguntar.

—Bueno, cuéntame... ¿De qué va esta idea del viaje por los Pirineos? ¿Cómo has terminado aquí?

Pero prefiere dejar que empiece ella, no sabe del todo qué le contará. Una versión edulcorada de la verdad, más o menos real.

—No, tú primero.

—Oh, ¿y eso por qué?

—Porque haces demasiadas preguntas.

Chloé ríe silenciosamente y tira la cabeza hacia atrás.

—Lo reconozco. Me lo dicen a menudo.

—Pues venga, háblame de tu ruta por el GR10.

—Bueno, empecemos por el principio. He..., acabo de dejar mi trabajo de cartera. —Chloé detecta la sonrisa sorprendida en su rostro—. Sí... Cartera. Eso explica estas preciosas piernas tan bien definidas y bronceadas, ¿verdad?

Ambos ríen desinhibidos.

—¿Hacías el recorrido en bicicleta?

—Por supuesto. Siempre me negué a coger el coche.

—Te gusta el deporte, supongo.

—Es lo único que hacía los fines de semana.

—¿Más bici?

—No. Natación, correr, unas cuantas excursiones. Siempre he tenido ganas de hacer un viaje en plena naturaleza.

—¿Por eso dejaste el trabajo?

—Es un poco más complicado... —Chloé le coge la botella de las manos y bebe un largo trago—. No está nada mal este vinito.

Le lanza una de esas miradas persistentes que hablan por sí solas. Esta noche ha venido a buscarlo hasta su autocaravana...

—Entonces ¿por qué te fuiste? —retoma Émile la conversación para disimular su turbación.

—Sí, bueno... Como te decía, le daba vueltas a esta idea del viaje. Siempre he querido hacer el GR10. Iba a hacerlo con mi novio de entonces, pero hace tres años lo dejamos. Era un imbécil, pero íbamos a casarnos. —Hace una mueca como de *mea culpa*—. Sí, casi me dejo engatusar. Pero bien está lo que bien acaba, puesto que el señorito se fue con otra... —Deja que se instale un breve silencio—. A hacer el GR10.

Émile contiene una carcajada en la garganta y por poco no se atraganta. A Chloé no le ofende lo más mínimo. Ella también se echa a reír.

—Sí, lo sé... Una y otra vez con el puñetero GR10. Mi vida es como una comedia.

—Veo que te lo tomas a bien.

Se vuelve a hacer el silencio, solo roto por el crepitar de las ramas en el fuego.

—Así que dejé correr la idea esa de la ruta. Y..., y los tres años siguientes fueron un poco años perdidos en los que dejé la vida pasar. Curro, deporte, algunas salidas con las amigas. Ellas intentaban hacer que cambiara de mentalidad. Era la soltera del grupo. Todavía lo soy. Así que siguen intentando casarme. Es insoportable.

—Me parece que te entiendo.

Algo parecido le ocurrió cuando Laura se fue. Renaud estaba con Laëtitia, los pocos amigos que todavía veía se iban a vivir en pareja gradualmente. Se había convertido en el amigo que había que emparejar. Y nadie entendía que no quisiera ni oír hablar del tema, que para él ese tren ya había pasado. Chloé continúa.

—Y hace dos meses murió mi madre. Un cáncer de ovarios. Mi padre puso a la venta la casa familiar. Entendí que se trataba del final de una etapa, que era el momento de irse. Estas cosas siempre se notan. Un último lazo se corta y sabemos que podemos irnos. No quise pedirme una excedencia. Dimití. Soy joven, seguro que encontraré otra cosa, en este país o en otro.

Lanza una piedrecita al agua. Émile le tiende la botella.

—¿Dónde irás después de los Pirineos?

—Puede que a España. Luego a Sicilia. Después todavía no lo sé.

—¿Y tus amigas? ¿Irán contigo?

Chloé sacude la cabeza. El reflejo de las llamas baila en sus mechones rubios.

—No. Ellas solo hacen una parte del GR10 conmigo.

Dobla las piernas contra su pecho. A Émile le gusta cómo le mira, con la cabeza ladeada. Le da ganas de acariciarle el pelo con la mano.

—¿Y tú? —pregunta—. ¿Por qué estás solo? Bueno, sin contar la loca que has recogido en la carretera.

No le ha dado tiempo de preparar una mentira. Lo ha cogido por sorpresa.

—Yo... Yo también...

Traga saliva. Chloé lo mira con calma e interés. No quiere contarle lo de la enfermedad. Esta noche quiere sentirse joven y lleno de vida, como ella. Quiere ser un chico con toda la vida por delante.

—En mi caso ella también se fue —dice al fin.

—¿Quién? ¿Tu novia?

—Sí. Se fue hace un año. Al contrario que tú, nunca supe si había otro. Nosotros..., nosotros no nos íbamos a casar pero... ella quería tener un hijo y... estaba mucho más preparada que yo. Yo solo era..., yo solo era un crío.

Le sorprende la forma en la que le ha salido esta información, puesto que no se trata en absoluto de una mentira. Es verdad, Laura quería tener un hijo. Laura anhelaba tener un hijo con él. Él había acabado cediendo, pero cuando ya era demasiado tarde. No se dio cuenta hasta más adelante. Le cuesta creer que acabe de contárselo a Chloé, puesto que ni siquiera Renaud lo sabe. Nunca había podido hablar del tema. Nunca quiso entender el motivo por el que Laura se fue, ni aceptarlo. Sin embargo, siempre había sabido que allí era donde radicaba el motivo principal.

—¿Qué pasó? ¿No lo intentasteis? —pregunta Chloé.

—Casi nada. Digamos que..., cuando por fin me decidí, ya era demasiado tarde.

—¡Au!

—Sí. Y se fue. Creo..., creo que había otra persona, pero nunca lo supe.

—Eso no hubiese cambiado el hecho de que quería dejarte...

—Es cierto.

—Igual te hubiese permitido liberarte de tu responsabilidad, es en lo único que hubiese ayudado.

—¿Qué quieres decir?

Chloé hace rodar unos pocos guijarros entre los dedos.

—Bueno... Siempre resulta más fácil acusar al otro de ser la causa de la ruptura. Es mucho más simple que ver en qué hemos fallado.

Sabe que tiene razón, pero no tiene ganas de escucharla. Todo se remite a las ganas de tener un hijo, y su inmadurez... No quiere pensar más en ello ahora. Intenta cambiar de tema.

—Rompimos y... yo también me convertí en el soltero del grupo. Todos los demás a mi alrededor se iban a vivir en pareja, mi curro me aburría y luego mi mejor amigo fue padre. Era demasiado. Era el momento de irse, tal y como has dicho.

—¿Lo hiciste así de repente?

—Sí. De golpe. Compré la autocaravana y me fui. Fue..., no sé..., como si despertara después de haber estado aletargado durante varios meses en una vida insulsa.

Tampoco miente al decir eso. Se oye hablar como si no se reconociera, y se pregunta si la noticia de su enfermedad es en realidad la única razón por la que se ha ido... Chloé se lleva la botella a la boca y saborea el vino unos segundos antes de responder:

—Tuve exactamente la misma sensación. Hay que estar atento.

—¿A qué?

—A no adormecerse en la vida. Todos tenemos tendencia a hacerlo. De ahora en adelante, intentaré estar atenta. Y tú deberías hacer lo mismo.

Émile asiente con la cabeza. No le dirá que ya no tendrá tiempo de adormecerse en la vida.

—¿Tú de qué trabajabas? —pregunta Chloé pasándole la botella.

Se han acabado el vino. Han hablado de sus trabajos, después de sus familias y de su manera de ver la vida. Están un poco ebrios. Qué bien sienta. Chloé está acostada sobre los guijarros, el vestido se le ha subido por encima de las rodillas. Émile se ha acercado a ella pero no se ha atrevido a tocarla, aún no. Observa el fuego danzando sobre su melena, en sus piernas, en sus pupilas. La voz de Chloé suena un tanto pastosa cuando se incorpora sobre un codo y propone:

—¿Y si vamos a tu autocaravana?

Los ojos le brillan con determinación. Émile tiene muchas ganas de besarla, de sentir su cuerpo junto al suyo.

—Está Joanne.

—Está durmiendo arriba, ¿no?

—Sí...

—No haremos ruido. Te prometo que no haré ruido.

Esboza una sonrisa pícara. Se levanta apoyándose sobre las rodillas de Émile, y este contacto derriba las últimas reticencias.

—¡Silencio sepulcral pues! —exige Émile.

—A sus órdenes.

Chloé le roza el muslo. Él le agarra la mano con afán y la conduce a través de los árboles, en dirección a la autocaravana.

—Ven.

Ambos tropiezan en la entrada de la autocaravana, y Émile está casi seguro de que ya han despertado a Joanne, pero no tiene tiempo de decir nada, Chloé ya está junto a él, y ha pegado su boca contra la suya. Su aliento huele a alcohol con un toque dulce. Le resulta extraño notar un cuerpo tan robusto. Laura no estaba tan musculada ni era tan vigorosa. Y era más baja. Nunca ha conocido a una chica tan enérgica como Chloé. Lo agarra, lo desviste con fuerza, sin dejar de besarlo. Sus movimientos son seguros y eficaces. Tiran una olla al apoyarse en la encimera, y Chloé suelta una gran carcajada. Émile se pone lívido y alza la vista hacia el techo, donde Joanne debe de estar despierta.

—Anda, relájate —le susurra Chloé al oído—. Tampoco la vamos a traumatizar.

No le deja responder, pega su boca contra la suya. Están en ropa interior. Émile le señala en silencio el banco acolchado, delante de la mesa. No está ni a un metro de distancia, pero tardan una eternidad en alcanzarlo. Ella es quien lo tira sobre el banco, y le salta encima. Tiene un aspecto un tanto salvaje, le brilla la mirada. A Émile no le extrañaría oírla rugir. Posa una mano sobre su boca porque Chloé empieza a jadear demasiado fuerte. Sin embargo, cuando la penetra, es él quien no puede contener un suspiro. Tiene la sensación de que hace años desde la última vez. Después de Laura, solo había estado con una mujer. Una sola vez. Una mujer casada que conoció en una página web. Ni siquiera recuerda por qué hizo eso. Quizá para tener la sensación de vengarse de Laura, de arrebatarle esa mujer a alguien de la misma manera que alguien le había quitado a Laura. Fue rápido e insulso. Después de eso decidió que se había acabado, que a partir de entonces siempre se sentiría decepcionado. Pero esta noche está bien. Es de todo menos decepcionante. Es como un pequeño resurgimiento. Ambos sofocan los jadeos lo mejor que pueden. El banco acolchado hace un ruido espantoso, chirría. Acaban sin aliento, empapados, pegados contra la piel sintética. Se vuelve a hacer el silencio en la autocaravana, y a Émile solo le obsesiona una cosa: captar el menor signo que demuestre que Joanne está despierta. Reza para que no sea así. Ahora que la excitación ha disminuido, se siente avergonzado de haberla obligado a pasar por esto. Se han comportado de una manera detestable. Aparta con suavidad a Chloé hacia un lado y le susurra con tono de disculpa:

—Preferiría que no nos quedáramos aquí... Si Joanne...

No acaba la frase, Chloé asiente y se levanta de golpe.

—Entiendo.

Se viste con gestos rápidos y un tanto rígidos. Émile teme haberla ofendido. No quería echarla.

—¿Nos sentamos fuera? ¿Quieres un té?

Chloé se detiene, con el vestido a medio poner a la altura del pecho. Su sonrisa aparece de nuevo.

—Sí, por favor. ¡Pero que sea un té verde!

Cuando Émile se reúne con Chloé fuera, se la encuentra hojeando la guía de los Pirineos que había dejado sobre la mesa.

—Te podría dar unos cuantos consejos —declara mientras Émile se sienta frente a ella.

—Ah, ¿sí?

—Sí. Pero nos llevaría toda la noche. Si sigues por aquí mañana podríamos dedicarle un rato.

—¿Cuándo te vas tú?

—Pasado mañana.

—Entonces podemos quedar mañana por la noche, sí.

Ambos beben té en silencio durante unos instantes. Ha refrescado mucho. Ya es entrada la noche. Émile rompe el silencio.

—No estoy seguro de tener todo el material necesario... Para empezar la ruta a pie, me refiero.

—No soy ninguna *pro*, pero... ya llevamos diez días de ruta y vamos alternando entre albergues y tienda. Creo que podría ayudarte un poco con eso.

—Genial.

Chloé tiene una mirada risueña.

—No, esta noche sí que ha sido genial.

Émile le devuelve la sonrisa.

—Es verdad. Es... —Duda sobre cómo continuar la frase. No quiere parecer demasiado ingenuo—. Es genial conocer a gente como tú.

—Lo mismo digo. —Chloé lo mira directamente a los ojos y murmura—: Podrías tener una compañía mucho mejor que la loca del sombrero.

Émile intenta que no se le note, pero el comentario de Chloé lo irrita. Le parece injusto y mezquino. Intenta defender a Joanne.

—Solo está un poco perdida..., pero es muy amable.

—Ya —contesta Chloé con una mueca—, «amable».

Suelta una risa burlona. Émile no responde. Prefiere limitarse a beber el té en silencio.

Chloé se marcha unos minutos más tarde. Le da un beso entre la mejilla y los labios y desaparece entre el follaje. Émile no se atreve a subir a la cama, donde Joanne está tumbada y puede que todavía despierta a causa de sus retozos. Esta noche se conformará con el banco acolchado. Después de todo lo que acaba de pasar, le debe esta muestra de respeto.

Al día siguiente se despierta con un dolor de cabeza atroz. Piensa que se lo tiene merecido, que el Señor lo ha castigado. El sol ya está en lo alto del cielo. Debe de ser casi mediodía. Joanne ya estará despierta. Siente vergüenza por lo que ocurrió ayer por la noche, y todavía más ahora que es pleno día. Ha dormido en el banco, con una chaqueta a modo de manta. Se obliga a levantarse y a salir. No hay ni rastro de Joanne. En cierto modo se siente aliviado. Después se apodera de él un sentimiento de inquietud ante la idea de que se haya ido, que lo haya abandonado. Sin embargo, sus cosas siguen aquí. Decide que se irá a duchar y luego preparará una buena comida para disculparse. Solo hará crudités. A Joanne le pondrá contenta.

Antes se obliga a pasear un poco fuera, al abrigo de los árboles, para calmar el dolor de cabeza. Se dirige hacia el riachuelo. Le sentará bien sumergir los pies en el agua helada. A unos pasos del arroyo se detiene de forma brusca, puesto que Joanne está allí, sentada sobre una gran roca. Tiene el móvil en el oído y está hablando. No susurra como el otro día. Tiene una voz firme que Émile no ha escuchado antes. No es un tono de voz fuerte sino claro.

—No. Tienes que dejar de llamarme...

Hay unos instantes de silencio. A pesar del sonido del arroyo, Émile percibe la voz de un hombre que sale del auricular. Una voz bastante joven.

—Tú... No... Deja de llorar así... Dijiste que respetarías mi elección... No... No lo sé. Ya te lo he dicho... Un mes, seis meses, un año... Necesito tiempo... No... Para... —Hace una pausa más larga, como si necesitara contenerse o recuperar el aliento—.

Estábamos de acuerdo... Volvería cuando estuviese preparada. Ya te lo he dicho... No puedes continuar llamándome así... Necesito calma. Necesito espacio. —Se coge la cabeza entre las manos. Transcurren unos segundos. Cuando vuelve a hablar, lo hace con un tono irritado—: Sí, nos hemos querido, pero eso no cambia nada... No, ya no lo sé. Necesito tiempo para saberlo... Deja de llorar. Así son las cosas.

Émile se queda inmóvil unos segundos, después se da cuenta de que no debería estar allí. Retrocede en silencio, intentando no pisar las ramas secas. Eso haría un ruido espantoso y Joanne lo descubriría. Sabría que lo sabe. Ni uno ni otro lograrían gestionar esa situación. Regresa por el camino que lleva a la autocaravana lo más rápido posible. Ahora ya está seguro: es un hombre quien la llama. Un hombre que lamenta que se haya ido, un hombre a quien ella quiso un día pero al que ya no sabe si ama.

La mesa está preparada. La ha puesto él. Ha cocinado una tortilla con champiñones con la esperanza de que Joanne coma huevos, una ensalada verde y un poco de arroz que ha cocinado con una ramita de romero. Mientras la esperaba, ha sacado la hoja en blanco y el bolígrafo, pero claramente no es el mejor día para escribir una carta. Tiene migraña, siente como si le golpearan el cráneo. Las imágenes de la noche anterior todavía siguen estando muy presentes. La conversación que tuvieron a la orilla del río. «Ella quería tener un hijo y... estaba mucho más preparada que yo». No sabe por qué se sinceró de esa manera. ¿Por qué con esa chica? ¿Será que es más fácil confesar los propios errores a desconocidos? Émile había conocido a Laura en la universidad. Se aburría en la carrera de Comercio. No hacía gran cosa. Lo mínimo imprescindible. Laura iba un año por delante de él. Vino a presentarles las prácticas que había realizado en una agencia inmobiliaria, para animar a otros estudiantes a que las solicitaran. Le pareció una chica hermosa y descarada. Coincidieron en una fiesta universitaria esa misma noche. La atrapó por el hombro, entre la multitud, le dijo que estaba muy interesado en la empresa donde había hecho las prácticas. Ella no se dejó engañar y soltó una carcajada. Émile adoró su risa. Ya entonces se enamoró un poco de ella. Hablaron durante toda la fiesta, apoyados en la barra del bar. Se besaron al despedirse. Al día siguiente quedaron para merendar por el centro. Y así fue como empezó todo, en un santiamén. Y ya no volvieron a separarse. Ella iba a dormir a su pequeño piso de estudiante. Él iba a comer a su piso compartido. A veces se quedaba a dormir. Ella a veces decidía llamar a su timbre en plena noche, solo para sentir su olor antes de dormirse. O iba a buscarlo durante la pausa, a la salida del aula magna, y le decía: «Ven, ¡vamos al cine!». Él se iba de clase y la seguía. Laura era impulsiva. Desprendía vitalidad. No le gustaba estar mucho tiempo en un mismo sitio. Se hartaba con rapidez. Podía irse de una fiesta una hora después de haber llegado declarando que era un rollo. Decidía que se iba de fin de semana a la playa el martes por la noche y él solo tenía que seguirla si quería, puesto que ella iba seguro. Y él la seguía porque sabía que decía la verdad: iría sin él. Cogería su viejo coche, un bañador, un cepillo de dientes y se iría. Así fue el inicio de su relación: todo sorpresas, todo pasión. Él sabía que era un alma libre y eso hacía que la quisiera todavía más, porque sabía que podía irse en cualquier momento.

Luego se calmaron. Frecuentaron más la facultad (papá y mamá protestaron por ambos lados). Después de dos años de idas y venidas incesantes entre los alojamientos respectivos, se fueron a vivir juntos. Laura terminó la carrera y encontró un trabajo, dejó de inventarse fines de semana improvisados a diestro y siniestro, empezó a preocuparse cuando él no volvía a casa a la hora prevista. Émile sintió que Laura era menos libre. Dejó de considerarla un ave salvaje y creyó que se convertiría en un gato viejo y manso, que se quedaría a su lado para siempre.

Así que sí, habría resultado difícil confesarle a Renaud que fue él quien lo echó todo a perder, que quiso hacer esperar a Laura, que consideró que su idea del embarazo era un capricho. Se suponía que de los dos era a él a quien se le daba mejor todo aquello, él era el modelo, el que sabía, el que conocía a las mujeres, el que no era torpe o no se preocupaba. Y sin embargo era Renaud el que lo había conseguido. Él supo satisfacer a Laëtitia. Era él quien tenía un hijo.

«Siempre resulta más fácil acusar al otro de ser la causa de la ruptura. Es mucho más simple que ver en qué hemos fallado».

Quizá eso es lo que había hecho convenciéndose de que Laura lo había dejado por otro. Seguramente no había otro. Laura se fue en busca de sus sueños, de su libertad.

Oye los pasos de Joanne sobre la gravilla del aparcamiento antes de verla llegar. Se endereza con un poco más de ímpetu de la cuenta.

—Hola.

—Hola.

No parece estar resentida por lo ocurrido la noche pasada. Solo tiene un aspecto ausente, como de costumbre. Se deja caer en la silla sin ni siquiera molestarse en esconder el móvil. ¿En el fondo tiene ganas realmente de esconderlo?

—He preparado la comida. Habría que empezar a comer... El arroz se va a quedar frío.

Joanne lleva su perpetuo sombrero negro y un conjunto de camiseta y pantalones anchos negros. Así que solo viste de negro. Ahora ya no cabe duda. Le llena el plato mientras ella deja que su mirada se pose en el vacío. La conversación telefónica con el hombre parece haberla desestabilizado.

—¿Estabas..., estabas en el arroyo?

Se hace el tonto para obligarla a hablar, a que salga de ese estado apático.

—Sí.

Émile no encuentra nada más que añadir. Le tiende el plato, pero ella no hace ningún gesto para coger los cubiertos.

—¿No comes?

—No tengo demasiada hambre.

Parece conmocionada, aturdida. Émile se pregunta por qué dejó al hombre del teléfono. Cómo lo dejó. Por qué él continúa llamándola sin descanso. «Estábamos de acuerdo... Volvería cuando estuviese preparada». No parece una ruptura irrevocable. Parece que se han dado un tiempo. ¿Qué busca con esta huida, fugándose con el primer tipo que pasa, tratando de alejarse a toda costa de su novio? ¿Es porque quiere demostrarse algo? Y, por otro lado, ¿qué es lo que quiere él? La hoja de papel sigue allí, al lado de su plato, obstinadamente blanca. No consigue escribir nada. Cuando se fue pensó que había una explicación muy simple. Ahora Émile es consciente de que es más complicado. Están esos fragmentos del pasado que resurgen, que ponen todo de manifiesto y que arrojan nueva luz. Quizá no exista una única razón evidente que explique por qué se fue.

Joanne se lleva un poco de tomate a la boca. Se obliga a comer. Eso le parece una buena señal, piensa que podría hablarle del tema, que quizá ella podría ayudarlo a aclararse. Después de todo ella también se ha ido... Se aclara la garganta.

—Estoy intentando escribir esta carta desde ayer...

Habla con un tono de voz inseguro. Joanne levanta la mirada del plato. Émile le señala la hoja en blanco.

—¿Una carta para qué?

No ha preguntado «¿Una carta para quién?» sino «¿Una carta para qué?». Y tiene toda la razón del mundo. Esta carta no es para nadie en particular. No está más dirigida a sus padres que a Renaud, o que a él mismo. Es una carta para explicar. O puede que simplemente para entender. Puede que por eso no consiga escribirla.

—Una carta de despedida... Para mi gente. Para comunicarles que me he ido.

Joanne apoya el tenedor y asiente, con un aspecto un tanto afligido.

—¿No saben que te has ido?

—No. Me..., me fui así, sin más, sin despedirme. Deben...,
deben de intuir que me he ido, seguramente habrán encontrado
mi estudio cerrado con llave, habrán intentado llamarme. Solo
Renaud lo sabe... Mi mejor amigo... Quizá ahora ya se ha ido de
la lengua... Ya hace cuatro días...

Joanne vuelve a comer pequeños bocados, sin prisa.

—¿Por qué no les dijiste que te ibas?

—No lo habrían querido entender. Con Renaud es distinto,
pero mis padres y mi hermana no lo habrían entendido... Había
un ensayo clínico. Un protocolo para estudiar la enfermedad, hacer pruebas, intentar ralentizarla. Querían que participara.

Joanne termina de ingerir lo que tiene en la boca antes de
preguntar con su tono educado:

—¿Estaba destinado al fracaso?

—¿El ensayo clínico?

—Sí.

—No me habría curado. Nunca fue ese el objetivo.

Joanne se toma su tiempo para hacer preguntas, escoge cada
palabra con dedicación.

—¿Se convencieron de que eso podía curarte?

—Creo que maquillaron un poco la realidad.

Se hace el silencio de nuevo. Joanne busca las palabras.

—Podrías haberte limitado a rechazar el ensayo clínico.

—¿Qué quieres decir?

—No había necesidad de irse tan lejos. Bastaba con negarse a
participar en el ensayo.

—Yo... Es más complicado.

Joanne espera con calma. Ha dejado de comer. Ha apoyado el
tenedor y lo mira. Por una vez, lo mira a los ojos. No es algo que
suceda a menudo y a Émile le cuesta encontrar las palabras.

—Iba a acabar senil... Quiero decir, voy a acabar senil. No...,
no tengo ningunas ganas de que me vean así. Quería..., quería que
me recordaran como..., como soy yo, mi yo de verdad..., no como
un anciano senil.

—¿Crees que te habrían considerado un anciano senil?

—Ya había empezado. Me miraban distinto, y su comportamiento también había cambiado.

Joanne baja la mirada hacia el plato, asiente con un gesto de cabeza imperceptible.

—Entonces lo entiendo.

Pasan unos segundos. Al final, Émile se sirve un vaso de agua y Joanne vuelve a picotear, muy despacio. Solo se oye el borboteo del riachuelo a lo lejos, el canto de los pájaros y el sonido de los cubiertos.

—Siempre tuve ganas de viajar —prosigue Émile, con la boca medio llena.

El rostro de Joanne resurge cuando levanta la cabeza del plato.

—¿Sí?

—Sí. Renaud y yo queríamos irnos al acabar la carrera. Queríamos coger las mochilas e irnos a la montaña.

—¿No lo hicisteis?

—No. Conocimos a nuestras novias y ya no quisimos irnos.

Un esbozo de sonrisa aparece en la comisura de los labios de Joanne. Es la primera vez que la ve mostrar algo parecido a una emoción. ¿Será que la llamada telefónica la ha conmocionado hasta el punto de sacarla de su letargo?

—¿Dónde está? —pregunta Joanne.

—¿Quién?

—Tu novia.

—¡Ah! Se fue hace un año. A estas alturas probablemente sea la novia de otra persona.

Joanne dibuja un movimiento con el mentón, como un asentimiento discreto. Es una de las primeras veces que tienen una verdadera conversación, así que Émile aprovecha para añadir, muy rápidamente:

—Por cierto, lo que pasó ayer por la noche fue..., fue una estupidez... No acostumbro a hacer ese tipo de cosas. No quería que fuera así...

Joanne hace un gesto con la mano como si quisiera interrumpirlo, impedirle continuar o hacerle entender que no tiene ninguna importancia, que no quiere hablar de ello.

—Está haciendo el GR10 con sus amigos y nos quiere dar algunos consejos... sobre los itinerarios y el material. —Continúa rápidamente como para quitarse de encima este tema que lo incomoda—: Así que en principio volverá esta noche para ayudarnos a preparar nuestra ruta. Vendrá a la autocaravana. ¿Estarás aquí?

—Creo que sí.

—Vale.

No encuentra nada más que añadir. Ahora que le ha dado esta información se siente más ligero. Coge el tenedor y empieza a comer con apetito. No está malo. El arroz está frío pero ligeramente aromatizado por el romero.

—No estaba seguro de si comías huevos. Como eres vegetariana... —dice con la boca llena, al ver que empieza a comer la tortilla.

—Sí. Como huevos.

—¿Hace mucho tiempo que..., que no comes carne?

—Desde pequeña.

—Ah, ¿sí?

Joanne asiente, coge un poco de arroz del montoncito y se detiene.

—¿Has encontrado la planta de romero? —pregunta.

Él levanta la mirada hacia Joanne. Ha dejado de masticar y tiene una expresión ligeramente sorprendida.

—Sí. Yo... lo he puesto en el arroz... ¿Te gusta?

—Sí.

Sin embargo, no continúa masticando. Permanece inmóvil.

—Así pues ¿has encontrado la planta de romero?

Esta información parece perturbarla sobremanera, y Émile no entiende por qué. Responde, inseguro:

—Sí... Detrás de la autocaravana.

Se pregunta si ha hecho algo mal, pero entonces ve como se dibuja una sonrisa en su rostro. Una verdadera sonrisa. La primera en cuatro días. Como un rayo de sol. Es algo inesperado. Sonríe por el romero... Émile se queda sin habla, con el tenedor en la mano. Intenta calibrar la importancia de lo que acaba de ocurrir, pero no lo consigue. Caray, sonríe por el romero... ¡y está increíblemente hermosa!

5

—He cogido una cantimplora para los dos.

—De acuerdo.

Han terminado la comida en silencio. Émile no ha parado de lanzarle miradas discretas intentando captar otra sonrisa en su rostro, pero no ha habido más. No entiende cómo ha conseguido que apareciera la primera sonrisa, pero le ha iluminado por completo el día. La migraña ha desaparecido.

Mientras quitaban la mesa le ha propuesto:

—¿Vamos a dar una vuelta por el pueblo? Después podríamos ir a las cascadas.

Ella ha aceptado con su expresión impasible. Émile está listo, lleva las botas de senderismo puestas y la mochila en la espalda. Ha cogido una cantimplora y algunas manzanas... por si tienen hambre. Mira a Joanne mientras se ata las sandalias doradas.

—Tenemos que encontrarte sí o sí algo para los pies.

Ella asiente. Nunca dice que no. Es de una docilidad desconcertante.

Pasean con calma por el pueblo, tomándose su tiempo. Émile va delante, le muestra las cumbres, busca los nombres en la guía. Intenta orientarse.

—Espera, ¿esto es el sur? Aquí dice...

Entorna los ojos mientras descifra su guía. Intenta identificar las cimas: el Pic de Sauvegarde, el Pic de Céciré, el Pic Lézat... Los va indicando en voz alta mientras camina. Joanne se limita a disfrutar del paisaje en silencio. Pasean por las callejuelas, se detienen frente a una casa de piedra antigua donde un gato ha establecido su domicilio. Está tumbado tan largo como es sobre el felpudo de la entrada y bosteza mientras los mira.

Vuelven sobre sus pasos, en dirección al aparcamiento. El pueblo es muy pequeño. Ya lo han visitado todo. No hay ni una tienda, calma absoluta.

—Es bonito, ¿verdad? —comenta Émile abarcando con la mirada el paisaje una vez más.

—Es magnífico.

Primero una sonrisa. Ahora un «Es magnífico». Tiene la sensación de que Joanne se está despertando poco a poco.

Cuando llegan al aparcamiento, van directamente hacia el arroyo y la ruta de senderismo, en dirección a las cascadas.

—¿Qué tal van los pies?

Joanne no se queja, pero Émile puede ver que las tiras de las sandalias le han hecho algunas ampollas.

—Bien.

—Si te duele...

—No me duele.

El camino es sombreado y muy tranquilo. Caminan a lo largo del río. De vez en cuando se cruzan con excursionistas e intercambian un «Hola», después vuelve el silencio. Otras veces se detienen para hidratarse un poco o sumergir las manos en el agua y refrescarse la nuca.

—¿Cómo es Saint-Malo?

Se ha detenido en medio del camino mientras Joanne se esconde tras un matorral para orinar. Ahora vuelve hacia él, con su andar tranquilo.

—Oh, es... —Llega a su altura y se coloca el sombrero de nuevo—. Hace mucho viento. Y demasiado concurrido en verano.

—¿Y ya está?

—Sí. Ya está. Carece del encanto que tienen los lugares silenciosos.

—¿Porque es muy turístico?

—Sí. Ha perdido su lado auténtico.

—¿Nunca quisiste irte?

—No. Yo vivía en un pueblo pequeño que se llama Saint-Suliac, a unos kilómetros de Saint-Malo. Allí se vive bien.

—¿Es un sitio más auténtico?

—Sí. Y tranquilo.

Retoman la ruta con calma.

—¿Siempre has vivido allí?

—Sí.

—¿Y naciste allí también?

—Sí. Nací en la escuela.

—¿La escuela donde trabajaste?

—Sí.

Émile sonríe sorprendido.

—¿De verdad?

—Sí.

—No es algo habitual.

—Mi padre era el conserje de la escuela.

—¿En serio?

—Sí.

No hay ni rastro de la sonrisa de esta mañana, tiene una expresión seria. Émile piensa que es una lástima que no sonría.

—¿Entonces en cierto modo tú cogiste el relevo?

—Sí. Cuando él se jubiló.

—¿Qué edad tenías?

—Acababa de cumplir veinte años.

—¡Eras jovencísima! ¡Menuda responsabilidad!

Joanne se encoge de hombros.

—Conocía la escuela como la palma de mi mano. Siempre había vivido allí. Era como mi casa.

—Te pareció que era el paso lógico que tocaba dar...

—Sí. Exacto.

Émile sonríe. Piensa que Joanne ha tenido una vida muy distinta a la suya. Él con veinte años no era más que un chico estúpido que se emborrachaba con sus amigos estudiantes, mientras que Joanne, a su misma edad, tenía una escuela a su cargo.

—Y tu madre ¿qué hacía?

Joanne tarda en responder, y Émile espera no haber metido la pata.

—No la conocí.

Émile hace una mueca al constatar que en efecto acaba de meter la pata. Sin embargo, Joanne mantiene una expresión impasible y calmada. No parece afectada.

—Mi padre me tuvo tarde. Tenía cuarenta años.

Émile asiente con la cabeza porque no sabe qué responder.

—Estaba soltero, era un poco como el solterón del pueblo, ¿sabes?

—Sí.

—Hay rumores que cuentan..., que cuentan montones de cosas. Se decía que se había acostado con una prostituta y que ella se había quedado embarazada, que quiso abortar pero que él le suplicó que conservara al bebé, le prometió dinero, mucho dinero, para que lo conservara y él pudiera criarlo.

Lo dice tal cual, sin ninguna emoción concreta, con un tono calmado y suave.

—¿Supiste si..., si era cierto?

—Probablemente lo fuera.

Se encoge de hombros como si le importara poco. Émile la observa con una mezcla de incredulidad y admiración.

—¿Él qué te contaba?

—Una historia más bonita. Que conoció a una mujer muy dulce y guapa que se quedó embarazada de él. Por desgracia, no podía quedarse. Llevaba una existencia que era incompatible con una vida en familia así que me dejó a su cargo.

Émile no sabe qué responder. Está un tanto conmocionado por esta historia. No sabe si simplemente le parece terrible, o triste y dulce a la vez. No parece que Joanne la considere terrible.

—Debe de ser..., es..., me imagino que no es fácil pasar... por eso.

Joanne se encoge de hombros.

—No. Al contrario.

Émile frunce el ceño, no está seguro de entender a qué se refiere.

—Yo era lo que él nunca creyó que tendría. Fue feliz y se sintió agradecido cada día de su vida.

—¿Y tú? ¿Tú...? —No sabe cómo formular la pregunta—. ¿Nunca necesitaste más?

—¿Qué quieres decir?

—Saber más... Conocer a tu madre...

Joanne sacude la cabeza con determinación.

—Él me lo enseñó todo. Era dulce. Le quería. Fui feliz.

Émile no ve su rostro, escondido bajo el sombrero. ¿Puede que esté sonriendo, como esta mañana? ¿Puede que su padre le enseñase a reconocer una planta de romero silvestre?

Continúan el camino en silencio.

—¿Sigue..., sigue en este mundo?

No puede evitar preguntarlo.

—No. Murió mientras dormía hace tres años.

Levanta la cabeza para captar un rayo de sol. Tiene una expresión serena, calmada. A Émile le cuesta apartar la mirada de ella.

—Tuvo una vida feliz —añade.

El canto de los pájaros y el borboteo del arroyo lo colman todo de nuevo. Émile cierra los ojos un instante, para aprovechar mejor ese momento de pausa, atemporal. Es una tarde agradable. Le alegra haber tenido esa conversación con Joanne. Ahora puede imaginar una Joanne más joven, en el patio de la escuela. Puede visualizarla con unos centímetros menos, con un peto tejano y el pelo recogido en una trenza. Puede ver cómo cobra vida, cómo camina tras un hombre grande. Apostaría algo a que el hombre grande meditaba en un campo, con el rostro mirando hacia las estrellas. Y está seguro de que llevaba un sombrero... Un sombrero negro de ala ancha.

Cuando vuelven de las cascadas encuentran una nota sobre la mesa. Está anocheciendo. Se han detenido junto a la orilla del río un buen rato, encaramados a una roca. Han visto a algunas familias bañándose, se han comido las manzanas, han sumergido los pies en el riachuelo, Émile ha atrapado renacuajos para intentar que Joanne sonriera, pero ella ha dicho:

—¡Oh, no! Así los asustas...

Entonces los ha liberado. Y luego han desandado el camino. El aparcamiento está desierto salvo por su autocaravana. Han dejado la mesa y las sillas fuera y Émile piensa que ha sido una estupidez, se las podrían haber robado. Sin embargo, siguen allí y hay una nota en la mesa.

Hola, escritor.

He utilizado la hoja que había encima de la mesa, espero que no te importe. ¡Sigue desesperadamente blanca!

He venido para avisarte: esta noche hacemos una cena en el albergue, una fiesta de despedida. Las chicas me han prohibido saltármela. ¿Quieres unirte? Podemos hablar de tu ruta.

¡Hasta la noche!

Chloé

Coge la hoja de papel antes de que la lea Joanne.

—Nos han invitado a una cena... Chloé..., la chica de ayer por la noche... La celebración será en el albergue por el que hemos pasado cuando visitábamos el pueblo.

No es del todo cierto, a Joanne no la han invitado, pero no tiene por qué saberlo.

—Oh...

No parece muy entusiasmada.

—¿Vienes conmigo?

—No lo sé...

—Nos tiene que dar unos consejos para nuestra ruta... ¿Te acuerdas?

Joanne frunce ligeramente la nariz. ¿Es esa la cara que pone cuando algo no le convence? Todavía no la conoce lo suficiente como para estar seguro.

—Creo que he cogido una insolación. —Se señala la sien—. Me duele. Voy a tumbarme un rato.

Émile entiende que no tiene ganas de ir, de estar con él y Chloé. No quiere forzarla.

—Bueno, descansa entonces. Anotaré toda la información.

—De acuerdo.

—¿Quieres un té? ¿Comemos algo antes de que me vaya? Joanne sacude la cabeza.

—No. Me voy a tumbar directamente.

Trepa por la escalera de cuerda. Émile camina en círculos por la autocaravana unos instantes. Coge una botella de agua de la nevera, se sirve un vaso, picotea unas cuantas patatas fritas de una bolsa que hay abierta. Será mejor que vaya para allí. La fiesta ya debe de haber empezado, pero le preocupa dejar a Joanne sola.

—¿Dejo la puerta abierta o te cierro?

—Puedes cerrar.

—¿Estás segura de que estarás bien?

—Totalmente.

—Bueno... —Da unas vueltas más y guarda la botella de agua en la nevera—. Hasta luego, entonces.

—Hasta luego.

El albergue es un edificio de piedra con un saliente de madera en el tejado, una zona de hierba en la parte de delante y una mesa de pícnic exterior. En el interior hay una sala común con una larga mesa de roble. La estancia está llena, debe de haber una decena de personas. Parejas en su mayoría. Algunos tienen cincuenta años, otros apenas más de treinta. Émile reconoce a la pareja de amigos de Chloé, los que la esperaron detrás de los árboles cuando fue a hablar con él la noche anterior. Émile permanece apostado con timidez en la entrada, con una botella de vino blanco en la mano, y entonces Chloé irrumpe de pronto.

—¡Eeeh, Émile! —Llega como un huracán, posa una mano sobre su hombro, le da un beso alegre en la mejilla—. ¡Qué guay verte por aquí! —Le quita la botella de vino de las manos y lo coge de la muñeca—. Ven, te voy a presentar a la gente.

Émile observa cómo sus largas piernas se precipitan hacia el centro de la estancia. Lleva unos pantalones cortos de color verde caqui y una camiseta negra de tirantes. Se ha recogido la melena en un moño alto. Tiene las mejillas sonrojadas y los ojos brillantes.

—¡Hola a todo el mundo! ¡Os presento a Émile!

Las miradas se vuelven hacia él. Lo acogen unos cuantos «Hola» y sonrisas. Le tienden la mano, o le acercan la mejilla. Se suceden los nombres. Martha... Kevin... Romaric... Hervé y Roseline... Chloé sigue sujetándole la mano y lo va conduciendo de una persona a otra.

—Se queda a cenar con nosotros. Ven, Émile, te serviré algo de beber.

La sigue mientras se aparta del grupo, en dirección a una estancia que debe de ser la cocina del albergue. A la izquierda, una puerta entreabierta le permite ver un dormitorio compuesto por cuatro camas individuales. Hay mochilas por el suelo. Entran en la sala del fondo, que efectivamente resulta ser la cocina. Chloé se pone de puntillas y saca una copa de un armario. Se pelea con el sacacorchos para abrir la botella que Émile ha traído. Hace unas cuantas muecas divertidas, y Émile no se apresura en ofrecerle ayuda.

—Hemos ido al Pic de l'Oussouet hoy —dice cuando por fin consigue abrir la botella.

—¿Era mucha distancia?

—Unos quince kilómetros. —Llena las copas y se apoya contra la encimera—. ¿Y tú? ¿Qué tal el día?

Émile coge la copa que le ofrece y bebe un trago.

—Hemos visitado el pueblo y hemos ido a las cascadas.

Chloé le dirige una sonrisa burlona.

—¿Con la loca?

—Con Joanne, sí.

Chloé sumerge los labios en la copa, continúa mirándolo con la misma sonrisa mezquina.

—Sabes que podrías cambiar de planes, ¿verdad?

Émile frunce el ceño, sin comprender. No sabe del todo a qué se refiere. Los interrumpe una voz que llama a Chloé desde la sala común. Chloé suspira y grita:

—¡Ya vamos! ¡Empezad a encender el fuego! —Se gira de nuevo hacia él—. Hablamos luego.

—¿De...? —Émile se balancea de un pie a otro, con la copa en la mano.

—De tu plan. Del mío.

—¿Por...? —Sabe que parece estúpido, pero le gustaría saber en qué está pensando.

—Nada. Pero podrías venir con nosotros y olvidarte de la loca.

Entonces le da la espalda y se dirige hacia la sala común y Émile se alegra de que no vea su expresión aturdida.

—¿Vienes?

Se deja guiar por Chloé. Todo el mundo ha tomado asiento fuera, en la mesa de pícnic de madera. Uno de los hombres se ha erigido como el encargado de la hoguera y está soplando las brasas. Una mujer coloca ensaladas mixtas en la mesa, y Chloé grita al verla:

—¡Deja de encargarte de todo, Célia! ¡Dile a Franck que te ayude un poco!

La mujer que responde al nombre de Célia pone los ojos en blanco.

—¿Y si me ayudas tú?

Se respira un ambiente agradable. El fuego crepita. La gente le hace preguntas a Émile. Todos quieren aconsejarle acerca de la ruta, opinar sobre uno u otro itinerario. Llenan los platos de cartón con ensaladas. Una baguette y un camembert van pasando alrededor de la mesa. Las botellas de vino se suceden una tras otra. Chloé ha sacado un pequeño bloc de notas donde intenta hacer una lista del material indispensable que Émile debe llevarse para la ruta. Ha creado columnas: una para la ropa, otra para los artículos de higiene y el botiquín, otra para la «ropa de cama» y otra dedicada a los utensilios de cocina (hornillo, olla, tapa...). De vez en cuando, lee en voz alta lo que ha apuntado y la gente alrededor de la mesa lo completa. A veces se generan debates.

—¡Dos mudas son suficientes! Por la noche se lava lo que se ha llevado durante el día y tiene todo el día siguiente para secarse.

—¡Tres recambios como mínimo!

—¡Hay que aligerar! ¡Con una ya basta!

—Franck, no exageres, eso no es lo que más pesa...

Todos los comensales están haciendo el GR10. Son senderistas experimentados. Comparan los valores calóricos de las barritas de cereales que llevan, verifican el material del que está hecho su saco de dormir y debaten sobre cualquier cosa. Émile se pregunta si lo ha reflexionado bien antes de proponerle una expedición de ese tipo a Joanne... Ni siquiera tiene botas de montaña...

—Para el tema de la higiene, te aconsejo el jabón de Alepo. Sirve para el cuerpo, el pelo, los dientes, la ropa y para desinfectar heridas.

El consejo se lo ha dado la mujer de cincuenta años. Tiene los brazos musculosos y las facciones marcadas.

—La toalla de microfibra, ¡sin duda! ¡Para ahorrar espacio! En cuanto a la comida... es bastante simple y lógico. Minimalista. Pan, arroz, pasta, barritas de cereales, queso y salchichón para las proteínas.

Tras acabar la lista del material para la ruta, la conversación va virando poco a poco hacia los trabajos de cada uno, el motivo de su viaje. Chloé ha abandonado el bloque de notas. Acaban de terminarse la sexta botella de vino. Chloé ha puesto una mano sobre el muslo de Émile y de vez en cuando le susurra al oído.

—Es agradable, ¿verdad? Creo que es lo que más me gusta. Las reuniones, las cenas...

Émile está de acuerdo. Tiene la mente un tanto nublada por el vino, pero se siente muy relajado. Chloé tiene razón. Es un ambiente agradable, distendido. Le gustaría que su aventura se pareciera a eso todos los días, pero duda que sea el caso.

—¿Os vais temprano mañana por la mañana? —pregunta inclinándose hacia ella.

—A las cinco.

—¿A las cinco? ¿Por qué tan temprano?

Suelta una risa divertida.

—Por la mañana es cuando más se camina... Antes de que haga demasiado calor. —Chloé le pellizca la nariz en un gesto cariñoso—. Eres un completo novato, tú, ¿eh?

Émile le coge la mano para evitar que le triture la nariz.

—Un poco sí...

Se le ensancha aún más la sonrisa.

—No te preocupes. Con toda la información que te acabamos de dar, ¡estás preparado! —Se acerca a su rostro y posa sus labios al lado de su oído—: A menos que decidas seguirnos.

Tiene una sonrisa maliciosa y aguarda su reacción. Una vez más, él se hace el tonto.

—¿Cómo?

—Pues que si tienes ganas de descubrir los Pirineos puedes unirte a nosotros. Tenemos nuestro itinerario, nuestro material... Tengo una tienda que estoy dispuesta a compartir...

Émile nota su mano sobre el muslo, que se vuelve pesada, como si intentara presionarlo. Chloé lo observa sin dejar de sonreír.

—Puedes dejar aquí la autocaravana. Bajo vigilancia.

—No..., no estoy seguro.

—En cuanto hayas visto suficiente solo tienes que dar media vuelta y regresar aquí. Y listo, *ciao!*

Émile intenta devolverle la sonrisa. Piensa en Joanne, que lo espera en la autocaravana.

—No puedo. Por Joanne.

A Chloé le cuesta disimular su decepción.

—Le dará igual, ¿no? Solo tendrá que encontrar otro vehículo en el que meterse. ¡No le va a cambiar la vida porque seas tú u otra persona! —Hace un gesto con la mano para dejar de lado el tema, como si no valiese la pena entretenerse demasiado hablando de Joanne.

—Para... No voy a abandonarla...

Chloé retira la mano de su muslo. Cada vez le resulta más difícil disimular el enfado.

—Oh, pero no estás casado con ella, ¿no?

—No...

—¿Entonces...?

—Entonces esa no es una razón.

Hace un gesto de irritación y se sirve otra copa de vino.

—Como quieras. Pero mira... —Le señala la mesa, las conversaciones, las risas, las botellas que van circulando—. Así es como son las expediciones con nosotros. Esta es nuestra manera de viajar.

Émile se encoge de hombros. Por supuesto que tiene ganas. Por supuesto que le gustaría compartir cenas así todas las noches, conocer a personas nuevas, acurrucarse en los brazos de Chloé de

vez en cuando. Pero está Joanne. Hoy ha conseguido hacerla sonreír... No es solo una chica que está perdida y se ha subido a su
autocaravana, es la única persona que respondió a su anuncio, que
se ofreció a acompañarlo en este último periplo hacia la muerte.
Están conectados, en cierto modo.

—¿Qué me dices?

—Me encantaría..., de verdad... Pero...

Chloé no le deja acabar la frase.

—Bueno, vale, ya lo he entendido. —Le dirige una sonrisa
forzada—. ¡Pero no cuentes conmigo para hacerte disfrutar esta
noche!

Émile es incapaz de responder, ni siquiera con un «No tenía
intención». Ve como se levanta y va hacia la cocina. Esta chica es
obstinada y terca. No soporta que le lleven la contraria. En ese
momento se da cuenta de que nunca hubiese querido viajar con
ella. Mira la hora. Ya es medianoche. Se acabará la copa y volverá
a la autocaravana lo antes posible. Esperará a que vuelva Chloé,
se lo comunicará y se largará.

Se desliza en silencio en el interior de la autocaravana. Chloé no
ha hecho ningún comentario cuando le ha dicho que se iba a acostar. Le ha tendido la hoja de su bloc de notas, donde le había
apuntado los itinerarios y el material de senderismo, y después le
ha dado un beso rápido en la mejilla.

—Que vaya bien el viaje.

—Igualmente.

Émile se ha sentido aliviado al irse. Chloé parecía decepcionada y triste, pero no le importa.

Joanne debe de estar teniendo un sueño agitado. Mientras se
lava los dientes la oye moverse en la cama, arriba. ¿Será verdad lo
de la insolación? Pensaba que se trataba de una excusa inventada
para no ir a la cena, pero quizá no era así. ¿Tendrá fiebre?

Unos minutos más tarde se mete en la cama. Está oscuro, pero
distingue su rostro. Está reluciente. Ahora está seguro de que

tiene fiebre. Joanne se remueve en el colchón y suelta pequeños suspiros entrecortados.

—¿Joanne?

Susurra para no despertarla de golpe. No parece haberlo oído. Se inclina sobre su rostro y repite:

—¿Joanne?

Deja de moverse. Sin embargo, no se ha despertado. Émile ve cómo mueve los ojos a gran velocidad tras los párpados.

—Joanne, ¿estás bien?

Deja escapar un suspiro, se gira despacio hasta quedarse frente a él. Sigue durmiendo. Tiene los ojos cerrados y respira agitadamente. Estira un brazo hacia él y lo pasa por detrás de su cuello. Se acerca, se pega a él y lo estrecha. Émile no se atreve a moverse. La tiene allí, ardiente de fiebre, entonces se pega más a él y entierra la cabeza en su cuello. Debería despertarla, apartarla con suavidad y repetir: «¡Joanne!», pero de pronto empieza a murmurar en sueños con una voz débil y pastosa:

—Léon, has dicho que dejarías de llamar. —Suelta una exhalación de cansancio, le pasa una mano por el pelo con un gesto tierno y murmura suspirando—: ¿Por qué lo dejaste ir...? Sabías cómo era... Deja de llorar, por favor...

Está teniendo alucinaciones a causa de la fiebre. Cree que Émile es el hombre que la llama por teléfono, al que le repite incansablemente: «No. Para. Deja de llorar». Un tal Léon, al parecer. Émile despega unos mechones que se le han adherido a la frente húmeda por la fiebre y susurra:

—¿Joanne?

Ella deja de retorcerse y suelta un gruñido.

—¡Joanne!

Ha hablado más fuerte. Esta vez abre los ojos. Tarda un breve instante en entender lo que está pasando. Ve a Émile inmóvil y rígido en la cama, sin atreverse a hacer ni un movimiento, se da cuenta de que lo ha rodeado con los brazos y ha sepultado la cabeza en su cuello. Una expresión horrorizada se dibuja en su rostro. Émile intenta decir algo para que la situación no sea tan incómoda.

—Tienes fiebre...

Pero no consigue calmarla. Ella se tapa la boca con la mano.

—¡Oh! ¡Lo..., lo siento!

—No pasa nada. Tienes fiebre... Tendría..., tendría que darte algún medicamento.

Joanne sacude la cabeza, se sienta. Parece un poco desorientada, como si en parte todavía siguiera en los brazos de Léon, en Saint-Malo.

—¿Qué haces? —susurra Émile.

La mira mientras coge la almohada y su saco de dormir.

—Voy a dormir abajo.

—¡No! —Intenta retenerla sujetándola por el brazo—. No pasa nada, Joanne, de verdad. Estas cosas pasan...

Joanne se libera del agarre. Habla muy rápido, sin mirarlo a los ojos.

—Ahora dormiré abajo.

Émile repite sin comprender.

—¿Ahora?

—A partir de ahora.

—¿Siempre?

—Sí, siempre.

—Joanne, ¡es ridículo!

Pero ya está descendiendo por la escalera de cuerda, con la almohada y el saco de dormir bajo el brazo. Parece tener prisa. Responde con un murmullo precipitado:

—No me importa. El sofá de abajo es lo bastante grande. Así cada uno tendrá su habitación.

—Pues quédate arriba. Yo me quedaré en el sofá.

La oye responder desde la parte inferior del vehículo:

—No te preocupes. Estoy bien aquí. Hace menos calor.

—¿Estás segura?

—Sí.

—Tómate algún medicamento. Están entre mis cosas... Debajo del sofá.

—¿Para qué?

—Para la fiebre.

—Es un proceso natural. Es una estupidez intentar impedirlo.

Émile no puede evitar sonreír. Joanne y sus respuestas...

—¿Entonces qué haces? ¿Esperas a que se pase?

—Sí. A no ser que tengas manzanilla.

Primero lo abraza, luego las alucinaciones, después el despertar brusco y la mudanza nocturna. Y ahora esta conversación sin pies ni cabeza.

—No. ¿Por qué iba a tener manzanilla?

—Tal vez para hacer infusiones de manzanilla.

—¿Eso hace bajar la fiebre?

—Sí.

—No tengo, lo siento.

El silencio invade de nuevo el vehículo. Oye a Joanne moverse abajo. Debe de estar instalándose en el banco.

—Joanne, puedes volver aquí, lo sabes, ¿verdad?... Esto que estás haciendo es una tontería...

Sin embargo, la vocecilla le responde con tono irrefutable:

—Estoy más cómoda aquí. Buenas noches.

Émile vuelve a sonreír mientras responde:

—Vale..., pues... buenas noches.

6

No está del todo despierto, pero tampoco completamente dormido. Oye sonidos que vienen de fuera: los pájaros cantando, los pasos de los excursionistas sobre la gravilla del aparcamiento, el hervidor de agua, que vibra. Joanne debe de estar levantada. Él sigue en un extraño estado de somnolencia. Esta mañana le ha venido un recuerdo de Laura y está plenamente sumergido en él. Es un recuerdo del segundo año de convivencia. El momento en el que habló por primera vez sobre la idea de tener un hijo y él se lo tomó a broma.

Había ido a tomar una cerveza con Renaud. Por aquel entonces, Laëtitia y él todavía no se habían planteado tener hijos. Habían estado bebiendo en un pub irlandés porque Laëtitia se había ido unos días a casa de su madre y Renaud siempre aprovechaba esos momentos para salir. Émile le propuso a Laura que se uniera a ellos pero ella también había quedado con sus amigas. Se reunían una vez por semana, cada viernes por la noche: vino tinto y tapas en el Loca Chica. Al principio, Laura no faltaba nunca. Luego, cuando se fueron a vivir juntos, empezó a fallar a esas citas de amigas cada vez con mayor frecuencia. Decía que prefería quedarse con él, aunque no hicieran nada, aunque se quedaran dormidos en el sofá. Sin embargo, de vez en cuando iba, para «estar al corriente de quién se acuesta con quién». Ese viernes por la noche había decidido asistir. Cuando volvió de estar con Renaud, a Émile le daba vueltas la cabeza. Había bebido más cerveza de la cuenta. Se encontró a Laura en el sofá, con su pijama blanco: un pantaloncito corto y una camiseta de tirantes de blonda muy sensual. Sintió unas ganas salvajes de tumbarla en el sofá, pero ella tenía una expresión triste. Así que se limitó a preguntar:

—¿Ya has vuelto?

Laura acentuó el mohín.

—Sí.

—¿Ha ido mal?

—Sí. Fatal.

Émile se sentó a su lado en el sofá y la cogió por la cintura.

—¿Qué es lo que ha ido mal? Cuéntame.

Laura cedió a sus abrazos.

—Todo. No vino nadie. Solo fuimos dos.

—¿Solo dos?

—Sí. Inès y yo.

—¿Por qué?

Laura soltó un profundo suspiro.

—¡Me he perdido tantas cosas! ¡No sabía que Lise estaba embarazada!

—Lise... ¿La rubia que iba a la facultad contigo?

—Sí. Pues está embarazada de cuatro meses. ¡No tenía ni idea! Había hablado del tema, pero no creía que lo dijera en serio. ¡Y ahora Nadia también!

—Nadia...

—La que tiene su propia peluquería.

—Ah.

—En su caso es más reciente. Hace apenas dos meses. Fue por accidente pero parece que está contenta. Ya tienen nombre...

—Ah.

—¡Qué fuerte!

—¿Y por eso no fueron hoy?

—Sí, fue por eso.

Émile frunció el ceño sin entender el porqué de su tristeza.

—No pasa nada, Lau. Ya irán la próxima vez.

Laura lo miró sin entender.

—¿Qué?

—Pueden comer tapas igualmente, ¿no? No es algo que esté prohibido cuando estás embarazada.

—No.

—Pues entonces las verás el viernes que viene... No se quedarán encerradas durante todo el embarazo.

—Pues no.

Émile quiso besarla y le levantó el mentón, pero Laura seguía enfurruñada y triste.

—¿Qué pasa, Lau?

—Nada. Que esto lo complicará todo.

—¿Que vayan a tener un hijo?

—Pues sí... Ya no volverá a ser lo mismo.

Émile se encogió de hombros, indiferente a la angustia que la invadía. Pensó que estaba exagerando un poco.

—Puede que ya no salgan tanto, pero eso es todo.

—¡Estás de coña! ¡Tendremos vidas totalmente distintas!

—¿Tú crees que tanto?

—¡Están entrando en otra dimensión!

Émile se burló con amabilidad.

—¡Anda ya!

—¡Te ríes, pero es verdad! ¡Ya no tendrán nada de que hablar con nosotras! ¡Y nosotras con ellas tampoco!

Émile volvió a encogerse de hombros, y, con la mente nublada a causa de la cerveza, se mofó de su aspecto contrariado.

—Pues te queda Inès. Inès no va a tener un hijo, ¿no?

Le arrancó una sonrisa.

—Le queda mucho para eso...

—¿Sigue acostándose con un chico distinto cada semana?

Laura no respondió a su pregunta. Se llevó las rodillas al pecho, con aire pensativo. Émile estrechó el brazo alrededor de su cintura.

—Venga, Lau, tus amigas son tontas. No sé qué mosca les ha picado. ¿No quieres venir a la habitación conmigo? Te reconfortaré como es debido.

Lo apartó débilmente. Estaba absorta en sus pensamientos.

—Te prestaré a mis amigos si quieres. ¡Ellos no se quedarán embarazados! ¡Les haré prometérmelo!

Laura esbozó una media sonrisa.

—Iremos a beber vino tinto contigo y a comer tapas. ¡Nosotros no te abandonaremos como las tontas de tus amigas!

La levantó del sofá a la fuerza.

—Émile...

Protestó por protestar, porque en realidad se dejaba hacer, sonriendo. La llevó a la habitación, cargándola sobre el hombro, haciendo caso omiso de sus quejas, que ni siquiera lo eran. La tumbó en la cama y empezó a besarla.

—Este pijama blanco está prohibido —murmuró entre beso y beso.

—Ah, ¿sí? ¿Y por qué?

Ya estaba de vuelta esa actitud insolente que tanto le gustaba.

—No puedo controlarme cuando lo llevas.

Laura se mordió el labio.

—La cerveza también está prohibida. No puedes controlarte cuando bebes demasiado.

Le tapó la boca.

—Prohibido hablar, señorita.

Laura rio debajo de la palma de su mano. Intentó morderlo. Él la besó en la boca.

Tuvieron sexo sin más preámbulos, y al acabar Laura se levantó y se quedó plantada delante del espejo de pared de su habitación, desnuda. Permaneció varios segundos allí delante, en una posición extraña, de pie, con la espalda arqueada.

—¿Qué estás haciendo?

Émile quiso alcanzar una de sus piernas y tirarla en la cama, pero lo esquivó.

—Estoy mirando una cosa...

Continuó observándose desde todos los ángulos en esa extraña posición arqueada.

—¿Estás comprobando cómo sería si tuvieras un pene?

Émile sonrió, muy orgulloso de su lamentable broma, pero ella se la echó por tierra respondiendo al instante:

—Estoy comprobando cómo sería si estuviese embarazada.

Émile fue incapaz de sonreír o de responder con alguna ocurrencia. Laura seguía allí, con el vientre hacia delante, de pie, observándose. Tuvo la sensación de que también lo miraba a él, a través del espejo, aguardando su reacción. Respondió una estupidez mientras se incorporaba.

—Ven con Renaud y conmigo a beber mucha cerveza y sabrás lo que es. Renaud ya empieza a tener una buena barriga. Debe de estar de cuatro meses.

Laura ni siquiera se tomó la molestia de contestar a esa broma. Tenía razón. Era lamentable. Se puso a acariciarse el vientre, en círculos.

—Debe de ser extraño ver cómo tu cuerpo se transforma...

Émile no pudo responder nada. Solo dejó escapar un gruñido, deseando que cambiase de tema rápido.

—¿Crees que me quedaría bien una barriga? ¿Un poco de barriga?

A través del reflejo del espejo, Émile podía ver una tenue sonrisa en su rostro. Se levantó, quería escapar a toda costa de esa conversación que lo aterrorizaba.

—¿A dónde vas? —le preguntó al ver que se iba de la cama.

—Al baño.

Laura parecía decepcionada, pero insistió antes de que cruzara la puerta de la habitación.

—¿Entonces qué? ¿Me quedaría bien?

Émile hizo un gesto de perfecta indiferencia con los hombros con tal de esconder el pánico que se apoderaba de él.

—Sí. Supongo.

—Ya veo... —repuso ella con frialdad.

—¿Qué es lo que ves? —A Émile le molestó que quisiera tener esa conversación por todos los medios y que no le dejara ir al baño en paz.

—Parece que te encanta la idea.

Émile habló con dureza para terminar cuanto antes.

—¿Qué, como tus amigas están embarazadas ahora quieres que tengamos un hijo enseguida?

Se sintió miserable y aborrecible al verla ruborizarse y balbucear:

—No... Sabes que no... ¡No tiene ningún sentido que digas eso!

Émile refunfuñó:

—Pues vale.

En un intento vano Laura trató de volver a hablar del tema:

—No digo ahora... Sería absurdo... Pero puede que algún día...

Émile le plantó un beso en la mejilla, y ese gesto la hizo callar.

—Puede que algún día. Pero no ahora, ¡así que déjame ir al baño!

Laura no pudo responder. Émile se escabulló aliviado. Creyó haber salido del apuro con astucia. Incluso se sintió un tanto orgulloso mientras cerraba la puerta del cuarto de baño.

Se había comportado como un absoluto imbécil, pero no se dio cuenta hasta más tarde. Mucho más tarde. Laura volvió a hablar del tema en varias ocasiones. Cada vez más en serio y más a menudo. Cuando Lise dio a luz se agravó todavía más.

—Cuando la veo con su hijo en brazos... Es una tontería... Te vas a reír de mí...

—Dime.

—Bueno, pues... no sé, pero... pienso que me veo teniendo un bebé, yo también... Creo que..., creo que estaría preparada.

Émile siempre esquivaba el tema, con bromas cada vez peores; la más patética seguramente fue aquel comentario sobre que sus pechos doblarían el tamaño, que acabó en uno de los silencios más incómodos de su vida.

Unos meses más tarde, Laura empezó a salir de nuevo, primero los viernes al Loca Chica, después cada vez más a menudo. Cuando se mudaron juntos había ocurrido justo lo contrario. Laura se había aislado un poco del mundo. «Tu solo me bastas. El resto del mundo me molesta», decía con aquella mueca insolente. Émile se sentía orgulloso. La amaba. Creía que estaban perfectamente bien los dos juntos, y que nada podría separarlos. Así que el capricho del bebé se lo tomaba a la ligera. Sí, pero Laura había vuelto a salir. Varias veces por semana, incluso. Apenas llegaba del trabajo y ya se iba.

—¿Con quién vas? Pensaba que tus amigas ya no salían ahora que tienen hijos...

—Con Inès.

—¿Y ya está?

—No. Y más gente.

No daba más información. Se maquillaba, se compraba ropa nueva. Se ponía mucho perfume.

—Pues... sí que te arreglas para ver a Inès y a más gente...

En ocasiones volvía con el aliento apestando a alcohol.

—¿Con quién estabas? —Cada vez se volvía más intransigente.

—Ya te lo he dicho.

—No.

—Con Inès... Y amigos suyos.

—¿Chicos?

—Chicos, chicas... De todo. ¿Qué te pasa? ¿Estás celoso?

Nunca lo había sido demasiado, pero se estaba volviendo celoso. Vigilaba a qué hora salía. Le echaba un vistazo al teléfono cuando recibía un mensaje.

—Ya no nos quedamos nunca en el piso los dos —se quejaba con un hilo de voz cuando veía que se preparaba para salir.

—No.

—No, ¿eso es todo?

—No. Somos jóvenes. No hace falta que nos comportemos como una pareja mayor todo el día en el sofá, ¿no? Tú también deberías salir.

Émile enloquecía por momentos. La esperaba despierto hasta las dos de la madrugada y perdía los papeles.

—¡Has bebido! ¿Por qué tienes que emborracharte de esta manera?

A Laura se le acababa la paciencia y le hablaba con una nota de disgusto en la voz.

—Pero ¿qué te pasa? No te reconozco.

Él subía todavía más el tono.

—¡Yo sí que no te reconozco!

—Ah, ¿no? ¿No era así cuando nos conocimos?

—¿Así cómo?

—Salía. Tenía vida social. ¡Y tú también! ¡Deberías volver a probarlo! ¡Está bien, ya verás!

Laura se mostraba despectiva cuando se volvía paranoico.

Sentía que la perdía. Se imaginaba que había otra persona. Una vez la esperó hasta las tres de la madrugada. Laura tiró los zapatos de tacón en la entrada. Apenas lo miró mientras cruzaba el comedor para ir a la habitación. Entonces Émile la interceptó y gritó:

—¡Laura!

La sujetó por la muñeca. Un destello de miedo brilló en sus ojos, como si temiera que fuera a lastimarla. Émile quiso abrazarla y ella lo rechazó.

—¿Qué haces? ¿No deberías estar durmiendo?

—Laura, quiero que tengamos un hijo. Quiero tener un hijo contigo.

Se quedó boquiabierta, sin reaccionar. Después se puso a llorar y corrió a encerrarse en el cuarto de baño.

—¿Qué pasa? ¿Laura? —Émile se quedó detrás de la puerta, preocupadísimo, mientras la escuchaba llorar y sorberse los mocos—. ¿Por qué lloras?

Cuando Laura abrió la puerta, tenía los ojos enrojecidos, se había puesto un pijama y se había desmaquillado.

—Por nada. Es la emoción.

Émile la acompañó hasta la habitación, con cuidado, cogiéndola de la mano.

—¿Estás bien? ¿Seguro que es de la emoción?

—Sí... No me lo esperaba.

La tumbó en la cama, la arropó. Le puso una mano sobre el vientre.

—Estoy seguro de que estarás muy guapa con barriga.

Ella sonrió débilmente.

—He dicho cosas estúpidas sobre este tema...

—Sí.

—Es porque me acobardé. No me sentía preparado...

—¿Y ahora sí? —Lo miró con desconfianza, como si no le creyera.

—Sí. Claro.

Durante largos minutos no añadieron nada más. Ella le pidió que apagara la luz y él lo hizo. Émile esperó en silencio, Laura guardaba silencio. Émile susurró:

—Entonces ¿dejarás de tomar la píldora?

La oyó tragar saliva y vio que asentía con la cabeza.

—Sí.

—¿Cuándo?

Émile esperaba, pendiente de cada una de sus palabras. No quería perderla. Habría hecho cualquier cosa por no perderla.

—Mañana... —Entonces añadió con un hilo de voz inseguro—: Bueno... Si estás de acuerdo.

Émile contestó que sí con voz ronca.

No dijeron nada más. Seguramente por la emoción. Dejó la mano posada sobre su vientre toda la noche. No durmió. Se la imaginó con un vestidito, el vientre hinchado y las mejillas sonrosadas. Se imaginó a sí mismo velando por ella y el bebé. Ya no sentía nada de miedo.

—¿Vuelves a salir?

Laura había continuado saliendo.

—Sí. Pero no hasta tarde.

Émile no se atrevía a decir nada al respecto porque salía menos. Se quedaba más a menudo en casa y hacían el amor casi todos los días. Por el bebé. Sin embargo, los fines de semana salía sin él. Siempre con Inès y sus amigos. Volvía tarde. Él hacía como si no le importara, porque sabía que cuando volviera harían el amor, por el bebé. Tenían un buen acuerdo y eso le permitía estar más tranquilo.

Siguieron así tres meses enteros. Émile la mimaba, le cocinaba comidas, le preparaba baños y la esperaba pacientemente cuando salía. Y preguntaba con regularidad y ansioso:

—¿Te ha bajado la regla?

Ella fruncía el ceño. Eso quería decir que sí, que el bebé no estaba en camino todavía. Pero tenían tiempo.

Y luego una noche volvió borracha, con el aliento apestando a alcohol, y Émile no pudo contenerse. Casi gritando dijo:

—¿Te estás quedando conmigo?

Al principio Laura se asustó.

—¿Te emborrachas? ¿Te atreves a emborracharte?

Laura retrocedió hasta la pared. Émile estaba fuera de sí.

—¿Pero en qué estás pensando? ¿Quién sería tan imbécil como para hacer eso?

La expresión de pavor desapareció del rostro de Laura. Enderezó los hombros y el desprecio invadió su semblante.

—¡Vete a la mierda, Émile! ¡Tú no eres quién para controlar mi vida! ¡Bebo si me da la gana!

Émile vociferó con todas sus fuerzas, indignado.

—Pero ¿y el bebé qué, maldita idiota? ¡El bebé!

Laura estalló en una carcajada hiriente que le heló la sangre. Luego preguntó lentamente:

—¿Pero qué bebé?

Émile abrió la boca varias veces sin conseguir pronunciar ni una frase.

—El..., el... —La miró, de pronto ya no entendía nada—. ¿El..., el bebé? El que..., el que hemos decidido...

No consiguió acabar la frase, puesto que Laura estaba borracha, tan borracha que no era ella misma y lo miraba con unos ojos llenos de desprecio. Entonces pronunció, muy lentamente, articulando bien cada palabra:

—No hay bebé, Émile.

—¿Qué?

—Nunca dejé de tomar la píldora.

De pronto Émile tuvo ganas de vomitar. Se aferró al sofá para no caerse.

—¿Qué?

Laura se dirigió al cuarto de baño tambaleándose y se encerró dentro.

—¿Qué? Pero... ¿por qué?

Oyó como lo echaba todo. Él era quien tenía náuseas pero ella era la que vomitaba. Rezó por que Laura le hubiese mentido, por que no fuese verdad. ¿Por qué lo habría estado engañando todo ese tiempo?

Al salir del cuarto de baño, Laura estaba tan mal que no se acordaba ni de dónde estaba ni de por qué estaba allí. La tumbó en la cama, le trajo un vaso de agua y un medicamento para el dolor de cabeza.

—¿Es verdad lo que has dicho hace un momento?

Laura asintió. Un segundo después se quedó dormida.

Al día siguiente, al despertarse, fue la primera en hablar.

—Lo siento, tendría que habértelo dicho... No podía.

Hizo una maleta y declaró:

—Me voy a casa de mi madre unos días.

Cuando volvió de casa de su madre, ya no estaba arrepentida, sino llena de rencor.

—No se le propone a alguien tener un hijo para impedir que se vaya. Es lo más egoísta que me han hecho jamás.

Le anunció que se iba. Añadió que ya hacía meses que lo pensaba y que tendría que habérselo dicho antes, como lo de la píldora, pero que no habría cambiado nada.

Todo sucedió muy rápido. Laura se fue. Él empezó un largo descenso a los infiernos. El bebé había muerto. Laura, su pareja, su futuro, su vida, todo había muerto. Y él solo veía una imagen en sus pesadillas, cada noche: Laura, que, con su barriga hinchada, le vomitaba todo su desprecio en la cara.

—¿Tenemos algún plan concreto esta mañana?

La vocecilla de Joanne suena a su espalda mientras intenta tomarse el té. Esta mañana no está de humor. Tiene la mente ensombrecida por el recuerdo de Laura, de la última época juntos, en el piso. No debería darle vueltas, pero es más fuerte que él.

—No. No, tengo..., tengo que acabar esta puñetera carta.

Joanne sigue pálida esta mañana. No se le ha pasado del todo la insolación. Su rostro, escondido bajo el sombrero, es casi translúcido.

—Hoy deberías descansar —añade Émile.

—¿No nos moveremos?

—No.

Sabe que deben ir de compras para la ruta. Tendrán que buscar una ciudad por los alrededores que sea lo bastante grande como para encontrar una tienda especializada en ropa deportiva. Esta tarea lo desanima incluso antes de empezar. Se encargarán de ello mañana. Hoy Joanne debe descansar y él tiene que escribir la carta.

Joanne vuelve a hablar con su hilo de voz.

—Émile, no..., no tenemos agua.

—¿Qué?

—Se ha acabado el depósito de la autocaravana.

Ni siquiera consigue que la noticia le irrite. El desaliento lo ha invadido por completo.

—Ah.

—Hay un punto de abastecimiento de agua en el fondo del aparcamiento —añade Joanne—. Creo que..., creo que podemos usarlo.

—Después iré a mirarlo. ¿Necesitas agua ahora?

—No. Iré a bañarme al río. Tengo que lavar algo de ropa también. Si..., si quieres puedo lavarte algo...

Se obliga a reponerse, a superar el desánimo.

—Ah, sí, qué amable. Espera, voy a mirar qué tengo.

Joanne lleva toda su ropa sucia bajo el brazo. Se dispone a salir de la autocaravana para ir al arroyo.

—¿No deberías descansar? Estás pálida.

—No, estoy bien. Me irá bien un poco de agua fría.

Se va. Probablemente huya de la pesadumbre que debe de transpirar por todos los poros de su piel. Hace bien. Vuelve a sentarse en la mesa plegable delante de una nueva hoja en blanco.

Tiene que ahuyentar a Laura de sus pensamientos si quiere lograr escribir algo. Resulta imposible. Está por todas partes. Su voz le resuena dentro de la cabeza.

—¿Explicar el qué?

Hablaba en un tono exasperado, su semblante ligeramente molesto por encima de la taza de café.

—Por qué te quieres ir.

Se había recogido la melena en un moño y llevaba unos pendientes de perlas. Se había pintado los labios de un color rosa pálido que le hacía una boca fantástica. Sin embargo, ya no podía tocarla. Se iba.

—Ya no estamos en el mismo punto.

Aquel día Laura no paraba de darle vueltas al anillo que tenía en el dedo, una joya que siempre llevaba puesta, incluso por la noche cuando dormía.

—¡Ya no estamos en el mismo punto porque tú solo piensas en salir!

—¡No le des la vuelta al asunto, Émile!

—¿Cómo pretendías que estuviésemos en el mismo punto? Solo pensabas en una cosa: ¡pirarte de aquí para salir de fiesta! ¡No hacíamos más que cruzarnos!

—¡Le estás dando la vuelta a las cosas!

—¿A qué le doy la vuelta?

No podía evitar chillar. La tenía allí, tan cerca, delante de él, en su piso, y sin embargo se había vuelto inaccesible para siempre.

—¡Empecé a salir porque ya no estábamos en el mismo punto! Para mí era más fácil escapar yendo a mil fiestas que darme cuenta de que se había acabado, que ya no teníamos nada que hacer juntos.

—¡No, estábamos muy bien juntos! Tú lo echaste todo a perder comportándote como una zorra por las noches!

Laura se levantó de la mesa. Cogió el bolso y se dirigió hacia la entrada. Émile gritó:

—¡No, Laura, espera!

Se le quebró la voz. Estaba acabado. Se habría tirado a sus pies si hubiese sido necesario. Laura se había enfadado.

—He venido solo por ti. Solo porque querías hablar. ¡No he venido para escuchar cómo me insultas!

Émile quiso agarrarla del brazo, pero ella lo rechazó.

—Perdóname. Laura, perdóname.

Laura dejó que cayera por unos instantes la máscara de irritación y Émile vio la tristeza en su rostro. Comprendió que ella también estaba sufriendo, de una manera distinta, pero estaba sufriendo.

—Quiero que me lo digas. Si hay otra persona..., quiero saberlo...

Laura suspiró. Se contuvo para mostrarse tranquila y amable.

—No hay nadie. Te lo he dicho por activa y por pasiva...

—¿No me has puesto los cuernos?

—No te he puesto los cuernos.

—¿Me lo dirías?

—Te lo diría.

—¿Has tenido ganas de hacerlo?

Esquivó la pregunta y dijo:

—¿No quieres que volvamos a la cocina a sentarnos?

Émile no quiso volver a preguntar, porque ya había entendido cuál era la respuesta. Retomaron sus asientos en la cocina. Émile se sujetó la cabeza con las manos. Tenía la dolorosa sensación de estar descomponiéndose por dentro.

—¿Por qué ya no...?

No pudo terminar la frase. Laura lo alentó.

—¿Por qué ya no qué?

—¿Por qué ya no estábamos en el mismo punto?

—Creo que..., creo que yo estaba preparada para construir algo, para ser adulta, pero tú no. Aún no.

Émile estalló en cólera enseguida, elevando el tono de voz.

—¡Es mentira! ¡Dije que sí a lo de tener un hijo!

Laura esbozó una sonrisa triste.

—Sí. Dijiste que sí, pero era demasiado tarde... y por el motivo equivocado.

Mamá y papá, Marjo y Bastien, Renaud y Laëtitia y toda vuestra prole:

Aquí tenéis una carta que seguro que llega demasiado tarde para vosotros (hoy ya hace cinco días que me fui), pero demasiado pronto para mí.

Me hubiera gustado disponer de más tiempo para escribirla. Todavía no tengo las cosas del todo claras, pero no puedo haceros esperar eternamente...

Se ha forzado a empezar a escribir la carta para ahuyentar los pensamientos que lo llevan hasta Laura. Bebe un trago de té y vuelve a coger rápidamente el bolígrafo, para no perder el hilo.

Podría haceros una lista de las razones que me han llevado a irme. Os podría ayudar a entenderlo y a perdonarme. Podríais encontrar al menos una que fuese razonable para cada uno de vosotros. La primera y la más evidente es que no quiero participar en ese ensayo clínico y no quiero morir conectado a unos electrodos. No quiero ser una rata de laboratorio. Si la enfermedad ha de llevárseme, que así sea, ¡pero que todos esos médicos me dejen en paz, por favor!

La segunda razón, la que explica mi huida, es que no quiero convertirme en un peso para vosotros. Si me hubiese quedado, habría ocurrido. Tenéis cosas mejores que hacer. Todos y cada uno de vosotros.

La tercera razón tiene más que ver con un tema de orgullo y ego. ¿Es menos loable? No lo sé. Pero mirad, no quiero ensuciar la imagen que tenéis de mí. Prefiero irme (seguramente sea una decisión egoísta) dejándoos una imagen de mí tal y como yo lo imagino: joven, guapo, musculado, con un gran futuro por delante, enérgico, seductor... (reíos, sí...)

No quiero volverme senil, delirante, no quiero que me tengáis que ayudar a recordar mi nombre, que tengáis que enseñarme de nuevo a atarme los zapatos o a cocinar un huevo. No quiero que la última imagen que tengáis de mí sea la de un hombre desmejorado y vulnerable (sobre todo esto último). Tengo mi orgullo, como todo el mundo. Prefiero vivir mis últimos meses a salvo de vuestras miradas.

Otra razón más alegre es que siempre quise hacerlo: ¡¡¡el famoso viaje en plena naturaleza!!! ¡Renaud, nos lo prometimos! Tú seguramente ya tendrás tiempo de hacerlo más adelante, con Laëtitia y el mocoso. En mi caso, era ahora o nunca. Está bastante bien irse haciendo realidad un sueño ;)

No quise despedidas. Soy un cobarde. Es otra de mis cualidades.

Lo mismo ocurre con esta carta: resulta más fácil que una llamada. No sé si os llamaré algún día, pero os escribiré, eso seguro. Al menos, mientras me acuerde de vosotros.

Haré el esfuerzo de escribiros cartas individuales más adelante. Pero sed comprensivos, necesito margen para que me salgan las palabras. Todo a su debido tiempo.

Ahora viene el momento sentimental en el que tengo que deciros que os quiero, que no tenéis por qué preocuparos por mí y que soy feliz. ¡Hala, ya está! Tened paciencia, pronto llegará otra carta.

Un abrazo,

ÉMILE

Tiene la impresión de que una vez más está huyendo, que esquiva de nuevo las despedidas. No importa. En unos meses ya no estará aquí. Los que se queden se las arreglarán con sus recuerdos para inventarse las despedidas y motivos que consideren apropiados.

Joanne está sentada con las piernas cruzadas dentro del agua, que le llega hasta la mitad del vientre. Ha tendido la ropa recién lavada alrededor suyo, sobre las rocas. Gira la cabeza hacia él al oír el sonido de sus pasos sobre los guijarros.

—¿Has acabado la carta?

Émile se encoge de hombros. Sigue con un aire sombrío.

—Sí.

—¿La enviarás hoy?

—O mañana. Cuando vayamos a hacer las compras para la ruta.

Vuelve a instalarse el silencio. Se queda de pie en la orilla, balanceándose de un pie a otro. Está tenso. Joanne pasea las manos por la superficie del agua, chapoteando.

—¿Te decepciona? —le pregunta.

Émile frunce el ceño.

—¿Qué?

—¿Te decepciona lo que has escrito?

—Sí..., un poco. —Esboza algo parecido a una sonrisa—. ¿Se me nota?

Joanne responde con una expresión hermética:

—Sí. Pero no pasa nada, podrás escribir otras.

No contesta de inmediato. La observa deslizar las manos por la superficie del agua, se aclara la garganta.

—Sí, pero... no tengo todo el tiempo del mundo.

Esta vez, Joanne se gira por completo hacia él. Se acerca las rodillas al pecho, levanta su pálido rostro hacia él.

—¿Porque te vas a morir?

Tiene esa manera de preguntar con una voz suave pero clara, sin preocuparse por la incomodidad. Eso le gusta. Se toma su tiempo para sentarse sobre una gran piedra, quitarse las botas, los calcetines y hundir los pies en el agua fresca.

—No. Todavía tengo tiempo antes de que ocurra... Bueno, eso creo... —Juega unos segundos con la punta de los dedos en el agua.

—Dos años —dice Joanne.

—Es una estimación.

—Dos años es suficiente tiempo para escribir una buena carta, ¿no?

Lo mira con seriedad y parece una verdadera adulta, no una niña pequeña y perdida, como creyó los primeros días.

—Ese no es el problema.

—¿El problema no es el tiempo que te queda...?

—No.

—¿Y qué es?

—Que lo olvidaré todo. Puede que en seis meses, pero quizá mañana. Así que no sé si realmente tendré más ocasiones para escribir esta carta.

Joanne hace una mueca, significa que está reflexionando.

—Ya. En ese caso... —Continúa pensando mientras dibuja pequeños círculos con las manos en la superficie del agua—. En ese caso tendrías que escribir un poco todos los días. Cuando te venga algún pensamiento... Algo que te gustaría decir.

Émile sopesa la idea mientras hace girar los guijarros bajo sus pies, en el fondo del río.

—¿E ir enviando esos fragmentos de carta a medida que los escriba?

Joanne sacude la cabeza.

—No tienes por qué enviarlos. Tampoco tienen por qué parecer cartas.

Frunce el ceño sin entenderla. Joanne prosigue:

—Puede ser una libreta que..., que irás rellenando con palabras a lo largo del viaje.

—¿Palabras que nunca leerán?

—Sí que las leerán. La libreta les llegará.

—¿Cómo? Cuando lo haya olvidado todo sobre mi vida también habré olvidado la libreta y a quién iba destinada.

—Yo podré enviársela.

—¿Tú?

—Sí. Me puedes dar una dirección y yo me comprometo a enviarles la libreta cuando fallezcas.

Hace una mueca incontrolable. Le resulta difícil oír de una manera tan clara que morirá.

—Puedes escribir para ti en esa libreta —añade ella.

—¿Cómo?

—Tienes miedo de olvidarlo todo.

—Sí.

—Pues así tendrás todas tus cosas, todos tus recuerdos recopilados en la libreta. Te ayudará a recordar cuando..., cuando ya no sepas quién eres, ni lo que haces en algún lugar...

Esta conversación le entristece. Es todavía peor que hace un rato, cuando estaba sumergido en los recuerdos de Laura.

—No me apetece demasiado hablar de eso ahora...

—De acuerdo. —Joanne vuelve a hundir ambas manos en el agua, hasta hacer desaparecer los antebrazos en la corriente. Añade con su voz endeble—: Ya me darás instrucciones...

—¿Para qué?

—Por si tengo que enviarle algo a alguien.

—Ah..., sí.

Vuelve a hacerse el silencio. Émile siente cómo crece el nudo que tiene en la garganta. Le gusta que Joanne hable con libertad de lo que ocurrirá, que no le incomode. Sin embargo, le desconcierta la facilidad con la que lo hace. Es como si la muerte, su muerte, no representara gran cosa, solo un trámite en este bajo mundo. Está bien y es perturbador a partes iguales.

Es por esta razón por la que huyó de su familia y amigos, para desprenderse de todo eso: los vínculos, el apego, el dolor de la despedida. Resulta más fácil morir en presencia de una desconocida que te mira con indiferencia, es más fácil si llegado el momento no queda nada a lo que aferrarse, pero es inquietante.

Se aclara la garganta.

—Hablando de instrucciones...

Joanne parece sorprendida al oír su voz. Debe de haberse sumergido de nuevo en sus pensamientos, lejos, muy lejos del arroyo, de su amnesia y de su muerte venidera.

—Es probable que llegue un momento en el que ya no sea realmente yo mismo, y te pida volver a casa.

Joanne asiente con gravedad.

—Quiero que... No quiero que me lleves a casa. Haga lo que haga..., incluso si te lo suplico. No quiero que me vean así.

Joanne no le pide explicaciones, ni los motivos, no expresa ni sorpresa ni asombro, y no emite ningún juicio, se limita a asentir. Está aquí para recibir instrucciones y velar por que sean respetadas. Nada más. Es su pacto tácito.

—De acuerdo.

Émile traga saliva con dificultad. Una cosa más gestionada. Mañana enviará la carta. Y puede que compre una libreta. Ya verá.

Joanne ha dormido durante toda la tarde. Sigue pálida, pero dice que el dolor de cabeza ha remitido. Cuando se levanta, encuentra a Émile inmóvil, delante de la carta.

—¿La estás releyendo?

Él sacude la cabeza.

—No. Estaba pensando en la idea de la libreta.

Joanne no le pregunta si ha decidido comprarla. Le hace una pregunta completamente distinta que lo toma por sorpresa:

—¿Cómo te responderán?

Él se queda sin palabras, abriendo y cerrando la boca en silencio.

—No tienen una dirección donde escribirte... —añade Joanne.

—No. Pero...

—¿Pero?

—Me las apañaré.

Eso no significa nada en absoluto. Solo quiere decir que nunca contempló la posibilidad de recibir una respuesta de su parte. Sacude la cabeza para ahuyentar el aturdimiento que se está apoderando de él.

—¿No teníamos que rellenar el depósito de agua?

—Sí.

—Pues ven, nos ocuparemos de ello.

Joanne se ha acostado temprano. La melancolía no se ha disipado. Ahora que es de noche y Joanne duerme es todavía peor. El aparcamiento está vacío. Parece que están solos. Émile ha ido a buscar la caja de cartón que hay en el armario empotrado, la que contiene todas las fotografías. Desde esta tarde le da vueltas a la observación de Joanne acerca de su carta: «¿Cómo te responderán?». Se pregunta por qué no lo habrá contemplado, por qué nunca pensó en obtener una respuesta de su parte. ¿Es porque se niega a recibir una contestación? ¿Es porque tiene miedo de rendirse y volver a Roanne si eso ocurre? ¿Es porque ya se siente demasiado lejos de ellos, de la vida, como para querer mantener el contacto?

Abre uno de los álbumes que hay en la caja, al azar. La letra de su madre cubre todas las páginas. Justamente aparece en la primera fotografía, tan embarazada que parece que va a explotar. En la leyenda está escrito: «Esperando al bebé». Al lado de la imagen alguien había dibujado una flor, seguramente Marjorie. Así que su madre estaba embarazada de él en esa fotografía. En la parte inferior de la página se puede leer: «13 de marzo: ya hemos escogido nombre. Émilie si es una niña. Émile si es un niño. Papá se pone nervioso. Marjorie da saltos de alegría. Solo mamá está tranquila».

Deja que su dedo se pasee por la página. Se pregunta cómo habría reaccionado él si Laura hubiese estado embarazada. ¿Habría dado saltos de alegría? ¿Se habría puesto nervioso? ¿O es que nunca se lo había planteado de verdad? Lo único que quería era que Laura se quedase y que fuera feliz. Tener un hijo solo era un plan. Un mero instrumento. Pasa la página con un regusto amargo en la boca. Laura tenía razón, fue muy egoísta. Lo único que quería era impedir que se marchase.

Llegan las primeras fotografías de cuando era un bebé. Está en la maternidad. Sus padres están radiantes; Marjorie, que no levantaba un palmo del suelo, se inclina sobre él, intrigada. Tenía cuatro años cuando él nació.

Pasa las páginas más rápido y cambia de álbum. El de su nacimiento no es de los más divertidos. Se le ve colorado y mofletudo en todas las posturas posibles. El siguiente le hace dar un salto de seis años hacia delante. Va al colegio y tiene el pelo castaño oscuro. Aparece jugando a baloncesto, en monopatín, recogiendo un pájaro de un arbusto. Ya no hay tantos comentarios alrededor de las fotos. En estas imágenes Marjorie tiene diez años. Luce una larga melena castaña y ondulada y pecas. Siempre a su lado, cogiéndole la mano, queriendo llevarle la mochila. Recuerda que cuando se hizo mayor esa actitud le molestaba. Siempre estaba encima de él. Le parecía demasiado empalagosa. Y, sin embargo, durante largos años no se había quejado. Era como tener una segunda madre en casa. Lo trataba como si fuera su muñeco, pero era agradable. Se lo permitía todo, cedía ante todos sus caprichos, lo consentía. Cuando cumplió diez años, once quizá, se hartó. Se acuerda de lo que decían los niños del barrio: «Marjorie y Émile son novios». Los «uuuuuh» que sonaban cada vez que lo cogía de la mano. Renaud no decía nada, pero todos los demás se burlaban.

Unas veces era «su novia», otras él era «el niñito de mamá Marjorie». A su hermana le daba igual. Alardeaba de él orgullosa ante sus amigas. «Es mi hermano pequeño». Se lo sentaba en el regazo, y él se moría de vergüenza porque no sabía cómo comportarse con todas las miradas puestas en él. Émile decidió alejarse de ella, Marjorie era demasiado empalagosa y él ya estaba harto de tantas mofas estúpidas.

Recuerda que fue violento. La rechazaba sin miramientos, a la salida del colegio se iba rápido sin ella. Marjorie no lo entendía. Ella intentaba reconciliarse. Entonces un día él fue todavía más desagradable. Le dijo que era fea y gorda delante de todas sus amigas. Aquella tarde la hizo llorar. Por la noche la oyó hablando en la cocina.

—Mamá..., creo que Émile ya no me quiere.

Se acuerda perfectamente de lo que respondió su madre.

—Claro que te quiere. Es solo que se está haciendo mayor. Necesita independencia.

—Pero ¿por qué?

—Tiene que aprender a arreglárselas solo. Eso no significa que ya no te quiera.

—¿No?

—No. En unos años vendrá a buscarte por voluntad propia. Ya lo verás.

Émile sabe que ha hecho sufrir mucho a Marjorie. Recuerda que después de aquello hubo un largo periodo en el que se convirtieron casi en desconocidos el uno para el otro. Marjo tenía catorce, quince, dieciséis años. Salía con sus amigos. Un día la vio con un chico. Se besaban con lengua. Le provocó náuseas. Marjorie también necesitó independencia. Su pequeño mundo empezó a girar en torno a ella, a sus amigas y a los adolescentes con acné que revoloteaban a su alrededor. Recuerda que se peleaba mucho con sus padres. Su padre alzaba la voz. Ella daba portazos. Él la observaba como si se tratase de un espécimen extraño. Ya no reconocía a la que un día había sido su hermana mayor, tan dulce, tan atenta. Le salían granos en la cara, unas cosas raras le crecían en el pecho. Se reía de ello con sus amigos. Decían: «Qué asco, bolas de grasa». Sabían perfectamente lo que le pasaba a Marjorie, pero preferían hacerse los tontos. Pensar en ello le hace sonreír.

Continúa pasando páginas. Aquí Marjorie sujeta entre las manos un diploma con orgullo. Tiene veinte años. Acaba de obtener un título de grado superior en el sector bancario. Obligaron a Émile a posar a su lado. Tenía dieciséis años y llevaba una camiseta negra demasiado grande. Fue entonces cuando empezó a mirar a Marjorie con otros ojos. Ya había pasado su época mala. Se había ido de casa para estudiar y volvía a ser la hermana mayor calmada y dulce que conocía. Los años pasaron volando. Marjorie se casó, se quedó embarazada de gemelos... Émile continúa pasando páginas. Marjorie con el vestido blanco. Bastien con una pajarita. Marjorie embarazada. Una foto de él con los gemelos. Cuando Laura se fue y se derrumbó, Marjorie recuperó su papel de madre. Empezó a mimarlo, pero con una cierta distancia, sin la inocencia de sus primeros años. Por aquel entonces ya era madre. Ya no lo amaba de manera incondicional, eran sus hijos los que llenaban su vida entonces. No sabe si eso le pone triste. Piensa que es normal, que es el orden natural de las cosas. No ha visto pasar todos estos años. Ahora tiene veintiséis. En dos años ya no estará aquí. ¿Cómo puede uno perder el control de su propia vida con tanta rapidez? Cierra el álbum. Suficiente por esta noche. Está exhausto. Se levanta, bosteza al pasar por delante del banco donde Joanne se ha instalado, y luego trepa por la escalera de cuerda pensando todavía un poco en Marjorie. Le escribirá una carta. Mañana o en dos semanas, o en seis meses, pero lo hará.

7

—Doscientos ochenta euros, por favor.

Ambos extienden su tarjeta de crédito al mismo tiempo. Émile rechaza la de Joanne.

—Pago yo.

Han conducido durante toda la mañana para encontrar una tienda especializada en deportes y material de senderismo. Cuando por fin han aparcado, el sol ya era abrasador. Un vendedor los ha guiado por los pasillos, con escrupulosidad y entusiasmo. Ha repetido en varias ocasiones que su ruta iba a ser «tope guay». Ahora ya están en la caja y se llevan el equivalente a una pequeña fortuna en material.

—Tengo mucho dinero —dice Joanne cuando salen de la tienda, cargados de bolsas.

—No te preocupes.

—Me pagaban el alojamiento... Y tengo ahorros.

—Bueno, pues yo tengo que vaciar mi cuenta bancaria y la de ahorros antes de morir, así que...

No se espera verla sonreír, y sin embargo ocurre. Incluso añade:

—De acuerdo. Pero déjame pagar la próxima vez.

Se dirigen hacia la autocaravana. Joanne se detiene en seco.

—¿Me puedes esperar? Tardo diez minutos, no más.

Le señala el centro comercial contiguo a la tienda de deporte.

—¿Tienes que comprar algo? —pregunta sorprendido Émile.

Han comprado comida deshidratada y barritas proteicas en la tienda de deporte. En principio no les falta nada.

—Sí, un par de cosillas. Vuelvo enseguida.

Émile piensa que seguramente se trate de cosas de chicas. Casi había olvidado cómo era el día a día con una chica.

—Hay un buzón en la entrada. ¿Quieres que eche tu carta?

Asiente con la cabeza. El sobre está listo. Ha escrito la dirección esta mañana y ha pegado un sello. Busca la carta en su mochila y se la da.

—Hasta ahora.

Émile sube a la autocaravana y abre el gran mapa de los Pirineos. Cogerán el Sentier des Muletiers, como le aconsejó Chloé. Sale desde Artigues. Estacionarán de nuevo la autocaravana en el aparcamiento cerca del arroyo. Es un sitio bastante tranquilo. No cree que vayan a tener problemas de robos... Sigue con la punta de los dedos el sendero que cogerán a pie. Debería subrayarlo con rotulador, por si en algún momento tiene un lapsus de memoria... Piensa que a partir de ahora debería informar a Joanne de manera sistemática de los itinerarios que pretenda seguir... Así tendrá una especie de seguro por si le falla la memoria.

Émile ya ha doblado el mapa y se ha abrochado el cinturón de seguridad cuando Joanne regresa. Lleva una bolsa pequeña transparente en cuyo interior le parece distinguir un libro. No se atreve a preguntarle qué ha comprado, pero ella se da cuenta de que Émile lanza miradas intrigadas a la bolsa así que extrae el contenido.

—¿Qué es?

Pero lo entiende antes de que Joanne responda. Son dos libretas pequeñas encuadernadas en negro.

—Yo también escribiré en una —dice.

Saca dos preciosos bolígrafos de resina negra y punta plateada de la bolsa.

—Oh.

No sabe qué más añadir. Joanne vuelve a guardar las libretas y los bolígrafos en la bolsita de plástico, la deja a sus pies y se abrocha el cinturón.

—¿Cargaremos con eso de ruta?

Joanne se encoge de hombros. Émile se aclara la garganta y añade con un tono más amable:

—Gracias por... la libreta.

Sin embargo Joanne ya tiene la nariz pegada contra el cristal y la mirada perdida a lo lejos.

Llevan casi dos horas caminando. Émile ha perdido la noción del tiempo. Se pregunta si le ha fallado la memoria durante un breve lapso, ya que recuerda que volvieron en autocaravana hasta el aparcamiento, cerca del riachuelo, prepararon las mochilas (pesaban un montón y se preguntó cómo iba a llevar la suya Joanne), después comieron con rapidez un plato de pasta. Luego fueron a pie hasta la curva que indicaba la guía de senderismo, que constituía el inicio de la ruta. Un cartel amarillo indicaba «Pic du Midi por el Sentier des Muletiers, 2.872 m, 4 h 30». Tomaron el sendero que subía a lo largo de la cascada de Arizes. Un cuarto de hora más tarde, llegaron a las cabañas de Tramezaygues, unas viejas casas de piedra. Desde ahí ya se veía el Pic du Midi de Bigorre. Joanne estaba maravillada. Después ya no sabe lo que ocurrió. Siguieron el camino y los carteles. Él iba delante, con la mano a modo de visera para protegerse del sol abrasador. Ella iba detrás. Le preguntó si era porque la mochila pesaba demasiado, pero respondió que no, que le gustaba caminar sola. Llevaba el sombrero negro y los bastones de senderismo que el dependiente había conseguido venderle. Émile no había querido.

Perdió el hilo después de las cabañas de Tramezaygues. Lo único que sabe es que llevan dos horas caminando, que hace un calor terrible y que alrededor suyo hay vacas descansando sobre la hierba.

Se sienta en una piedra para esperar a Joanne.

—¿Hacemos una parada?

—Me muero de sed.

Sacan las cantimploras. Joanne tiene la frente empapada de sudor. Lleva los bermudas negros y una de sus típicas camisetas de tirantes negra. Antes había estado a punto de decirle que el negro no era una buena idea, pero había cambiado de opinión. Lleva las botas de montaña nuevas. Beben durante un largo rato, en pequeños sorbos, se enjugan la frente. Recuperan el aliento poco a poco.

—¿Qué es eso de allí abajo? —pregunta Joanne.

Señala una cabaña de piedra de la que solo quedan ruinas. Émile se encoge de hombros. Su guía no dice nada al respecto.

—Es bonito —declara ella.

Todavía les quedan más de dos horas de caminata y ya son las cinco de la tarde. Émile piensa que no han salido lo bastante temprano. Joanne está habladora hoy. Plantea una nueva pregunta, mientras hace girar piedras con la punta de la bota:

—¿Por qué se le llama el Sentier des Muletiers?

Émile guarda la cantimplora en la mochila antes de responder.

—Hay un observatorio astronómico arriba del todo, en el Pic du Midi. Cuando lo edificaron, los fundadores hacían que les llevaran los víveres y los materiales de construcción por este sendero, por el que vamos hoy. A los hombres que cargaban se les pagaba al peso. Llevaban hasta cuarenta kilos en la espalda.

El rostro de Joanne tan solo deja entrever un ápice de asombro, un leve temblor de la ceja izquierda.

—Recorrían el camino a través de la nieve, en pleno invierno. El trayecto podía durar hasta doce horas. Muchos murieron en las avalanchas.

Émile se levanta con movimientos lentos y una mueca de dolor. Empieza a tener ampollas en los pies.

—¿Vamos?

—Sí.

Tiene la sensación de que se cruzan con gente durante el ascenso, pero no está seguro porque está sumido en sus pensamientos.

Cree entender a lo que se refiere Joanne cuando dice que prefiere caminar sola, e incluso cuando se aísla para meditar en un campo. Uno se encuentra sumergido en sí mismo, sin ser realmente consciente de lo que pasa a su alrededor. El esfuerzo físico permite que la mente se deje llevar. Los pensamientos se suceden como un torbellino, pero un torbellino calmado y sereno. En ocasiones apenas es consciente de estar pensando. Hay recuerdos que resurgen con suavidad, que aparecen sin provocar emociones dolorosas. Uno los mira con una cierta distancia y con indulgencia.

Le viene a la mente una conversación. Una llamada telefónica nocturna a Laura, justo cuando acababa de irse a casa de su madre, antes de que se llevara las cosas de su piso. Eran las dos de la madrugada cuando la llamó. Laura parecía molesta, pero hacía un esfuerzo por ser agradable.

—¿Qué pasa?

Tuvo la amabilidad de no añadir «ahora». ¿Por qué la llamaba? ¿Por qué no la dejaba en paz? Quería explicaciones. Y luego no quería sus explicaciones. Nunca le parecían bien. La trató de mentirosa, de zorra mentirosa incluso, por lo de la píldora. Al final ella acabó estallando.

—¡El bebé, el bebé, te piensas que todo es por el bebé! Sí, yo quería tener un hijo y tú no. Sí, no nos cuadraron los tempos. ¡Pero no es solo eso, Émile!

Émile le saltó a la yugular.

—¡Ah! ¿No es solo eso? Había otra razón, ¡ahora sí que vamos al grano! ¡Había otra persona! ¡Hay otra persona, estoy seguro!

Se hizo un largo silencio, después Laura habló con una voz muy clara y distante, como si ya no le afectara nada de todo aquello.

—No fue solo lo del bebé lo que lo jodió todo. Fuiste tú.

—Ah, ¿ahora es cuando te vas a poner desagradable?

—No, ¿pero tú te has visto, Émile? Estás en el mismo sitio, siempre en el mismo sitio. No avanzas. Eres el mismo que en la facultad, tomándotelo todo a la ligera. No te has movido ni un milímetro. Esperas que las cosas lleguen. No tienes ganas de crecer, de evolucionar. Te conformas con nada. Tu pequeña existencia, Renaud, tus colegas...

Émile vociferó al auricular.

—¿Y tú? ¿Tú eres mejor? ¡Con esas cenas patéticas con tus estúpidas amigas!

Laura ni siquiera lo había escuchado. Continuó:

—¡Si no te hubiese encontrado un puesto en la empresa de mi amigo, todavía estarías esperando a que te cayera un trabajo del cielo!

—¡Qué gran idea, eh! ¡Un trabajo de mierda en una start-up de mierda!

—¡Sí! ¡Exacto! ¡Un trabajo de mierda en una start-up de mierda para un tío de mierda que se queda estancado en su vida de mierda!

Le pareció que se quedaba sin aire y chilló con todas sus fuerzas:

—¡Que te den!

—¡No, pero si tienes razón! ¡Es típico de ti! Un trabajo te jode y, sin embargo, allí te quedas... No haces nada por cambiar las cosas. ¡Te conformas con tu pequeña existencia sin ver más allá de tus narices!

Le colgó para no insultarla. Después de eso, Laura declaró que no eran necesarias más explicaciones, ya había habido suficientes. La volvió a ver una única vez, el día que fue a buscar las cosas, antes de ir a la peluquería. Laura parecía aliviada de dejarlo atrás.

—¿Es el observatorio?

—¿Eh?

La vocecita jadeante de Joanne repite:

—¿Es el observatorio?

Señala con el dedo las infraestructuras de metal que se distinguen más arriba.

—Sí. Debe de ser eso.

Émile deja que Joanne lo alcance. A ella le falta el aliento, pero aguanta, con su enorme mochila en la espalda.

—Tienes razón, es agradable caminar solo —le confiesa mientras Joanne llega a su altura.

—Sí.

—Es..., hace que resurjan muchas cosas.

Se pregunta si a ella le sucede lo mismo, si oye la voz de Léon cuando camina. Ve como asiente con la cabeza y levanta el rostro hacia él. Pronuncia una frase extraña con una voz extraña:

—«El verdadero viaje de descubrimiento no consiste en buscar nuevos paisajes, sino en tener nuevos ojos».

Émile frunce el ceño, sintiéndose un poco tonto.

—¿Disculpa?

Joanne se levanta un poco el sombrero que le cae sobre la frente.

—Es de Proust.

Émile se siente estúpido. Joanne debe de leer mucho más que él.

—¿Quieres que te la repita?

Tiene como una media sonrisa en los labios. Émile asiente.

—Sí... Adelante...

—«El verdadero viaje de descubrimiento no consiste en buscar nuevos paisajes, sino en tener nuevos ojos».

—¿Y eso significa que...? —Émile duda. Teme quedar como un inculto.

—Significa que el viaje que estamos haciendo, tú y yo, es ante todo un viaje interior... Una introspección.

Joanne camina ahora con paso enérgico, mirando hacia delante.

—Sí —contesta Émile. Tiene la boca un poco seca—. ¿Para ver las cosas a través de una nueva mirada?

Busca su aprobación, pero Joanne habla con una expresión hermética.

—Tal y como has dicho, resurgen muchas cosas, pero las vemos de manera distinta, con nuevos ojos.

Acaba de hacerle una confidencia. Joanne sabe por qué camina él, y ella lo hace por la misma razón. Ha venido a buscar respuestas, explicaciones. Seguramente con respecto a Léon. Espera volver a su lado con una nueva mirada. Es lo que acaba de decirle de manera implícita... O eso cree...

Se gira de nuevo hacia él. Respira entrecortadamente, a causa del esfuerzo. El sombrero ha vuelto a caerle sobre la frente. Solo puede ver la parte inferior de su rostro.

—Hay otra que me gusta mucho.

Émile asiente para animarla a continuar.

—«El mayor viajero es el que ha sabido recorrerse a sí mismo una vez». Es de Confucio.

Ve como esboza una sonrisa. ¡Por Dios, debe de ser la tercera en tres días! Por primera vez cree entender qué hizo que Léon se volviera completamente loco por esa chica tan peculiar. Cree discernirlo, palparlo con la punta de los dedos, pero todavía es algo frágil y volátil. No está del todo nítido. Joanne se endereza el sombrero y añade, con un tono que Émile interpreta como pícaro:

—Podría ser la primera frase de tu libreta.

Émile no puede evitar sonreírle con una pizca de ternura.

—Tienes razón. Sería una buena frase de inicio.

Las vistas dejan sin respiración. No les queda otro remedio que abandonar sus respectivas meditaciones. Con la guía en la mano, Émile le señala a Joanne el Pic de Néouvielle, que se distingue a lo lejos, el Col de Sencours, por donde han pasado unos minutos antes, el Lac d'Oncet, más abajo, de un hermoso azul oscuro. Pronto llegan a una casa grande y antigua hecha de piedra, con postigos de color rojo amarronado y un extraño techo redondeado. Un cartel indica «Hôtellerie des Laquets». Una pareja se ha detenido no muy lejos de ellos, y el hombre le explica a su compañera:

—Esto, ves, era un refugio para los trabajadores que iban y venían con los materiales para construir el observatorio.

—Pero está abandonado, ¿no?

—Sí. Desde el 2000. Construyeron el teleférico y este camino quedó en desuso. El refugio cerró, pero hay un proyecto de rehabilitación en marcha. Quieren restaurarlo.

—¡Oh!

La pareja continúa su camino tranquilamente, al ritmo de los bastones de senderismo, que martillean la tierra. Joanne tiene los ojos entornados.

—¿Seguimos? —pregunta Émile—. Quedan cuatrocientos metros para la cima. Llegaremos enseguida.

Pero Joanne no se mueve. Entonces avanza algunos pasos en dirección al edificio abandonado.

—Parece que la puerta está abierta.

Le ha despertado la curiosidad. La sigue, entrecerrando también los ojos. En efecto, la puerta está entreabierta y deja que el viento arrastre ramitas al interior.

—¿Crees que...?

No le da tiempo a terminar la frase, Joanne ya ha empujado la puerta y esta se abre sin dificultad. Joanne asoma la cabeza por la abertura. Se abalanza dentro y Émile la sigue. Lo primero que percibe es el frescor del lugar y el ligero olor a cerrado y a polvo. Después, distingue el espacio que lo rodea, en la penumbra. Delante de ellos se encuentra un mostrador sobre el que todavía hay un panel de tarifas. Las paredes están desconchadas, el suelo está cubierto de escombros. No obstante, algunos excursionistas deben de ocupar el lugar de vez en cuando, puesto que hay huellas que llevan a las demás habitaciones.

—¿Vamos a ver? —le pregunta Joanne con un murmullo.

Émile asiente. Siempre había soñado con encontrarse un día en un edificio abandonado. Casi puede sentir la excitación mezclada con el miedo en la boca del estómago, como cuando era pequeño. Los escombros crujen bajo sus pasos. Joanne pone un pie sobre la escalera de madera, al fondo de la antigua recepción.

—¿Empezamos por arriba?

Sube un escalón, después otro. La madera rechina, pero el sonido no parece demasiado amenazante.

—Deben de ser las habitaciones.

La sigue escaleras arriba. Llegan a un pasillo largo y sombrío, un tanto inquietante. A un lado y a otro del corredor hay una hilera de puertas cerradas. Joanne empuja una de ellas. También huele a cerrado y a humedad. Es un antiguo dormitorio común. Las estructuras de hierro de las camas siguen allí, un poco oxidadas. En una de ellas yace todavía un colchón amarillento. Sobre el alféizar de una ventana alguien ha abandonado un cojín y una botella de vino tinto.

—Creo que la gente viene aquí de vez en cuando...

—Sí.

—Podríamos dormir aquí.

A Joanne no parece entusiasmarle la idea.

—Hum —contesta—. No lo sé.

Recorren las demás habitaciones. Son todo dormitorios comunes decrépitos. En uno de ellos todavía hay una vieja bota de montaña. Los escasos colchones restantes huelen a humedad. Bajan de nuevo. En el piso inferior, en la antigua cocina, hay una cocina de gas con la puerta del horno abierta de par en par que sobrevive en el tiempo. Sobre las placas han dejado abandonado un hornillo de gas. Encima de una mesa inestable todavía hay una vieja olla y unos tenedores. Enseguida vuelven al vestíbulo, al lado del mostrador. Joanne frunce la nariz.

—Prefiero dormir al aire libre, bajo la tienda.

Definitivamente ese es el gesto que hace cuando algo no le entusiasma.

—Ningún problema.

Al salir, el sol y el calor los azotan de nuevo.

—Venga, ya casi estamos.

Retoman el camino. La cima ya está cerca y, sin embargo, parece que no llega nunca. El Col de Laquet les ofrece unas vistas magníficas de la llanura y la ciudad de Tarbes. La senda termina aquí, tienen que continuar por la grava. Desde este lado, ni siquiera se ve el observatorio, o solo en algunos momentos. Cruzan las vías de un montacargas antiguo. De vez en cuando tienen que franquearlas. La pendiente es ardua. Joanne necesita detenerse en varias ocasiones para recuperar el aliento, pero no se queja, no dice nada.

Por fin ponen un pie en la explanada de hormigón. Delante de ellos se encuentra el observatorio, con sus cúpulas. No están solos, ni mucho menos. Está plagado de gente. Hay centenares de excursionistas, sentados en las terrazas de los restaurantes o de pie, alrededor de los mapas de orientación, contra las barandillas, fotografiando las cumbres. Otros siguen llegando en masa, descienden de las telecabinas. Hay carteles que señalizan el observatorio astronómico, las cúpulas, el museo, el hotel, la estación de radio. Émile se siente un poco abrumado ante tanto movimiento y tanta muchedumbre.

—¿Quieres visitar todo esto? —le pregunta a Joanne.

Le alivia ver como ella sacude la cabeza.

—No. Podemos disfrutar de la vista simplemente.

Se acercan a las barandillas. Émile saca la guía para poder reconocer los distintos picos que se extienden ante ellos. Les llegan fragmentos de frases de aquí y de allá.

—... el observatorio más alto de Europa.

—Estamos a 2.877 metros...

—Allí abajo... el Monte Perdido.

Contemplan el paisaje ensimismados. Dan la vuelta al observatorio para impregnarse de cada centímetro de las vistas. Están exhaustos. Acaban sentándose en el suelo de la terraza de Baillaud, frente al Pic de Néouvielle.

—Habrá que ir bajando... No podemos pasar la noche aquí... Cerrarán la terraza.

Hace casi una hora que están allí arriba. El sol empieza a ponerse. Los gritos de los turistas son cada vez más difusos. Tendrían que acampar ya para pasar la noche. No obstante, ninguno de los dos encuentra fuerzas para levantarse.

—¿Quieres que te lleve la mochila?

Joanne sacude la cabeza. Émile se arma de valor y se levanta con gestos lentos y una mueca de dolor. Es como si todo su cuerpo se resintiera.

—¿Bajaremos un poco para dormir? —pregunta Joanne al verlo ponerse en pie.

—Sí. Hay que encontrar algún lugar llano para plantar la tienda.

Le tiende la mano para ayudarla a levantarse. Joanne suspira y obedece.

—¿Y las ruinas aquellas de la cabaña de piedra, te acuerdas?

—Sí. ¿Cuando nos paramos a beber?

Joanne asiente.

—Sería un buen lugar para dormir. Para plantar la tienda.

—¿En medio de las ruinas?

—Sí... Estaba resguardado del viento...

Émile reflexiona, intenta recordar la distancia que han recorrido desde esas ruinas.

—Estaba a más de una hora de aquí. Casi dos.

—Ah.

—Podemos intentarlo si todavía te quedan fuerzas...

Joanne duda. Es cierto que eran hermosas aquellas ruinas perdidas en medio de la montaña...

—¿Sabes qué? —dice Émile con un arranque de energía—. Lo haremos. Nos detendremos a rellenar las cantimploras en el hotel abandonado y comeremos unos pocos orejones. Eso nos dará fuerzas para llegar hasta las ruinas.

Aunque no sonría Joanne parece contenta. Se le nota por la manera de asentir y por cómo acelera el paso.

Enseguida llegan a la Hôtellerie des Laquets. Por suerte, la red de agua sigue funcionando y pueden rellenar allí las cantimploras.

Comen los orejones en el porche del refugio sin sentarse, por miedo a no poder volver a levantarse.

A medida que el sol se pone, aceleran el paso. No se cruzan con demasiada gente. Es una hora tardía incluso para los excursionistas más aguerridos. Les empiezan a pesar las extremidades. La mente divaga.

—¿Qué te ha dicho?

Renaud tenía una expresión inquieta. Émile lo había llamado en pleno día, durante el trabajo, para soltarle:

—Laura me ha dejado.

Renaud salió de su consulta de logopedia tan rápido como pudo. Corrió hasta casa de Émile y Laura. Émile le abrió la puerta, con los ojos enrojecidos y aspecto azorado. Renaud le preguntó:

—¿Está aquí?

Émile sacudió la cabeza.

—No, se ha ido a casa de su madre.

Lo que Renaud no sabía era que Laura ya hacía una semana que se había ido, pero Émile no había tenido el valor de decírselo a nadie. Se había limitado a hacerse el muerto, esperando a que pasara algo.

—¿Qué te ha dicho? —repitió Renaud varias veces, antes de que Émile pudiera responder.

Se instalaron en el sofá del comedor. Émile no pudo responder enseguida, puesto que no quería mencionar el tema del bebé. No quería confesarle a Renaud que se lo había tomado a la ligera, que lo había echado todo a perder ignorando a Laura y sus peticiones, que había reaccionado cuando ya era demasiado tarde, cuando sintió que la perdía. No quería reconocer que se había comportado como un completo patán.

—No lo entiendo... Estabais bien...

Renaud intentaba encontrar palabras reconfortantes. Émile trataba de formular una frase.

—Dijo que..., que ya no estábamos en el mismo punto.

Renaud frunció el ceño.

—¿En el mismo punto?

—Sí.

—¿Sintió que no ibais a la par?

—Eso creo. Dijo algo sobre el hecho de que durante todos estos años yo no había evolucionado.

El silencio se cernió sobre ellos. Renaud tenía un aspecto apenado. Parecía estar reflexionando, buscando las palabras adecuadas. Habló con lentitud, como si se dirigiera a un niño pequeño.

—Es..., es horrible, pero... estas cosas pasan, ¿sabes?... Os conocisteis cuando erais jóvenes. Erais estudiantes...

—Como Laëtitia y tú...

Renaud ignoró su última frase.

—Suele ocurrir que cuando una pareja se ha conocido de muy joven las dos personas evolucionan de manera distinta.

Émile insistió.

—Laëtitia y tú también os conocisteis cuando erais jóvenes... y sin embargo sigue contigo. Sois felices.

—No es lo mismo... —dijo Renaud con tristeza.

—¿Por qué no es lo mismo? —preguntó Émile un tanto molesto.

—Es... —Renaud tardó mucho en formular la siguiente frase—: Laëtitia es..., ¿cómo decirlo?..., más fácil de satisfacer... en el sentido de que... no necesita mil cosas para ser feliz. La estabilidad y la simplicidad la llenan.

Émile frunció el ceño.

—No lo entiendo.

—Laura siempre ha sido así. Siempre ha tenido un temperamento de fuego. No se puede quedar quieta, tiene ese lado impulsivo. Siempre necesita más, siempre cambios, novedad.

—¿Y...?

—Que no se conformaría con una relación calmada y equilibrada como Laëtitia.

Esa conversación le resultaba dolorosa. Émile hacía todo lo posible por repeler cualquier signo de emoción, de debilidad. Renaud parecía tan devastado como él.

—¿Qué quieres decir? ¿Que yo nunca hubiese podido satisfacerla?

—No... No eres tú, colega. Estoy seguro de que tú lo has hecho perfecto. Creo que... ni tú ni nadie... Es una chica que se aburre rápido, que no soporta la estabilidad...

Se hizo un denso silencio durante unos instantes. Émile habló con la voz temblorosa, y Renaud fingió no darse cuenta.

—Durante un tiempo le gustaba la calma, nuestra vida en el piso. Le parecía bien.

—Sí..., durante un tiempo.

Se quedaron viendo las imágenes de la televisión sin volumen. Un anuncio de jamón.

—¿Crees que era inevitable? ¿Que tarde o temprano se le habrían cruzado los cables y se habría ido?

—No estoy seguro... —Renaud se giró hacia él y lo miró con un destello de sinceridad y admiración en la mirada—. Nunca habría podido salir con una chica así. Laëtitia... Me siento tranquilo con ella. Pero las chicas como Laura dan mucho miedo. Nunca me habría sentido a la altura.

Émile tragó saliva.

—Ya...

No se le ocurrió otra respuesta.

Las ruinas ya están a la vista. Joanne va casi corriendo. Deja caer la mochila en el suelo delante de las piedras y se inclina hacia delante, con las manos sobre las rodillas para recuperar el aliento.

Émile creyó que no llegarían nunca. Enfrente de ellos, el sol se pone poco a poco. Todavía falta una hora hasta que anochezca, pero en el cielo hay una aureola de tintes anaranjados y rosas. Las viejas piedras de la antigua cabaña se tiñen de tonos dorados. Es hermoso; tanto que corta la respiración. A lo lejos, las vacas se han reagrupado para pasar la noche. Se han acostado prácticamente las unas encima de las otras, en pequeños montones, sobre la hierba.

Joanne rodea las ruinas, entra en lo que queda de cabaña. Ya no hay techo. Las paredes resisten bien pero, en algunas zonas, se han derrumbado por completo. La puerta y las ventanas no son otra cosa que grandes aberturas. El suelo llano y afianzado será perfecto para poner la tienda.

Se encuentran en el centro de la vieja cabaña a cielo descubierto, en medio de los escombros. Ambos tienen la misma expresión embelesada.

—Aquí está bien, ¿no?

Joanne está de acuerdo. Pasan unos segundos. No se cansan de mirar a su alrededor, en silencio, maravillados.

—Habrá que sacar el hornillo.

—Sí. Yo me ocuparé del fuego.

Émile se siente extenuado, sucio y muerto de hambre. Y, sin embargo, nunca ha experimentado tal sentimiento de plenitud. Hay un silencio absoluto. Recoge ramitas y piedras pequeñas para la hoguera. Más allá ve a Joanne atareada con el hornillo, y la olla flamante en un precario equilibrio. Se ha quitado el sombrero. Los últimos rayos de sol le tiñen la melena castaña. Desde donde está él, parece casi pelirroja. Un pelirrojo rosado.

Émile apila los guijarros y las ramas en la cavidad que ha creado levantándose la camiseta y va hacia las ruinas con paso lento para que no caiga nada.

El fuego prende con más facilidad que la otra noche, al borde del río, con Chloé.

—¿Qué nos cocinas? —le pregunta a Joanne.

—Pasta.

Émile coloca dos grandes piedras planas al lado de la hoguera, a modo de asiento. Joanne se instala. Se pone el pan sobre las rodillas y empieza a cortarlo. Émile se ocupa del queso.

Empiezan a comerse el pan y el queso sin esperar a que la pasta esté cocida. Comen lentamente, con la mirada perdida en el paisaje. No hablan. Émile se sobresalta al oír el cling de la olla sobre el suelo.

—La pasta está lista.

Comen en las fiambreras de plástico. El sol se pone por completo. Las estrellas iluminan el cielo. Joanne abandona su fiambrera, se levanta, va a buscar su saco de dormir y se instala en el suelo. Se ha llevado la libreta y uno de los bolígrafos. Está sentada con las piernas cruzadas y le da la espalda. Prefiere estar de frente a la montaña. Parece perdida en sus pensamientos pero, de vez en cuando, se inclina hacia delante y escribe algunas palabras en la libreta.

Émile se levanta también para ir a buscar el saco que hay dentro de su gran mochila.

—¿No... no montamos la tienda?

Joanne se da la vuelta y se encoge de hombros.

—Podemos hacer vivac. El cielo está descubierto.

—Vale.

Se tumba sobre el saco, con los brazos cruzados detrás de la cabeza y la mirada fija en las estrellas. El fuego crepita. Se siente somnoliento. Piensa en el día de hoy, que parece haber empezado hace miles de años. La tienda de deporte, las libretas, la preparación de las mochilas, el ascenso, el viejo refugio, las cúpulas del observatorio.

Piensa en los recuerdos que han resurgido hoy, en las citas de Joanne. Piensa en el último recuerdo que le ha venido a la memoria. La conversación con Renaud, en el sofá, frente a la televisión sin volumen. No sabe por qué le ha venido ese recuerdo. Es una imagen bastante trivial. El mejor amigo intentando consolar a su colega porque lo han dejado. Las palabras reconfortantes que siempre se dicen en momentos así. Los «Estas cosas pasan, ¿sabes?...», los «No eres tú, colega. Estoy seguro de que tú lo has hecho perfecto».

Aquella noche había escuchado a Renaud, pero a medias, sin entender realmente todo lo que abarcaban sus palabras. «Laura siempre ha sido así. Siempre ha tenido un temperamento de fuego. No se puede quedar quieta». Lo interpretó como unas cuantas palabras amables, un intento de Renaud de redimirlo de una parte de la ruptura, de aliviarlo un poco de tanto sufrimiento. «Laëtitia es..., ¿cómo decirlo?..., más fácil de satisfacer... en el sentido que... no necesita mil cosas para ser feliz».

Renaud tenía razón, por supuesto. Laura era impulsiva. Se aburría muy rápido y de todo. Siempre había sido un torbellino. Durante la carrera salía mucho, se inventaba escapadas. Al acabar los estudios, se entregó en cuerpo y alma a su trabajo. Le apasionó durante unos meses, no más. Después se le metió entre ceja y ceja que tenían que irse a vivir juntos. Se lanzó de cabeza en la búsqueda de piso, eligió la decoración, hizo la mudanza. Entonces vino aquella época en la que dejó de salir, abandonó su vida social para dedicarse por completo a la vida de pareja. Fue en ese periodo cuando creyó que la tenía. Se preocupaba cuando volvía tarde, ponía caras largas cuando salía con sus amigos, reclamaba hacer el amor a cada rato. Después... después se calmó un poco. Sus dos amigas se quedaron embarazadas y empezó a hablarle de tener un hijo. «Siempre necesita más, siempre cambios, novedad».

¿Tendría Renaud mucha más razón de la que se imaginaba? No sabía nada del tema del bebé, esa fijación repentina que invadió por completo a Laura. Émile creyó que era un capricho, después ella se fue y él se fustigó. Se había culpado a sí mismo porque se acabara su historia, pero no había entendido que Laura era así, como Renaud la había descrito. «Impulsiva». Con una necesidad incesante de cambio. ¿Y si se equivocó? ¿Y si había tenido razón desde el principio? ¿Y si el bebé realmente no había sido otra cosa que un capricho? ¿Un antojo de Laura para generar un cambio en su vida? «Ni tú ni nadie... es una chica que se aburre rápido, que no soporta la estabilidad...». Laura sacó el tema un buen día, una noche de cena de tapas, y él lo esquivó, él fue un estúpido y un inmaduro, en ese momento no estaba preparado para hablar de ello, pero ella también se equivocó. No era cierto que él se conformaba con nada. Él no consideraba que su existencia, su nidito, los momentos juntos, sus amigos fuese «nada»... Era ella quien lo consideraba una minucia.

Sigue tumbado sobre su saco, con el rostro hacia las estrellas, y tiene la sensación de que alguna cosa se ha desbloqueado dentro de él, que le pesan menos los hombros, que su corazón late más rápido, como si acabara de liberarse de algo que lo oprimía desde hacía un año.

Joanne tenía razón antes. «Hay muchas cosas que resurgen, pero ahora las vemos de manera distinta, con nuevos ojos».

Él no es el único responsable de todos los males. No causó él solo la ruptura al rechazar durante unos meses sus ganas de tener un hijo. Hizo lo que pudo. Intentó satisfacerla. Funcionó durante un tiempo, pero no eternamente. Laura era insaciable. No sabe qué es lo que busca, o si ya lo habrá encontrado en los brazos de otra persona, o en el fondo de ella misma. Émile cree que es en su interior donde debería buscar.

Coge grandes bocanadas de aire. Su pecho sube y baja a un ritmo regular. Inspira con fervor, como si hubiese estado privado de ello durante mucho tiempo. Santo cielo, qué bien sienta respirar al fin.

Después de todo, tuvo suerte. Laura tomó una sabia decisión al continuar tomando la pastilla, y al entender que tenía que irse, dejarlo, en lugar de esperar de él lo que sea que fuera que debía encontrar en sí misma. Tuvieron suerte. Tiene suerte de estar aquí esta noche, en medio de las ruinas de una cabaña de piedra. Tiene suerte de estar haciendo este viaje. En cierto modo, tiene suerte de saber que morirá dentro de poco. Si esto no estuviera ocurriendo, nunca habría encontrado el momento para irse, para viajar hasta el fondo de sí mismo, para ver las cosas con ojos nuevos.

Nunca ha experimentado esta sensación de plenitud y de agradecimiento hacia el universo. Sí, se morirá, pero está aquí, y ha entendido infinidad de cosas. No está del todo seguro, pero tiene la impresión de que acaba de perdonarse a sí mismo.

—Joanne...

Émile susurra. Su voz apenas suena más fuerte que el crepitar del fuego. Teme sobresaltarla. Parece tan concentrada en su libreta... Ni siquiera le ha oído levantarse e ir hasta su mochila.

—Joanne.

Ha hablado más fuerte. Ella se da la vuelta con lentitud.

—¿Sí?

El reflejo del fuego danza sobre su cara y su melena. Le da un aire de locura.

—Yo también estrenaré mi libreta.

Joanne se toma el tiempo de mirarlo, sentado con las piernas cruzadas y la libreta sobre las rodillas. La sombra de una sonrisa atraviesa su rostro. Está distinta sin el sombrero que la esconde en la penumbra. Es más luminosa.

—Oh... Qué buena noticia.

Émile se aclara la garganta. Cuando abre la boca, tiene la sensación de hablar como un niño pequeño:

—Ya no me acuerdo de tu cita... sobre el viaje... lo de ver con ojos nuevos.

—¿Quieres escribirla al inicio de tu libreta? —Tiene una expresión un tanto incrédula, que hace que ella también parezca una niña pequeña.

—En la cubierta. A modo de título.

Ella asiente.

—Buena idea. —Se levanta con movimientos lentos, cierra su libreta y va a sentarse más cerca de él—. ¿Cuál querías apuntar?

—¿Me las puedes volver a decir... las dos?

—Claro.

Ya no recuerda cuál prefería por la tarde, pero esta noche, junto a la lumbre, al pie de las ruinas, la segunda le llega más.

Joanne la repite lentamente para que pueda anotarla toda. Émile se esfuerza por escribir con una caligrafía bonita.

«El mayor viajero es el que ha sabido recorrerse a sí mismo una vez».

Levanta el bolígrafo y Joanne se aleja.

—Gracias.

Ella vuelve a sentarse apartada. Ya no escribe, sino que levanta el rostro hacia el cielo y permanece en silencio. Émile se pregunta qué estará haciendo, por qué mira el cielo durante tanto tiempo. ¿Es porque intenta identificar las estrellas? ¿Les habla?

12 de julio, 22 h
En el Sentier des Muletiers (Pic du Midi), al pie de las ruinas de una cabaña de piedra.

Noche despejada, cielo estrellado.

Allá voy con la primera página de esta libreta (se le ha ocurrido a Joanne...). No me entusiasma excesivamente la idea, pero intentaré escribir de todas formas, aunque me parezca una cosa de chicas. ¿Por qué siempre tienen la costumbre de escribir diarios íntimos?

Bueno, tengo que reconocer que en mi caso es bastante buena idea. Será un memorando que también servirá como una recopilación de cartas. Es cierto que allí donde iremos no siempre tendremos la posibilidad de enviar cartas. Así que me lanzo a ello.

Hoy hace cinco días que me he ido. No llega a una semana. Sin embargo, tengo la sensación de que hace una eternidad. Los cuatro días anteriores me parecen bien vacíos. Como un tiempo en suspensión, a la espera del verdadero inicio del viaje. Pero hoy ha comenzado. Hemos aparcado la autocaravana, hemos cogido la mochila y nos hemos ido. Hemos empezado de verdad.

Hoy ha sido un día agotador. No solo porque hemos caminado mucho, sino sobre todo porque he pensado mucho. Esta noche me ha pasado algo muy loco, algo que no me había pasado nunca: me he perdonado a mí mismo. Por todo lo de Laura. Ha sido como una pequeña liberación. Me he dado cuenta de que pocas veces nos mostramos indulgentes con nosotros mismos. Yo había perdido la costumbre de hacerlo. De hecho, creo que había olvidado que podía quererme. Eso me ha hecho pensar en la lista de razones que enumeré en la carta para mi familia y amigos sobre el hecho de haberme ido. Había tres motivos que justificaban este viaje. Hoy puedo añadir un cuarto, del que no era consciente y que sin embargo es una razón en toda regla. Hacer balance. Hacer un balance de mi vida para estar mejor preparado para irme.

Dicen que, cuando llega la hora de irse, los moribundos ven su vida pasar por delante de sus ojos y reviven los momentos más importantes. No sé si es cierto, pero creo que todos necesitamos hacer este recorrido en imágenes antes de irnos, volver a ver los acontecimientos con nuevos ojos, más sabios, con la perspectiva que dan los años, Comprender (con «c» mayúscula), perdonar, perdonarse. Solo estoy al inicio del camino. La ruta todavía es larga. Espero conseguirlo, hallar la conclusión de mi vida e irme en paz.

Mira, estoy seguro de que a Joanne le encantaría esta expresión: «Hallar la conclusión de mi vida». Es muy de citas. De hecho, la que hay en la cubierta de la libreta es suya.

Quinto día entonces, solo es el quinto día y ya me siento cambiado, ya veo las cosas de una manera distinta. He experimentado nuevas sensaciones: la plenitud, el agradecimiento, una cierta paz interior. Puede que la presencia de Joanne tenga algún efecto en mí. Puede que me ayude a cambiar o puede que haga este camino solo. En cualquier caso, esta noche estoy feliz. El cielo es de un precioso negro azulado, las estrellas brillan, el fuego crepita, y yo me siento perfectamente bien.

8

Émile no se da cuenta de que le cuesta respirar. La angustia es demasiado fuerte como para que pueda notar algo. Acaba de abrir los ojos porque la luz del día lo ha arrancado del sueño. Ha visto la hierba, las piedras, un saco de dormir en el suelo, los restos de una hoguera. Está vestido. No entiende qué hace en ese lugar, cómo ha llegado hasta allí. Se fija en su cabeza para averiguar si ayer bebió, si bebió tanto que se fue en plena naturaleza, no sabe a dónde... Pero no tiene dolor de cabeza. No tiene náuseas. Caray, ¿qué puñetas está haciendo aquí? No tiene nada en los bolsillos, ni la cartera, ni el móvil. Intenta mantener la calma, respirar, pero resulta aterrador. Se encuentra allí, solo, en medio de la nada, sin un teléfono para poder contactar con alguien. ¿Qué ha hecho? ¿Lo han drogado? ¿Por qué está solo? ¿Por qué no está Renaud cerca? Si hubiese hecho alguna locura Renaud tendría que estar allí por fuerza. Aparecería despeinado, con los ojos hinchados, y un aspecto aturdido. Diría: «Colega, ¿qué hemos hecho? ¿Qué me has dado?».

Intenta mantener la calma, se sienta. Le duelen las piernas y los pies. Por Dios, ¿qué han hecho? ¿En qué estaban pensando? El pánico aumenta todavía más cuando distingue una silueta estirada cerca del fuego, a unos pasos de él. Una chica dormida. No le ve el rostro, solo el pelo castaño claro enmarañado, esparcido a su alrededor. ¿Quién es esa chica? ¿Han...? Comprueba que lleva la ropa puesta para asegurarse. Sí, está vestido. Pero... ¿se habrá acostado con ella igualmente? ¿De dónde sale? ¿Por qué se ha acostado con esa chica y después ha dejado que se lo lleve en plena montaña? El nudo en la garganta aumenta, tiene la impresión de que le cuesta respirar. ¿Y Laura? ¿Qué ha hecho? ¿Dónde está Laura? ¿Lo habrá visto irse con esa chica? ¿Cómo se lo explicará?

Es entonces cuando empieza a ahogarse. No oye sus propios jadeos. Laura jamás se lo perdonará. De pronto siente como si le arrojaran un jarro de agua fría en la cabeza, puesto que tiene una revelación fulgurante: ya no está con Laura. Laura se ha ido. Ya no estaban en el mismo punto. El bebé. ¡Santo Dios, se está volviendo completamente majara! ¿Cómo ha podido olvidarlo? ¿Es la droga lo que le hace delirar así?

La chica, a pocos pasos de él, se ha incorporado sobre un codo. Los jadeos la han despertado. Parece preocupada. No le suena su cara. O quizá vagamente. Intenta hacer memoria. La ha visto antes.

—Émile... ¿Estás bien?

Habla con una vocecita tensa. Émile intenta responder, pero su boca abierta no hace otra cosa que atrapar bocanadas de aire.

—¿Émile? —La chica se levanta—. Émile...

Joanne. ¡Es Joanne! Se acerca, se pone de cuclillas a su lado. Émile intenta encajar las piezas del puzle. Le viene todo en forma de brutales destellos. La enfermedad, el pronóstico, el anuncio, la partida. Lo recuerda todo. Se queda sin aliento. La plenitud de la noche anterior se ha esfumado. La angustia lo ha engullido por completo.

—¿Estás bien? ¿Tienes..., tienes asma?

Es entonces cuando se da cuenta de que está respirando muy fuerte, que no consigue que le entre aire, que tiene palpitaciones en el pecho y las manos temblorosas. Parece que se está asfixiando. Sin embargo no se trata de asma sino de un ataque de pánico. Sacude la cabeza. Intenta hablar, entrecortadamente.

—Estoy bien... No es... nada...

Joanne está preocupada. Posa una mano sobre su hombro. No aparta la mirada de él.

—¿Te..., te duele algo...?

Émile espera a que su respiración se vuelva más regular antes de responder, con un suspiro.

—No... Es solo que... No sabía dónde estaba...

El rostro de Joanne se cubre con un velo de inquietud aún más intenso. Le apena verla tan nerviosa.

—¿Es por tu memoria?

—Sí.

—¿Es por la..., la enfermedad?

—Sí.

Émile intenta recuperar el aliento. El corazón ya le late más lento. Siente menos angustia. Todo ha vuelto a su lugar. Las piezas del puzle han encajado. Recuerda la excursión de ayer, la noche, la libreta.

—¿Ya te había pasado alguna vez?

—Así no.

Sigue nerviosa. Tiene el ceño fruncido y los labios apretados.

—Olvidaba..., olvidaba cosas del día a día, pero nada grave.

—¿Y ahora... cómo..., cómo ha sido?

—Una crisis de amnesia total.

Joanne intenta mostrarse tranquilizadora.

—Bueno, eso pasa al despertar. Cuando se duerme en sitios que no son el habitual cuesta resituarse.

Émile sacude la cabeza con firmeza.

—No. Esto era diferente. No ha sido..., no ha sido una confusión. No han sido solo unos segundos.

—¿No?

Poco a poco va recuperando el aliento. Ya casi vuelve a tener un ritmo cardiaco normal.

—No, era... Creía..., creía que estaba uno o dos años atrás. No era confusión. Estaba convencido de que era hace un año...

Joanne asiente.

—Puede que sea por la altitud —declara con delicadeza.

—No.

Émile ha hablado con determinación. Joanne baja la mirada.

—No, tienes razón. —Ella tampoco acostumbra a maquillar la verdad. De hecho, añade—: Esto es lo que te irá pasando. Cada vez más a menudo. Y después todos los días.

Émile asiente.

—Lo siento. Puede que te asuste...

La escruta, pero de pronto Joanne adopta una actitud de indiferencia. La preocupación de hace un momento se ha esfumado.

—Ya sabía a lo que me atenía cuando respondí a tu anuncio.

—Perfecto.

Estas últimas palabras restablecen una cierta distancia entre ellos, un muro que habían conseguido agrietar un poco estos últimos días. Joanne se vuelve a poner en pie. Añade:

—Es solo que... si hay alguna cosa que pueda hacer cuando..., cuando te pase esto...

Émile se encoge de hombros. No se da cuenta de que ahora él también adopta una actitud de absoluta indiferencia.

—No estoy seguro...

—Piénsalo.

—Sí. De acuerdo.

—Quizá te ayudaría.

—Lo pensaré.

Émile se levanta también y se dirige hacia el hornillo con pasos lentos. Ya ha amanecido. Deben de ser las seis o las siete.

—Voy..., voy a hacer té. ¿Quieres?

—Sí. Me encantaría. Gracias.

Esta mañana Émile intenta concentrarse en el itinerario, únicamente en el itinerario. No tiene ganas de pensar en el despertar y el ataque de pánico que ha sufrido. Bajan el Pic du Midi por otra ladera, por el Col de Sencours y después por la Crête du Tourmalet.

Está todo bastante tranquilo a primera hora de la mañana. No se cruzan con casi nadie. No hacen muchas paradas. No hablan. Joanne debe de estar perdida en sus pensamientos, pero él no piensa. Intenta evitarlo. Teme que la angustia lo absorba por completo una segunda vez. Desde el Pic du Midi tienen que bajar hasta Barèges. Hay un poco más de trece kilómetros de recorrido y 1.600 metros de desnivel, pero hoy no es de subida. Es más fácil. Se detienen unos minutos para observar el Lac d'Oncet, el tiempo necesario para beber unos tragos de agua, después retoman el descenso. Durante una buena parte del inicio del trayecto, bordean los arroyos de Oncet, lo que les permite soportar mejor el calor. Cuando el sendero se aleja del río, se sienten agobiados por el sol y el hambre y deciden detenerse. Encuentran un rincón de hierba a la sombra de los árboles. Joanne saca el hornillo. Émile se va en busca de un gran tronco de madera para utilizarlo a modo de banco.

Comen arroz y Émile un poco de salchichón mientras comentan el trayecto que han recorrido y el que queda por hacer, y la poca reserva de agua que les queda. Después acuerdan dormir una siesta antes de volver a ponerse en marcha.

Más tarde, cuando se despiertan, reanudan el camino, pero buscando activamente una fuente de agua. No pensaron en comprar un filtro de agua o pastillas para potabilizar el agua de los ríos. Chloé no les dijo nada sobre eso. Ahora se ven obligados a buscar con avidez una fuente de agua potable. La guía de Émile indica que unos kilómetros más lejos hay una, en el cruce entre el sendero que siguen y el río Mousquère. A Joanne le cuesta mantener el ritmo. Le sigue lo mejor que puede una veintena de metros por detrás.

—¿Estás segura de que no quieres que te lleve la mochila?

—Es solo por la sed...

—Puedo llevártela. Te ayudará.

Joanne sacude la cabeza con insistencia. En la intersección con el río Mousquère no pueden resistirse y ambos meten los pies en el agua, sin preocuparse por las botas de montaña y la ropa. Se sumergen hasta los muslos y después se quedan inmóviles, con los ojos cerrados.

—¿Estás seguro de que no podemos beber de esta agua?

—Es peligroso...

—¿A cuánto tiempo está la fuente de agua potable?

No han visto ningún pueblo ni vivienda desde que empezaron el descenso. Están en plena naturaleza. Abandonados a su propia suerte. Émile lo consulta en la guía.

—Aquí dice dos kilómetros.

Émile puede leer el cansancio en el rostro de Joanne. Ella se sienta en una roca grande que sobresale del agua. Parece exhausta.

—Déjame unos segundos antes de seguir.

—Claro. ¿Estás bien? —Está preocupado porque Joanne se ha puesto una mano sobre la frente.

—Estoy mareada.

—¿Es por el calor?

—Por la deshidratación.

—Pues quédate aquí. Iré yo solo a rellenar las cantimploras.

Joanne no cede, como de costumbre.

—No... Solo necesito un momento.

Émile no da su brazo a torcer. No quiere que se desmaye.

—Quédate cerca del río y descansa. Mira, ¿sabes qué? Te quedarás guardando las mochilas. Así iré más rápido.

Nota que vacila. ¿Será porque no le gusta la idea de estar demasiado débil para continuar? ¿Tendrá miedo de que sufra otro episodio de amnesia por el camino?

—Dejo mi mochila bajo el árbol, ¿vale? Volveré en menos de una hora.

Joanne acaba claudicando.

—De acuerdo.

Émile no le ha querido decir que él también empieza a sentirse bastante débil. Tiene la boca seca, la lengua áspera, y antes, cuando ha querido aliviarse detrás de un árbol, su orina era de un extraño color oscuro. Necesitan encontrar agua urgentemente, o de lo contrario no llegarán nunca a Barèges.

Está siendo un día peculiar, muy distinto del precedente. La meditación y el embelesamiento han dado paso al esfuerzo físico y al sufrimiento. Está pagando muy caro el error que ha cometido entrando en el agua con las botas puestas. Las ampollas se le revientan una a una y la piel en carne viva le hace soltar gruñidos de dolor. El calor es insoportable y en varias ocasiones ha sentido la tentación de detenerse a la sombra de un árbol y dormir un rato, pero Joanne lo espera, mareada, y no puede tardar.

Esto que está viviendo es una pesadilla bien distinta a la de esta mañana. No tiene nada que ver con ningún fallo de memoria, y no hay ni rastro de esa angustia asfixiante; sin embargo, en su lugar, empieza a sentir pánico y un agotamiento absoluto. No hay fuente de agua. Ha seguido el sendero, ha llegado al lugar indicado y no ha encontrado nada. Ha pensado que quizá se había pasado un camino, a la altura de la bifurcación. Ha vuelto sobre sus pasos, ha cogido el otro sendero, lo ha seguido durante más de dos kilómetros, pero no ha encontrado nada. Se pregunta si morirá allí. Está mareado y ve destellos de luz blanca. Ha alcanzado tal nivel de nerviosismo y estrés que respira entrecortadamente. Deshace el camino para ir a encontrarse con Joanne. La primera vez que tropieza cree que es a causa de la torpeza, pero la segunda y la tercera vez entiende que está sufriendo pequeños desmayos. Cuando el sendero vuelve a cruzar el río Mousquère se deja caer a cuatro patas sobre los guijarros y empieza a beber a grandes sorbos de la superficie del agua. Exactamente igual que un animal. No le importa coger amebas o lo que sea. Solo quiere beber. Nunca antes se había dado cuenta de lo bien que sienta beber.

Encuentra a Joanne en el mismo sitio donde la dejó, sobre la misma piedra. Se planta en la orilla, abatido.

—Pensaba que te habías perdido —dice—. Han pasado casi dos horas.

Émile ni siquiera tiene el valor de mirarla a la cara cuando le anuncia:

—No he encontrado agua. No existía la fuente de agua que indicaba la guía. He vuelto atrás, he cogido otro sendero, pero no había agua. Por ninguna parte.

Joanne se encoge de hombros.

—He bebido del río, Émile —le confiesa como una niña pequeña que ha cometido una estupidez. Tiene los hombros hundidos y un tono arrepentido—. No he podido evitarlo.

—Yo también he bebido del río —dice él.

—¡Oh! —Joanne esboza una media sonrisa mientras constata—: No somos demasiado inteligentes...

—No. Si me hubieses visto... A cuatro patas en el río... Bebía a lengüetazos como un perro.

Joanne produce un sonido extraño, un hipo curiosamente similar a una risa. Una risa un tanto sofocada que le cuesta llegar hasta sus labios. No debe de reír a menudo. Es la primera vez que Émile lo oye. Piensa que esa risa se debe sin duda al agotamiento físico y nervioso, pero no importa, le gusta oírla reír. Él también se echa a reír.

—Esta noche no nos hará tanta gracia, cuando nos toque lidiar con la diarrea.

—No me da miedo.

—Es una suerte. A mí tampoco. Pero podríamos..., podríamos hacer arroz a modo preventivo.

—Sí... Eso ayudaría.

Pasan unos segundos y Joanne se levanta trabajosamente.

—Tenemos que ponernos en marcha, ¿no?

—Sí. Llegaremos enseguida.

Unos metros más adelante llegan a una carretera y a algo parecido a la civilización. Por lo menos hay algunos vehículos. El sol empieza a ponerse poco a poco. Tendrían que haber llegado hace ya tres horas, pero todo el tema de la fuente de agua les ha hecho perder tiempo.

—Ya estamos, veo tejados —indica Joanne.

A lo lejos se encuentra Barèges. Dejan atrás un cartel que lo confirma. Continúan acortando metros en silencio.

—Me muero de hambre.

—Yo también.

Por fin llegan al primer edificio. La Administración Intercomunal de Tourmalet. Un edificio austero, con una mitad construida con piedras y la otra con ladrillos, que colinda con una estación de telesillas. Se trata de una estación de esquí muy popular en invierno. Esta tarde está todo desierto. Un aparcamiento inmenso acoge algunos camiones y autocaravanas, pero no hay ni rastro de presencia humana por los alrededores.

—Habrá que continuar un poco hasta llegar al centro...

Por suerte, apenas unos metros más adelante se encuentran con algunos edificios al estilo chalet alpino: la escuela francesa de esquí, un bar restaurante y unos baños públicos. La puerta está abierta. Aprovechan para rellenar las cantimploras.

—Ya no deberíamos estar lejos.

Unos metros más adelante, pasan por delante de otro edificio del mismo estilo, más típico de la zona, hecho en su totalidad de piedra. Un pequeño sendero, también de piedra, lleva hasta allí. Un cartel indica «Restaurant de la Couquelle». La gente está cenando en la terraza. Aceleran el paso. Está a punto de anochecer. Siguen la carretera comarcal. Aparecen más chalets a la vuelta de una curva, pero después, cuando la ruta atraviesa un bosque de pinos, vuelven a encontrarse aislados de la civilización. Parece que no van a llegar nunca.

Las estrellas iluminan el cielo. Un cartel les indica que entran en Barèges. Allí están los chalets. Cada vez más cerca. Cada vez más numerosos. El pueblo no tiene nada que ver con Artigues. Es un pueblo de verdad, no un poblado minúsculo perdido en medio de la montaña. Enseguida se ve que ha sido construido para acoger a los turistas que vienen a esquiar. Los chalets son grandes edificios con varias plantas. Hay muchos comercios, un banco, un estanco. Empiezan a cruzarse con gente: peatones, coches. Suenan voces en la terraza de un bar.

—¿Buscamos un sitio tranquilo para plantar la tienda?

—Sí.

Resulta ser una tarea más difícil de lo previsto. Las calles asfaltadas suceden a más calles asfaltadas. Hay turistas por todos lados, los bares están llenos. Por lo visto la localidad también consigue vivir del turismo en verano. Joanne no se queja nunca. Esta noche debe de estar verdaderamente al límite de sus fuerzas, puesto que declara:

—No puedo más.

Son las diez y llevan caminando desde la mañana. Émile también está a punto de desplomarse.

—Mira, por allí, si subimos esa cuesta...

Detrás de un aparcamiento, a lo largo de la calle principal de Barèges, se encuentra un talud de hierba que sube hasta un sendero junto a un bosque. No les queda energía para ponerse exquisitos. Émile coge la mochila de Joanne para que pueda subir la pendiente. Trepan la valla de madera que delimita el sendero y la traspasan para penetrar en la linde del bosque. Es perfecto. Están resguardados del ruido, de los turistas, de las miradas.

Joanne se deja caer en el suelo, se dispone a sacar el hornillo de la mochila, con movimientos exhaustos.

—Yo me ocupo de la tienda —declara Émile.

No sabe de dónde sacan las últimas fuerzas, cómo consiguen montar la tienda y preparar pasta con salsa de tomate. Una vez sentados, con el plato sobre las rodillas, se dan cuenta por fin de lo cansados que están. Dejan escapar un suspiro agotado al unísono. Émile mira a Joanne mientras come. Nunca ha comido con tanta avidez. Se llena la boca de pasta con ansia, se relame los dedos. Hoy ha sido valiente. Seguramente ha alcanzado su límite físico, pero no se ha quejado. Piensa que nunca podría haber llevado a Laura a hacer esta ruta. Habría protestado e incluso lo habría amenazado. Casi puede oír su voz desde aquí:

—Te lo advierto, Émile, la próxima vez que me hagas sufrir así, te dejo.

La hubiese hecho callar tirándola sobre la hierba. Se da cuenta de que él también come con avidez. Verdaderamente ha sido un día muy duro. Desde las terrazas de los bares les llegan las voces de los turistas, lejanas, tapadas por el canto de los grillos en el bosque. Un viento frío los mece.

—¡Oh!

Oye la exclamación de sorpresa de Joanne antes de escuchar la explosión.

—¿Qué...?

Se ha sobresaltado pensando que era un petardo, pero de pronto ve que el cielo se ilumina de rojo. Preciosos haces de luz roja que crepitan. Retumba una segunda explosión y entonces Émile exclama:

—¡Fuegos artificiales!

Un haz azul estalla en el cielo. Cuando Émile se gira hacia Joanne, ve que una sonrisa atónita se ha abierto paso en su rostro.

—Hoy es 13... Son los fuegos artificiales del 14 de julio.

Joanne ha dejado de comer y ha puesto el plato en el suelo. Tiene el rostro mirando hacia el cielo y se deja maravillar en silencio. Ni siquiera lo oye. Émile alza la vista y vuelve a comer lenta y tranquilamente, mientras el cielo estalla en colores y destellos.

13 de julio, 23.50 h
Barèges, junto a un bosque que hay a lo largo de un sendero peatonal.

Apenas me quedan fuerzas para sostener el bolígrafo entre los dedos de lo agotado que estoy. Ha sido un día largo. Una crisis de amnesia, kilómetros y kilómetros a pleno sol, una deshidratación severa, la piel en carne viva por las ampollas y unos intestinos que rugen (me lo tengo merecido por beber agua de aquel río...). Esta noche hemos comido uno de nuestros platos tradicionales de pasta mientras mirábamos unos fuegos artificiales, y eso es lo que quiero conservar del día de hoy: el espectáculo pirotécnico en la linde de un bosque.

No el cansancio, ni las ampollas, y mucho menos este terrible olor a sudor que me impregna la piel...

Mañana más aventuras.

9

15 de julio, 21 h y pico (mi reloj se ha parado).
Barèges, un poco más lejos en el bosque que hay al lado del
sendero peatonal.

Hace dos días que nos hemos detenido en Barèges. Hemos desplazado nuestro campamento unos metros más hacia el interior del
bosque, para tener más tranquilidad. Joanne dice que ha visto un
conejo.

El agua del río no era potable y nuestros intestinos nos lo han
hecho pagar. Joanne por la mañana del día 14 ya se sentía mejor,
pero yo estaba aún peor. No pude comer nada, y vomité mucho.
Joanne insistió para que fuese a ver a un médico, pero le hice pro-
meter que esperaríamos al día siguiente, para ver si mejoraba solo.
Ella se pasó toda la tarde yendo del sotobosque a la tienda. Reco-
lectó toneladas de zarzamora, la infusionó en agua hirviendo y luego me obligó a bebérmelo. Afirmaba que tenía propiedades antidia-
rreicas y curativas.

Yo no me lo quería creer, pero esta mañana ya estaba muchísimo
mejor. He vuelto a ocuparme de nuestro itinerario y Joanne se ha
ido toda la mañana. Me ha dicho que había ido a sentarse a una cafetería. Después, ha añadido que era para cargar el móvil. No he
hecho ningún comentario al respecto. Esta tarde hemos ido a hacer
la compra y después hemos descansado porque mañana por la

mañana retomamos la ruta. No me gusta demasiado Barèges. No me importa irme. Es una estación de esquí. Nada más. No tiene ni la autenticidad ni el encanto de Artigues.

Esta noche hemos aprovechado que en Barèges hay colmados y hemos preparado una cena de celebración: salteado de verduras y de patatas acompañado de jamón serrano (para mí). Joanne está cocinando una compota de melocotón de postre.

Este será mi recuerdo del día: la compota de melocotón.

Hoy se han levantado a las seis de la mañana. Émile ha sonreído al decirle a Joanne que se estaban convirtiendo en senderistas avezados. El hecho es que acampar fuera los obliga a seguir un ritmo de vida más natural: se acuestan cuando anochece, hacia las diez y media, y se levantan con el sol y el canto de los pájaros.

Hoy seguirán una ruta de senderismo para llegar hasta el Lac de la Glère y el refugio. Es una visita obligada de los Pirineos, un lago de montaña auténtico de una superficie de dos hectáreas y de una profundidad de diez metros. Eso es lo que Émile ha leído en su guía. Con el calor que hace se han puesto de acuerdo enseguida: necesitan pasar un tiempo al fresco, a orillas del agua. El lago es conocido sobre todo por la pesca. Allí se encuentran truchas comunes, truchas de arroyo y piscardos.

Es un camino agradable con unas vistas impresionantes. Siguen un sendero de piedras que pasa por el corazón del valle. Están rodeados de pendientes verdes, lisas, con grandes rocas grises y blancas dispersadas. Cuando el cielo se despeja, pueden distinguir el camino serpenteando a lo lejos, ascendiendo, descendiendo, desviándose, como si jugara al escondite por la hondonada.

Después de dos días de inmovilismo forzado, les alegra ponerse en marcha de nuevo. Joanne va delante, vestida con uno de sus habituales conjuntos negros y el sombrero ajustado a la cabeza. Ha recogido un palo de madera que le sirve de cayado y le ha cedido sus bastones a Émile. Él la sigue con ligereza. Está contento de retomar la ruta. Está contento de volver a ver paisajes más salvajes. Se da cuenta de que cuantos más días pasan, más fácil es todo con Joanne. Apenas hablan, pero ella parece más liviana, menos a la defensiva. O puede que sea él... Ha dejado de ofenderle su silencio, su falta de expresividad. Ha entendido que ella es así, que no tiene nada en contra suya. Además, ya no se muestra tan impasible. La ha visto sonreír varias veces, y el otro día se rio. Simplemente debían de estar acostumbrándose el uno al otro.

Una pareja de turistas que camina a su ritmo decide entablar conversación con ellos. Son de París. Están de vacaciones. Adoran los Pirineos. Tienen unos treinta años. Los toman por una pareja y ellos no tienen ganas de desmentirlo. Sería demasiado largo de explicar.

—¿Y vosotros? —preguntan.

Émile responde con vaguedad que se encuentran en la misma situación. El hombre se presenta.

—Me llamo Anthony. Y mi mujer, Sylvia.

Son bastante habladores, y a Émile le viene bien, puesto que Joanne se las ha arreglado para ir unos pasos por delante, silenciosa, y él no tiene muchas ganas de llevar la conversación solo.

—Realmente necesitamos desconectar, salir del sistema tres semanas al año. Siempre estamos hiperconectados. Mira, por ejemplo, en el trabajo... Yo soy ingeniero informático, tengo dos iPhones solo para el trabajo. Y Sylvia igual, con su puesto de asistente de dirección es infernal. Todos necesitamos desconectar. Nosotros digamos que somos... más radicales que los demás. Dejamos el móvil y venimos a perdernos en medio de los Pirineos.

Al cabo de un rato, al ver que Joanne no interviene, Émile se excusa, alegando que necesitan hacer una pausa para comer.

—¡Sin problema! ¡Nos vemos más tarde en el refugio!

Émile asiente. Los observa mientras se alejan, aliviado. Joanne se detiene, sorprendida.

—¿Se van?

—Sí... —Émile añade con un gruñido divertido—: Valiente ayuda.

—¿Eh?

—Me has dejado solo ante el peligro.

—Te las apañabas bien.

Émile no sabe si se está burlando de él, ya que tiene una expresión seria.

—Y esos dos hablando de recargar pilas... Lo que está claro es que ellos no recargan las de los demás precisamente...

Joanne sigue con su expresión seria. Debe de estar sumida en sus pensamientos. Retoman la ruta más tarde, cuando la pareja ha desaparecido, a lo lejos.

Les sorprende llegar tan rápido al Lac de la Glère y al refugio. Apenas es mediodía. Una multitud de turistas se aglomera delante de un edificio un tanto singular: tres plantas, una fachada que no es ni totalmente de piedra ni está totalmente revocada, postigos de color rojo estridente, una escalera de servicio metálica de caracol en el lateral y un tejado escalonado. El refugio destaca en medio del paisaje, pero por suerte está el lago. Es de un magnífico color azul insondable, y tiene una superficie perfectamente lisa, inspira una profunda sensación de serenidad. Es lo bastante grande como para que puedan encontrar un lugar tranquilo, apartado de los turistas. No necesitan intercambiar ni una palabra, enseguida se alejan entre las rocas, en busca de un rincón del lago que esté desierto.

16 de julio

Renaud:

Colega, déjame decirte que estabas completamente equivocado... Nunca adivinarías dónde estoy, cómo es mi día a día desde hace un tiempo. Tú que creías que mi plan era pésimo, que nadie respondería jamás a mi anuncio o que sería un chalado (hablaste de la posibilidad de que fuera un perturbado sexual), me alegra decirte que ibas muy desencaminado...

Me sorprendió un poco la persona que respondió, y necesité varios días para acostumbrarme a su peculiar personalidad, pero no está loca, estoy convencido.

Ahora mismo, para que veas, estoy a orillas de un lago de montaña magnífico a 2.153 metros de altitud, me siento único en el mundo. Tengo el estómago lleno. Seguramente me echaré una siesta en cuanto deje el bolígrafo. Hace años que no sentía esta serenidad. Cuando pienso en las horas perdidas delante del ordenador en aquel despacho pequeño, respondiendo correos carentes de sentido... Al final resulta que estoy contento de haber enfermado. Sin eso no estaría aquí, en el macizo de Néouvielle. Nunca habría tenido el valor de dejar ese trabajo. Laura estaba en lo cierto: tengo un lado pasivo, me conformo con mi rutina. Me faltaba un poco de valentía. Pero ahora aquí estoy, en mi elemento. Vivo al ritmo de la naturaleza y es una locura pensar que hemos perdido eso...

Como bien sabes, no viajo solo. Voy con una chica un tanto particular. Tiene tres años más que yo, pero unas veces parece que tiene diez más, y otras dirías que es una niña pequeña. Es baja (1,57 m), es vegetariana (¡¿a quién se le ocurre?!). Es muy silenciosa. No se queja nunca. Es bastante valiente. Puede cargar con su mochila durante kilómetros aunque no lo parezca. No es especialmente guapa (puedo oírte preguntarlo desde aquí). En cualquier caso, no como Laura. Digamos que no encaja en los estándares de belleza habituales. No tiene el pelo liso y brillante. Su melena es medio ondulada, no la tiene encrespada, pero siempre está enmarañada. Es bastante delgaducha. Tiene los ojos de color marrón, sencillos, y no se los maquilla. Digamos que podría ser guapa, pero no intenta serlo. ¿Qué importancia tiene? Es calmada y conciliadora. Conoce un montón de remedios de la abuela a base de plantas. Medita. Sí, se sienta en un campo o a la orilla del agua y se queda allí inmóvil durante horas.

Ah, y algo le pasa con el cielo o las estrellas. Puede quedarse quieta durante horas mirando hacia arriba.

En su lista de cosas extrañas, se puede añadir que tiene miedo de las tormentas y que le cautivan los fuegos artificiales.

Con ella los días transcurren apacibles. Caminamos, compartimos las tareas cotidianas (cocinar, montar la tienda, rellenar las cantimploras en la fuente de agua más cercana, lavar los platos...), no hablamos demasiado. Sé que hay un tipo que la llama con regularidad. Su novio. Sé que se han dado un tiempo porque oí una de sus conversaciones. Por lo demás no sé mucho más sobre por qué se fue.

Espero que te vaya todo genial, que Laëtitia y el mocoso estén bien, que tu consulta siga llena. Espero que hayáis continuado vuestra búsqueda y que ya casi tengáis la casa de vuestros sueños. Recuerdo que querías tener un rincón con hierba para probar eso de la jardinería los domingos por la mañana. Espero que hayáis dado con ella. Si no es el caso, no os rindáis, ¡lo conseguiréis! No sé cuándo te llegará esta carta. Quizá dentro de mucho tiempo, quizá cuando ya me haya ido. Que sepas que pienso mucho en ti (en vosotros).

Un abrazo a los tres,

ÉMILE

Recuerda a Renaud en su pequeña habitación de estudiante, blanco como el papel, retorciéndose las manos con ansiedad.

—Siempre tiene un aspecto concentrado y severo.

—¿Severo?

—Sí..., bueno, ya sabes, con los labios fruncidos. Nunca me atrevo a acercarme a ella.

—Ve a verla cuando acabe de estudiar.

—¡Es imposible! ¡Se va de la biblioteca caminando a toda prisa!

Émile contuvo una sonrisa. Desde que Renaud se había fijado en esa chica en la biblioteca, recibía descripciones sin pies ni cabeza, que carecían de toda lógica. «Tiene el pelo rubio y rizado.

Bebe litros de agua. Siempre está con su botella de agua en la biblioteca. Debe de estudiar Derecho, tenía un Código Civil sobre la mesa. Creo que hace deporte. Hoy llevaba una bolsa de deporte. Es zurda. Come barritas de cereales con almendras».

Hacía semanas que duraba y Renaud todavía no sabía cómo se llamaba. Émile se desesperaba por momentos.

—Acércate a su mesa... Dile simplemente que la ves a menudo en la biblioteca...

—¿Y?

—Y ella te seguirá el juego. La cosa fluirá de manera natural. Deja de angustiarte tanto.

—¿Ella me seguirá el juego...? ¿Tú crees?

—Sí. Y, si no, no vale la pena que te obsesiones con ella.

Renaud protestó.

—¡Eh! ¡No me he obsesionado!

—¡Sí!

Quiso lanzarle la almohada a la cara, pero entonces Laura irrumpió sin llamar, golpeando la puerta contra la pared.

—¿Reunión de equipo?

Fue a sentarse en el escritorio de Émile, a su lado, saludando a Renaud al pasar. Le rodeó la cintura con el brazo y le dio un beso en el pelo, en la parte de arriba de la cabeza. Émile percibió la mirada de envidia de Renaud. Eso tenía que acabar. Renaud había perdido casi quince kilos, se divertía estudiando logopedia, ¡ya no había ningún motivo para que siguiera tan cohibido con las chicas! Émile dio un salto para bajar del escritorio y se plantó frente a su amigo, que estaba encogido en la cama.

—¿De qué tienes miedo?

—Eh..., bueno... ¿Y si tiene novio?

—Si no se lo preguntas no lo sabrás.

—¡Si tiene novio me tratará como a un trapo sucio!

—¿Y?

—Y será la última vez que me atreva a entrarle a una chica.

Émile intentó ser paciente.

—Bueno... ¿Sabes lo que haremos? Enviaremos a Laura. Ella irá a hablarle cuando esté en la biblioteca, como si nada.

Renaud entró en pánico y objetó:

—¿Qué? ¡No! ¡Quizá ya la ha visto conmigo!

Pero Laura también saltó del escritorio y declaró:

—¡Genial! ¡Me encantan las misiones secretas! ¡Émile, descríbemela e iré mañana!

Renaud intentó protestar, los amenazó con irse de la habitación, con no dirigirles nunca más la palabra si se atrevían a hacerlo. Laura no cedió. Y Renaud acabó facilitándole una descripción completa de la chica de la biblioteca mientras se retorcía las manos.

—Llama a Laura.

—Está en clase.

—Llama a Laura, te he dicho.

A Renaud estaba a punto de darle un síncope. Habían quedado en una pequeña cafetería llena de universitarios. Renaud no había ni tocado su capuchino con doble de nata.

—No tardará ni diez minutos en llegar.

—¿Y no te ha escrito para contártelo?

—Laura nunca tiene batería. O tiene batería pero deja el teléfono en casa.

Renaud no sonrió. Émile soltó un largo suspiro y prefirió sacar el ordenador de la bolsa bandolera antes que soportar su angustia. Fingió estar pasando a limpio la última clase de Macroeconomía hasta que llegó Laura, con despreocupación y ligereza, sin darse prisa. Renaud casi le saltó a la yugular.

—¿La has visto? ¿Has podido hablar con ella?

Laura puso los ojos en blanco.

—¡Oh, calma, Renaud! ¡Deja de estresarte así!

Renaud se puso rojo de la rabia.

—Ah, ¡no! ¡Conmigo no juegues a eso! No me tengas en ascuas por diversión!

—¿Me dejas que me pida un café?

Tenía una sonrisilla insolente que Émile hizo desaparecer lanzándole una mirada reprobatoria.

—No lo incordies, Laura.

Ella suspiró y acató a regañadientes.

—Es un rollo de tía, eso es todo.

Renaud se inclinó sobre la mesa y por poco no derrama el capuchino.

—Entonces ¿has hablado con ella?

—Sí.

Renaud casi desfalleció.

—¿Es un rollo de tía? ¿Por qué es un rollo de tía?

—Bueno, en realidad, comparada contigo no sé si es tan rollo...

—¿Eh?

—Eso. Que tú no te quedas corto. —Se detuvo al ver la mirada sombría de Émile—. Está bien, era una broma...

—Cuéntale. ¿De qué te has enterado?

—Pídeme un café.

—Laura...

—Se lo contaré, pero pídeme un café.

Émile obedeció. No quería que Renaud tuviese un ataque de pánico allí mismo.

—A ver... Para empezar... tiene tu edad... Se llama Laëtitia.

—Oh...

—¿Oh, qué? Es solo un nombre...

—¡Laura! —la regañó Émile.

Ella lo ignoró y prosiguió:

—Está en la facultad de Derecho. Quiere ser abogada. Tiene pinta de pasarse la vida estudiando. No parece superdiver...

Renaud sacudió la cabeza, indiferente a esos comentarios. Solo le interesaba una cosa.

—¿Tiene novio?

—No.

—¿Estás segura?

—Sí, se lo he preguntado a bocajarro.

—¿Qué?

—Le he dicho que uno de mis amigos estaba interesado.

Esta vez Renaud casi gritó.

—¿¡Qué!?

Émile intervino antes de que Laura lo hiciera colapsar por completo:

—No es ningún drama, colega. No le ha dicho quién eras, ¿verdad?

Para gran alivio de Émile, Laura lo confirmó.

—No. No le he dicho nada más.

—Entonces es perfecto. Ahora solo tendrás que ir a hablarle tranquilamente la próxima vez que...

—¡Pero ahora sabrá que soy el amigo en cuestión!

—¿Y...?

—Sabrá que estoy interesado.

—¿Y? ¿No es verdad? —Laura puso los ojos en blanco—. Ah, no, esto ya es demasiado. No puedo más... Prefiero dejaros solos.

—¿Qué?

—Se quedará para vestir santos.

—¡Laura!

—¡Hasta luego, chavales! —Se levantó y pasó una mano por el pelo de Émile—. He cumplido con mi misión. Te dejo que cojas el relevo.

—Espera...

—¿Qué?

—¿Y el café?

Se fue con una amplia sonrisa. Renaud estaba lívido, apoyado en la mesa. Al final preguntó con voz insegura:

—Crees que... ¿Crees que me quedaré para vestir santos?

Émile sacudió la cabeza y contestó con tono irrevocable.

—No, porque irás a hablarle mañana.

Por la noche, Laura irrumpió en el pequeño estudio de Émile y le anunció sin preámbulos:

—He mentido.

Al principio Émile no lo entendió.

—¿Sobre qué?

—A Renaud. Le he dicho a la chica quién era.

Émile dudó entre enfadarse o sonreír.

—¿Qué? Pero ¿por qué has hecho eso?

Ella se subió encima de él, se sentó a horcajadas sobre sus piernas.

—Porque él nunca iría a hablarle. Lo sabes tan bien como yo.

—¿Y ella sí? ¿Ella le hablará?

Laura se pegó más a él y empezó a besarle el cuello. Después murmuró entre beso y beso:

—Ojalá.

Émile nunca le reveló a Renaud lo que había hecho Laura. Renaud llamó a su puerta dos días después, conmocionado pero más tranquilo, con una débil sonrisa en los labios.

—No sé si ha sabido que era yo el amigo del que le había hablado Laura, pero ha venido a pedirme monedas para tomar un café en la máquina expendedora de la biblioteca y..., bueno..., ella nunca bebe café, así que me ha parecido que era una excusa... para hablar conmigo...

Émile le aseguró que eso era exactamente lo que parecía.

—¿Y entonces?

—La he acompañado a tomarse el café y hemos hablado de todo y de nada... Me ha propuesto que hagamos los trayectos hacia la biblioteca juntos... Está en mi campus.

—¡Guau!

—¡No te emociones!

—¡Sí! ¡Me emociono porque le gustas! ¡Pero tendrás que proponerle una cita! ¡No te vas a conformar con hacer trayectos a su lado durante cien años!

—No estamos en ese punto... Todavía no hemos hecho ningún trayecto juntos. Mañana será la primera vez.

—Bueno... En una semana volveré a meterte presión.

—¡Colega!

—Vale, dos semanas... Sé que eres tremendamente lento.

—¡Ya no te contaré nada más!

—¡Sí, hombre! ¡Cometerías un error prescindiendo de mi ayuda! ¡Tengo un montón de ideas geniales para citas!

—¿Entonces?

—¿Entonces qué?

—¿Laëtitia?

Renaud hundió la nariz en la jarra de cerveza para evitar el tema. Eran un grupo y estaban sentados en una mesa de madera del pub inglés donde iban los jueves por la noche. Había amigos de la facultad de Renaud, de la facultad de Émile, y amigos de amigos que no conocían.

—Ya hace un mes que duran los trayectos a la biblioteca...

—¿Y qué? Estamos bien.

—Bueno, si estáis bien, entonces todo genial...

Émile no había querido molestar a Renaud con lo de la cita. Lo había visto transformarse poco a poco, a medida que pasaban los días había ido ganando confianza, había dejado de estar nervioso. Émile había cambiado de opinión. No había querido presionarlo.

—Me ha invitado a comer a su casa —soltó Renaud en ese preciso instante.

Émile se atragantó con la cerveza. Así que Laëtitia llevaba la iniciativa. Resultaba sorprendente pero genial constatar que esa chica había entendido de inmediato cómo tratar con Renaud.

—Es una especialista en musaka. El otro día durante el trayecto hablábamos del tema y... me ha propuesto cocinarme una, la semana que viene... en su casa.

Émile moderó su entusiasmo para que Renaud no entrara en pánico.

—¡Es genial!

Renaud sonrió con cara de bobo y Émile entendió consternado que ya se había enamorado de ella.

—¿Una cena de parejas? —Laura parecía totalmente asqueada ante la idea—. ¡Pero si son patéticas!

Émile no pudo evitar reírse.

—Ha sido idea de Renaud... Le hace ilusión...

—Pero ¿por qué?

Laura estaba tumbada en la pequeña cama de su piso de estudiante, en ropa interior. Jugaba con la goma de las bragas mientras masticaba un chicle.

—Por fin lo han hecho oficial.

—¿Y eso qué significa?

—Que ya está, que definitivamente están saliendo.

—¿Se acuestan?

—Sí.

—Pues bueno... ¡Ya era hora!

Émile adoraba esa mueca pícara.

—Nos la quiere presentar.

—¡Yo ya la he visto!

—¡Laura!

—¿Qué?

—Sé amable... Todo esto es en parte gracias a ti, ¿no quieres verlos juntos y felices?

Soltó un suspiro que parecía no acabar nunca.

—No es divertida...

—¿Laëtitia?

—Sí. Nos aburriremos.

—Para. No está bien que digas eso, por Renaud.

—No estaba hablando de él. Hablaba de ella.

—Irás y lo harás por mí.

—Ah, ¿sí?

—Sí. Está decidido. Vístete.

Laura lo hizo rabiar. Tardó diez minutos en vestirse y después quiso ducharse otra vez. Se desvistió, se duchó, se volvió a vestir. Decidió hacerse un maquillaje completo antes de salir. Esa noche fue verdaderamente insoportable.

Llegaron veinte minutos tarde a la pizzería. Laëtitia parecía tensa. Tenía una expresión contrariada.

—Siento el retraso —dijo Émile al llegar a la mesa—. Todo culpa de la señorita.

Laura les dirigió una horrible sonrisa insolente y Laëtitia frunció todavía más los labios.

—Hola, Laëtitia, soy Émile. Estoy supercontento de conocerte.

Eso animó a Laëtitia. Émile pensó que era mona. No era su tipo, pero era bastante guapa.

—Hola, a mí también me alegra conocerte.

Entonces Laura le dio dos besos a Laëtitia.

—¡Nosotras ya nos conocemos!

—Sí.

Los chicos notaron una ligera tensión entre ellas, apenas perceptible. Émile y Laura tomaron asiento. Émile intentó animar la conversación mientras esperaban que les tomaran nota a base de «Entonces ¿tú también estás estudiando?», «¿De dónde vienes?», «¿Formas parte de alguna asociación de estudiantes?», «¿Te gusta el campus?». Laura permaneció en silencio, escondida detrás del menú. Émile le dio discretos puntapiés por debajo de la mesa sin conseguir que reaccionara.

Llegaron las pizzas y la situación se volvió más distendida. Se pusieron a hablar de cocina y Laura incluso intervino para declarar que ella solo se alimentaba de congelados y conservas. Resultó que Laëtitia era una apasionada de la cocina y los chicos se pusieron a preguntarle por sus platos estrella. Laura hasta se esforzó en hacer comentarios agradables sobre la capacidad de Laëtitia de estudiar y ser una cocinitas a la vez. Émile sentía como si le faltara un poco el aire. Notaba que esa actitud no era desinteresada y que reclamaría alguna cosa a cambio de ese breve momento de amabilidad hipócrita, aunque le conmovió que tuviera ese gesto.

—No ha sido tan horrible, ¿no? —le preguntó a Laura mientras volvían a su estudio.

—Lo he hecho lo mejor que he podido. Te lo aseguro..., no tengo nada que decirle...

—Lo sé, pero has hecho un esfuerzo. Estoy contento de que lo hayas hecho.

—¡No lo haré todas las semanas!

—Lo sé.

A Renaud le había encantado. Y había opinado justo lo contrario.

—¡Deberíamos hacerlo más a menudo! El jueves que viene... ¿Qué me dices del jueves que viene?

Había que valerse de la astucia para arrastrar a Laura a las cenas de parejas. Había que prometerle alguna cosa a cambio: tragarse una película de miedo que nadie quería ir a ver, pintarle las uñas de los dedos de los pies, cocinarle durante una semana entera... A cambio, aceptaba estar presente y ser cordial con Laëtitia. Algunas se las saltó. Laura consiguió librarse de vez en cuando: un examen que tenía que repasar (¡menuda broma!) o una gripe repentina. Nadie era tan crédulo. Salvo quizá Renaud. Él irradiaba felicidad.

—Las dos se llevan bien, ¿verdad? ¿No es genial?

Émile, igual que Laëtitia, solo quería que Renaud fuese feliz, así que ambos insistían en mentirle sobre ese tema.

—Sí. Es genial.

Émile no sabe dónde se ha metido Joanne. Se ha ido a dar una vuelta alrededor del lago. Ya debe de hacer prácticamente dos horas. Émile se ha echado una siesta a la sombra de los árboles y de pronto ha oído unos pasos que se acercaban. Ha pensado que era Joanne pero no, es el hombre de esta mañana: Anthony. Se acerca con las manos puestas a modo de visera, con una amplia sonrisa.

—¡Eh! ¡Ya me parecía que eras tú!

A Émile le sale una sonrisa bastante natural. No le disgusta tener un poco de compañía masculina.

—Quería ir a nadar. ¿Te vienes?

—Sí. ¿Por qué no?

Anthony deja las gafas de sol a sus pies y empieza a quitarse la ropa. Es un chico robusto y bien definido, seguramente haga deporte de manera habitual.

—¿Y tu novia? ¿No está?

Está hablando de Joanne. Émile barre con la mirada los alrededores.

—No. Se ha ido a dar una vuelta por el lago hace un rato ya...

—¿La has perdido de vista?

—Sí. Me he echado una siesta.

No se atreve a precisar que ya hace unas dos horas que Joanne ha desaparecido. El tipo se preguntaría qué clase de novio es, y él no tendría el valor de explicarle que no es su pareja, sino un compañero de viaje que pronto morirá y a quien ella ha aceptado acompañar, tras leer un anuncio publicado en internet.

—¿Y la tuya? ¿Dónde está?

—¿Sylvia?

—Sí.

—Se ha quedado hablando con gente que ha conocido. Nos viene bien ir cada uno por su lado unas horas de vez en cuando.

Anthony se ha quitado toda la ropa. Se ha quedado en bóxeres. Émile termina de quitarse las botas y los calcetines y entran en el agua con prudencia. Está fresca, pero no tanto como pensaba.

—No es fácil viajar mano a mano, estar veinticuatro horas juntos. Nos gusta tener estos momentos solos. Yo lo llamo mi válvula de escape.

Se han sumergido hasta la mitad del muslo. Émile se muestra de acuerdo.

—Sí, lo entiendo...

—No sé si os pasa lo mismo. —Anthony se ha girado hacia él, esperando una respuesta.

Émile intenta formular una réplica lo más sencilla posible.

—Digamos que es..., sí..., nos pasa lo mismo...

Continúan adentrándose en el lago tranquilamente.

—En cualquier caso, parece una persona bastante solitaria...

—Sí.

—Habla poco.

—Sí.

Anthony se despeina el pelo. Émile se pregunta si parará de hablarle de Joanne de una vez por todas.

—Bueno, habrá que decidirse a entrar —declara.

—¡Te sigo!

Se mojan la nuca, hacen unas cuantas muecas y después Anthony sumerge la cabeza por completo y Émile lo imita. Qué bien sienta. Cuando vuelve a salir a la superficie, Anthony se está alejando de la orilla a nado.

—Venga, ¡sígueme!

Ambos nadan varias decenas de metros, sin decir nada. A lo lejos, algunos turistas valientes también se han metido en el agua. Desde aquí parecen del tamaño de hormigas.

—Después tendrías que intentar encontrarla —le lanza Anthony dándose la vuelta hacia él.

—¿Eh?

—A tu pareja. Este lago no es que sea conocido por ser particularmente peligroso, pero es bastante profundo... Basta con que se haya encontrado con un pez grande y se haya asustado...

Émile se siente un poco incómodo. No lo había ni pensado. Al fin y al cabo no se vigilan el uno al otro todo el rato... No tienen que darse explicaciones de nada. No obstante esa idea del ahogamiento le preocupa.

—¿Es buena nadadora?

Émile afirma con demasiada seguridad.

—¡Por supuesto!

En realidad, ni siquiera está seguro de que sepa nadar.

Se bañan durante una buena media hora, intentando no alejarse demasiado de la orilla. Anthony le señala de vez en cuando peces de un tamaño colosal. Se ponen a hablar de deporte y Anthony divaga durante mucho rato sobre su agotador día a día en París. Vuelven a la orilla cuando el calor ha disminuido y ya es entrada la tarde.

—¿Os alojáis en el refugio? —pregunta Anthony.

—No, traemos tienda. Acamparemos por aquí.

—¡Oh! ¿Hacéis todas las vacaciones en tienda?

—No. Tenemos una autocaravana que hemos dejado en Artigues. En unos días volveremos a buscarla.

Encuentran los montones de ropa, la gran mochila de Émile y la de Joanne, pero sigue sin haber ni rastro de ella.

—No está aquí —constata Anthony.

—No. No tardará en llegar.

—Sylvia y yo pasamos la noche en el refugio. Cuando vuelva tu pareja podríais venir a cenar con nosotros. ¿Qué te parece? Os podemos invitar a nuestra mesa. Estaría bien.

—Sí. Por supuesto.

Anthony recoge sus cosas del suelo, se seca rápidamente con la camiseta y se despeina el pelo.

—¿Cómo se llama, por cierto? Creo que no nos lo ha dicho.

—Joanne.

—Vale. Vuelvo a darme una ducha, pero vente con Joanne para la cena. ¿Te parece?

—De acuerdo.

Anthony se aleja y Émile mira con angustia la mochila de Joanne.

Decide dar una vuelta por el lago. Esconde tras los árboles las pesadas mochilas antes de ponerse en marcha. Se cruza con algunos excursionistas. Algunos descansan los pies en el agua, otros duermen la siesta a la sombra. Se decide a preguntar a uno de ellos:

—¿No habrá visto a una chica joven, no muy alta, con un sombrero negro?

El hombre sacude la cabeza.

—No. Lo siento.

El lago es demasiado grande para que pueda dar la vuelta completa. Desiste al cabo de veinte minutos y vuelve al punto de partida. Ha hecho bien puesto que Joanne ya ha regresado. Se la encuentra justo donde han comido y han dormido la siesta. Está de pie y parece un tanto perdida.

—Ah —dice al verlo llegar.

—Te estaba buscando.

—Había ido en la otra dirección.

—Ah.

Émile piensa que parecen tontos con esos «ah» que no significan nada.

—Anthony ha venido a nadar conmigo.

—¿Anthony?

—El hombre de esta mañana. El parisino.

—Ah, sí, vale.

—Nos ha invitado a ir a cenar con él y su pareja, Sylvia, esta noche.

Intenta escrutar su mirada, detectar alguna mueca de desaprobación o algún rastro de aversión, pero permanece inexpresiva.

—De acuerdo.

Al atardecer se dirigen los dos hacia el refugio. Joanne se ha quitado el sombrero para ir a cenar. Han decidido llevar unas latas de caballa y un camembert para no presentarse con las manos vacías. A Émile todavía le cuesta creer que Joanne haya aceptado ir a cenar con Anthony y Sylvia. Se pregunta cómo se comportará con ellos. Suele actuar de una manera bastante extraña. Él está acostumbrado a su peculiar personalidad, pero no sabe cómo reaccionarán ellos. Las vistas a su alrededor son magníficas. El sol baña las montañas y el lago con resplandores anaranjados. Parece que todo el paisaje esté en llamas.

—Todavía me cuesta creer dónde estoy —comenta Émile señalando a su alrededor.

Joanne asiente. Tiene una expresión extraña que parece una sonrisa, o no del todo.

—«Los paisajes eran como un arco que tocaba sobre mi alma».

Émile se detiene, con las latas de caballa en la mano. Le cuesta decidir qué le sorprende más: la belleza del paisaje que los rodea o esas palabras que salen de la boca de Joanne, siempre en el momento que menos se lo espera.

—¡Vaya! —Suspira inmóvil en medio del camino.

Joanne alza las cejas como interrogándolo.

—Creo que tendré que acostumbrarme...

—¿A qué?

—A tus citas.

Joanne también se ha detenido. Esboza una sonrisa satisfecha. Esta vez, una de verdad.

—¿Te gusta?

—Mucho. ¿De quién es esta?

El brillo dorado de la puesta de sol le baña el rostro, acentuando todavía más lo irreal de la situación. Émile piensa: «Esta chica es como un poema».

—Stendhal.

Durante unos segundos se queda sin palabras. No sabe qué podría responder que no estropeara la belleza de las palabras que acaba de pronunciar. Al final opta por:

—Debes de haber leído un montón de libros.

Y justo mientras lo dice, piensa que efectivamente acaba de arruinar la belleza del momento. Él es de todo menos un poema. Es una vulgar lata de caballa, como la que tiene en la mano. Joanne es delicada como la puesta de sol y él pragmático como una lata de caballa.

—La mayoría de las citas vienen de mi padre.

—¿Leía mucho?

—Muchísimo.

Siguen inmóviles en medio del camino. Él con las latas en la mano, ella con el camembert, rodeados de montañas en llamas.

—La gente lo tomaba por el tonto del pueblo.

—Ah, ¿sí?

—Era muy distinto a los demás. Decidieron que era tonto.

No parece entristecida al decirlo. Solo está haciendo una constatación.

—Cuando en realidad leía mucho, ¿no?

—Se interesaba por muchas cosas. Habrían podido aprender mucho de él.

Émile asiente. Se dice a sí mismo que él por poco no se comporta con Joanne como la gente del pueblo. Enseguida la etiquetó como una loca. Es muy distinta a todas las chicas que ha conocido. No se imaginó que pudiera enseñarle tantas cosas.

—Sí. A veces somos estúpidos... Nos guiamos por las apariencias...

Joanne no responde nada y retoman el camino con calma. Le alegra haber compartido ese momento con ella. Será su recuerdo del día, el que anotará en su libreta por la noche.

—¡Ah, aquí estáis!

En la sala común del refugio retumban las conversaciones y las risas. Hace un calor sofocante. Las largas mesas de madera acogen a no menos de un centenar de turistas. El lugar está abarrotado. Es temporada alta. En la mesa donde se encuentran Anthony y Sylvia también hay un grupo de turistas italiano que hablan y ríen muy fuerte.

—Instalaos aquí, nos apretamos.

Ambos parecen contentos de verlos. Dirigen unas palabras a sus vecinos de mesa italianos y todo el mundo se desplaza para dejarles sitio, delante de Anthony y Sylvia.

—No hacía falta que trajerais nada —dice Anthony.

—No íbamos a venir con las manos vacías —contesta Émile.

Espera a que Joanne se deslice entre el banco y la mesa, y se sienta a su lado.

—¿Al final la has encontrado? —pregunta Anthony acercándoles dos vasos de plástico llenos de vino.

—¿A Joanne?

—Sí.

—Pues sí, aquí tengo la prueba.

—¿Habéis montado la tienda?

—Sí. Hemos encontrado una zona resguardada al borde del lago.

—¿Está permitido acampar aquí? —pregunta Sylvia.

—No, no lo creo... Pero la verdad es que no vamos con mucho cuidado con eso.

Sylvia hace una mueca que le hace parecer una niña pequeña.

—Creo que no podría... Estar sin ducha ni baños de verdad, no está hecho para mí...

Mira a Joanne esperando una reacción, una sonrisa de complicidad femenina, pero Joanne se encoge de hombros con su habitual indiferencia.

—Nos duchamos en los lagos o los ríos.

Las respuestas resultan claras y muy evidentes cuando salen de su boca.

—Pero no es lo mismo...

—¿No?

—No... El gel de ducha, por ejemplo...

—Usamos el jabón de Alepo. Es multiusos.

Sylvia no parece convencida.

—En todo caso —declara Sylvia—, estáis hechos el uno para el otro. No hay muchas chicas dispuestas a viajar así.

Émile se apresura a cambiar de tema. No quiere tener que responder con balbuceos a preguntas sobre su supuesta pareja y sus supuestas vacaciones románticas. Así que suelta con rapidez:

—Este refugio es bastante sorprendente... Quiero decir a nivel visual... Casi parece una estación meteorológica... Y cuando entras te das cuenta de la cantidad de gente que cabe...

Espera captar a Anthony con su estrategia de distracción. Funciona.

—Sí. Al parecer siempre está lleno. Tiene una capacidad de noventa personas, pero hay que reservar rápido. Nosotros lo hicimos en febrero.

Sylvia también cae en la trampa.

—Sí, lo reservé todo a principios de año. Me gusta hacer las cosas con antelación. Deformación profesional.

En la estancia retumban conversaciones en todas las lenguas. Aquí italiano, más lejos español e inglés. Allí alemán. Han abierto una botella de vino. Joanne se ha atrincherado en su silencio, pero asiente de vez en cuando y parece relativamente presente. Anthony, Sylvia y Émile hablan sobre itinerarios, el material de senderismo, sitios que hay que ver a toda costa, complicaciones del día a día...

—Prueba a ponerte barro en las ampollas. Sylvia me puso un poco y están mucho mejor.

—¿Barro?

—Desinfecta, cicatriza, corta el sangrado, es antiinflamatorio. Y la guinda del pastel: ayuda a que la piel se regenere.

Émile está seguro de que Joanne ya sabe todo eso. Sin embargo, permanece silenciosa.

—Sylvia compró unos calcetines especiales para los dos, sin costuras... ¡Son geniales!

—Ah, ¿sí?

Comen con apetito. Hace tanto calor en la estancia que beben más de la cuenta. Anthony saca su cámara fotográfica y va pasando en la pantalla imágenes de las etapas precedentes: Viscos, Sassis, dos pueblos pequeños típicos de los Pirineos, el Col de Riou... Después, quieren ir al Pic de Néouvielle, más tarde al Lac de Cap de Long.

Vuelven a la tienda al final de la velada, aliviados de dejar atrás el bullicio y el calor. Anthony y Sylvia son muy amables, pero hablan muchísimo. Émile se da cuenta de que, después de todo, tiene suerte de viajar con alguien silencioso.

Llegan delante de la tienda. Joanne le da la espalda, se agacha y abre la cremallera. Se introduce en el interior de la tienda. Émile la oye rebuscar entre sus cosas.

—¿Qué haces?

Joanne no responde hasta que vuelve a salir, con el saco de dormir bajo el brazo.

—Voy a instalarme junto al agua. —Se dirige hacia el lago con pasos lentos—. Buenas noches —le dice.

—Buenas noches...

Intenta tumbarse en el interior de la tienda, metido en su saco de dormir, pero el sueño no llega. Desde su esterilla, a través de la puerta de lona abierta, ve a Joanne sentada a la orilla del lago. Sigue observando el maldito cielo. Caray, ¿en qué estará pensando? Le gustaría tanto saberlo... Se desliza fuera de la tienda, con gestos lentos, y se dirige hacia ella.

—¿Puedo? —le pregunta señalando la hierba junto a ella.

Joanne afirma con la cabeza y él se sienta a su lado. Empieza a jugar con la hierba, sin saber bien qué decir. Considera que es una lástima que no hablen más. Se aclara la garganta.

—No hablamos mucho —susurra al fin.

Joanne se encoge de hombros. Habría apostado lo que fuera a que haría ese gesto.

—Hablamos de cosas útiles. Eso es todo.

Le sorprende la dulzura con la que contesta, que contrasta con sus palabras. Duda sobre si continuar.

—Puede ser, pero... es solo que... me tranquilizaría entender por qué estás aquí...

Joanne mantiene obstinada la mirada fija en el agua inmóvil.

—¿Por qué te tranquilizaría?

—Digamos que... me permitiría saber si cabe la posibilidad de que te largues de un día para otro... Para mentalizarme, en todo caso.

Ha intentado que parezca que bromea. Joanne responde con calma:

—No me voy a ir.

—No sé...

—Te lo digo.

La recuerda sentada sobre una gran roca, a la orilla del riachuelo. Oye su voz mientras hablaba por teléfono: «No... No lo sé. Ya te lo he dicho... Un mes, seis meses, un año... Necesito tiempo...».

—Entonces ¿nadie te espera? —le pregunta.

No ha querido usar ese tono tan suspicaz. Joanne aparta la vista con brusquedad. Émile teme haberlo estropeado todo.

—No me voy a ir, te lo prometo.

Joanne no ha respondido a su pregunta. Hasta esa noche no se había dado cuenta realmente de que es un tema que le preocupa, pero lo que ha dicho es verdad. Tiene miedo de que se vaya. Quiere saber a qué atenerse.

—¿Y Léon?

El rostro de Joanne se ensombrece al instante, como si un velo negro acabara de recubrirlo.

—¿Qué? —Su voz desvela el agitado estado emocional en el que se encuentra—. ¿Cómo lo sabes? —balbucea.

No puede contarle que escuchó una conversación telefónica, pensaría que la ha espiado, perdería toda su confianza de golpe. Podría decidir irse de inmediato. Prefiere jugar otra carta.

—El otro día..., por la noche, cuando tenías fiebre..., pronunciaste este nombre...

No logra leer ninguna expresión en su rostro. Ni alivio ni turbación. Ha recuperado por completo el control de sus emociones.

—No tienes que preocuparte por Léon. Me quedaré hasta el final del viaje.

Sigue esquivando la pregunta. Resulta frustrante.

—¿Es..., es tu novio?

Ve cómo contrae la mandíbula. Se le agotará la paciencia. Émile siente que está yendo demasiado lejos.

—Era mi novio.

—¿Lo dejaste?

—Sí.

—¿Definitivamente?

Joanne duda antes de responder. Émile sabe la verdad. Se pregunta si le mentirá.

—No.

Se siente aliviado. Sea lo que sea lo que decida hacer después: mantener su promesa o irse, ahora sabe que no le mentirá. Es completamente honesta.

—Entonces... él te está esperando... Pero ¿tú te quedarás aquí?

De nuevo un silencio, de nuevo una vacilación. Tiene la desagradable sensación de estar sonsacándole información.

—Sí. Hizo algo imperdonable.

Émile está tan sorprendido por la confidencia que no se atreve a decir ni una palabra más. La deja continuar:

—Creo que esto es todo lo que necesitas saber. Me he ido porque no podía vivir más a su lado después de lo que hizo.

Émile asiente, mudo. Es un instante delicado. No quiere estropearlo.

—Puede que vuelva algún día, puede que no. Creo que si vuelvo... necesitaré años.

Él asiente de nuevo. No añaden nada más, ni el uno ni el otro. Permanecen inmóviles, con la mirada fija en el reflejo de la luna en la superficie del lago. «Hizo algo imperdonable. Me he ido porque no podía vivir más a su lado». En efecto, es todo lo que necesitaba saber.

La conversación de la noche había suavizado un poco la situación. Esa noche durmieron uno al lado del otro en la tienda. Hasta entonces, Joanne se instalaba fuera. Decía que prefería dormir al raso, que no le gustaba tener un techo encima. Seguramente fuese cierto, pero no era la única razón. Una prueba de ello fue que esa noche durmió a su lado.

Desayunan mientras observan el sol iluminando todo el paisaje: las cumbres blancas; el lago que se extiende hasta donde alcanza la vista; los primeros centelleos del día sobre el agua; los resplandores de color rosa anaranjado de la mañana; los guijarros redondos y lisos. Es una escena surrealista. No se oye ningún ruido salvo el canto de los pájaros y el sonido de la brisa entre los árboles. «Los paisajes eran como un arco que tocaba sobre mi alma». Émile piensa en las confidencias de Joanne de la noche anterior. «Hizo algo imperdonable». Parece más grave que una infidelidad. Parece grave de verdad. Joanne siempre mide sus palabras. A Joanne no le impactan las cosas fácilmente. Ni siquiera la muerte. Considera que el sufrimiento forma parte de la vida. Se lo toma todo con filosofía. ¿Qué ha podido hacer? ¿Podría tener alguna relación con su padre? Parece que fue alguien muy importante para ella. Émile continúa reflexionando mientras la observa comer. Se pregunta por qué nunca se enfada. Cuando la oyó hablar con Léon por teléfono, no gritaba. Conservaba la calma. Sin embargo, él hizo algo imperdonable. Algo que la obliga a irse durante años...

—¿Nos vamos esta mañana? —pregunta Joanne levantando la mirada de su bol.

Émile termina de tragarse el bocado de pan antes de responderle.

—Sí... ¿Qué te parece?

—Me parece bien.

—¿Nos preparamos y plegamos la tienda?

—Sí.

10

—Émile... Émile, ¿me oye?

Bip. Bip. Bip. Es un sonido regular y agradable. Como una respiración. O un latido del corazón. Salvo que es un «bip». Hay movimiento a su izquierda. Un tejido arrugándose. Voces que parecen lejanas o que susurran.

—¿... cuánto tiempo?

—... traído esta mañana... inconsciente desde hace una hora... chica joven en el pasillo...

—¿... venir?

—... debe encontrar su DNI...

No tiene ningún sentido. Este sueño es totalmente incoherente. Le cuesta emerger, despertarse por completo. Siente que pesa mucho y le duele todo, pero debe de ser el sueño lo que le provoca esa sensación.

—Émile... Émile... ¿Me oye?

—¿Se está despertando?

—Eso creo... Mírele los párpados.

Un deslumbramiento. Como un destello violento. Intenta abrir los ojos. Paredes blancas. Una luz cruda. Personas en bata blanca. Nota cómo los ojos se le van hacia atrás. Volverá a sumirse en la oscuridad. Nota cómo se va, pero le da un vuelco el corazón. ¿Qué era todo eso? El blanco. Las batas. Siente cómo se le acelera el pulso. ¿Dónde está? ¿Qué hace allí? No debería... Intenta luchar contra la pesadez que lo invade. Intenta aferrarse al ruido de un carrito con ruedas, al de los instrumentos de metal. Tiene que mantenerse despierto. No debería estar aquí. ¿Qué le están haciendo? Se le acelera el pulso todavía más. Le cuesta respirar. Pero no ha sido un sueño... Estaban en la montaña. Estaban en los Pirineos. No puede haberse imaginado que se fue... Ni puede haber soñado todo lo que vino después..., la autocaravana..., las mochilas..., el lago... El pánico que lo invade por completo lo ayuda a ir dejando atrás la pesadez, la oscuridad. Cada vez distingue mejor los sonidos. Vuelve a oír las voces.

—... como un desmayo...

—... se le acelera el pulso...

—... avisar a la chica...

Segundo destello. Segundo deslumbramiento. Por segunda vez ha abierto los párpados demasiado rápido, pero esta vez le ha sorprendido menos, ha sido menos violento. Nota que está intentando hablar pero que no sale ningún sonido. Hay dos personas en la habitación: un hombre con una bata blanca y una mujer que sale al pasillo. Se aferra a las sábanas de la cama. Está en una cama. Lleva puesta una cosa extraña, le han quitado la ropa.

—Señor, cálmese. Está todo bien. Está en el hospital. Nos estamos ocupando de usted.

Parece como si el médico le hablara al ralentí. Émile vuelve a abrir la boca. Rara vez ha tenido tanto miedo. Se había negado. Se había negado a morir conectado a unas máquinas. ¿Qué ha pasado? Había tomado medidas para que esto no ocurriera. Trata de arrancar las sábanas con las manos. El médico intenta mantenerlo en la cama con tranquilidad.

—Sé que está desorientado, pero no se preocupe. Nos estamos ocupando de usted. Encontraremos su historia clínica. Mi compañera ha ido a buscar a su amiga.

Se abre la puerta. La mujer de blanco ha vuelto con otra figura más pequeña. Sigue intentando hablar, pero nada sucede. Es igual que en las pesadillas. Cuando el miedo es tan intenso que paraliza por completo todo el cuerpo.

—Nos ha llamado su amiga. ¿Se acuerda? Se desmayó y se cayó.

Sus pupilas van de derecha a izquierda a toda velocidad. Le cuesta fijar la mirada en alguna cosa. La figura pequeña al lado de la enfermera. La figura negra. Intenta con todas sus fuerzas concentrar su mirada allí. Y cuando la reconoce, cuando reconoce a Joanne, se siente aún más desconcertado que antes. No lo ha soñado. No ha soñado que se había ido. No está alucinando. Todo lo que ocurre es real. Se fue con Joanne, pero ahora está en un hospital.

—¿Émile? Émile, intente calmarse. Seguramente sufre una pequeña pérdida de memoria. No es nada grave. Es muy normal después de un desmayo.

Joanne se acerca a la cama. Parece nerviosa. Le habla con voz queda, como si no quisiera que los médicos la oigan.

—¿Te acuerdas de mí?

Consigue asentir con la cabeza y percibe que Joanne está a punto de desfallecer de alivio. El médico se dirige a ella:

—Necesitaríamos su documento de identidad.

Joanne parece un poco perdida. Se queda allí, con los brazos colgando. La enfermera interviene:

—Tenemos su mochila. Mire allí.

Émile ve como las personas se movilizan. No entiende por qué. Siente que su corazón no consigue recuperar un ritmo normal. Lo único que recuerda es que estaban a la orilla del lago. El Lac de la Glère, donde estaba aquel refugio tan feo. Trata de interceptar la mirada de Joanne. Hace una pregunta con los labios:

—¿Qué ha pasado?

El doctor ha encontrado una tarjeta amarilla y verde en su cartera. Su tarjeta médica. Se dirige a él con calma:

—Voy a pedir que busquen su historia clínica.

Sale de la habitación. La enfermera le dice:

—Le voy a dar un calmante. Se sentirá mejor.

Émile sacude la cabeza, trata de sentarse en la cama, pero la enfermera lo obliga a acostarse de nuevo.

—No se mueva, si no vamos a tener que atarlo.

Émile se gira hacia Joanne, intenta volver a preguntarle:

—¿Qué hago aquí?

Pero no sale ningún sonido. Después, le clavan la aguja en el brazo.

—Joanne... —Es el primer sonido que consigue pronunciar. Siente que su cuerpo se relaja, casi al instante, al mismo tiempo que recupera el habla—: Joanne...

—Sí.

Joanne se inclina sobre la cama. Detrás de ella, la enfermera ordena el carrito cargado de material médico.

—Estábamos en el lago...

Joanne frunce el ceño.

—¿Qué?

—Estábamos en el lago.

—¿Qué lago?

Siente que se le retuerce el estómago. Si no le hubiesen puesto el calmante, le costaría respirar de nuevo. ¿Había soñado el lago?

—El Lac de la Glère...

—¿Qué? No... —La tez de Joanne se vuelve todavía más lívida—. Hace tres días que nos fuimos del lago.

Émile siente vértigo, intenta volver a aferrarse a las sábanas para incorporarse, pero su cuerpo está inerte. Nota cómo le invade el cansancio.

—No...

—Sí, Émile. Nos fuimos del lago y... continuamos caminando...

Joanne ve que está tratando de entenderlo, de aferrarse a sus palabras. Ve que está luchando por no dejar que se le embote la mente. Añade con voz dulce:

—No pasa nada. Ya te acordarás. Continuamos...., continuamos caminando. Nos paramos en Luz-Saint-Sauveur y en Gèdre... ¿No te acuerdas?

Émile sacude la cabeza.

—En Gèdre había molinos. Unos molinos preciosos hechos con piedras antiguas... y el torrente.

Sacude la cabeza, la sacude sin parar. Está mintiendo. No es posible. No puede ser que se movieran del lago. La enfermera interviene:

—Ya ha tenido suficientes preguntas y respuestas. Ya recuperará la memoria más tarde. Ahora hay que dejarlo descansar.

Posa una mano sobre el hombro de Joanne.

—¿Y si se va a caminar un rato por el pasillo?

Joanne niega con la cabeza. La enfermera hace una mueca dubitativa.

—Si se queda aquí tiene que dejarlo descansar. No le responda más preguntas. Lo altera mucho. No quiero que vuelva a tener otro episodio de taquicardia como cuando se ha despertado.

—De acuerdo.

—En todo caso, estaré por aquí.

Émile la ve irse de la habitación dejando la puerta entreabierta. Busca la mirada de Joanne.

—La libreta...

Su voz no es más que un susurro, pero lo ha entendido. La ve agacharse y rebuscar en su mochila. Quiere cerciorarse. Si dice la verdad, habrá cosas escritas en su libreta tras la carta para Renaud. Joanne se incorpora, con la libreta en la mano. Émile extiende el brazo para cogerla y solo entonces se da cuenta de que le han puesto un apósito en el codo.

—¿Qué...?

—Te desmayaste por el camino... en medio de las piedras...

Se mira el otro brazo. Joanne lo entiende y musita:

—Te han dado algunos puntos en el codo y en la cabeza.

Levanta un brazo para tocarlo. Con los calmantes ya no siente nada.

—Detrás de la cabeza. Déjalo. Sangraba mucho. Te lo han cosido. Déjalo tranquilo.

Le deja la libreta sobre el vientre y él la abre precipitadamente. Tiene miedo de leer la confirmación de que está perdiendo la cabeza por completo. No obstante, debe saberlo. Pasa las primeras páginas. «13 de julio, 23.50 h. Barèges, junto a un bosque que hay a lo largo de un sendero peatonal». Después «15 de julio, 21 h y pico (mi reloj se ha parado). Barèges, un poco más lejos en el bosque que hay al lado del sendero peatonal». La carta para Renaud fechada el 16 de julio. Después, sigue un escrito.

17 de julio, 18 h
Luz-Saint-Sauveur, al borde del sendero, al pie del Château de Sainte-Marie.

Se ha cubierto el cielo cuando nos íbamos del Lac de la Glère. Sin embargo, el amanecer ha sido espléndido... Enseguida se han formado unas nubes muy grandes encima de nosotros y hemos tenido que detenernos unas dos horas en el bosque, bajo los pinos, para resguardarnos de la lluvia. Hemos llegado a Luz-Saint-Sauveur hace media hora, cuando caía otro chaparrón, y nos hemos dado prisa en montar la tienda. Tenemos toda la ropa húmeda. Las mochilas no han resistido bien la lluvia. Por suerte la libreta está intacta. He hecho bien envolviéndola con la toalla de microfibra.
Ahora llueve con más intensidad. Espero que la tienda aguante...
Joanne ha cerrado solo la mosquitera de la lona de la tienda. Así, desde el interior, tenemos vistas directas al Château de Sainte-Marie. Si caen relámpagos esto va a ser un espectáculo de los que dejan sin aliento...

Levanta la cabeza hacia Joanne. Tiene una expresión apenada.
—No me acuerdo de nada...
—No te preocupes.
Ha intentado hablar con un tono tranquilizador, pero Émile siente que le falta el aire. Pasa la página. Al día siguiente también

escribió. Es aterrador descubrir esas líneas escritas con su letra y de las que no tiene ningún recuerdo. Le da la sensación de que se está volviendo loco.

18 de julio, 21 h
Gèdre, campamento improvisado al pie del riachuelo.

Este pueblo es magnífico.

Después de pasar una noche tiritando dentro de los sacos húmedos, volver a ponernos en marcha ha sido genial. Los doce kilómetros bajo el calor han sido difíciles. Joanne parecía exhausta. Pero cuando hemos llegado a Gèdre, por la tarde, se nos han olvidado todas las dificultades del día. Me encanta este sitio. Me encanta la iglesia de Gèdre, la fuente de la plaza del pueblo, que representa una mujer sentada acariciando a un lobo, me encanta el riachuelo que atraviesa el pueblo y, por encima de todo, me encantan los pequeños molinos hechos con piedras antiguas.

Hemos plantado la tienda a la orilla del arroyo, no muy lejos de los molinos, para que nos meza el sonido del agua. Presiento que voy a dormir como un bebé.

Mañana, iremos dirección al Cirque de Gavarnie y las cascadas.

Émile levanta la cabeza con brusquedad, trata de no dejarse llevar por el pánico.

—¿Dónde estamos ahora, Joanne?

No está segura de haber entendido realmente la pregunta.

—Estamos... en el hospital...

—Sí, lo sé, ¿pero hemos ido al Cirque de Gavarnie?

—Íbamos a ir.

—¿Entonces me caí de camino hacia allí?

Joanne asiente, duda un instante, se humedece los labios.

—¿No recuerdas nada de nada?

Tiene un nudo en la garganta que le impide responder. En ese momento, la enfermera irrumpe de nuevo en la habitación. Ya no tiene la misma expresión que antes. Ahora los mira con desconfianza.

—Señorita, ¿puedo hablar con usted?

Émile nota que se le acelera el pulso. Ve que Joanne duda y que la enfermera intenta que la acompañe fuera de la habitación. Émile consigue soltar:

—¿¡Qué pasa!?

Se da cuenta de que ha gritado. El calmante ha hecho que su voz tenga un deje pastoso. La enfermera no le responde. Se lleva a Joanne y cierra la puerta de la habitación. Émile vuelve a chillar:

—¿¡Qué pasa!?

Se esfuerza por no dejarse llevar por completo por el pánico. ¿Qué han hecho? ¿Por qué el médico se ha llevado su tarjeta sanitaria? ¿Por qué la enfermera los miraba con desconfianza? Intenta levantarse, siente que lo retienen unos cables. Le han colocado electrodos en el pecho. Se levanta el camisón que le han puesto y retira los electrodos con manos temblorosas. ¿¡Qué es lo que pasa, caray!? Se pone en pie, nota que la cabeza le da vueltas, pero camina poco a poco, con prudencia, hasta la puerta. Baja la manilla y logra captar algunos fragmentos de conversación al otro lado de la puerta. Hablan Joanne y la enfermera.

—¿Estaba al corriente de su estado?

—Sí..., me dijo lo que le pasaba... —responde Joanne con voz vacilante.

—Podría meterse en problemas. El centro en el que estaba es muy estricto. Su amigo no está capacitado para tomar decisiones, no con su patología.

Siente que se le hiela la sangre. Apenas se da cuenta de que está abriendo la puerta. Se encuentra de cara con la enfermera. No sabe ni qué decirle para salir del apuro.

—Yo...

No le deja continuar. Lo toma por el brazo y se dirige a él con un horrible tono almibarado.

—¡Ey, ey, ey! ¿Qué hemos dicho? Si no se queda quieto, tendré que atarlo a la cama.

Le habla como si fuera estúpido. O completamente senil. Intenta interceptar la mirada de Joanne, que asiente con lentitud, como para decirle que no cause revuelo.

—Estoy perfectamente bien de la cabeza —intenta defenderse—. Solo tengo algunas pérdidas de memoria.

Los calmantes le hacen hablar al ralentí. Parece que esté ebrio. Eso no ayuda.

—Tiene que descansar, Émile. Hablaremos de todo esto más tarde.

La enfermera lo arrastra hasta la cama. Él intenta resistirse.

—La he oído. ¡Se equivoca! No sé qué les han dicho pero soy muy capaz de tomar decisiones. ¡Estoy perfectamente bien de la cabeza!

Cada vez chilla más fuerte. Detrás ve que Joanne le lanza una mirada reprobatoria, pero no puede controlarse.

—¡Déjeme! ¡Déjeme en paz!

Nota que la enfermera empieza a alterarse un poco.

—¡Émile, tiene que calmarse de inmediato!

No tiene fuerza suficiente para retenerlo y lo sabe. Émile duda, se pregunta si debería coger su mochila y correr, gritarle a Joanne que corra tras él. El problema es que va descalzo, con un camisón y atiborrado de calmantes. Sus movimientos son demasiado lentos.

—¿Qué ocurre?

El médico ha vuelto a la habitación con el teléfono pegado a la oreja. La enfermera se gira hacia él.

—Nada, yo me encargo.

Émile se da cuenta de que acaba de pasarle una correa alrededor de la muñeca y que está atado a la barra metálica de la cama. Mientras él pensaba en una posible fuga, ella lo ha amarrado. Estaba en lo cierto, los calmantes lo han anquilosado por completo.

—¡Si esto no basta para que se calme, le ato la otra mano! —lo riñe como a un niño pequeño.

El médico ha retomado la conversación telefónica. Joanne está apartada, cerca de la puerta. Émile se pregunta si no se habrá vuelto completamente loco. Quisiera despertarse.

—Sí... Sí... Tenía que participar en un ensayo clínico, entonces... ¿Nunca se presentó a la primera sesión?

Mientras habla, el doctor lo mira por el rabillo del ojo de vez en cuando.

—Sí, lo han traído por un desmayo... No... Nada grave, pero... ¿Me disculpa un momento que se lo pregunto? —El médico se dirige a la enfermera como si Émile no estuviese allí, en la misma habitación—: Dígame, ¿tiene recuerdos de antes de la caída?

La enfermera sacude la cabeza.

—¿Y del día anterior?

—No. Está bastante confundido.

Émile intenta intervenir, pero ve que Joanne se acerca a la cama. La enfermera y el médico continúan susurrando. Joanne se inclina hacia él.

—Para. Si continúas así, te amarrarán y no podremos salir de aquí.

Ya no sabe ni qué responder.

—Tengo la sensación de estar volviéndome loco.

—No estás loco. Te ha fallado la memoria, eso es todo.

—¿Estás segura?

Ahora duda. ¿Y si está loco de verdad? ¿Por qué ha gritado así hace un momento?

—Sí. Cálmate. Con la tarjeta sanitaria han accedido a tu historial médico. Han llamado al centro donde te hacían el seguimiento del ensayo clínico.

—¿Y?

—Y piden que te transfieran urgentemente. Les han dicho que tienes un alzhéimer precoz y que, por lo tanto, no estás capacitado para tomar decisiones. Son tus tutores legales los que deben decidir por ti.

—¿Qué? ¿Mis... qué?

—Tus padres.

Vuelve a removerse en la cama. Joanne lo reprende con la mirada.

—¿Los han llamado?

—No, no creo. Todavía no. Siguen hablando con el centro.

Callan porque la enfermera y el médico han dejado de hablar y no quieren llamar su atención. La enfermera se acerca, la mirada de desconfianza no ha desaparecido del todo.

—Bueno, Émile, ¿mejor?

Es Joanne quien responde:

—Sí, está bien. Se ha calmado.

La observan atareada rodeando la cama y volviendo a ponerle los electrodos en el pecho mientras gruñe:

—¿Pero qué me ha hecho, Émile?

Esperan a que se aleje un poco y Émile susurra de nuevo, muy rápido, antes de que vuelva:

—¿Qué hacemos?

Joanne apenas mueve los labios cuando responde:

—Hay que escaparse.

Émile la mira con intensidad.

—¿Estás segura?

Ha oído lo que decía la enfermera hace un rato. «Podría meterse en problemas». No está seguro de que Joanne esté dispuesta a llegar tan lejos, ni de que la ruptura con Léon justifique correr ese riesgo.

—Puedo escaparme solo.

—Te prometí que seguiría tus instrucciones —contesta Joanne con los dientes apretados.

Se refiere a la conversación que tuvieron cerca del arroyo. «No quiero que me lleves a casa. Haga lo que haga..., incluso si te lo suplico».

No añaden nada más, la enfermera ya está de vuelta.

Guarda silencio mientras el doctor conversa con el centro del ensayo clínico. Hablan de su traslado. También hacen referencia a que hay que avisar a sus padres. La enfermera vuelve varias veces para verificar que esté tranquilo, y él finge quedarse dormido, para asegurarse de que lo deja en paz. Cuando se va de la habitación, unos minutos más tarde, vuelve a abrir los párpados. El médico ha desaparecido. Solo queda Joanne, nerviosa, balanceándose de un pie a otro. Émile se incorpora. Ya se siente menos anquilosado.

—¿Cómo lo hacemos? —susurra con la mirada fija en la puerta.

—Volverán pronto... El doctor solo ha ido a llamar a tus padres desde su despacho.

—¿Y la enfermera?

—No lo sé. —Joanne está nerviosa.

—Vete.

—¿Qué?

—Vete —repite Émile entre dientes—. Llamaremos menos la atención si cada uno se va por su lado. Adelántate y yo te seguiré en cuanto pueda.

—Pero... —Joanne mira fijamente la correa que lo sujeta por la muñeca.

—Aflójala, pero déjala atada. Así si vuelve quizá no se dé cuenta...

Joanne se muestra escéptica. Se ve obligado a espolearla.

—Joanne, aflójala y lárgate.

—¿Cómo nos encontraremos?

—No lo sé... ¿No hay una cafetería en alguna calle de por aquí cerca o unos baños públicos, o cualquier sitio donde podamos quedar?

Émile sigue con la mirada clavada en la puerta.

—Sí —musita Joanne—, hay un parquecito delante del hospital.

—Perfecto. Te veo allí en cuanto pueda.

Joanne sigue dubitativa. Afloja la correa con gestos inseguros.

—Igual deberías irte tú primero...

Émile sacude la cabeza con firmeza. Ya ha vuelto a sus cabales.

—No. Si yo desaparezco y tú sigues aquí son capaces de arrestarte.

—¿Tú crees?

—Si eres tú quien se va, solo tendré que decir que te has ido a comprar algo de comer o..., o a tomar un café. Después, me las apañaré para escaparme.

Se oyen pasos en el corredor y Joanne se levanta con energía.

—De acuerdo.

El sonido de pasos se aleja. Sin embargo, esperan unos segundos antes de volver a susurrar.

—Te cojo la mochila —dice Joanne.

—¿Qué? No...

—Irás más rápido sin la mochila.

Quiere protestar, pero se da cuenta de que le está haciendo perder tiempo.

—Vale, pero déjame algo de ropa. No puedo irme con este camisón.

Joanne asiente. Se arrodilla, empieza a hurgar en la enorme mochila, saca una camiseta negra y unos pantalones cortos de color beis.

—¿Esto va bien?

—Sí.

—Las botas están allí...

—Gracias. Toma, pon mi libreta en la mochila.

Joanne obedece.

—¿Y tu mochila?

Parece reflexionar durante unos segundos.

—Debo de haberla dejado en la sala de espera de abajo.

Émile siente que lo invade una cierta inquietud.

—¿Estás segura de que vas a ser capaz? Puedo ocuparme de mi mochila. Vete y recupera la tuya. Es lo más urgente...

—No, irá bien. —Se levanta y se cuelga la mochila en la espalda—. Me voy.

—Sí. Lárgate, rápido.

—El parque, Émile...

Tiene miedo de que se le olvide.

—El parque.

La observa mientras desaparece de la habitación, con su enorme mochila en la espalda.

«El parque». «El parque». «El parque». Le aterra olvidarse. Se lo repite en bucle, sin descanso. «El parque». «El parque». «El parque». ¿Qué pasará si se olvida del lugar donde han quedado? ¿Si se olvida de que tiene que escaparse? No, imposible. Hoy le ha fallado la memoria, sí, pero ya se ha recuperado del todo. Está alerta. No se olvidará. No obstante, se repite una y otra vez «el parque». «El parque».

Cuando la enfermera entra en la habitación, Émile cierra los párpados con mucha fuerza. Intenta adoptar una respiración lenta y tranquila. Espera que no vea la correa aflojada, ni el montoncito de ropa que hay bajo la sábana. La enfermera rodea la cama, vuelve a colocarle uno de los electrodos en el pecho. Oye al doctor llamándola desde el pasillo.

—¿Alice?

—¡Sí!

—¿Puede venir?

Ella suspira.

—Voy.

La voz del médico añade:

—Sus padres quieren saber cómo está.

Se le sube el corazón a la garganta. ¡Ahora! Lo inunda una oleada de pánico. Sus padres están al teléfono. La enfermera va a volver de un momento a otro. Querrán hablar con él. No. Es ahora o nunca. «El parque». «El parque». «El parque». Se arranca los electrodos, coge la ropa de debajo de la sábana. «El parque». No tiene tiempo de vestirse. Se pone los pantalones cortos y se calza las botas. Qué más da el camisón. Se lo quitará fuera. «El parque». El corazón le late fuerte contra el pecho. Tiene las manos húmedas. Saca la cabeza por la puerta entreabierta. Tiene que salir de allí sea como sea. Ve una figura, al fondo del pasillo. No sabe si se trata de la enfermera. Se apresura. «El parque». El pasillo, el cartel que indica el ascensor. Camina esforzándose para que no parezca que está huyendo. Se exhorta a sí mismo a mantener la calma y a no correr. Tiene que actuar con naturalidad. La persona del fondo del pasillo ha desaparecido dentro de una habitación. Acelera el paso. «El parque». El ascensor tarda una eternidad en llegar. Tiene calor. Se siente aturdido. Ding. El ascensor se abre. Está vacío. Pulsa el cero varias veces. Se cierran las puertas. Aprovecha para ponerse la camiseta negra por encima del camisón. Con las manos temblorosas se introduce la tela que sobresale dentro de los pantalones. Ding. Se abren las puertas del ascensor. Planta 2. Se encuentra de frente con una pareja. Se contiene para que no se le note lo irritado que está.

—¿Suben o bajan?

—Bajamos. A la planta baja.

—Yo también.

La pareja sube. Las puertas del ascensor se cierran de nuevo. Ve su rostro lívido y el apósito blanco que recubre gran parte de su cabeza reflejado en el espejo. Ding. Planta baja. Por fin. Hay mucho ruido en el vestíbulo. Y movimiento. Se dirige a grandes zancadas hacia la puerta de vidrio. «El parque». «El parque». «El parque». El calor exterior le corta la respiración. La luz del sol lo ciega. Debe de ser mediodía. El sol está alto. Cruza delante de un taxi, intenta mirar a su alrededor. Ve la carretera, el semáforo tricolor, un restaurante enfrente, el aparcamiento del hospital... No ve el parque. Un coche toca el claxon. Un hombre grita:

—¡Podría mirar antes de cruzar!

Llega a la acera de enfrente y por fin distingue una mancha verde. Más allá hay árboles...

Casi ha alcanzado la verja del parque cuando oye la voz de Joanne a sus espaldas.

—¡Émile!

Se gira bruscamente. Joanne llega corriendo, por detrás de él, con una mochila en la espalda y otra colgada delante, sobre el pecho.

—Estaba detrás de ti.

—¿Qué has hecho todo este rato?

—He tenido que ir a objetos perdidos a recuperar mi mochila.

—¡Caray!

Está a punto de desfallecer de alivio al verla frente a él, con las dos mochilas. Lo han conseguido. Ambos. Pero no deben quedarse allí plantados. Será mejor que se alejen. Émile coge su mochila.

—Ven, nos pararemos a hablar más lejos.

Caminan sin rumbo por la ciudad, con paso enérgico. El objetivo es alejarse del hospital. Por lo demás, no tienen ni idea de su destino.

—¿Dónde estamos?

—No lo sé exactamente...

—¿Cómo?

—Nos trajeron en helicóptero.

—¿Es broma?

—No. Estábamos en plena montaña...

Intenta no perder el control. Ha estado inconsciente todo este tiempo. Deben de haber sido dos o tres horas. Ni siquiera se ha dado cuenta de que lo transportaban en helicóptero. Es una locura. Se da la vuelta para intentar vislumbrar la fachada del hospital. Por suerte, tiene buena vista. Consigue leer el cartel. «Centro hospitalario de Bagnères-de-Bigorre».

—Creo que hemos vuelto al punto de partida.

Joanne gira la cabeza hacia él, interrogándolo.

—¿Cómo?

—Debemos de estar a unos veinte kilómetros de Artigues y de la autocaravana. —No consigue descifrar su expresión, no sabe si está aliviada por la noticia o, por el contrario, decepcionada. Añade—: Lo siento. No quería acortar nuestra escapada con mochilas.

—¿Estás de broma? No pasa nada.

—Volveremos a irnos.

Joanne sacude la cabeza.

—De momento no. Ahora tienes que descansar.

Pasan por delante de un asador que ofrece hamburguesas estadounidenses. Les llega el olor de carne a la parrilla y fritura, y el aire acondicionado del local les acaricia los pies sobre la acera. Émile sigue pálido. Joanne no está segura de que pueda aguantar mucho tiempo con la mochila enorme a cuestas si no come algo. Intercambian una mirada y entienden que están de acuerdo.

—¿Entramos?

—Sí.

Se sientan en el fondo del comedor, en un espacio oculto por un biombo. Piden una ración doble de patatas fritas. Joanne escoge un bocadillo vegetal, Émile una hamburguesa de dos pisos. Permanecen en silencio mientras esperan los platos. Ambos están exhaustos. Émile se pregunta si estos últimos días han caminado mucho. Cuando llegan los platos, se lanzan a por ellos y se ponen a hablar, con la boca llena.

—¿Los médicos te han dicho por qué me he desmayado?

—Han hablado de la altitud, la fatiga física... Pero no sabían lo de tu enfermedad. ¿Crees que puede ser por eso?

—Es posible.

—¿Ya te había pasado antes?

—Sí.

Se había desmayado varias veces antes de que su madre consiguiera arrastrarlo al hospital, pero nunca habían sido desmayos tan fuertes. Siempre recuperaba la consciencia al cabo de unos minutos.

—Nunca había estado inconsciente tanto tiempo.

—Puede que el cansancio haya agravado la situación.

—Puede.

—Nos quedaremos un tiempo en un mismo sitio, ¿no?

La mira mientras come con avidez. Se relame los dedos. Parece que lleva días hambrienta. Quizá no han comido lo suficiente...

—Sí, es posible.

—Un tiempo, para que te repongas.

—Sí. Tienes razón.

El camarero viene a retirarles los platos. Han comido como dos glotones. No obstante, aceptan ver la carta de postres y escogen unos helados.

—¿Y los puntos? —pregunta Émile mientras clava la cuchara en su helado.

—¿Qué les pasa? —Joanne tiene restos de helado de fresa en la comisura de los labios.

—¿Sabes si me han puesto muchos? ¿Si habrá que quitarlos? Joanne se limpia la boca con la servilleta.

—La herida del codo no es muy grave por lo que decían. Tres o cuatro puntos. La de la cabeza es mayor.

La mira con angustia.

—¿Tú podrás ocuparte de esto?

Joanne se encoge de hombros y después asiente.

—Creo que sí.

Émile usa un tono más despreocupado para observar:

—Seguro que tienes algún remedio a base de plantas, ¿no?

Y funciona, Joanne esboza una sonrisa.

—Sí. Además... he quitado puntos un montón de veces.

Émile no se atreve a preguntarle por qué.

Retoman la ruta con el estómago pesado, pero la mente más ligera. Joanne le obliga a ponerse una gorra para protegerse la cabeza y ocultar el apósito. Émile se quita el camisón de colores del hospital unos metros más lejos del restaurante y lo tira en una papelera. Saca su guía de los Pirineos.

—¿Sabes a dónde vamos? —pregunta Joanne.

—Creo que sí.

Tienen que recorrer veinte kilómetros, pero ya es entrada la tarde y teniendo en cuenta el estado de salud de Émile deciden que se detendrán en un pequeño pueblo llamado Beaudéan para pasar la noche. La guía indica que tiene 392 habitantes y que está a menos de seiscientos metros de altitud. Será perfecto para recuperarse un poco.

El camino es agradable, de bajada y bastante sombreado. Cruzan numerosos pueblos y aldeas y consiguen rellenar las cantimploras. Con todo, cuando apenas dos horas más tarde llegan a Beaudéan, Émile está exhausto.

Beaudéan es un pueblo minúsculo en el corazón de un valle, rodeado de vegetación. La mayoría de las casitas son de piedra. En lo alto del pueblo se erige una pequeña iglesia. Es una iglesia gótica, con una extraña apariencia, nunca han visto algo así. El campanario de pizarra está enmarcado por cuatro pináculos pequeños y coronado con un capitel en forma de apagavelas. Parece más bien un castillo pequeño de cuento de hadas.

Tienen que atravesar el pueblo y perderse un poco entre la vegetación para encontrar un rincón tranquilo donde acampar, a la sombra de los árboles. Montan la tienda enseguida, y Joanne decide ir a dar una vuelta, en busca de plantas para las heridas de Émile.

Él se apoya en un árbol y abre la libreta negra.

17 de julio, 18 h
Luz-Saint-Sauveur, al borde del sendero, al pie del Château de Sainte-Marie.

Se ha cubierto el cielo cuando nos íbamos del Lac de la Glère. Sin embargo, el amanecer ha sido espléndido...

Sigue sin recordar nada de los últimos tres días. Pensaba que recuperaría la memoria por la tarde, cuando se recobrara del todo, cuando el pánico que lo había invadido al despertar se hubiese disipado por completo, así como el efecto de los calmantes... Pero no. Nada. Sigue habiendo un oscuro vacío. Estaban sentados al borde del lago, iban a recoger las cosas e irse. Y después nada más.

18 de julio, 21 h
Gèdre, campamento improvisado al pie del riachuelo.

Este pueblo es magnífico.
Después de pasar una noche tiritando dentro de los sacos húmedos, volver a ponernos en marcha ha sido genial.

¿Por qué estos recuerdos se quedaron bloqueados aquella mañana, al borde del lago? ¿Qué pasó después?

Me encanta la iglesia de Gèdre, la fuente de la plaza del pueblo, que representa una mujer sentada acariciando a un lobo, me encanta el riachuelo que atraviesa el pueblo y, por encima de todo, me encantan los pequeños molinos hechos con piedras antiguas.

Por mucho que relea las líneas que él mismo ha escrito no logra recordar nada. Es probable que situaciones así ocurran cada vez más a menudo. Y que empeore. Es imprescindible que continúe escribiendo en su libreta. Y tiene que escribir las cartas a sus padres, a Marjo y a Renaud a toda costa, antes de olvidarse de ellos por completo.
Tarda un tiempo en darse cuenta de que tiene ganas de llorar. Es tan poco habitual en él... Seguramente es el agotamiento. Es de estar apoyado contra este árbol, con la puñetera libreta en la mano y esa laguna que sigue sin aclararse. Es por la ironía de la situación. Durante meses y meses, rezó en silencio a Dios, a los ángeles, a las fuerzas oscuras, a quien fuera. Les dirigió plegarias que decían: «Si pudiera olvidarlo todo. Si pudiera olvidarme de quién soy...». Laura se había ido y él tenía la sensación de que su vida se había acabado. Solo veía una manera de poder seguir viviendo: olvidarla, olvidar que la había querido. Así que repitió esas oraciones. «Si pudiera olvidarlo todo...». Hoy, apoyado contra el árbol, tiene ganas de llorar como un niño. Ya no quiere olvidar. Es demasiado tarde.

11

Lo despiertan unas manos pequeñas que se posan sobre su frente. Al principio, piensa que está soñando, porque al abrir los ojos solo ve color verde y una hermosa luz dorada. En realidad, solo son la hierba y el follaje. Solo es el sol que danza entre las ramas. Debe de haberse quedado dormido. Tiene la libreta al lado. Las manos son de Joanne. Le está aplicando algo fresco y húmedo sobre la frente.

—¿Joanne?

Debe de haberse desplazado, puesto que ahora ve el rostro de Joanne encima del suyo.

—No te muevas. Te he hecho una cataplasma.

Desaparece de nuevo de su campo de visión. Émile le echa un vistazo al codo, sin mover la cabeza. Joanne ya se ha ocupado de esa herida. Ya no tiene el apósito blanco del hospital. En su lugar, hay una especie de pasta verde.

—¿Qué es?

Joanne no responde enseguida. Está demasiado concentrada en su tarea. Émile disfruta de la sensación de frescor que le envuelve la cabeza y que parece introducirse dentro de él y propagarse por todo el cuerpo.

—Cataplasmas de ortigas —dice al fin.

Émile la oye moverse, debe de haberse enderezado, puesto que vuelve a verla encima de él.

—Solo he encontrado ortigas.

—¿Y no van bien?

—Hubiese preferido encontrar menta... Para tener un antiséptico...

—Ah...

—Bueno, al menos impedirá que haya más sangrado... —Joanne parece reflexionar durante unos instantes—. Necesitaremos vinagre para desinfectar...

No puede evitar sonreír. Se da cuenta de que ese gesto hace que le tire la piel, allí donde tiene los puntos de sutura.

—¿Por qué sonríes? —quiere saber Joanne.

Le sorprende que lo haya visto.

—Me preguntaba cómo voy a oler cuando me hayas recubierto de menta y vinagre.

Le alegra constatar que ella también sonríe.

—Serás un muy buen repelente de insectos.

Suelta una risa muy ligera. Sigue siendo asombroso oírla reír. Émile entrecierra los ojos para disfrutar del momento. Joanne y él bromeando, es tan inusual, la hierba bajo su cuerpo, los rayos de sol que le acarician la frente, la brisa fresca que le hace cosquillas en las piernas.

—Te dejo descansar un poco más —dice ella.

Nota que se levanta. Oye sus pasos sobre la hierba alejándose.

—¿Qué hora es?

Pero ya ha desaparecido.

Cuando vuelve a despertarse, ha oscurecido. Se incorpora con una mueca de dolor, pues aún tiene lastimado el codo. Sigue teniendo la pasta encima de la herida. Supone que también tiene la de la cabeza. Joanne está sentada no muy lejos, junto a una lucecita que tiembla. Tarda unos segundos en acostumbrarse a la oscuridad y en entender que está inclinada sobre el hornillo. Joanne se da la vuelta al oírlo moverse.

—Ah, ya estás despierto.

—Lo siento... He dormido como un bebé... ¿Es tarde?

Su reloj hace días que se rompió. Todavía le cuesta acostumbrarse a la idea de vivir sin horarios. Joanne se encoge de hombros.

—Supongo... Puede que las diez.

Émile se sienta primero y luego se levanta con movimientos lentos. Está mucho mejor que hace unas horas. Descansado. Calmado. Se une a ella al lado del hornillo.

—Seguro que te estás muriendo de hambre —dice con tono de disculpa.

—Estoy bien.

—¿Qué preparas?

Joanne le señala una lata de conserva de frijoles rojos y otra de maíz que hay junto a sus pies.

—Un sucedáneo de chili con carne, sin carne.

—Interesante. —Se sienta a su lado y extiende las piernas hacia delante, estirándose—. ¿Necesitas ayuda?

—No. Está casi listo.

—Vale.

Deja pasar unos segundos. La observa remover el contenido de la olla con gestos lentos.

—¿Y estas cosas cuándo me las puedo quitar?

—¿Las cataplasmas?

—Sí...

—Se secarán y caerán solas.

—Vale...

—¿Te pica?

—No.

Joanne se encoge de hombros.

—Entonces espera a que caigan solas.

Vuelve a hacerse el silencio. Solo se oye el sonido de los grillos y el tintineo de la cuchara contra la olla. Pasan unos minutos. Joanne apaga el fuego, coge los dos platos de plástico y los llena con su chili sin carne.

—Toma.

—Gracias.

Cogen las cucharas grandes que usan también como tenedor durante la ruta y empiezan a comer. El pueblo es muy tranquilo. Cuando lo atravesaron hace unas horas no se cruzaron con nadie. Tienen la sensación de estar solos en el mundo, con sus platos de plástico.

—He... —Émile termina de masticar la comida que tiene en la boca antes de continuar—: Antes he releído la libreta... Pero no he recordado nada.

—¿Aún no?

Sacude la cabeza. Joanne no parece preocupada. Por la mañana estaba muy nerviosa, pero esta noche tiene una actitud tranquila y tranquilizadora.

—Ya vendrá, quizá.

—O no.

—O no.

—¿Qué pasó durante esos tres días?

La pregunta la toma un poco por sorpresa. Deja el plato sobre el suelo y se encoge de hombros.

—Nada especial... Lo de siempre...

—¿Y eso qué significa?

—Caminamos. Montamos la tienda, comimos y dormimos... Como todos los días.

—Ah.

Está decepcionado. Quería escuchar otra respuesta. Le habría gustado que llenase el vacío que hay en su cabeza, que lo reemplazara por paisajes, sonidos, olores... Joanne debe de haberlo entendido por su expresión desamparada, o quizá por su «Ah». En cualquier caso, se yergue ligeramente y añade:

— El día que llegamos a Luz-Saint-Sauveur parecía el fin del mundo... El cielo estaba bajo y oscuro. Tronó toda la noche. Tú parecías feliz. Te pasaste horas enganchado a la mosquitera, mirando los relámpagos.

Émile sonríe con gratitud. Joanne no se imagina el bien que le hace.

—¿Y tú? —pregunta Émile.

—¿Yo, qué?

—Tú debías de estar asustada.

Joanne se encoge de hombros con su rostro inexpresivo, que cada vez lo es menos.

—No tanto.

—Ah, ¿no?

—Mirar los relámpagos hace que el sonido me dé menos miedo...

—Oh... Buena noticia, entonces...

Joanne asiente y entrecierra un poco los ojos, para concentrarse.

—El día siguiente fue... como una mañana después de una tormenta.

—¿Qué quieres decir?

Entorna todavía más los ojos para escoger las palabras.

—Después de la oscuridad y el viento, todo parece más colorido, más fresco, más liviano. ¿Me entiendes?

—Sí.

—El cielo estaba... como más azul, las nubes eran más ligeras...

Émile no se da cuenta de que la escucha con una cierta fascinación, que la mira fijamente, con la boca entreabierta. Lo único de lo que es consciente es de estar pensando: «Caray, hay poesía dentro de su cabeza».

—Recogí flores por el camino. Me preguntaste cuáles eran. Eran matalobos.

Émile abre la boca, pero Joanne responde a su pregunta antes de que la formule:

—Eran unas flores con un tallo largo y decenas de campanillas pequeñas de color violeta con un toque azulado. Dijiste que eran bonitas. Llegamos..., llegamos a Gèdre por la tarde y tú..., tú quisiste ir a ver los molinos. Te encantaron los molinos. Es cierto que eran muy bonitos aquellos viejos molinos de piedra.

Émile espera un segundo, para asegurarse de que ha acabado, y después dice:

—Gracias.

Ella se encoge de hombros, como si no fuera nada. Significa mucho. Émile está agradecido.

Lo que viene a continuación ya lo conoce. Esta mañana iban por la ruta del Cirque de Gavarnie y se desmayó. Lo llevaron en helicóptero hasta Bagnères-de-Bigorre y esta noche están aquí, en un pueblecito que parece abandonado.

Siguen comiendo en silencio. Unos minutos más tarde dejan los platos en la hierba, Joanne cruza las piernas y después abre la boca, varias veces, como si fuera a decir algo, pero se echa atrás.

—¿Qué pasa? —pregunta Émile.

Joanne sacude la cabeza.

—Nada. Es una tontería.

Émile insiste un poco y ella, sumida en sus pensamientos, acaba musitando:

—No lo sé.

Émile no está seguro de que se esté dirigiendo a él. Se levanta, con movimientos lentos, y la saca de sus pensamientos al proponerle:

—Voy a dar una vuelta por el pueblo. Necesito caminar un poco. ¿Quieres venir conmigo?

Ni siquiera vacila. Se pone en pie también.

—De acuerdo.

Sus pasos resuenan sobre el adoquinado en el pueblo desierto. Caminan sin prisa, con las manos en los bolsillos. Se detienen un instante delante de la iglesia y Joanne se aclara la garganta.

—Antes estaba pensando en algo...

Duda. Émile asiente para instarla a continuar, pero Joanne vacila.

—Pensaba en lo que ocurriría la próxima vez que te desmayaras.

Él asiente.

—Tienes razón. Debemos hablar de ello.

Se deja caer sobre un escalón en la entrada de la iglesia. Ella no. Se queda de pie, pasando el peso de una pierna a otra.

—Tendré..., tendré que llevarte a un hospital si vuelves a sufrir un desmayo como ese...

Émile ya sabe a dónde quiere ir a parar. Esta tarde no ha querido pensar en ello, ha preferido disfrutar de haber recuperado la serenidad, pero es necesario que hablen del tema.

—No sé si todos los hospitales tienen acceso a los historiales médicos tan fácilmente, pero...

Émile la interrumpe.

—Creo que funciona del mismo modo en todos los hospitales. Me parece que pueden volver a darse situaciones así. —Muestra una expresión dolorosa en el rostro—. No sé qué decirte... No sé si existe una solución... Yo..., yo no quiero que te metas en problemas, así que..., si vuelve a pasar, preferiría que me dejases en el borde del camino hasta que me despierte...

—Para.

—No quiero que me lleven a casa de mis padres.

—Lo sé.

—Prefiero que me dejes morir en una cuneta.

—Ya lo sé, Émile. Hay una solución.

—¿Qué?

La escruta con incredulidad. Joanne sigue de pie delante de él. Lo mira desde arriba. Parece bastante segura de sí misma. Asiente con la cabeza.

—Sí. Lo he estado pensando esta tarde y después... durante la cena.

—¿Qué...? —No consigue terminar la pregunta. Lo carcomen las dudas y la espera febril.

—No podemos cambiar el hecho de que han declarado que no estás capacitado para tomar decisiones. Eso es imposible. Pero...

—¿Pero?

—Pero podemos conseguir que tus padres ya no sean tus únicos tutores legales.

Émile no lo entiende. Ella parece muy segura de sí misma. Émile abre la boca para preguntar, pero por fin Joanne suelta la bomba que estaba reteniendo.

—Tendríamos que casarnos.

Le viene una tos nerviosa. Ahora entiende por qué dudaba, hace un rato, durante la cena, por qué había dicho: «Nada. Es una tontería». Su idea es una locura. ¡Ni siquiera ve qué relación tiene una cosa con la otra!

—Lo sé... Es una idea que puede parecerte totalmente fuera de lugar, pero deja que te lo explique.

Ahora que ha soltado la bomba, ha vuelto a ser la Joanne que conoce. Una Joanne calmada, que controla sus emociones a la perfección, casi flemática. Es como si, de pronto, ya no le incumbiera el tema.

—Si nos casáramos, me convertiría en tu tutora legal... Podría..., podría asegurarme de que no te llevasen de vuelta al centro o a casa de tus padres...

Joanne se queda en silencio. Le deja asimilar lo que acaba de anunciarle. Se queda de pie, con los brazos cruzados, sin demostrar ninguna emoción concreta.

—No te pido que me des una respuesta ni... Ni siquiera te digo que tengas que valorarlo. Solo quería que supieras que existe una solución.

La sorpresa inicial se diluye lentamente. Émile intenta evaluar toda la información. «Podría asegurarme de que no te llevasen de vuelta al centro o a casa de tus padres...». La frase retumba en su cabeza. Se obliga a articular, con lentitud:

—Tienes razón. Es..., podría ser una solución.

Ahora entiende por qué ha sacado el tema justo delante de la iglesia. Émile sacude la cabeza, para intentar recuperarse del todo.

—Tienes todo el tiempo que quieras para pensártelo, o no.

—Sí. Lo sé.

Joanne da un paso hacia atrás, le señala el camino pavimentado.

—¿Quieres que sigamos? ¿Que continuemos con el paseo? No tenemos que volver a hablar de ello. En todo caso, no esta noche.

Émile se levanta con movimientos lentos. Tiene la sensación de ir al ralentí. Vuelven a caminar por el pueblo, que sigue desierto. Por la calle las farolas proyectan sus sombras deformadas. Parecen dos grandes fantasmas errando sin rumbo. «Si nos casáramos, me convertiría en tu tutora legal. Podría asegurarme de que no te llevasen de vuelta al centro o a casa de tus padres». ¿De verdad está dispuesta a hacerlo?

Se van a dormir sin mediar palabra. Esta conversación en la entrada de la iglesia ha instaurado una fría distancia entre ellos, aun cuando ni el uno ni el otro lo deseaba. Ahora ambos se ven obligados a pensar en ello. Se ven obligados a considerar al otro como un posible futuro esposo y una posible futura esposa. Por lo menos sobre el papel. Y resulta un tanto perturbador.

—¿Tú quieres casarte?

Viaja unos años atrás, a su piso de estudiante. Ve el rostro de Laura con una expresión socarrona girándose hacia él. Estaban tumbados en su minúscula cama. Cuando hacían el amor allí, sabían perfectamente que los vecinos empezarían a golpear la pared. A veces lo hacían solo por diversión.

—¿A qué viene esa pregunta?

Émile no dejó que su tono de voz insolente lo desmontase. Sabía que a menudo lo utilizaba para disimular la incomodidad.

—Es una pregunta como cualquier otra.

—Hum —murmuró, mientras desviaba la mirada.

—Entonces... ¿quieres casarte?

—No lo sé.

—¡Anda ya! Todo el mundo sabe si quiere o no.

—A mí me da miedo cambiar de opinión cuando sea demasiado tarde.

Émile se incorporó sobre un codo.

—¿Cómo? ¿En plan delante del altar?

—No. No tan pronto. Pero una vez casada..., cuando pasen los meses, y los años.

—Ah.

Laura dejó la mirada perdida en el techo.

—Por eso estoy segura de una cosa.

—Ah, ¿sí? ¿De qué?

—Si algún día me caso, vendrá de mí.

—¿Es decir...?

—Yo seré quien lo decida. Yo lo pediré. —Hinchó el pecho para darse un aire de importancia—. Porque entonces sabré que estoy preparada. Será el momento en el que lo sabré.

Émile hizo una mueca dubitativa y molesta.

—Entonces si iba a pedírtelo ahora mismo...

—¡Pues te habría respondido que no! ¡Sin dudarlo!

Émile fingió ofenderse y la empujó fuera de la cama. Sin embargo, estaba un poco disgustado de verdad, aunque no quisiera admitirlo.

—¡Eh!

Laura volvió a subir a la cama y empezó a golpearlo con la mano abierta.

—Pues fíjate tú que el problema es que después puede que sea demasiado tarde...

—¿Qué?

—Cuando decidas arrodillarte ante mí, igual yo ya habré cambiado de opinión...

Laura le dedicó una espantosa mueca de desdén.

—¿Yo? ¿Arrodillarme ante ti? ¡Jamás!

—De todas formas nunca me casaría contigo —replicó Émile, ultrajado—. Me casaría con una rubia.

Laura cruzó los brazos sobre el pecho.

—Ya veo.

—¿Qué es lo que ves?

—Te he ofendido y ahora intentas hacerme daño.

—Para nada. Es solo que siempre he preferido las chicas rubias. Y con un poco más de clase...

Esta vez sintió que la había herido de verdad.

—¿Qué insinúas?

—No lo sé...

—¡Oh, sí! ¿Insinúas que no tengo clase?

—Un poco... Eres una malhablada, Laura.

Vio como se le descomponía la cara. Laura se levantó de un salto, recogió su ropa y el bolso.

—¡Eh! —gritó Émile mientras se levantaba él también.

Laura lo ignoró. Intentó retenerla por el brazo.

—¡Eh! ¡Para! ¡No ha sido nada! Era...

Laura se colgó el bolso del hombro. Iba en ropa interior, tenía las demás prendas y los zapatos en la mano.

—¡Lau, no saldrás así! ¿Lau?

Se volvió desagradable. Lo hacía siempre que estaba dolida. Puso la mano sobre la manija de la puerta. Émile quiso decirle: «Para, te quiero. Soy estúpido. Sí, me he ofendido. Tienes razón. Por eso he dicho esas gilipolleces». Laura accionó la manilla y soltó:

—¡Buenas noches!

Cerró de un portazo. Émile hubiese querido decirle la verdad... Hubiese querido decirle que soñaba con casarse con ella algún día.

Por supuesto se reconciliaron. Sin embargo, nunca se lo dijo.

Joanne se revuelve en sueños. No parece que esté durmiendo bien.

Otro recuerdo se apodera de él...

—Buenas noches.

—Buenas noches.

—¿Es usted Karen?

La mujer se dio la vuelta con movimientos lentos, calculados para que fuesen lánguidos. Era alta, muy alta. Seguramente era unos centímetros más alta que él. Era morena. Muy morena.

—Sí. Soy Karen. ¿Émile, supongo?

Émile asintió. Estaba terriblemente incómodo. No tenía ni idea de por qué se encontraba allí. Tenía las manos sudorosas. Sentía rabia en el pecho. Tenía ganas de vengarse. «Me han robado a Laura. Un tipo me ha quitado a Laura». Una noche de insomnio había creado una cuenta en una página web de citas para mujeres adúlteras. Había ido pasando perfiles hasta toparse con el de Karen. Se podía ver la foto de una mujer morena, bastante esbelta. Cuarenta años. Casada desde hacía diez. Necesidad de ponerle un poco de picante a su vida. Precisaba que solo se encontraba con gente en bares de cócteles. Si había afinidad, podía desplazarse hasta la casa de su conquista, pero aceptaba también pasar la noche en un hotel. Los prefería jóvenes. Menos de treinta años. Le habían entrado náuseas al leer la descripción, pero las ganas de ella fueron más fuertes, más violentas. La necesidad de vengarse por lo de Laura. Se habían puesto en contacto y habían quedado en un bar de cócteles discreto, donde nadie corriera el riesgo de tener un desafortunado encuentro (su marido era notario y tenía muchos conocidos en la ciudad).

—No seas tímido, siéntate.

Le señaló el taburete alto y él se subió con la impresión de ser un niño pequeño asustado frente a una mujer impresionante.

—He empezado sin ti.

Tenía una copa de champán delante. Le puso una mano sobre la rodilla como si fuese de su propiedad.

—¿Qué quieres beber?

Lo cogió por sorpresa así que respondió lo primero que le vino a la cabeza.

—Lo mismo que tú.

Ella le pidió la copa y después se dio la vuelta para examinarlo en detalle.

—¡Fíjate, pero si estás recién salido de la cuna!

—Ah... Eh... —farfulló Émile.

Y eso la hizo reír.

—¡Qué mono eres! Me encantan los hombres jóvenes como tú. ¡Todavía sois tan inocentes y puros!

Estaba cómoda. Reía muy fuerte. Debía de conocer a montones de hombres como él, jóvenes, tímidos. Estaba acostumbrada a llevar las riendas.

—Bueno, cuéntame... ¿Qué hace un hombre joven como tú solo en una página web como esa? ¿No tienes novia?

Llegó su copa de champán y mojó los labios en ella antes de responder, con brevedad:

—No, ahora mismo no.

Lo escudriñó con una mirada penetrante, que parecía leerle la mente.

—¿Estabas enamorado y se fue?

Émile no logró mentirle. Su expresión desarmada lo traicionó.

—Lo sabía —declaró Karen—. No eres el primero, ¿sabes? Recojo a muchos pajaritos heridos como tú. —Tenía una expresión plácida—. Bah, ya sabes..., si puedo proporcionar un poco de consuelo.

Después de ese momento, Émile intentó recuperar un cierto control de la situación. Le preguntó por ella también, pero se delató a sí mismo tratándola de usted.

—¿Y su..., tu marido?

Ella lo miró enternecida, como si no lo entendiera, como si fuese demasiado inocente.

—Bah... Tarde o temprano lo entenderás. El matrimonio es una gran palabra que hoy en día ya no significa gran cosa.

Después añadió, como justificándose, un tanto apenada:

—Estoy con un notario. Eso no ayuda... Para él el matrimonio es ante todo una cuestión de papeleo y división de bienes...

Bebieron varias copas de champán antes de que ella volviera a ponerle la mano sobre la rodilla.

—¿Subimos?

El bar de cócteles estaba situado debajo de un hotel. No era casualidad. Karen conocía perfectamente su territorio de caza. Cogieron una habitación a nombre de Émile, y, apenas cerraron la puerta con llave, se tiraron en la cama. Karen llevaba una lencería hermosa, provocativa pero sutil. Debía de costar una fortuna. Émile nunca había visto una ropa interior tan bonita. Sin embargo, Karen no era tan buena como imaginaba. No era tan experimentada. O quizá el problema era él. ¿Tal vez esperaba encontrar lo mismo que con Laura en los brazos de esa desconocida que ni siquiera lograba respetar? Esa noche se sintió decepcionado. Se corrió sin placer. Se prometió a sí mismo no volver a hacerlo. Karen no lo había hecho expresamente, pero lo había mancillado todo. «El matrimonio es una gran palabra que hoy en día ya no significa gran cosa». No estaba de acuerdo con ella. Si se hubiese casado con Laura, habría significado mucho. No habría sido algo desprovisto de sentido.

Verdaderamente lo había mancillado todo.

—¿Has dormido bien?

—Sí, bien. ¿Y tú?

Ambos mienten y lo saben. Émile la ha oído moverse toda la noche y tiene ojeras. Ni siquiera el sombrero negro consigue esconderlas.

—¿Entonces volvemos a Artigues...?

—Sí.

Joanne lleva uno de sus pantalones negros demasiado holgados y una camiseta de tirantes del mismo color. Émile tiene la mirada fija en la guía de senderismo. Repasa con el dedo el itinerario que seguirán hoy.

—Déjame que te mire los puntos antes de irnos —se limita a decir Joanne.

Las cataplasmas han caído solas durante la noche. Tiene fragmentos de ortigas secas en el codo y en el pelo, pero Joanne sopla para retirarlas.

—¿Y bien? —pregunta Émile angustiado.

Joanne hace una mueca que no consigue interpretar.

—Supura un poco.

—¿Es grave?

Joanne no responde a la pregunta. En vez de eso, dice:

—Esta noche llegaremos a la autocaravana. Allí habrá desinfectante.

Se les olvidó incluir desinfectante en sus grandes mochilas. Un error de principiante. Por suerte, cogieron algunas cosas útiles como tiras de gasa. Joanne le envuelve el codo y le hace un turbante blanco sobre la cabeza.

—Debo de estar ridículo así.

Se queja por quejarse. En realidad, no sabe cómo se las arreglaría sin ella.

Pasan por numerosas aldeas pequeñas durante el camino. Se detienen a comer en un prado, al lado de dos caballos que los observan con curiosidad. Joanne se pasa un rato inimaginablemente largo acariciándolos, tanto que Émile se queda dormido a la sombra de los árboles. Se da cuenta de que nunca ha dormido tanto como desde que empezó su viaje por los Pirineos. Le sienta de maravilla.

El calor disminuye lentamente cuando llegan a Artigues. Ya era hora. A Émile empieza a dolerle la cabeza. Nota que la herida de la cabeza rezuma bajo la gasa. Espera que no se le esté infectando. Joanne camina delante. Parece que tiene prisa por llegar. Volver a estar en el aparcamiento cerca del riachuelo le proporciona una inmensa felicidad. Como si volviera a casa. Como si fuera su hogar. No pensaba que echaría de menos la estabilidad y la familiaridad de un lugar. Y, sin embargo, le hace feliz volver a estar en la autocaravana, el ligero olor a cerrado que reina en ella, el sonido tan particular del arroyo y de la grava bajo los pasos de los excursionistas.

—Ah —suelta al entrar en el habitáculo.

Joanne se dirige directamente hacia el armario empotrado y saca la mesa y las dos sillas plegables. Esta noche compartirán una cena alrededor de una mesa y será un verdadero lujo.

—Ven, siéntate. Voy a desinfectarte las heridas.

La mesa y las sillas ya están instaladas. Joanne ha sacado el botiquín. Rebusca en el interior con aire experto. Émile huele el olor agrio del alcohol de noventa grados. Le recuerda a su infancia y sus numerosas caídas en bicicleta. Su madre protestaba cada vez que ocurría. Le gustaba asustarlo. Abría los ojos como platos y lo amenazaba.

—Ve con cuidado, Émile, si sigues yendo tan rápido pronto no te quedará sangre.

Al principio él la creía y entraba en pánico. Le preguntaba:

—¿Ya no me queda mucha?

Ella hacía una mueca que significaba que algo no iba bien. Durante un tiempo se calmaba y después volvía a conducir rápido. Se lo cuenta a Joanne mientras ella da golpecitos sobre su cabeza con el alcohol de noventa grados. Parece divertirla. Incluso dice:

—¡Los niños pequeños son unos temerarios! ¡No hay que dejarlos nunca ni dos segundos sin vigilancia!

Émile se pregunta si ha conocido a muchos niños pequeños. Joanne no tiene hermanos pequeños. Entonces recuerda que era conserje en una escuela. Debe de haber visto infinidad de rodillas despellejadas, labios partidos y cejas abiertas. Debe de haber reñido a muchos niños traviesos de esos que llevan pantalones cortos y calcetines altos blancos.

Darse una buena ducha es el segundo placer del día. El tercero será volver a dormir en un buen colchón. No han vaciado las mochilas. Piensan que ya lo harán mañana. Preparan una gran cena a partir de latas de conserva que han encontrado en la autocaravana, bajo el fregadero: una ensalada de tomates y palmito, champiñones de París insulsos y un plato a base de lentejas y zanahorias.

—Mañana tendremos que ir a hacer la compra...

Ponen la mesa, encienden las velas porque empieza a oscurecer y se sientan el uno delante del otro.

—Bueno... —dice Joanne.

Émile tiene miedo de que saque el tema que lo aterroriza, pero no lo hace. Pregunta:

—¿A dónde vamos mañana?

—Buena pregunta.

Vuelven a masticar en silencio, hasta que Émile propone:

—Podrías escoger tú ahora.

—Hum.

—Podría dejarte mi guía de los Pirineos esta noche y te lo miras.

Joanne asiente y traga una cucharada de lentejas.

—Sí. De acuerdo.

Cuando acaban de cenar se toman un té, sentados en la mesa. Ese lugar sigue siendo igual de apacible. Los grillos, el borboteo del agua descendiendo entre las rocas, el ulular de un búho de vez en cuando. Joanne ha abierto la guía de senderismo. Pasa las páginas, recorre las líneas con la punta de los dedos, frunce la nariz mientras reflexiona, levanta la cabeza para beber un sorbo de té. Émile permanece en silencio. Su bolígrafo se desliza sobre las páginas de la libreta negra. Escribe algunas líneas sobre el día que acaba de concluir, sobre la felicidad de encontrarse de nuevo en el aparcamiento y la autocaravana.

Cuando alza la vista Joanne ha cerrado la guía de los Pirineos y sujeta la taza de té con ambas manos. Claramente estaba esperando a que acabase de escribir para no interrumpirlo.

—Bueno, ¿has decidido algún sitio?

—Sí. Vamos a Mosset.

El nombre no le dice nada. Todavía no ha visto la totalidad de su guía.

—¿Por qué Mosset? —pregunta.

Tiene curiosidad por saber qué es lo que hace que escoja un sitio en particular y no otro.

—Es un pueblo de la época medieval encaramado en lo alto de una colina rocosa.

—Suena guay.

—Al parecer por los alrededores hay una flora hermosa.

—Razón de más.

Se vuelve a hacer el silencio. Joanne reprime un bostezo y después anuncia:

—Creo que me iré a dormir... Me quedo en el sofá de abajo.

Justo cuando se dispone a levantarse Émile se lanza a la piscina.

—Joanne... —Desde ayer por la noche solo piensa en lo mismo. Tienen que volver a hablar del tema—. Sobre lo de casarse...

Joanne se sienta de nuevo delante de él con calma y apoya los codos y las manos sobre la mesa.

—¿Sí?

Lo mira con atención. Espera, sin presionarlo. Émile se hunde en la silla, busca las palabras.

—Es una solución..., tienes razón..., pero...

—¿Pero?

La luz de las velas danza sobre su rostro. Iluminan un fulgor en sus ojos, que por lo general le parecen tan apagados. No lo son tanto. Podría ser guapa. Podría ser una novia hermosa. Joanne un día podría vivir ese momento de felicidad, pero no así, no en estas condiciones.

—No puedo pedirte que hagas eso.

Joanne permanece inmóvil. Ninguna emoción atraviesa su rostro.

—No me has pedido nada. Yo te lo he propuesto.

—Ya me entiendes...

—No...

Émile suspira, se hunde todavía más en la silla.

—Para mí, es muy sencillo. Solo tendría que firmar los papeles. Y estaría seguro de ser libre hasta el final, gracias a ti. Después moriría y no se hablaría más. Tú me habrías hecho un gran favor y yo te estaría eternamente agradecido, más allá de la muerte en cualquier caso.

Se toma unos segundos para tragar saliva y buscar las palabras adecuadas.

—Para ti es distinto. Tu vida continuará. No sé lo que harás pero es probable que vuelvas con Léon o que conozcas a otro hombre, algún día.

Joanne sigue sin inmutarse.

—¿Y...?

—Pues que no puedes casarte conmigo. No puedes ser viuda con veintinueve años.

Joanne sigue con los codos sobre la mesa y la mirada hacia delante, contemplándolo fijamente.

—Yo te lo propuse. Estoy dispuesta a hacerlo —repite haciendo énfasis en cada una de las palabras.

Émile sacude la cabeza. Tiene la sensación de que Joanne no está entendiendo nada.

—No puedes desperdiciar esto con un desconocido.

—¿El qué?

—Es algo que solo se hace una vez... Una vez en la vida.

Joanne permanece impasible. ¿Será que le da completamente igual? ¿Que todo eso no tiene ningún sentido para ella?

—Estoy dispuesta a hacerlo —se reafirma.

—¿A pesar de Léon?

—A pesar de Léon.

El silencio se cierne sobre ellos. Émile observa su rostro inexpresivo. Le gustaría saber qué esconde, qué ha hecho Léon.

—¿Lo volvemos a hablar en otro momento? —pregunta—. Estoy muy cansada.

Émile asiente. Joanne se levanta y sopla la mitad de las velas para apagarlas.

—Colega, no me dejes solo ahora. ¡Te lo advierto! ¡Estoy cagado de miedo!

Renaud estaba sudando la gota gorda. Se pasaba una y otra vez un pañuelo ya húmedo por la frente.

—No tendrías que haberte puesto el traje tan temprano —refunfuñó Émile.

Hacía treinta grados y Renaud estaba tan estresado que había querido ponerse el traje de novio una hora antes de la ceremonia. Estaban los dos en su habitación de cuando era pequeño. La misma en la que habían pasado sus primeras noches en vela, se habían contado sus primeras confidencias y habían visto sus primeras películas. El dormitorio que habían transformado en un taller de bicicletas o en un tatami, cuando tenían ganas de pelea. Todavía había peluches sobre la cama de Renaud y fotos de clase en la pared. Era extraño verlo tan mayor y elegante, a punto de casarse, en medio de los vestigios de su infancia. Renaud había nombrado a Émile padrino de boda, junto con un primo. Las damas de honor las había escogido Laëtitia. Su hermana y una amiga.

—Abre la ventana, por favor, Émile.

Émile obedeció. Renaud estaba al borde del colapso.

—¿Qué es lo que te da tanto miedo? Sabes que dirá que sí, ¿no?

—Cállate.

Renaud no estaba de humor para bromas. En una hora se estaría casando con Laëtitia y todas las miradas estarían clavadas en él.

—¿Tienes tu flor? —le preguntó a Émile mientras se instalaba en el alféizar de la ventana.

—¿Eh? —respondió Émile, solo para asustarlo un poco.

—¡Tu flor! ¡La flor para el ojal! ¡No me digas que te la has olvidado!

Émile sacó la flor roja del bolsillo de su camisa.

—Está aquí. Relájate.

Laëtitia había preparado cada detalle de su boda con maestría. Había querido crear un código de vestimenta para todos los invitados, para que las fotografías quedaran bien y encajaran con la estética de la boda. Los trajes de los hombres, así como los de las mujeres, tenían que ser negros (estaban permitidos algunos detalles blancos pero no demasiado llamativos). Todo el mundo tenía que adornar su vestido con un accesorio rojo. Renaud les había pedido a sus invitados masculinos que llevaran una flor roja en la solapa de la americana. Él llevaba una pajarita roja y el ribete de la chaqueta del traje era de color amapola. Émile estaba ansioso por ver a Laura vestida de fiesta. Había refunfuñado al enterarse del código de vestimenta impuesto, pero les había seguido la corriente. Se había comprado un vestido negro precioso de estilo tutú que le llegaba hasta encima de las rodillas, y había conseguido un cinturón ancho de color escarlata, con un gran nudo al lado. No le cabía la menor duda de que estaría espectacular.

La madre de Renaud llamó a la puerta de la habitación y rompió a llorar al verlo con el traje.

—Estás tan guapo...

Émile se vio en medio de una marea rojinegra delante de la iglesia. Todo el mundo había seguido las normas. Se encontró con sus amigos en común en las escaleras de la iglesia, mientras buscaba a Laura con la mirada.

Laëtitia apareció entre la multitud, engalanada como una princesa. Llevaba un largo vestido palabra de honor, de un blanco deslumbrante, que le caía en cascada hasta los pies. Llevaba un moño decorado con pequeñas mariposas de color rojo. Émile rio imaginándose la reacción de Laura. Podía verla haciendo muecas y pensando en alto (demasiado alto): «¡Atención, policía de la moda!».

Al ver las mariposas le daría un patatús.

—¿Laura no está? —preguntó en general al grupo.

Toda su tropa estaba allí, pero todavía faltaba Laura. Uno de los compañeros de la facultad de Renaud le respondió:

—Estaba aquí, pero se ha ido.

—¿Qué? ¿Cómo que se ha ido?

La llegada de Renaud ante la iglesia, en el coche familiar, captó su atención. Su padre y su madre lo acompañaron entre los clamores y aplausos de la muchedumbre hasta arriba de las escaleras, donde lo esperaba Laëtitia.

—¿A dónde se ha ido Laura? —preguntó otra vez, mientras todo el mundo se aglomeraba en el interior de la iglesia.

Nadie lo sabía. La llamó a toda prisa.

—¿Sí?

Parecía que estaba conduciendo, oía el tictac del intermitente al otro lado del auricular.

—¿Qué haces? ¿Dónde estás?

—¡Ni me hables! La bruja esa me ha mandado a paseo en cuanto la he saludado.

—¿Qué? ¿De qué hablas?

—¡De Laëtitia! ¡Está estresadísima la loca controladora esa! ¡Daba órdenes a todo el mundo y me ha mandado a paseo!

—¿Qué? Pero... ¿cuándo?

—Ahora, en un segundo, en cuanto he llegado delante de la iglesia. ¡Esto no va a quedar así!

—Pero ¿dónde estás? ¿Qué haces? ¡No me digas que has decidido que no vienes a la boda por eso!

Le invadió una oleada de alivio al escuchar la respuesta.

—No. No, ahora voy. Solo he ido a cambiarme.

Émile no entendió qué significaba esa última frase. Estaba demasiado estresado. Ya estaba todo el mundo instalado en la iglesia y Renaud le hacía señales frenéticas. Solo faltaba él.

La marcha nupcial retumbó en toda la iglesia. Los últimos invitados se sentaron. Émile observó a Laëtitia recorriendo el pasillo central cogida del brazo de su padre en religioso silencio. Vio como los ojos de Renaud brillaban de felicidad. Le oyó responder «Sí, quiero» en un suspiro, de lo emocionado que estaba. Buscó los ojos de Laura cuando se besaron, y, en el momento del «Yo os declaro marido y mujer», quiso decirle con la mirada: «Un día seremos nosotros», pero ella no estaba allí.

La vio a la salida de la iglesia, cuando los recién casados salían entre aplausos y pétalos de rosas rojas. Tenía su actitud insolente y llevaba un vestido azul turquesa que desentonaba estrepitosamente entre la multitud rojinegra de los invitados.

—Lau... ¿¡No habrás sido capaz!?

Estaba feliz, su pequeña insoportable. No pudo evitar estallar en una carcajada mientras la agarraba por la cintura.

—Eres un monstruo.

—¡Que vivan las fotos! —respondió ella con una sonrisa de oreja a oreja.

Efectivamente arruinó todas las fotografías. Delante de la iglesia, en el parquecito, bajo la carpa, en las escaleras del ayuntamiento. Solo se la veía a ella. Una mancha turquesa en medio de la marea rojinegra. Ella cogía todo el foco y ni siquiera se veía a Laëtitia. Tanto fue así que las hermanas de Laëtitia y su madre acabaron pidiéndole, de manera explícita, que se pusiera detrás en todas las fotos. Laura obedeció, todo sonrisas. Leyó la rabia en el rostro de Laëtitia y con eso tuvo suficiente. Después Émile la acompañó hasta su piso a la fuerza y le ordenó:

—Ahora te cambias.

Laura lo hizo. Ni siquiera protestó. En el fondo no era mala, solo un tanto puñetera. Una pequeña, adorable puñetera.

—Bueno, ¿cómo te sientes?

Por fin se había encontrado a solas con Renaud, en la mesa de los novios. Laëtitia había ido a bailar con sus hermanas. Laura hablaba con unos amigos en común unas mesas más lejos.

—Es... Todavía no me lo puedo ni creer. —Miraba la alianza que tenía en la mano izquierda con fascinación—. Tengo la sensación de que no es mi mano.

—Debe de hacerte sentir mayor, ¿no?

Renaud hinchó el pecho con orgullo.

—Sí.

Seguía emocionado. Tenía las mejillas sonrojadas. Émile le sonrió.

—No me lo creo.

—Yo tampoco.

—Te veía allí en la iglesia, bien recto, seguro de ti... Laëtitia acercándose... Y me decía a mí mismo: «Mira todo el camino que hemos recorrido».

—Mi yo gordito de hace unos años nunca me habría creído si le hubiese dicho que un día estaría aquí.

—Lo ves. Siempre hay que confiar.

Renaud se secó un inicio de lágrima en el rabillo del ojo, con mucha discreción.

—Todo esto es en parte gracias a vosotros... Si no me hubieseis presionado en su momento...

—¡No digas tonterías! Te lo pusimos en bandeja, es cierto... ¡Pero tú hiciste el resto! ¡Y a juzgar por lo que veo lo gestionaste bastante bien!

Renaud rio con un sollozo de felicidad en la garganta. Pero todavía no se habían acabado las sorpresas. Aún no sabía que tres meses más tarde el vientre de Laëtitia empezaría a hincharse. No sabía que pronto sería padre.

Karen estaba equivocada. El matrimonio sigue teniendo sentido. Y ahora está seguro de algo: no puede casarse con Joanne ni con ninguna otra persona. Él es así, es como Renaud. De casarse algún día habría querido que fuera importante y hermoso. Renunciará a la oferta de Joanne, sea cual sea el precio a pagar.

12

21 de julio, sobre las 13 h
Mosset, al borde de un campo de lavanda a los pies del pueblo.

Joanne tendría que escoger nuestros destinos más a menudo. Todavía no hemos entrado en el pueblo, solo lo vemos desde aquí abajo. Vemos las murallas y las casas, encaramadas en el gran peñasco.

Nos hemos detenido en este campo de lavanda para comer algo y disfrutar de las vistas. No solo se puede admirar el pueblo de Mosset, también hay una iglesia en ruinas: la capilla de Notre-Dame-de-Corbiac. Una iglesia grande y antigua de la época románica. Un cartel en la entrada indica que una pareja inglesa la adquirió y están realizando obras de restauración.

Cuando acabemos de comer, entraremos en el pueblo y buscaremos un aparcamiento donde estacionar la autocaravana antes de ir a descubrir las callejuelas...

No han encontrado ningún aparcamiento donde poder estacionar la autocaravana. Han dado dos vueltas al pueblo para asegurarse. Luego han decidido hacer la compra en un pequeño supermercado antes de regresar a la parte baja del pueblo. Han dejado el vehículo en el borde de un camino de tierra y han subido de nuevo a pie, con las mochilas, para explorar Mosset. Cuando llegan al pueblo, ya ha disminuido un poco el calor. Cruzan uno de los tres portales que permiten acceder al interior de las murallas: el portal de Santa Madeleina. Mosset conserva un aspecto de pueblo medieval de montaña. Las murallas que protegían el castillo de los señores feudales siguen allí, así como el portal de Coume Gelada y el portal de França. Lo más sorprendente es que en lo alto del campanario de la iglesia se alza un pino pluricentenario. Parece que es la atracción de los turistas. Se adentran en las callejuelas, a resguardo del sol. Se detienen delante de un granero, después delante de un letrero de un carpintero tallado en la piedra, enarbolando su pulidora con orgullo a modo de blasón. Un horno de pan de la época los deja boquiabiertos. Más tarde descansan un rato al lado de un lavadero, y Émile observa a Joanne mientras sumerge los pies.

—¿Te ha gustado?
Ya ha oscurecido. Han vuelto a la autocaravana, en la parte baja del pueblo, después de haber callejeado durante horas.
—Sí. Me encanta este pueblo.
Se sientan a comer a la mesa plegable como de costumbre, delante de la autocaravana. Han hecho bien estacionando en ese lugar, es un camino poco frecuentado.
—Tendríamos que caminar un poco menos —comenta Joanne mientras sirve en los platos un guiso a base de zanahorias.
—¿Por qué?
—Hace dos días te desmayaste.
Émile hunde la cuchara en el guiso y se la lleva a la boca.
—Sí —contesta con la boca llena—. Tienes razón.
No sabe qué es: ¿un puré?, ¿una sopa?, ¿una crema de zanahorias? No está nada mal. Han comprado zanahorias en el supermercado del pueblo.
—Sobre todo porque la próxima vez no quiero que me lleves al hospital.
Joanne deja caer la cuchara, sorprendida por sus palabras.
—¿Qué?

Émile acaba de tragarse lo que tiene en la boca.

—Lo he pensado. No quiero que nos casemos.

Joanne vuelve a tomar la cuchara con movimientos lentos, se encoge de hombros.

—De acuerdo.

Émile no consigue identificar ninguna emoción en su rostro. Ni decepción ni cualquier otra. Por supuesto, todo eso le da igual. Ella se lo propuso por hacerle un favor, nada más. Continúan comiendo en silencio, entre el tintineo de las cucharas contra los platos.

—Entonces, si vuelves a caerte, ¿qué hago?

Se ve incapaz de responder.

—¿Me ocupo de ti yo misma?

Dicho así, le parece que está siendo de lo más egoísta, que le está imponiendo una carga enorme. Sin embargo, es incapaz de darle una respuesta lógica y apropiada. No puede pedirle que sea su enfermera, que lo traiga de vuelta a la autocaravana sola, que lo cure... Tampoco puede pedirle que lo deje en una cuneta y siga su camino. Alguien lo encontraría. Lo llevarían de nuevo a un hospital. Acabaría en el centro del ensayo clínico. Estaría a cargo de sus padres otra vez. Y eso es lo que intenta evitar a toda costa. Joanne sigue esperando.

—Existe otra solución... —balbucea Émile—. Podría..., podría conseguir otra identidad... Es..., es factible, ¿no?

Le alegra que permanezca impasible, que no frunza el ceño o que no ponga los ojos en blanco, que no lo mire como si fuera alguien patético.

—Me informaré. Mañana me informaré. Si consigo otra identidad, podré ir al hospital sin correr ningún riesgo.

Joanne asiente con lentitud.

—De acuerdo.

Probablemente ni por un segundo le cree capaz. ¿Cómo podría hacerlo? ¿Con qué documentos? Émile no tiene ni idea. Continúan comiendo en silencio.

Más tarde, lavan los platos entre los dos, envueltos en el mismo silencio tenso. Él limpia y ella seca. Joanne no le ha preguntado nada al respecto, pero él le dice igualmente:

—El hecho de que rechace la idea del matrimonio no tiene nada que ver contigo.

Se da la vuelta para verle la cara. Joanne mantiene una expresión neutra.

—Lo sé —responde ella.

Émile vuelve a darle la espalda y empieza a frotar la olla de nuevo en el fregadero.

—Es solo que... no puedo imaginar casarme si no significa nada. Yo... —Se interrumpe con las manos llenas de espuma sobre el fregadero—. Tengo un lado sensiblero. Puede parecer un poco excéntrico..., pero necesito que este gesto tenga algún sentido.

Nota que asiente a su espalda. Pasan unos segundos. Cuando Joanne habla, lo hace con una increíble dulzura.

—¿Crees que no significaría nada?

Se ve obligado a detenerse, cerrar el grifo y dejar el estropajo para girarse y mirarla a la cara.

—¿Qué quieres decir?

Joanne tiene el ceño ligeramente fruncido.

—Que no estemos enamorados no significa que este gesto no tenga ningún sentido. Si no lo tuviera para mí yo tampoco lo haría.

Continúa mirándola sin pronunciar palabra, con las manos llenas de espuma.

—Sí que significa algo. Es una promesa que te hago, o más bien..., más bien un compromiso que acepto... para que estés seguro de que seguiré tus instrucciones hasta el último momento, que protegeré tu libertad cueste lo que cueste, que velaré por ti hasta el final... No sería un matrimonio por amor, es cierto..., pero tampoco es que no signifique nada, ¿no?

Émile sacude la cabeza con suavidad. No, claro que no. Tiene razón.

—No... Es cierto...

Casarse con ella no tiene el significado que él esperaba encontrar, pero no es un gesto vacío. Se ha equivocado. Necesita tomarse unos segundos antes de volver a hablar.

—Y para ti... ¿qué sentido tiene todo esto? ¿Qué..., qué ganas tú con esto?

Una expresión dolorosa le atraviesa el rostro. Una revelación de debilidad. Es la primera vez que puede leer a través de sus rasgos inalterables. Está sufriendo. Muchísimo. No sabe por qué, pero en este instante entiende que esa es la razón por la cual se ha encerrado en sí misma, la razón por la que finge indiferencia y no expresa ninguna emoción. Hay demasiado dolor en ella. Si deja escapar aunque sea una pequeña parte de ese dolor, un torrente la alcanzará y no sabe si sobrevivirá. Su voz suena pesada y profunda cuando responde:

—Vuelvo a tener un motivo para seguir adelante.

Émile ya lo había entendido. Antes incluso de que abriese la boca.

Han pasado dos días sin que casi se hayan dado cuenta. Muy rápidos y muy lentos a la vez. Émile ha descansado mucho. Se ha pasado la mayor parte del tiempo en la mesa, delante de la autocaravana, o bajo un árbol, al lado del camino. Ha dormido siestas, ha escrito algunas líneas en su libreta, ha intentado preparar un gazpacho con las verduras que Joanne había traído del mercado el segundo día... Joanne se ha ido durante largas horas a caminar por Mosset y los alrededores. Ha paseado por las callejuelas empedradas y por los campos de lavanda. Ha vuelto con ramos de lavanda seca que ha dejado en la encimera de la autocaravana. Ha deambulado por el pequeño mercado de Mosset y ha traído hortalizas de todos los colores. No vuelven a hablar del matrimonio hasta la segunda noche, mientras toman un té al borde del camino tan poco frecuentado.

—Mañana iremos al ayuntamiento —dice Émile.

Y Joanne lo entiende.

Esta mañana ambos caminan bajo un sol abrasador para llegar al pueblo rodeado de murallas. Les alegra comprobar que el ayuntamiento está abierto. Ya no saben qué día es. Temían que fuese domingo. En el vestíbulo Joanne se detiene durante mucho tiempo frente a un expositor lleno de folletos. La empleada que hay detrás del mostrador acaba impacientándose al ver que no se acercan y se aclara la garganta.

—Buenos días. ¿Puedo ayudarles?

Joanne se sobresalta. Émile le hace una señal para que lo siga y avanzan hasta el mostrador de información.

—Buenos días. —Émile tiene la voz un poco más ronca de lo normal—. Hemos..., hemos venido porque nos gustaría casarnos.

Ha hablado con una voz extraña, una voz sorda que le parece ajena. La empleada del ayuntamiento se detiene un instante a observar su indumentaria excursionista.

—¿Residen en el municipio? —pregunta con un tono que carece de amabilidad.

Para sorpresa de Émile, Joanne responde:

—No. Estamos de paso.

La mujer deja escapar un sonido extraño chasqueando la lengua contra el paladar.

—Entonces no es posible.

Un silencio se extiende en el vestíbulo demasiado grande y frío del ayuntamiento.

—Ah —dice Émile.

La empleada sacude la cabeza.

—Las bodas solo pueden llevarse a cabo en el ayuntamiento del municipio de residencia de al menos uno de los contrayentes.

Intercambian una mirada rápida e irritada. No habían pensado que eso pudiera suponer un problema. Émile no sabe qué responder. Joanne se balancea de un pie a otro. Intenta explicarse.

—Es que viajamos mucho... No... En realidad no tenemos un domicilio fijo.

La empleada se hunde en su silla con aire cómplice.

—Entiendo. En ese caso..., déjenme verificar...

Hace girar la silla de oficina y se levanta para ir a rebuscar en un gran armario que hay contra la pared. Saca un pesado clasificador y lo pone sobre el mostrador.

—Denme unos segundos...

Ambos asienten con precipitación. La miran mientras extrae una de las hojas plastificadas del clasificador, siguen sus ojos mientras saltan de una línea a otra, y observan cómo frunce los labios y cómo luego estos se estiran en una sonrisa de satisfacción.

—Sí —dice al fin—. Ya está. Tengo la información.

Esperan, pendientes de cada una de sus palabras.

—El municipio en el que se celebra el matrimonio debe ser el del domicilio o lugar de residencia.

Intercambian una mirada incierta. No entienden el matiz.

—En el caso de que el municipio sea su lugar de residencia y no donde están empadronados, es necesario que al menos uno de los dos contrayentes lleve más de un mes instalado en el lugar.

Deja la hoja sobre el mostrador y los mira. Joanne frunce la nariz. Está reflexionando. Émile se frota el mentón. Es el gesto que hace siempre cuando está nervioso.

—¿Qué quiere decir con «instalado»? —pregunta al fin.

—Que viven en el lugar.

Parece que lo toma por tonto o por alguien muy lento.

—Vivimos en una autocaravana —declara.

—Me temo que en el caso que nos ocupa eso no nos sirve.

La empleada del ayuntamiento espera una reacción por su parte. Émile farfulla una respuesta vaga.

—Bueno..., de acuerdo... Veremos..., veremos cómo lo hacemos...

Ella asiente.

—Si deciden establecerse y casarse aquí, recuerden que tienen que avisar al ayuntamiento. También hay que entregar un dosier con unos cuantos documentos justificativos. Tenemos que publicar las amonestaciones y anunciarlas durante diez días en la parte delantera del ayuntamiento. A partir del undécimo día podrán casarse, no antes. Si deciden casarse aquí deberían tener todo eso en cuenta.

Émile se vuelve a frotar el mentón.

—¿Y los documentos justificativos son...?

La empleada lo verifica en la hoja que ha sacado del clasificador.

—El original y una fotocopia del carnet de identidad; un documento que demuestre que residen en el municipio, es decir, una factura cualquiera; la información de los testigos así como sus documentos de identidad; y una copia íntegra de sus partidas de nacimiento. Y eso sería todo.

Émile vuelve a rascarse el mentón una vez más.

—¿Y sobre los testigos...?

La mujer comprende enseguida cuál es su pregunta.

—¿No tienen?

Ambos niegan con la cabeza a la vez. A estas alturas ya ni siquiera parece sorprendida. Es probable que los considere una pareja de marginados.

—Necesitan al menos dos. Los funcionarios del ayuntamiento pueden servirles como testigos.

Se hace de nuevo el silencio en la entrada del ayuntamiento. La empleada lee el alivio en sus rostros. Una corriente de aire caliente atraviesa el vestíbulo justo en el momento en que la puerta de cristal que hay detrás de ellos se abre. Una mujer mayor se acerca, encorvada. Sus pasos resuenan sobre las baldosas.

—¿Eso es todo? —pregunta la empleada.

Ambos asienten.

—Sí. Perfecto. Gracias.

—Gracias a ustedes. Adiós.

—Adiós.

Descienden por las callejuelas con más lentitud que cuando las subieron. Se sienten un tanto desalentados por todo lo que acaban de escuchar.

—¿Cómo lo vamos a hacer? —pregunta Émile.

El pequeño rostro de Joanne resurge de debajo del sombrero cuando alza la vista hacia él.

—Tendremos que instalarnos en algún sitio durante un mes. Alquilar un piso amueblado, cualquier cosa.

—Sí...

—Ya sea aquí o en otro sitio.

Émile sigue desanimado. Todo le parece muy complicado. Joanne se lo toma con más ligereza. Tiene un caminar etéreo, casi despreocupado.

—Si hay que instalarse en algún sitio durante tanto tiempo, debe ser un lugar donde nos sintamos a gusto —añade.

—Sí...

—Mira lo que he cogido en el vestíbulo...

Le tiende un folleto que se titula: «Eus. Uno de los pueblos más bonitos de Francia. Declarado monumento histórico». Se aprecia un pueblo antiguo formado por estrechas callejuelas de piedra, encaramado en la ladera de una montaña y rodeado de una vegetación exuberante y colorida. Parece magnífico. Todavía más que Mosset.

—¿Dónde está? —pregunta Émile.

—A quince kilómetros.

—¿Quieres que nos instalemos allí?

Joanne se encoge de hombros.

—No lo sé aún... —Se sube el sombrero que le había caído sobre la frente—. Pero sí que quiero ir a ver qué sensación nos da.

—Vale. Podemos ir a ver.

24 de julio

Renaud:

Empezamos una nueva etapa de nuestro camino. Esta tarde dejaremos Mosset y nos dirigiremos hacia un pueblo llamado Eus.

Está siendo un viaje tranquilo. No me esperaba encontrar tanta serenidad y paz interior en este deambular sin rumbo. ¡No me reconocerías! De hecho, ¡mira cómo hablo! ¡«Paz interior»! ¡Definitivamente Joanne está teniendo un efecto en mí!

Y fíjate, me produce placer el simple hecho de estar sentado, tan solo mirando las estrellas o el recorrido de las nubes, o tumbándome a la sombra de los árboles. ¡Incluso he disfrutado atreviéndome a preparar una gelatina de lavanda para Joanne! El tarro ya se está enfriando y parece que la gelatina ha salido bastante bien. Lo ves, estoy cambiando. A mejor, creo... Te dejo que lo juzgues tú mismo :-)

Me sorprende disfrutar de las cosas insignificantes, de los gestos corrientes del día a día. Pero este no es el objetivo de mi carta. No, el objetivo de mi carta es darte una gran noticia: me voy a casar, Renaud.

No saltes de alegría. No es una broma, pero tampoco es lo que crees. No se trata de una boda como la que tú tuviste con Laëtitia... Ha sido idea de Joanne. Está dispuesta a hacerlo para convertirse en mi tutora legal en caso de hospitalización o de que haya que tomar una decisión importante. Me lo ha ofrecido para evitar que acabe en el centro. Creo que justamente el hecho de que no me quiera es lo que hará que tome buenas decisiones.

Vamos a empezar con los preparativos de la boda, pero estos no consisten en escoger el menú, probarse el vestido y el traje o alquilar un magnífico vehículo de época para llegar a la iglesia. No. Se trata solo de una tarea administrativa un tanto difícil, que tenemos ganas de dejar resuelta cuanto antes.

¿Te acuerdas de que el día de tu boda nos costaba creer que eras tú aquel tipo vestido de traje, que te había llegado el momento? Me dijiste una frase que era algo así como: «Mi yo de hace unos años nunca me habría creído si le hubiese dicho que un día estaría aquí». No te imaginabas que un día te encontrarías en el altar al lado de Laëtitia. Nunca creíste que un día tu vida se parecería a eso.

Bueno, pues tengo un poco la misma sensación pero diferente. Cuando era un niño y me imaginaba casándome, lo que veía era una boda preciosa: una iglesia de piedra, una chica morena y guapa con un vestido blanco, invitados, una fiesta. Nunca pensé que se parecería a esto: recopilar fotocopias de papeles oficiales y prisa por acabar. No pensaba que la novia ya tendría a un hombre que la ama, que la espera en algún lugar cerca de Saint-Malo.

Pero bueno... Hay que creer que la vida nos depara sorpresas. Este viaje, por ejemplo, esta serenidad, esto sí que es una buena sorpresa...

Renaud, tengo que dejarte. Joanne ya está lista. Vamos a retomar la ruta. Te pondré al día en cuanto nos instalemos en Eus. Un abrazo. Pienso mucho en vosotros.

ÉMILE

Llegan a Eus por la tarde, bajo un calor sofocante. Dicen que Eus es el pueblo más soleado de Francia. En cualquier caso, el calor es asfixiante. Estacionan la autocaravana en un aparcamiento, justo antes de las murallas. Harán como en Mosset: descubrir el pueblo a pie. Nada más bajar del vehículo se quedan inmóviles durante largos segundos. Allí está Eus, delante de ellos, sobre el promontorio rocoso que tienen enfrente. Es un pueblo antiguo fortificado que se encuentra encaramado en la ladera sur de la montaña, y que fue construido en terrazas en la garriga que hay entre el valle de Conflent y el macizo del Canigó. El punto más alto del pueblo es el campanario de una iglesia.

Émile se obliga a dejar de contemplar el paisaje.

—¿Cogemos las mochilas y vamos?

Joanne asiente.

Cuando apenas han franqueado la muralla los intercepta un hombre mayor.

—¿Son turistas?

El señor tiene el pelo blanco y ralo. Lleva un antiguo chaleco de pastor y una boina. A primera vista, parece un poco loco. Para sorpresa de Émile, Joanne responde:

—Buenos días, señor. Sí, somos turistas.

El señor se acerca, con pequeños pasos que parecen costarle un esfuerzo sobrehumano. Esboza una sonrisa desdentada.

—Bienvenidos —dice cuando por fin se encuentra delante de ellos.

Joanne asiente a modo de agradecimiento. Émile permanece un poco apartado. El viejo les tiende la mano y ambos la estrechan, con vacilación.

—Puedo hacerles una visita. Me conozco este pueblo como la palma de mi mano.

Joanne se gira hacia Émile, esperando su aprobación. Émile desconfía. Ella ni lo más mínimo, por una vez.

—Hummm...

No sabe qué tiene que contestar, si debería advertir al señor de que no llevan monedas encima... Pero entonces suena una voz a su izquierda y descubren que la ventana de una casa está abierta, y en el interior hay una mujer de unos cincuenta años con un delantal amarillo.

—¡No se preocupen, jóvenes! Es Jean. Es la memoria viviente de este pueblo —dice con una sonrisa divertida—. Hace años que guía a cada turista que visita el pueblo.

Le dirigen una sonrisa educada.

—Ah... De acuerdo.

—Aprenderán mucho más con él que con cualquier libro —añade la mujer.

El señor mayor los espera, agarrándose las manos detrás de la espalda.

—Entonces... ¿vienen?

Émile asiente.

—Sí. Le seguimos.

Han hecho bien accediendo. Salvo por el hecho de que tienen miedo de agotar al hombre de tanto subir por las callejuelas pavimentadas bajo el sol abrasador, están contentos de haber aceptado su invitación. Jean habla mucho, incluso cuando ascienden por los callejones escarpados. Nunca le falta el aire. Les cuenta la historia de la iglesia de Saint-Vincent, en lo alto del pueblo y de donde salen todas las callejuelas adoquinadas. La iglesia fue erigida sobre las ruinas del antiguo castillo. Además les cuenta que detrás de la iglesia todavía se pueden ver algunas de esas ruinas. La iglesia la construyeron los habitantes del pueblo. Los más ricos pusieron dinero y los más pobres ofrecieron jornadas de trabajo.

—Los hombres construían los muros y las mujeres traían las piedras. Pesaban unos ciento cincuenta kilos cada una.

Jean les explica que las piedras pesaban tanto y que la tarea suponía tal esfuerzo que numerosos bebés no vieron la luz del día.

—Los niños y las mujeres menos vigorosas traían cestas de tierra para montar un andamiaje natural en el interior de los muros.

La iglesia de Saint-Vincent recibió el nombre de «alta», en contraposición a la iglesia «baja», una capilla románica que se encuentra en la parte baja del pueblo.

Giran por las callejuelas escarpadas, pasan por debajo de arcadas antiguas, se detienen frente a los vestigios del antiguo camino de ronda. Muchas casas tienen un refuerzo redondeado bastante curioso. Jean les explica que se trata de viejos hornos de pan individuales, y que todavía se utilizan de vez en cuando. El viejo e imponente edificio es la rectoría. Los pequeños negocios que atraen a los turistas son mayormente tiendas de artistas: escultores de mármol y de piedra, pintores de vitrales, joyeros, cuchilleros, dibujantes... Joanne está encantada. Émile ve cómo se le iluminan los ojos con cada rótulo. Jean continúa su camino incansable, sin cesar de hablar.

Por fin llegan al punto más alto de Eus: la iglesia de Saint-Vincent. Jean les muestra la vegetación que hay en la parte baja del pueblo y que lo cerca por completo.

—No verán en ninguna otra parte una mezcla de cactus y mimosas como la que hay aquí. —Se gira hacia el norte y les señala algo a lo lejos—: Si continúan hacia esa dirección, llegarán a un antiguo pueblo del que hoy solo quedan ruinas. Se llama Cômes. No hay más que piedras... y una iglesia.

Jean se ha ido. Los ha abandonado de una manera igual de sorprendente a como los ha abordado. Ha desaparecido con su boina y su chaleco de pastor saludándolos con un gesto de la mano. Se han quedado pensativos, y un tipo que fuma un cigarro delante de una tienda de cuchillos antiguos les dice con una sonrisa:

—Ese hombre es una leyenda aquí.

Se acercan al señor. Émile le pregunta:

—¿Siempre ha vivido aquí?

El hombre sacude la cabeza.

—Casi. Era pastor. Cuando se instaló en el pueblo fue a buscar a la gente mayor y les preguntó durante horas sobre la historia del pueblo y la vida de la época.

Émile permanece frente al hombre, perplejo.

—No le hemos dado nada a cambio...

El hombre ríe.

—No quiere nada. Lo hace de manera altruista.

Se sientan al pie de la iglesia de Saint-Vincent y observan cómo el sol se pone poco a poco en Eus. Las piedras se tiñen de resplandores dorados que se deslizan a lo largo de las callejuelas. Los tejados brillan con un tono rojizo. Una fina línea de color rosa anaranjado se dibuja en el horizonte. Más allá de las murallas, la vegetación se ensombrece. No consiguen pronunciar palabra, no pueden apartar la mirada de semejante espectáculo. Ha sido como si el día hubiese transcurrido en algún lugar fuera del tiempo. Jean, el adoquinado, las piedras cargadas de historia...

—Émile... —Joanne habla en un suspiro, incapaz de desviar la mirada del brillo rojizo del sol sobre los tejados de las casas.

—¿Sí?

—Creo que nos instalaremos aquí.

Ahora lo está mirando. Su rostro, por lo general tan pálido e inexpresivo, está lleno de luz y fascinación. Es como si recobrara vida, como si entrase en calor.

—Sí —se limita a contestar Émile.

No sabe si encontrará palabras para describir en su libreta lo que ha visto hoy.

Se comen la gelatina de lavanda directamente del tarro, con los dedos. Rebañan bien los bordes para asegurarse de que no se dejan ni un poco. Después se relamen los dedos con avidez y cerrando los ojos. Ya se han ventilado medio tarro. Émile no tiene ninguna duda de que esa noche se lo acabarán. Su gelatina de lavanda ha sido un éxito. A Joanne le brillan los ojos. Está feliz de verla así. Sacan la mesa y las sillas plegables y se instalan al lado de la autocaravana, en el aparcamiento que hay delante de las murallas. No es uno de los mejores sitios en los que se han instalado, pero no importa. Mañana buscarán un piso pequeño en el que alojarse durante un mes. Dejarán la autocaravana en ese aparcamiento, firmarán un contrato de alquiler y se mudarán.

Hace un mes, a Émile le comunicaron que estaba condenado, que pasaría sus dos últimos años de vida encerrado en un centro de ensayos clínicos. Hoy está comiendo una deliciosa gelatina de lavanda frente al pueblo más bonito que ha visto jamás. Mañana se instalará con Joanne. En unas semanas se darán el sí en el ayuntamiento. La vida no ha terminado. Lo ha entendido perfectamente. Mientras él decida que aún no ha muerto, esta no cesará de sorprenderlo dando giros extraños. Y él todavía no está muerto. Todo lo contrario. Nunca se ha sentido tan vivo.

Esta mañana Joanne es como un torbellino. Va y viene por la autocaravana mientras Émile intenta dormir como puede. La oye entrar y salir, coger una taza de debajo del fregadero, calentar agua, lavar una cuchara. Se va un buen rato. Casi una hora. Tiene el tiempo justo de dormirse de nuevo y entonces vuelve y abre otra vez el grifo. Busca en el armario, tira algo. Al final Émile se levanta, asumiendo que no podrá dormir más con todo ese jaleo.

—¿Qué pasa? ¿Ya hemos empezado la mudanza?

Salta desde la escalera de cuerda. Joanne está abajo plegando el banco en el que duerme.

—Hola —dice irguiéndose—. ¿Te he despertado?

—Un poco...

—Me he cruzado con Jean en la entrada de Eus. Quería empezar a ubicar las calles y localizar los pisos en alquiler...

Émile se frota los ojos, contiene un bostezo. No tiene ni idea de qué hora es. Creía que había dormido poco, pero, a juzgar por la posición del sol, no debe faltar mucho para el mediodía.

—¿Sigue plantado en la entrada del pueblo? —pregunta Émile a pesar de que conoce la respuesta.

—Sí. Estaba con la mujer del delantal amarillo... La misma de ayer.

Émile recuerda a la mujer de unos cincuenta años que les habló desde la ventana. Asiente y se dirige hacia la encimera para prepararse un té.

—Me ha saludado y me ha preguntado cuánto tiempo nos quedábamos. Le he explicado que pretendíamos instalarnos una temporada en el pueblo. Me ha dicho que el piso que hay encima de casa de su madre está libre.

Émile se detiene, con el hervidor de agua en la mano, y se gira hacia Joanne.

—¿Qué?

—De hecho, es una misma casa..., de dos plantas..., pero su madre tiene ochenta y cuatro años y le cuesta mucho moverse. Reformaron la casa para que pudiera vivir solo en la planta baja. Instalaron una bañera y un cuarto de aseo abajo. Hace dos años que el piso de arriba está vacío.

—Oh. —Émile piensa que es una gran coincidencia—. ¿Y en dos años no ha conseguido alquilarlo?

Joanne tiene una expresión que no consigue descifrar del todo, como una mueca contrariada.

—De hecho, propone un intercambio como contrapartida por pagar solo la mitad del alquiler...

Émile no lo entiende. Nota que Joanne anda con pies de plomo, y que está atenta a su reacción.

—¿Qué quieres decir? —le pregunta.

—Busca a alguien responsable, que cuide de su madre a cambio de pagar la mitad del alquiler.

Émile frunce el ceño.

—¿Y no es una estafa eso?

—Con pasar unas cuantas veces durante el día para asegurarnos de que está bien y hacerle compañía sería suficiente. Ya tiene una empleada para la limpieza... Sería solo cuidar un poco de ella. —Joanne espera su reacción con cierto nerviosismo—. ¿Qué me dices?

Émile deja el hervidor en la encimera.

—No lo sé... ¿Viviríamos en su casa?

—Más o menos... Justo encima, digamos. Pero tendríamos una escalera independiente para subir al piso.

Émile no puede evitar fruncir el ceño de nuevo.

—No lo sé... Cuidar de una anciana..., no es lo mío realmente...

Joanne prueba una nueva estrategia con una mirada ansiosa.

—Tendríamos acceso al patio interior... Dice que su madre nunca sale... Es un bonito patio sombreado con un gran platanero.

—Hum.

Sigue preparándose el té. No sabe qué idea le ha metido esa mujer en la cabeza a Joanne pero, por lo visto, la ha cautivado. Durante unos segundos Joanne no dice nada más. Lo observa mientras hierve agua, la vierte en un tazón y sumerge una bolsita de té. Después lo sigue al exterior mientras se instala en la mesa plegable.

—¿Figurarían nuestros nombres en el contrato de alquiler?

Al fin y al cabo, es la única razón por la que quieren alquilar un piso en el pueblo.

—Sí. Me lo ha garantizado. Pero eso no es todo...

La observa inclinarse sobre la mesa con expresión seria.

—No pide ni aval ni contrato de trabajo...

Lo toma un poco por sorpresa.

—Ayer no lo pensamos..., pero es un tema que nos puede traer problemas...

Tiene razón. Ayer se entusiasmaron demasiado rápido. No pensaron en todos los factores. No se consigue un contrato de alquiler así como así. Hay que cumplir ciertos requisitos. Y ellos no tienen ni aval, ni contrato de trabajo, ni una fuente de ingresos regular que puedan justificar...

—Mierda —suelta un tanto malhumorado.

Joanne frunce el ceño.

—¿Qué pasa?

—Tienes razón... Estamos de manos atadas.

Joanne asiente con la cabeza. Émile creía que se había emocionado con la idea de ayudar a una mujer mayor, pero no, simplemente había entendido que no tenían alternativa.

—¿No te ha parecido una estafa? —le pregunta hundiéndose en la silla.

—La verdad es que no.

—¿Podemos ir a ver el piso?

—Sí. Nos propone enseñárnoslo esta tarde.

—Bueno...

Joanne espera unos segundos y al ver que no añade nada más le pregunta:

—¿Le digo que estamos de acuerdo?

Émile está un poco disgustado. En efecto, podría ser un plan B... Si eso les permite conseguir los papeles para casarse... podrían adaptarse durante un mes.

—Sí. Podemos ir a visitarlo.

—¿Y después decidimos?

—Y después decidimos.

La mujer se ha quitado el delantal amarillo. Lleva un vestido de verano floreado, blanco y rosa, y un bolso pequeño de color dorado. Los recibe al pie de la muralla con una amplia sonrisa, como el día anterior.

—¡Hola!

A Joanne ya la ha visto por la mañana, así que solo saluda a Émile con un apretón de manos.

—Me alegro de verlos otra vez.

—Igualmente.

—Me llamo Annie.

—Yo Émile.

Se recoloca la correa de su bolsito sobre el hombro y añade:

—Su amiga me ha dicho que tienen pensado instalarse en nuestro precioso pueblo durante un tiempo.

Émile asiente.

—No sabemos si a la larga nos quedaremos...

Intenta ser prudente. No sabe qué le ha contado Joanne. No sabe si esta mujer está dispuesta a alquilar el piso a unos turistas que están de paso durante solo un mes...

—Me ha dicho que como mínimo un mes.

Émile asiente con un cierto alivio.

—Exacto.

Por lo menos, están las cosas claras desde el principio. La mujer les hace una señal para que la sigan y los guía por una callejuela que sube a mano izquierda.

—Nos cuesta alquilar el piso... La gente en general viene de paso por aquí. No se queda.

Sus pasos resuenan en el adoquinado. Se cruzan con un grupo de turistas extranjeros que siguen a un guía con un megáfono.

—A los turistas que se quedan aquí unos días esta oferta no les resulta muy interesante. Lo que buscan es un alquiler vacacional, nada más. A mi madre no le gustaría ver un desfile permanente de desconocidos. A su edad necesita estabilidad.

Émile y Joanne asienten a la vez.

—Ya verán, el piso es pequeño pero tranquilo. El patio interior tiene mucho encanto. Podrían aprovecharlo con total tranquilidad. A mi madre no le gusta mucho salir en verano. Hace un calor sofocante, incluso a la sombra. Prefiere quedarse en el salón, con el aire acondicionado. Así que podrían instalarse allí sin problema.

Unos segundos más tarde se detienen y Annie se pone a hurgar en su bolso, en busca de las llaves.

—Es esta casa. Como ven, no vivo demasiado lejos de mi madre. Puedo pasar como mínimo una vez al día... Bueno, cuando no estoy cuidando de mis nietos... Mi hija y mi yerno viven por la región.

Se encuentran en una callejuela pavimentada extremadamente estrecha. Los pisos, que más bien parecen casitas de piedra, se extienden a ambos lados de la calle. Annie señala una puertecita de un llamativo color rojo, encima de la cual hay una placa de cerámica con el número 6 grabado. El edificio de piedra es minúsculo. Tiene una pequeña ventana en la planta baja, pintada de color rojo y decorada con una maceta de geranios. Una cortina de encaje protege el interior de las miradas curiosas. Hay una segunda ventana en el primer piso, cerrada por unos gruesos postigos de madera marrón que indican que esa parte de la casa no está habitada. El edificio no debe medir más de cuatro metros de ancho. Al lado de las demás viviendas de la callejuela, parece una casa de muñecas.

Annie sube el pequeño escalón que permite acceder a la puerta roja y hace tintinear las llaves mientras las introduce en la cerradura. Abre la puerta y los invita a seguirla al interior.

—¡Mamá! —grita al cerrar la puerta detrás de ellos—. ¡Mamá! ¡Soy yo, Annie! ¡Les estoy enseñando el piso a unos jóvenes!

Se encuentran en un pasillo sombrío que debe de desembocar en un salón y una cocina. Un rayo de luz se filtra por debajo de la puerta. Inmediatamente a su izquierda se encuentra la escalera que les permite acceder a la planta de arriba. Es una escalera de madera recubierta de moqueta. Se oye una voz de señora mayor amortiguada.

—De acuerdo. ¿Después me vienes a saludar?

—Sí, mamá. Les enseño el piso y pasamos a saludarte.

—De acuerdo.

Annie les señala la escalera a su izquierda.

—Adelante, los sigo.

Suben los peldaños y se encuentran en una estancia sumida en la oscuridad, tanto es así que ni siquiera se distingue dónde acaba.

—¡Oh, discúlpenme! —exclama Annie—. Debería haber pasado delante, tengo que abrir los postigos.

Da unos pasos que quedan amortiguados por la moqueta que hay en el suelo. Oyen cómo se abre una ventana, los postigos chirrían, y entonces les ciega la repentina luz del sol que viene de la calle. Se quedan bastante sorprendidos al descubrir el lugar en el que están. Émile se esperaba un interior lúgubre y sobrecargado de señora mayor, pero la estancia en la que se encuentran está bastante despejada, es luminosa y más bien moderna. Annie parece percibir la sorpresa en su rostro, puesto que explica:

—Mi marido y yo reformamos el interior cuando decidimos instalar a mi madre en el piso de abajo. Tiramos tabiques para convertirlo en un gran estudio e intentamos modernizar un poco la decoración.

Aparte de la moqueta beis, que dejaron intacta, el interior parece remodelado por completo. Han tratado las paredes para que las piedras queden a la vista. Parece que han pintado el techo de color blanco hace poco. Las luces están empotradas. La estancia es en efecto un estudio, y está amueblado con un gran sofá esquinero blanco, una mesita y una estantería colmada de libros. Una cocina compacta ocupa la pared opuesta. Encima de la vitrocerámica y de una pequeña nevera hay una segunda abertura, como un tragaluz, que debe de dar al patio interior.

Los invita a que se adentren más en el estudio, hasta donde se encuentra un armario empotrado, y enseguida entienden el porqué. Detrás del sofá esquinero, oculta en parte por la estantería llena de libros, hay una puertecita. Annie la abre.

—El cuarto de baño.

También allí está todo reformado. Una bonita ducha italiana de un color blanco brillante, un lavabo de piedra falsa y una ventana pequeña que sirve para ventilar el espacio. Es pequeño pero coqueto, y está bien diseñado.

—Mi madre dejó aquí algunas cosas que podrían utilizar. Toallas, libros, el Scrabble. A su edad ella ya prefiere ver la televisión.

Están de vuelta a la habitación principal, delante de las escaleras.

—Como le explicaba a su amiga esta mañana, les propongo un alquiler a mitad de precio a cambio de que le dediquen unos cuidados especiales a mi madre. No les pido que se encarguen de sus tareas domésticas o de su aseo. Mi madre ya recibe ayuda domiciliaria, una mujer que viene todas las mañanas muy temprano, sobre las siete, y se ocupa de todo eso. Apenas se cruzarán con ella. Solo se trataría de hacerle un poco de compañía. Dedicar un rato al día a conversar con ella. Ayudarla a bajar al patio si quiere tomar un poco el aire, ponerle comida al gato, darle las buenas noches...

Joanne asiente. Émile está un poco más atrás, un tanto vacilante. El piso no está nada mal. Le parece agradable. ¿Merece la pena el esfuerzo?

—¿Los acompaño a conocer a mi madre y a ver el patio interior?

Siguen a Annie por las escaleras. Se encuentran de nuevo en la planta baja y recorren el pasillo sombrío. Annie les va señalando las puertas cerradas.

—Esto es la habitación de mi madre, el aseo y el cuarto de baño.

Abre la puerta del fondo del pasillo y llegan por fin a la luz. Ese sí que es un salón típico de anciana: tapicería verde con ribetes dorados, sillones de terciopelo, alfombras con largos flecos, tapetes sobre los muebles. Una mujer mayor está sentada en uno de los sillones con un gato sobre el regazo. Tiene el pelo blanco recogido en un moño y unos penetrantes ojos azules.

—Mamá, aquí están los jóvenes que han venido a ver el piso.

El gato, un gran felino de pelo anaranjado, salta al suelo y huye, asustado por los invitados. Lo ven salir por una puerta acristalada que parece dar al patio interior.

—¡Oh! —exclama la mujer—. Parece que Canalla tiene miedo. Émile y Joanne se acercan a saludarla.

—Buenas tardes, señora.

Parece que la anciana todavía conserva la vitalidad. Les tiende una mano aún firme, pero la reprenden cuando intenta levantarse.

—¡Quédate sentada, mamá!

La mujer les sonríe poniendo los ojos en blanco. De fondo y detrás de ella suena la televisión. Están echando una telenovela que tiene lugar en el campo, en un chalet. En el fondo de la estancia hay una cocina compacta idéntica a la del piso de arriba, salvo que esta está cubierta de flores secas, colocadas en jarrones espantosos, también verdes y dorados como la tapicería.

—Vengan —les indica Annie—. Les mostraré el patio interior.

Émile y Joanne cruzan la puerta acristalada detrás de ella y bajan los escalones que dan acceso al pequeño patio interior privado. Es un lugar verdaderamente encantador. Está delimitado por las altas paredes de los edificios vecinos, pero no hay ninguna ventana que dé allí, de manera que el lugar ofrece una intimidad total. El suelo está pavimentado. Un gran platanero que debe de ser centenario ha crecido en medio y le aporta sombra y frescor al lugar. En el suelo, a un lado y al otro de la puerta, la anciana ha colocado varios maceteros llenos de flores de todo tipo y de todos los colores. Bajo el árbol, hay una mesa redonda de madera y dos sillas pequeñas. El enorme gato pelirrojo está tumbado bajo la mesa. Los mira con desconfianza.

—Aquí está el famoso patio. Podrían acceder pasando por casa de mi madre. No creo que tuviese ningún inconveniente. Como les decía, durante el verano prefiere quedarse en el comedor, al fresco. Espero que Canalla los acepte aquí, es una gata bastante desconfiada.

Annie se agacha y tiende una mano en dirección a la gata, que no se mueve ni un pelo.

—Hoy no está de humor. Seguramente se ha dado cuenta de que le vamos a quitar a su bebé...

—¿Su bebé? —pregunta Joanne.

Annie se levanta y explica:

—Canalla dio a luz y de las tres crías de la camada solo sobrevivió una. Un macho. Mi madre no puede ocuparse de dos gatos a su edad y, de todas maneras, acabarían peleándose cuando la cría se convirtiese en adulto.

Joanne parece bastante afectada por la historia. Émile ve cómo frunce el ceño con preocupación.

—¿Qué van a hacer con él?

—No encuentro a nadie que se lo quede.

—¿No irán a matarlo?

Joanne adopta un tono de voz de niña pequeña horrorizada. Annie responde abatida:

—Sí... Si no le encontramos una familia, sí.

—¿Dónde está?

Annie sube los peldaños que llevan al salón de su madre.

—Está en un rincón del comedor. ¿Quieren verlo?

Joanne asiente con impaciencia y se precipita al interior de la casa, detrás de Annie. Émile se queda un instante en el patio antes de seguirlas. Es verdad que es agradable. Ya se imagina sentado en la mesa de madera, bajo el platanero. Piensa que la mujer mayor no parece tan mayor ni tan enferma. Hace un momento, mostraba bastante vitalidad. Pensándolo bien, podría ser una convivencia placentera...

Cuando llega al salón se encuentra a Joanne en cuclillas frente a una cesta, donde duerme una minúscula cría de gato de pelaje anaranjado y blanco que apenas puede mantener los ojos abiertos.

—¿Qué edad tiene?

Responde la mujer mayor. Se levanta de su sillón y avanza con dificultad hacia Joanne, Annie y la cría de gato.

—Tiene dos meses. Está recién destetado.

Annie se da la vuelta sobresaltada.

—¡Mamá! ¡Quédate un rato sentada! ¡Te cansas sin necesidad!

Pero la mujer mayor ignora por completo a su hija y continúa, dirigiéndose solo a Joanne:

—Annie quiere que lo sacrifiquemos si no encuentro a nadie que lo adopte.

—Hubiese preferido sacrificarlo directamente —interviene Annie—, pero mi madre ha hecho lo que le ha venido en gana. Ha intentado ganar tiempo. «Esperemos a que esté destetado... Seguro que le encontraremos una familia de adopción». ¡Y ahora aquí estamos con una cría de gato de ocho semanas que tendremos que sacrificar!

Joanne aparta al fin la mirada del pequeño gato pelirrojo y blanco. Se levanta con la actitud de una niña pequeña que se da aires de importancia.

—Por ahora puedo ocuparme yo. Así estará en el piso, cerca de su madre. Y después les ayudaré a encontrarle una familia. Iré a pegar carteles por el pueblo. Estoy segura de que le encontraremos un hogar.

La expresión de Annie cambia por completo. Ella, que hace un momento estaba irritada por la terquedad de su madre, ahora se ha puesto a sonreír.

—¿Entiendo entonces que se quedan el piso?

Joanne levanta una mirada llena de aprensión hacia Émile. Parece haberse dado cuenta de que ha hablado muy rápido, sin consultarlo.

—Eh...

Annie se gira hacia Émile.

—Comprendo perfectamente que necesitan pensárselo. Les puedo dejar todo lo que queda de día o incluso algunos días.

Pero Émile ya se lo ha pensado. No hay tiempo que perder en reflexiones si quieren resolver esta historia de la boda lo antes posible.

—Por mi parte ya está decidido.

Ve como a Joanne se le ilumina la mirada, oscilando entre la aprensión y la felicidad.

—He decidido que quiero quedarme aquí.

Annie parece igual de feliz y aliviada que Joanne. Aplaude para manifestar su entusiasmo.

—¡Pues bueno, perfecto! Me alegra saber que serán ustedes quienes cuiden de mi madre. Estoy segura de que se entenderán de maravilla. ¿Quieren arreglar todo el papeleo ahora?

Annie, Émile y Joanne se instalan fuera, en la pequeña mesa de madera, bajo el platanero. Joanne no mentía: Annie está dispuesta a hacerles firmar un contrato de alquiler de inmediato, sin avales, sin depósito, sin justificantes de ingresos. Lo único que desea es que alguien le haga un poco de compañía a su madre. Está convencida de que la presencia de los dos jóvenes le irá de maravilla. Émile se entera de que se llama Myrtille y que perdió a su marido, el padre de Annie, hace ya diez años. Annie saca los papeles del contrato de alquiler y los rellena con un bolígrafo mientras mordisquea el tapón.

—¿Qué les trae por aquí? —pregunta de pronto, levantando la vista de los papeles y con una sonrisa en los labios.

Ante el silencio turbado de Joanne, Émile responde:

—Nos queremos casar aquí.

La cara de Annie se ilumina y su voz se vuelve aguda.

—¡Oh! ¡Enhorabuena! ¡Es fantástico!

Ambos intentan parecer tan entusiasmados como ella, pero no lo consiguen.

—Y supongo que una vez se hayan casado se mudarán a su propia casa.

—Probablemente.

Annie desliza los papeles hacia ellos sin dejar de sonreír.

—Es una gran decisión. Este pueblo es un remanso de paz... Les dejo que lo rellenen.

Ya han cumplimentado todos los papeles. Falta hacer las fotocopias de los documentos de identidad, pero Annie les ha dicho que ya se las entregarán mañana, cuando se muden. La mujer mayor se ha quedado dormida en su sillón y ninguno de los tres quiere despertarla. Se despiden de Annie en la puerta de entrada de la casa y quedan el día siguiente al mediodía para la mudanza.

De camino al aparcamiento, fuera de las murallas, Joanne solo le dirige una frase a Émile:

—Habrá que ponerle un nombre.

13

Émile yace agotado sobre el sofá esquinero blanco. No han tenido que transportar muchas cosas hasta el piso, pero subir las callejuelas escarpadas bajo el sol abrasador ha bastado para dejarlo exhausto. Joanne ha ido esta mañana a hacer las fotocopias a uno de los establecimientos de Eus, mientras Émile empaquetaba todo lo necesario para mudarse al número 6 del Carrero del Massador. Después, al mediodía, se han dirigido hacia su futuro hogar, cargados con cajas. Annie los ha ayudado a hacer un trayecto e incluso Jean se ha unido a ellos para llevar las bolsas menos pesadas. La mudanza no les ha llevado más de una hora. Al acabar, Annie les ha propuesto tomarse una limonada fresca en el patio interior y les ha preguntado sobre la autocaravana.

—¿Están haciendo una preluna de miel?

Ha respondido Émile, puesto que ha visto que Joanne esquivaba la conversación.

—Sí, exacto. Quisimos irnos de viaje y casarnos por el camino.

Parece que a Annie le ha encantado la idea.

—¡Qué romántico!

El problema ha sido que le ha emocionado tanto el tema que ha querido hacerles millones de preguntas.

—¿Ya habían decidido dónde se iban a casar cuando empezaron el viaje?

—No. Ni el lugar ni la fecha.

—¿Querían improvisar en función del viaje?

—Sí, exacto... Nos enamoramos a primera vista de este pueblo.

—¿Y después? ¿Se volverán a ir?

—Quizá. Aún no lo hemos decidido.

—¿Se instalarán definitivamente en algún lugar?

—Es posible.

Hubo que detallarle a Annie cada uno de los sitios donde habían estado antes de llegar a Eus y contarle la historia de cómo se conocieron. Émile fue bastante escueto. Contó una historia de unos amigos en común de cuando eran jóvenes. Joanne se había escabullido con el gato y Émile tuvo que improvisar solo.

26 de julio

Marjorie:

Te toca recibir una de mis cartas. Estoy en un lugar que te hubiese encantado. Me instalo aquí por un tiempo. Una etapa en mi camino. Es un pueblo magnífico. Se te pondrían los dientes largos si vieras el piso al que acabo de mudarme: paredes de piedra vista, las que tanto te gustan; una ducha italiana (tú no haces más que hablar de estas duchas); un sofá esquinero que quedaría estupendamente en tu sala de estar; un estilo moderno y sencillo, muy luminoso.

Me he mudado con una chica. ¡Pues sí! Puedo ver desde aquí tu cara de sorpresa. Incluso hemos adoptado un gatito pelirrojo y blanco. Todavía no hemos escogido el nombre, pero te informaré cuando Joanne se decida. (Sí, se llama Joanne).

Como ves, estoy bien. Sé que te preocupaste mucho cuando Laura se fue, pero te equivocabas, siempre nos recuperamos de todo, y nos volvemos a levantar. Estoy muy feliz. Díselo a mamá. Dejad de preocuparos por mí. He decidido vivir cien vidas antes de irme. Pero no os olvido. Pienso mucho en vosotros. Todos los días.

Dale un abrazo a papá, a mamá, a Bastien y a los gemelos.

ÉMILE

Esta la enviará. La mandará desde un pueblo que esté lejos, para asegurarse de que nadie vaya a buscarlo a Eus. Cogerá la autocaravana y conducirá un día entero hasta encontrar una oficina de correos. Al final del papel, debajo de su nombre, precisará: «Me he encargado de enviar esta carta desde un sitio muy alejado de donde vivo. No perdáis el tiempo viniendo a buscarme. Vivid vuestra vida teniendo en mente que estoy bien».

Ha decidido mostrarles que es feliz. Es cierto que está maquillando un poco la realidad, pero no ha mentido. Es feliz.

Por la noche cenan en silencio. Myrtille ya ha comido, mientras veía su telenovela. Joanne ha querido calentarle el plato y ponérselo en la mesa, delante de su sillón, pero la anciana le ha asegurado que podía hacerlo ella misma; que aunque le tomaba mucho tiempo con sus puñeteras piernas, mientras pudiera calentarse su comida al menos no se sentía completamente inválida.

Ellos pretendían cenar arriba, en su piso, pero Myrtille les ha repetido mil veces que podían quedarse en el patio, que cometían un error privándose de la agradable temperatura que hacía fuera a finales de julio. Así que han bajado los platos, los cubiertos y la ensalada mixta, y Myrtille ha vuelto a reprenderles:

—¡No os compliquéis tanto la vida la próxima vez! ¡Cocinad en mi casa! Mi hija me trae platos preparados, ¡ni siquiera uso la vitrocerámica!

Poco después, se ha quedado dormida frente a la telenovela.

Así que Émile y Joanne cenan ahora en silencio, bajo el platanero. Émile se dice a sí mismo que podría haber acabado como Myrtille, asistido por los suyos, agobiado y anulado con tantas atenciones. Una vez más se felicita por haberse ido. Piensa que es Annie y su comportamiento lo que hace que Myrtille se vuelva más vieja de lo que es. Y que sus padres y su hermana hubiesen hecho lo mismo con él. Lo habrían convertido en alguien más enfermo y frágil de lo que es. Con Joanne no está enfermo ni senil. Sigue siendo un chico joven que recorre las carreteras en autocaravana, que toma decisiones, que se va a vivir con una chica y la regaña porque come con una cría de gato sobre el regazo.

La observa rebañar su plato con un pedazo de pan. Ha dejado al gato tranquilo, en el suelo, y su madre, Canalla, lo está limpiando, al lado de las macetas de tulipanes.

—¿Ya le has puesto nombre? —le pregunta Émile recostándose en la silla.

Joanne alza una mirada pueril hacia él. Desde que ha encontrado ese gato, se ha convertido en una niña pequeña. El viaje ya había empezado a transformarla, pero el gato está completando la metamorfosis. Sonríe, se estremece cuando le roza la pierna con la punta de la cola, lo llama sin parar, lo acecha, se le ilumina el rostro cuando aparece.

—Aún tengo dudas.

—¿Quieres que te ayude a elegir?

—¿Por qué no? —Acaba de rebañar el plato—. He escogido dos palabras bretonas que son bastante cortas y que podrá retener fácilmente. «Pok», que significa «beso», y «Spi», «esperanza».

Le parece conmovedora con ese aspecto serio y preocupado, como si estuviera decidiendo el nombre de su hijo recién nacido.

—¿Alguna preferencia? Por supuesto, tienes voz en esto...

Eso ensancha todavía más su sonrisa.

—¿Qué? —dice al verlo sonreír.

—Nada...

No se atreve a confesarle que le parece conmovedora. En lugar de eso dice:

—Podemos llamarlo Pok y que Spi sea su segundo nombre... ¿Qué te parece?

Joanne asiente con entusiasmo.

—Podemos hacerlo así. —Después añade con una amplia sonrisa—: ¡Será el primer gato sobre la faz de la tierra que tenga un segundo nombre!

Y eso parece hacerla infinitamente feliz.

Es la primera vez que tienen tan pocas cosas que hacer por la noche. Ni consultar la guía de los Pirineos, ni preparar itinerarios, ni ocuparse de acampar... Tienen un mes por delante para holgazanear y preparar sin prisa una boda. Un mes para reflexionar sobre la continuación de sus aventuras. El sedentarismo tiene sus ventajas. No obstante, se sienten un poco desamparados allí, bajo el platanero. Joanne propone sacar el Scrabble y Émile acepta, sin demasiado entusiasmo.

Instalan el juego del Scrabble sobre la mesa y Émile enciende las velas que Joanne ha bajado del estudio. Juegan en silencio, ambos perdidos en sus pensamientos. Joanne ha vuelto a coger al pequeño Pok de debajo de la mesa y se lo ha puesto sobre el regazo. Émile se pregunta qué cara habría puesto Laura si le hubiese propuesto una partida de Scrabble... Seguramente se habría burlado. Piensa que qué tontería, que no tiene nada de malo jugar una partida de Scrabble.

Más tarde, cruzan por el salón de Myrtille y Joanne la despierta con suavidad.

—La acompaño a la cama...

Es Émile quien lleva a la mujer mayor hasta su habitación. Le ha dado miedo que Joanne se rompa la espalda con el peso de Myrtille, así que le ha dicho:

—Ve a acostarte, yo me ocupo.

Conduce a Myrtille hasta su cama y cierra los postigos. La ventana de su habitación da a la calle, completamente desierta a esa hora. Es la ventana que está decorada con cortinas de encaje y adornada con geranios.

—Recuérdame que tengo que regarlos mañana.... —le dice la mujer.

Émile asiente y la observa cepillarse el pelo, sentada en la cama con la espalda muy recta. Tiene una larga melena de color blanco plateado. Debía de ser hermosa cuando era joven.

—Tu prometida es encantadora —murmura la anciana.

Lo mira con esos ojos azules penetrantes y Émile se siente expuesto.

—Sí...

—Estoy contenta de teneros como huéspedes.

Él le dirige una sonrisa desviando la mirada. No sabe si la mujer mayor ha entendido lo que ocurre entre Joanne y él, si sospecha que en realidad no están comprometidos. Puede que lo haya notado por su actitud, sus miradas, sus gestos. Mantienen una cierta distancia. Cualquier persona podría verlo.

—Nosotros también —se limita a responder.

Myrtille ya se ha acostado. Joanne ha revisado las heridas de Émile, la del codo y la de la cabeza. Ha declarado que los puntos estaban empezando a caerse solos, que tenía suerte, no habría que quitárselos. Le ha desinfectado las heridas y él ha exagerado un poco haciendo muecas. Después han apagado la luz y se han tumbado en la oscuridad, en el sofá esquinero desplegado. Sin embargo, Émile no consigue dormir porque hace unos minutos que oye ruidos. Como si rascaran la moqueta. Algo ligero.

—¿Joanne?

La silueta dormida de Joanne no se mueve. Émile repite:

—¿Joanne? Joanne..., ¿oyes ese ruido?

Un segundo después nota un peso pequeño y caliente que le salta sobre los pies y brinca a la parte inferior de la cama.

—¡No! ¡No, Joanne! ¡Ni hablar! ¡Pok duerme abajo, en su cesto!

La vocecilla de Joanne, que de ninguna manera estaba durmiendo, suena cerca de él.

—Pero tiene miedo solo...

Émile no se calma.

—¡No puedes hablar en serio! ¡Tiene a su madre abajo! ¡Además seguro que lo está buscando!

—Ha salido a cazar...

—¡He dicho que no!

Joanne enciende la luz y Émile la observa cruzar la estancia a regañadientes, con el pequeño Pok en brazos, vestida con su pantalón corto negro demasiado grande y la camiseta de tirantes a juego. Piensa que parece su primera discusión de pareja. No puede evitar sonreír y Joanne lo ve.

—Émile...

—¡No!

—Pero Pok...

—¡No!

Desaparece escaleras abajo con un aire dramático. Émile intenta borrar su sonrisa, pero no lo consigue. Se lo está pasando bien. Casi echaba de menos las discusiones de pareja...

Los primeros días en Eus transcurren sin que ninguno de los tres se dé realmente cuenta. Son días tranquilos y apacibles, unos días para que todos se aclimaten, para crearse una rutina.

La primera mañana, al despertarse, Émile se encuentra con que el estudio está vacío. Al asomarse a la pequeña claraboya que hay encima la vitrocerámica, distingue a Joanne en el patio dándole de comer a Canalla. La gata, famosa por su desconfianza, ya ha aceptado a Joanne. A Émile no le sorprende. Joanne es discreta, tranquila y silenciosa. Debe de inspirar confianza.

Joanne no le guarda rencor por el episodio de la noche anterior, por haber expulsado a Pok de su estudio. Laura habría estado enfurruñada durante horas, pero Joanne no. Esta primera mañana desayunan en el patio interior, mientras observan a los gatos aseándose. Después Émile se encarga de regar las flores de Myrtille mientras Joanne va al pueblo a hacer algunas compras. Por la tarde empiezan a recopilar los documentos que necesitan para la boda, mientras Myrtille duerme la siesta en su sillón.

—Ostras... —Joanne esboza una mueca perpleja.

—¿Qué?

—No he traído la partida de nacimiento.

—Ah...

Émile cogió la totalidad de los documentos que guardaba en casa al irse. Lo tiene todo. Desde la partida de nacimiento hasta su permiso de conducir, que obtuvo hace diez años. Se felicita por ello.

—No creí que fuera a necesitarla...

—Intenta llamar al ayuntamiento del lugar en el que naciste... Igual pueden enviártela por correo...

Eso mismo hace. Cuando cuelga, ambos reciben la confirmación de que tienen un ángel de la guarda que los cuida.

—Mi pueblo forma parte de los pocos municipios en los que puedes pedir la partida de nacimiento por internet.

A la mañana siguiente, Joanne se va en busca de un cibercafé o algún establecimiento que pueda ofrecerle acceso a internet para hacer la solicitud de la partida de nacimiento. Émile le propone a Myrtille ayudarla a instalarse en el patio interior. Hace más fresco y el cielo está gris. Amenaza con llover, pero el platanero los protegerá. Para su sorpresa, Myrtille acepta.

—¿Quiere un té? —le propone—. Suelo beber té durante todo el día...

—¡Desde luego! Me encantaría.

Deciden que dejarán los botes de té abajo, en el salón de Myrtille, para que resulte más cómodo. Émile llega bajo el platanero con dos tazas humeantes. Abre su libreta negra mientras Myrtille estira las piernas y Canalla le salta encima para acomodarse.

—¿Qué es esa libreta?

—Oh... Una especie de diario de a bordo...

La mujer clava la mirada en él, con sus ojos sorprendentemente azules.

—Mi hija dice que os vais a casar aquí.

—Sí. Es cierto.

—¿Cuándo?

—Cuando hayamos reunido todos los papeles.

Myrtille asiente con un gesto imperceptible, como si confirmara algo.

—No estaba del todo previsto, ¿eh?

—¿Disculpe?

—Esta boda...

Émile prefiere ser honesto con ella, en parte al menos.

—No, es verdad.

Myrtille esboza una media sonrisa que Émile no entiende. Entonces, cuando la ve ponerse la mano sobre el vientre, lo comprende.

—¡Oh, no! ¡No, no! ¡No es por eso!

Pero Myrtille pone los ojos en blanco, como queriendo decir que no es tonta.

—Se lo prometo. No tiene nada que ver...

Cuanto más insiste, más se ensancha la sonrisa de Myrtille.

—Joanne no está... ¡Qué tontería!

Se pregunta si no es mejor dejarlo correr. De todas maneras, en un mes se habrán ido, así que... Myrtille chasquea la lengua contra el paladar.

—¡A mí no me engañáis! No hay más que ver cómo se comporta con el gatito...

—¿Disculpe?

—¡Se muere de ganas de cuidar a una criatura!

Émile vuelve a sacudir la cabeza, para que la señora mayor entienda que no es eso lo que está ocurriendo.

—Bueno, te dejo escribir en tu diario de a bordo.

—Myrtille, se equivoca...

—¡Tsss! Escribe, entonces. Como si no estuviera.

—Va muy desencaminada...

—¡Escribe, entonces!

Ante la terquedad de Myrtille decide rendirse. Joanne y él esperando un bebé... Si Myrtille supiera...

Empieza a lloviznar. Están muy bien protegidos bajo el platanero. Émile escribe de vez en cuando, está relatando cómo es

Eus y sus callejuelas, mientras mordisquea el tapón del bolígrafo y bebe sorbos de té. Tan solo ha escrito tres líneas cuando oye cerrarse la puerta de la entrada y aparece Joanne, en lo alto de los pequeños escalones, empapada de pies a cabeza.

—¿Qué? —pregunta Émile sin preámbulos—. ¿Lo has encontrado?

—Sí. Enfrente de la iglesia hay una cafetería pequeñita con conexión a internet.

—¿Has podido hacer la solicitud?

—Sí. Me enviarán la partida de nacimiento por correo electrónico. Tendré que ir a comprobarlo de vez en cuando.

Myrtille chasquea la lengua contra el paladar, como hace un momento.

—¡Parece que esta boda no puede esperar!

Joanne no lo entiende. Le lanza una mirada interrogativa a Émile, y este le hace una señal como para decirle que luego se lo cuenta.

—¿Dónde está Pok? —pregunta Joanne agitándose el pelo mojado.

—¿Pok? —pregunta Myrtille.

—El gatito —explica Émile—. Le ha puesto Pok.

—¡Oh! —De nuevo esa mirada que habla por sí sola.

—¿Dónde está? —insiste Joanne.

Myrtille le responde, con una amplia sonrisa:

—En su cesta, cielo, en su cesta.

Esa noche Myrtille les habla de su vida en Eus, de su marido, que era cuchillero y se llamaba Eugène. Los dos nacieron aquí. Myrtille crio a cuatro hijas. Annie es la única que no se ha ido lejos de Eus y de su madre. Sus tres hermanas viven una en cada punta de Francia. Myrtille dedicó su vida a cuidar de su hogar. Después, cuando las hijas se fueron de casa, ayudó a Eugène en la tienda de cuchillos, hasta que este falleció.

Émile y Joanne la escuchan atentos, le hacen preguntas, la interpelan sobre uno u otro detalle, pero apenas hace falta,

Myrtille no los precisa. Parece que siente la necesidad de hurgar en su memoria y de contar cosas y más cosas. Cuando sus hijas eran pequeñas, Eugène y Myrtille salían a pasear por los alrededores de Eus todos los fines de semana. Se llevaban una cesta de pícnic y encontraban un pequeño rincón verde cerca de algún arroyo. Las niñas saltaban a la comba, jugaban con muñecas y chapoteaban en el riachuelo. Eugène descansaba las manos maltrechas por los filos de cuchillos que manipulaba todo el día. Myrtille velaba por su pequeño mundo con serenidad. Las niñas recibían clase en casa. Myrtille está en paz con su vida. Parece haberla llevado exactamente como quería.

—Yo no escogí a Eugène para que fuera mi marido. Fue un matrimonio arreglado. Nuestros padres eran de los que más tiempo llevaban en el pueblo.

Cuando Joanne le pregunta si fue infeliz, Myrtille sacude la cabeza y sus ojos azules brillan con más intensidad.

—No. No hubiese querido a nadie más por marido.

La mañana del tercer día, Émile se va a enviar su carta a Marjorie. Joanne tiene que ir a la oficina de correos del pueblo, porque allí cuentan con una pequeña impresora y prometió a Annie y Myrtille que imprimiría carteles para encontrarle una familia adoptiva a Pok. Émile se va convencido de que no lo hará. Se las arreglará para no hacerlo.

Baja por el pueblo a pie, saluda a Jean, que está vigilando la llegada de los turistas del día, cruza el pasaje de las murallas y se encamina hacia el aparcamiento al encuentro de la autocaravana. Les ha dicho a Joanne y a Myrtille que volvería a la hora de la cena. No tiene ni idea del lugar al que se dirige. Pretende coger la autopista y seguir una dirección al azar.

Conduce durante toda la mañana. Al mediodía, se detiene en un área de descanso, se calienta una lata de guisantes y se la come junto con un resto de compota de plátano. Duerme una siesta en el banco acolchado y vuelve a ponerse en marcha. Cuando escoge una salida al azar, hacia las tres de la tarde, se da cuenta de que ya es tarde y de que ha conducido mucho. No recuerda a dónde iba, por qué ha salido a la carretera. Intenta disipar las dudas leyendo los carteles de la carretera, pero ningún nombre de ciudad le dice nada y es incapaz de acordarse de por qué está allí. Recuerda haber salido de casa de Myrtille esta mañana..., haber dejado a Joanne en el estudio de la planta de arriba... Recupera la memoria unos segundos más tarde. Nada grave, ha tenido cientos de pequeños lapsus de memoria así en los últimos meses. Este ha sido bastante anodino, y es consciente de que ha tenido suerte. Podría haber sido peor.

Encuentra la oficina de correos guiándose por los carteles que señalan la iglesia. La oficina está enfrente. La ventanilla todavía está abierta; compra un lote de sellos para las siguientes cartas. Cuando vuelve a subirse a la autocaravana se siente extenuado, y tiene la desagradable sensación de haber perdido un día entero. Desea volver y encontrarse con Joanne. Está seguro de que tendrá a Pok sobre el regazo.

Los kilómetros van pasando. Hace un esfuerzo sobrehumano para mantenerse concentrado, pero este viaje lo ha dejado exhausto. El sol empieza a ponerse. Hace una parada en un área de servicio para tomarse un café y poner gasolina. El panel de control del vehículo indica que son las ocho de la tarde, y Émile se da cuenta de que no llegará para la cena. Se pregunta si Myrtille y Joanne cenarán en el patio interior, juntas. Espera que no estén preocupadas.

Cuando llega al aparcamiento al pie de las murallas de Eus son las diez de la noche. Se ha pasado todo el día en la carretera. Le cuesta recordar cómo ha mantenido la mente ocupada durante tantas horas.

La casa está sumida en la oscuridad. Myrtille ya debe de estar en la cama. Encuentra a Joanne en el estudio, sentada en el sofá esquinero y con un libro de Myrtille entre las manos. Pok y Canalla están acurrucados a su lado. Canalla está aseando a su cría. Émile está feliz de reencontrarse con Joanne. Ha sido un día largo y se da cuenta de que ha extrañado su presencia. Joanne alza la mirada del libro en cuanto oye sus pasos amortiguados por la moqueta.

—¡Hola! Ya has llegado...

Parece un poco nerviosa. ¿Se habrá preocupado?

—Sí... He conducido hasta un sitio que estaba demasiado lejos... Me he dado cuenta cuando ya era muy tarde.

Joanne deja el libro a un lado y se endereza. Canalla va a olfatearlo.

—¿Has enviado la carta?

—Sí. —Émile va a sentarse al sofá, a su lado, y se quita los zapatos—. ¿Y tú? ¿Qué has hecho?

—He ayudado a Myrtille a reorganizar su salón.

—Ah, ¿sí?

Asiente con una sonrisa satisfecha.

—Sí. Hemos acondicionado un rincón para la siesta más cerca de la puerta, para que pueda disfrutar de la brisa sin tener que salir.

—Lo siento, me habréis estado esperando para cenar...

—Esta noche Myrtille estaba cansada. La he acompañado a acostarse antes de cenar.

—No me extraña... ¡Le has hecho mover todos los muebles de la sala de estar! ¡Pobre anciana!

—Ella solo me daba instrucciones.

Todavía hacen falta unas semanas para que Joanne entienda su humor. Ya llegará...

—¿Y Pok?

—¿Qué le pasa a Pok?

—¿Has impreso carteles para encontrarle una familia?

Joanne aparta la mirada. Intenta responder usando un tono indiferente, pero miente muy mal.

—No he tenido demasiado tiempo con la reorganización del salón...

Émile intenta esconder la sonrisa que se está dibujando en su rostro. No quiere que Joanne lo vea. Le gusta divertirse viéndola incómoda. Joanne se levanta, seguramente en un intento por desviar la atención y terminar la conversación.

—Llevo a Canalla y a Pok abajo... para dormir.

—Vale. Yo voy abriendo el sofá.

Ya está tumbado en la penumbra cuando Joanne vuelve al piso de arriba. Se desliza bajo las sábanas, en la otra punta de la cama.

—Estaba pensando... —murmura en la oscuridad.

—¿Sí?

—Mañana... podríamos visitar Cô:mes... ¿Sabes? El pueblo en ruinas... Myrtille me ha hablado de ello hoy.

—Ah, ¿sí?

—Sí. A Eugène y a ella les gustaba ir a pasear por allí cuando todavía no tenían hijas. Dice que es hermoso y dramático a la vez.

Émile se burla un poco por burlarse.

—¿Hermoso y dramático a la vez?

—Es lo que ha dicho.

—Dice muchas estupideces.

—¡Émile!

—¡Es verdad! Cree que estás embarazada.

—¿Qué?

Nota como se incorpora sobre un codo.

—¿Estás de broma?

—No. Cree que por eso nos estamos casando de manera precipitada.

—¿Y no le has dicho que no es cierto?

—Sí. Pero es muy tozuda. No atiende a razones.

La habitación vuelve a sumirse en el silencio por un momento. Émile distingue la sombra de Joanne todavía apoyada sobre un codo, a la espera.

—¡Por eso quería que te esperara para mover el armario grande!

—¿Has movido el armario grande?

—No era tan difícil... Pero ella no paraba de decirme que era peligroso.

—Lo era.

—No soy de cristal.

—Apenas pesas cincuenta kilos...

—¿Y qué?

—Que podrías haberte hecho daño.

—Y tú podrías haberte desmayado de nuevo y no haber vuelto nunca a Eus.

Lo coge por sorpresa. Se había ido sin ni siquiera pensar en eso. Pero, por supuesto, tiene razón. No ha sido prudente. Podría haber ocurrido. Correr tantos riesgos por una carta... Ha sido un idiota. Más aún sabiendo que Joanne no tiene ninguna manera de contactar con él. Debe de haber estado preocupada.

—Y sin embargo lo has hecho igualmente.

—Es cierto.

Joanne no quiere alargar el tema, y Émile se siente aliviado. Ella le pregunta:

—Bueno..., ¿entonces vamos a Cômes mañana?

—Sí... Vamos a Cômes mañana.

La próxima vez que envíe una carta, le pedirá que lo acompañe.

—Estáis muy callados esta noche.

Myrtille los mira a uno y a otro. Les ha dado el sol. Joanne tiene la nariz roja. Émile tiene la marca de las gafas de sol.

—¿Cômes ha causado este efecto en vosotros?

—Sí..., creo que sí.

Llegaron al pueblo en ruinas bajo un sol abrasador. Estaban solos. Solos en medio del pedregal. Parecía una ciudad desierta, tras una catástrofe, una ciudad quemada por el calor, donde ningún ser podía sobrevivir. Entendieron lo que Myrtille quería decir con «hermoso y dramático». La iglesia estaba allí, en medio de ese paisaje de desolación. Estaba abierta. Joanne estuvo dentro durante una infinidad de tiempo. Émile pensó que debía de estar sumida en una meditación. Él permaneció en el exterior, a la sombra de un trozo de pared derrumbado. La iglesia lo había embelesado. Una preciosa iglesia de piedra en medio de las ruinas. Pensó que allí era donde habría querido casarse si hubiese llevado otro tipo de vida, si se hubiera podido casar por amor con una chica, que podría haber sido Laura. Intentó imaginarse cómo hubiese sido la ceremonia allí. Fantaseó con una Laura más libre que nunca, descalza, con el pelo suelto, avanzando ataviada con un vestido blanco de estilo *hippie*. La visualizó con una fina corona de flores blancas en la cabeza y una sola rosa, también blanca, a modo de ramo. Se imaginó a su madre, con los ojos húmedos y vestida con su traje rosa palo. Sin duda habría llorado. Vio a su padre, con un bonito traje muy sobrio, al lado de su madre. Marjorie habría llevado un vestido de verano floral y Bastien una camisa blanca y unos vaqueros. A los gemelos les habrían puesto pajaritas. Laëtitia habría reprendido a Renaud por una arruga en la camisa, y Tivan habría aprovechado para escaparse gateando entre los escombros. Era una escena feliz. Sonreía solo, apoyado contra el muro medio derrumbado.

Cuando Joanne salió de la iglesia, tenía una expresión triste. Se preguntó en qué habría estado pensando. Volvieron a Eus en silencio, bajo el sol ardiente.

—Es un lugar precioso.

Asienten en silencio. Myrtille no insiste. Entiende que ha pasado algo allí y que necesitan estar en silencio.

Joanne recibe su partida de nacimiento al día siguiente, en la bandeja de entrada del correo electrónico. Émile empieza a caminar en círculos por el estudio. Le pregunta a Myrtille en qué puede ayudar. Ella le indica que hay unos tornillos de la estantería de su habitación que habría que apretar y que podría entretenerse reparando una vieja bicicleta que anda por casa de su hija Annie. Además, después podría usarla para pasear por el pueblo, o para ir a trabajar, si tiene intención de encontrar un trabajo aquí. Se pone manos a la obra con la estantería ese mismo día. Por la noche, Annie pasa a ver a su madre y cenan juntas en el patio interior.

Joanne revisa y desinfecta las cicatrices de Émile y parece preocupada.

—Si mañana quieres reparar la bicicleta hazlo a la sombra.

—¿Por qué?

—A tu cicatriz de la cabeza no le ha gustado el sol de ayer de Côrnes.

—¿Está supurando?

—No. Pero si continúas tomando el sol, no se te irá nunca. Se te quedará roja y muy marcada de por vida.

Émile no puede evitar encogerse de hombros. Qué más le da tener una cicatriz «de por vida».

14

El tiempo sigue pasando en Eus. Las cicatrices se van curando poco a poco. El sol ardiente continúa abrasando la vegetación. Émile se dedica a reparar la bicicleta de Annie durante los tres siguientes días. Se instala en la calle, delante de la vivienda de Annie y su marido, a la sombra de la casita, y se toma su tiempo. Deja que su mente divague. Annie le trae limonada cada hora. Ella no trabaja en verano. El resto del año fabrica y vende joyas. En verano, cuida de sus nietos, que están de vacaciones. Los niños se divierten dando vueltas alrededor de Émile, lo observan durante horas, con sus herramientas y las manos llenas de grasa.

Durante el día, Joanne se va a explorar los alrededores de Eus. Vuelve con mimosas u otras flores multicolores, las manos llenas de rasguños.

Por la noche, juegan al Scrabble hasta muy tarde. Al día siguiente no tienen que lanzarse a la carretera, tampoco tienen que definir ningún itinerario, ni tienen limitaciones horarias. Durante las partidas de Scrabble están en silencio. Ponen música de fondo —han encontrado una pequeña radio sobre la estantería llena de libros—, y colocan las fichas.

Una noche, Joanne le pregunta:

—¿Has pensado qué quieres que hagan con tu cuerpo cuando te mueras?

La pregunta lo turba tanto que tarda varios segundos en reaccionar.

—¿Qué? —es todo lo que consigue pronunciar cuando recupera el habla.

—¿Quieres que te incineren o que te entierren?

—Eh... —¿Por qué no ha pensado en eso? Se siente como un idiota, allí sentado frente a Joanne—. Hummm... Creo que me da igual.

Continúan jugando y la mira mientras compone la palabra «xilófono» sin inmutarse.

—¿Y tú?

Joanne no necesita reflexionar antes de responder.

—Quiero que me incineren. Así podré alzar el vuelo.

Joanne tumba su atril. Ya no le quedan piezas. Acaba de ganar la partida.

La bicicleta ya está reparada. Émile vuelve a caminar en círculos por el estudio. La temperatura del mes de agosto es insoportable. Han dado un aviso de ola de calor. Myrtille ya no sale al patio interior. Se queda enclaustrada en el salón. Duerme mucho. Al mínimo esfuerzo se cansa. Joanne ha abandonado de manera definitiva cualquier intención de hacer carteles y colgarlos por el pueblo para que alguien adopte a Pok. Émile piensa que la separación será terriblemente difícil cuando tengan que retomar la carretera. ¿Qué será del gato? ¿Quizá Annie aceptará quedárselo? Quizá se lo dará a sus nietos... No podrá sacrificarlo. Ya será un animal juguetón y autónomo...

Poco antes del 15 de agosto van al ayuntamiento a entregar los documentos para la boda. No falta ningún papel. No obstante, la empleada les informa de que su expediente estará bloqueado hasta el 26 de agosto, fecha en la que hará un mes que se mudaron a Eus. Todavía quedan dos semanas de espera. Sin embargo, las amonestaciones se colgarán antes. Se marchan satisfechos por las pequeñas calles empedradas de Eus.

—Creo que buscaré un trabajillo mientras esperamos —declara Émile.

Joanne asiente.

—Annie puede ayudarte. Conoce a mucha gente aquí.

A Myrtille parece satisfacerle la idea de que Émile busque trabajo.

—Habrá que alimentar al pequeño —suelta con su mirada severa.

—¡No hay ningún bebé, Myrtille! —exclama Joanne disgustada.

Pero no parece convencer a la mujer mayor.

En Eus empieza un festival de arte. Myrtille les explica que se trata de un acontecimiento anual que atrae a mucha gente. Decenas de artistas llenan las calles: actores, pintores, dibujantes, músicos, mimos... En las callejuelas retumban pasos, risas, vítores. Mientas Myrtille permanece a resguardo, en el interior de su salón, Joanne deambula mañana y tarde por el festival.

Un día, Émile le habla a Annie de sus ganas de encontrar un trabajo, y ella le responde:

—Yo me ocupo.

A modo de trabajo, Annie lo envía a todas partes del pueblo, a casa de unos y otros. Ayuda a vaciar un desván, cambiar un neumático, reparar una estantería, llevar la compra... La gente le da dinero y le ofrece comida. Se da cuenta de que las lagunas de memoria son cada vez menos frecuentes. Le da la impresión de que la estabilidad y la serenidad de su nueva vida tienen algo que ver. Está tan ocupado que Joanne y él solo se cruzan. En cuanto a Myrtille, a menudo ya está durmiendo cuando vuelve a casa.

—He visto las amonestaciones en la entrada del ayuntamiento. Salen vuestros nombres. ¿Cuándo será la boda? —le pregunta Annie cuando Émile pasa por su casa al final del día a dejar la caja de herramientas que le presta.

—A finales de mes. Nos proponen dos fechas. El 30 o el 31 de agosto. Tenemos que dar una respuesta cuanto antes.

Annie está ocupada cortando zanahorias y tiene a uno de sus nietos en el regazo.

—¿Vendrá algún miembro de vuestra familia?

Émile sacude la cabeza.

—No. Será un matrimonio civil sencillo. Nada más.

—¿Y los testigos?

—Hemos pedido que sean dos funcionarios del ayuntamiento.

—Oh. —Annie parece decepcionada. Se esperaba una boda de verdad.

—¿Nada de vestido ni alianzas, entonces?

—No. Nada de eso.

Una mañana, Myrtille los incomoda sobremanera justo cuando bajan la escalera del estudio. Los espera en el rellano con Canalla a sus pies y una gran pieza de ropa blanca de encaje. Joanne es la primera en entenderlo. Suelta un «oh» de sorpresa, incómoda. Émile precisa unos segundos más para comprenderlo.

—Supongo que no tienes vestido de novia...

Joanne enmudece. Émile no le es de ninguna ayuda; permanece boquiabierto. Myrtille cree que es debido a la emoción.

—Es mi vestido de novia. Tiene unos sesenta años, pero lo he cuidado muy bien... No creo que esté pasado de moda. Como mucho, te dará un toque retro.

El malestar aumenta. No ven cómo salir del aprieto. Joanne se balancea de un pie a otro. Émile sigue inmóvil, entre dos peldaños de la escalera.

—Ve a probártelo, cielo. Yo creo que te irá bien. No pesaba mucho más que tú por aquel entonces...

Intercambian una mirada perdida. Se temen que tendrán que seguir con la farsa hasta el final... Joanne duda un instante, tiende una mano vacilante hacia el vestido, se vuelve a girar en dirección a Émile, esperando que la ayude de una manera u otra, pero Myrtille lo ahuyenta con autoridad.

—¡Y tú no te quedes ahí plantado! ¡Largo! ¿No sabes que trae mala suerte ver a la novia con el vestido antes del gran día?

Émile se siente culpable de abandonar a Joanne con el vestido de encaje de Myrtille en las manos.

—¿Cómo te has librado? —le pregunta por la noche, cuando vuelve.

—Me lo he tenido que probar y Myrtille incluso ha decidido hacerle unos retoques.

Émile lo siente por ella.

—Igual tendríamos que contárselo todo...

Pero Joanne sacude la cabeza con fervor.

—¡Ni hablar! ¡Le partiríamos el corazón!

—¿Y qué harás? ¿Ponértelo?

Joanne se encoge de hombros.

—Puedes llevar alguna prenda de repuesto y quitarte el vestido en cuanto salgamos de casa.

—Sí.

Émile no sabe realmente qué piensa de todo eso, se ha vuelto a sumergir en su novela, Pok ronronea sobre su regazo.

30 de agosto

Renaud:

Mañana es la boda. Me siento un poco vacío.

Estas últimas semanas, hemos hecho todo lo que había que hacer para que pudiera celebrarse. Hemos realizado todas las gestiones en el orden correcto, hemos reunido los documentos, incluso hemos tenido que instalarnos por un tiempo en un pueblo para que se nos considere residentes y poder casarnos allí. Hemos matado el tiempo hasta que ha llegado el día de la puñetera boda. Y ahora que ya lo hemos conseguido me siento vacío. Creo que estaré mejor una vez hayamos firmado esos papeles.

Cambiando de tema a algo más ligero, no te lo he contado, pero nos hemos mudado a casa de una señora mayor que se llama Myrtille. Vive en la planta baja y nosotros en la de arriba. Su hija nos alquila el piso muy barato y, a cambio, tenemos que cuidar un poco de la señora. Aunque no era muy partidario de mudarme a casa de una anciana, debo admitir que he cambiado de opinión. La convivencia es de lo más agradable. Tengo que decir que Myrtille se ocupa tanto de nosotros como nosotros de ella. Hago algunas chapuzas en casa de la gente del pueblo para mantenerme ocupado y así me saco un dinerillo. ¡Mira, ayer aprendí a cambiarle el aceite a un coche!

Mi vida aquí no tiene nada que ver con la que llevaba en Roanne. ¡Si me vieras...!

A pesar de que me desconcierta un poco, debo admitir que este estilo de vida me trae serenidad. Una felicidad sencilla y tranquila.

Pronto te doy noticias, colega.

Cuidaos los tres.

Un abrazo,

ÉMILE

—Ahora sí que es de verdad.

Joanne asiente. Esta noche cenan en el interior, en su estudio del piso de arriba. Myrtille ha querido dejarles un poco de intimidad la víspera del gran día, y se lo agradecen. Están un poco cansados de tener que seguir con la farsa todo el rato. Les alivia poder tomarse un respiro, lejos de la mirada inquisitiva de Myrtille. En medio de la cena, Joanne deja su tenedor y se levanta de la mesa.

—Casi se me olvida decírtelo...

La observa mientras se dirige hacia su mochila roja y hurga en el interior.

—Lo he comprado esta tarde.

Vuelve a acercarse con una cajita negra y la deja sobre la mesa, delante de él.

—¿Qué es?

Joanne le hace una señal para que abra la cajita y él obedece. Se lleva una sorpresa al descubrir dos anillos, colocados sobre un minúsculo cojín de color rojo.

—¿Para qué? —pregunta alzando la mirada hacia ella.

—Para que Myrtille deje de preguntar. No me ha costado nada. Son de acero inoxidable. Me pareció que era el precio a pagar por nuestra tranquilidad.

Émile vuelve a cerrar la cajita y asiente.

—Has hecho bien.

Ambos siguen comiendo, sin prisa. Émile se da cuenta de que el gato no está. Por lo general, Joanne no lo baja hasta la hora de acostarse, por petición de Émile. El resto del tiempo, uno puede estar seguro de que lo tiene o a sus pies o en su regazo. Esta noche no. Debe de estar nerviosa... Además, le parece que está muy silenciosa.

—¿Te encuentras bien? —le pregunta entre bocado y bocado.

Joanne asiente.

—¿Te sientes un poco agobiada?

—No..., agobiada no, pero... rara.

Émile deja el tenedor y la mira con seriedad.

—Si no estás segura podemos anularlo.

—No es eso.

—No hay ninguna obligación de hacerlo. Además, me encuentro mejor... Desde que nos hemos instalado aquí, ya casi no tengo lagunas de memoria...

—Lo haré, Émile. Nos casaremos.

—Si tú...

—Me caso mañana. Es solo que me hace sentir rara, pero supongo que a ti también.

Lo escruta con la mirada y él asiente para confirmarlo. Le alivia que no quiera anular la boda.

—Sí. Me siento un poco vacío.

—Y yo un poco desubicada e... incrédula.

—Mañana estaremos mejor. No es más que un papel.

—Lo sé.

Se vuelve a hacer el silencio en el estudio. Sin embargo, ninguno de los dos vuelve a comer. Pasan unos segundos y entonces Joanne apoya las manos sobre la mesa y pregunta, sin rodeos:

—¿Te has enamorado alguna vez?

Émile se encuentra en un estado tan extraño y letárgico que la pregunta no le sorprende ni le incomoda.

—Sí.

—¿Muchas veces?

—No. Solo una.

—¿Y duró?

—Cuatro años.

—¿Es Laura..., la chica de la que me hablaste un día?

Émile recuerda la conversación en el aparcamiento de Artigues. Por alguna razón, todo aquello le parece muy lejos.

—Sí, es ella.

Émile frunce el ceño, más sorprendido que molesto.

—¿Por qué me lo preguntas?

—Nos vamos a casar, ¿no?

—Sí...

—Está bien saber este tipo de cosas el uno del otro.

Émile esboza una débil sonrisa.

—Sí. Probablemente.

No es que le guste mucho la idea de revivir el recuerdo de Laura la noche antes de su boda con Joanne. Ella juguetea un momento con el tenedor, el tiempo que tarda en formular su siguiente pregunta.

—¿Todavía la quieres?

Émile se hunde en su silla, incómodo. Cree que prefería de lejos a la Joanne silenciosa e indiferente que nunca hacía preguntas.

—Se fue. Hace un año que se acabó.

—¿Y entonces? ¿Todavía la quieres?

—Hummm... Supongo que no.

—¿Supones que no?

Joanne lo observa fijamente, con una mirada escéptica. Émile cede con un suspiro.

—Supongo que una parte de mí la querrá siempre, pase lo que pase.

Se equivoca al pensar que Joanne y su curiosidad repentina quedarán satisfechas con esa respuesta.

—¿Querías casarte con ella? —le pregunta con suavidad.

—Joanne...

—Es solo una pregunta.

—Sí. Sí, me habría gustado... algún día. —Se endereza en la silla. Se ha hartado de tantas preguntas—. ¿Por qué?

—Solo quería saber.

—¿Y eso por qué?

Joanne se encoge de hombros.

—Me preguntaba en quién pensarás mañana, cuando estemos en el ayuntamiento y tengamos que darnos el sí... Ahora sé que pensarás en Laura, que eso te pondrá triste. Lo siento.

—No lo sientas... Me estás haciendo un favor enorme.

—Puede, pero seré yo quien esté delante del alcalde, a tu lado, y no Laura, y el simple hecho de mirarme a la cara se te hará difícil.

—Lo mismo te pasará a ti. Pensarás en Léon.

Joanne sacude la cabeza con un vigor que le sorprende y le deja atónito.

—No. No pensaré en él mañana. Ni en el ayuntamiento ni después.

Se siente un poco tonto allí con la boca entreabierta. No tiene nada más que añadir. Piensa que ha sido una mala idea darle vueltas a todo eso a pocas horas de la boda.

Esa noche se acuestan muy silenciosos.

A la mañana siguiente, los gritos de Myrtille desde la planta baja los despiertan.

—¡Joanne! ¡Joanne! ¿Has visto la hora que es? ¡Tienes que probarte el vestido!

No entienden por qué Myrtille está tan alterada. No tienen cita en el ayuntamiento hasta la dos. Aun así, Joanne se levanta y anda a tientas en la penumbra. Los gritos se intensifican.

—¡Joanne! ¡Émile! ¡Abrid las contraventanas! ¡Ya son las doce!

Émile se levanta bruscamente.

—¿Qué? —Y añade más bajo, dirigiéndose a Joanne—. Nos está tomando el pelo, ¿no?

—¡Ya voy! —chilla Joanne antes de que Myrtille empiece a vociferar de nuevo por toda la casa.

Émile se viste sin prisa. No tiene demasiado que ponerse para una ocasión como esa... A pesar de todo, encuentra un pantalón azul marino y una vieja camisa blanca. Eso debería servir. Después, se ducha y se prepara un té negro. Sabe que no podrá comer nada. Joanne reaparece una hora más tarde, con la melena recogida en una trenza y un aire apenado.

—No he podido librarme del peinado...

—¿Y el vestido?

—Tampoco me libraré...

Émile no puede evitar sonreír. Se han quedado atrapados en su propia farsa. Si hubiesen sido sinceros desde el principio las cosas habrían sido más fáciles.

—Pon alguna prenda de repuesto en tu bolso... y de camino te cambias, cuando estemos lejos de la mirada de Myrtille.

—Sí..., eso haré.

—Ven, vamos a buscar una callejuela tranquila para que me cambie. Tú me tapas.

Joanne parece tener prisa por terminar, pero Émile no se mueve. La examina. El vestido de Myrtille es uno de esos vestidos de época ancho y recto que llega hasta los pies. El encaje recubre el busto de Joanne, los hombros y los brazos, hasta las muñecas. Myrtille ha retocado el cuello de pico para que no le quede demasiado holgado y le hace un bonito escote.

—¿Vamos? —pregunta Joanne impaciente. Le abochorna que la mire con esa expresión extraña.

—Sí. Vamos.

Avanzan unos pasos por la calle, ambos un poco incómodos.

—Estás..., es un vestido muy bonito —declara Émile aclarándose la garganta.

No se atreve a mirarla a los ojos. No se atreve a decirle que está guapa así. Todo se volvería aún más incómodo. Y, sin embargo, es cierto. Está verdaderamente preciosa.

—¡Bonitos zapatos! —le lanza con un tono burlón, para romper el hielo.

Por debajo del vestido de novia de Myrtille, sobresalen dos pies semidesnudos calzados con unas sandalias doradas descoloridas por el sol. Ese detalle es la señal de que en realidad no se trata de una boda de verdad.

No resulta tarea fácil encontrar una callejuela desierta para que Joanne se quite el vestido, sobre todo en pleno festival de arte. El pueblo está abarrotado. Salen turistas de todos lados, de todas las callejuelas, incluso de los patios interiores a los que se accede desde la calle. Émile y Joanne enseguida se convierten en el centro de atención. Los turistas los observan, curiosos, hacen fotos, se avisan unos a otros. Incluso sueltan exclamaciones de sorpresa.

—¡Oh! ¡Mira! ¡Una boda!

—¡Viva los novios!

Joanne musita entre dientes:

—¡Creo que no podré cambiarme!

—Lo siento —contesta Émile—. Creo que tendrás que dejártelo puesto durante la ceremonia.

—No te preocupes.

—Podrás quitártelo enseguida cuando acabe. Seguro que en el ayuntamiento hay unos servicios.

—No te preocupes. Sobreviviré. No pasa nada.

Está tranquila, como de costumbre. Tranquila y ligeramente indiferente. Él está nervioso. No es a él a quien los transeúntes señalan con el dedo embelesados, y sin embargo es el que está más incómodo. Aceleran el paso para llegar cuanto antes al ayuntamiento. Joanne se ha arremangado el vestido por encima de las rodillas para poder ir más rápido. Las sandalias descoloridas resuenan contra el adoquinado. Llegan al vestíbulo del ayuntamiento sin aliento. La trabajadora que hay detrás del mostrador los acoge con una amplia sonrisa.

—¡Qué guapos, la pareja del día!

Les pide que se sienten en un rincón mientras llama al «señor alcalde» y los funcionarios que les harán de testigos. Descuelga el teléfono para avisar a todas esas personas. Joanne está inmóvil, impasible, sentada con la espalda muy recta. La preocupación de la noche anterior ha desaparecido por completo. Vuelve a estar serena. A Émile, en cambio, le cuesta mantenerse quieto. La observa con miradas furtivas. Le gustaría grabar esa imagen en su mente: Joanne con el vestido de novia de época, la melena recogida en una trenza que ha colocado sobre uno de sus hombros, el encaje que recubre sus brazos y sus finas muñecas, la tela blanca que baja en forma de V y descubre su cuello y el nacimiento de su pecho. En quince minutos, cuando firmen los papeles, desaparecerá en el baño del vestíbulo y volverá a ponerse uno de sus conjuntos negros sin forma. Nunca más tendrá la oportunidad de verla así. Por lo tanto, está aprovechando la ocasión. A partir de ahora, en su mente existirán siempre dos Joannes. La Joanne de negro, silenciosa, indiferente a su propio destino, escondida detrás de ropa ancha y un gran sombrero. Y la Joanne de blanco, hermosa y femenina, una aparición furtiva, un atisbo de lo que podría haber sido si la vida hubiese ido de otra manera, si Léon no hubiese hecho algo imperdonable. Está convencido de que la Joanne de antes de Léon y la misteriosa tragedia vestía con colores, se recogía el pelo en una trenza y reía más. Pero nunca podrá comprobarlo.

—Señorita Joanne Marie Tronier, ¿acepta a Émile Marcel Verger, aquí presente, como su legítimo esposo?

Joanne lo mira. El intercambio visual no dura más de un segundo, pero parece lleno de significado. Es como si le dijera que no se preocupe, que ha prometido velar por su libertad y que está sellando su compromiso. Tiene una voz extremadamente clara cuando responde:

—Sí, acepto.

El alcalde se gira hacia él. Émile apenas oye las palabras que pronuncia.

—Señor Émile Marcel Verger, ¿acepta a Joanne Marie Tronier, aquí presente, como su legítima esposa?

Émile apenas le deja terminar la frase y responde:

—Sí, acepto.

Eso hace reír a uno de los testigos, un empleado municipal calvo que interpreta que la prisa se debe a la emoción.

—En virtud de los poderes que me confiere la legislación, yo declaro a Émile Marcel Verger y a Joanne Marie Tronier unidos en matrimonio.

Se hace el silencio. Ambos cruzan una mirada aliviada y un tanto avergonzada.

—¿Tienen las alianzas? —les pregunta el alcalde—. Ahora hay que proceder al intercambio.

Joanne tiene un pequeño sobresalto.

—Ah, ¡sí!

Hace el gesto de buscar en los bolsillos, pero se da cuenta de que no tiene porque lleva el vestido de novia de Myrtille. Émile le susurra:

—¿En tu bolso?

Joanne busca a su alrededor, su mirada se detiene por fin en un bolsito con un cordel que tiene a sus pies; Myrtille se lo ha prestado para la ocasión. Los testigos sonríen. Deben de pensar: «Ay, la emoción...». Joanne hurga en el interior y saca la cajita negra.

—Les dejo que procedan al intercambio.

Joanne abre la caja y le tiende el anillo a Émile, que le susurra:

—Se supone que tienes que ponérmelo.

—Ah, ¿sí?

—Vamos a oficializar esta unión firmando el acta de matrimonio. Primero los cónyuges y después los testigos.

Émile tiene las manos húmedas, pero ya se siente mejor. Se ha acabado. Una firma y se van. Es libre. Sea lo que sea lo que le pase a partir de ahora, Joanne decidirá su suerte. Y él sabe que seguirá su voluntad.

—Bien. Ahora ya puedo entregarles el libro de familia antes de que se vayan.

Émile trata de esconder su sorpresa con dificultad. Un libro de familia... ¿Qué harán con él? De pronto se encuentra con el pequeño cuaderno oficial en las manos. El alcalde posa una mano sobre su hombro para darle a entender que los acompaña fuera de la sala. Los funcionarios les dan la enhorabuena educadamente en el umbral de la puerta y después Joanne y Émile se van, con su libro de familia.

—Espérame aquí —musita Joanne—. Voy al baño a cambiarme.

Émile se queda esperando solo, en el vestíbulo, enfrente de la empleada del ayuntamiento, que le pregunta entusiasmada:

—¿Qué? ¿Ha ido bien?

Émile asiente. Está aliviado de que haya terminado, pero le ha quedado un sabor amargo en la boca. Ha sido triste e impersonal. En efecto, solo era una firma, tal y como se había repetido tantas y tantas veces. Sin embargo, eso no cambia la pesadez y la tristeza que se ciernen sobre él. Le habría gustado poder optar a algo distinto. No consigue deshacerse del nudo en la garganta.

Se encuentran bajo el calor abrasador, sin el vestido blanco. Todo se ha aplacado: la aprensión, los nervios. Solo queda un enorme vacío.

—¿Qué..., qué hacemos? —pregunta Joanne con timidez.

Se sienten desorientados. Émile solo desea una cosa: caminar un rato solo, tomar el aire, olvidar que acaba de arruinar algo en lo que creía firmemente.

—No lo sé. Creo que voy a caminar un rato...

Parece que Joanne percibe la pesadez en su voz. Tiene una expresión apenada. Para ella no significaba nada, pero sabe que para él es distinto.

—Voy a dar una vuelta por el festival —le contesta con una voz dulce—. Nos encontramos esta noche en el piso...

Émile tiene un instante de lucidez.

—¿Qué le diremos a Myrtille? Le parecerá raro que volvamos cada uno por su lado.

Joanne se encoge de hombros.

—Le diré que..., no sé..., que has ido a comprar champán para esta noche.

—Vale...

Se siente decaído. Se miran cara a cara unos instantes más, y después Joanne añade:

—Bueno..., pues hasta luego.

Se aleja con pasos cortos y el vestido de novia bajo el brazo. De pronto se da la vuelta un segundo para decirle:

—Puedes acompañarme... Quiero decir..., podemos ir juntos si te apetece... —Pero enseguida se da cuenta de que no se siente bien—. Déjalo... Hasta luego.

31 de agosto

Laura:

Te sorprenderá recibir este correo electrónico.

No tengo tu dirección. No sé dónde vives actualmente. Solo tengo este correo para contactar contigo. Ni siquiera sé si todavía lo usas. Me he sentado en una cafetería con conexión a internet y un ordenador para escribirte. Hace cuarenta grados. Llevo una maldita camisa que me hace sudar.

Justo salgo del ayuntamiento en el que acabo de casarme. Acabo de dar el «sí» por un motivo que no es el correcto. Joanne es muy buena chica, y estaba preciosa con el vestido de novia, pero también lo hacía por un motivo equivocado. Nos hemos dado el «sí» delante del alcalde y dos testigos que no conocemos y a los que les daba bastante igual estar allí. Hemos firmado el acta y apenas he salido del ayuntamiento he ido en busca de algo parecido a un cibercafé para escribirte.

Lo único que quería hacer en ese momento era decirte que era contigo con quien me hubiera gustado casarme. Así que mira, ya lo he hecho. Nunca te lo dije, porque siempre fuimos demasiado comedidos los dos y sobre todo demasiado imbéciles. Siempre nos dio miedo decirnos las cosas con claridad. Sí. Te quería. Te quería con locura, supongo que ya lo sabías. Pero nunca te dije que quería casarme contigo. Pensaba que ya tendríamos tiempo. El día de la boda de Renaud y Laëtitia, busqué tu mirada en la iglesia para que lo entendieras, pero no estabas allí. Tendría que haber visto que era una señal. Te habías ido a preparar tu venganza contra Laëtitia... También me gustaba el hecho de que fueras un poco insoportable.

No tengo nada que esconder: he tardado mucho tiempo en recuperarme después de que te fueras. No sé si la herida está completamente cerrada, pero hago lo posible para tirar hacia delante y no pensar más en eso. Que sepas que no estabas conmigo hoy, en el ayuntamiento, que te he ahuyentado de mi mente a la fuerza desde que me he levantado esta mañana, pero, apenas he cruzado las puertas del vestíbulo, has resurgido.

Creo que solo se quiere de verdad una vez en la vida. Para mí fuiste tú. No será nadie más.

No es algo triste... No todo el mundo tiene la oportunidad de amar de verdad. Yo tuve esa suerte. Y estoy agradecido por ello.

Voy a ir terminando ya este correo, antes de morirme de calor en este puñetero cibercafé.

Obviamente, te deseo lo mejor, que seas feliz, que te sientas realizada, que sigas siendo tú misma (sí, siempre voy a echar de menos tu lado insoportable e insolente). Yo, por mi parte, sigo siendo el mismo (bueno, eso creo).

Un abrazo,

ÉMILE

No vuelve enseguida al piso. Hace un calor abrasador fuera, pero no quiere volver todavía. Huye de las calles bulliciosas y abarrotadas de turistas, baja por el pueblo, a la sombra de los callejones escarpados, y se dirige hacia el norte. Tiene una vaga idea de a dónde se dirige. Sabe que no es una buena decisión con el calor que hace, pero lo necesita. Camina sin parar durante una hora y entonces atisba aliviado los primeros montículos de piedra, las primeras ruinas. Es el único lugar donde quiere estar en este momento, el único sitio que refleja a la perfección cómo se siente en este preciso instante. Cômes, el pueblo en ruinas. Lo llaman el «pueblo perdido». Ya ningún cartel indica que existe. No es más que un paisaje de desolación, en medio del cual se erige con osadía una pequeña iglesia. La iglesia de Saint-Étienne de Coma, una extraña iglesia desnuda, sin campanario, sin grabados, sin vidrieras, una iglesia muy sencilla, con paredes de piedra. Émile empuja la pesada puerta de madera y esta se abre con un crujido espantoso. El interior también es extremadamente simple. Paredes blancas, bancos de roble macizo alineados frente al altar, que también es de roble macizo y está recubierto con un frontal rojo y dorado. Allí dentro, el ambiente es fresco y mucho más sombrío. Émile se deja caer en un banco de la primera fila y cierra los ojos. Solo quiere dejar pasar los minutos, así, sin pensar en nada, en medio del pueblo perdido.

—¡Oh!

Ya está de vuelta en el número 6 del Carrero del Massador. No se ha topado con Myrtille. Tras cruzar la puerta de la entrada, ha ido directo a las escaleras a mano izquierda. Quería evitar a toda costa encontrarse con la señora mayor. Ha subido al piso de arriba y acaba de soltar una exclamación de sorpresa al descubrir que Joanne ha decorado la mesa con velas y un bonito camino de mesa de color dorado. Un olor delicioso sale del horno e invade toda la estancia. Joanne está delante de la encimera. Lleva un delantal. Al oírlo entrar se da la vuelta.

—Aquí estás.

Se ha dejado la trenza, que le da un aire tan femenino. Al otro lado del estudio está el vestido de novia de Myrtille en una percha, colgando de un clavo que hay en la pared.

—¿Estás preparando una cena de celebración?

—Sí... Quería hacer un... —Parece avergonzada—. Una especie de banquete de bodas... Ya..., ya sé que esto no es nada..., que no es la boda que soñabas, pero... es un pequeño detalle...

A Émile le conmueve que haya sido tan atenta. Lo que acaba de preparar no es un pequeño detalle. Es un gran detalle. No sabe cómo decírselo. Se aclara la garganta.

—Gracias, Joanne. Está..., está genial... Te lo aseguro... Es un gran detalle.

Ella frunce la nariz, un poco abochornada.

—Espero que te guste.

—Seguro que sí.

Joanne se seca las manos en el delantal con cierto nerviosismo.

—No he comprado vino... Nunca bebo... No sé escoger...

—Pues salgo a comprar champán —contesta él.

—¿Champán?

—¡Champán! Acabamos de celebrar una puñetera boda, ¿sí o no?

Joanne parece aliviada al oírle bromear, al ver que recupera un poco de ligereza.

—Sí —dice con una sonrisa tímida.

—¡Y te obligo a que bebas! ¡Es lo mínimo en la noche de bodas! ¡Me piro! ¡Hasta ahora! ¡Vuelvo en diez minutos!

—¡Hasta ahora!

No encuentra ninguna tienda abierta. Son las ocho. Así que se ve obligado a ir a casa de Annie, con la esperanza de que su marido tenga champán en la bodega. Annie se sorprende al verlo.

—¿Qué hace aquí el recién casado?

Émile intenta explicarse, avergonzado.

—No tenemos champán... Y en el pueblo está todo cerrado... Venía a ver si por casualidad nos podríais prestar una botella.

La sonrisa de Annie se vuelve más amplia.

—¡Por supuesto! —Lo atrapa para darle dos cálidos besos—. ¡Y enhorabuena!

Unos segundos más tarde, Émile vuelve a salir de la casita con una botella de champán bajo el brazo, mientras Annie le grita:

—¡De nada! ¡Consideradlo nuestro regalo de bodas! ¡Que paséis una noche genial!

Casi se tropieza con algo al entrar en el estudio y por poco no logra agarrar la botella de champán que iba a estrellarse contra el suelo. Cuando recupera el equilibrio, distingue la bola pelirroja y blanca a sus pies, el responsable del incidente. Joanne grita:

—¡Pok! ¡Gato malo! —Después se apresura a añadir dirigiéndose a Émile—: ¡Ahora lo bajo! ¡Iba a hacerlo antes de que llegases!

No obstante Émile se agacha hasta Pok. No le ha prestado demasiada atención hasta el momento. Para él, solo era el peluche de Joanne, algo que ella apreciaba. Pero es cierto que tiene una cara muy mona, con esos ojitos que reclaman caricias. Joanne se arrodilla a su lado y coge a Pok en brazos.

—¡Venga, fuera de aquí! ¿Por qué siempre te metes entre nuestros pies?

Joanne resulta tan adorable cuando intenta parecer autoritaria. No tiene ningún tipo de credibilidad. No quiere reñir a Pok en absoluto y se nota.

—Déjalo —dice Émile.

—¿Qué?

—Puede pasar la noche con nosotros. No molesta.

A Joanne le cuesta ocultar su asombro.

—Casi te caes por su culpa...

—A partir de ahora vigilaré más. Miraré por dónde piso.

—Sé que no te gusta demasiado. Puedo bajarlo. No me importa.

—No es que..., nunca he dicho que no me guste... —se defiende él con torpeza.

—Pero... —Joanne parece desconcertada—. No quieres que esté aquí.

—Es solo durante la noche. Sé que las crías de gato son juguetonas y no quiero que me despierte cada dos horas saltándome encima del vientre o mordiéndome los pies.

Se miran de frente, Pok bien protegido entre los brazos de Joanne.

—¿Es solo por eso? —pregunta incrédula.

—Claro que es solo por eso.

—Estaba convencida de que no te gustaba, que no querías que estuviese aquí.

—Claro que sí. Me..., me parece encantador verlo siempre pegado a ti.

Joanne aparta la mirada, avergonzada.

—Pero si me preguntabas todo el rato que si me había encargado de los carteles..., que si le había encontrado una familia... Pensaba que tenías prisa por que me deshiciera de él.

Émile sonríe. Joanne mantiene a Pok pegado contra su pecho, como protegiéndolo de un peligro.

—Me divertía incomodándote un poco. Sabía que nunca podrías separarte de él.

Joanne duda entre sonreír o fruncir el ceño.

—Pero entonces...

—¿Sí?

—¿Te planteas...?

—¿Sí?

—¿Te planteas que quizá nos lo podríamos quedar? Tiene los ojos como platos y la boca entreabierta.

—Sí, quizá.

—¿En la autocaravana? ¿Cuando nos vayamos?

Émile se encoge de hombros.

—Eso se puede hacer, ¿no?

—¿De verdad?

Émile asiente.

—Sí, de verdad.

Ya está, ahí está, es el momento en el que sucede, el momento que estaba esperando. Se le alisa la frente, los ojos se le entrecierran, le tiembla la boca. Apenas puede contener su alegría.

—¡Es genial, Émile! Es... Gracias.

Émile quiere ser un buen compañero para ella. Se lo merece.

La observa mientras come en silencio. Eso es algo que también le gusta de Joanne. No siente la obligación de hablar todo el rato y llenar el silencio. Sabe apreciarlo.

—¿Qué viene ahora? —pregunta al ver que se levanta.

—No sé si te gustará...

—Deja de decir eso todo el rato.

—Es un pastel dulce y salado.

—Pues me gusta lo dulce y salado. ¿De qué es?

Joanne deja el plato con el pastel delante de ellos. Todavía está humeante y huele de maravilla.

—Un pastel de cebolla caramelizada, arándanos y queso fresco de cabra. —Joanne se ruboriza al percibir la mirada de asombro y admiración de Émile—. Deja de mirarme así.

—Iba a decir «acabaré casándome contigo»..., pero ya está hecho.

La broma no acaba de cuajar del todo. Joanne esboza una pequeña sonrisa tímida, nada más.

—¿Te gusta?

—Me encanta.

Continúan comiendo al son del tintineo de los tenedores y de la pieza de jazz que envuelve el estudio. Las velas brindan una luz vacilante y tenue. Pok se ha tumbado a los pies de Joanne. Canalla lo mira desde lejos.

—¿Qué tal ha ido el festival esta tarde? —pregunta Émile.

—Oh... Muy bien... Era el último día. Todos los artistas han expuesto delante de la iglesia de Saint-Vincent.

—Guay.

Se vuelve a hacer el silencio y continúan masticando.

—¿Te has cruzado con Myrtille al volver?

—No. ¿Y tú?

—Yo tampoco.

—Creo que se está escondiendo.

Émile asiente y bebe un trago de agua.

—Quiere dejarnos disfrutar de nuestra noche de bodas tranquilamente. Debe de haberse quedado en un rincón de la sala de estar...

—Pobre...

Émile acaba de quitar la mesa mientras Joanne trae dos boles de postre, llenos de una *mousse* blanca y con frambuesas esparcidas. En la encimera hay un tercer bol.

—¿Ese no lo cogemos? —pregunta Émile.

—No, ese es para Myrtille.

—Tiene mucha suerte de contar contigo.

Joanne sacude la cabeza.

—No, nosotros tenemos suerte de contar con ella.

—Es verdad.

El vestido de novia que se balancea en la percha, al otro lado de la estancia, es la prueba de ello. Eso tampoco ha sido solo un detalle.

—La echaré de menos —añade Joanne.

—Sí... No me lo esperaba, pero yo también.

—Ahora que ya nos hemos casado..., tendremos que irnos, ¿no?

Nota que Joanne no tiene ganas de irse en realidad. No enseguida. Y él tampoco. Se han acostumbrado al día a día en Eus, al estudio de paredes con piedra vista, al patio interior, a tomar el té bajo el platanero, a la presencia de Myrtille, a las partidas de Scrabble nocturnas, a las callejuelas empedradas. No están listos para irse de inmediato.

—¿Sabes qué? No hay prisa... Podemos quedarnos un tiempo.

El rostro de Joanne antes inquieto se tiñe de alivio. Es el tipo de respuesta que quería escuchar. Asiente.

—Sí, no hay prisa.

Les alegra estar en sintonía.

—Bueno..., ¿qué es? —pregunta Émile introduciendo la cuchara en el bol.

—Un tiramisú de frambuesas y chocolate blanco.

Lo engulle a tal velocidad que Joanne ni siquiera se molesta en preguntarle si le gusta.

Émile saca dos copas que ha encontrado en uno de los armarios de la cocina y abre la botella de champán.

—Nos la han regalado Annie y su marido —señala.

—Son muy amables.

Llena las copas de champán mientras Joanne instala sobre la mesa un tablero de Monopoly que hace unos días descubrió en el salón de Myrtille.

—Propongo una nueva regla —dice Émile mientras se sienta delante de ella.

—¿Cuál?

—Como es nuestra noche de bodas, podríamos personalizar un poco el juego y aprovechar para conocer cosas el uno del otro.

Nota que duda. Sin embargo, continúa:

—Quien vaya a la cárcel tiene que responder a una pregunta para poder salir. ¿Qué te parece?

Tarda unos segundos en responder. Debe de estar evaluando la probabilidad que tiene de que eso ocurra.

—Va, no será nada malo —insiste—. Es solo para conocerse un poco más... Como ese estúpido juego de verdad o atrevimiento.

Se pregunta si Joanne habrá jugado alguna vez a ese tipo de juegos en su pueblo cuando era adolescente... Puede que no.

—De acuerdo —contesta al fin.

Empiezan a jugar mientras saborean el champán, que está bastante bueno.

—¿Te gusta? —le pregunta Émile a Joanne.

—Sí. Está fresco.

Joanne se ocupa de la banca. Ella es quien cuenta y distribuye los billetes. Es un juego antiguo. Los billetes están en francos. La voz de Ray Charles deja paso a la de Louis Armstrong. Joanne murmura la letra de *Only You*. Al parecer se la sabe de memoria.

—No tenía idea de que te gustaba el jazz —dice sorprendido.

Joanne responde sin dejar de clasificar los billetes:

—Mi padre era un gran fan de Miles Davis, entre otros. Me crie escuchando acordes de jazz.

—Eres sorprendente...

Joanne levanta la mirada, asombrada, y para de ordenar billetes.

—¿Qué?

Émile no sabe si lo ha dicho porque el burbujeo del champán se le ha subido a la cabeza. Con tanto calor, dos copas le bastan para emborracharse.

—No, o sea..., eres un personaje sorprendente.

—¿En qué sentido?

—No lo sé. Tu vida está envuelta en misterio... Tu manera de ser... Tu silencio... Tu calma... Como si intentaras pasar desapercibida... Y entonces de repente sueltas una cita, o cantas una canción de jazz tan antigua como el mundo...

Sonríe ante su expresión atónita. Es cierto, es todo un personaje. Todo lo que acaba de decir es verdad. Y todavía no ha hablado del sombrero negro, la ropa ancha, la actitud totalmente distante que tiene a veces, los remedios de la abuela...

—Solo soy el vivo reflejo de mi padre —dice ella encogiéndose de hombros.

Émile sonríe con cierta tristeza porque ha perdido a ese padre que debía de ser su modelo. Quizá es por eso por lo que solo viste de negro...

—Seguro que era una buena persona.

—Lo era.

Joanne le da un fajo de billetes, para romper ese momento tan solemne.

—Toma, esto es lo que tienes que poner en medio. Esto va a la Caja de Comunidad.

Empiezan la partida en silencio. Émile es el primero en ir a la cárcel. Joanne reflexiona largo y tendido sobre la pregunta que quiere hacerle.

—No lo sé... —confiesa avergonzada.

—¿No hay algo que quieras saber pero que nunca te has atrevido a preguntarme?

Joanne vacila todavía un instante, da golpecitos con los dedos sobre la mesa y después pregunta, con una voz clara:

—¿Dónde has ido esta tarde, después de la ceremonia?

Claramente no era esa la pregunta que se esperaba. Hace una breve pausa de indecisión antes de responder:

—He ido a Côles y me he sentado dentro de la iglesia. Después he vuelto.

Joanne asiente, con una actitud un tanto grave. Émile no le ha contado lo del correo a Laura. Joanne no tiene la culpa de nada, solo ha querido hacerle un favor, nunca pretendió ocupar el lugar de Laura, pero no quiere correr el riesgo de ofenderla.

—De acuerdo... Puedes salir de la cárcel.

Émile tira el dado. Unos minutos más tarde es Joanne quien se encuentra en la casilla de la cárcel y Émile ve cómo se retuerce en la silla, incómoda. Hay algo que le gustaría mucho saber... ¿Por qué solo lleva negro, el color del luto? Pero no quiere ponerla triste, obligarla a hablar de su padre y volver a crear un ambiente melancólico. Así que opta por otra pregunta que considera más ligera.

—Me he dado cuenta de algo...

—¿Sí?

—Cuando te sientas fuera, por la noche, para meditar o solo a tomar el aire, siempre haces una cosa...

—¿Qué cosa?

—Alzas los ojos al cielo y te quedas mirando hacia arriba durante horas. ¿Por qué haces eso?

Se da cuenta demasiado tarde de que quizá ha metido la pata, puede que la pregunta sobre la ropa negra hubiese sido mejor. Ve turbación en su rostro, y que hace un esfuerzo para mantener una expresión neutra y distante, pero Émile se da cuenta de que le tiemblan las comisuras de los labios.

—Joanne, si no quieres... —añade precipitadamente.

Sin embargo, Joanne ya está respondiendo.

—Conocí a un niño que pasaba horas mirando el cielo... El pequeño Tom. Era un niño distinto a los demás. Siempre estaba en su mundo. Costaba llegar hasta él.

Joanne tiene una sonrisa triste. Émile se da cuenta de que se le llenan los ojos de lágrimas; sin embargo, continúa hablando.

—Era un niño absolutamente apasionante. Siempre estaba pintando... —Se ve obligada a detenerse un momento para tragar saliva—. Pintando con el color azul. Llenaba páginas y páginas de azul. Nada más que azul. No se sabía si era el cielo o el mar lo que pintaba. No lo decía. Y..., y lo peor de todo era... que arrugaba cada uno de los dibujos. En cuanto los terminaba, los arrugaba, disgustado, como si le decepcionara no haber encontrado el tono correcto, la buena mezcla de azules. Entonces se iba al patio y volvía a observar el cielo durante horas. Y, al día siguiente, podías estar seguro de que haría otra pintura con azules.

Resulta desconcertante verla así. A punto de llorar pero sonriendo, hablando rápido, con pasión y emoción. Nunca la había visto de esa manera. Ya no puede frenarla.

—Los profesores lo apodaron Tom Blue. Les prohibieron a los demás niños que utilizaran la pintura azul... bajo petición mía. Estaba reservada para él. Era la pintura de Tom Blue.

Suelta una risita nerviosa, cargada de emoción. Nunca la ha visto reír con tanta sinceridad. Debía de querer un montón a ese niño. Émile, también conmovido, le pregunta:

—¿Estaba en la escuela donde trabajabas?

Joanne asiente con emoción.

—Sí. Estaba en mi escuela. Pero se fue.

—¿Hace mucho?

—Un poco, sí.

Joanne bebe un largo trago de champán. Así es ella, recoge a los más débiles, los más frágiles, los que son distintos, los que están encerrados en su mundo, como el pequeño Tom Blue, o los que corren el riesgo de que los maten, como Pok... Tenía razón con lo que ha dicho hace un momento: Joanne es sorprendente.

—¿Así que tú también observas el cielo?

Joanne asiente. Las lágrimas han desaparecido del fondo de sus ojos.

—Sí. Me pregunto si algún día encontraré la buena combinación de azules. Si podré pintarla para él, y dársela, cuando nos volvamos a ver...

Émile bebe un trago de champán también, para disimular la emoción.

—Se pondrá muy contento —dice.

—¿Tú crees?

—Estoy seguro.

Intercambian una sonrisa temblorosa. Acaban de compartir un momento íntimo. Émile lo nota y está seguro de que Joanne también.

—¿Sabes dónde se ha ido? ¿Sabes cómo puedes encontrarlo?

Joanne traga saliva.

—Tengo alguna idea. —Recupera los dados del tablero y pregunta aclarándose la garganta—: ¿Puedo seguir?

—Por supuesto. Puedes lanzar el dado.

Durante todo el resto del juego no caen en la cárcel. No lo hacen expresamente, pero los dados han decidido dejarlos tranquilos lo que queda de velada. Cuando recogen la mesa y abren el sofá ya es medianoche. Apagan la luz y Émile no dice nada cuando siente que Pok y Canalla saltan sobre la cama y se instalan a sus pies. Piensa que es un día para celebrar y que esa noche puede hacer una excepción.

—Buenas noches —le susurra a Joanne.

—Buenas noches.

—Ha sido una noche guay.

—Estoy de acuerdo.

Se hace el silencio, solo interrumpido por los ronroneos de placer de Pok. No cabe duda de que Joanne le está rascando el vientre en la penumbra. Piensa en el pequeño Tom Blue, que llenaba hojas de pintura azul... Y piensa en sí mismo. A él también lo ha recogido. Ha decidido acompañarlo en su última escapada y ofrecerle su libertad casándose con él. Él forma parte del lote. Tom Blue, Pok y él. Ha decidido darles una segunda oportunidad. A los tres. Joanne es como la pequeña iglesia, que se erige con osadía, intacta y fuerte, entre las ruinas de Cômes. Así es Joanne: un símbolo de esperanza en medio de una tierra de desolación.

15

Myrtille reaparece al día siguiente; no puede soportarlo más. La espera escondida en su salón se le debe de haber hecho eterna.

—Bueno, ¿cómo fue la boda?

Tiene una sonrisa resplandeciente. Joanne se sorprende al ver que les ha preparado tortitas y té negro.

—¡No tendría que haber hecho este esfuerzo! —exclama.

—Ah, ¡no! —replica Myrtille con tono tajante—. ¡No empieces como mi hija! ¡Ya tengo suficiente con soportar a una Annie encima!

Después los obliga a tomar asiento en el patio interior, bajo el platanero. Émile la ayuda a bajar los pequeños escalones y a instalarse con ellos.

—Bueno, entonces, ¿cómo fue esa boda? ¡Os estáis haciendo los misteriosos!

—Fue bien.

—¿Fue bien? ¿Eso es todo? Annie me ha dicho que le pedisteis champán. ¿Preparasteis una cena de celebración?

Émile asiente.

—Sí. Joanne cocinó una cena increíble. Por cierto, ¡le ha traído postre!

La distracción funciona durante un tiempo. Myrtille hace preguntas sobre la cena, Joanne le trae el postre, la mujer mayor declara que está exquisito. Pero vuelve a insistir en el tema en cuestión: la boda en el ayuntamiento y el vestido.

—¿Habéis sacado alguna foto al menos? —Parece horrorizada al verlos negar con la cabeza—. ¡Hay que ponerle remedio! ¡No podéis casaros y no sacar ni una foto! ¿Qué le vais a enseñar al pequeño?

Ambos gritan al unísono:

—¡Myrtille! ¡No hay ningún bebé!

Ella chasquea la lengua contra el paladar.

—Voy a llamar a Annie. Su yerno es fotógrafo. Os hará unas fotos preciosas por las callejuelas empedradas.

Émile se siente tan exasperado que no controla el tono con el que responde.

—¡No, Myrtille, ya vale! ¡No habrá fotos! ¡Y tampoco hay bebé! La boda ya ha pasado. ¡Ahora déjenos un poco en paz!

Joanne se retuerce en la silla. Se hace un silencio un tanto pesado en el patio interior. Myrtille deja la taza de té con movimientos tensos. El silencio se prolonga. Émile trata de enmendar lo ocurrido comentando:

—Estas tortitas están muy buenas.

Pero su frase cae en saco roto. Acaba levantándose y yéndose del patio.

Se habían visto obligados a mentir acerca de la boda y fingir durante semanas y semanas. Esperaba que por la mañana todo eso se hubiera terminado. Que pudiesen retomar una vida normal. Pero Myrtille siempre tiene que hacer una montaña de un grano de arena e implicarse en su vida. Por lo general le parece conmovedor, pero esa mañana no. Solo quería respirar un poco, saborear su nueva libertad. Se monta en la bicicleta reparada de Annie y se va a dar una vuelta por el pueblo.

Ha tenido un nuevo episodio de amnesia. Esta mañana ha salido de la casa de Myrtille, enfadado, con ganas de pedalear muy rápido para despejarse..., y después ya no sabe qué ha hecho. Los artistas ya se han ido de Eus. El festival ha acabado. Se encuentra en una pequeña plaza no muy lejos de la iglesia de arriba, sentado en un banco. Tiene una lata de refresco entre las manos y se ha quemado la cabeza. Le arde la cicatriz. Se acuerda a la perfección del día anterior y de los precedentes, y de cuando se ha despertado esta mañana, el desayuno bajo el platanero, el desencuentro con Myrtille. Y después nada más. El campanario de la iglesia indica que son las seis de la tarde. Nunca tuvo intención de irse tanto rato. Joanne debe de estar muy preocupada... Joanne, la ha dejado sola con Myrtille en un momento horriblemente incómodo...

Caray, ¿qué ha hecho todo este tiempo? ¿Dónde ha estado desde esta mañana? ¿Dónde está la bicicleta? ¿Por qué tiene este refresco entre las manos?

¿Será que el desbordamiento de emociones de estos últimos días le ha fundido el cerebro? ¿Han sido los nervios por la boda? ¿Puede que su mente solo haya encontrado esa solución para despejarse y aflojar la presión? ¿O, por el contrario, ha sido el alivio, la certeza de que ahora, con Joanne como su tutora legal, está a salvo? La sombra del ensayo clínico ya no se cierne sobre su cabeza. Ahora, pase lo que pase, sabe que Joanne velará por mantenerlo lejos de todo eso. La presión ha disminuido y la enfermedad ha recuperado su curso.

Se fuerza a levantarse del banco, a pesar del cansancio y el golpe de calor, con la intención de volver rápido a casa, pero una vez de pie es incapaz de moverse. Se siente desorientado. ¿Es por el calor? ¿Tiene una insolación? No sabe hacia dónde ir. No sabe qué dirección tomar. «Hostia, no me jodas». Ha hecho ese camino todos los días desde hace más de un mes. Sin embargo hoy está bloqueado e indeciso. No sabe por qué calle tiene que ir. «Ahora sí que es el final, colega... Estás jodido. Todo se va de madre». Se intenta convencer de que es por el sol, que le habrá dado una insolación. No obstante sabe que es mentira. Los médicos ya se lo advirtieron.

—Los primeros síntomas han sido la dificultad de realizar tareas en un contexto profesional, los desmayos, los lapsus de memoria.

—¿Y qué viene después? —preguntó su madre.

—Vendrán otros síntomas —respondieron los médicos—, con mayor o menor rapidez, en función de la evolución de la enfermedad. Perderá objetos de manera recurrente, tendrá cambios de humor o se aislará, sobre todo en situaciones que sean social o mentalmente agotadoras, se olvidará de episodios del pasado, tendrá dificultad por ponerle nombre a una cara, sufrirá desorientación espaciotemporal...

«Desorientación espaciotemporal». Es lo que le está ocurriendo ahora. No sabe lo que ha hecho hoy. No tiene consciencia de cuánto tiempo ha pasado desde que se ha ido de casa. ¿Diez minutos? ¿Una hora? ¿Un día? Si no fuera por el campanario de la iglesia ni siquiera sabría qué momento del día es. ¿Por la mañana? ¿Por la tarde? Y luego está ese otro puñetero problema, el más urgente: no sabe cómo volver a casa. La dirección, sin embargo, la recuerda: Carrero del Massador, número 6. Eso no lo ha olvidado, de momento.

Comienza a andar, al azar. Igual le volverá la memoria mientras camina. Las tiendas le resultan familiares. Cualquier adoquín también. Sin embargo empieza a dudar, no lo tiene claro. Vuelve sobre sus pasos, esperando regresar a la iglesia de arriba. Desde allí, tendrá una vista de pájaro de todo el pueblo y será más fácil ubicarse. Llega arriba, se apoya en una fachada, exhausto y al borde de un ataque de nervios. Es una sensación espantosa. La peor que ha experimentado... después de lo que sintió cuando Laura se fue... Tiene la sensación de estar enloqueciendo, de perder el control por completo.

Se detiene unos segundos para tomar aire. Piensa en la ironía de la situación. Creyó que últimamente estaba mejor, que la enfermedad retrocedía, o al menos que se estancaba, que la estabilidad de la vida en Eus le iba bien, que le procuraba una serenidad que mantenía su memoria activa, pero se equivocaba. Por lo visto, era la boda lo que le hacía aguantar, la idea de que no tenía elección, que había que resistir hasta entonces, no desmayarse ni tener ningún episodio de amnesia hasta que los papeles estuviesen firmados, hasta que Joanne fuese su única tutora legal. La mente tiene un poder enorme sobre el cuerpo, sobre la evolución de la enfermedad. Hoy es consciente de ello, apoyado en la fachada abrasadora de un edificio. Como los moribundos que aguantan días y días la llegada de sus seres queridos para apagarse por fin en sus brazos. Es lo que le ha ocurrido a él. El miedo de desmayarse de nuevo, de que lo enviasen de vuelta al centro, la urgencia por estar por fin a salvo han permitido que su cuerpo mantuviera la memoria intacta. Ahora se ha acabado. Todo retoma su curso. El proceso de la enfermedad vuelve a ponerse en marcha. Y allí está él, contra esa fachada, patético. Como un pobre anciano que no recuerda el camino para volver a casa. Y se siente tan patético que tiene ganas de llorar. O de enfadarse. Pero no debe hacerlo. Myrtille ya ha sido víctima de su cólera esta mañana, y Joanne de manera indirecta también. Tiene que resignarse a su estado actual sin dejarse llevar por la ira. Nadie tiene la culpa. Ni siquiera él.

Al final termina encontrando la calle, tras unas cuantas vacilaciones. Las contraventanas que dan a la calle, las de la habitación de Myrtille, ya están cerradas, probablemente para conservar un poco el frescor. Encuentra a Joanne en lo alto de las escaleras, haciendo una limpieza a fondo. Se ha recogido la melena en lo alto de la cabeza y se ha arremangado los pantalones cortos hasta arriba de los muslos. Se pelea con un plumero en la mano intentando quitar telarañas del techo. En un rincón de la estancia hay una escoba y una fregona. Los gatos deben de haber escapado, asustados con tanta agitación. No están allí. Émile no espera a que ella diga nada, se deshace en excusas de inmediato.

—Joanne, lo siento. No sé qué he hecho. He tenido otra crisis. Acabo de darme cuenta de la hora que es y he perdido la bici de Annie...

Al principio, Joanne tiene una expresión un tanto hermética, como si estuviese resentida por el altercado de esta mañana, pero, cuando lo oye hablar y percibe la angustia en su voz, deja el plumero en el suelo y se acerca a él.

—¿Estás bien? ¿Te ha dado una insolación?

Émile no responde, hay otro tema que le preocupa.

—¿Y Myrtille? Debe de estar enfadada por lo de esta mañana...

Unos mechones se escapan del moño de Joanne. Tiene la frente reluciente de sudor a causa de la limpieza a fondo que está haciendo.

—Me ha preguntado que si queríamos irnos, si nos habíamos hartado de ella. —Pronuncia esas palabras con incomodidad—. Le he dicho que no, pero no parece que me crea... —Hace una breve pausa y se enjuga la frente—. Deberías ir a hablar con ella.

Émile asiente.

—Voy enseguida.

Encuentra a Myrtille dormida en su sillón con la televisión de fondo. Canalla está hecha un ovillo en su regazo y monta guardia. Lo mira con mala cara. Debe de haberlo identificado como el enemigo de la casa, el que hiere a Myrtille y a Joanne. Émile se aclara la garganta, dudando sobre si despertar a la anciana, pero el sonido basta para sacarla de su sueño ligero. Se incorpora, echando a Canalla, que suelta un maullido de protesta.

—Me he quedado traspuesta —farfulla secándose con disimulo un hilito de baba de la comisura de la boca.

Émile se planta delante de ella, incómodo. No sabe muy bien por dónde empezar, pero piensa que lo más fácil será desvelarle casi toda la verdad.

—Myrtille, siento lo de esta mañana. Sé que solo piensa en que estemos bien, pero resulta que...

Se seca el sudor de las manos en los pantalones cortos. Myrtille no se inmuta. Salta a la vista que esperaba una explicación, así que no la rechaza y escucha atentamente. Émile traga saliva.

—No hay bebé, Myrtille... Si nos hemos casado de manera precipitada es solo para que Joanne pueda ocuparse de mí porque estoy enfermo.

La anciana abre como platos los ojos de color azul brillante. No se esperaba ese tipo de explicación.

—Tengo alzhéimer precoz... Es una enfermedad poco común... Así que esta boda es más bien una formalidad..., una manera de asegurarme de que Joanne pueda tomar todas las decisiones sobre mi estado de salud.

Los ojos azules de Myrtille se cubren de tristeza. Émile no quería que ocurriera eso. Solo quería que entendiera que ella no había hecho nada malo, que no tenían ganas de irse y dejarla sola. Por lo menos no de inmediato. Cuando abre la boca su voz parece la de una mujer muy anciana y perjudicada por la edad.

—Lo siento mucho, Émile... No lo sabía...

Él sacude la cabeza.

—Lo sé, es normal...

Pero la tristeza sigue inundando el rostro de Myrtille. Parece mucho más mayor así.

—He metido muchas veces la pata últimamente. Lo del vestido de novia... ha sido una estupidez...

—No, no lo ha sido.

—Sí.

—No, se lo aseguro. Joanne estaba guapísima con ese vestido.

Myrtille esboza una sonrisa acongojada.

—¿De verdad?

Émile asiente.

—Sí, de verdad. Y la trenza que le hizo también era hermosa.

Myrtille baja la mirada con tristeza.

—Quería poner un poco de alegría en su rostro. Siempre se esconde detrás del negro. Ahora entiendo por qué...

Émile traga saliva. No quiere afligir más a Myrtille. No le dirá que él no es la causa del luto que lleva permanentemente. Ni que Joanne y él no están enamorados, que se han conocido hace solo dos meses a través de un anuncio. Hay cosas que la mujeres mayores y cansadas no necesitan saber.

Myrtille se sorbe los mocos. ¿Le ha caído una lágrima? No consigue distinguir su rostro en la penumbra del salón. Ha cerrado todos los postigos para conservar el frescor.

—No saldrás de esta, ¿verdad? —pregunta con una voz extrañamente lejana.

Émile sabe que está hablando de la enfermedad. Duda sobre si mentirle, pero desiste.

—No..., la verdad es que no.

Vuelve a sorberse los mocos.

—¿Qué va a ser de ella?

Émile traga saliva, esperando deshacer el nudo que tiene en la garganta. Myrtille lo está poniendo triste. ¿Por qué llora?

—No lo sé —confiesa con voz insegura.

—Habrá que pensarlo... ¿Pensarás en ello?

—Sí. Lo pensaré.

Myrtille mira a Canalla, que ha ido a reunirse con Pok en su cesta, cerca de la televisión, y se acurruca junto a él.

—¿Por eso estáis haciendo este viaje?

—Sí.

Ambos se quedan en silencio. La televisión suena de fondo.

—¿Entonces acabaréis marchándoos?

Myrtille alza la cabeza hacia él y Émile puede ver sus ojos azules extrañamente húmedos.

—Sí. Al final acabaremos yéndonos... No ahora mismo, pero, en algún momento, sí.

Myrtille asiente. Está jugando con un hilo suelto de su vestido con la punta de sus apergaminados dedos. Tira de él hacia arriba, lo enrolla.

—Podríais volver en invierno... Cuando haga demasiado frío para continuar viajando en autocaravana o con tiendas podéis volver aquí.

Esa perspectiva es como un bálsamo para el corazón. Émile asiente.

—Es una muy buena idea.

—Díselo a Joanne...

—Estoy seguro de que estará encantada.

—Yo también estaré encantada.

Intercambian una pequeña sonrisa. En la televisión empieza el programa de la noche. Consiste en ganar diez mil euros respondiendo a una serie de diez preguntas. Myrtille se deja distraer unos segundos antes de volver a mirarlo.

—¿Quiere cenar con nosotros esta noche? —le pregunta Émile. No le deja tiempo para rechazar la oferta—. Hoy cocino yo. La invito a cenar al estudio. Vendré a buscarla aquí abajo a las siete y media. Esté lista para entonces.

La sonrisa de Myrtille vale oro.

Émile ha quemado la lasaña de carne, pero Joanne le ha dicho que lo arreglaría, que podía irse a la ducha. Émile le ha hecho un plato especial sin carne. Un miniplato de lasaña de verduras y pesto. Joanne parecía contenta.

—Ve a ducharte, ya son las siete —le ha dicho Joanne—. Ya arreglo yo tu lasaña.

—Oh... Vaya, Myrtille, ¡se ha puesto pintalabios y un chal!

La anciana lo espera abajo de las escaleras, con un auténtico traje de gala. Un vestido negro, un chal malva y unos pendientes de oro. Se ha pintado los labios de color rojo carmesí. Está muy elegante. No se deja turbar por el comentario y replica:

—¿Dónde está tu barba?

Joanne ha tenido la misma reacción al verlo salir del cuarto de baño, pero ha sido un poco más comedida. Ha soltado:

—Oh, te..., te has afeitado la barba.

No sabe realmente por qué lo ha hecho. Empezó a dejársela crecer hace un año, después de que Laura se fuera, como para esconderse, disimular su rostro, protegerse. Pero esta noche se ha visto en el espejo y se ha dado cuenta de que a causa de las escapadas de estos últimos días la había descuidado. Había invadido gran parte de su rostro y era demasiado. Ha empezado a recortársela. La intención era arreglarla un poco, pero ya no ha podido detenerse. Se la ha quitado toda y ha dejado su rostro al descubierto. Se ha sentido desnudo y vulnerable, pero también mucho más joven. Menos triste. Tiene un aspecto completamente nuevo así, más resplandeciente. Joanne ha abierto los ojos como platos al verlo.

—¿Te gusta? —le ha preguntado Émile.

Ella ha asentido y Émile ha detectado un destello halagador en su mirada que lo ha hecho ruborizarse un poco.

—Sí, Myrtille, me la he quitado —responde bajando los últimos peldaños para llegar hasta ella—. Soy un hombre nuevo.

—Un hombre casado —responde ella con una sonrisa.

Émile llega a su altura, al final de la escalera, y le tiende el brazo.

—¿Me permite?

Myrtille ríe como una chica joven.

—Tiene usted unos modales impecables, joven.

—¡Siempre!

Nota cómo se apoya en su brazo. Le cuesta subir las escaleras. Diga lo que diga, y a pesar de lo que muestra, es una mujer mayor agotada por la vida. Se detienen a la mitad de las escaleras porque le falta el aliento.

—Envejecer es terrible —dice sin respiración.

—Me lo imagino.

—Pero bueno, tengo bien la cabeza. Habría sido mi mayor miedo, enloquecer. —Se interrumpe, mortificada, dándose cuenta de lo que le está diciendo.

Émile corta en seco ese momento incómodo.

—¡Estoy totalmente de acuerdo con usted!

Retoman el ascenso por las escaleras.

Émile ha puesto la mesa, Joanne ha encendido la radio. Una melodía de jazz envuelve el estudio. Canalla y Pok empiezan una persecución entre el sofá y la encimera, enredándose entre los pies de Émile. Myrtille se ha sentado en el sofá, con su chal sobre los hombros y una copa de champán en la mano (lo que quedaba de la noche anterior). Parece encantada de estar allí. No para de reír, como una chica joven. Joanne está sentada a su lado. Va vestida de negro, como de costumbre, pero Myrtille le ha prestado una auténtica peineta de época, de color dorado, decorada con una amatista violeta, y ella se la ha puesto en la melena enmarañada. Es un objeto vetusto, pero a Joanne le queda de maravilla, puesto que es una chica atemporal, que sin duda podría parecer salida directamente de los años treinta. Émile piensa que Myrtille lo ha hecho adrede para añadir un poco de color y luz al rostro de Joanne. Se había dado cuenta de lo del color negro. Lo había dicho, hacía un rato, cuando hablaba de su vestido de novia y la trenza: «Quería poner un poco de alegría en su rostro. Siempre se esconde detrás del negro».

Lo ha conseguido. Esta noche Joanne parece más joven, igual que él sin su barba.

—¡A comer! —grita Émile dejando en la mesa la fuente ardiente con la lasaña.

No obstante, las dos mujeres continúan murmurando y riendo en voz baja. Émile las observa de reojo, divertido. Ver a Joanne reír continúa siendo algo asombroso. Puede que algún día, en unos meses, se convierta en algo habitual y ni siquiera lo note. Sería una buena señal, pero al mismo tiempo sería triste no maravillarse más ante ese gesto... Se aclara la garganta y repite—: ¡A comer!

Myrtille se convierte en una auténtica chica joven durante la cena. Está ligera, habladora, ríe con facilidad y tiene infinidad de anécdotas sobre el pueblo. Llegan al postre, que consiste en una ensalada de fresas, y de pronto se pone seria y pregunta:

—¿Y entonces Pok?

—¿Qué le pasa a Pok?

—Joanne dijo que se encargaría de encontrarle una familia...

—Tiene un semblante preocupado.

Joanne duda antes de responder. Consulta con la mirada a Émile, para poder afirmar con seguridad:

—Lo vamos a adoptar.

A Myrtille le cuesta creerse sus palabras.

—Pero...

—¿Pero...?

—Dijisteis que os iríais al cabo de un tiempo...

Joanne vuelve a inquirir a Émile con la mirada y él asiente sonriendo.

—Nos lo llevaremos en la autocaravana —declara.

A Myrtille le brillan los ojos.

—¿De verdad?

—¡Sí, de verdad!

—¿No lo abandonaréis?

—¡No! —responde Joanne disgustada.

—¡Ahora ya tenemos un libro de familia, Myrtille! —bromea Émile.

La mujer sacude la cabeza, sin comprender.

—Creo que ya cumplimos con los requisitos para adoptar un gatito...

Sueltan una carcajada los tres. Es una velada muy agradable. El jazz, el sabor acidulado de las fresas en la boca, el rastro de salsa de tomate en las comisuras de los labios de Myrtille, la peineta antigua en el pelo de Joanne, y sus sonrisas, las de los tres. Verdaderamente es una noche muy agradable.

2 de septiembre

Mamá:

Te escribo para darte una gran noticia. Desde hace dos días soy un hombre casado. No pongas los ojos como platos mientras te coges la cara con las manos. No, no me he vuelto loco. Joanne es una muy buena chica que ha prometido respetar mi voluntad y no llevarme nunca al centro del ensayo clínico. Sí, lo admito, ese es el motivo por el cual hemos tomado esta decisión, pero eso no cambia el hecho de que soy un hombre casado.

A partir de ahora, pase lo que pase, Joanne será mi única tutora legal. Ningún hospital os volverá a molestar con mis desmayos o mis pérdidas de memoria.

Sé que esto no es lo que queréis, pero es lo que yo deseo, y ya soy mayor. Tengo veintiséis años y estoy casado. Y, por si fuera poco, voy a morir en dos años. Al menos quiero decidir qué será de mi vida durante estos últimos años.

Marjorie ya debe de haber recibido una carta de mi parte que te habrá dejado leer (en todo caso le pedí que lo hiciera). En cuanto pueda te haré llegar esta, pero será la última. A partir de ahora continuaré escribiéndoos regularmente pero en una pequeña libreta que conservaré como un tesoro. Joanne se ha comprometido a entregárosla cuando yo ya no esté aquí. No es que no quiera daros noticias en tiempo real, pero enviar estas cartas se ha convertido en un verdadero periplo (si quiero asegurarme de permanecer oculto). Además, me gustaría creer que las dos últimas cartas os han tranquilizado y demostrado que soy feliz y que estoy viviendo la vida que quiero.

Mientras esperáis a recibir mi libreta negra, y mis próximos escritos, intentad tanto como os sea posible perdonarme, y no estar resentidos por lo que os he hecho. Lo que os pido es egoísta, igual que mi huida, pero no lo es más que vuestro deseo de querer conservarme senil y prisionero cerca de vosotros. Yo os perdono. Espero que vosotros os mostréis igual de indulgentes conmigo. Os quiero y os querré siempre. Estos dos años lejos de vosotros no cambiarán nada. Al contrario... Dicen que al alejarte de las personas es cuando tomas conciencia de cuánto los quieres. Considerémoslo como una oportunidad.

Mamá, papá, para acabar con un tema más feliz, que sepáis que estaba muy guapo de novio (bueno, eso creo). Habríais estado orgullosos de mí. No me afeité la barba, pero me puse una camisa blanca y no fanfarroneé delante del alcalde. Joanne estaba preciosa. Me entristece pensar que no la conoceréis. Es de ese tipo de personas que solo se conocen una vez en la vida. Llevaba uno de esos vestidos de novia de época, con mucho encaje, de los que cubren los brazos hasta las muñecas. Myrtille (una mujer mayor en cuya casa vivimos ahora) le hizo una trenza muy bonita. Solo le faltaba el velo para parecer una novia de verdad. ¡Y unos zapatos adecuados!

Mamá, papá, os mando un abrazo. Nunca estáis lejos. Siempre os tengo cerca de mí, allá donde vaya. No lo dudéis.

Vuestro hijo,

ÉMILE

16

—¿Émile? —lo llama Myrtille, que está sentada delante de la televisión.

Émile está cerca de ella, regando las plantas en los escalones que llevan al patio interior.

—Estoy aquí.

—Siéntate.

Le sorprende, pero obedece. Tira de una silla llena de folletos de publicidad, los lanza al suelo con un revés de la mano y se sienta.

—Annie se acaba de ir...

—Lo sé.

—Dice que Jean ha encontrado la bicicleta por Eus, la que te había dejado. Al parecer estaba en una callejuela... desde hace varios días.

Émile está preocupado. No está seguro de si la inquietud de Myrtille se debe a que perdió la bicicleta y no dijo nada sobre el tema. Empieza a balbucear algo asegurándole que lo siente, que se las arreglará para repararla de nuevo si es necesario, pero la señora mayor lo interrumpe.

—¿Qué pasó? ¿Te caíste?

Émile niega con la cabeza.

—¡No! No, no fue...

—¿Te perdiste?

Myrtille acaricia a Canalla de manera mecánica, sin apenas pensarlo. Tiene toda la atención puesta en Émile.

—Sí. Me perdí. Fue el famoso día que nos propuso sacarnos unas fotos de recién casados y yo salí precipitadamente.

Myrtille asiente. Tiene esa mirada profunda que lo escudriña todo.

—Desapareciste todo el día, ¿no?

—Sí. No..., no tengo ni idea de lo que hice... Cuando volví en mí ya no tenía la bici y me..., me costó una barbaridad encontrar el camino de vuelta a casa. Siento mucho el descuido. No tenía intención de perder la bici...

—¡Me da lo mismo la bici, muchacho! ¿Es por eso por lo que ya no sales de casa?

—Eh...

Le da vergüenza reconocerlo, pero es verdad. Desde ese episodio, se inventa un sinfín de excusas para no tener que aventurarse solo por el pueblo. Al principio, esperaba a que Joanne saliera a dar una vuelta para acompañarla y airearse un poco con ella, pero ahora que está ayudando durante todo el día a una amiga de Annie en la heladería, ya no pone un pie fuera.

—Sí... Intento evitar salir... No me he vuelto a perder porque ya no salgo.

—¿Y lo demás?

—¿Los lapsus?

—Sí, los lapsus...

No lo sabe con certeza. No se ha vuelto a encontrar en una situación tan confusa como la de ese día, en las callejuelas de Eus, con la lata en la mano, pero sí que ha experimentado breves episodios un tanto inquietantes. Una mañana, se descubrió guardando el cepillo de dientes en la nevera. Otra, se dio cuenta de que el agua de la ducha seguía corriendo porque se le había olvidado cerrar el grifo una hora antes. Y esta mañana ha llamado «Marjorie» a Joanne. Pero eso no son más que despistes... O, en todo caso, eso se dice a sí mismo cuando ocurre. Sabe perfectamente que es el desarrollo normal de la enfermedad, pero piensa que, mientras se limite a unos cuantos descuidos y rarezas, no es tan grave. Lo que más teme, por encima de todo, son los episodios de amnesia.

—Nada grave, pero sí..., he tenido algunos despistes. —De pronto se inquieta—. ¿Por qué? ¿Le ha dicho algo Joanne?

Myrtille sacude la cabeza.

—No... No me ha dicho nada de nada.

—Parece que la hace feliz el trabajo en la heladería, ¿verdad? —pregunta Émile interrogando a Myrtille con la mirada.

Ella asiente.

—Sí, seguro que le va bien salir un poco de aquí. —Chasquea la lengua contra el paladar—. Y tú deberías hacer lo mismo.

Émile aparta la mirada. Finge concentrarse en la televisión, pero Myrtille no se deja engañar.

—No vas a ralentizar la evolución de esta puñetera enfermedad quedándote aquí enclaustrado. Al contrario. Tendrías que airearte un poco.

Émile responde refunfuñando.

—No me vería en tres días. Corro el riesgo de perderme por alguna callejuela.

—Pues pídele a Joanne que te acompañe.

—Trabaja.

—No trabaja, echa una mano. Puede cogerse una mañana libre para pasear contigo.

—No sé si quiere.

Myrtille empieza a reprenderlo como a un niño pequeño.

—¡Émile, pero tú te estás escuchando! ¡Qué cenizo eres! ¡Mira el tiempo que hace! Hace bueno. Sopla una brisa fresca. Podrías ir a hacerle una visita a la heladería. Estoy segura de que se alegraría. ¡Y no me digas que te vas a perder! ¡Está a menos de cuatro minutos de aquí! Te prometo que si no has vuelto en una hora envío un helicóptero a hacer un vuelo de reconocimiento.

Levanta a Canalla de su regazo y la deja en el suelo.

—¡Venga, fuera!

Les habla a los dos. Hace pequeños gestos con la mano para decirles que se larguen.

—¡Hace bueno! ¡Salid a tomar el aire por mí!

Dos semanas antes, Joanne volvía encantada de su primer día en Coco Glacier y, desde entonces, va allí desde primera hora de la mañana y no vuelve hasta la tarde. A Émile le sorprende.

—¿Tanto trabajo hay?

Joanne se encoge de hombros.

—No, pero me gusta estar detrás del mostrador y observar las idas y venidas de la gente del pueblo. Me relaja.

Émile tiene la sensación de rejuvenecer diez años en un segundo al encontrarse bajo el suave sol de septiembre, caminando por el adoquinado. Myrtille estaba en lo cierto. Ha hecho bien escuchándola. Le sienta genial volver a ponerse en movimiento, sentir los rayos del sol. Tiene la sensación de que hace años que no se sentía así. Tiene la sensación de recuperar la vitalidad de sus veinte años. Ahora, a mediados de septiembre, las callejuelas de Eus le parecen desiertas después de la agitación del mes de agosto. Algunos turistas aquí, un grupo escolar allá, pero está todo relativamente tranquilo. De pronto se siente tan ligero que incluso se concede una visita por la galería de arte antes de llegar a la heladería que le ha indicado Myrtille. Es una tienda pequeña con un escaparate de color rosa chicle y un letrero blanco en el que se puede leer «Coco Glacier, helados artesanales y originales». La tienda está abierta al exterior. En la calle tiene algunas mesas y sillas de plástico y hay una pareja de turistas descansando. En la vitrina refrigerada hay una veintena de cubetas de helado de todos los colores intentando conquistar al transeúnte. Detrás del mostrador, bajo su gran sombrero negro, se encuentra Joanne. Parece gratamente sorprendida al verlo.

—¡Émile!

Él se planta frente al mostrador, con un poco de torpeza.

—Sí, he salido.

—Bien hecho. Hoy hace buen día.

Parece que está sola en la heladería, pero un ruido en el fondo de la tienda indica que Corinne, la jefa, debe de estar poniendo orden en un almacén o una cámara frigorífica.

—¿Qué tal va? ¿Te las apañas bien?

Joanne asiente.

—Sí. Ya me sé todos los sabores de memoria, e incluso tengo clientes regulares que vienen todos los días.

Una puerta se cierra detrás de Joanne y aparece una mujer rubia de unos cincuenta años con una cinta azul en la cabeza y una cubeta de plástico en la mano. Parece amable. Esboza una ampla sonrisa y lo saluda con voz cálida.

—Buenos días. ¿Le atiende Joanne?

Émile va a contestar, pero Joanne se le adelanta.

—No, Corinne, es Émile... —La mujer no parece entenderla y Joanne añade—: Mi marido.

A Émile le cuesta reprimir un tic nervioso al oírla pronunciar «mi marido». Espera que Corinne no se haya dado cuenta. Al parecer no. Su sonrisa se ensancha todavía más.

—¡Oh! ¡Encantada de conocerte, Émile! ¡Bueno, siéntete libre de pedir lo que quieras! Invita la casa.

—Oh, qué amable, pero...

—Ya me dirás qué tal. Tenemos un nuevo sabor y me gustaría mucho saber qué le parece a la gente.

Tiene una amplia sonrisa amistosa y afable. Ahora entiende por qué a Joanne le gusta tanto pasar horas aquí. Debe de ser una agradable compañía.

—Ah, ¿sí?

—El helado de flor de saúco.

—Oh... Es... original.

—Joanne no es muy fan, pero me gustaría conocer más opiniones.

Émile se encoge de hombros, divertido.

—Bueno, si hay que hacerlo...

Corinne se gira hacia Joanne.

—¿Te dejo servir a tu marido? Todavía tengo cubetas por lavar.

—Claro.

Se va tan rápido como ha aparecido y Joanne se queda detrás del mostrador con los brazos colgando. Émile pasea la mirada por las cubetas, intentando descifrar los sabores.

—¿Tienes algo con alcohol? Lo necesitaré para recuperarme de la recurrente y traumatizante expresión «mi marido» en una misma conversación.

Émile ríe al ver que Joanne se ruboriza.

—No sabía cómo..., no se me ocurría cómo...

Parece avergonzada de verdad, lo que le hace reír aún más.

—No pasa nada. Es lo que soy. Solo tengo que acostumbrarme.

Joanne se apresura a cavar en la cubeta de flor de saúco para ocultar su turbación. Después coge un cucurucho y pone la bola.

—¿Y... qué..., qué más?

—Todavía no me has dicho qué tienes con alcohol.

Sigue sonrojada pero imperturbable, desempeñando su papel de vendedora de helados. Mantiene la cabeza agachada hacia las cubetas y enumera con seriedad:

—Limoncello, babá al ron, avellana amaretto, café irlandés.

—Avellana amaretto.

—Avellana amaretto, de acuerdo.

Se esmera en formar una bonita bola y la añade al cucurucho. Le tiende el helado sin dejar de esquivarle la mirada.

—¿Cuánto le debo, señora? —Le divierte verla tan seria e incómoda.

—Nada. Ya has oído a Corinne.

—Bueno..., pues gracias.

Coge el helado que le está ofreciendo y se queda plantado delante de la vitrina sin saber muy bien qué hacer, si irse o comérselo delante de ella, de una manera un tanto patética. Joanne le señala las mesitas y las sillas de plástico.

—Siéntate aquí. No hay demasiada gente hoy. Puedes disfrutar de la terraza.

La pareja de turistas que se había instalado allí justo se está yendo. Émile se sienta en la mesa más cercana al mostrador y empieza a comer lentamente, con las piernas estiradas al sol.

—¿No te aburres todo el día aquí? —le pregunta.

Joanne niega con la cabeza.

—No. Antes estaba en el almacén. Lavaba las cubetas, cambiaba las etiquetas. Ahora estoy contenta de estar en el mostrador.

—¿Meditas mientras atiendes a los clientes?

Joanne pone los ojos en blanco.

—¿Te estás burlando de mí?

—Para nada. —Émile se lanza a por el cucurucho con apetito—. Eres tú quien me dijo que te gustaba la meditación... Haz memoria, en tu primer correo.

Observan a una mujer que cruza la callejuela mientras pasea a un perro atado con la correa.

—Y yo que pensaba que para meditar había que sentarse con las piernas cruzadas y cerrar los ojos... —añade.

Joanne le responde con un aire muy serio:

—No tiene por qué.

—Ah.

—Yo practico la meditación consciente...

Émile pone los ojos en blanco porque no entiende ni una palabra de lo que le está contando.

—Lo siento, no domino todos los matices de la meditación.

Joanne se encoge de hombros. En ese momento, Corinne cruza de nuevo la tienda, enjugándose la frente con la palma de la mano. Se dirige a Émile.

—Bueno, ¿qué?

—Está delicioso.

Parece contenta. Levanta un pulgar y le dice:

—Vuelve mañana, así pruebas otros sabores.

—Deberías intentar volver a hacer trabajillos por el pueblo...

—No estoy seguro... Ya veré...

Esos trabajos ya son cosa del pasado. No se atreve a decírselo explícitamente a Myrtille, pero se pregunta en qué y a quién podría serle útil con sus despistes de viejo loco. Esta mañana ha vuelto a encontrarse el cepillo de dientes en un lugar rarísimo: debajo de su almohada. Se ha burlado de ello porque Joanne estaba presente y lo miraba con el ceño fruncido, pero en realidad no le ha hecho gracia. Se pregunta cómo acabará. Se pregunta si el pronóstico de los médicos era acertado. Tiene la impresión de que el proceso se está acelerando. O el sedentarismo hace más evidente su dificultad para organizarse en el día a día. Uno de los primeros signos de su demencia.

Ahora ha adquirido nuevas rutinas. Nada de trabajillos. Por la mañana se toma su tiempo, deambula un rato por el estudio, va a hablar unos minutos con Myrtille. Después, cuida de Pok. Juega con él en la callejuela o en el patio interior. Después de la comida, duerme una siesta y luego se toma un té negro antes de salir. Da una vuelta corta por Eus, intentando no alejarse demasiado. Tiene miedo de volver a perderse... Después hace una parada en Coco Glacier y disfruta de un helado viendo pasar a los transeúntes. Joanne apoya los codos en el mostrador, posa el mentón entre las manos y hablan de todo y de nada, de la tormenta que se avecina, de los progresos de Pok, de cuáles son sus helados preferidos. Émile ya ha probado más de una decena de sabores y su clasificación no para de cambiar. El de flor de saúco ha sido destronado por el de piña con albahaca, que a su vez ha sido destronado por el helado de cacahuete. Joanne, en cambio, es más constante. Es extraordinariamente simple. Su sabor preferido es manzana del huerto. Émile siempre se burla de ella.

—Está bien trabajar aquí, con todos estos sabores, ¡y quedarse estancada en el helado de manzana!

Joanne pone los ojos en blanco y no responde.

Por la noche, se encuentran en el estudio y cenan escuchando la radio. Parecen una pareja de personas mayores, pero les va bien.

—He engordado, ¿verdad?

Émile está de pie enfrente del espejo. Joanne se está cepillando los dientes, justo delante de él, inclinada sobre el lavabo.

—¿Qué? —dice con la boca llena de espuma.

—He engordado.

Joanne se encoge de hombros, un gesto que no augura nada bueno.

—Debería parar de comer helados... O volver a hacer deporte.

No se da cuenta de que Joanne está intentando que no se le note lo divertida que le parece la situación. Émile reflexiona mientras mira su mentón, que se le ha redondeado, las mejillas, que han aumentado de volumen, y los michelines que le han aparecido.

—Sí. Sería una buena idea hacer un poco de deporte... Podría hacer algunas flexiones y abdominales aquí.

—Mejorará en cuanto retomemos la carretera —dice Joanne.

Nunca hablan de cuándo volverán a ponerse en marcha. Es algo borroso y lejano. Probablemente porque no tienen ganas de irse enseguida. En todo caso Joanne no. Desde que vende helados se la ve más ligera que nunca.

—Volveré a hacer deporte... Pero podrías haberme dicho que estoy engordando...

Está vez Joanne sonríe de verdad, ya no puede contenerse.

—¿Qué pasa? —pregunta Émile.

Joanne se escapa fuera del cuarto de baño. Émile le grita:

—Piensas que nos parecemos a una vieja pareja de jubilados, ¿a que sí?

La sigue hasta la habitación principal, donde Joanne está buscando su sombrero negro.

—¡Sí! Se supone que uno engorda cuando se casa, ¿no?

—Es probable.

—Entonces nuestro matrimonio es un éxito. —Ha encontrado el sombrero. Se lo pone en la cabeza y coge su bolso tipo bandolera—. Acuérdate de sacar a Pok. No para de maullar sobre la repisa de la ventana —le dice.

—Sí, cariño.

Joanne hace una mueca y Émile sonríe todavía más.

—Hasta luego…, hasta la hora de la merienda —le dice Émile siguiéndola hasta las escaleras.

—Creía que ibas a dejar los helados.

—He dicho que volvería a hacer deporte.

—Ah… ¿Entonces continúas con los helados…?

—Sí. No hay que hacer tantos cambios de golpe.

Joanne pone los ojos en blanco.

Los días se suceden parecidos, y, de vez en cuando, algo aporta un toque de novedad. Un paseo por la garriga con Joanne el domingo. Una cena en casa de Annie y su marido, junto con Myrtille. El mes de septiembre ya está muy avanzado. Los días se acortan. Las callejuelas se vacían. El calor se vuelve más suave, más agradable. La luz pálida ha dado paso a preciosos resplandores anaranjados. Los árboles empiezan a perder algunas hojas poco a poco. Pok es cada vez más independiente. Canalla y él ya empiezan a pelearse.

—¡Hola! ¿Estás durmiendo?

Émile está tumbado en el sofá, dormitando. Se incorpora con brusquedad, un poco avergonzado, y responde:

—No, solo…, solo he cerrado un rato los ojos.

Joanne ha vuelto del trabajo. Deja el bolso sobre la mesa baja y se sacude el pelo mojado por la lluvia. Por lo visto sigue lloviendo…

—¿Qué tal el día? —pregunta Joanne.

—Bien. ¿Y el tuyo?

—Corinne me ha dicho que no vuelva.

—¿Qué?

No está seguro de haberlo entendido bien, pero Joanne lo confirma asintiendo con la cabeza.

—Ya no hay demasiada gente en Eus. Ni muchos clientes. Se las arreglará sola.

—Ah... —Émile ha percibido la decepción en su voz—. Lo echarás de menos...

—De todas formas, ya va siendo hora de irnos, ¿no?

Joanne ha recuperado una de sus expresiones más neutras y lo escudriña con la mirada. Émile no quiere influenciarla. Está ansioso por volver a la carretera, pero no quiere imponérselo. No está haciendo este viaje solo y ese es el precio a pagar. Esquiva la pregunta.

—No lo sé... ¿Tú quieres irte?

—Aquí estamos bien..., pero llegará el invierno... Después hará demasiado frío para volver a la carretera, ¿no?

—Es verdad.

—Además, tengo la sensación de que empiezas a aburrirte aquí...

Le sorprende que se haya dado cuenta. Se ha esforzado al máximo para disimular que se aburría y estaba desanimado. No quería estropear su buen humor.

—No..., es que..., digamos que...

—Puedes decirlo. Y también tengo ganas de volver a la carretera.

Émile sonríe aliviado. Están en sintonía. Le tranquiliza. Se quedan un momento en silencio, cada uno perdido en sus pensamientos.

—Habrá que decírselo a Myrtille...

30 de septiembre, 23 h
Carrero del Massador, 6, Eus.

¡Caray, qué alivio irme de aquí! No quería que Joanne lo notara demasiado, ¡pero tenía la sensación de que me estaban enterrando vivo! Eus está completamente vacío. Las callejuelas están desiertas.

La lluvia me mina la moral. Y ya no aguanto más estar todo el día encerrado en treinta metros cuadrados. Sé que tengo parte de responsabilidad en todo esto, pero estoy seguro de que volver a la acción me sentará genial. Imagino que para frenar el avance de este tipo de enfermedades hay que recibir estímulos constantes. Por eso la gente mayor acaba marchitándose en las residencias. No tienen estímulos, nada que los motive para seguir viviendo. Aquí me habría acabado pasando eso. A pesar de Myrtille y Annie, a pesar de Joanne. El día a día me habría consumido.

Vamos a echar de menos a Myrtille y a Annie, pero no podíamos quedarnos aquí para siempre. Ese era el trato, lo sabíamos desde el principio, cuando nos instalamos. Además, ¿quién se habría imaginado que nos quedaríamos tanto tiempo?

El sol ha vuelto a salir en Eus. Están vaciando el estudio. Myrtille quiere a toda costa ayudarlos a empaquetar sus cosas, pero ellos se niegan con terquedad.

—Ya casi hemos acabado, Myrtille.

La ayudan a bajar los pequeños escalones que llevan al patio interior y se sienta bajo el platanero, envuelta en un chal. Todavía hace buen tiempo, pero ya sopla un viento más fresco. Las hojas de los árboles han enrojecido.

Myrtille y Annie se han empeñado en organizarles una pequeña fiesta de despedida. Será esta noche, en la casa. Annie y su marido se han encargado de invitar a unos cuantos amigos del pueblo. Corinne, por ejemplo, y otras personas en cuyas casas Émile hizo algunos arreglos en verano. Le han pedido a todo el mundo que traiga algo de comer y de beber.

—¡Un viaje más a la autocaravana y ya estaremos! —le anuncia Émile sacando la cabeza por la puerta acristalada del piso de Myrtille.

Ya han hecho cinco viajes a su antiguo vehículo. La autocaravana huele a cerrado, pero Émile está feliz de volver a encontrarse con su volante, su cambio de marchas y la cama bajo el techo. Significa que la aventura continúa, un pequeño resurgimiento.

—Llevaos el Scrabble... Y el Monopoly también —añade Myrtille—. Yo nunca juego. Así os lleváis un recuerdo.

Émile sonríe y señala a Pok, que se estira bajo el platanero.

—Tendremos otro recuerdo suyo también.

Los pocos invitados de la fiesta de despedida se amontonan en el pequeño patio interior de Myrtille. Annie ha colgado farolillos de las ramas del platanero. El otoño ya ha llegado. Hace frío fuera y todo el mundo se ha arropado con sus forros polares. Joanne ha abandonado definitivamente su sombrero, pero se ha puesto la antigua peineta de Myrtille; debe de haber pensado que le haría ilusión ver que la llevaba puesta para la noche de despedida. Uno de los amigos de Annie ha acaparado a Émile, un señor en cuya casa realizó dos o tres trabajos durante el verano. Le pregunta por su próximo destino y Émile es incapaz de responder.

—Ya veremos... Conduciremos sin rumbo...

Antes de instalarse en Eus, siempre planeaban el siguiente destino antes de salir, pero esta vez no. A Émile le cuesta volver a sumergirse en su guía de los Pirineos, como si tuviese el cerebro entumecido. Joanne ha decidido que podían conducir sin rumbo y detenerse cuando les gustase algún lugar, y le ha parecido una idea fantástica.

El hombre conoce bien la región y quiere recomendarle algunos pueblecitos con mucho encanto. Émile retiene el nombre de uno llamado Casteil.

Todo el mundo ha colaborado y ha preparado auténticos platos dignos de una celebración. Le da un poco de vergüenza que se hayan tomado tantas molestias. Piensa que hace dos meses no conocían a ninguna de esas personas y esta noche les dedican una verdadera muestra de afecto. Su estancia aquí no ha sido más que un breve paréntesis, pero ha sido un dulce paréntesis.

—¿Has visto a Joanne? —Myrtille acaba de interceptar a Émile en la mesa, debajo del platanero, cuando este se disponía a llenarse el vaso.

—¿Joanne?

—Sí, Joanne... Tu mujer —contesta la señora mayor dirigiéndole una mirada desconfiada.

Siempre le genera una espantosa reacción el hecho de oír a alguien pronunciar esas palabras.

—Está usted borracho, jovencito —añade la mujer entornando los ojos.

—En absoluto.

—¡Pero mira esas mejillas tan rojas!

Émile no puede evitar sonreír. No sabe si está borracho, pero en ese momento tiene muchísimo calor. El marido de Annie lo ha acaparado durante más de una hora para hablar de informática y han ido bebiendo sin darse cuenta y sin comer nada consistente.

—Hace rato que no veo a Joanne. ¿Puedes ir a ver si está arriba?

Émile asiente mientras deja el vaso en la mesa.

—Sí, por supuesto.

Es probable que Myrtille tenga razón. Debe de estar borracho. Sube las escaleras tambaleándose.

—¡Joanne! ¡Eh, Joanne!

No está en el estudio. Solo está Pok, profundamente dormido en el sofá blanco, en la oscuridad.

—¿¡Hola, Joanne!?

La puerta de la habitación de Myrtille, que da al pasillo, está entreabierta. Émile echa un vistazo, y también en el cuarto de baño. No hay nadie. Se dispone a volver al patio interior cuando se le ocurre que quizá está en la callejuela, delante de la casa. Puede que quisiera un poco de calma. Casi tropieza al empujar la puerta y se encuentra delante de una pequeña silueta negra. Joanne está sentada en el escalón de la entrada. A su lado tiene un plato de cartón lleno de fruta y un trozo de pastel cremoso.

—¿Qué haces aquí? —Cierra la puerta y se sienta a su lado, en el escalón—. ¿Estás practicando la meditación consciente?

Ha utilizado un tono burlón para molestarla un poco, pero Joanne responde con seriedad:

—Sí.

—Oh. Lo..., lo decía en broma.

Le cuesta distinguir su rostro en la oscuridad. Solo brilla la peineta iluminada por el fino cuarto de luna que hay en el cielo. Sus facciones, en cambio, permanecen en la sombra.

—Tenía ganas de aislarme un poco para saborear de verdad la fiesta... Ya que es la última noche.

Émile hace un esfuerzo por no adoptar una actitud socarrona o demasiado incrédula.

—¿Saborearla...?

—Sí.

—¿Sola...? ¿Aquí? ¿Mejor que dentro?

Joanne asiente.

—¿Qué es lo que te sorprende? ¿Es necesario estar en medio del ruido y la agitación para disfrutar de algo al máximo?

Se siente estúpido y farfulla una respuesta ininteligible.

—Bueno..., no lo sé..., supongo...

Joanne hace una especie de mueca molesta.

—Escucha.

Émile obedece. Resuenan las voces de los invitados. Se oye claramente una risa, una voz de hombre, el sonido de los vasos que la gente deja en la mesa. Se puede distinguir la voz de Myrtille, entre todas las demás:

—¡Dominique, deje esa rama de árbol tranquila! ¡La va a romper! —Y otra queja—: ¡Me dan igual los farolillos! ¡Le tengo aprecio a mi platanero!

Ambos sonríen en la oscuridad.

—Lo ves. Se los oye incluso mejor que si estuviéramos allí —susurra Joanne.

Émile echa un vistazo al plato de cartón que tiene al lado y vuelve a adoptar una actitud divertida.

—¿Y ocurre lo mismo con esto? ¿El sonido te impide disfrutar del pastel?

Joanne no se deja alterar lo más mínimo por el comentario. Conserva un tono muy tranquilo y seguro.

—Sí. Te sorprendería descubrir hasta qué punto son mejores las cosas cuando las saboreamos con plena consciencia.

Émile no hace ningún comentario porque teme parecer un necio desprovisto de todo tipo de espiritualidad. Aunque puede que sea el caso... Sin embargo, no se esperaba que Joanne siguiese hablando sobre el tema con un tono de voz cercano al entusiasmo.

—Mira, aquí puedo ver el pastel. Nunca miramos lo que comemos. Puedo pasarme varios minutos mirándolo, intentando adivinar su sabor, cómo será su textura cuando lo tenga en la boca, si la capa caramelizada de encima será crujiente o blanda. Después puedo..., puedo cerrar los ojos y concentrarme en el olor. ¿Sabes una cosa? La expresión «Se me hace la boca agua» no es ninguna broma. Ocurre de verdad cuando miras y sientes con atención, cuando dejas que se instale el deseo. Yo dejo que mi cuerpo reclame el pastel, lo dejo que salive el tiempo suficiente hasta que esté listo para recibir el sabor, porque entonces sé que todos mis sentidos estarán activados.

Émile la escucha con atención, pero no puede contener una pullita. Es idiota, así es él.

—¿Y te lo comes en algún momento?

Joanne ignora olímpicamente su sarcasmo y continúa como si ni siquiera hubiese intervenido.

—Después me lo pongo en la boca y me concentro en su textura contra mi lengua, la manera en la que mi saliva lo envuelve... Siento cómo se deshace poco a poco contra mi paladar, descubro los primeros sabores que se desprenden y cómo se despiertan mis papilas gustativas. Son como pequeñas burbujas de placer estallando en mi lengua. Y después viene la sensación de bienestar por todo el cuerpo. ¿Sabías que el cerebro libera hormonas de la felicidad cuando detecta azúcar? Pueden resurgir recuerdos de la infancia al notar el sabor del azahar o del chocolate... —Deja un segundo de silencio, como si estuviese saboreando el pastel, y suelta un pequeño suspiro—. Después mastico por fin. Y es como una gran explosión... Un éxtasis. El gran final.

A Émile le divierte escucharla hablar así. Parece algo muy sensual. Contiene con dificultad una sonrisa inmadura que le nace en los labios.

—¿Y todo eso pasa cuando comemos?

Ella asiente. Émile cree adivinar una sonrisa en su rostro.

—Sí. Todo eso pasa cuando comemos. Pero también cuando respiramos, cuando caminamos, cuando hacemos el amor... Solo hay que prestar atención.

Émile asiente y, cuando trata de tragar saliva, nota que tiene un nudo enorme en la garganta. De pronto se siente torpe y tosco. Se da cuenta de que es un completo negado. Un tipo banal que nunca ha entendido nada de nada. Un inculto que nunca ha escrito un diario personal, que nunca ha tenido ni puñetera idea de cómo entender la profundidad de una cita o de saborear un trozo de pastel con plena consciencia. Ella sí que ha aprendido a vivir. Su padre le ha enseñado. Por eso en su mente todo es poético, todo es bello y sencillo.

La observa, sentada tranquilamente sobre el pequeño escalón de la entrada, con la mirada fija en el cielo. Entonces se ve a sí mismo a su lado, unos segundos antes, con su sonrisa tonta de chico inmaduro, al escucharla hablar de éxtasis. Se pregunta qué hace ella con un chico como él esta noche. Por qué se toma el tiempo de compartir un momento así con él. Podría haberse limitado a decir que necesitaba un poco de calma. Él habría vuelto un poco ebrio al patio interior y habría retomado una conversación un tanto banal con alguno de los invitados. ¿Por qué pierde el tiempo con él? Léon debía de ser distinto. Seguramente leía libros, copiaba citas, se sabía de memoria una gran variedad de flores, sabía hacer infusiones con ortigas. Quizá pintaba. Puede que cerrase los ojos al escuchar canciones de jazz y tocara el piano en el vacío. Puede que incluso tocase de verdad el piano. Tenía que estar a la altura por fuerza.

Un viento fresco barre la callejuela y ambos se quedan en silencio, cada uno perdido en sus pensamientos. ¿Y él? ¿Estaba a la altura de las chicas con las que se había relacionado? ¿De Laura? Es probable que sí. Eran chicas corrientes, chicas que fingían tener una confianza desbordante en sí mismas, que reían muy fuerte para enseñarle al mundo entero que eran felices. Chicas que salían a bailar sin sentir las vibraciones de los bajos en sus cuerpos. Se contentaban con contonearse mientras vigilaban las miradas de deseo o de interés que podían despertar en la pista de baile. Nunca estaban allí por estar, en el momento presente. Estaban allí para gustar, para reparar su ego, para olvidar un mal día, para buscar consuelo en la mirada de alguien, para demostrarse que todavía eran jóvenes. Eran tan ordinarias como él, pero tenían la belleza y el carisma suficiente para hacer que los demás lo olvidaran.

Émile se endereza un poco. No sabe por qué se siente tan torpe y triste en ese momento. Tal vez por el alcohol ingerido. Eso y las palabras de Joanne... Se dispone a levantarse y a preguntarle: «¿Quieres que te deje sola?», pero ella se le adelanta y habla antes.

—Mira el cielo. No se veía desde el patio. El platanero lo tapaba. Aquí se puede ver. Pocas veces hay una luna como esta.

Tiene el dedo tendido hacia la bóveda celeste iluminada por miles de estrellas diminutas. Hay una luna delgada y luminosa que brilla en medio de un azul profundo. Émile asiente y se aclara la garganta.

—Es un azul bonito. —Sabe que Joanne ha entendido a qué se refiere, sin embargo añade—: ¿Crees que está contemplando el cielo en este preciso momento?

Ella asiente.

—Estoy segura de que sí. Nunca se perdería un espectáculo así.

Émile apoya los codos sobre las rodillas y posa el mentón entre las manos.

—¿Qué crees que es lo que más le gustaba? ¿La profundidad del azul? Parece tan oscuro que podría ser negro. Y sin embargo es azul. Un azul realmente único. ¿Crees que era eso lo que tanto le intrigaba?

Joanne reflexiona unos instantes.

—Sí... Había algo de eso. Es cierto que no se puede encontrar un azul así en ninguna otra parte, pero no era solo eso. También dibujaba los movimientos del color azul. Los contrastes. Las estelas, los huecos, las arrugas, los brillos...

Pasan unos segundos antes de que Émile vuelva a hablar.

—¿Dijiste que nunca se sabía si dibujaba el cielo o el mar?

—Sí, exacto. Creo que dibujaba las dos cosas a la vez. El cielo, el mar, para él no eran tan diferentes. Lo importante era el azul y los movimientos que observaba en ese azul.

Se quedan en silencio largos segundos, uno al lado del otro en la entrada de la casita, en la callejuela desierta. Miran el cielo.

—Puede que...

Joanne se sobresalta al escuchar su voz. Émile se aclara la garganta.

—Puede que no fuese el azul lo que le intrigaba...

Joanne lo mira sin entender.

—¿Cómo?

—Quizá no era ese color tan particular lo que le obsesionaba, o los movimientos... Quizá solo era la inmensidad y la profundidad que transmitían.

Joanne permanece incrédula durante mucho rato. Émile se pregunta si ha dicho algo que no debía. Al final habla como con una sacudida.

—¿Crees que intentaba reproducir la inmensidad sobre el papel de dibujo?

Parece completamente atónita, como si no lo hubiese pensado antes. Émile se encoge de hombros.

—Es lo que tienen en común el cielo y el agua, ¿no?

Da la sensación de que a Joanne le cuesta tragar saliva.

—Vaya... Y yo que durante todos estos años he pensado que tenía una obsesión por el color azul...

Sacude la cabeza. Émile puede notar que se le anegan los ojos de lágrimas.

—Intentaba desentrañar el misterio de la inmensidad. Trataba de representarla, recrearla.

Joanne parece estar a punto de perder el control por completo. Resulta extraño verla así. Ella, que siempre gobierna sus emociones y sus expresiones.

—Era mucho más inteligente de lo que pensaba.

A Émile no le gusta verla tan conmocionada. Añade con voz insegura:

—Bueno, lo he dicho así sin pensar... Quizá no era eso lo que pintaba...

Pero Joanne sacude la cabeza con energía.

—No. Era..., era el niño más inteligente que he conocido.

Émile no se atreve a responder nada. Se pregunta por qué ese niño altera tanto a Joanne, si es porque se siente identificada con él, con su silencio, con su peculiaridad, con el pequeño universo solitario y poético que se había forjado. No osa añadir nada más.

—¿Me enseñas a saborear un pastel?

Casi la hace sobresaltarse. Han pasado unos minutos. Joanne ha debido de olvidarse de que estaba allí, perdida en la contemplación del cielo.

—¿Qué?

—Me gustaría que me enseñaras a saborear este pastel con plena consciencia.

—Ah, ¿sí?

Parece sorprenderle la petición. La emoción de hace un rato se ha desvanecido. Ha recuperado la calma y la serenidad. Émile asiente.

—Sí.

—¿De verdad?

—¡Sí! Todo parece hermoso en tu mundo.

Joanne se encoge de hombros y frunce ligeramente el ceño.

—No todo es hermoso en mi mundo... —contesta.

—Sí lo es. En todo caso, más hermoso que en el mío.

—¿Cómo puedes estar seguro de eso?

—Lo intuyo... Por tu manera de hablar.

Vuelve a encogerse de hombros, poco convencida.

—Sientes cosas que yo no siento. Y ves cosas que yo no veo. Me gustaría que me enseñaras. En mi mundo las cosas son más toscas, menos coloridas, no hay matices. —Añade muy serio—: En mi azul no hay movimiento. Es solo azul. Azul básico. ¿Me entiendes?

Consigue arrancarle una débil sonrisa.

—Creo que sí.

—Enséñame. Lo del pastel.

Joanne asiente. Se siguen oyendo las voces de los invitados. Alguien pronuncia su nombre. Seguramente la estén buscando. Myrtille debe de haberles dicho que Émile había ido a buscarla. En la callejuela no hay movimiento. Joanne vuelve a coger el plato de cartón y se lo pone sobre las rodillas con gestos lentos, después coge un trozo de pastel con los dedos.

—¿Puedes cerrar los ojos?

Émile obedece.

—Sí.

Siente que algo le roza la nariz y un segundo después nota los aromas cosquilleándole las fosas nasales. Le cuesta percibirlos todos. Le parece azucarado y acidulado. No está del todo seguro. Sigue inhalando. Caray, ¿por qué se le da tan mal? Es incapaz de distinguir las diferentes fragancias. Ha vivido todos estos años sin darse cuenta de que tenía un olfato tan deficiente.

—Abre la boca —le ordena Joanne.

Se estremece cuando el dedo de Joanne le roza los labios. Después siente la textura cremosa del pastel que le pone sobre la lengua. Nota la saliva en su boca, tal y como Joanne se lo había descrito. La saliva va envolviendo el pastel y lo deshace poco a poco.

—Puedes cerrar la boca... Tómate el tiempo que necesites.

Émile siente cómo el pastel se le ablanda en la lengua, contra el paladar. Le vienen a la mente algunas palabras. Cremoso. Esponjoso. *Fondant*. Dulce. Tierno. Tiene ganas de ingerirlo, de engullirlo muy rápido, pero escucha las instrucciones de Joanne. Deja que los sabores impregnen el paladar y la lengua. Distingue la vainilla. Es el primer sabor, el más predominante. Pero no es el único. La vainilla está sutilmente mezclada con naranja. ¿O es limón? No, es naranja. Le recuerda a la Navidad, a las hogueras, al olor del abeto en el salón, la sensación de las pantuflas mullidas en los pies, el sonido de los petardos que se encuentran dentro de los papillotes. Todavía no mastica. De pronto percibe una pizca de canela. ¡La yaya Alice! La yaya Alice y su pan de especias. Siempre lo preparaba el primer día del año. Marjo y él lo llamaban «el pan de especias de la yaya». Recuerda cómo olía en la antigua casa con suelo de tierra batida. Se deja llevar más lejos, fuera de la casa de su abuela, puesto que ahora percibe la mantequilla derretida. Permite que se derrame por su boca. Después ya no lo resiste más. Se traga el pastel. Lo engulle entero y deja escapar un suspiro de satisfacción sin ni siquiera darse cuenta. Ahora ya no le queda pastel en la boca, pero los sabores persisten, en sus papilas gustativas. Los degusta con calma. Experimenta el bienestar del que hablaba Joanne. El deleite. La serenidad. Esa sensación tan cercana al placer. Caray, tenía razón. No hay ni punto de comparación. Le cuesta volver a abrir los ojos. Degusta el vacío para capturar cada sabor, cada migaja. Nunca se había dado cuenta de que la delicia persiste en la boca, mucho después de haberse tragado el alimento, y que el placer continúa.

—¿Qué tal?

Abre los ojos de nuevo. Joanne lo observa interesada.

—Es..., es el mejor pastel que he comido jamás —declara.

Joanne tiene una sonrisa satisfecha.

—Ha sido..., ¡ha sido orgásmico!

Joanne suelta una carcajada y Émile la imita con una agradable ligereza. El gozo que le ha provocado el pastel se le ha propagado por todo el cuerpo. Continúan riendo como dos niños durante unos instantes. Cuando Émile vuelve a ponerse serio, solo desea una cosa.

—¿Puedo? —le pregunta señalando el trozo de pastel que queda en el plato de Joanne.

Ella pone los ojos en blanco.

—Lo sabía. Adelante. Todo tuyo.

Émile coge el plato de cartón con avidez. Ha conseguido adentrarse un paso en su mundo. Un primer paso. Y ha sido hermoso. Ha sido suave y dulce, *fondant* y ligeramente acidulado. Pero no solo eso. Ha estado lleno de sensaciones, recuerdos, sonidos, aromas.

3 de octubre, 1.30 h de la madrugada
Carrero del Massador, 6, Eus.

La fiesta se ha terminado. Los invitados ya se han ido. Hemos ayudado a Myrtille y a Annie a recoger y ordenar todo. Ha sido una agradable velada. Me emociona que nos hayan organizado todo esto, que todas esas personas hayan venido a despedirse de nosotros.

En el momento de apagar la lámpara de la mesita de noche e irme a dormir, el instante de esta noche que me viene a la mente es el que he pasado con Joanne, fuera, en la entrada. Sentía que era torpe y tosco y un segundo después le he hablado de Tom Blue y entonces he tenido la sensación de ser menos torpe y tosco. He dicho algo que la ha conmovido. Es una de las cosas que más me gustan de Joanne. Me vuelve más liviano, más espiritual. Me transforma en una buena persona. En alguien mejor. Sin ni siquiera quererlo.

Hay una canción que me gustaba canturrear hace tiempo. Una de Paolo Nutini, Better Man. Y ahora, mientras escribo, me viene la letra a la cabeza.

That girl makes me wanna be a better man
She's fearless, she's free
She is a real live wire
And that girl, she's got me feeling so much better

Esta canción podría estar hablando de Joanne. Encaja perfecta-mente con ella.

17

Acaba de empezar el mes de octubre, y están solos en el área de servicio para autocaravanas. Los últimos veraneantes han cambiado las carreteras y los paisajes por un techo y radiadores bien calientes. Para Joanne y Émile, en cambio, es justo el momento de volver a ponerse en marcha. Han conducido durante una hora por los pueblos de los alrededores de Eus para encontrar un área de servicio. Pok se ha instalado dócilmente en el banco de abajo. Joanne está envuelta en un gran abrigo negro. Empieza a planteárseles el problema de la calefacción.

—¿Y una estufa de gas? —propone Joanne con timidez.

Están sosteniendo entre los dos el depósito de agua mientras se llena poco a poco. Sopla un viento fresco.

—Sí... Así aunque no tengamos electricidad no moriremos de frío.

Han acordado que no pasarán el invierno en la autocaravana, solo una parte del otoño. Cuando haga demasiado frío, se alojarán en alguna vivienda particular. Seguramente también pasarán un tiempo en casa de Myrtille. Ha insistido mucho en el tema al despedirse. Sus ojos azules emitían una mirada dura, como si no quisiera mostrar bajo ningún concepto la tristeza que la oprimía.

—Cuento con vosotros para que vengáis a verme por Navidad.

Joanne le ha dejado el número de teléfono y se ha anotado el suyo. Se han ido de la casa despidiéndose con amplios gestos de la mano. Joanne llevaba a Pok en brazos. Canalla los observaba irse con la espalda encorvada.

Ahora se disponen a vaciar el contenedor del inodoro químico. No es demasiado agradable.

—Y necesitaremos una nueva bombona de gas para la cocina... y hacer algunas compras...

—¿Lo hacemos esta tarde?

Después, ya estarán listos para reanudar la aventura.

Tras una jornada de compras en las grandes superficies en Prades, retoman la carretera todavía más cargados de lo que iban. Tienen la nevera llena. Han comprado una caja de arena para Pok y una decena de bolsas de comida y de arena de reserva. Joanne ha querido comprarle también una pequeña cesta para que no pase frío cuando duerma. Han adquirido una estufa de gas portátil y bombonas. Esta vez tienen provisiones para varias semanas.

Se ponen en marcha cuando el panel de control marca que son las cuatro de la tarde. No saben realmente a dónde van. Émile tiene una vaga intención de dirigirse de nuevo hacia los Pirineos catalanes, puesto que al ir a Eus se alejaron. No obstante, se gira hacia Joanne, para obtener su aprobación.

—¿Volvemos en dirección a los Pirineos catalanes?

Joanne ha desplegado el gran mapa sobre sus rodillas y tarda en responderle puesto que está concentrada.

—¿Joanne?

—¿Sí? —Levanta la cabeza hacia él y no le deja hablar. Indica con el dedo un punto en el mapa—. Mira. Estamos aquí. —Le señala Prades, donde han estado comprando—. Estamos muy cerca del mar.

Desliza el dedo hasta la costa mediterránea, donde hay dos pequeños puntos que corresponden a las ciudades de Argelès-sur-Mer y Collioure.

—Sí, es cierto. Hemos ido bastante hacia el este.

Joanne se queda en silencio unos instantes, rehaciendo el trayecto de Prades a Argelès-sur-Mer con la punta del dedo.

—Podríamos... —Le dirige una mirada llena de aprensión—. ¿Podríamos desviarnos un poco y llegar hasta el mar? —Y añade precipitadamente—: Solo he visto el canal de la Mancha.

Émile no se lo esperaba. Cuando esta chica se subió a la autocaravana, tenía la mirada vacía y le era indiferente su suerte. Émile le había dicho: «En cuanto al itinerario... No nos hemos puesto de acuerdo», y ella se había encogido de hombros y había declarado: «A mí me da igual». Esa respuesta le había helado la sangre. Hoy, esa misma chica se sumerge con concentración en la lectura del mapa y querría ver el mar. Es fantástico. No sabe si es él quien ha logrado eso, quien ha conseguido devolverle un poco de sabor a la vida, o si ha sido Myrtille, las montañas, Pok, los campanarios antiguos, las calles adoquinadas...

—Por supuesto.

Parece satisfecha. Pliega el mapa y lo aplana sobre su regazo.

—¿Todo recto, entonces?

—Sí.

Joanne sonríe mirando la carretera.

Se detienen a repostar en una gasolinera a la altura de Perpiñán. Joanne va al baño. El depósito ya está lleno y Joanne todavía no ha vuelto, así que Émile acaba yendo al interior de la estación de servicio a comprar un café. Ya son las cinco. El día ha pasado a toda velocidad. Quizá cuando lleguen a la costa ya será de noche.

Se acerca a la máquina de café mientras hurga en el bolsillo de los vaqueros en busca de monedas. Una vez las ha introducido en la máquina y el café ya cae en el vaso, reconoce la voz de Joanne y levanta la mirada. Está a tres metros de él, junto con un hombre. Al principio el estómago le da un vuelco, puesto que lo primero que piensa es: «Es Léon». La idea se le presenta como una evidencia. Solo puede ser Léon. La ha encontrado. ¿Cómo lo ha hecho?

—¿Señor? —una mujer se dirige a él, un tanto impaciente—. ¿Ha acabado ya con la máquina?

Émile se recobra y coge el vaso de café balbuceando:

—Sí..., sí, disculpe.

Da unos pasos con torpeza, intentando escuchar de qué hablan Joanne y ese hombre. Todavía siente una opresión en el pecho. Piensa: «¿Qué pasará ahora? ¿Se irá con él?».

—No, no tiene nada de auténtico —dice el hombre negando con la cabeza.

—¿No?

—No. Es muy turístico. Para ver pueblos de pescadores de verdad, te sugiero que subas un poco más.

Émile casi tira el vaso cuando entiende que no se trata de Léon, sino de un completo desconocido que ha iniciado una conversación con Joanne por alguna razón que se le escapa.

—Si subes hasta Narbona, encontrarás un sistema lagunar inmenso, a orillas del Mediterráneo. Alrededor de las lagunas, hay pueblecitos con mucho encanto. Peyriac-de-Mer, Bages, Gruissan... Estos son los que mejor conozco.

El hombre se recoloca las gafas sobre la nariz, y Émile aprovecha para observarlo sin que lo vea. Es un tipo que debe de tener unos treinta años, quizá un poco más. Treinta y cuatro, treinta y cinco. Un tipo un poco anticuado, con un aire de profesor de escuela: pantalones de pana de color beis; un suéter de pico de un espantoso color verde aceituna del que sobresale el cuello de una camisa blanca; gafas redondas; la raya en medio, bien definida.

Joanne le está dando las gracias por la información.

—Te lo agradezco.

—No hay de qué. ¡No todos queremos playas de hormigón!

Ambos se echan a reír y, de pronto, Émile se pregunta si el hombre no estará intentando ligar con Joanne. Ahoga una risa burlona en el vaso de café. ¡Pobre Joanne! ¡Con un paleto así! Después se da cuenta de que eso ha sido de una crueldad gratuita. Pero, de todas maneras, ¡el tipo habrá visto la alianza en el dedo de Joanne! Bueno..., si es que todavía la lleva... Intenta entornar los ojos para distinguir el anillo de plata y se da cuenta de que no lo tiene puesto. A veces lo lleva y a veces no. Depende de su estado de ánimo o de si se lo olvida en el borde del lavabo. Él no se lo quita. Teniendo en cuenta su actual estado de memoria sería capaz de perderlo para siempre. Sería una lástima. Es un buen recuerdo. Cuando lo ve en el dedo evoca el pacto que han hecho. Resulta tranquilizador.

Intenta terminarse el café hirviendo lo más rápido posible, puesto que el hombre y Joanne se están despidiendo. Todavía intercambian algunas palabras y unas cuantas sonrisas un tanto bobaliconas, después el hombre se aleja, recolocándose las gafas redondas sobre la nariz. Joanne sale del edificio sin verlo. Se apresura para alcanzarla.

—¡Joanne!

Se da la vuelta, sorprendida. Émile tira el vaso en una papelera del aparcamiento y llega a su altura a grandes zancadas. Se pregunta si le hablará de ese hombre, y, si no lo hace, cómo le sugerirá la idea de ir más hacia el norte, dirección Narbona. Trata de ocultar la sonrisa divertida que nace en su rostro.

—¿Vamos? —le pregunta abriendo la puerta de la autocaravana.

Ella se sube en silencio al asiento del copiloto. Émile introduce la llave en el contacto y ella se recoloca en el asiento. Allá va...

—Me han hablado de un lugar bonito —suelta—. Al lado del Mediterráneo... Un conjunto de lagunas rodeadas de pueblos de pescadores típicos.

No tiene una mirada especialmente esquiva, pero Émile nota el uso del plural para evitar decir que ha estado hablando con un hombre. ¿Le da vergüenza? A veces parece una niña pequeña de verdad.

Los kilómetros van pasando mientras van dirección a las lagunas. El cielo se oscurece. Joanne ha puesto la radio y parece que dormita contra la ventana. Émile no puede evitar preguntarse: «¿Por qué no ha mencionado al hombre de las gafas?». Después, más adelante en el camino, una pregunta incrédula: «¿Le ha gustado?». Recuerda el espantoso pantalón de pana y el suéter de color aceituna y cuello de pico. Aun así...

—¿Joanne?

Ella se endereza con suavidad. Ha dejado una marca de vaho en el cristal.

—¿Ya llegamos? —pregunta con un hilo de voz.

—Sí, ya llegamos. ¿A qué pueblo voy?

Joanne escruta los carteles. Fuera ya está oscuro. Son las siete.

—Peyriac-de-Mer... Él lo mencionó. Puedes seguir esa dirección.

Ha dejado escapar ese «él». En el fondo, ¿realmente había intentado esconderle la conversación banal con el desconocido? Émile se pregunta si no se habrá montado él solo una película.

—¿Joanne?

—¿Sí?

Está observando el paisaje. No se ve gran cosa. Se está haciendo de noche.

—¿De qué trabajaba Léon?

Su voz suena muy tensa cuando responde.

—¿Por qué?

No puede distinguir su rostro, el interior del vehículo está demasiado oscuro.

—Bueno, me..., me preguntaba si lo conocías de la escuela donde trabajabas.

Joanne se aclara la garganta y se hunde en el asiento.

—Sí. Así es. Era profesor.

Émile hace un esfuerzo sobrehumano para reprimir la sonrisa divertida que le nace. Siente que le sube una carcajada por el pecho, pero tose para disimularla. Intenta concentrarse en la carretera, pero no puede evitar pensar: «Así que es eso... Le gustan la pana y las rayas en medio».

Tendrá que ir con cuidado. Se acercan las vacaciones escolares de otoño... Si no vigila igual en cualquier área de descanso lo deja por algún profesor que esté de vacaciones. Esta vez ya no logra contener la risa. Por suerte, Joanne se ha vuelto a quedar dormida contra la ventana.

Cuando llegan a las afueras de Peyriac-de-Mer ya está demasiado oscuro para disfrutar de las vistas. Distinguen el pueblo a lo lejos, gracias a las luces, y las lagunas de agua salada, que se extienden a su derecha, a lo largo de la carretera. Junto al camino, Émile distingue una pendiente: hay un pequeño terraplén con dos mesas de pícnic.

—Podríamos aparcar aquí esta noche —sugiere.

Joanne asiente.

—Y mañana vamos a descubrir el pueblo.

—Me parece bien.

Aparca el vehículo en el terraplén y apaga el motor. Joanne abre la puerta y un olor a agua salada invade todo el vehículo. Olor a mar. Émile recuerda el bungalow que alquilaban sus padres cada verano, no muy lejos de Valras-Plage. Marjorie y él dormían en una litera. Hacía tiempo que no veía el mar. Casi dos años. Es poco, pero le parece una eternidad. Era a Laura a quien le gustaban los fines de semana improvisados en la costa. Por aquel entonces, dormían en el coche. Bajaban los asientos y se metían en los sacos de dormir.

—Me encanta este olor —declara Joanne arrugando la nariz.

Émile la imita y sale del vehículo. Sienta bien estirar las piernas. Hace mucho más calor aquí que en Eus. Ahora que es de noche, hace demasiado frío para cenar fuera, pero está convencido de que durante el día sí se puede comer en el exterior. Émile oye un maullido. Ve que Joanne le abre la puerta a Pok y que el gato avanza con prudencia, un poco desconfiado.

—¿Qué, Pok? ¿Te gusta la brisa marina? Aún no estás acostumbrado.

Émile cruza el terraplén y después la carretera. Al otro lado se extiende una laguna inmensa. Distingue unas siluetas a lo lejos. Probablemente se trate de flamencos. Entorna los ojos y grita:

—¡Joanne! ¡Joanne, ven a ver esto!

Unos segundos más tarde llega con Pok en brazos.

—¿Qué pasa?

—Parece que allí al fondo hay un muelle.

Ambos entrecierran los ojos. A un centenar de metros de donde están parece que una pasarela de madera se interna en la laguna y llega hasta el infinito.

—Es larguísimo, ¿no?

—Sí.

—Parece que no se acaba nunca...

Se quedan con la intriga, puesto que han dejado la autocaravana abierta y Pok está maullando a modo de protesta.

—Me muero de hambre —declara Joanne.

—¡Esta mañana, misión muelle! ¡Repito: misión muelle!

Émile intenta lo mejor que puede colgar la escalera de cuerda contra la pared. Está de un humor excelente esta mañana. Hacía una eternidad que no dormía tan bien. Lo ha despertado un rayo de luz que ha logrado traspasar el techo de la autocaravana y el grito de las gaviotas. Joanne ya estaba abajo. La ha oído rebuscar en el armario. Se ha preguntado si estaría escondiendo su teléfono. Sin embargo al bajar ha visto que la mesa estaba instalada fuera, como en los viejos tiempos, y encima había dos tazas, mantequilla y mermelada. «Aquí estamos de nuevo». Le ha invadido una alegría pueril. La desazón de las últimas semanas queda ya muy atrás. La aventura continúa.

—¡Cálmate! —Joanne finge regañarlo—. ¿Se puede saber qué te pasa?

Nota que le divierte, que su buen humor no hace otra cosa que mejorar el de Joanne.

—Creo que es la brisa marina.

Joanne sacude la cabeza.

—Bueno, ¿vienes o no?

Le espera para tomar el desayuno. Se ha sentado en una de las sillas plegables y se ha arremangado ligeramente el largo vestido negro para que le dé un poco de sol en las pantorrillas. Pok está tumbado bajo la mesa. Parece que está echando una siesta.

—Qué bien sienta volver a la carretera —dice en un suspiro Émile, dejándose caer sobre la silla.

—Es verdad.

Hace un día precioso. La temperatura debe de alcanzar los veinticinco grados. Las gaviotas se arremolinan en el cielo. Émile entorna los ojos. Se puede distinguir Peyriac-de-Mer a lo lejos. Los tejados rosados y color salmón de las casas. Las lagunas de aguas tranquilas. Las altas hierbas que ondulan a causa del viento. Uno o más flamencos pescan descuidadamente aquí y allá. Y luego está la pasarela, que parece extenderse hasta el horizonte.

—¿Vamos? —pregunta Émile levantándose.

—¿Qué?

No ha tocado el desayuno, solo se ha tomado el té negro. Sin embargo, parece empeñado en ir a pasear.

—Bueno..., vale. —Joanne deja el corazón de la manzana que acaba de comerse—. Entro a Pok y vamos.

Es consciente de que va galopando, muy por delante de Joanne, no puede evitarlo. La brisa marina lo transporta a su infancia. Tiene ganas de pisotear la pasarela, de correr hacia los flamencos, de rozar con la punta de los dedos las altas hierbas. No obstante, reduce el ritmo al llegar a la altura de un pescador. No quiere asustar a todos los peces.

Como Joanne está mucho más atrás —camina con la nariz levantada y parece estar oliendo cada partícula de sal que hay en el aire—, se detiene unos segundos al lado del pescador y escudriña el agua.

—¿Qué está pescando aquí? —no puede evitar preguntar al hombre cuyo rostro está cubierto por una gorra verde caqui.

Se sorprende cuando el pescador levanta la cabeza hacia él. Pensaba que se encontraría ante un hombre de unos cincuenta años, pero se trata de un joven de su edad que todavía tiene marcas de acné en la cara. El chico esboza una sonrisa.

—Si preguntas eso es que no eres de aquí.

Émile se encoge de hombros.

—La verdad es que no.

—Se pescan muchas cosas en las lagunas: lubinas, doradas, lenguados, lisas... Pero la estrella local es la anguila.

Émile tiene una expresión de sorpresa mezclada con repugnancia. Nunca le han gustado las anguilas. Solo con imaginárselas se le eriza la piel. El chico suelta una carcajada.

—No pongas esa cara. Estofada está deliciosa.

—¿Un estofado de anguila?

Su mueca asqueada hace reír al joven.

—Sí. O una *bourride*.

—Nunca he oído esa palabra.

En ese preciso momento llega Joanne, con su habitual actitud distraída y su andar lento y tranquilo.

—Buenos días —le dice el chico cuando se detiene al lado de Émile.

—Buenos días.

—Está pescando anguilas —anuncia Émile observando la reacción de Joanne.

—Ah.

La noticia la deja bastante indiferente. Solo parece despertar en ella un poco de interés, nada más.

—¿Tienes algunas en el cubo? —pregunta Émile con cierta aprensión señalando la cubeta que tiene al lado.

—No. Esta mañana no han picado.

Apoya la caña de pescar en el trípode y se levanta con movimientos rígidos. Debe de llevar varias horas allí sentado, inmóvil.

—Mi padre tiene un restaurante en Peyriac. Cocina anguilas de maravilla. Deberíais ir a probarlo. —Sonríe al ver que Émile vacila—. No solo cocina anguila. También tiene las mejores doradas de la región. El restaurante se llama Jour de Pêche. Está en el casco antiguo.

Émile y Joanne intercambian una mirada y asienten.

—Sí. ¿Por qué no?

—¿Os quedáis por aquí un tiempo? —pregunta con educado interés.

—Viajamos en autocaravana —responde Émile—. Estamos recorriendo la región... en función de lo que nos apetece.

La cara del chico se ilumina de envidia.

—¡Oooh! ¡Qué guay!

—Llegamos ayer por la noche a Peyriac. Antes estábamos en Eus.

—¡Me encanta Eus! He ido varias veces. ¿Os quedaréis mucho tiempo por aquí?

Ambos se encogen de hombros a modo de respuesta.

—No lo sabemos... Nunca lo sabemos, en realidad... Nos quedamos hasta que decidimos que queremos ir a ver otros lugares.

Ahora el rostro del joven refleja fascinación. Así parece mucho más joven que Émile.

—¡Me encanta esa manera de viajar! Un día haré lo mismo. Me iré en autocaravana con mi perro. —Parece darse cuenta de que se está emocionando y añade—: En todo caso, si queréis cenar en el restaurante de mi padre esta noche, podría acompañaros. Conozco algunos lugares bonitos de por aquí que podría recomendaros.

Su entusiasmo resulta contagioso. Émile observa a Joanne asintiendo con interés.

—Peyriac sigue siendo un pueblo de pescadores auténtico. Somos..., diría que apenas llegamos a los setecientos habitantes durante todo el año... Las playas de arena fina siguen siendo vírgenes. Nos hemos salvado del turismo de masas.

Joanne le señala el muelle.

—Queríamos ir a ver qué hay al final —le indica.

El joven suelta una gran carcajada.

—Bueno, ¡pues me temo que estáis bien lejos de llegar al final! El ayuntamiento hizo construir esta pasarela para que diese toda la vuelta al Étang du Doul. Se tarda una hora a pie en recorrer toda la laguna.

—¿Se puede dar la vuelta entera por el muelle?

—Sí. Y si os gustan los flamencos os vais a quedar bien servidos.

Justo en ese momento, la caña de pescar apoyada en el trípode empieza a agitarse.

—¡Oh! Creo que han picado. —El joven se arrodilla y se apresura a girar el carrete de la caña de pescar—. Mierda. Creo que se ha roto el anzuelo.

Se pelea durante unos segundos con la caña de pescar maldiciendo el hilo, que parece que también se ha roto.

—Quizá..., quizá mejor te dejamos que sigas con lo tuyo —sugiere Émile—. No queremos desconcentrarte.

El chico asiente, atareado en la reparación del material.

—Vale... ¿Nos vemos esta noche en el Jour de Pêche?

—Sí. Perfecto.

Mientras se alejan poco a poco, el chico grita:

—Por cierto, ¿cómo os llamáis?

El chico se llama Sébastian y tiene veinticinco años, uno menos que Émile. Se lo ha dicho antes de dejarlos continuar por la pasarela. Ese encuentro ha mejorado todavía más el humor de Émile, que ya era excelente.

—Estoy muy contento de que nos hayamos vuelto a poner en marcha.

Ve a Joanne asintiendo con un movimiento de cabeza.

Camina imaginándose lo que escribirá esta noche en su libreta, a la luz de las velas que Joanne encenderá. Sabe que hablará del aroma salado de las lagunas, mucho más fuerte que el del mar; del sol de octubre, mucho más suave y agradable que el del verano; de los círculos que forman las gaviotas en el cielo, de sus gritos, de las estelas blancas que dejan ante sus ojos; del sonido de sus pasos por el muelle de madera; del agua casi inmóvil y del olor a lodo; de los peces que vislumbra deslizándose entre dos matorrales de hierbas altas; de los flamencos a lo lejos, en grupos; del recorrido que el sol dibuja en el cielo, mientras caminan en silencio; de la mujer de unos sesenta años que inmortaliza los rayos del sol en el agua, al borde de la laguna; del viejo barco amarillo abandonado a orillas de una laguna, carcomido por el óxido. Émile intenta fijarse en cada detalle, diciéndose a sí mismo que así es como Joanne debe de ver y sentir las cosas.

—Joanne... —Acaba de romper el silencio que los acompañaba desde el inicio del paseo.

—¿Sí?

—¿Qué es exactamente eso que llamas meditación consciente?

Observa cómo se dibuja una sonrisa sorprendida en su rostro que hace desaparecer enseguida. Émile añade un poco confundido:

—Me pregunto si es... concentrarse en todos los pequeños detalles que nos envuelven..., ese tipo de cosas.

Joanne asiente.

—Sí. En parte es eso. Yo diría que... es un tipo de meditación contemplativa.

Émile hace una mueca y adopta una actitud amenazadora.

—No intentes que me pierda con palabras complicadas, ¡te lo advierto!

Joanne sacude la cabeza sonriente.

—No tiene nada de complicado. De hecho, se trata simplemente de detenerse en una imagen. De ponerse en pausa a uno mismo y observar el instante presente, lo que ocurre a nuestro alrededor pero también dentro de nosotros... Hay que fijarse en cada detalle, tienes razón, pero también en cómo esos detalles exteriores repercuten en nuestro interior. ¿Entiendes? Cómo nos hace sentir un sonido, qué despierta en nosotros una imagen...

—Supongo que fue tu padre quien te enseñó, ¿verdad?

Joanne asiente.

—Sí. Es más, para él era la única manera de vivir. Aprender a estar en el presente y en ninguna otra parte, desprendiéndonos de las preocupaciones sobre el futuro y las cargas del pasado. Es... Tengo que confesar que al principio es complicado. Estamos tan acostumbrados a darle vueltas a todo o a intentar anticiparnos. Pocas veces estamos realmente presentes en nosotros mismos.

Deja que su mirada se pierda en la superficie de la laguna.

—Pero, con el tiempo, a base de práctica, se vuelve más fácil y... se convierte en un automatismo. Y aprendes a ponerte en pausa mirando un paisaje, degustando un plato, escuchando una melodía... Ya no lo piensas y lo haces como un acto reflejo.

—Me gustaría poder lograrlo algún día. A base de vivir en el pasado, como dices tú, o en la angustia por el futuro, acabamos olvidando que hay belleza en todos lados... o en casi todos... Cuando somos pequeños, lo hacemos de manera natural, ¿verdad? Nos fascina... una piedra con reflejos plateados o... o una pluma. Recogemos dientes de león y su amarillo intenso nos cautiva. Después crecemos y los dientes de león nos parecen feos..., los consideramos malas hierbas.

Ambos sonríen.

—Es verdad. Cuando somos pequeños sabemos hacer esas cosas.

Émile frunce el ceño.

—¿Qué pasa después? ¿Se nos olvida?

—Sí. Supongo que más adelante estamos demasiado preocupados por construirnos un futuro, triunfar socialmente, tener dinero.

Una gaviota los sobrevuela dejando escapar un agudo graznido.

—¿Sabes qué creo? —dice Joanne siguiendo al ave con la mirada—. Que lo recuperarás. Si te fuerzas a mirar a tu alrededor con consciencia plena, un rato cada día, lo recuperarás.

—¿Tú crees?

—Por supuesto.

—Creo..., creo que ya he empezado... con este viaje. Antes, cuando vivía en Roanne, estaba demasiado centrado en mis pequeños problemas. Estaba demasiado ocupado dándole vueltas al hecho de que me habían dejado, de que me aburría como una ostra en el trabajo.

Era como si hubiese pasado una página y estuviese escribiendo una historia completamente nueva. La única constante eran Joanne y él, y la autocaravana. Aparte de eso, todo lo demás había cambiado de nuevo. El paisaje, las vistas, el ambiente, los aromas, la luz del día. Ya no había montañas, ni pastos, ni vacas u ovejas. Ya no había senderos pedregosos ni lagos de montaña. Ahora delante de ellos tenían unas lagunas, el mar, que atisbaban a lo lejos cuando el cielo estaba despejado, el olor a salitre, las gaviotas y los flamencos. Los personajes de esta nueva historia también eran nuevos: Sébastian y su perro Lucky. Habían sustituido a Annie, Myrtille y Canalla.

El primer día, tras haber visitado Peyriac-de-Mer con entusiasmo y premura, se encuentran sentados en una de las mesas del Jour de Pêche. Es un restaurante típico del lugar, con manteles azules y las paredes colmadas de cuadros de barcos de pescadores. Sébastian está sentado enfrente de Émile. Su perro Lucky, un labrador de pelo largo color crema, está tumbado a sus pies. A Émile le cuesta creer que ese chico tenga su edad. Tiene un lado inocente que le hace parecer un niño. Todo le fascina y habla mucho. Siente pasión por su pueblo. Y Émile lo entiende. Por lo que han visto esta tarde, Peyriac-de-Mer es un pueblecito occitano hermoso que conserva las empinadas callejuelas medievales y los empedrados. La mayor parte de la vida del pueblo está concentrada en la pequeña plaza principal y la fuente. Hay terrazas donde sentarse, bajo unos plataneros en cuyas ramas las gaviotas han fijado su domicilio. Es un lugar bullicioso. No por los humanos sino por las aves. Hace un rato, un pintor estaba sentado al pie de la fuente dibujando la iglesia fortificada de Saint-Paul, construida en el siglo XIV. Joanne se ha detenido unos segundos a observarlo.

—Siempre he soñado con aprender a pintar.

Tienen la carta del restaurante delante y no consiguen decidirse. Sébastian intenta convencerlos para que escojan el estofado de anguila, que es el plato estrella del restaurante de su padre. Joanne anuncia con timidez que no come animales y se decide por una ensalada mixta mientras que Émile se contenta con una dorada a la plancha.

—Bueno, ¿y qué habéis visto hoy? —pregunta Sébastian en cuanto acaban de pedir.

Los escucha relatar su jornada y después les habla del pequeño puerto de Peyriac, en el que resulta muy agradable sentarse a ver cómo los barcos vuelven de pescar, y de las numerosas islas y lagunas que le gusta recorrer con su barquita de pesca.

—Fue el regalo de mi padre cuando cumplí dieciocho años.

Les habla también de los viñedos que rodean el pueblo.

—En esta región se producen unos vinos excepcionales. Son muy típicos. Deberíais probarlos. La mayoría de las bodegas se pueden visitar.

Menciona las playas de arena fina y las dunas, pero también los bosques. Parece que el pueblo está compuesto por una infinidad de paisajes. Joanne está absorta en el relato. Llegan los platos.

—¿Siempre has vivido aquí? —le pregunta ella con comedimiento.

Sébastian asiente mientras corta un trocito de anguila y se lo da a Lucky por debajo de la mesa.

—Nací aquí. Mi padre es pescador desde siempre. Hace quince años decidió abrir este restaurante y dejó la pesca. Yo cogí el relevo. Dejé la escuela a los dieciséis años para poder sustituirlo. Me regaló una barca y después a Lucky, de eso hace ya dos años. Temía que me sintiera solo todo el día en la barca.

—¿Vives en casa de tus padres?

—Mi madre ya no está. Se fue hace tiempo. Ni siquiera la recuerdo. Solo estamos mi padre y yo.

—¿Eres hijo único?

—Sí. Todavía vivo en casa de mi padre, pero, cuando me case, me compraré una casa para mí... Y para mi futura mujer, claro. Me gustaría tener una casa en el puerto.

—¿Nunca has querido ir a conocer mundo?

—¡Oh, sí! Un día lo haré. Me iré en autocaravana con Lucky. ¡Tendré que hacerlo antes de casarme!

Joanne sonríe y lo mira con ternura, como haría con un niño pequeño. Han tenido una vida idéntica. Una madre desconocida, o casi; un padre que desempeña el papel de modelo en sus vidas; ausencia de hermanos o hermanas; un pueblo del que nunca han salido, en el caso de Sébastian es Peyriac, para Joanne, Saint-Suliac; y al parecer, ambos aprecian la soledad y la calma.

—¿No tienes novia? —pregunta Joanne divertida.

—No. No hay muchas chicas jóvenes por aquí.

—Ah, ¿no?

—Todos los hijos de los pescadores se han ido yendo del pueblo, uno a uno. La mayoría han ido a estudiar. Se han instalado en Narbona o en Béziers. Peyriac no les interesa. Es demasiado tranquilo. A mí me gusta —concluye comiendo un bocado de anguila—. Mañana... o uno de estos días... tengo que llevaros en la barca.

Mientras comen el postre —un *crumble* de peras y nueces— Sébastian les pregunta con anhelo sobre su viaje. Le hablan de Pouzac, de Artigues, del Pic du Midi y el Sentier des Muletiers, de Barèges, del Lac de la Glère, de Luz-Saint-Sauveur, de Gèdre, de Beaudéan, de Mosset, de Eus y también de Cômes, el pueblo en ruinas. Sébastian tiene la boca entreabierta y los ojos le brillan de envidia. Émile deja que hable Joanne. Se da cuenta de que ha olvidado algunas de las etapas. Luz-Saint-Sauveur y Gèdre, por supuesto, a causa del episodio de amnesia que nunca se esclareció. Pero no solo eso. Le cuesta recordar Beaudéan y ha olvidado

Barèges. Cuando intenta visualizar sus calles, las montañas de alrededor, todo se entremezcla. Las confunde con las cimas que se veían desde Artigues, con las calles de Mosset. De hecho, ya no está seguro de que esas callejuelas adoquinadas no sean las de Eus, en lugar de las de Mosset. Así que no dice nada, puesto que la angustia que lo invade es demasiado fuerte. Permanece en silencio, muerto de miedo, y ya ni siquiera escucha a Joanne y a Sébastian hablar de las montañas, de los pastos, de las puestas de sol...

—¿Te encuentras bien? —pregunta Joanne mientras vuelven a pie hasta la autocaravana, a las afueras del pueblo.

—Sí. ¿Por qué?

—Has estado muy callado.

—Tengo sueño, eso es todo.

Llegan tranquilamente a la carretera y después al terraplén donde han aparcado la autocaravana. Émile comprueba con amargura que Joanne tiene las llaves. Ahora es ella quien guarda las llaves y todas las cosas importantes. Los despistes se multiplicaron en Eus, sobre todo al final de su estancia. Ya no confía en él. Émile sabe que tiene razón, pero no puede evitar sentirse aún más desmoralizado.

No consigue dormir en toda la noche. Observa al pequeño Pok acurrucado hasta el amanecer, hasta que termina quedándose dormido, todavía sumido en la angustia.

Pensó que sería fácil. Pensó que alejarse de Roanne y de su gente, ir sin rumbo, cambiar de lugar, de entorno, de paisaje, le ayudaría a olvidar todo lo que le esperaba o que, en todo caso, lo haría más aceptable. No era verdad. No está listo para dejar ir su pasado, ni para despedirse de su futuro. Aún no. Intenta poner buena cara delante de Joanne, puesto que ella no tiene por qué sufrir todo eso. Ella ya carga con su propia mochila. De hecho, una mañana, tres días después de su llegada, le pregunta:

—¿Léon ya no te llama?

Ella está lavando los platos y le responde manteniéndose obstinadamente de espaldas.

—Tengo el móvil apagado desde hace semanas. —Y sin que él haya preguntado nada más, añade—: No sé si volveré.

Émile casi se atraganta con el té ardiente.

—¿Cómo...? Creía...

No consigue terminar la frase. Lo sospechaba. Cuando vio que las llamadas se espaciaban en el tiempo, cuando firmaron los papeles de matrimonio... No lo habría hecho si tuviera la certeza de que algún día volvería. Joanne se aparta de la encimera y se gira hacia él. Tiene una expresión extraña que no le ha visto nunca. Como melancólica.

—Yo también pensaba volver, pero entonces... he vuelto a sonreír lejos de él, así que...

No acaba la frase. Émile intenta adivinar lo que iba a decir: «Así que no tengo ningún motivo para volver». «Así que quiero continuar siendo feliz».

18

7 de octubre, 13 h
En el muelle que recorre el Étang du Doul.
Cielo anaranjado. Cálido día de otoño.

Peyriac-de-Mer es como un bálsamo para el corazón. Sigo sintiendo angustia, pero el clima suave y los paisajes lo pospone un poco todo. Creo que nunca había visto una puesta de sol tan bonita como la que hay aquí cada tarde, en el Étang du Doul. El agua se ilumina como si flotaran rubíes y las siluetas de los flamencos se recortan como negras sombras sobre el lienzo rojo.

Me he acostumbrado a ir cada tarde al muelle y sentarme. A veces viene Pok conmigo. Está empezando a expandir su territorio más allá de la autocaravana. Le gusta caminar por la pasarela y olfatear el agua. Sigue los recorridos que hacen los peces, entre las hierbas altas.

Ayer descubrimos el pequeño puerto de Peyriac, del que nos había hablado Sébastian. Es un puerto minúsculo con un único muelle en el que están amarrados los barcos de pesca. Volvimos a ver al pintor allí, sentado con las piernas cruzadas sobre el muelle. Esta vez pintaba los barcos. Después, cuando nos fuimos, Joanne decidió entrar en una tienda de arte del centro y compró unos cuantos lienzos, pinceles y algunos tubos de pintura al óleo. Se ha ido con ellos esta mañana a primera hora. No sé a dónde.

Mañana Sébastian nos llevará en su barca durante todo el día. Quiere que conozcamos las islas que hay alrededor de Peyriac-de-Mer.

Se instalan los tres en la barca verde de Sébastian bajo el suave sol de otoño. Sopla una ligera brisa, justo la necesaria para crear un hermoso movimiento en la superficie del agua. Lucky está con ellos, encaramado en la parte delantera de la barca. Les ladra a las gaviotas. Pok también está. De momento Joanne lo mantiene escondido dentro de su cesta de mimbre, por miedo a que estalle un conflicto entre el perro y el gato. Se olfatean con desconfianza, y Pok no duda en resoplar en cuanto Lucky se acerca demasiado. Así que parece más seguro que Pok se quede tranquilo en su cesta. La embarcación se desliza lentamente. Sébastian rema con empeño. El rostro de Joanne está oculto bajo su gran sombrero negro. Está inclinada hacia fuera, como si examinase el casco de la barca. Cuando se incorpora pregunta:

—El nombre de tu barco... ¿es por la novela?

Émile ve cómo aparece una amplia sonrisa en el rostro de Sébastian.

—¿La conoces?

—¡Desde luego!

—¡Es mi libro favorito!

Émile se inclina también para intentar leer el nombre del barco. El Alquimista. Ese nombre no le dice nada. Nunca ha oído hablar de la novela. Se siente tosco y torpe de nuevo. Un poco estúpido. No sabe si es a causa de esa angustia, que le hace verlo todo negro. Puede ser.

Sébastian ha decidido llevarlos a hacer una ruta por el sinfín de islas. Les pidió que trajeran comida y una tienda de campaña.

—¿Una tienda de campaña? —había preguntado Émile sorprendido.

—Sí. Si no hace demasiado frío, igual nos apetece acampar en alguna de las islas...

La idea le había entusiasmado y había notado cómo el nudo de angustia del esternón aflojaba.

Se vuelve a hacer el silencio en la barca y Émile pregunta:

—¿Dónde estamos? Esta laguna es más grande que el Étang du Doul, ¿verdad?

Sébastian asiente.

—Estamos en el Étang de Bages-Sigean. —Se pasa una mano por su cabello castaño, despeinándolo todavía más—. Bages también es un pueblo muy auténtico. Del estilo de Peyriac. Deberíais visitarlo antes de iros de aquí.

Joanne emerge de debajo del sombrero.

—¿También es un pueblo de pescadores?

Sébastian asiente.

—Y tú, ¿de dónde vienes? —le pregunta.

—Saint-Suliac. Cerca de Saint-Malo. Un pueblo de pescadores también.

—¡Anda! —exclama Sébastian con entusiasmo—. ¡No sabía que tú también eras una mujer de mar!

Émile los mira hablar, más que escucharlos. No tiene ganas de participar. De todas maneras, tiene la sensación de que ya se han olvidado de su presencia. La angustia que lo oprime desde hace unos días no es la responsable de su repentina tristeza. En cambio, la mirada de admiración que Sébastian le dirige a Joanne, sí.

—¿Te pasa algo?

Joanne lo alcanza cuando desembarcan en Planasse, una isla alargada. Él ha empezado a caminar hacia delante, mientras Sébastian amarraba la barca a la orilla y le ponía la correa a Lucky.

—No. —Intenta cambiar de tema—. ¿Pok está contigo?

—No. Sébastian me ha pedido que lo deje en la barca. Se ve que hay muchas aves..., especies protegidas... Hay que vigilar que Pok no las ataque.

—¿Y Lucky?

—Lo lleva con correa.

Sébastian y Lucky ya los están alcanzando. Émile no sabría decir cuál de los dos corre con más entusiasmo.

No obstante, la belleza del lugar hace que Émile olvide su tristeza. Poco después de haber desembarcado, mientras siguen a Sébastian y Lucky, empiezan a distinguir nidos de aves por todas partes. El suelo está lleno.

—¡Cuidado! —les señala Sébastian.

—¿Qué son? —pregunta Joanne.

—Nidos de gaviotas.

—¡Oh! —Joanne se arrodilla cerca de un nido—. ¿Veremos alguna cría?

—No, la época de cría es en primavera... Pero, mirad..., les señalan nuestra presencia a sus congéneres. —Apunta al cielo con el dedo, donde una decena de gaviotas se arremolinan graznando ruidosamente—. Por lo general, no les gusta mucho vernos por aquí...

Lucky ladra a diestro y siniestro y eso parece enervar todavía más a las gaviotas que los sobrevuelan.

Más adelante descubren un pequeño lago y una casita en ruinas. Las aves han puesto también allí sus nidos y se han hecho sus refugios. Más lejos todavía, Sébastian les señala un pozo de absorción que sirve de percha a los ibis, unas aves zancudas de cuello largo y pico curvo. Sébastian parece conocer a la perfección la fauna y la flora locales. Les explica que se pueden reconocer las crías de gaviota argéntea durante todo el año por su color gris amarronado, y que la especie está protegida. Les explica que las garcetas también viven en esa isla, pero que prefieren reagrupar sus nidos en los tamariscos.

Se detienen en una playa de arena fina para hacer el pícnic. La brisa marina les azota el rostro y Émile se tumba un momento con los ojos cerrados. Tiene la sensación de que la angustia se desvanece lentamente.

Unas horas más tarde, vuelven a navegar a bordo de El Alquimista, y descubren la isla de Soulier. Se trata de una cresta rocosa que emerge del agua. Sébastian les explica que allí solo van las aves y que es imposible atracar a causa de las rocas sumergidas. La rodean y después ponen rumbo hacia el islote de la Nadière.

—Si queremos pasar la noche fuera, este es el sitio —anuncia Sébastian mientras la isla va aumentando de tamaño ante sus ojos.

—Ah, ¿sí?

—Es un pueblo fantasma. Hay muchas ruinas que nos protegerán del viento. Podemos plantar allí las tiendas para estar resguardados.

La barca se va acercando al pequeño islote, y van descubriendo las ruinas, bañadas por la luz del atardecer, y con intercambiar una sola mirada ya les basta para entender que pasarán aquí la noche, cueste lo que cueste.

—Es increíble —murmura Joanne para sí misma, con la mirada fija en el horizonte.

Ha vuelto a la playa y se ha sentado sobre la barca de color verde botella, y con una mano a modo de visera contempla la puesta de sol sobre la laguna.

Han dado una vuelta por el islote y el pueblo en ruinas, sin intercambiar ni una palabra. Incluso Sébastian estaba en silencio. Hay casas pegadas las unas a las otras, o separadas por estrechos pasajes, de las que solo quedan ruinas. Algunas conservan unas pocas tejas en las techumbres y otras, sorprendentemente, todavía disponen de algunas piezas de mobiliario: fregaderos y chimeneas. Sébastian les ha explicado que hasta 1930 allí vivían familias de pescadores. Había una pasarela que les permitía acceder al islote desde Port-la-Nouvelle. Ha añadido que una asociación local va a iniciar la restauración de una parte de las casas.

—Quizá dentro de unos años este islote volverá a estar habitado.

Han decidido plantar las tiendas en medio de unas ruinas altas que los protegerán del viento y del frío. Han establecido el campamento y luego Sébastian ha anunciado que se ocuparía de encender un fuego. Joanne se ha ido a aislarse a la playa, a subirse a El Alquimista y disfrutar de la puesta de sol. Y Émile se ha ido más lejos a sentarse sobre la fina arena. Lamenta no tener la libreta negra. Le habría gustado escribir. Explicar la belleza del paisaje; la magia del momento; la melena de Joanne iluminada por los reflejos dorados, bajo la puesta de sol; la minúscula sombra de Pok, a su lado, hurgando en la arena en busca de no se sabe muy bien qué presa; la pequeña barca de pesca y los remos, reposando tranquilamente sobre la arena.

La angustia y la tristeza se han evaporado durante un tiempo. Está feliz de estar allí esa tarde. Le alegra haber conocido a Sébastian, a pesar de que hable demasiado, a pesar de que lo sabe todo acerca de todo y que eso le pone un poco nervioso, a pesar de que mira a Joanne de una manera extraña y de que lee *El Alquimista*. O, por lo menos, trata de convencerse de ello.

Levanta la cabeza cuando oye a Joanne dirigiéndose hacia él, seguida de cerca por Pok.

—Pocas veces he visto una puesta de sol como esta —dice dejándose caer en la arena, a su lado.

Émile asiente y piensa que ha visto más puestas de sol en tres meses de escapada que en veintiséis años. Percibe que Joanne tiene la mirada fija en él, pero se niega a mirarla a los ojos. Prefiere continuar observando la laguna y los últimos destellos rojizos del sol.

—Émile, ¿estás bien?

Intuía que le haría esa pregunta y por eso prefiere evitar su mirada.

—Sí.

Sigue sin mirarla. Juega unos instantes con la arena, dejándola correr entre los dedos. Pok se acerca a olisquearle las manos y se va, poco interesado.

—Hace días que te noto un poco distante.

Siente cómo vuelve el nudo de angustia. ¿Por qué quiere hablar de ello ahora? ¿Por qué no puede esperar a mañana u otro día, o incluso no preguntarlo nunca? Estaba bien. Había conseguido calmar la angustia durante un tiempo, y va y llega ella con sus estúpidas preguntas.

—Estoy bien —responde, apretando las mandíbulas.

El nudo le oprime los pulmones, la caja torácica, le bloquea la garganta. Pasan unos segundos y, para desesperación suya, Joanne vuelve a la carga.

—Me da la sensación de que estás muy callado y apagado.

Traga saliva. Caray, no dejará que lo lleve al límite. Sería muy capaz de ponerse a llorar. ¿Por qué está tan estúpidamente sensible esta noche?

—Bueno, pues será que hemos intercambiado nuestra forma de ser y punto. Antes yo hablaba por los dos y tú no abrías la boca. Ahora es al revés.

No quería decirlo con un tono tan seco y tajante. Se arrepiente, pero se ha visto obligado a defenderse como ha podido. No se va a poner a sollozar frente a una puesta de sol así solo porque una chica lo fastidia con sus preguntas.

—¿Crees que... —pregunta Joanne con una voz suave y vacilante— hablo demasiado?

Esta vez no puede evitar mirarla. Le invade un arrebato de ternura que le sorprende.

—No. No, Joanne, estoy contento de que estés mejor, de que... —Busca las palabras mientras traza surcos en la arena con la punta de los dedos—. De que empieces a sonreír..., como dijiste.

Joanne sigue con una expresión inquieta. Émile tiene ganas de cogerle la mano para tranquilizarla, pero no lo hace. Ella no lleva la alianza.

—Pero ¿y a ti qué te pasa? Estabas más feliz cuando empezamos el viaje.

—¿Tú crees?

—Sí.

Émile no entiende por qué Joanne está tan triste de repente, hasta que la oye murmurar:

—Si quieres continuar la ruta tú solo, lo entenderé, que lo sepas...

—¡Joanne, para! ¡No digas tonterías!

—Igual ya te has cansado de...

—¡No tiene nada que ver!

—Lo noto.

—¿Qué es lo que notas?

—Que te has ido apagando a mi lado.

Émile no sabe qué responder, horrorizado por lo que acaba de decir. Eso no es en absoluto lo que ha ocurrido. Todo lo contrario. Intenta balbucear:

—¡Es justo lo contrario, Joanne! Tú me has abierto los ojos. Tú me has enseñado la belleza de las cosas, tú...

—Quizá fue un error casarnos... Antes estabas feliz.

Émile sacude la cabeza con energía. Tiene la sensación de que nada de lo que diga puede convencer del todo a Joanne.

—No. Es la enfermedad. Es mi memoria. Es... —Deja escapar un profundo suspiro—. Estoy empezando a olvidarlo todo. Las cosas del día a día, pero no solo eso. Incluso algunas partes de nuestro viaje están comenzando a desvanecerse.

Oye cómo se le quiebra la voz y nota que los ojos se le llenan de lágrimas. Sabe que Joanne puede verlas, así que gira la cabeza hacia la laguna, para esconderlas. Se ha prometido que no lloraría, pero de pronto la situación lo supera.

—No estoy preparado para esto... Quiero decir..., pensaba que lo estaba y ahora..., y ahora me he dado cuenta de que no es así.

Joanne le deja un tiempo para que respire y se reponga. Cuando habla, lo hace con un volumen tan bajo que apenas la oye.

—Lo siento.

Se prolonga un silencio en la oscuridad que invade la playa. El sol ya se ha puesto por completo. Pok se ha hecho un ovillo contra el casco de la embarcación.

—Te..., te lo contaré —murmura Joanne con dulzura—. Si olvidas nuestro viaje..., te lo contaré.

Siente una lágrima deslizándose por su mejilla, pero no se la seca; si lo hace, Joanne sabrá que está llorando. Sacude la cabeza conteniéndose de sorberse los mocos.

—Los dos tenemos las libretas... Podrás leerlas y...

Se interrumpe porque comprende que no es eso lo que quiere escuchar. El silencio se cierne sobre ellos. De lejos oyen a Sébastian preparando la cena. El sonido de la olla contra el suelo.

—¿No quieres decir nada? —pregunta Joanne en un susurro.

Émile siente que no puede contener las lágrimas, que llegan en cascada, y no quiere que ella esté allí, que vea el espectáculo desolador. Así que responde con cierta dureza:

—No deberías ser tan amable conmigo e... insistir en recordarme todas esas cosas... Porque, de todas maneras, tú eres la primera persona que olvidaré.

A él mismo le sorprende la aspereza de sus palabras. Querría mirarla a los ojos, tomarla entre sus brazos, decir cualquier cosa para retirar esa frase, pero no lo hace. Joanne no debe verlo llorar. Y, además, en el fondo tiene razón. ¿De qué serviría? Los médicos lo han dicho. La memoria antigua permanecerá intacta, pero la más reciente se borrará con rapidez. Ella será la primera persona en desaparecer de sus recuerdos.

La oye levantarse y murmurar:

—Voy..., voy a ver si Sébastian necesita ayuda, ¿de acuerdo?

Émile no responde. La ve alejarse por el rabillo del ojo, después se le nubla por completo la vista y las lágrimas inundan su rostro dejándole un sabor salado en los labios.

Ha pasado una media hora, tal vez más, cuando Sébastian va a buscar a Émile.

—La cena está lista. Ven cerca del fuego, aquí hace un frío que pela.

Se ha secado las lágrimas. Se siente más ligero. Llorar lo ha liberado un poco. Sébastian no parece notar nada extraño en su rostro.

—Tengo que ir a buscar a Pok —dice Émile.

—¿Dónde está?

—En tu barca, creo.

Efectivamente encuentra al gato en la barca, hecho un ovillo debajo del banquito que sirve para remar.

—¿Es el gato de Joanne? —pregunta Sébastian con su eterna curiosidad.

—Es nuestro.

—¿Sois...? —Resulta evidente que le da vergüenza preguntar. Se retuerce las manos y duda. Sin embargo, termina la pregunta—: ¿Sois pareja?

Émile sonríe divertido. Hace un rato le irritaba Sébastian, y el interés que parecía tener por Joanne. Ahora acaba de recibir la confirmación de que a Sébastian le gusta mucho Joanne. No obstante, tras la conversación que acaba de tener con ella en la playa, las cosas le parecen distintas. Llorar le ha aliviado. Ella tiene que seguir sonriendo, cueste lo que cueste.

Así que le responde a Sébastian sin un ápice de animadversión:

—No. Es una chica genial..., pero no somos pareja.

—Ah.

Sébastian aparta la mirada ruborizado. Émile le sonríe de nuevo. Es cierto que resulta enternecedor, Sébastian, con esa inocencia de niño grande.

Al final termina siendo una noche agradable. Es como si las lágrimas lo hubiesen limpiado por dentro. Se siente nuevo y fresco. Sébastian ha prendido una gran hoguera. Joanne y él han envuelto patatas y queso reblochon en papel de aluminio y los han lanzado a las llamas. Después los han recuperado con la punta del tenedor y ahora todos comparten el botín. Émile se ha sentado al lado de Lucky, un poco alejado de ellos. El perro ha ido a ponerle la cabeza sobre la rodilla, reclamándole un trozo de queso. Pok se ha acurrucado al lado de Joanne, lo más lejos posible del labrador, al que continúa mirando fijamente y con desconfianza. El fuego crepita y proyecta sus sombras en el suelo.

Sébastian y Joanne hablan, y Émile los escucha, con los ojos entrecerrados, dejándose mecer por el crepitar de las llamas. Sébastian cuenta sus viajes en barca por las islas, cómo fue descubriendo cada una de ellas a lo largo de los años. Le habla sobre las aves, los huevos que eclosionan en primavera, las flores que colorean las rocas... Él habla y ella le pide que continúe, con los ojos brillantes. Sébastian ha entendido cómo hablarle a Joanne. Son los dos iguales.

Ha sido una noche fría. Émile ha tiritado hasta el amanecer, a pesar del saco de dormir de plumas en el que estaba envuelto. La hoguera se apagó, y a pesar del resguardo de las ruinas, el viento se infiltró dentro de la tienda. Joanne parece haber dormido bien. Se echó a dormir hecha un ovillo, de espaldas a él, y no se ha movido ni un milímetro.

Esta mañana, cuando sale, se la encuentra caminando por la playa.

—Sébastian ha ido a pasear a Lucky —le anuncia.

Desde la conversación que tuvieron la noche anterior en la playa, hay como una pequeña barrera entre ellos. Se hablan con demasiada cordialidad como para que sea del todo natural.

—¿Has visto la salida del sol? —le pregunta Émile mientras camina a su lado.

—No. Me la he perdido.

Émile se mete las manos en los bolsillos para fingir serenidad. Lanzan arena hacia todos lados con los pies. Hay nubes bajas esa mañana. Tienen un color entre gris y blanco lechoso. Las aves surcan de nuevo el cielo.

—¿Qué tal te va con la pintura? —pregunta con falsa despreocupación.

—¿La pintura?

—La otra mañana te fuiste con los lienzos... Olvidé preguntártelo... ¿Has conseguido pintar algo?

Joanne parece entender que está haciendo un esfuerzo por romper el hielo y responde de buena gana:

—Oh, no va mal... Intenté pintar un grupo de flamencos.

—¿Y?

—Y parecen algo así como un cruce entre jirafas y cigüeñas.

Émile no puede evitar soltar una carcajada, y ella sonríe también.

—¿Me lo enseñarás? —le pregunta.

—No, no lo creo.

—Seguro que no es tan horrible...

—Sí lo es. Además, voy a ponerme a pintar bodegones... Será mejor para empezar.

—¿Tú crees?

9 de octubre, 7.40 h
Plaza de la Fontaine, en un banco de piedra.
Viendo el amanecer en Peyriac-de-Mer.

Llevo despierto desde las seis. No podía dormir. Mi cabeza es un hervidero de pensamientos, y, sin embargo, no consigo distinguir ninguno. He dejado a Joanne y a Pok durmiendo en la cama, he cogido la libreta, el bolígrafo y he salido a pasear un poco por las callejuelas de Peyriac. Al salir de la autocaravana, he ido a coger mi mochila en el armario empotrado y me he topado con el cuadro que pintó Joanne... El que se supone que representa un grupo de jirafas cruzadas con cigüeñas. No he podido evitar reírme en silencio. Tiene razón. Parecen una nueva especie de pájaros híbridos, medio mamíferos, medio aves. Me ha parecido tan mono que he tenido ganas de robarle el cuadro y esconderlo en mi maleta, debajo del banco, para quedármelo.

—¿Qué haces?

Émile acaba de salir del minúsculo cuarto de baño con pantalones cortos de deporte, una camiseta y las zapatillas en la mano. Joanne lo mira sin entender.

—Teníamos... Sébastian nos iba a enseñar las dunas —balbucea Joanne.

—Sí, lo sé. Pero quería ir a correr por el muelle. —Se agacha para atarse los cordones—. Id sin mí.

Joanne tarda un poco en responder. Parece dubitativa.

—¿Te reúnes con nosotros más tarde, entonces?

Émile se toma su tiempo antes de levantarse, pero cuando lo hace se da cuenta de que parece decepcionada.

—De acuerdo —dice—. Después me uno.

—Estaremos en la playa de Doul. A diez minutos de aquí.

—Vale.

Necesita ir a correr para despejar la mente. No ha dicho ninguna mentira. Además, tanto si va como si no, Sébastian y Joanne se sumergirán en una de sus conversaciones sobre las flores de tamarisco o alguna cosa por el estilo... Prefiere dejarlos solos y aprovechar para hacer ejercicio. Está empezando a disfrutar de la soledad y le parece sorprendente. Durante estos cuatro primeros meses de viaje ha aprendido que uno se puede redescubrir a sí mismo constantemente. Joanne es un vivo ejemplo de ello. La transformación empezó en los Pirineos, no sabe con exactitud en qué momento. Y después vino Pok, Myrtille, la boda... Todo se aceleró. Ahora tiene una expresión animada. Habla, hace preguntas, se interesa por infinidad de cosas. ¡E incluso ha empezado a pintar! El otro día empezó un nuevo cuadro y se lo mostró. Había pintado El Alquimista, un chico y un perro a bordo del barco con la mirada fija en el horizonte. Al verlo sintió una pequeña punzada en el corazón, pero sonrió y le aseguró que había hecho un gran trabajo. Era cierto, los colores eran hermosos y desprendía dulzura. Sin embargo, prefiere el cuadro de los flamencos mutantes al de Sébastian en su barco. Pero eso no se lo dijo.

Empieza a correr a un ritmo tranquilo por la pasarela que recorre la laguna. Es un precioso día de otoño. Sébastian había dicho que era el veranillo de San Martín. Dijo que hacía años que no tenían un mes de octubre como ese. En la autocaravana todavía no han necesitado encender la estufa.

Émile saluda con un gesto de cabeza a un pescador que está sentado en la pasarela y disminuye el ritmo para no ahuyentar a los peces con sus pasos. Evoca el primer paseo por el muelle y el encuentro con Sébastian, una mañana como esa. Ya no recuerda cuánto tiempo ha pasado desde que llegaron a Peyriac-de-Mer. Puede que más de diez días. Sébastian tiene un día libre a la semana. La última vez, y por lo tanto hace ya una semana, aprovechó para llevarlos en barco a descubrir las islas. Hoy tocan las dunas. El tiempo ha transcurrido a una velocidad increíble. A veces Émile piensa que le gustaría llamar a Myrtille. Tiene la sensación de que hace una eternidad que se despidieron de ella. Le gustaba la presencia de Myrtille, cómo los miraba con esos ojos azules. Con Myrtille, Joanne y él formaban algo parecido a una familia. Con Sébastian son solo dos amigos, nada más.

Podría llamar a Myrtille una tarde, no con su móvil —todavía teme encenderlo—, sino con el de Joanne. Si a ella le parece bien.

Ha acelerado el paso y nota el corazón a punto de explotarle en el pecho. Le sienta genial hacer ejercicio. Está empapado en sudor y sin aliento, pero se siente bien, extremadamente aliviado. Incluso decide continuar corriendo hasta la playa de Doul para encontrarse con Joanne y Sébastian.

A unos metros de la playa se detiene para recuperar el aliento, con las manos apoyadas en las rodillas. Debería retomar el hábito de salir a correr. Debería hacerlo todas las mañanas. Intenta convencerse de que lo hará, de que cumplirá su palabra. Camina despacio para normalizar la respiración. Las dunas se perfilan a lo lejos. Ve la silueta de Lucky deslizándose por las montañas de arena ladrando a diestro y siniestro. Una vez más, está persiguiendo una gaviota. Hay personas caminando por la orilla del agua, enfundados en sus cortavientos. Rodea la duna más cercana y entonces los ve. Joanne está sentada con las piernas cruzadas al pie de la duna, y tiene algo apoyado sobre las rodillas. Levanta la vista a menudo y vuelve a bajarla hacia el regazo. La peineta antigua de Myrtille le brilla en el pelo. Sébastian está de cuclillas a su lado y le va señalando algo con el dedo de vez en cuando. Émile entiende que está pintando las dunas.

—¡Hola, Émile! —dice Sébastian al verlo llegar.

Lucky se abalanza sobre sus piernas, feliz de verlo. Joanne alza la mirada y le sonríe.

—¡Mira! ¡Joanne está inmortalizando las dunas!

Llega por fin a su altura y echa un vistazo al cuadro, sobre las rodillas de Joanne. Ha progresado todavía más. Parece que los arenales cobren vida sobre el lienzo, como si los granos de arena giraran arrastrados por el viento. Ha pintado el cielo un poco menos azul de lo que es en realidad, de un color más bien azul grisáceo nacarado. En esa pintura no hay ni rastro de Sébastian ni de Lucky, solo una gaviota que planea a ras de la arena.

—¿Qué? —pregunta Joanne interrogándolo con la mirada, un poco preocupada—. ¿Qué opinas?

Sin embargo, Émile no tiene tiempo de responder. Sébastian lo hace en su lugar, con entusiasmo:

—¡Está genial, Joanne! ¡Estoy seguro de que podríamos colgarlo en el restaurante de mi padre!

—Oh... —Joanne parece dubitativa—. ¿Tú crees?

—Puedo preguntárselo, pero estoy seguro de que le encantará tu interpretación de Peyriac-de-Mer. A mí me encanta. Es precisa, y a la vez le añades algo místico a tus cuadros, como pequeños toques...

Joanne parece halagada. Cuando alza la mirada hacia él, Émile ve que está sonrojada. Se apresura a confirmarlo asintiendo con la cabeza.

—Es verdad.

Sébastian mira a Joanne con interés y Émile se siente un tanto incómodo. Aparta la mirada.

—Voy a dar una vuelta por la playa... Echaré un vistazo por allí.

Le da la sensación de que Joanne quiere decir algo, pero se aleja rápido, fingiendo ir a buscar a Lucky.

Esa noche, durante su cena en el interior de la autocaravana, después de un eterno silencio, Émile comenta con aire distendido:

—Creo que Sébastian se ha fijado en ti.

Joanne termina el vaso de agua antes de clavarle una mirada extraña.

—¿Qué te hace pensar eso?

—He visto cómo te mira, eso es todo.

Émile está intentando incomodarla, no sabe por qué. Le gustaría que se ruborizara y escucharla balbucear, pero ella no se inmuta.

—Es solo un niño...

—Tiene veinticinco años.

—La edad no se cuenta con años.

—¿No?

Émile intenta que no se le note ni demasiado afectado ni demasiado feliz por sus respuestas. Se esfuerza por mantener una actitud indiferente.

—Claro que no.

Joanne vuelve a picotear de su plato y luego añade en el mismo tono flemático que ha cogido la conversación:

—Sébastian todavía tiene mucho que aprender.

Émile no sabe a qué se refiere exactamente con eso. Él considera que Sébastian sabe muchísimas cosas, sobre infinidad de temas. Mucho más que él. Pero no le importa porque nota cómo una pequeña llama crepita en su pecho.

19

—¡Émile! ¡¡Émile!! —Joanne grita a pleno pulmón por las callejuelas de Peyriac-de-Mer.

Esta mañana se ha ido a ver a Sébastian, que estaba pescando cerca del puerto. Émile todavía dormía. No ha querido despertarlo, así que le ha dejado una nota sobre la mesa, al lado de la taza de té que le había preparado.

> Sébastian me ha invitado a ir a pescar con él. Volveré a las doce como muy tarde. Estaremos a unos cien metros del puerto, en dirección a la tienda de canoas.
>
> Puedes unirte a nosotros cuando te levantes.

Se ha ido con Sébastian. Ha ido mirando las callejuelas varias veces, pendiente de si Émile llegaba, pero no lo ha visto.

—No estás concentrada —ha señalado Sébastian.

Entonces se ha aplicado. Ha olvidado un poco a Émile. Después el campanario de la iglesia ha indicado que eran las doce del mediodía, y Joanne se ha apresurado a volver a la autocaravana, porque le había prometido que estaría a esa hora. Ha notado que algo no iba bien cuando ha visto que en la mesa aún estaba la taza, en el mismo sitio, como si Émile no hubiese desayunado. Además, la puerta de la autocaravana estaba abierta de par en par... Lo ha llamado: «¿Émile?, ¿Émile?», después también a Pok. No había nadie en el interior de la autocaravana. Los armarios estaban abiertos, como si alguien hubiese hurgado dentro, pero no habían robado nada. Prueba de ello era que los dos móviles estaban sobre la encimera, encendidos. Uno de los álbumes de fotos de Émile yacía abierto en el suelo. Su cartera también estaba abierta y los documentos de identidad esparcidos por el suelo. Ha vuelto a llamarle: «¿Émile?, ¿¿Émile??».

Émile nunca se habría alejado sin cerrar la autocaravana. Nunca habría dejado que Pok se escapase o que lo atropellara un coche. «¿Qué ha pasado?».

Ha pensado en un asalto, un robo, pero no parece que se hayan llevado nada. Ha decidido ir hasta el muelle. Émile no estaba allí. Sin embargo, ha encontrado a Pok, tumbado al sol.

—Ven, grandullón. Volvamos.

Lo ha llevado de vuelta a la autocaravana, intentando no dejarse llevar por el pánico y hablándole al gato para tranquilizarse.

—¿No sabes dónde se ha ido, tú?

Ha comprobado si había cogido sus cosas antes de irse, pero no faltaba nada. Ha empezado a sucumbir al pánico. Ha cerrado la autocaravana y ha ido hacia el pueblo, con el corazón latiéndole a mil por hora. Se ha dedicado a examinar los rostros de todas las personas que se cruzaba por el camino, para ver si alguno era Émile vagando por las callejuelas, presa de un nuevo episodio de amnesia. Ha empezado a llamarle. Primero suavemente, después más fuerte.

—¡Émile!

El miedo le oprimía el pecho. Volvía a ver una y otra vez los móviles sobre la encimera, encendidos. ¿Qué había hecho? ¿Había tenido una nueva crisis? ¿Habría llamado a alguien?

—¡Émiiiile!

¿Habría llamado a sus padres? ¿Les habría revelado dónde se encontraba? Ya lo había visto antes sufriendo un episodio así; ya había leído la confusión en sus ojos; ya había notado que le faltaba la respiración; ya había visto en su mirada que no la reconocía. ¿Y si había vuelto a ocurrir? ¿Alguien había tenido tiempo de ir a buscarlo? ¿Su familia? ¿El personal de algún hospital? ¿La policía?

Apenas se ha dado cuenta de que las lágrimas le caen por las mejillas. Tampoco se oye a sí misma gritando su nombre. Si ha ocurrido eso, si ha llamado a alguien, entonces habrá incumplido su promesa. Juró que velaría por él, que lo mantendría alejado de su gente, del hospital... Si es eso lo que ha pasado...

De pronto no entiende por qué Sébastian aparece delante de ella.

—Joanne... Joanne, ¿estás bien?

No ha sido consciente de que sus pasos la han llevado hasta la puerta del Jour de Pêche y que ha acudido a pedirle ayuda.

—Joanne, ¿qué ocurre? ¿Por qué lloras?

Hace un esfuerzo para calmarse, controlar la voz.

—Émile ha desaparecido.

—¿Qué?

—Émile no está en la autocaravana. Todas sus cosas están patas arriba, no sé a dónde ha ido.

Sébastian la obliga a sentarse en una silla de la terraza.

—Espera... ¿Crees...? ¿Alguien ha entrado a robar en la autocaravana?

Joanne niega con la cabeza. Sabe que sus explicaciones son confusas, pero el pánico le impide ser más clara.

—Se ha ido. Yo..., igual se ha perdido.

Sébastian sacude la cabeza y se contiene para no sonreír.

—Joanne, relájate. Es un hombre adulto. Simplemente habrá salido a hacer un recado. Se conoce el pueblo. No se perderá.

—No es eso.

—¿Qué...?

—Tiene pérdidas de memoria.

—¿Qué?

—Debemos encontrarlo. Se ha perdido.

Ahora lo ve claro. Si se ha despertado con una laguna mental, debe de haber intentado entender qué hacía allí. Por eso ha rebuscado en los armarios. Ha encontrado su álbum de fotos. Ha encontrado la cartera de Joanne y sus documentos de identidad, que indicaban que se llama Joanne Marie Tronier. Seguramente se habrá preguntado quién era ella y qué hacía él allí. Quizá ha encontrado la partida de nacimiento y el acta de matrimonio, que conserva en la cartera. Después debe de haber encendido los móviles, para intentar entender. Quizá ha llamado a alguien. Se le hiela la sangre. Si ha llamado a alguien, por fuerza tiene que haber sido a uno de sus padres. Entonces quizá les ha revelado dónde se encuentra. A menos que también haya olvidado eso. Ha debido de salir, vagar por la nacional, por las callejuelas, presa de un pánico absoluto, sin comprender qué hacía allí.

Sébastian le ha puesto las manos sobre las rodillas para intentar calmarla.

—¿Quieres que llamemos al hospital? ¿A la comisaría?

Joanne asiente frenéticamente.

—Sí. Sí, es lo que hay que hacer.

Ve a un hombre que se acerca a Sébastian. Debe de ser su padre. Tiene el pelo canoso y un aspecto severo. Intercambian unas palabras. Oye que Sébastian le pide el móvil. El hombre se va.

—Vamos a llamar. Intenta calmarte, Joanne.

Tiene la sensación de caerse hacia atrás, como si la cabeza le diera un vuelco. Son esas palabras. «Intenta calmarte, Joanne». Y el pánico que la invade. Ya ha oído esas palabras en el pasado, cuando se encontraba en ese mismo estado. «Lo han sacado del agua. Intenta calmarte, Joanne». Es la voz de Léon. La voz que más odia en todo el universo.

Vuelve en sí cuando Sébastian le pone una mano fresca sobre la mejilla.

—¿Joanne?

Parpadea varias veces. Sébastian la mira preocupado.

—¿Te has desmayado?

Joanne sacude la cabeza e intenta levantarse. No sabe cuánto tiempo ha pasado. Seguramente se ha desmayado, es cierto.

—¿Has llamado?

—Acabo de decírtelo.

Vuelve a pestañear.

—¿Qué?

—Está en la comisaría.

Es como si le echaran un jarro de agua fría encima. No sabe si se siente aliviada de saber que está vivo, en la comisaría, o aterrorizada ante las consecuencias de lo ocurrido. ¿Querrán retenerlo? ¿Ingresarlo en un hospital?

—Te llevo —declara Sébastian.

Joanne no opone resistencia.

Corre por el vestíbulo de la comisaría, seguida de cerca por Sébastian, que le susurra que vaya más despacio. Émile está sentado en una silla del vestíbulo, al lado de un policía. Con solo una mirada enseguida se da cuenta de que estaba en lo cierto. Ha sufrido otra crisis de amnesia. Sus ojos expresan una angustia inconmensurable. Parece estar como ausente y, a la vez, ser víctima de un terror indescriptible.

—Vengo a buscarlo. Soy su tutora legal —le informa Joanne al policía, sin ni siquiera pararse a saludarlo.

Le tiende su cartera y el conjunto de documentos de identidad que ha recogido hace un momento del suelo de la autocaravana. Émile levanta el rostro hacia ella y su mirada le hiela la sangre. «Tú eres la primera persona que olvidaré». Joanne entiende que ya ha ocurrido. Tiene la mirada vacía, no hay nada de lo que ha conocido de él durante estos meses de viaje. No la reconoce. Peor aún, parece asustado al verla acercarse y declarar que es su tutora legal.

—Espere, señorita —la interrumpe el policía levantándose—. ¿Es usted quien me ha llamado?

—He sido yo —interviene Sébastian poniéndose al lado de Joanne—. Ella..., él se había perdido y...

Joanne lo interrumpe con brusquedad.

—Tiene alzhéimer precoz.

El policía va alternando la mirada entre los tres.

—En efecto, este señor parecía confundido. Creía que lo habían secuestrado.

Joanne cierra los ojos momentáneamente, para no dejarse llevar por el pánico que la invade. A pesar de lo que pensaba, no estaba preparada para esto. ¿Qué se supone que tiene que hacer si no recupera la memoria? ¿Llevárselo a la fuerza?

—Yo... A veces le pasa... Tiene lagunas de memoria —consigue balbucear, con la boca seca—. A..., a veces se pierde...

—Bueno...

El policía coge los papeles que Joanne le ofrece desde hace unos segundos, con el brazo extendido.

—¿Y usted es...?

—Su mujer. Estamos casados.

Ve que Sébastian abre los ojos asombrado al oírla pronunciar esas palabras. Los de Émile, en cambio, no expresan otra cosa que un profundo pavor, tan intenso que parece haber perdido el habla.

El policía le señala un pequeño cubículo acristalado, en el vestíbulo.

—Vayamos a mi despacho a arreglar todo esto.

A través de las paredes de vidrio del cubículo Joanne ve a Émile, inmóvil, como en estado de choque, mudo, con las manos crispadas sobre las rodillas. Sébastian se ha sentado a su lado. Parece casi igual de perdido, salvo porque sus ojos expresan más incredulidad que terror.

—Me decía que le hacían seguimiento en un centro de ensayos clínicos.

—Sí.

—En Roanne.

—En Roanne.

El policía coge la copia del acta de matrimonio que sale de la fotocopiadora.

—Y que él decidió dejar el ensayo.

Joanne asiente de nuevo tratando de tragar saliva.

—¿Todavía sigue el tratamiento?

—No.

El policía garabatea unas cuantas palabras en su libreta.

—Habrá que vigilarlo más de ahora en adelante.

—Sí, iré..., iré con más cuidado.

—Tendrá que ir pensando en ingresarlo en un centro... para evitar este tipo de disgustos.

Joanne tiene la garganta seca, pero se mantiene firme.

—Cuidaré de él.

El policía gira el carnet de identidad de Joanne entre las manos.

—¿No tiene más tutores legales? ¿Sus padres?

Joanne siente el miedo oprimiéndole la caja torácica. Consigue hablar a duras penas, con voz sorda.

—No desde que nos casamos.

El policía asiente y vuelve a dejar el carnet de identidad de Joanne sobre el escritorio mientras emite un sonido de succión con la boca.

—Por supuesto. Como es lógico.

Joanne no puede evitar soltar la pregunta que le quema en los labios.

—¿Ha llamado a alguien?

—¿Disculpe?

—¿A sus padres?

—No. Hemos recibido su llamada justo cuando acababa de llegar a la comisaría.

Joanne intenta disimular el alivio que la invade de pronto. Se seca las manos húmedas en el pantalón y vuelve a tragar saliva.

—¿Podré..., podré llevármelo?

—Por supuesto.

El policía se levanta y reúne todas las fotocopias que ha hecho. Le entrega el carnet de identidad y el acta de matrimonio a Joanne y después la acompaña hasta la puerta de su despacho.

—Tenga cuidado de ahora en adelante...

—Sí. Yo... Lamento este..., este disgusto.

—No se preocupe, señora.

El primer rostro que ve al girarse hacia el vestíbulo es el de Sébastian, que se ha levantado para ir a reunirse con ella. Tiene el rostro pálido y extrañamente desencajado.

—Creo que ha vuelto en sí.

Sébastian se desplaza un poco a un lado y Joanne ve a Émile, con los hombros caídos y la cabeza entre las manos. Parece que está sollozando.

Joanne le pone una mano sobre el hombro, con suavidad, para no asustarlo, y él levanta la cabeza hacia ella. No hay lágrimas en su cara, solo una mezcla de tristeza y amargura. Entreabre la boca y pronuncia:

—¿Joanne?

Ella asiente, luchando por controlar sus nervios.

—Ven, vamos a casa.

La sigue hasta fuera del vestíbulo, bajo la mirada de los policías. Sébastian los espera en el exterior, en la plaza bañada por el sol.

—No sé qué ha sucedido —murmura Émile.

—No pasa nada.

Caminan los tres por las callejuelas soleadas de Peyriac-de-Mer, en silencio. Sébastian va delante, con las manos en los bolsillos, sin saber si debe quedarse con ellos o dejarlos solos. Émile y Joanne van unos pasos por detrás. Joanne parece aliviada, aunque todavía tiene la tez lívida. Émile no deja de dirigirle miradas inquietas.

—Has llorado —dice.

—No.

—Sí. Te he asustado... y has llorado.

Esa constatación parece minarle el ánimo. Joanne decide cambiar de tema.

—Desde que hemos salido de la comisaría no paro de pensar..., si no lo hubiésemos hecho..., si no nos hubiésemos casado...

Ninguno de los dos añade nada más. Saben muy bien lo que habría ocurrido.

Sébastian se detiene en la esquina de una callejuela. Señala el restaurante de su padre a lo lejos.

—Voy..., voy a dejaros solos...

Se balancea de un pie a otro, incómodo, mirándolos primero a uno y después al otro.

—Tenedme al tanto... Espero que estés bien, Émile...

Émile asiente.

—Gracias por haber ayudado a Joanne a encontrarme.

—De nada. —Sébastian se aclara la garganta y se balancea todavía más rápido, como queriendo añadir algo—. No... —Duda un instante—. No sabía que estabas enfermo... —Y entonces lo suelta—: Ni que estabais casados.

Tiene un aire triste y decepcionado. Joanne responde con un tono un poco distante:

—No era importante que lo supieras. —Y después añade con un poco más de dulzura—: Vamos a ir a que descanse. Nos vemos un día de estos.

—Sí..., un día de estos.

—Le has roto el corazón.

Émile se descubre a sí mismo intentando bromear. No tiene ganas de reír, en realidad. Solo intenta que la situación sea menos grave y dura.

—Lo superará —contesta Joanne con extraña indiferencia.

Parece bastante impactada. Ambos siguen pálidos cuando se sientan a la mesa plegable, enfrente de la autocaravana.

—¿Te preparo un té? —propone Émile.

Joanne sacude la cabeza.

—Deberías dormir.

—No tengo sueño.

Se levanta y va a llenar el hervidor de agua. Se siente culpable por haberle hecho pasar por todo esto. Su plan inicial era mucho más simple. Se iban los dos. Él perdía la memoria y no le afectaba. Estaba preparado. Se había despedido de todo el mundo al irse de Roanne. Ella se las arreglaba para mantenerlo alejado de su familia. Había aceptado las condiciones.

En cambio aquí están, han transcurrido más de cuatro meses desde entonces. ¿Qué han hecho para que todo haya cambiado tanto? Parecía tan sencillo... Se suponía que ella no tenía que llorar ante la idea de haberlo perdido... Y que a él no tenía que entristecerle la idea de olvidarla.

Quizá... Prepara el té con las manos un tanto temblorosas. Una vocecilla se insinúa en su cabeza. Quizá no deberían haberse casado. Quizá no deberían haberse mudado a ese estudio juntos, adoptar un gato, dormir en la misma cama y compartir un trozo de pastel con consciencia plena...

Quizá tendrían que haberse limitado a mantenerse como dos desconocidos. Joanne tenía razón el otro día, en el islote de la Nadière. Al principio estaba feliz y en los últimos tiempos se había ido apagando..., pero no por el motivo que ella cree.

Había iniciado el viaje sin tener absolutamente nada que perder, ni nadie a quien aferrarse. Había aceptado la idea de dejar atrás a sus padres, a su hermana, a su mejor amigo. Su vida ya se había medio apagado cuando Laura lo dejó. Y después, la tenue luz que continuaba titilando desde la ruptura se había extinguido por completo al recibir la noticia de la enfermedad. Había subido a la autocaravana sereno, porque por aquel entonces ya no le quedaba nada. Había hecho las paces con la idea de irse definitivamente. Solo le quedaba disfrutar de los pequeños momentos de felicidad que la vida le brindara todavía, antes de desaparecer. La situación estaba clara. Pero, en lugar de irse solo, tuvo que colgar aquel estúpido anuncio... Recogió a esta chica completamente perdida en aquella área de servicio y, en lugar de desprenderse de la vida poco a poco, se había aferrado a ella con más fuerza todavía. Por Joanne. Porque ella le había mostrado toda la belleza del mundo, la pureza de los sentimientos, la bondad que podía emanar de los demás. Había aprendido a verla sonreír, cada día más, a observarla escribiendo en su libreta, cuidando de Pok, mirando el cielo y sentándose con las piernas cruzadas sobre un muelle.

Traga saliva con dificultad para deshacer el nudo que le obstruye la garganta. Se está apagando, es cierto. Está dejando que la angustia y el miedo lo devoren, día tras día. Y todo por ella. Solo por ella. Porque le ha abierto los ojos a la vida de una manera totalmente inesperada. Y hoy se siente más vivo que nunca. Hoy, gracias a ella, ya no quiere irse de este mundo. La idea lo aterroriza. Y la idea de verla desaparecer de sus recuerdos se ha vuelto insoportable.

Intenta controlar la respiración mientras coge el hervidor y vierte agua en las tazas.

—Ya está —dice con voz ahogada—. Ya va.

Beben el té a sorbos en silencio, recuperando un poco los colores. Joanne habla en voz queda cuando pregunta:

—Los móviles... estaban encendidos... ¿Has llamado a alguien?

Émile responde, con la nariz dentro de la taza:

—No recordaba mi código PIN... Mi móvil sigue bloqueado...

Joanne cierra los ojos aliviada, y vuelve a preguntar:

—¿Y el mío? El mío no está bloqueado... —Parece que teme la respuesta.

—No, no... No he reconocido ninguno de los contactos de la agenda. Eso me ha..., me ha vuelto loco... Entonces es cuando me he ido y lo he dejado todo así.

Joanne entiende por su tono de voz esquivo que no quiere hablar más del tema. Vuelven a beber té, poco a poco, con la mirada fija en el vacío.

—Deberíamos irnos de Peyriac, ¿no? —murmura Joanne al cabo de unos instantes.

Émile se encoge de hombros. Ha perdido un poco la noción del tiempo. Otro de los síntomas de la enfermedad que lo está matando a fuego lento.

—¿Hace mucho que estamos aquí? —pregunta.

—Dos semanas.

No sabe si eso le parece mucho o no. Quiere irse, volver a la carretera, pero Joanne parece estar tan bien aquí, en compañía de Sébastian y Lucky. Sin embargo, Joanne añade:

—¿No te gustaría ver el mar?

Lo escruta. Émile sigue impasible.

—Ahora ya no nos queda muy lejos...

Émile tiene la sensación de que ella también tiene ganas, así que asiente.

—Sí. Podríamos ir a ver el mar.

No sabe si es que esa noche hace especialmente frío en la autocaravana o si es la angustia lo que le hace tiritar así. Le tiembla todo el cuerpo. Tiene la mandíbula tensa y le castañean los dientes. Le cuesta respirar, como si algo lo oprimiera, como si fuera a morir esa misma noche, asfixiado por su propia ansiedad.

—¿Émile?

Había rezado para no despertar a Joanne, pero era demasiado tarde.

—¿Émile? —repite con un murmullo.

Ve a Pok a los pies de la cama, hecho un ovillo y profundamente dormido. El único que logra dormir.

—¿Qué? —dice, fingiendo no saber por qué susurra en plena noche.

—¿Estás bien? —Y añade apresurada—: ¿Estás teniendo otra crisis?

Émile se da la vuelta para estar de cara a ella. A pesar de la oscuridad, consigue adivinar sus facciones y la melena sobre la almohada.

—No. Estoy bien. Solo estoy un poco agobiado. —Ve como se le forman dos pequeños pliegues en la frente—. No es nada. Vuelve a dormir, Joanne.

Puede que haya pasado una hora. Pok ha cambiado dos o tres veces de posición, pero Joanne ha permanecido inmóvil. Émile sabe que no está durmiendo, está convencido.

—Joanne...

Tal murmullo no habría podido despertarla. Sin embargo sus ojos están ahora bien abiertos y lo miran fijamente.

—¿Sí?

Ha dudado mucho, pero se dice a sí mismo que después de lo que han vivido por la mañana esto le parece natural.

—¿Crees que...? —Traga saliva—. ¿Crees que podrías... venir aquí...? —Acaba con un suspiro—: ¿A mi lado?

Ve la fina silueta de Joanne levantando la colcha y acercándose en silencio. Pone la cabeza sobre su hombro y una de sus minúsculas manos sobre su brazo. Émile no se atreve a estrecharla demasiado fuerte, por miedo a romperla en pedazos.

—Gracias —murmura entre su cabello.

17 de octubre, 18.50 h

En el muelle. Última puesta de sol en el Étang du Doul.

Mañana nos vamos a Bages, el pueblo que nos recomendó Sébastian durante el viaje en barco. Después de Bages iremos a Gruissan, para ver el mar.

Ya estamos en pleno otoño. Además de los árboles teñidos de reflejos anaranjados, el frío también ha llegado. La estufa empieza a funcionar a pleno rendimiento.

Joanne ha estado toda la tarde en el puerto y, más tarde, en la playa de dunas, para inmortalizar en los lienzos sus últimos momentos en Peyriac-de-Mer. Sé que Sébastian estaba allí también, que ha querido pasar un último momento con ella. No sé qué le habrá contado sobre el tema del matrimonio. Probablemente la verdad.

Esta noche lo hemos invitado a cenar a la autocaravana, para agradecerle que nos haya acogido en Peyriac y despedirnos. He preparado un gratinado de verduras de la temporada. (¿Quién hubiera imaginado que sería capaz de cocinar cosas así algún día?). Como todavía tenía un poco de tiempo antes de que llegara Sébastian, he aprovechado para ir al muelle a sentarme. Así que estoy frente a la última puesta de sol en el Étang du Doul. Puedo ver los flamencos, así como los destellos de color rubí en el agua. Extrañaré esta pasarela y estas puestas de sol. Me gusta pensar que las siguientes serán también excepcionales.

Están los tres apretados alrededor de la mesa, sobre el banco acolchado de la autocaravana y con la estufa en los pies. Aun así, Joanne lleva un largo chaleco negro y Émile una bufanda alrededor del cuello. Solo Sébastian parece adaptarse a la temperatura fresca de mediados de octubre. Ha traído una cesta llena de naranjas. «De postre», ha precisado. Han comido las verduras gratinadas mientras les preguntaba por sus futuros destinos. Todos se han esforzado por no evocar el episodio de la comisaría ni la enfermedad de Émile. Sébastian les ha pedido que le envíen postales de los lugares a los que vayan para que pueda «viajar un poco con ellos» y ambos han aceptado de buen grado.

Ahora Joanne trae la cesta de naranjas a la mesa y Émile va a por el hervidor y tres tazas. Sébastian juega con Pok, con un trozo de cordón que ha arrancado de su zapato.

—Va a estar todo muy tranquilo por aquí —suspira—. El invierno en Peyriac es más bien aburrido.

Les cuenta que no suele nevar y que no hay demasiados turistas. Por lo general, su padre y él cierran el restaurante de enero a marzo. Después Joanne se levanta y rebusca durante unos instantes en el armario empotrado. Vuelve con dos cuadros y los deja sobre la mesa, delante de Sébastian.

—Para ti.

Parece que le cuesta entender lo que le acaba de decir.

—¿Para mí...?

—Es un regalo.

Se le ilumina la cara. Émile piensa que este muchacho debía de estar muy enamorado.

—Puedes colgarlos en el restaurante de tu padre si quieres... O en tu futura casa.

20

Joanne está envuelta en un chal negro. Sopla una brisa fresca que trae consigo el aire marino. Se han detenido al borde de la carretera y observan Bages desde lejos, un montículo en medio de las lagunas. Admiran las casas de piedra, los tejados de color ladrillo, los flamencos en las lagunas de agua inmóvil, las pequeñas embarcaciones azules y blancas.

La temperatura ha bajado mucho. Pok no se atreve a salir.

—Parece bonito, ¿no? —dice Joanne.

La noche pasada Émile también tiritaba y Joanne se acostó pegada a él para calmarlo. Parece que funciona, aunque ahora los dos están un poco avergonzados. Como un par de adolescentes tímidos.

—¿Aparcamos aquí la autocaravana? —pregunta Joanne.

—Sí. Me parece bien.

A un costado hay un terraplén. Desde allí hay unas vistas de Bages magníficas. Incluso hay un muro bajo de piedra donde sentarse a disfrutar del paisaje. Mañana ya cambiarán de lugar si se oye demasiado el tráfico.

—¿Sabes qué? Se me ha ocurrido algo... —murmura Joanne.

Émile se gira hacia ella.

—Para calmar la ansiedad...

Émile asiente para instarla a continuar.

—Pensaba que..., bueno, creo que...

Parece dubitativa. Está a punto de abandonar la idea, pero Émile la anima con la mirada.

—Creo que entrenar la consciencia plena podría ayudarte...

Émile no acaba de entender a dónde quiere ir a parar. No tiene ganas de hablar de sus episodios de amnesia ni de su ansiedad. Quiere olvidarlo por un tiempo.

—Creo que tu día a día sería más fácil y... que te ayudaría a anclarte durante tus crisis.

—¿A anclarme?

Joanne se recoloca el chal sobre los hombros.

—Sí, al presente. Me refiero a que... —Parece estar buscando las palabras en el horizonte, en el cielo gris y blanco—. Tu pasado está desapareciendo. No..., no puedes hacer nada para impedirlo. No tienes control sobre eso... —Habla con una voz suave, como de costumbre—. Y tu futuro... no...

—Mi futuro no existe.

Joanne traga saliva mientras asiente.

—Tu futuro también está desapareciendo. Así que...

Hace una pausa corta y Émile cree entender a dónde quiere ir a parar.

—Así que solo me queda el presente.

Joanne gira la cabeza hacia él y parece aliviada de que lo entienda.

—Te queda el instante presente. Y está..., está bien, en cierto modo.

Émile la mira con una pizca de amargura.

—Ah, ¿sí?

—Sí. Mi padre copió una cita en la pared del comedor que decía: «El momento presente tiene una ventaja sobre los demás: nos pertenece».

Hacía tiempo que no decía citas, casi lo había echado de menos.

—Tenía razón. Y creo que si aprendes a estar en el momento presente sufrirás menos. Si decidieras estar solo en el instante presente, y soltaras el pasado, sería menos doloroso.

—Parece tan fácil cuando lo dices. «Soltar el pasado».

—No he dicho que lo fuera.

Da la impresión de que hay algo de experiencia en su voz. Émile se encoge de hombros mientras aparta la vista de las gaviotas y se gira hacia ella.

—De acuerdo. Quiero que me enseñes.

Joanne esboza una sonrisa satisfecha, aunque ligeramente teñida de tristeza.

—Perfecto. Creo que te irá bien.

No sabe si le ayudará a sobrellevar la ansiedad, pero pasar momentos con Joanne como instructora sin duda hará más apacible su día a día.

—Joanne, ¿crees que podrías repetirme la cita de tu padre... para que la anote en la libreta?

—Sí. Claro. —Le centellean los ojos, como si de pronto hubiese tenido una idea. Entonces añade—: Podríamos escribirla sobre la puerta de la autocaravana, ¿no?

Émile se imagina a Joanne, con la peineta de amatista en el pelo, concentrada, esmerándose por dibujar letras bonitas sobre el revestimiento de la autocaravana, y asiente de buena gana.

—Es una idea excelente.

—¿Entonces tu padre copiaba citas sobre las paredes así tal cual?

—¿Eh?

Ha empezado a llover. Están cómodamente instalados en el cálido interior de la autocaravana. Joanne está envuelta en su chal, con un rotulador negro en la mano. Está repasando varias veces las letras que ha pintado sobre la puerta de entrada de la autocaravana. La escena es bastante fiel a la visión que había tenido Émile. Solo falta la peineta de amatista en el pelo.

—¿Fue tu padre quien te enseñó a escribir citas en las paredes?

Joanne esboza una sonrisa divertida de niña pequeña. Caray, cómo ha cambiado en unos meses...

—Sí. Teníamos citas por todos lados.

—Qué... —No sabe qué palabra usar—. Original.

La sonrisa de Joanne se vuelve más traviesa.

—Había una en el cuarto de baño. Era de Dino Buzzati y decía: «La miseria es más fácil de soportar si se puede cagar como un señor».

Oír esas palabras saliendo de la boca de Joanne, por lo general tan pudorosa, tiene algo extremadamente cómico que hace que suelte una carcajada.

—¿Te gusta? —pregunta interrumpiendo unos segundos su tarea.

—Sí. La quiero en nuestro cuarto de baño también —declara.

—Pues entonces te concederé el honor de copiarla.

—Me siento halagado.

Vuelven a ponerse serios. Pok está profundamente dormido sobre el banco. Se pasa gran parte del tiempo durmiendo. Joanne repasa una última vez las letras negras. «El momento presente tiene una ventaja sobre los demás: nos pertenece». Después escribe debajo el nombre del autor, con un tamaño menor y un trazo más fino: «Charles Caleb Colton».

—Ya está —dice al fin irguiéndose.

Va hasta Émile junto al banco, delante de la mesa. Ambos observan la frase, que se extiende sobre la puerta blanca. Le da un poco de vida a su pequeño hogar. Un toque personal y gracioso. Como una pincelada de intimidad.

—¡Creo que me hubiese gustado mucho tener un padre como el tuyo! —declara Émile, con la mirada todavía fija en la cita.

Joanne pregunta entonces un poco seria:

—¿Al tuyo no le gustan las citas?

—No creo... Mi padre es un buen hombre, pero... me doy cuenta de que lo conozco poco.

Joanne recibe sus palabras con el ceño fruncido.

—Pasaba mucho tiempo en el trabajo. Cuando estaba con nosotros, en casa, solía encontrarse agotado. Se esforzaba en mantenerse presente para nosotros, pero... imagino que siempre tenía la cabeza llena de preocupaciones. A menudo estaba sumido en sus pensamientos y pocas veces se hallaba realmente allí. Tenía el trabajo, la hipoteca, los problemas de su hija mayor... Ni..., ni siquiera sé qué le gusta. Ahora soy consciente de ello. No sé qué música le gusta escuchar, qué sueños tiene... —Émile sacude la cabeza—. Resulta increíble, ¿no?

No se había dado cuenta del todo, antes de conocer a Joanne, de que había desaprovechado los momentos con su padre. No sabía cómo era. Resultaba la viva imagen de un hombre devorado por su día a día. Un hombre que no había ocupado el presente, que se había pasado la vida preocupándose por el futuro. Se pregunta si habría terminado como su padre, engullido por una triste rutina, en el caso de que hubiese podido vivir más tiempo. De más joven era alguien resuelto. Con vitalidad. Después, cuando Laura se fue, su carácter se volvió amargo y apático. Seguramente habría terminado como su padre, pero más bien centrado en el pasado, con la mente enfocada en todo aquello de lo que se arrepentía, olvidándose de vivir el presente. Pero llegó la enfermedad, emprendió el viaje y conoció a Joanne.

—Es una lástima —musita Joanne.

Émile inclina la cabeza, con la mirada todavía fija en la cita inscrita sobre la puerta.

—Me gusta este toque personal.

—Hum —murmura Joanne—. A mí también.

—Deberíamos seguir decorando la autocaravana... Podrías colgar algunos de tus cuadros.

Parece que la idea le gusta puesto que esboza una ligera sonrisa.

—Sí.

—Tendríamos que colgar el de los mutantes.

—¿Los mutantes? —Joanne frunce el ceño intentando comprender a qué cuadro se refiere.

—Las jirafas-cigüeñas híbridas.

Abre los ojos como platos y exclama:

—¿¡No lo habrás visto!?

Émile empieza a reír, es una risa incontrolable, que se intensifica al ver su expresión horrorizada.

—Sí.

—Pero...

Émile ya no puede parar de reír.

—¡Lo había escondido!

—Pues parece que no demasiado bien...

—¡Émile! —Joanne parece dudar entre indignarse o balbucear avergonzada.

—No te preocupes, Joanne —replica él sin aliento—, es el cuadro más mono que he visto en mi vida.

Esta vez su rostro se tiñe del rubor más hermoso que Émile haya visto jamás y se apresura a levantarse, darle la espalda y anunciar:

—Voy a calentar agua para el té.

Émile observa su pequeña silueta negra mientras huye y, de pronto, solo tiene un deseo: alcanzarla, inmovilizarla entre sus brazos y darle un beso en el pelo. Y es algo tan improbable que siente que él también se sonroja.

—Voy..., voy a copiar esa cita en el cuarto de baño —se apresura a decir—. ¿Me la repites?

—Siéntate.

—¿Qué? ¿Aquí?

—Sí, aquí.

—¿Puedo ponerme la chaqueta debajo? El suelo tiene pinta de estar duro.

—Sí. El objetivo es que estés cómodo.

Están en una pequeña área de tierra y hierba, delante del Étang de Bages y de Sigean, que bordea el pueblo de Bages. Desde el día anterior, el tiempo va alternando entre lluvia y cielo despejado, así que han aprovechado un momento de tregua para salir e iniciar la primera sesión de meditación contemplativa de Émile, en el exterior. Sopla un viento fresco y las nubes tienen un aspecto bastante amenazante.

—Ya está, estoy listo.

Se ha sentado con las piernas cruzadas y la espalda recta. Joanne se instala a su lado y deja la cesta de mimbre en cuyo interior se encuentra Pok, acurrucado.

—Bueno, maestra, ¿en qué consiste el ejercicio?

Joanne mantiene una actitud muy seria.

—Para empezar, quiero que te concentres en tu respiración, que tomes consciencia de ella. Su ritmo, las sensaciones que te provoca, el aire que te entra por la nariz, que pasa por la garganta, por tus pulmones, tu abdomen... Nota cómo se dilata el diafragma... La calma que te proporciona...

—¿Y esto no podíamos hacerlo en el interior?

—No, porque después de esto te concentrarás en el viento.

—¿El viento?

—Sí, el viento. La sensación de frescor, el contacto con tu piel, el olor marino, el sabor salado, el sonido que crea...

—Cuánta faena.

—Vas a tener que concentrarte más.

—Sí, jefa.

Joanne no entra en su juego. Mantiene una actitud de lo más seria.

—El objetivo es que estés en silencio, por supuesto, e intentes no dejar que los pensamientos te desconcentren. Lo ideal sería que dejaras la mente en blanco, pero, si te viene un pensamiento intrusivo, limítate a observarlo mientras pasa, de manera neutra. No trates de interpretarlo. ¿De acuerdo?

—Joanne... Creo que va a llover.

Joanne lo ignora olímpicamente y cierra los ojos. No le queda otra opción que imitarla.

—Joanne.

Émile entreabre un párpado. Ya deben de llevar por lo menos diez minutos sumergidos en el ejercicio de meditación, y Émile empieza a notar algunas gotas sobre la piel.

—Joanne —repite. El rostro de Joanne permanece imperturbable y sigue con los ojos cerrados.

—Creo que llueve.

Pok ha salido de la cesta y da vueltas a su alrededor, seguramente en busca de alguna presa. La lluvia no parece molestarle.

—¿Me oyes? —insiste, puesto que ella no se inmuta.

Joanne murmura con los labios inmóviles:

—Perfecto. Concéntrate en la sensación del agua sobre tu piel.

Émile se pregunta si no estará burlándose de él, pero obedece a regañadientes de todas formas.

—Joanne, ahora llueve de verdad.

La llovizna está ganando fuerza. Las gotitas caen cada vez con más intensidad sobre su rostro. Entreabre un párpado. Joanne se ha levantado.

—¡Eh! ¿Qué haces?

Tiene la melena castaña pegada a la cara. Ha cogido la cesta de Pok; el gato está acurrucado en el interior.

—¿¡No se suponía que teníamos que notar la lluvia sobre la piel!?

—Esto ya no es lluvia. Se avecina un chaparrón.

En efecto, unos nubarrones cubren el cielo y se desplazan hacia el lago. Émile se levanta de un salto.

—¿Te estabas largando sin decirme nada?

—Parecías tan concentrado...

Esta vez está casi seguro de que se está burlando de él, a pesar de que sigue con esa expresión seria.

—¡Qué rastrero, Joanne!

Ella se cuelga la cesta de Pok del codo y se cubre la cabeza con el chal.

—Será mejor que corramos.

En ese momento la lluvia aumenta de intensidad, provocando un goteo ensordecedor sobre el lago, y ninguno de los dos se hace de rogar.

—¡Verdaderamente ha sido una pésima idea, Joanne! ¡Te he avisado! ¡Te he dicho que iba a llover!

Ambos corren sin parar, salpicándose el uno al otro al pasar por los charcos de agua. Ya no se puede ver el rostro de Joanne puesto que el chal le ha caído encima de la cara y la tapa por completo. Corre casi a ciegas. Y luego está la cesta de mimbre que lleva colgada del brazo, de la que sobresale la cabeza de Pok, que está completamente empapado y parece un ratón asustado. Émile empieza a reír. Una risa nerviosa e incontrolable.

—¿Qué pasa? —pregunta Joanne sin aliento.

—¡Míranos!

No puede ver qué cara pone Joanne, debajo del chal negro empapado, pero se la imagina sonriendo.

—Pareces una momia gigante paseando su esfinge.

Esta vez la oye reír con claridad por debajo del ruido de la lluvia. Ya no pueden detenerlo. Ríen mientras se esfuerzan por continuar corriendo, saltando charcos de agua. Ríen todavía más cuando Émile se escurre en una mata de hierba y por poco no se estrella contra el suelo. Terminan deteniéndose a pocos metros de la autocaravana, doblados por la mitad sin saber por qué ríen tanto. Lo único que sabe Émile es que hacía años que no reía así.

—¡No te levantes!

—¿Qué?

Acaba de despertarse y está en la cama. Debe de hacer un buen día puesto que le llega una luz suave desde la parte de abajo de la autocaravana. Por lo visto Joanne también está despierta, pero sigue inmóvil sobre el colchón, con la mirada fija en el techo.

—No te levantes —repite Joanne—. Aprovecha para experimentar el estado de plena consciencia.

Émile hace un esfuerzo por no parecer demasiado exasperado y se deja caer hacia atrás.

—Bueno.

Lo único que sabe es que tiene mucha hambre, y que quiere comerse unas tostadas.

—Intenta notar cada parte de tu cuerpo contra el colchón, tu cuerpo que se está despertando lentamente tras una noche de sueño, tu respiración, los párpados que pesan... El despertar es un momento muy valioso. Todavía estamos medio acunados por el sueño y tenemos todo el día por delante. No hay prisa. Podemos tomarnos todo el tiempo que queramos...

Émile obedece, más por complacerla que por otra cosa.

—Joanne, siento un peso...

La ve esbozar una sonrisa satisfecha.

—Está bien. Es normal. Empiezas a domar tus sensaciones.

—Un gran peso a la altura del estómago.

Le tiemblan los párpados.

—Ah, ¿sí?

—Sí. Como algo que pesa diez kilos y ronronea.

Joanne abre los ojos por completo y esta vez se incorpora. Descubre a Pok, que ha ido a sentarse sobre el vientre de Émile, se ha hecho un ovillo y ronronea con deleite.

—Eres tonto...

—¡No es culpa mía!

—Bueno, me levanto, peor para ti.

—¡Pero, Joanne, no ha sido culpa mía, ha sido Pok!

Demasiado tarde. Joanne ya está arrastrándose hasta los pies del colchón.

—¡Ha venido a desconcentrarme!

Joanne ya está bajando la escalera.

—De todas formas tampoco estabas concentrado.

—¡No es verdad! ¡Joanne!

Ha desaparecido. Émile no puede evitar reír intentando hacerlo lo más silenciosamente posible.

—¡Joanne! ¡Estás perturbando mi despertar con consciencia plena! ¡Estás obstaculizando mi karma! ¡Ya no te capto! ¿Joanne? ¡Tus malas vibraciones crean interferencias! —Ríe como un niño y está convencido de que ella también está sonriendo abajo.

—Te toca.
—No estoy inspirado.
—Basta con que escribas unas pocas palabras.
Están en una pequeña cafetería del centro. Joanne le tiende la postal que han comprado para Sébastian. Es una vista aérea de Bages. En el dorso, Joanne ha escrito unas líneas con una caligrafía cuidadosa.

> Querido Sébastian:
> Ya nos vamos. Nos ha gustado mucho descubrir Bages, siguiendo tu buen consejo. Las playas de aquí también son auténticas y salvajes, como ya debes saber. A Lucky le habría encantado perseguir gaviotas. No he conseguido pintar demasiado aquí. Llovía a menudo. Espero volver a ponerme a ello cuando lleguemos a Gruissan, junto al mar.
> Te mando un abrazo,
> Joanne

Émile levanta la cabeza y mira a Joanne fijamente con un aire burlón.
—«Te mando un abrazo»...
Joanne lo reprende con la mirada.
—«Un beso tierno» sería mejor. Incluso tendrías que haber escrito «Un beso tierno y húmedo».
Joanne le lanza el bolígrafo a la cara, pero Émile se agacha a tiempo para esquivarlo.
—¡Escribe! —le ordena.
A Émile le encanta cuando adopta esa actitud autoritaria.
—Y después toca la postal para Myrtille.

Ha escrito unas palabras para Sébastian.

Nuestra escapada continúa. Tal y como te prometimos, aquí tienes la que confío que será la primera de una larga serie de postales. Seguramente el frío nos obligará a detenernos unos meses. Cuídate mucho. Hasta pronto. Émile.

Luego ha puesto especial esmero al escribir la postal para Myrtille, y se ha dado cuenta de hasta qué punto la extraña.

Querida Myrtille:
Nuestra ruta nos ha llevado hasta la orilla del mar, a Bages, un pueblo de pescadores y de viticultores, perdido en medio de las lagunas. Joanne ha empezado a pintar sobre lienzo. Se le da muy bien.
Pok se va acostumbrando poco a poco a la brisa marina. Ha conocido los flamencos y las gaviotas, y a un amable labrador llamado Lucky. Incluso se ha subido a bordo de una barquita de pescador. Ayer por la mañana, Joanne le compró una lubina recién pescada y, a juzgar por la rapidez con la que la engulló, creo que le encantó.
Pensamos mucho en usted y tenemos muchas ganas de verla por Navidad. Un abrazo a Canalla de nuestra parte, y dígale que cuidamos bien de su pequeño.
Mis mejores deseos,
Émile

La postal para Myrtille representa las callejuelas de Bages y su famosa Porte du Cadran Solaire. Se trata de una puerta de piedra muy antigua, en forma de arcada, que permite el acceso al pueblo, por la plaza de Bages. Hay un reloj solar grabado en la piedra. Una escritura en la parte inferior de la puerta explica que Luis XIII le ofreció este reloj al pueblo en 1642 como agradecimiento a los habitantes por haber acogido y curado a los soldados heridos que volvían de la guerra franco-española.

21 de octubre, 12.11 h
Sentado en la mesa plegable, delante de la autocaravana.
Gruissan bajo un sol radiante.

El buen tiempo ha vuelto para darnos la bienvenida a Gruissan. Esta mañana hace calor, debe de haber unos veinte grados. Y lo hemos conseguido, ¡vemos el mar!

Estoy ansioso por visitar el pueblo. Según un señor mayor que nos hemos cruzado mientras aparcábamos la autocaravana, se trata del único pueblo portuario construido *en circulade* en el Langue-doc-Roussillon. Pueblo *en circulade* significa que está construido en espiral alrededor de una iglesia o de un castillo. En el caso de Gruissan, es alrededor de un castillo. O sea, que es un pueblo re-dondo. Al parecer, la idea proviene de un arquitecto polaco. Estoy deseando verlo.

Esta noche Joanne me enseñará a meditar con una vela. Se trata de focalizarse en la llama, contemplarla y permitir que los pensa-mientos vayan pasando y soltarse. No abandona a pesar de que soy un pésimo alumno... Esta noche prometo que intentaré estar total-mente presente. Me concentraré.

Por la tarde deambulan por las calles del pueblo y descubren el casco antiguo de Gruissan, la iglesia, Notre-Dame-de-l'Assomp-tion, el castillo y las callejuelas típicas. Terminan el paseo en el puerto de Gruissan, en la ribera derecha. Es la parte moderna del pueblo. Allí se encuentra el puerto deportivo con sus mil tres-cientos barcos, la capitanía y numerosos comercios: tiendas, res-taurantes, bares, heladerías...

Por la noche, a pesar del cansancio Émile no se rinde. Está con-centrado en la llama de la vela, que titila débilmente en la oscuridad de la autocaravana. Se esfuerza por no cerrar los ojos ni parpadear.

Se le ha formado un ligero velo en los ojos que le nubla un poco la imagen, pero no importa. Cree estar experimentando aquello de lo que habla Joanne. Ese estado como de letargia, ese vacío, esa única preocupación por el objeto de contemplación: la llama.

La imagen lo ha invadido, sin que él lo quiera. Esta llama es la Luz, la Energía. Es la Vida titilando, temblando, que se esfuerza por mantenerse firme ante los vientos que la amenazan. Y él solo ve eso, la siente dentro, respira al ritmo de sus estremecimientos. Casi siente cómo se fusiona con ella. Permanece perplejo hasta que Joanne sopla la llama.

—Creo..., creo que lo he conseguido —dice.

Su propia voz le suena lejana y extremadamente opaca, como si emergiera de las profundidades. Joanne asiente con gravedad.

—Yo también lo creo... Llevas una hora.

Se queda un buen rato inmóvil en la oscuridad. Joanne ya duerme cuando por fin se pone en movimiento y va a tumbarse junto a ella en la cama, todavía anonadado.

—Émile...

La voz débil de Joanne lo saca del sueño con suavidad.

—¿Émile?

La voz suena a lo lejos, como si Joanne estuviera a una gran distancia... En todo caso, no en la cama.

—Creo que tenemos un problema...

No había dormido tan bien desde hacía años. Ha sido gracias al ejercicio de meditación de la llama. Ha dormido como un tronco. No se ha movido ni despertado ni una sola vez en toda la noche. Pocas veces se ha sentido tan descansado y calmado. Constatarlo le pone de un humor excelente.

—Émile, ¿me oyes? —repite la voz de Joanne muy amortiguada.

—Sí. Ya voy. ¿Qué pasa?

—¿Hace cuánto que no vaciamos el contenedor de la autocaravana?

Émile no entiende del todo la pregunta. Se arrastra hasta los pies del colchón para llegar a la escalera de cuerda.

—¿El contenedor? ¿Pero dónde estás, Joanne?

—No te puedes reír, ¿vale? ¡Prométeme que no te reirás!

Émile pone un primer pie en la escalera. No consigue encontrar la relación entre las distintas frases inconexas de Joanne. ¿Se puede saber dónde está?

—¿Qué contenedor, Joanne?

Llega abajo. La puerta del cuarto de baño minúsculo está entreabierta y flota un olor extraño.

—¿Estás dentro, Joanne? ¿Qué pasa?

Ve su rostro antes de escuchar la respuesta. Tiene la cara embadurnada con una especie de mascarilla facial, como de arcilla, y parece a punto de llorar o de vomitar. Oye la vocecita atenuada de Joanne.

—Creo que el contenedor del retrete estaba lleno.

Siente que algo le sube, por dentro, y que lo arrasa todo. Al principio cree que es por el asco, pero sus hombros empiezan a agitarse con sacudidas.

—¡No, Émile! ¡Lo has prometido! Has...

Pero ya llegan los espasmos. Intenta controlarse y le pregunta con toda la seriedad del mundo:

—¿Qué ha pasado?

Mira fijamente un punto por encima de los hombros de Joanne, para no verle la cara embadurnada, el suéter salpicado de manchas marrones y las lágrimas de repugnancia que se le acumulan en el rabillo del ojo.

—He querido tirar de la cadena y ha subido todo.

Eso ya es demasiado. No puede contenerse más. Una risa demencial se abre paso entre sus labios. Los espasmos incontrolables culminan en el ataque de risa más fuerte que ha tenido jamás. Se ahoga, se le entrecorta la respiración mientras oye las débiles quejas de Joanne, que no hacen más que amplificar las carcajadas.

—¡Émile, para!

Es la escena más graciosa que ha visto jamás. Joanne cubierta de caca. Joanne, que parece estar a punto de romper a llorar pero que se pone a reír también, porque la situación es demasiado, porque se deja llevar.

—Cierra los ojos, Joanne —le ordena entrecortadamente—. Cierra los ojos y vive la situación con consciencia plena. —No consigue recuperar el aliento. Está doblado en dos y le arden los abdominales—. Concéntrate en el olor..., en la textura..., en la cálida temperatura de la mierda sobre tu piel.

—¡Que te den!

Ríen hasta más no poder durante dos o tres minutos, quizá cuatro, sin parar, sin conseguir recobrar la respiración. Ríen hasta que les arde la garganta y los ojos se les han llenado de lágrimas. Ríen hasta que acaban en el suelo, de rodillas, porque no pueden sostenerse en pie. «Caray», piensa Émile cuando consigue volver a respirar con normalidad, «esta es la mejor terapia del mundo».

—¡Mira, Joanne! ¡Mira qué he encontrado!

Esta mañana, en la ribera izquierda del puerto de Gruissan, que recibe el nombre de Mateille, hay un gran mercadillo de segunda mano. Hace tres días que ven los carteles de «Mercadillo de Mateille» por todos lados mientras recorren el pueblo de punta a punta. Fue Émile quien tuvo la idea.

—Podríamos ir a dar una vuelta. ¡Igual encontramos algo para decorar la autocaravana!

Se sintió orgulloso de sí mismo al ver la cara entusiasmada de Joanne.

—Me encantan los mercadillos—contestó.

Émile ya se lo imaginaba. Así que esta mañana se han levantado a las siete. Hace ya una hora que están frente a la playa, recorriendo los puestos colmados de antigüedades. Émile acaba de descubrir un espejo sol de metal dorado que apenas está oxidado. Está seguro de que con unos minutos de limpieza quedará como nuevo.

—¡Oh! —exclama Joanne cuando llega hasta él.

—¿Qué me dices? Podríamos ponerlo sobre el banco.

—Sí. Es muy bonito.

Se da cuenta de que ella también lleva algo en las manos.

—Y tú, ¿qué has encontrado?

Joanne le tiende el objeto que sostenía con sumo cuidado. Es una tetera china de porcelana auténtica, decorada con motivos florales azules y bancos.

—Como bebemos mucho té... he pensado...

Émile la interrumpe entusiasmado.

—¡Genial! ¡Ahora deberíamos encontrar unas tazas de porcelana bien bonitas!

Joanne asiente. La observa irse, con premura. Más allá hay un puesto lleno a rebosar de libros viejos. Joanne se detiene.

Casi dos horas más tarde, se encuentran en la playa de arena fina y vuelcan el contenido de sus bolsas de plástico para hacer inventario de lo que han conseguido. Joanne ha encontrado una decena de libros amarillentos por el paso del tiempo, un quinqué minúsculo de latón, bastante bonito, y un candelabro de bronce horrible que Émile define como «auténtico» y «con encanto», pero que espera ver en el fondo de un armario.

—¿Y tú? —pregunta Joanne.

Él, además de su espejo sol, ha conseguido cuatro tazas de porcelana para el té, cada una de una vajilla distinta. Una de ellas es de porcelana china y está adornada con dragones verdes; otras dos son de porcelana inglesa y tienen rosas rojas coronadas con una cenefa dorada; la última es de porcelana de San Petersburgo, según le ha contado el señor mayor que se la ha vendido, y está decorada con motivos azules y dorados.

Todos sus objetos puestos sobre la mesa forman un batiburrillo, una mezcla de colores y materiales un tanto estridente, pero ambos están contentos. Hará que su pequeño hogar rebose de vida.

29 de octubre, 02.07 h
Sentado en la mesa de la autocaravana, sobre el banco.
Gruissan. A la luz de la vela.

Creo que nunca había sido tan feliz como desde que estoy con
Joanne, junto al mar. Es una felicidad tan simple, tan corriente, y sin
embargo jamás he estado tan sereno, aunque vaya a morir dentro de
poco, aunque vaya a ir apagándome y perdiendo los recuerdos. Creo
que por fin ha logrado calmarme. Con su puñetera meditación, o
simplemente con su calma, su extraña y dulce manera de ver la vida.
Caray, soy muy afortunado de haberme cruzado con ella en
aquella área de servicio. Solo podía ser ella. Este viaje sin rumbo, sin
forma, no habría tenido sentido ni consistencia sin Joanne. Ella le ha
dado color, relieve. Ella lo ha convertido en una búsqueda, una búsqueda en el fondo de mí mismo, en el fondo de nosotros mismos.
Pronto moriré y nunca me había sentido tan en paz conmigo
mismo. Me veo con una mirada nueva, veo distinto al joven un tanto estúpido que fui, pero es una mirada benévola. Siento que he
madurado gracias a estos últimos meses. Siento que he crecido. Hoy
quiero crecer todavía más, quiero continuar leyendo citas en los
libros amarillentos de Joanne y meditar sobre ello al anochecer, a la
luz de la vela.
Ayer por la noche, estaba sumergido en uno de los libros viejos
y amarillentos que Joanne trajo del mercadillo. Eran para mí, esos
libros. Eran libros de citas. Me los dio cuando volvíamos a la autocaravana. Encontré una cita tan hermosa que tuve que despertar a
Joanne para leérsela. Ella ya estaba en la cama durmiendo. La cita
decía:
«Si lloras porque el sol se ha ido, las lágrimas no te dejarán ver
las estrellas».
Le dije que gracias a ella lo había entendido, gracias a su voluntad por anclarme al presente. Le dije que ahora, gracias a ella, veía
las estrellas.

Me pareció oírla sorberse los mocos, pero no estoy seguro, estaba muy oscuro. Permaneció en silencio largo rato y después me pidió que la copiase en el techo de la cama, encima de nosotros.

Si existe un paraíso, un lugar allí arriba donde descansan los muertos después de esta vida en la tierra, entonces prometo solemnemente que me las arreglaré para cuidar de ella, para no abandonarla jamás.

21

Es casi medianoche y Joanne todavía no ha vuelto. Lleva todo el día desaparecida. Émile ni siquiera recuerda haberla oído despertarse esta mañana. Ha debido de salir de la autocaravana al amanecer. No ha cogido nada, ni la mochila, por eso no se ha preocupado de inmediato. Ha pensado que había salido a pasear un rato. Sin embargo, las horas han ido pasando y ahora faltan diez minutos para las doce. Nunca ha hecho eso. Por lo general, cuando se va, deja una nota indicando a qué hora volverá. Nunca ha desaparecido un día entero, y menos aún hasta casi medianoche. Fuera lleve a cántaros, y sopla un fuerte viento. La estufa parece exhausta de tanto luchar contra las corrientes de aire glacial que se infiltran por debajo de la puerta. ¿Por qué razón está fuera a estas horas, con este diluvio? ¿Por qué no le ha dicho nada? Su angustia ha ido creciendo a lo largo del día, cada vez más ensordecedora, cada vez más pesada. Y, por si fuera poco, el móvil de Joanne no para de vibrar en el armario, desde esta mañana. Es un verdadero hostigamiento. Cada vez que vibra Émile sufre un violento sobresalto. Tiene todos los sentidos tan en vilo, escrutando el menor ruido de pasos en el exterior, que podría sufrir un paro cardiaco si el puñetero teléfono vuelve a sonar. Como si se estuviera burlando de él, vibra de nuevo y a Émile se le escurre una de las tacitas de porcelana que estaba lavando en el fregadero.

—¡Mierda!

No se ha roto pero se ha hecho una buena grieta. Ahora podrían cortarse al beber. Brrrrr. Brrrrrr. Caray, pero ¿quién la acosa de esta manera? Léon probablemente. Pero ¿por qué hoy? Hacía semanas que no llamaba. A menos que... Poco a poco una idea se abre paso en su mente. Una idea que debería habérsele ocurrido hace unas cuantas horas. ¿Y si es Joanne intentando contactar con él? ¿Y si ha tenido algún problema y lleva desde la mañana intentando avisarle? La única manera que tiene de contactar con él es llamando a su propio móvil, que se ha quedado en la autocaravana...

Deja de fregar y va directo al armario empotrado. Maldita sea, ¿pero por qué no lo ha pensado antes? Quizá hace horas que intenta llamarle, desde no se sabe dónde, herida, o detenida por la policía... ¿Quién sabe? Se mueve con gestos febriles y precipitados. Tira gran parte de la ropa de Joanne intentando alcanzar el teléfono. Ya está, lo tiene. El aparato infernal sigue vibrando. En la pantalla aparece «Número desconocido». Duda un instante. ¿Y si no es ella? Pero la certeza gana a la duda. Tiene que ser ella. Lleva casi veinticuatro horas desaparecida, y sin avisar. Tiene que ser ella, desde una cabina telefónica, una comisaría o cualquier otro lugar en el que está atrapada desde hace horas. Descuelga casi sin aliento y el «hola» se desvanece en su garganta. La voz que sale del auricular no es la de Joanne. Es una voz masculina, entrecortada, casi quebrada por la emoción.

—¡Joanne! ¡Soy yo! Llevo desde esta mañana intentando contactar contigo sin parar. Se..., se me ha ocurrido llamarte ocultando el número... He pensado que si mi nombre no aparecía, quizá responderías...

Se le quiebra la voz y Émile se queda mudo. Lo ha cogido por sorpresa. Es Léon. Y de pronto ya no sabe qué debe hacer. No puede colgar...

—¿Joanne? —repite Léon.

¡Se ha metido en un buen aprieto respondiendo a esta llamada! ¡Cuando Joanne se entere lo matará!

—¡Joanne, te lo suplico, respóndeme! ¡No puedo soportar más tu silencio!

La voz del hombre está teñida de dolor. Émile se aclara la garganta y decide dar el paso.

—Soy... Bueno, no soy Joanne.

—¿Qué?

La voz que sale del auricular se quiebra. Émile traga saliva con dificultad.

—No..., no está aquí ahora mismo...

Le parece escuchar un sollozo ahogado.

—Así que eres tú... —suelta el hombre.

—¿Disculpa?

—¿Tú eres el motivo por el que se ha ido?

—¡No!

—¿Por eso ya no tengo noticias suyas? ¿Ha..., está contigo ahora?

—¡No! —repite Émile tan desconcertado como Léon.

—¡Me estás mintiendo!

Esta vez no cabe duda, el hombre está llorando. Oye los sollozos sordos a través del auricular.

—Ella... Yo solo la recogí en un área de servicio. Ella... no se ha ido por mí. Te lo prometo. —Hace lo que puede por calmar al hombre. No sabe si está diciendo lo correcto o si está empeorando la situación.

—No —solloza el hombre—. No se fue por ti, claro... Fue por mi culpa.

Se hace un silencio durante el cual Émile percibe que el hombre está intentando contener el llanto. Sin embargo, los gemidos de su voz no mienten.

—Se ha ido por mi culpa. Por lo que le hice a Tom.

Émile se tensa imperceptiblemente y se le crispa la mano con la que sujeta el móvil.

—¿Tom? —repite, notando como se le cierra la garganta—. ¿Tom Blue?

Léon emite un sonido extraño, como un sollozo de sorpresa teñido de una pizca de ternura.

—¡Oh! ¿Te ha hablado de él?

—Ella...

Ya no entiende nada. ¿Qué tiene que ver Tom Blue con todo esto? ¿Qué relación tiene con Léon?

—Sí..., bueno..., un poco...

A Léon parece faltarle el aire.

—¿Te ha contado cómo ocurrió?

Émile sacude la cabeza. Tiene la sensación de que algo se le escapa. Siente los latidos del corazón contra el pecho y un nudo en la garganta.

—¿Cómo ocurrió? ¿Qué es lo que ocurrió? Me..., solo me ha..., solo me ha contado que pintaba el color azul... todo el rato... y que se pasaba horas mirando el cielo.

El silencio atronador e infinito al otro lado del auricular le da a entender que esa no era la respuesta que Léon esperaba.

—¿No te ha dicho quién era?

—Eh..., no... Bueno, sí, eh... —De pronto ya no está seguro de nada—. Era..., era un alumno de su escuela..., ¿no?

Tiene la desagradable sensación de que se equivoca por completo. La respuesta de Léon, con una voz opaca y ahogada, lo corrobora.

—No era un alumno.

—¿No?

—No.

Émile espera la respuesta, con cierta aprensión. Contiene la respiración, sujetando el móvil con los dedos crispados.

—Era su hijo.

Émile traga saliva con dificultad, sacude la cabeza para intentar entender.

—¿Qu..., qué?

—Tom era nuestro hijo.

Émile repite las palabras que acaban de salir de la boca de Léon, completamente aturdido:

—Tom era... vuestro hijo. Joanne tiene un... Joanne tiene un hijo.

No está preparado para escuchar lo que sigue.

—Murió hace quince meses. Acababa de cumplir tres años.

Es como si hubieran dejado caer una plancha de plomo sobre su cabeza. Como si acabaran de noquearlo. Intenta coger aire, le cuesta respirar.

—Su..., su hijo —consigue pronunciar casi sin aliento—. Muerto...

Léon ha empezado a hablar, al otro lado del auricular, pero Émile apenas lo escucha.

—Era un niño pequeño tan distinto... Tenía autismo. Nunca aprendió a hablar. Siempre estaba en silencio, pero pintaba mucho. Joanne lo abandonó todo para ocuparse de él, dejó el trabajo de la escuela para estar con él a tiempo completo.

Émile se ha aferrado a la puerta del armario empotrado. Sujeta el móvil con tanta fuerza que ya no siente la mano. Léon continúa, sin importarle el silencio, la ausencia de reacción, sigue hablando, sin preocuparse por los sollozos que brotan de su garganta.

—Seguía viviendo en la escuela y hacía lo posible para que se relacionara con los demás niños... Tom era tan distinto, vivía tan al margen. Yo no conseguía que me mirase a los ojos. Era tan hermético a todo y a todo el mundo, salvo al puñetero azul... Y a Joanne. Ella era la única que podía tocarlo...

Émile da unos pasos y va a sentarse sobre el banco, donde Pok está hecho un ovillo. Consigue hablar, sin aliento.

—¿Qué pasó?

En realidad, no está seguro de querer saberlo. Ya no está seguro de nada. Permanece inmóvil sobre el banco, con las piernas entumecidas y el corazón a punto de explotar. La voz de Léon se convierte en un gemido doloroso.

—Siempre estaba obsesionado por el azul. Por el cielo, por el agua. Siempre el puñetero azul... Lo llevé al lago. Ese día Joanne se tuvo que quedar a cerrar la verja porque había una fiesta de fin de año. Dijo que se uniría a nosotros en cuanto acabase, que cogería la bicicleta roja. Nos preparó sándwiches. Era un lago salvaje... No pretendíamos bañarnos, solo disfrutar del frescor del bosque...

Émile escucha, con todas las partes del cuerpo tensas.

—Dejé a Tom con la cesta de pícnic y la manta y fui a atar las bicicletas a una valla. Estaba a una decena de metros, en la linde del bosque. Le..., le pedí que me esperase tranquilamente. Me..., me costó un poco atar la bicicleta de Tom. El candado estaba oxidado...

Léon tiene que parar, abrumado por la emoción. Émile siente cómo crece el horror en su interior. Espera que no sea lo que intuye. El azul. El puñetero azul.

—No debí de tardar más de tres minutos, quizá cuatro. Fue el tiempo que tardé en volver hasta la cesta de pícnic y darme cuenta de que Tom no estaba.

Émile lo oye inhalar con dificultad.

—De pronto lo supe. De pronto entendí que había ido a ver el maldito lago. Pero pensaba que lo encontraría en la orilla, en aquella dichosa posición, agachado, en la que podía pasarse horas. Lo levantaría y lo reñiría. Él se retorcería, porque no soportaba que lo tocase, solo Joanne podía. —Se le quiebra la voz, pero continúa de todas formas—: No creía..., no creía que me lo encontraría así...

Ahoga un nuevo sollozo y Émile le deja unos segundos para que se reponga.

—Solo sobresalía su cabello rubio y la camiseta. No se movía. Flotaba en la superficie. Creí que estaba gastándome una broma. Le grité. Chillé: «¡No tiene gracia! ¡Sal de ahí inmediatamente!». No conseguía moverme. No podía creérmelo. Estaba allí, plantado en la orilla del lago, incapaz de mover ni un dedo. Y luego, cuando reaccioné, cuando entré en el agua para ir a buscarlo, me quedé encallado entre las algas, entre el barro, entre las ramas que flotaban, había pozas de agua... Era un lago salvaje... ¡Era imposible alcanzarlo! ¡No podía traerlo hasta la orilla!

Parece estar defendiéndose contra acusaciones invisibles y sigue repitiendo:

—No podía. Era imposible.

Un nuevo silencio glacial se instala durante unos segundos.

—La policía lo sacó de allí. La unidad de buzos. Joanne llegó en bicicleta mientras tanto. Una parte de su vida se esfumó en aquella orilla. Creo que aquel día murió, a la orilla de aquel lago, mientras la sujetaba para que no se desplomase. —Hace un esfuerzo por afrontar la nueva oleada de dolor que lo invade—. Habría preferido que me matase en ese momento. Habría preferido ser yo en lugar de Tom.

El silencio se prolonga durante más de un minuto. Léon solloza. Émile está estupefacto. Intenta asimilar la gravedad de todo lo que acaba de averiguar. Tom. Tom Blue. El hijo de Joanne. Sin embargo, ella dijo... Aunque, ahora que intenta recordarlo, se da cuenta de que nunca dijo nada concreto. Se limitó a responder a sus preguntas.

«—¿Estaba en la escuela donde trabajabas?

»—Sí. Estaba en mi escuela».

Nunca dijo que se tratase de un alumno. Dijo que estaba en la misma escuela. Era cierto. Vivía en la escuela con ella. Y con Léon. No había mentido. Además había añadido: «Pero se fue».

No precisó dónde ni cómo se había ido, pero dijo que se había ido. Quizá podría haberlo adivinado... Podría haber entendido que estaba en el cielo. Le había dado algunas pistas.

«—Me pregunto si algún día encontraré la buena combinación de azules. Si podré pintarla para él, y dársela, cuando nos volvamos a ver...

»—¿Sabes dónde se ha ido? ¿Sabes cómo puedes encontrarlo?

»—Tengo alguna idea.

»—¿Crees que está contemplando el cielo en este preciso momento?

»—Estoy segura de que sí».

Si no hubiese estado tan convencido de que Tom Blue era un alumno de la escuela... Si no hubiese tenido tan claro que ese niño simplemente se había mudado... Sacude la cabeza. No, no habría podido deducirlo. Nunca habría podido imaginar semejante desgracia. La voz de Léon, en el auricular, lo sobresalta:

—Hoy es el día de Todos los Santos... Seguro que ha sido un día horrible para ella. Yo he ido a la tumba de Tom, con mis padres. ¿Se lo dirás? —Léon no espera respuesta, continúa muy rápido—: ¿Cómo está?

—Eh... —No se atreve a confesarle que lleva desaparecida desde esta mañana, muy temprano, y que no tiene ni idea de dónde se encuentra. Prefiere contarle una pequeña mentira—: Tienes razón, no muy bien.

Léon suelta un quejido de dolor.

—¿Sabes que dijo que se iba antes de encontrar las fuerzas para matarme?

Émile no sabe qué responder, pero Léon prosigue, como si hablara consigo mismo:

—Yo maté a su pequeño. Dijo que fue culpa mía, que debería haberlo vigilado. Que había que vigilarlo todo el rato. Él no era consciente del peligro, ¿comprendes? Dijo que tendría que haber sabido que estaba obsesionado con el azul..., con el agua...

A Émile le vienen a la mente unas palabras que pronunció Joanne una noche que alucinaba a causa de la fiebre, cuando creyó que era Léon y lo abrazó: «¿Por qué lo dejaste ir...? Sabías cómo era...».

Y otras que dijo más tarde, durante el viaje: «¡Los niños pequeños son unos temerarios! ¡No hay que dejarlos nunca ni dos segundos sin vigilancia!».

«Hizo algo imperdonable. Me he ido porque no podía vivir más a su lado después de lo que hizo».

«Puede que vuelva algún día, puede que no. Creo que si vuelvo... necesitaré años».

La voz de Léon continúa:

—Y luego vino lo del entierro... No pensaba que me reprocharía tanto lo del entierro.

—¿Lo del entierro?

Léon vuelve a sollozar. Émile tiene la sensación de estar sepultado bajo metros y metros de atrocidades. Cada nueva información es peor que la anterior.

—Estaba internada. Estaba bajo el efecto de las pastillas. Le dieron permiso para asistir a la misa.

—¿Y qué pasó?

—Decía que quería que lo incinerasen. Repetía cosas sin sentido sobre que quería lanzar las cenizas al mar... para que pudiera alzar el vuelo... Pero estaba hasta las cejas de pastillas y mis padres no querían ni oír hablar de incineración... Yo vengo de una familia muy católica. Era..., era impensable y, en cualquier caso, Joanne estaba demasiado medicada como para saber lo que decía...

Émile no puede evitar sentir una punzada de repugnancia. Es involuntario. No puede controlarlo. Léon no sería capaz... Pero entonces viene la continuación:

—Así que lo enterramos y... eso tampoco me lo ha podido perdonar. Se volvió loca durante la ceremonia. Tuvimos que llevárnosla de vuelta al centro por la fuerza. Nunca..., nunca quiso ir a ver su tumba. Siempre mantuvo que no era allí donde se encontraba Tom. O, en todo caso, no para ella.

Émile se levanta. De pronto no puede soportar seguir sentado. No aguanta más la voz de Léon, gimiendo, lamentándose después de haber traicionado a Joanne dos veces. Léon, que repite que debería haber muerto él en lugar de Tom, pero que no pudo ir hasta el medio del lago a buscar al pequeño. «Yo lo habría alcanzado». Una vocecilla resuena en su cabeza. «Si Joanne hubiese sido la madre de mi hijo, habría velado por él más que por cualquier otra persona. Lo hubiese traído de vuelta a la orilla».

—Se quedó internada durante casi un año. Adelgazó siete u ocho kilos. Y cuando salió del centro no pudo soportar estar en la misma casa que yo. Prefirió irse.

Émile ya no quiere oír nada más. Lo ha invadido una oleada de pánico. Le ha venido una idea a la mente. Ahora ya casi no consigue respirar.

—Oye, Léon, tengo que dejarte... Joanne está fuera sola bajo la lluvia... Será mejor que vaya a buscarla.

—¿Qué?

Se pone el abrigo con una mano y busca las llaves de la autocaravana sobre la encimera.

—¿Por qué?

«Por favor, que no sea lo que estoy pensando». Intenta controlar el terror que se apodera de él por momentos.

—Ha..., ha salido a dar una vuelta. —Atrapa las llaves de la autocaravana y habla cada vez más rápido—: Voy a buscarla, ¿de acuerdo? Tengo que colgar, de verdad. No puedo dejarla bajo la lluvia.

Léon percibe el pánico en su voz. Intenta retenerlo.

—¡Espera! Dile que...

—Tengo que dejarte, de verdad...

—¡Dame noticias suyas! ¡Te lo suplico! Sé que ella se negará a responderme, pero tú dame noticias suyas...

Parece tan desolado que a Émile no le queda otra alternativa que aceptar.

—Encontrarás mi teléfono en su agenda. Me llamo Léon.

—De acuerdo. Tomo nota. Ahora tengo que irme.

Cuelga sin esperar respuesta. Siente cómo el mal presentimiento que ha tenido crece, así que se lanza al exterior, bajo la lluvia torrencial.

Corre, se escurre con los charcos, grita su nombre. No tiene ni idea de a dónde va. Lo único que sabe es que hoy es el día de Todos los Santos, que Léon ha ido a la tumba de Tom, pero que

Joanne nunca contempló que su pequeño estuviese bajo una lápida de piedra. Según ella, debería haber alzado el vuelo por encima del mar. Un día, durante una partida de Scrabble, declaró: «Quiero que me incineren. Así podré alzar el vuelo». Hoy es el día de Todos los Santos. ¿Ha ido al mar a buscar a Tom Blue? ¿Ha decidido acudir a su encuentro? Se le encoge tanto el corazón que se le llenan los ojos de lágrimas. Había estado pintando mucho los últimos cuatro días... ¿Y si había pintado el azul perfecto? ¿Y si había logrado por fin reproducir el azul ideal...? ¿Y si había decidido que la misión estaba cumplida y que ya podía ir a encontrarse con Tom, con el cuadro bajo el brazo...? ¿Y si ese era el único motivo por el que había hecho este viaje? Para observar centenares de cielos distintos y cumplir la promesa que se había hecho a sí misma. ¿Y si ya era demasiado tarde?

Émile corre más rápido de lo que ha corrido nunca. El agua le gotea por el rostro. Su voz se pierde entre el estruendo del viento y la lluvia.

—¡JOAAAANNNE!

Va directo hacia la playa de los chalets. El otro día habían ido a hacer un pícnic allí. Se trata de una playa a lo largo de la cual hay una hilera de casas sobre pilotes. Joanne le había explicado que los pescadores las habían reconstruido —originalmente solo estaban destinadas al turismo— y las habían transformado en cabañas de pescadores sobre pilotes. Lo había leído en un cartel, en el paseo marítimo. Y pensar que nunca le había parecido tan viva como estos últimos días. Tan sonriente y liviana. ¿Sería porque estaba feliz ante la idea de reencontrarse con su pequeño Tom? ¿Estaría contando los días?

—¡JOAAAANNNE!

Ya atisba la playa, a lo lejos. La noche es demasiado oscura como para distinguir ninguna silueta. Las ráfagas de viento barren la arena. Se dirige hacia allí, a toda velocidad, sin aliento. Piensa en lo que le ha contado Léon, en las reacciones de Joanne a lo largo del viaje.

Entiende la emoción repentina que la invadía cuando hablaba de Tom. Y el «No todo es hermoso en mi mundo...». Entiende el dolor que intentaba contener todo el tiempo tras una expresión impasible, su absoluta indiferencia cuando la recogió en aquella área de servicio, como si no tuviese nada que perder. Y que vaya siempre vestida de negro. Piensa en la cita que la emocionó el otro día y que quiso escribir sobre sus cabezas: «Si lloras porque el sol se ha ido, las lágrimas no te dejarán ver las estrellas».

Acelera todavía más el paso. Está calado hasta los huesos pero le da completamente igual. «Por favor, que no haya querido alcanzar el sol; ojalá yo haya conseguido enseñarle algunas estrellas».

—¡JOAAAANNNE!

Se tropieza, cae y le entra arena en la boca, pero se levanta ya que cree haber visto una forma negra, a lo lejos, en la playa. Vuelve a gritar:

—¡JOANNE!

Se abalanza hacia esa dirección. ¡Es ella! Tiene el corazón a punto de explotar. Es ella, envuelta en su chal negro, empapada, temblorosa y congelada, con los ojos rojos e hinchados y los labios morados. Tiene la mirada vacía, fija en el mar.

—¡JOANNE! —Cae de rodillas a su lado, sin aliento—. Joanne, ¿qué haces aquí?

Ella le dirige una mirada extraña. Tiene los ojos apagados. Parece ida.

—Ven.

La toma en sus brazos, la estrecha muy fuerte. Está helada y tirita. Émile todavía no ha recuperado el aliento, el corazón le late con fuerza, a punto de explotar. La voz le tiembla a causa de la emoción.

—Joanne..., pensaba que te habías ido. Ido para siempre.

La abraza todavía con más fuerza. El viento glacial y la lluvia los azota, están envueltos en una oscuridad absoluta, pero apenas lo notan. La frota, le pasa una mano por el pelo, la mece hacia delante y hacia atrás. Le murmura al oído, muy rápido, en un suspiro, intentando que el pánico desaparezca.

—No vuelvas a huir, Joanne. Pensé que me moría. Pensé que habías alzado el vuelo. No lo vuelvas a hacer nunca más. Yo cuidaré de él. De tu pequeño Tom. Pronto me reuniré con él. Lo sabes, ¿verdad? Te prometo que cuidaré de él. Le diré que hemos entendido lo que pintaba... La inmensidad...

Nota que Joanne empieza a sollozar entre sus brazos.

—Hace tanto frío aquí. Ven, tenemos que volver a casa ya. Vas a coger frío. He pasado tanto miedo. He pensado... —Se interrumpe, solo para recobrar el aliento—. Puede que solo fueran unos papeles y..., y alianzas falsas, pero eso no cambia nada, Joanne. He acabado queriéndote. Ya no puedes irte. Tenemos un trato tú y yo. Te has comprometido a quedarte a mi lado. Y yo me comprometo a cuidar de Tom Blue, a velar por él cuando lo encuentre allí arriba. —Siente que se ha quedado inmóvil contra él y continúa, muy rápido, porque no quiere ser consciente de lo que está diciendo, no quiere perder el hilo—. Te lo prometo. ¿Sabes qué pienso? Que quizá la vida nos ha puesto en el camino del otro justamente por eso.

Joanne ya no se mueve. Está paralizada. Musita con los labios azulados:

—¿Cómo has sabido...?

Levanta la mirada hacia él. Ha vuelto en sí, a su realidad. Su rostro está teñido de dolor, sin embargo a Émile nunca le había parecido tan hermosa.

—¿Has visto el cuadro? Lo has sabido al ver el cuadro..., ¿verdad?

Émile no sabe de qué habla, pero no quiere confesárselo. Hace un vago movimiento con los hombros.

—Él es el niño que he pintado delante del mar. Con su pantalón corto de color azul. —Las lágrimas bañan su rostro y se mezclan con la lluvia. Esboza una débil sonrisa, una sonrisa temblorosa que hace que caigan unas cuantas lágrimas más—. Es guapo, ¿verdad?

Émile asiente y nota que a él también se le llenan los ojos de lágrimas.

—Sí. Es el niño más guapo que he visto nunca.

No miente. No ha visto a Tom Blue, pero se trata del hijo de Joanne... Está completamente seguro de que ha dicho la verdad.

Al cabo de un rato, se levantan poco a poco. Émile sostiene a Joanne, le tiembla el cuerpo entero. Empiezan a caminar, bajo la lluvia glacial y el viento de noviembre. No son más que dos siluetas negras en medio de una tormenta de arena, dos sombras en movimiento, errantes. Sin embargo, algo nuevo arde en ellos. Una pequeña llama que una promesa ha encendido. Una promesa sobre un niño pequeño, allí arriba, en el cielo.

Joanne está tumbada en la cama. Todavía tiembla, pero ahora es a causa de la fiebre. Ha debido de coger frío. Tiene el rostro recubierto de gotas de sudor y le castañean los dientes. Émile sube regularmente a traerle un paño húmedo nuevo y llevarse el antiguo. Ha dejado una taza de té al lado de su almohada, pero no la ha tocado. Émile está abajo sentado en el banco, inmóvil. Solo se oye el zumbido de la estufa, el silbido del viento que intenta colarse por debajo de la puerta y el castañeo de dientes de Joanne.

Émile siente como si él también tuviera fiebre. Le zumba el cerebro. No consigue asimilar toda la información nueva que ha recibido esta noche. Las palabras se arremolinan en su cabeza y le producen vértigo.

«Era su hijo. Tom era nuestro hijo».

«Era un niño pequeño tan distinto...».

«¡No podía traerlo hasta la orilla!».

«Era tan hermético a todo y a todo el mundo, salvo al puñetero azul... Y a Joanne».

«¿Has visto el cuadro? Lo has sabido al ver el cuadro..., ¿verdad?».

«Murió hace quince meses. Acababa de cumplir tres años».

«Puede que solo fueran unos papeles y..., y alianzas falsas, pero eso no cambia nada, Joanne. He acabado queriéndote».

«Tenía autismo. Ella era la única que podía tocarlo...».

«Habría preferido ser yo en lugar de Tom».

«Él es el niño que he pintado delante del mar. Con su pantalón corto de color azul».

«Solo sobresalía su cabello rubio y la camiseta. No se movía. Flotaba en la superficie».

«Una parte de su vida se esfumó en aquella orilla».

«Pronto me reuniré con él. Lo sabes, ¿verdad? Te prometo que cuidaré de él».

«Habría preferido que me matase en ese momento».

«He acabado queriéndote».

Émile ha encontrado el cuadro del que hablaba Joanne. Lo ha encontrado en el armario empotrado. Se puede ver la playa de los chalets, las casas sobre pilotes, el mar, una gaviota. Y, en la arena, un niño agachado. «Pensaba que lo encontraría en la orilla, en aquella dichosa posición, agachado, en la que podía pasarse horas». El niño tiene la cabeza girada en dirección a Émile y lo observa fijamente, parece que lo mire a través del cuadro. Tiene el pelo rubio y el ceño fruncido, como si algo le preocupara o estuviese reflexionando. Lleva un pantalón corto de color azul y va descalzo. Nunca antes había visto este cuadro. Debe de haberlo pintado durante los últimos cuatro días. Los trazos son vagos, un tanto inciertos, y eso le da un toque lejano, como si se tratase de un recuerdo muy antiguo que se está desvaneciendo.

Está inmóvil delante del cuadro, ajeno al silbido del viento y al castañeo de dientes de Joanne. Intenta memorizar los rasgos del pequeño Tom: los ojos del mismo color marrón que Joanne, el pelo del color de la arena, la curvatura de sus cejas... Tendrá que ser capaz de reconocerlo cuando lo vea, cuando él también se encuentre allí. Tendrán que poder reconocerse.

Joanne tirita. Está ardiendo y sin embargo tiene tanto frío. Tiene la estufa a los pies, a modo de bolsa de agua caliente, pero todavía siente todo el cuerpo helado. Respira agitadamente y el corazón le palpita a gran velocidad. Su mente está en otra parte, en Saint-Suliac, seis años atrás, cuando solo tenía veintitrés. Hacía tres años que se había quedado con el puesto de su padre en la escuela. Su padre y ella vivían los dos en la casita que había en el patio de la escuela. Él estaba jubilado y se dedicaba a cuidar de un pequeño huerto. Cocinaba con orgullo sopas en las que añadía todo lo que se dignase a crecer. Por la noche prendían la chimenea, incluso en verano. La casita de piedra siempre estaba fría. Además, les gustaba escuchar el crepitar de las llamas mientras leían.

A ella se le daba muy bien realizar todas las tareas de la escuela, incluso tenía una extraña facilidad para la pintura. A Maryse, una profesora que conocía bien a su padre, siempre le sorprendía verla encaramada en la escalera y transportando cubos tan pesados.

—¿Cómo lo hace, señorita Joanne? Si pesa usted menos que una pluma.

A veces incluso añadía:

—De todos modos, este trabajo no está hecho para una mujer.

Joanne se abstenía de decirle que su padre le había enseñado a pintar cuando apenas tenía ocho años. Ella misma había pintado las paredes de su habitación a su antojo. Su padre le había dejado hacer remolinos de color amarillo, naranja y rojo, salirse y pintar el techo e incluso dibujar unas flores espantosas por todos lados. Estaba tan orgullosa de la preciosa habitación que se había creado... Todavía recuerda aquel sentimiento de plena satisfacción como si fuese ayer.

Léon llegó a la escuela el 1 de septiembre. Por aquel entonces solo tenía veinticuatro años. Acababa de terminar la carrera y era su primer trabajo como profesor. Había nacido en Saint-Suliac, pero al acabar el bachillerato se había ido a estudiar a Nantes.

—¿Fuiste a esta escuela? —le preguntó una tarde a Joanne, mientras ella cerraba la pesada verja.

—Sí.

—Yo también. Debemos de tener la misma edad más o menos... Tengo veinticuatro años.

—Yo veintitrés.

—Entonces seguro que coincidíamos en el patio.

Era la primera vez que hablaban. Hasta ese momento se habían limitado a saludarse con educación cuando se cruzaban.

—Me llamo Léon. Léon André. Mis padres son los André que llevan el estanco. Puede que los conozcas.

Joanne contuvo a duras penas la mueca de aversión que le inspiraban los André del estanco. Eran extremadamente engreídos, rayaban la ostentación, y nunca habían sido amables con el padre de Joanne. Los había oído varias veces murmurando: «Mira, el solterón», cuando su padre y ella iban a comprar sellos. Ella era la «pequeña bastarda». A los André les gustaba difundir rumores, se alimentaban de ello. Joanne estaba convencida de que habían sido los primeros en propagar la noticia de su nacimiento, cuchicheando con excitación que era la hija de una ramera y del tonto del pueblo.

—Y tú, ¿quién eres? ¿Tus padres son del pueblo?

Joanne le sostuvo la mirada a Léon con un orgullo teñido de provocación.

—Soy la hija del conserje.

En su mirada solo descubrió un asombro inocente, ni rastro de maldad.

—Ah, eres tú.

—Sí, soy yo.

Entonces lo recordó, los André siempre hablaban de un hijo brillante que se había ido a estudiar a una gran ciudad para ser maestro. Lo tenía delante. No tenía la actitud arrogante y presuntuosa de sus padres. No habría adivinado que se trataba de su hijo. Era un chico recién salido de la facultad. Pelo rubio tirando a castaño, con mechones que le caían sobre los ojos. Se había esforzado por hacerse la raya en medio, seguramente para parecer el adulto que en realidad todavía no era. Ojos color avellana. Una camisa un tanto grande para él. Zapatos bien lustrados.

—¿Te has quedado con su puesto?

—Sí.

—¿Vives allí con él? —dijo señalando la casita de piedra al fondo del patio rodeada de lilas y pensamientos.

—Sí.

—Parece agradable.

Joanne asintió.

—Mi padre tiene buena mano con las plantas.

Se miraron unos segundos sin saber qué añadir. Joanne balanceaba las grandes llaves de la verja entre los dedos y Léon jugaba con una piedra con la punta de su reluciente zapato.

—Bueno, pues..., eh..., hasta mañana —dijo al fin Léon.

Se despidieron con una sonrisa tímida, sin saber muy bien qué pensar el uno del otro.

Joanne nota una presencia a su lado. Alguien le quita el paño de la frente y le pasa una mano por el pelo.

—¿Estás bien?

Asiente. Su mente ya ha vuelto a irse lejos.

Estaba delante de la verja, sosteniendo el gran manojo de llaves, y Léon se balanceaba de un pie a otro.

—Bueno, ya es fin de semana...

—Sí —dijo ella.

—¿Qué tienes previsto hacer el domingo?

Todavía se trataban con cierta distancia.

—Mi padre quiere llevarme a hacer una excursión hasta el oratorio de Grainfollet.

—Ah —repuso Léon un poco contrariado.

—¿Y tú?

—Había pensado invitarte a un pícnic en la playa. Pero estás ocupada.

Joanne se encogió de hombros y pareció que reflexionaba unos instantes.

—¿Quieres venir con nosotros al oratorio de Grainfollet?

—¿Con tu padre? —Parecía sorprendido.

—Sí. No creo que le moleste.

Léon seguía balanceándose de un pie a otro.

—¿Estás segura?

Joanne asintió.

—Bueno... En ese caso..., de acuerdo.

Léon sonríe con una sinceridad que le parece conmovedora. Había querido asegurarse de su buena fe. Y saltaba a la vista que no era como sus padres. Se le veía contento de verdad ante la idea de conocer a su padre el domingo.

Ya se distinguía el oratorio, a unos metros delante de ellos. El padre de Joanne marcaba el paso. Tenía una peculiar manera de caminar que daba la sensación de que no sabía a dónde iba, que se dejaba llevar por el azar. Joanne y Léon iban detrás. Habían salido de la bahía de Saint-Suliac y después habían tomado el camino que pasaba por la playa. Una playa desde donde se podían observar en la roca las ondas petrificadas que dejaron las antiguas coladas de lava. El padre de Joanne se había detenido para enseñárselas. Léon nunca se había fijado. Después habían subido por el camino que llevaba hasta arriba del acantilado, desde donde se veía todo Saint-Suliac. Allí estaba asentado el oratorio.

Se detuvieron ante el monumento de piedra. Las vistas eran magníficas. El oratorio, construido con antiguos bloques de granito y cuarzo, encuadraba una virgen blanca. Las plantas trepadoras se aferraban a la vieja piedra, alrededor del pedestal. Detrás del oratorio, estaba el mar y la ensenada de Saint-Suliac, el pueblecito encajado en el pequeño valle.

—Hay que venir aquí por la tarde —declaró el padre de Joanne posando una mano sobre el oratorio.

Léon abrió los ojos, asombrado.

—Ah, ¿sí? ¿Por qué?

—Porque el sol está bajo y el pueblo se tiñe de colores cálidos.

A Léon parecía maravillarle todo lo que le contaba o mostraba el padre de Joanne.

—Cuéntale la historia del oratorio —le dijo Joanne—. No creo que la conozca.

Podría hacerlo ella misma, pero le gustaba más cuando la contaba su padre. Tenía la facultad de fascinar a los oyentes, con su voz sorprendentemente grave. Así que le explicó la historia del oratorio a Léon, la historia de los marineros que partían cada año a pescar durante ocho o nueve meses y que un año hicieron una promesa: si volvían todos sanos y salvos construirían un santuario en honor a la Virgen, en el lugar donde sus mujeres esperaban la llegada de los barcos.

—¡Su deseo les fue concedido y ellos cumplieron su promesa! Durante varias semanas trajeron bloques de piedra hasta aquí, a lomos de burros y a espaldas de hombres.

Al acabar el día, Léon parecía triste por tener que irse. Descendieron hasta la playa y lanzaron algunas piedras al mar.

—Hasta mañana —le dijo Léon a Joanne—. Hasta mañana, señor —añadió girándose hacia su padre.

De camino a casa su padre le preguntó:

—¿Te gusta este chico?

Joanne sacudió la cabeza.

—No. Casi no lo conozco. —Pero añadió—: Me ha invitado a un pícnic el domingo que viene.

Su padre guardó silencio durante unos metros y después afirmó:

—Te estas convirtiendo en una adulta.

Joanne se encogió de hombros. No estaba del todo convencida. No se iba a convertir en adulta de repente solo porque un chico la había invitado a salir. El verano pasado había conocido a un chico. No tuvo la impresión de que ese idilio la cambiase demasiado. Sin duda, no se trataron durante mucho tiempo, pero de todas formas...

—Un día te enamorarás.

—No lo sé.

—Será mejor que te ofrezca esta cita ahora.

Joanne lo miró con entusiasmo. Siempre le había encantado su manera de considerar que las palabras eran regalos que ofrecía.

—¿Qué cita?

Se detuvo en la callejuela empedrada. Estaban en una de las típicas calles de Saint-Suliac, una de esas en las que las flores crecían entre las piedras de granito de las casas. El pueblo se conservaba a la perfección, era lo que más le gustaba a Joanne. Todavía estaban las antiguas salinas, los molinos de marea e incluso un menhir, llamado Diente de Gargantúa.

—¿Estás escuchando?

Joanne asintió. Su padre tenía ramitas en el bigote y hasta en las cejas. Nunca sabía cómo lo hacía para que acabaran en sitios tan improbables.

—Habla sobre la maternidad.

—¡Papá!

—¿Qué?

—¡No estoy lista para tener un hijo!

—Pero un día lo estarás.

Refunfuñó un poco. Ella tenía la sensación de seguir siendo una niña.

—La cita dice: «Antes de dar vida, hay que amarla y hacer que la amen». —Tenía una expresión muy seria. Siempre tenía esa expresión seria, incluso con ramitas en las cejas—. Yo me he esforzado en hacerlo contigo.

Joanne asintió.

—Lo sé.

—Tenlo siempre en mente, ¿de acuerdo?

—De acuerdo.

—Y, si un día quieres a Léon, procura que ame la vida tanto como yo me he esforzado para que la ames tú.

Retomaron la marcha por la callejuela.

—Parece un chico curioso, está bien... Sin embargo, creo que no ha aprendido nada todavía.

—¡Es maestro!

—El conocimiento de verdad no se mide por títulos, Joanne. Ni por el número de libros que alguien haya devorado. Enséñale las estrellas, las plantas que nacen y mueren, la belleza de una puesta de sol. Haz que huela las lilas y escuche el rastro que deja el mar.

—¡Papá! ¡Ya conoce todo eso!

Entonces el rostro rudo, con rasgos marcados, se giró hacia ella.

—¿Estás completamente segura?

De pronto dudó.

—¿Crees que sus padres le han enseñado eso?

No pudo reprimir un estremecimiento de repulsión al recordar a los André y sacudió la cabeza.

—No. Puede que no.

Su padre esbozó una sonrisa un tanto triste.

—Yo también los oía cuchichear, Joanne. Pero no hay que culparlo por ser hijo de sus padres. En el fondo, no es más que un pobre muchacho. Ha crecido en la miseria.

—¡Sus padres tienen un estanco! —exclamó Joanne disgustada.

—Joanne, ¿eres hija mía? A veces me lo pregunto.

Joanne no pudo evitar sonreír.

—Los rumores dicen que sí.

—Te hablo de otro tipo de miseria.

—Ah.

—Tú también tienes cosas que aprender todavía.

—¿Y tú? —no pudo evitar replicar, herida en lo más hondo.

—Yo también, Joanne, yo también. Siempre tenemos cosas que aprender.

El domingo siguiente Léon y Joanne se besaron por primera vez en la playa, tras haber visto una de las puestas de sol más bonitas de Saint-Suliac.

La autocaravana vuelve a estar en marcha. Joanne lleva dos días enferma. No le baja la fiebre. Émile le ha dado unas medicinas que fue a comprar a la farmacia y le ha preparado caldos, puesto que es lo único que come.

—¿Dónde estamos?

Esta mañana se siente mejor y ha bajado de la cama con prudencia.

—Estamos muy cerca de Aas, en los Pirineos Atlánticos. —Émile está sentado en el banco y tiene una taza de café humeante enfrente—. ¿Te encuentras mejor? Ven, siéntate.

Le deja un sitio y desliza una hoja con algo escrito hacia ella.

—¿Qué es?

—He hablado con Myrtille por teléfono.

Joanne abre los ojos como platos.

—¡Oh!

—Ya no sabía qué más hacer para bajarte la fiebre. Le..., le pedí consejo.

—Tendrías que habérmela pasado. Me hubiese gustado hablar con ella.

—Dormías como un bebé.

Joanne asume la decepción.

—¿Y qué consejos te ha dado?

—Me ha dicho que vayamos directamente a su casa para que te cure como toca. —Sabía que la haría sonreír—. Le he dicho que me las apañaría con la farmacéutica.

—Y esta hoja, ¿qué es? —pregunta Joanne intentando descifrar los garabatos.

—Ha dicho que como no queríamos volver a su casa antes de Navidad, por lo menos debía asegurarse de que te llevara a un sitio caliente hasta entonces.

Joanne frunce el ceño sin comprender.

—Me ha pasado un contacto. Es un pastor.

Joanne descifra un nombre y un apellido en lo alto del folio: Hippolyte Bernard.

—Tiene un proyecto que consiste en renovar una antigua finca de piedra, en el valle de Aas. Acoge a voluntarios de toda Francia, y a veces de Europa, durante todo el año. La gente se queda allí dos días, una semana, un mes, y les ofrece alojamiento y comida a cambio de unas horas de trabajo en la obra.

—¡Oh!

Parece que le gusta la idea.

—¿Quieres llamar a Myrtille? —le propone Émile tendiéndole su teléfono.

Sin embargo Joanne está todavía muy pálida. Duda. Por lo que parece, aún no se siente preparada para tener una conversación con nadie.

—No lo sé...

—No, déjalo. No corre prisa. Primero voy a prepararte algo de comer, ¿vale? Llevas tres días sin comer nada sólido.

Se dirige hacia la encimera y se pone en marcha, con la idea de prepararle una ensalada de frutas.

—Llegaremos a Aas hoy por la tarde. Con nieve en la carretera, prefiero...

No puede terminar la frase. Joanne se ha levantado y ha corrido la cortina de la pequeña ventana que hay sobre el banco de un tirón. Sus ojos asombrados ven la nieve. Parece una niña pequeña.

—Nieva...

—Sí, nieva.

—¿Desde cuándo?

—Desde que hemos llegado a los Pirineos.

Joanne observa la nieve, con la nariz pegada al cristal. Émile se pregunta en qué puede estar pensando, si a su pequeño Tom le gustaba la nieve, si se lo imagina en las extensiones blancas, sentado en cuclillas haciendo un muñeco de nieve.

Los campos y las montañas nevadas desfilan ante sus ojos. De vez en cuando algunos árboles de ramas desnudas irrumpen en su campo de visión. Émile está en la parte delantera, al volante. Joanne se ha quedado de rodillas sobre el banco, con la nariz pegada a la ventana. Está envuelta en su manta, tiene el pelo sucio y pegado a la frente y los labios agrietados por el frío. De momento no ha manifestado ninguna intención de asearse pero, al menos, ha comido la ensalada de frutas.

Un llavero tintineó en el pequeño patio empedrado de la escuela primaria de Saint-Suliac. Joanne y Léon se sentaron en la mesita, en medio del huerto del padre de Joanne. Ella había servido limonada y estaban disfrutando de los últimos rayos de sol del mes de octubre. El padre de Joanne volvió, con el gran manojo de llaves. Había ido al pueblo a hacer unas compras y, como de costumbre, se había ausentado durante casi dos horas.

—¿Todo bien, muchachos?

Joanne asintió con calma. Léon se apresuró a contestar:

—Hola, señor.

El padre de Joanne se quitó el gran sombrero de paja y lo dejó encima de la mesa.

—¿Qué traes? —le preguntó Joanne mirando con anhelo la cesta.

—Alcachofas, algunas remolachas, una berenjena e higos.

Joanne se puso a inspeccionar el contenido de la cesta. Su padre se dejó caer en una silla, a su lado.

—Ya ha salido la primera calabaza de la temporada —anunció.

—Ah, ¿sí? —dijo Joanne levantando la cabeza.

—Una espagueti.

Ambos se giraron sorprendidos al oír la risa de Léon, y este empezó a balbucear.

—Creía... ¿No era...?

La brusca y gruesa voz del padre de Joanne lo interrumpió.

—No. De momento no crece pasta en el huerto... Todavía no he encontrado la manera de cultivarla... Es una lástima.

Joanne soltó una carcajada y el pobre Léon se puso colorado como un tomate.

—Es una calabaza —añadió el hombre—. Una variedad de calabaza. —Se levantó de manera brusca sobresaltando a Léon—. Ven, que te la enseño.

Se pusieron los tres de cuclillas alrededor de la primera calabaza de la temporada.

—Parece una sandía amarilla... O un melón —señaló Léon.

Joanne asintió.

—Cuando era pequeña yo la llamaba una «mamá limón».

Su padre sonrió al evocar el recuerdo.

—Y ni siquiera podías cargarla hasta casa... Apenas medías un metro diez. —Se levantó y se frotó las manos llenas de tierra en el pantalón beis—. Léon, si te quedas a cenar aprenderás a cocinar una calabaza espagueti.

A Léon le costó disimular la sorpresa y la alegría. Sonrió con cierta ingenuidad y preguntó:

—¿De verdad?

El hombre asintió.

—Joanne podría enseñarte. Las verduras gratinadas le quedan buenísimas.

Joanne lo confirmó haciendo un gesto con la cabeza.

—Y mi padre podría preparar una compota de higos. Le pone nueces. Ya verás, está deliciosa.

Léon parecía no caber en sí de gozo. No había dejado de sonreír cuando dijo:

—Bueno, entonces..., sí..., me encantaría... Eh..., gracias por la invitación... Me gustan mucho los higos.

El padre de Joanne lo interrumpió con su voz gruesa.

—El teléfono está en la entrada por si quieres avisar a tus padres. ¡Y después directos a la cocina, muchachos!

Joanne y su padre se habían puesto cada uno en su lugar: ella, en la mesa coja de la cocina, sentada de rodillas en una silla e inclinada sobre la tabla de cortar. Él, delante del fregadero, lavando los higos y con los utensilios bien colocados sobre la encimera. Siempre cocinaban así. Cada uno en su espacio. Léon, un poco de más, permanecía de pie a la derecha de Joanne y la observaba con atención.

—Ves. La he cortado por la mitad. Ahora la recubrimos con aceite de oliva, sal y pimienta y la ponemos al horno.

—¿Y se cocina así? ¿Con la piel?

—Claro. Pásame el aceite, por favor.

El padre de Joanne no decía nada. Los observaba por el rabillo del ojo, divertido.

—Ves, lo pones a ciento ochenta —le explicó Joanne cuando estuvieron ambos agachados delante del horno.

Lo dejó a cargo de cocinar la cebolla y el ajo en una sartén con aceite de oliva ardiente, y después añadió los tomates cortados en dados. Ambos removían y vigilaban el fuego mientras hablaban de la escuela, de las vacaciones de otoño, que estaban a punto de llegar, del viaje que Léon tenía previsto con sus padres al Mont-Saint-Michel.

—¿Has ido alguna vez?

—No —respondió Joanne.

—Un día tengo que llevarte.

Joanne valoró la propuesta.

—Vale. ¿Por qué no? —contestó con una mueca.

El hombre los observó desmenuzar la calabaza espagueti que habían sacado del horno y luego añadir el preparado a base de tomate, ajo y cebolla.

—Después lo vuelves a poner todo en el horno.

Léon seguía a Joanne dócilmente y parecía que estaba esforzándose por memorizar cada una de las informaciones que le daba.

—¿Nunca cocinas en tu casa?

—No. O, por lo menos, nunca cosas así.

—¿A qué te refieres?

—Mi madre dice que no tiene tiempo de cocinar. Solo calienta congelados al microondas.

Joanne hizo una mueca de repugnancia que no pasó desapercibida a Léon, ni a su padre, que los escuchaba, un poco más allá en la cocina, mientras removía la compota frente al fuego.

Más tarde, se instalaron los tres alrededor de la mesa del comedor. El padre de Joanne había encendido la chimenea. Léon observó con curiosidad las inscripciones que recubrían las paredes de la estancia. Citas, fragmentos de novelas, reflexiones personales. Una de las inscripciones debía de haberla escrito Joanne cuando tenía unos diez años. «Hoy hace sol. Parece que el cielo sonría». Encima de la frase temblorosa, había dibujado un pequeño sol de color azul.

—Bueno, Léon, ¿y qué les enseñas a los niños durante todo el día? —preguntó el padre de Joanne mientras les servía.

—Oh, muchas cosas. Escritura, cálculo, historia de Francia, y también el cuerpo humano y biología.

—Está bien. Cuando era conserje, le propuse a la directora crear un gran huerto para enseñarles a los niños a cultivar sus propias verduras.

—Es una muy buena idea —apoyó Léon.

—Lo descartó —masculló contrariado el padre de Joanne—. No le veía interés.

—Es una lástima...

—Fíjate, estoy seguro de que la mayoría de los niños no conocen las calabazas espagueti.

Léon estuvo a punto de sonrojarse, pero el hombre lo evitó:

—Tú podrías enseñárselo.

Léon asintió. A su lado Joanne picoteaba la comida en silencio.

—Mira, Léon, si te interesa podrías traerlos de vez en cuando a mi huerto. Una hora a la semana. Podrían regar las plantas. Aprender los distintos tipos de hortalizas.

Léon parecía entusiasmado de verdad.

—¿Cree que podría?

—¿Tienes horas de Educación para la Ciudadanía?

—Sí.

—Pues entonces eres libre de escoger lo que quieres enseñarles durante esas horas. No creo que la directora pueda decir nada al respecto. Piénsatelo, ¿vale?

—Se lo prometo.

Sonaba un tema de Miles Davis en el pequeño salón. Joanne canturreaba y llevaba el ritmo con la punta del pie, por debajo de la mesa. Su padre se había acomodado en el sillón, parecía saciado. Alentado por las preguntas que le hacía el hombre, Léon les hablaba de su clase, de la reticencia de ciertos alumnos en cuanto a la lectura, de las dificultades con las que se encontraba.

—Deberías establecer un rato de lectura por la mañana —le sugirió Joanne—. Tienen que relacionarla con algo relajado y con el ocio. Léeles una historia por la mañana, déjales que se tumben en el suelo, con sus peluches, una mantita. Permíteles que se vayan despertando poco a poco con una historia.

—¿Tú crees?

El hombre asintió.

—Creo que es una excelente idea.

Entonces Léon se lanzó a la piscina, con timidez.

—Al ver estas frases en vuestras paredes..., se me ha ocurrido... Igual es un poco tonto... Son muy pequeños todavía, pero... podría dejarles un gran lienzo..., un gran lienzo o... o una sábana para que pudiesen anotar todo lo que quisieran del día... Su estado de ánimo o... todo lo que se les pasara por la cabeza. Eso podría acercarlos a la escritura de manera..., de una manera un poco más libre que un dictado...

Al ver que Joanne y su padre asentían sonriendo, Léon echó los hombros ligeramente hacia atrás.

Por la noche, cuando Léon se fue y después de que él y Joanne se besaran en el portón de la casita, Joseph fue a buscarla a la cocina. Joanne estaba fregando los platos. Él alcanzó un paño, se puso a su lado y fue cogiendo lo que ella le pasaba.

—¿Sabes qué, Joanne? Creo que Léon es un buen chico.

—Yo también lo creo.

Se formó un silencio de unos segundos.

—Quiere presentarme a sus padres —anunció Joanne—. Me ha invitado a cenar a su casa durante las fiestas de Navidad.

El hombre digirió la noticia en silencio, sin mostrar ninguna reacción. Continuó secando los platos.

—Entonces ve. Y mantén la cabeza bien alta. Y enséñales con dignidad que nunca debieron cuchichear cuando pasabas. ¿Me entiendes, Joanne?

—Siempre he actuado así —replicó.

—Lo sé. Pero a veces nos dejamos socavar por los sentimientos. El amor, el de verdad, siempre tendría que hacernos sentir más grandes. Nunca al revés.

—Lo sé, papá.

Joanne no advirtió que su padre la miraba con ternura.

—¿Lo ves?, te estás convirtiendo en una adulta. Ya no me queda mucho por enseñarte.

Ambos sonrieron sin darse la vuelta, solo para sí mismos. La sonrisa de Joanne era de orgullo, la de su padre un tanto melancólica.

Los André fueron educados y corteses durante toda la cena. Un tanto despectivos, pero formaba parte de su naturaleza. Joanne fue hasta allí arrastrando los pies. A Léon se le veía encantado, como si no fuera consciente de estar llevando a casa de sus padres a la «pequeña bastarda» del pueblo, a la «hija de la ramera». Parecía entusiasmado y se había peinado con la raya en medio.

Joanne casi sentía que podía relajarse por fin, sentada en una silla de respaldo alto enfrente de los André. El padre había estado hablando durante una hora de su estanco y Joanne había fingido que le interesaba. Ya casi podía considerarse a salvo. Solo faltaba el postre y podría largarse.

—Aquí está —anunció madame André dejando un pastel de frutas sobre la mesa.

Joanne se preguntó si se trataba de una tarta congelada o si madame André había cocinado en honor a la pequeña bastarda. Estaba sumida en sus pensamientos cuando llegó la pregunta, con una desagradable voz melosa.

—Bueno, Joanne, Léon me ha dicho que te quedaste con el puesto de tu padre con apenas veinte años.

Joanne pensó en su padre y en sus consejos y se esforzó por mantener la cabeza bien alta.

—Sí. Exacto.

Madame André esbozó una sonrisa carente de naturalidad mientras le acercaba un plato.

—Y antes ¿qué hacías? No estudiaste, ¿verdad?

—Eh... —Joanne se aclaró la garganta—. Aprobé el bachillerato y después empecé a trabajar con mi padre. Él sabía que se jubilaría en dos años y... la directora ya había pensado en mí para reemplazarle. Así que empezó a enseñarme el oficio.

Todo el mundo alrededor de la mesa se había servido ya y solo se oía el tintineo de las cucharas contra el plato.

—Hum —susurró madame André—. Es una lástima.

Joanne procuró sonar educada al preguntar:

—¿Una lástima?

—Que una chica joven como tú, que no ha salido nunca del pueblo... Podrías haber ido a estudiar a la ciudad..., ver un poco de mundo... —Madame André se recogió un mechón de pelo detrás de la oreja—. Aunque claro, al ser conserje, igual tu padre no se lo podía permitir.

La madre de Léon la escrutaba con su melena estática de tantos años de alisado a cepillo. Joanne se esforzaba por mantener un tono educado y sobre todo los hombros bien rectos.

—No es que no pudiera permitírselo. A mí..., a mí me gusta estar aquí. Me siento a gusto en la escuela. Nunca he tenido ganas de vivir en una ciudad.

—Hum —susurró de nuevo la madre de Léon, como si estuviese convencida de que todo aquello no era más que una sarta de mentiras.

Léon miraba fija y tercamente su plato, como deseando que sobre todo no le involucrasen en la conversación.

—Mi marido y yo siempre pensamos, y es nuestra opinión por supuesto, que era imprescindible que nuestro hijo conociera algo más que Saint-Suliac. Para que abriera la mente, ¿sabes? Hay tantas personas interesantes que conocer por ahí.

Esta vez Joanne no pudo contener un tono escéptico.

—No conocí a nadie interesante cuando fui al instituto de Saint-Malo.

Culminó la frase encogiéndose de hombros. Se hizo un silencio pesado en la mesa. Sin embargo madame André volvió a la carga.

—Claro, igual tú no eres el tipo de persona que quiere..., ¿cómo decirlo...? Socializar.

—Los contactos que tengo en la escuela me bastan. Me llevo muy bien con los profesores y la directora.

Madame André bebió un trago de agua sin siquiera aflojar los labios.

—Sí, por supuesto. Pero toda chica joven necesita tener amigos de su edad, imagino.

Joanne se esforzaba por respirar con lentitud y masticar el pastel de frutas demasiado hecho. Habría debido limitarse a asentir tras cada frase de madame André. Habría sido la mejor opción para acabar con esa conversación lo más rápido posible. Pero madame André ya continuaba.

—Fíjate, a Léon, por ejemplo, le encantó vivir en Nantes durante la carrera. Conoció a un montón de gente interesante en la universidad. ¿Verdad, Léon?

Léon asintió con vaguedad, seguía con la cabeza gacha mirando el plato. Entonces madame André soltó un relincho, que al parecer era su risa, mientras añadía:

—Incluso conoció a una chica. Se llamaba Estelle. Creo que estuvieron juntos casi dos años...

—¡Mamá!

Léon dio un golpe con el puño sobre la mesa y se enderezó. Su madre fingió darse cuenta de su error y se tapó la boca con una mano.

—Claro... No quería meter la pata, solo..., solo lo decía para recalcar que te gustaba estar allí.

Se giró hacia Joanne y se deshizo en disculpas, cada cual más melosa y falsa que la anterior.

—No tiene nada que ver contigo. No quería incomodarte. No era mi intención en absoluto.

Léon parecía furioso y tamborileaba con los dedos sobre la mesa, para indicarles a sus padres que tenía el propósito de acortar la cena y acompañar a Joanne a casa. No obstante madame André, tras beber otro trago de agua, siguió con el espectáculo.

—Le gustó mucho Nantes, es un hecho. En tercero, se fue a Inglaterra a hacer unas prácticas. También le encantó Londres. De hecho, pretende volver allí algún día. Bueno, naturalmente, como todo profesor joven, recién graduado, a Léon le interesaba mucho adquirir experiencia en un lugar donde la gente fuese..., digamos..., menos exigente en cuanto a la educación..., menos ambiciosa. Por eso escogió Saint-Suliac.

El rostro de Léon enrojecía por momentos y tenía los dedos crispados sobre la mesa. Madame André solo tenía ojos para Joanne, a la que miraba con persistencia y deleite.

—Naturalmente, a nosotros, a mi marido y a mí, siempre nos ha confesado, ¡y lo entendemos a la perfección!, que no se quedará aquí enterrado en vida, en este yermo cultural... De eso nada, estará aquí un par de años, tres como máximo. Después buscará trabajo en Saint-Malo o en Nantes. También piensa en mudarse a Londres. Son proyectos muy bonitos. Léon siempre ha tenido ese lado ambicioso. A que sí, ¿cariño?

Joanne intentaba mantenerse impasible, sin inmutarse. Se negaba a mirar a Léon y mucho menos interrogarlo con la mirada. No quería darle esa satisfacción a la bruja de su madre. Prefería asentir.

—Sí. Son proyectos muy bonitos.

Léon intentaba alcanzar a Joanne en la oscuridad. Ella andaba con paso rápido por la callejuela adoquinada.

—¡Espera! ¡Te acompaño! ¡Joanne!

Ella aceptó ir más despacio para que pudiera alcanzarla. Sin embargo respondió con calma:

—Puedo volver sola.

—Prefiero acompañarte.

—Me gusta caminar sola.

Léon recuperó el aliento poco a poco mientras trataba de seguirle el paso.

—Siento lo de mi madre... Siempre es así.

—¿Así cómo?

—Desagradable.

Joanne se encogió de hombros. Tenía una expresión imperturbable que inquietaba a Léon.

—No debió hablar de Estelle.

—Me da igual eso.

Léon la escrutó para saber si decía la verdad. En efecto, parecía que esa historia de Estelle no le importaba lo más mínimo. Sin embargo seguía caminando muy deprisa, con la cabeza bien alta y sin dirigirle la mirada.

—¿Es lo de mudarme a Londres lo que te ha molestado? —Léon no se atrevía a mirarla a la cara. Temía un poco su respuesta.

—No. No es eso lo que me molesta. No me molesta nada, salvo la idea de estar haciéndote perder el tiempo.

—¿Qué? —La atrapó por el brazo, obligándola a detenerse—. ¿Por qué dices eso?

Joanne le devolvió una mirada calmada y tranquila que la hacía parecer diez años mayor.

—Nunca consideré que viviera en un yermo cultural. A mí me gusta este pueblo y no creo que la escuela en la que trabajo sea un centro para niños sin ambición.

—Es..., yo nunca...

—No me iré nunca de Saint-Suliac. Me gusta este sitio. Y nunca dejaré a mi padre.

Léon balbuceó y sacudió la cabeza. Joanne permaneció completamente serena y dueña de sí misma.

—No querría que perdieras el tiempo «enterrándote en vida» aquí. Tu madre tiene razón, tus proyectos son muy bonitos. No deberías ponerlos en riesgo juntándote con la persona equivocada. Se supone que estar en pareja debe hacerte crecer, no paralizarte. —Joanne se interrumpió medio segundo, solo para recuperar el aliento—. Tu madre ha sido muy desagradable, es cierto, pero tiene razón. No estamos hechos el uno para el otro.

Se volvió a poner en marcha con brusquedad. Léon tardó un segundo en reaccionar y ella ya estaba lejos.

—¡Espera! ¡Joanne!

Corrió detrás de ella, intentando atraparla de nuevo por el brazo, pero ella lo rechazó.

—¡Sabes perfectamente que no es verdad! ¡Sabes que yo no he dicho eso! ¡Son palabras suyas! Yo no tenía ganas de volver aquí, es verdad. Había perdido el contacto con todos mis amigos de la infancia. Me daba miedo aburrirme, ¡pero nunca he dicho que Saint-Suliac fuese un yermo cultural o..., o un lugar donde enterrarse en vida!

Joanne continuaba caminando a grandes zancadas, sin mirarlo.

—Además, eso era antes de conocerte.

Ella avanzaba cada vez más rápido. Léon casi tenía que correr para mantenerse a su altura.

—¡Eso es lo que les habría gustado escuchar de mi boca! En realidad, siempre los he decepcionado. Tuvieron que arrastrarme hasta Nantes al acabar el instituto. Yo me cagaba de miedo ante la idea de estar solo en la ciudad. Y las prácticas en Inglaterra, ¡directamente me obligaron! No soy el chico ambicioso que ellos querrían. Deseaban que fuese abogado. Pero yo deseaba ser profesor, no abogado. Fue la primera vez que les planté cara. Y todavía me lo reprochan.

Se detuvo unos segundos para recobrar el aliento. Joanne parecía haber aminorado la marcha, lo que le animó a continuar.

—No me gustaba especialmente la idea de volver a casa de mis padres en Saint-Suliac, es cierto... Pero eso fue antes de conocerte, antes de que tu padre me enseñase el oratorio, las coladas de lava, antes de que me contase la historia de los hombres que se iban a pescar... Nunca nadie me había enseñado a apreciar Saint-Suliac.

Al final Joanne se detuvo por completo. Se giró hacia Léon con un aire un poco triste.

—¿De verdad?

Léon estaba jadeando. Asintió.

—Sí, de verdad. Desde que te conozco adoro Saint-Suliac. Me encanta cenar en casa de tu padre y descubrir todas las variedades de verduras, hablar de mi taller de huerto, que poco a poco va tomando forma, de los poemas que les enseño a mis alumnos... En mi casa nadie se interesa por mi trabajo. Para ellos no es más que una etiqueta, una marca que indica un ascenso social correcto. Pero a mí me gusta lo que hago, la escuela, los alumnos y, por encima de todo, vuestra casita en el patio. Me gusta saber que estás allí, temprano por la mañana, preparándote para abrir la verja. Verte aparecer a las ocho y media clavadas, con ese manojo de llaves que es más grande que tus manos. Me encanta tu manera de caminar, de saludar a los niños, de regar las plantas. Lo que me haces sentir cuando me miras. Me siento más fuerte, más grande. Tengo la sensación de ser alguien importante. Nunca conocí a una chica como tú en Nantes. Ya no quiero estar lejos de ti. Si tengo que quedarme en Saint-Suliac, me quedaré en Saint-Suliac.

Joanne parecía conmovida por sus palabras, pero se mantenía distante, como si lo evaluase, como si intentase detectar si había sinceridad en el fondo de sus ojos.

—¿Qué puedo hacer para que me creas? —preguntó al fin Léon, desalentado—. ¿Qué puedo ofrecerte para demostrártelo?

A Joanne le brillaron ligeramente los ojos. Se tomó unos segundos para reflexionar, jugando con una piedrecita con la punta del pie. Por fin habló, levantando la vista hacia él.

—Si tanto te gusta nuestra casita, podrías venir a vivir con nosotros. —No parece darse cuenta de la estupefacción que tiñe el rostro de Léon ni de su repentina lividez—. Mi padre pretendía ampliar mi habitación e instalar una pequeña veranda acristalada que diese al huerto... Para que tuviese intimidad... Si vinieras a vivir con nosotros, podríamos acondicionarlo para tener nuestro espacio personal. No me importa tirar paredes y, además, tengo algunas nociones para ocuparme de la construcción de la veranda.

Se interrumpió al darse cuenta del aspecto desconcertado de Léon, que tenía la boca entreabierta y parpadeaba frenéticamente.

—¿Qué? —preguntó—. ¿Qué ocurre?

Léon sacudió la cabeza. Parecía como si hubiese recibido un violento golpe.

—No..., no puedes hacer eso —consiguió murmurar a pesar de todo.

Joanne no lo entendía. Frunció el ceño.

—¿Qué es lo que no puedo hacer?

—Te he preguntado qué podía ofrecerte para demostrarte que estaba diciendo la verdad...

—Lo sé...

—Y eres tú quien me ofrece algo... —Parecía que todavía le costaba creerlo—. ¡Me ofreces que vaya a vivir contigo! ¡Contigo y con tu padre!

Joanne asintió y una sonrisa casi imperceptible asomó en la comisura de sus labios.

—Aceptar algo que te ofrecen es un gesto de generosidad, ¿lo sabías?... Puede que incluso más que el hecho de dar.

Léon le dirigió una mirada llena de incomprensión.

—¿Conoces a Paulo Coelho?

Léon asintió ligeramente con la cabeza.

—Sí... Sí, he leído algunos de sus libros. He leído *El Alquimista* y..., y *Brida* también.

La sonrisa de Joanne se difumina, se vuelve cada vez más difusa mientras que la incomprensión de Léon crece.

—En uno de sus libros, dice algo acerca del hecho de dar o de recibir. Y estoy bastante de acuerdo con él.

—Ah, ¿sí...?

—Dice que recibir es un acto de generosidad. Cuando aceptamos recibir algo de alguien, le permitimos al otro que nos haga feliz... y, a su vez, lo hacemos feliz.

Joanne le sonrió, serena y tranquila, y Léon necesitó unos segundos para recuperar el uso de la palabra.

—Entonces..., entonces lo que quieres que te ofrezca... para demostrarte que estoy siendo sincero es..., es que acepte recibir este regalo de tu parte...

Una risilla cristalina se escapó de la garganta de Joanne.

—En mi cabeza no sonaba tan retorcido. Simplemente pensé que me haría feliz que vinieras a vivir a casa.

A Léon le desconcertaba la espontaneidad y la simplicidad con la que hacía las cosas. Su boca tenía dificultades para decidir si quería mantenerse abierta o cerrada, si quería hablar o no. Balbuceó sin conseguir pronunciar ninguna palabra. De pronto Joanne pareció preocupada. Frunció el ceño y se disponía a decir algo, pero Léon no le dio tiempo. Las palabras brotaron de su boca como un torrente, palabras entusiasmadas, que sonaban agudas, que casi eran un grito.

—¡Sí! ¡De acuerdo! ¡Quiero ir! ¡Quiero vivir contigo!

El beso de aquella noche, en la callejuela de Saint-Suliac, alumbrada por las luces de Navidad, fue uno de los besos más hermosos que se dieron jamás.

22

Hace una semana que Émile y Joanne llegaron al pueblo de Aas para instalarse en la finca de Hippolyte. Es un edificio de piedra enorme que van reformando poco a poco al ritmo de las idas y venidas de los voluntarios, que en invierno son menos. Hippolyte tiene pocos recursos, pero no parece molestarle que el trabajo avance despacio. Es un señor de sesenta años, calvo, con una perilla blanca que tiene forma de gota de agua en la punta de la barbilla. Hippolyte era pastor. Del antiguo rebaño solo quedan tres ovejas muy viejas, y Mystic, su perro fiel. La cabañita de pastor en la que vivía está a un centenar de metros de la finca y sigue intacta. Es allí donde Hippolyte pasa las noches.

Los voluntarios, cuatro este mes de noviembre nevado, duermen en un pequeño anexo de la finca en el que hay cuatro habitaciones dobles, bastante estrechas y con pocas comodidades, pero cálidas gracias al fuego de la chimenea y al calor de la cocina comunitaria en la que resuenan voces y risas durante la cena. En el baño solo hay una ducha y un lavabo encajados al fondo de un pasillo. Nadie se queja, el ambiente es agradable. Hippolyte cocina platos consistentes con ingredientes locales. Émile ha congeniado con los otros voluntarios: Vance, un joven alemán que ha venido a perfeccionar su francés; y Albain, un padre de familia divorciado con ganas de desaparecer del mundo por un tiempo.

Joanne los escucha hablar en la cocina, por eso sabe cómo se llaman y por qué están aquí. Desde que llegaron no ha salido ni una vez de la habitación. Émile le lleva la comida mañana, mediodía y noche. Pasa a ver cómo se encuentra varias veces al día. Sigue con mucha fiebre, sobre todo por las noches, y se pasa el día tiritando. El otro día hablaron de ella en la cena.

—¿Tu amiga no sale nunca de la habitación? —preguntó el alemán con un acento muy marcado.

Y Émile les contó que estaba enferma, que él la estaba cuidando, y que pronto estaría recuperada. Se pasa los días envuelta en su chal, contemplando los pastos nevados por la ventana. Es hermoso. Si no estuviera tan débil iría a pasear sobre la nieve.

Oye los gritos, los portazos, pistas de que la vida sigue allá afuera, que le permiten adivinar qué hora es...

Esta mañana ha sacado la paleta y un lienzo en blanco. Se ha puesto un pincel detrás de la oreja y se ha sentado sobre el alféizar de la ventana de su minúscula habitación. Está concentrada en el paisaje. Quiere pintar los pastos de montaña cubiertos de nieve, las ovejas, la pequeña cerca de madera que recorre toda la finca. Quiere pintar a Pok, que se deja ver de vez en cuando mientras atraviesa los pastos y estampa sus pequeñas huellas sobre la nieve.

—¡Oh! ¡Estás pintando! —se sorprende Émile cuando entra a la hora de la comida con una bandeja en la mano.

Parece alegrarse. Sonríe. Deja la comida sobre la cama y se sienta con ella en el alféizar.

—¿Qué estás pintando?

Examina el cuadro atentamente.

—Todavía no está terminado.

—Entonces volveré a verlo más tarde.

Ella asiente. Sabe que no dispone de demasiado tiempo para comer, que aún tiene que prepararse la comida, comer con los otros dos y volver a la obra. Trabajan al máximo durante las horas en las que la temperatura no baja de cero, hacia las tres o las cuatro paran. No es que estén obligados a cumplir un horario pero se han organizado así.

—Me voy. Tómate la infusión... para la fiebre.

Se levanta, le retira algunos mechones de pelo pegados a la frente húmeda y le da un beso. Lo hace con naturalidad, sin pensarlo. Ella lo ve marcharse, atravesar la habitación y cerrar la puerta.

—Hasta ahora.

Pero él ya no puede oírla, ya se ha ido.

Léon está de pie entre los cimientos de la veranda. Lleva un mono de trabajo azul, agujereado y manchado de cemento. Mira a su alrededor orgulloso. Joanne ve cómo le brillan los ojos desde que se ha mudado con ellos. Por las mañanas canturrea en el baño, sonríe todo el tiempo y la abraza sin parar, aunque su padre esté delante.

—Estamos tan bien aquí. Soy tan feliz aquí —repite una y otra vez mientras entorna los ojos, como para convencerse de que lo que vive es real.

Llega la primavera. Las obras para ampliar la habitación de Joanne han empezado un poco tarde. El invierno fue duro, y el padre de Joanne tuvo un pequeño problema cardiaco. El médico dijo que necesitaba reposo, y Joanne prefirió cuidarlo y asegurarse de que descansaba en lugar de empezar las obras. Léon se mudó a finales de diciembre, la víspera de Año Nuevo. Joanne sabe que sus padres están resentidos con ella. De hecho ya no se ven nunca, piensan que los traicionaron.

Un día Joanne se cruzó con madame André cuando iba a comprar huevos al pueblo, y ella le lanzó una mirada gélida y le negó el saludo.

—¡Mira! —exclama Léon entre los cimientos—. ¡Mira lo que hemos hecho!

Parece asombrado.

—¡Nosotros dos, sin ayuda de nadie!

Ella sonríe y se reúne con él en medio de lo que será la veranda. Lleva un peto vaquero también lleno de manchas, y el pelo recogido encima de la cabeza con un destornillador que ha encontrado en una caja de herramientas. Léon la abraza y le da besos detrás de la oreja. Ella se ríe y lucha por liberarse.

—¿Dónde aprendiste a hacer todo esto? —le pregunta Léon, que sigue sin soltarla.

—Mi padre.

Léon se aparta de repente y la mira de arriba abajo.

—¿Qué? —pregunta ella incómoda.

—¿Hay algo que no sepas hacer?

Finge estar pensando y esboza una mueca.

—No tengo ni idea de fontanería, y todavía menos de electricidad.

Léon se ríe.

—No pasa nada... Creo que sobreviviremos.

—Papá sabe algo de fontanería.

—Pero ya sabes que Joseph tiene prohibido hacer esfuerzos...

A Joanne le hace gracia oír a Léon llamar a su padre por su nombre. Para ella siempre ha sido «papá». Y en el colegio todos lo llaman «monsieur Tronier».

—Venga —dice mientras se alisa el mono—, ¿recogemos y vamos a cenar?

—Vale.

Se arrodilla y empieza a recoger las paletas, la llana, pero se da cuenta de que Léon no se ha movido. Está parado allí en medio observando los cimientos, el huerto. Parece abstraído.

—¿En qué piensas? —le pregunta Joanne arrodillada entre las herramientas.

Léon parece sobresaltarse.

—Es una tontería, pero...

Ella se levanta despacio, y con la mirada lo anima a seguir.

—Pensaba... que más adelante podríamos reformar la veranda.

Joanne abre los ojos sorprendida.

—¿Reformarla?

—Convertirla en una habitación.

—Papá ya tiene su habitación.

Léon niega con la cabeza.

—¡Para nosotros no, Jo!

—Ni papá ni yo invitamos nunca a nadie, no veo la necesidad de tener un cuarto de invitados, a no ser que tú quieras invitar a tus amigos de Nantes...

Léon niega de nuevo.

—Mira las vistas que tiene del huerto. En primavera se llenará de colores. Sería la habitación perfecta para un bebé.

Se hace un silencio. Léon la observa.

—¿Para un bebé? —repite Joanne.

Léon asiente. Su sonrisa vuelve a resplandecer.

—Sí. Me encantaría tener un hijo contigo, y que creciera en esta casa.

Joanne es incapaz de articular una palabra o de hacer un gesto. Se queda con la boca abierta, con su mono demasiado grande.

—Convertiríamos la veranda en la habitación del bebé. Tendría mucha luz, y estaríamos justo al lado para vigilarlo.

Joanne sigue desconcertada pero empieza a sonreír.

—Vería a Joseph cuidando el jardín.

Ella asiente con una sonrisa.

—A papá ya le habrán prohibido trabajar en el jardín.

—¿Y crees que hará caso a los médicos?

Se echan a reír porque saben perfectamente que no.

—Cuidará el jardín y lo llevará a la bahía de Saint-Suliac para enseñarle a tirar piedras.

Joanne hace una mueca.

—¿Por qué dices «lo»? A lo mejor es una niña.

Léon lo piensa y se encoge de hombros.

—Me haría igual de feliz. ¿Por qué? ¿Tú prefieres una niña?

—No —niega Joanne rotundamente.

—¿No?

—No —repite ella con los brazos cruzados sobre el pecho—. Será un niño.

—¿Por qué?

—Porque eso es lo que quiero, un minitú.

Se miran con una ternura infinita entre los cimientos. Léon quiere besarla pero no se mueve. Sabe que esa mirada es más intensa que cualquier beso.

—¡Joanne! ¿Duermes?

Tarda unos segundos en darse cuenta de dónde está y de qué hace en ese lugar. El día ha terminado. Émile volvió de la obra y jugaron una partida de Scrabble en la habitación. Pok también estaba allí. Llegó la hora de la cena pero no comió nada y se fue a acostar. Tenía frío, mucho frío. Su cuerpo estaba cubierto de sudor. La bandeja de la cena seguía sobre el alféizar de la ventana. Se durmió oyendo las risas que llegaban de la cocina. Émile estaba jugando a las cartas con sus compañeros. Habían abierto una botella de vino.

—Joanne —le repite Émile al oído.

No tiene ni idea de qué hora es pero parece que la sala de al lado está vacía. Los otros ya estarán durmiendo. Debe de ser medianoche o la una. Se incorpora con dificultad. Sigue empapada en sudor, y las sábanas están mojadas. Émile dice que esta fiebre que no baja no es normal, ya hace casi diez días. Ella sabe que no es una fiebre corriente, que no tiene nada que ver con algo físico.

—¿Qué pasa?

Oye su propia voz debilitada, como si se quedara sin aliento.

—Nada grave —susurra Émile—. Ven, ven a ver esto.

Le coloca una mano alrededor de la espalda y bajo el brazo para sostenerla y ayudarla a salir de la cama.

—¿A dónde vamos? —pregunta dejándose caer sobre él.

—A ninguna parte, Joanne, solo a la ventana.

Él la coge en brazos. Se siente como una niña. Ve los pies que cuelgan dentro de los enormes calcetines de lana y nota cómo su cabeza da golpecitos contra el hombro de Émile. Se ve con ocho años. Una tarde de invierno que estaba enferma se durmió delante de la chimenea y su padre la llevó exactamente de la misma forma hasta su habitación. Han pasado más de veinte años pero revive las mismas sensaciones. Esa seguridad, esa ternura.

—Mira...

La coloca delante de la ventana y ella se sujeta en el alféizar para no perder el equilibrio. Émile está justo detrás.

—Mira —le dice—, mira qué bonito. Podrías pintar un cuadro.

Joanne deja que sus ojos se posen sobre el paisaje, fuera de su dormitorio, sobre esa blanca inmensidad: las cañadas, la luna llena, ese círculo perfecto que lo ilumina todo con un resplandor fluorescente, casi irreal. Las estrellas, minúsculas e infinitas, se recortan sobre el negro del cielo, discretas, dejan que sea el fulgor de la luna el que gobierne. Joanne apoya una mano contra el cristal con gestos lentos.

Es hermoso, fuera reina la calma. La nieve sofoca cualquier ruido. La luna cuida del paisaje, tranquila. El contacto frío del cristal con la palma ardiendo. Podría pintar un cuadro, es cierto..., pero ¿cómo podría conferirle esa luz tan particular? Su respiración empaña el cristal con una fina capa de vaho; lo limpia y pega la nariz. Casi puede oler el perfume de la nieve, sentir esa textura tan especial.

—Justo cuando iba a acostarme el cielo se ha despejado.

La voz de Émile la sobresalta, se había olvidado de que estaba allí, justo detrás de ella.

—¿Quieres salir?

Joanne se da la vuelta, y lo observa fijamente con la mirada extraviada.

—¿Quieres salir a ver la nieve?

Ahí está ella, callada e indefensa como una niña que sueña con salir a correr sobre la nieve pero que de pronto ya no sabe qué hacer.

—Todos duermen. Hippolyte también. Solo estamos nosotros: tú y yo —añade él con suavidad.

Ella asiente con un leve movimiento de cabeza, como una niña. Y Émile le aparta otro mechón de pelo pegado a la frente.

—Bien. Ven... Vamos a taparte.

Joanne se pone un pantalón y un jersey con movimientos lentos, sin preocuparse por la presencia de Émile. Es la primera vez que la ve en ropa interior. La primera vez que ve su cuerpo: el vientre, la espalda, los muslos, el nacimiento de sus pechos. Va recorriendo su piel, tan blanca bajo los rayos de la luna. Ve el tatuaje, ese árbol de la vida delicado que trepa a lo largo de su columna vertebral y culmina en el cuello. Nunca lo habría sospechado. Tampoco habría sospechado que debajo de la ropa ancha se escondía un cuerpo así. Siempre le había parecido tan frágil y flaca. Creía que era débil pero esta noche descubre un cuerpo delgado, robusto y fuerte, un cuerpo pequeño pero firme. Y eso lo conmueve. Piensa que su cuerpo se corresponde con la persona que es. Así que sigue observándola, incluso cuando ella levanta los ojos para mirarlo. No dicen nada, con mirarse es suficiente. El silencio se prolonga y ella sigue vistiéndose.

Salen fuera, poco a poco. Joanne coge el brazo de Émile. Ya no tiembla. Sus ojos recorren el paisaje maravillados. Émile tenía razón, están solos en medio del silencio de la montaña, solo los dos entre la blanca inmensidad.

Caminan muy despacio. Sus pasos dejan huellas sobre la nieve recién caída. Avanzan con la sensación de ser tan irreales como el paisaje, de ser dos espejismos.

Regresan al calor y a su habitación silenciosa. Desde la ventana Émile sigue viendo a los dos ángeles blancos. Son las marcas que acaban de dejar al tumbarse en el suelo. Joanne se sienta sobre la cama y empieza a tiritar de nuevo. Tiembla envuelta en su chal negro. Émile se levanta del alféizar y se arrodilla delante de ella.

—¿Estás bien?

Su cabecita se estremece con los escalofríos, sus dientes castañean. Émile le coge las manos, la obliga a levantar la cabeza.

—Joanne...

Siente su aliento caliente cuando murmura:

—Tengo frío. Tengo mucho frío.

Todavía no se ha quitado la ropa de abrigo. Lleva la bufanda alrededor del cuello, y está envuelta en el chal. Tiene los labios helados. Émile no puede dejar de mirar sus labios ahora violetas. Sus ojos se encuentran. ¿Joanne se ha dado cuenta de que la quiere besar?

—Ha pasado tanto tiempo.

Murmura tan bajo que no está seguro de haberla entendido.

—¿Cómo?

Lo mira fijamente con su cara temblorosa.

—Hace una eternidad que nadie me toca...

Émile siente que el corazón le da un vuelco. Intenta disimular su agitación. Joanne sigue con esa maldita fiebre. Debe de estar alucinando. Le pone una mano en la frente con suavidad y murmura:

—Todo irá bien, Joanne. Tienes un poco de fiebre. Voy a poner un poco más de leña en la chimenea, ¿vale?

Aprieta los labios. ¡Diablos! ¿Por qué tiene tanto frío? La voz debilitada y temblorosa de Joanne se eleva de nuevo.

—Hace casi dos años...

Émile estrecha las manos de ella entre las suyas con más fuerza y las masajea.

Joanne continúa hablando con un hilo de voz tembloroso, apenas audible.

—Tengo frío... Tanto frío...

—Ya lo sé, Joanne.

Le rueda una lágrima por la mejilla, y Émile casi se sorprende de que no se convierta en hielo.

—Ni siquiera sé si me acuerdo...

Le pone una mano en la frente, que está ardiendo, y le seca la lágrima.

—¿De qué, Joanne?

—De cómo es...

—¿De cómo es?

—Hacer el amor.

Émile no sabe qué decir. Le sigue frotando las manos. Querría cogerla en sus brazos, pero no sabe si puede hacerlo.

—Claro que sí, Joanne, eso no se olvida.

Por la mejilla de Joanne rueda otra lágrima. Él la seca y apoya su frente contra la frente ardiente de ella, para calmarla.

—Estoy seguro de que lo hacías muy bien —murmura—, y de que no te has olvidado.

Los dientes castañean. El aliento caliente de Joanne se entremezcla con el suyo. Una de las lágrimas cae sobre la muñeca de Émile.

—Émile —susurra.

—Sí...

—Quiero que lo hagas.

No está seguro de haberla entendido. Algo se agita en su pecho. No quiere moverse. Prefiere quedarse así, con la frente apoyada en la de Joanne. No quiere mirarla. Todavía no.

—¿Qué lo haga? —pregunta.

La respiración de Joanne muere en sus labios.

—Sí, que me hagas el amor.

Émile se queda inmóvil unos segundos, con la frente todavía apoyada.

—Yo me...

Le cuesta encontrar las palabras. Joanne permanece impasible. No se mueve. Está esperando.

—Yo...

Rememora el cuerpo suave y fuerte que ha visto hace un rato. El tatuaje del árbol de la vida. La piel con un hermoso brillo blanquecino. La mirada de ella al saber que él la estaba examinando. Joanne ha sentido sus ojos sobre la piel. Tal vez ha comprendido que su cuerpo le gustaba y le conmovía. Tal vez ha comprendido que era deseable...

Émile alza la vista. Las mejillas bañadas en lágrimas. El temblor de los labios. Si pudiera le diría: «Me he enamorado de ti», pero no es capaz. Todo está atascado en la garganta, todo menos ese sonido gutural con el que articula:

—De acuerdo.

La tumba despacio en la cama. Le quita el chal y lo coloca un lado. Se acuesta con ella, e intenta rodear su cuerpo para que paren los temblores. La cabeza de Joanne se inclina lentamente hacia la suya. Cuando sus labios tocan los de ella están ardiendo. La respiración es febril, agitada. Ahora él también tiembla. Tiembla de impaciencia, de emoción, de ganas de vivir.

—Tengo mucho frío —murmura ella con los labios pegados a los suyos.

Y él la sujeta todavía más fuerte, la envuelve aún más. Le seca las lágrimas con sus besos, intenta contener los temblores entre sus manos, que querría que fueran más grandes.

—Hace un rato me estabas mirando —susurra ella entre besos.

—Sí.

Se siguen besando, como si quisieran respirarse mutuamente. Émile piensa que es increíble que esto no haya pasado antes. Que hayan esperado tanto tiempo.

—¿Qué has pensado? —murmura.

—¿Cómo?

—Al verme.

Se coloca encima de ella. Ya no tiene miedo de aplastarla.

—He pensado que parecías indestructible.

Las lágrimas brotan de nuevo de los ojos de Joanne, pero Émile no deja que lleguen hasta las mejillas. Las seca.

—Ven —susurra Joanne.

—¿Qué?

—Penétrame.

—Sí... Ya voy, Joanne.

—No... Ahora.

Su mirada se endurece.

—Enseguida —repite seria—, tengo mucho frío.

«—¿Y todo eso pasa cuando comemos?

»Ella asiente. Émile cree adivinar una sonrisa en su rostro.

»—Sí. Todo eso pasa cuando comemos. Pero también cuando respiramos, cuando caminamos, cuando hacemos el amor... Solo hay que prestar atención».

—Enséñame, ¿vale? —susurra cuando está dentro de ella.

Joanne ya ha dejado de temblar. Tiene los labios rosas y ligeramente hinchados. Las mejillas rojas.

—¿Cómo? —pregunta.

—Enséñame cómo hacer el amor de verdad. Como con el pastel. Como con el pastel de Eus.

Joanne le coge las manos y las pone sobre sus senos. Él está colocado encima.

—Para —le dice.

Él se detiene, encima de ella, de su cara rosada, de sus hombros delgados.

—Siente lo que pasa. Siente lo que pasa cuando estamos conectados así —le dice.

Ella cierra los ojos y él la imita. Se da cuenta de que nunca antes había hecho una pausa mientras hacía el amor. Nunca se había parado a tomar conciencia de su cuerpo, del cuerpo del otro, del acto íntimo que compartían. Nunca se había tomado el tiempo de sentir la simbiosis entre los cuerpos, la circulación de las energías, la complementariedad de los sexos, el lenguaje casi universal que representaban.

Siguen haciendo el amor sin ser conscientes, sin querer, como si sus cuerpos hubieran tomado el control. Como si algo más fuerte, más grande, los dirigiera. Se dejan llevar por ese baile carnal parando de vez en cuando para escuchar la conversación de sus respiraciones y sentir el borboteo de sus venas. Se detienen, y es en ese momento de quietud perfecta cuando Émile ve la rendición de Joanne, ve cómo se funde en lágrimas y se deja llevar hasta un éxtasis que siente todopoderoso, hasta el punto de asustarlo.

Intenta mantener los ojos abiertos para memorizar cada detalle de su rostro, de su boca entreabierta, de sus párpados que se agitan como dos alas de mariposa. Intenta seguir centrado en el rostro de Joanne pero el éxtasis también se apodera de él, como una ola inmensa, como una fuerza superior. Se derrumba sobre ella. Sabe que lo ha hecho, que ha sido ella la que le ha enseñado, la que lo ha guiado, como con el pastel. Como con todo lo demás.

Permanece tumbado sobre su cuerpo unos segundos, incapaz de hablar. Es ella la que murmura primero, en un susurro casi imperceptible.

—Ya no tengo frío.

Joanne se ha dormido pero Émile no tiene sueño. Apoyado en los cojines contempla la nieve que cae allá fuera, y el cuadro de Joanne, colocado sobre el alféizar de la ventana. Mira la sombra de Pok acurrucado sobre la moqueta. Intenta moverse lo menos posible para coger la pequeña libreta negra de la mesita de noche.

La luz de la luna llena que ilumina la habitación es suficiente para poder garabatear algunas líneas. No tiene ni idea de qué día es, ni de la hora. Pero no le importa.

Una noche de noviembre, en las montañas, bajo la nieve. Luna llena.

«Es necesario caminar en la oscuridad para poder distinguir la luz» (Denis Lapointe).

Para Joanne, que duerme pegada a mí. La que finalmente me ha mostrado la luz.

—¿A dónde vas?

Acaba de abrir los ojos. La luz del día lo deslumbra y tiene que parpadear varias veces para estabilizar la imagen. Pero no lo ha soñado, Joanne está allí de pie, vestida de pies a cabeza, con una bufanda alrededor del cuello.

—¡Oh! —dice ella girándose—. He pensado... que esta mañana quiero ir a ayudaros.

Le cuesta darse cuenta de lo que ha sucedido entre ellos esta noche. Sigue sintiendo ese calor extraño en el pecho.

—¿Estás segura?

Ella asiente. Lo mira decidida con la cara impávida.

—Ya no tengo fiebre.

—Déjame ver.

Joanne mira resignada hacia el techo y se acerca a la cama. Él le pone la mano en la frente.

—Bien..., de acuerdo.

No le queda más remedio que claudicar, ya no tiene fiebre, y su aspecto ha mejorado mucho. Se siente aliviado al verla así.

—¿Preparas el desayuno? Me doy una ducha y voy.

—Vale.

Es raro ver a Joanne en la cocina con Albain y Vance. La miran intrigados, nadie pronuncia una palabra.

—Veo que ya conocéis a Joanne —dice Émile cuando entra en la cocina secándose el pelo con una toalla.

Los dos chicos asienten. Parecen nerviosos ante la presencia de una mujer.

—Hoy va a venir a trabajar con nosotros.

Joanne guarda silencio. Envuelta en su bufanda, espera frente a los boles que ha preparado. Émile se sienta con ella, y Joanne le señala el café caliente, el pan fresco y la mantequilla que Hippolyte coloca allí cada madrugada.

—¿Has hecho alguna vez trabajos de este tipo? —pregunta Émile mientras muerde la tostada.

Joanne esboza una sonrisa enigmática, y finalmente asiente.

—Sí.

Las rodillas le duelen después de tantos días embaldosando la maldita veranda. Léon también parece exhausto. El verano ha llegado a Saint-Suliac y el sol golpea con fuerza contra los cristales. Están empapados en sudor.

—¿Una infusión helada? —pregunta Joseph asomando la cabeza por el ventanal entreabierto.

Está fuera, entre las tomateras.

—¡Papá! —protesta Joanne levantándose con cara de enfado—. No deberías haber salido con este calor.

—¿Qué pasa, que ya no puedo ayudaros? ¿Tengo que quedarme solo, encerrado en la oscuridad?

Parece enojado. Lleva fatal este reposo obligado impuesto por el médico. Pero Joanne no cede. Hace un mes tuvo otro ataque al corazón.

—Ponte un rato a la sombra, papá. Yo te traigo la infusión.

Joseph refunfuña un poco pero se levanta y se sacude la tierra de las manos. El segundo ataque fue mucho más grave que el primero. Se cayó en medio del huerto, Joanne lo encontró. Los médicos le hicieron pruebas más específicas y el diagnóstico fue claro: insuficiencia cardiaca. Le recetaron tres o cuatro pastillas distintas que toma con cada comida. Le dijeron que no se expusiera al sol, que caminara todos los días sin agotarse. Por las noches, al acostarse, Joanne le coloca las almohadas y las levanta un poco. Los médicos dijeron que así respiraría mejor.

—¿Necesitas ayuda? —le pregunta Léon mientras ella se dirige hacia la cocina.

—No, no hace falta.

Saca de la nevera la bebida que su padre ha dejado macerando toda la noche: menta fresca del huerto con un poquito de miel, y se sienta con él en el salón, donde hace más fresco.

—Aquí la tienes.

Todavía sigue un poco tenso, bebe la infusión con ansia. De pronto suena el teléfono del recibidor.

—Ya voy —dice Joanne.

La voz que le llega del otro lado la coge por sorpresa.

—Hola, soy madame André. ¿Podría hablar con mi hijo, por favor?

Joanne se queda sin habla unos segundos. Hace siete meses que Léon se ha mudado y desde entonces no ha tenido contacto con sus padres.

—¿Hola? —insiste madame André impaciente.

—Sí, voy..., voy a buscarlo.

—De acuerdo.

Joanne siente que camina con un peso enorme en el pecho. ¿Qué habrá pasado? Espera que no sean malas noticias...

Léon está inclinado sobre las baldosas. Cuando ella entra en la veranda se seca la frente resoplando. Joanne le señala el auricular y susurra:

—Tu madre.

Parece tan sorprendido como ella. Le pasa el teléfono y se marcha sin hacer ruido.

Unos instantes más tarde, Léon se reúne con Joanne y Joseph en el salón. Están allí sentados con sus infusiones heladas y lo miran preocupados.

—¿Va todo bien? ¿Algo grave?

Léon parece desconcertado y un poco nervioso.

—No, nada grave... Creo que solo quieren retomar el contacto.

Joanne le sonríe aliviada y le coge una mano entre las suyas.

—Eso está bien, ¿no?

Asiente con la misma cara de angustia.

—Me han invitado a cenar mañana.

Joseph pregunta como si nada:

—¿Solo?

La cara de Léon refleja un cierto malestar.

—Sí —responde incómodo.

—Está bien —dice Joanne—, es una buena noticia.

—Sí —contesta él— supongo que sí.

Por la noche, en la cama, Joanne se pega a él. Nota que sigue consternado.

—Si quieres, les puedes proponer que vengan a cenar una noche a casa... —le susurra al oído.

Él se gira hacia ella estupefacto.

—¿Lo dices en serio?

—Ya es hora de enterrar el hacha de guerra, ¿no?

Léon está tan sorprendido que no puede hablar.

—Si papá y yo no hacemos un acercamiento, ellos no lo harán nunca, ¿no?

Siente los brazos de Léon abrazándola con fuerza, y sus labios pegados a la oreja.

—Te quiero, ¿sabes? —susurra.

—Sí.

—Se lo diré. Te lo prometo.

Esa noche hacen el amor más apasionadamente que de costumbre. No sospechan que el lunes por la noche Léon volverá a casa perplejo...

—Han rechazado la invitación —dice con voz casi inaudible.

Tampoco sospechan que Léon irá a cenar a casa de sus padres semana tras semana a pesar del rechazo, dejando a Joanne cada vez más resentida en la casita familiar.

—La semana pasada terminamos la estructura —explica Albain cuando llegan a la obra con la nieve hasta las rodillas—, ahora hay que abrir los huecos para las puertas y las ventanas. ¿Sabes a lo que me refiero?

Está claro que Albain es hablador. Le cuenta su vida a Joanne mientras Émile y Vance trabajan en silencio.

—Soy carpintero. Hace quince años que me dedico a esto. Viví en los Pirineos mucho tiempo, es un sitio que me gusta. Después trasladaron a mi mujer y tuvimos que mudarnos. Nos fuimos a vivir a Toulouse. Volver aquí es como reconectar con el pasado, ¿sabes?

Joanne no lo escucha, se limita a sujetar el andamio en el que está encaramado para que no se mueva mientras corta la pared con una radial. Cuando el ruido ensordecedor de la radial se detiene, empieza a hablar de nuevo.

—Cuando terminemos de abrir los huecos nos pondremos con las jambas. Es lo que están haciendo ahora Émile y Vance...

La hora de la comida llega más rápido de lo que esperaba. Por la tarde, Émile la rescata y la lleva con él a terminar las jambas. Ahora es Vance el que tiene que soportar la cháchara de Albain, y Joanne no lo echa de menos.

—¿Qué tal el primer día? —le pregunta Émile cuando Joanne sale de darse una ducha caliente al final de la tarde.

—Sienta bien volver a ponerse en marcha.

Él sonríe.

—Creo que no te lo he dicho... Hoy es el último día de Vance. Vuelve a Alemania para celebrar el día de San Nicolás con su familia. En la finca hay una especie de tradición. Cada vez que un voluntario se marcha, se hace una cena de despedida con Hippolyte. Es esta noche.

Joanne asiente.

—Si estás muy cansada...

—No, estoy bien. Iré.

—Ah, y otra cosa...

—¿Sí?

—Les encanta jugar a las cartas... y beber vino. Puede que se alargue un poco.

Émile parece preocupado, pero ella vuelve a sonreír.

—Vale, puede estar bien.

La temperatura de la cocina roza los veintiséis grados. Han llenado la chimenea de troncos, y el alcohol les ha hecho entrar en calor. Las ventanas están cubiertas de una capa de vaho denso.

Hippolyte ha encargado embutidos y quesos locales, pan fresco y varias botellas de vino tinto.

—Los supermercados no me gustan —le dice Hippolytte a Joanne—. Aquí tenemos la «Tut».

—¿Qué es eso?

—Una furgoneta que reparte productos locales frescos. Yo solo compro en la «Tut Tut». Toma, prueba esto. Es un vino de Béarn. Un cabernet.

No le da opción, y directamente le llena el vaso. Es difícil no dejarse llevar por la ligereza y la excitación del momento. Tienen las mejillas sonrosadas y cada vez gritan más. Vance les hace reír pronunciando *champagne* con su acento alemán. Después, Hippolyte les cuenta la historia de Aas y los deja a todos fascinados. Les explica que Aas es conocido como «el país de los silbadores», ya que en otro tiempo, antes de la llegada de los nuevos medios de comunicación, sus habitantes se comunicaban de una punta del valle a la otra a través de silbidos.

—El valle crea una especie de guía de onda, así que silbando se podían comunicar desde los prados hasta el pueblo.

—¿En serio? —pregunta Albain con escepticismo.

—¡Los pastores conseguían comunicarse a una distancia de dos kilómetros y medio! Desarrollaron todo un lenguaje, una lengua silbada bastante compleja que se transmitía de generación en generación.

Todos los de la mesa están impresionados.

—Pero la lengua desapareció con los avances tecnológicos.

—¿Tú la conoces? —pregunta Vance con su acento cortante.

—Claro. Mi abuelo me enseñó cuando era un chiquillo.

En un momento, toda la mesa de borrachines está con dos dedos debajo de la lengua intentando silbar.

A medida que los vasos se van vaciando imitan peor las notas que silba Hippolyte, pero el pastor no se rinde.

—Hay que dominar el occitano para poder aprender el lenguaje silbado —explica.

Les hace repetir en voz alta «*apèra lo medecin*», que significa «llama al médico», y después les hace silbar entre los dedos. La cacofonía resultante se transforma en una carcajada general y Vance dice hipando:

—¡Y dicen que el alemán es complicado! ¡*Vengas* ya!

23

A la mañana siguiente Émile siente que le va a explotar la cabeza.
Tiene la boca pastosa. Se excedieron con el vino. Hasta Joanne se
pasó. Vance se despidió por la noche, antes de acostarse, porque cogía
un autobús por la mañana muy pronto delante de la iglesia de Aas.

Se gira haciendo una mueca. La luz del día acentúa su dolor
de cabeza.

—¿Joanne?

Se incorpora ligeramente, no está en la cama. Percibe su silueta
reclinada en el alféizar de la ventana. Joanne tiene el teléfono pegado
a la oreja y él siente que el corazón le da un vuelco. Lo primero que
piensa es: «¡Léon!». Nunca le ha confesado lo de la conversación
telefónica... Joanne se gira hacia él, está pálida y tiembla un poco.

—¿Qué ha pasado?

Ella se levanta con una lentitud preocupante. Se coloca delante de la cama y le da el teléfono.

—¿Qué pasa?

El corazón le late muy deprisa, casi no puede respirar. Sabe
que algo no va bien pero no es capaz de pensar. Piensa en Léon,
pero ¿por qué le daría Joanne el teléfono?

—Es un mensaje de voz —le dice ella con una voz ronca.

No entiende nada. Coge el teléfono y se lo pega a la oreja
mientras Joanne vuelve a sentarse lentamente en el alféizar de la
ventana. La voz mecánica resuena en el auricular:

—Mensaje recibido esta mañana a las ocho horas trece minutos.

Un pitido, un sonido apagado y una voz de mujer:

—Hola, Joanne, hola, Émile. Soy Annie. Os llamo...

Otro ruido sordo que Émile no consigue identificar.

—Os llamo para deciros que mamá nos ha dejado... Esta noche. Ha subido al cielo. No ha sufrido... Se ha ido mientras dormía.

Su corazón da un vuelco terrible. Siente como si cayera por su cuerpo, y abajo, más abajo, como si cayera al suelo y atravesara el parquet. Émile levanta la cabeza despacio, siente que pesa muchísimo. En el alféizar de la ventana, Joanne tiene la cara empapada en lágrimas. No necesitan decir nada. Saben que comparten el mismo dolor.

Golpea la piedra con el cincel una y otra vez. Tiene las manos agrietadas por el frío, y se ha hecho varias heridas. Tiene cortes, pero no siente nada.

—Émile...

La voz de Joanne resuena tras él. No la ha oído acercarse, caminar entre los escombros.

—Está oscuro, deberías entrar.

Él se encoge de hombros.

—No importa, voy a terminar este agujero.

—Estamos a ocho grados bajo cero.

—Me falta menos de una hora. Vuelve dentro. Ahora iré.

Joanne duda, espera sin saber qué hacer. El gorro y la bufanda enorme le tapan casi toda la cara. Es la tercera vez que sale a buscarlo. Albain y ella hace cinco horas que se han ido de la obra. Émile dijo: «Termino una cosa y voy». Pero ahí sigue, y cada vez que Joanne sale repite la misma cantinela: «Termino esto y voy». Joanne sabe que necesita dar golpes para liberar la pena, partir las rocas una a una, romperlas en pedazos. De algún modo eso lo alivia. Pero también sabe que podría pasarse así toda la noche. Duda. Está a punto de decir algo pero no sabe qué...

—Hazme un poco de sitio.

Émile se sobresalta al oír su voz, pensaba que ya se había ido. Pero no, está claro que sigue allí.

—¿Qué? —pregunta.

Se da la vuelta y la ve agacharse y coger un cincel de entre los escombros.

—¿Pero qué..?

—Hazme sitio —repite Joanne.

Está tan decidida como el día que le dijo: «Penétrame, ahora». Él se mueve, despacio. Se aparta un poco y la ve colocarse a su lado, delante del hueco que está abriendo.

—Voy a ayudarte —dice ella.

Los dos empiezan a golpear, clonc, clonc, clonc. Las piedras van cayendo una a una. Ellos golpean una y otra vez. No dejan de golpear, y sus golpes conversan hasta muy tarde, en el silencio de la noche.

La multitud se agolpa delante de la iglesia de Saint-Vincent. Jean, el viejo pastor, también ha venido junto con otros ancianos. De lejos se ve a Annie, bajo un velo negro, con su marido, sus hijos y sus nietos. Émile y Joanne están allí, en medio del gentío. Se dan la mano. Se sienten un poco perdidos en medio de la marea de desconocidos. Observan en silencio cómo avanzan en procesión hacia la iglesia. Reconocen a amigos de Annie con los que coincidieron los meses que pasaron en Eus. Se saludan con un leve movimiento de cabeza. Las callejuelas de alrededor están cubiertas de nieve. Eus es bonito en invierno, tal vez todavía más bonito que en verano. La campana de la iglesia empieza a sonar. Una campanada. Dos campanadas. Tres campanadas. Un murmullo recorre la multitud. El movimiento para entrar en la iglesia se acelera y Émile tira de la mano de Joanne.

—Vamos —le dice dulcemente.

Dentro hace mucho frío. Se han sentado en los bancos de atrás, al fondo de la iglesia, cerca de las puertas de roble, y les llega la corriente helada. No se sueltan las manos durante toda la misa.

Las cuatro hijas de Myrtille y uno de sus yernos hacen un recorrido por su vida. Hablan mucho de Eugène, del amor que se profesaban, de lo felices que serán al reencontrarse allí arriba. Hablan de la alegría de Myrtille al ser abuela, y después bisabuela, y de su fuerza de voluntad. Es una ceremonia sencilla, emocionante. Una procesión multitudinaria sigue el féretro en silencio.

Annie se acerca a ellos en las escaleras de la iglesia. Tiene un pañuelo arrugado en la mano y los ojos húmedos, pero cuando los abraza les sonríe con afecto.

—Myrtille estaría muy contenta de saber que habéis venido.

Asienten con un gesto, sin decir nada.

—Tenía muchas ganas de volver a veros en Navidad. Tachaba los días del calendario. Ya había preparado la cama de arriba.

No son capaces de mirarla a los ojos.

—Lo sentimos mucho... Tendríamos que haber venido antes... —responde Émile con la voz afectada.

Pero Annie lo interrumpe colocando, con suavidad, una mano sobre su hombro.

—No tenéis que sentirlo. No podéis imaginar hasta qué punto iluminasteis su vida. Hacía años que no la veía tan animada y tan alegre. Se ha ido feliz, os lo aseguro.

Cuando Joanne levanta la cabeza, Annie la mira fijamente a los ojos.

—Por eso quería veros aquí a los dos, para daros las gracias.

Su mirada, empañada por las lágrimas, pasa de Joanne a Émile y ninguno es capaz de articular una palabra. Necesitan unos segundos, y esta vez es Joanne la que susurra:

—No, somos nosotros los que hemos venido a darle las gracias a ella.

Annie pone la mano sobre el brazo de Joanne y lo aprieta conmovida, después se da la vuelta y les señala la procesión.

—Llevamos el féretro al cementerio. ¿Queréis venir?

Ellos asienten.

Cierran la marcha en el frío glacial de noviembre.

—¿Tienes la placa? —pregunta Émile.

Esta mañana, al llegar, le han encargado una placa a un escultor de Eus. Es un rectángulo de cristal transparente colocado sobre una base negra, todo muy sencillo. Sobre el cristal hay una palabras inscritas con una hermosa caligrafía blanca. Émile propuso poner una cita y una frase. Ayer por la noche la eligieron juntos, hojeando los viejos libros amarillentos de Joanne.

«Las personas son como los ventanales. Brillan con
el sol pero, al llegar la oscuridad, su belleza solo se
revela si la luz viene de dentro» (Elisabeth Kübler-Ross).

Para Myrtille, cuya belleza ha iluminado
una parte de nuestro camino.
Con cariño,
E&J

El ataúd desciende hacia la tumba en la que reposa Eugène. La familia está delante, ellos se han quedado detrás, con la cara tapada por las bufandas. Émile no puede evitar pensar que la próxima vez que Joanne asista a un espectáculo como este será él quien esté en el ataúd. No es capaz de soltarle la mano, la estrecha con fuerza entre la suya.

Se pregunta qué tipo de justicia gobierna este planeta abominable. Su padre, su hijo, y ahora él. ¿Joanne está condenada a ver cómo mueren todos los hombres a los que quiere?

La familia se aparta un poco para dejar que la gente se acerque en una fila que parece interminable. Todos se acercan a la fosa para dar su último adiós a Myrtille, para colocar un ramo o una placa funeraria. Émile y Joanne son los últimos de la fila, que avanza despacio, en un silencio mortuorio.

—Joanne...

Émile emite un sonido apenas más audible que un suspiro. Ella lo mira y lo interroga en silencio.

—¿Sería menos doloroso para ti si me incineraran?

Ella no aparta la vista. Lo mira fijamente a los ojos, impasible.

—Sí, creo que sí.

Joanne no dice nada más porque una de las hijas de Myrtille camina hacia allí para saludar a una conocida que está justo delante de ellos. Poco después se marcha y Joanne susurra de nuevo:

—Pero eso da igual.

—¿Por qué? —pregunta él suspirando.

—Es tu decisión. Tú decides.

—Quiero hacerlo de la manera menos dolorosa para ti.

Joanne niega suavemente con la cabeza, fijando la vista justo delante de ella.

—Si no eres capaz de decidir lo que tú quieres, piensa en tu familia... En lo que ellos querrían. No pienses en mí.

—Voy a pedir que me incineren.

—¿Estás seguro?

—Estoy seguro.

Un suave temblor en la garganta delata la emoción de Joanne, y Émile sabe que ha tomado la decisión correcta.

Son los últimos en dejar la placa frente a la tumba de Myrtille y Eugène. Cuando dan el pésame a la familia empieza a nevar de nuevo.

—¿Vosotros sois? —pregunta una mujer que debe de ser una de las hijas de Myrtille.

—Son los protegidos de mamá —responde Annie.

No se esperaban esta respuesta, y menos aún la exclamación divertida de la mujer.

—¡Ah, sois vosotros a los que casó!

Se oyen murmullos divertidos entre la familia.

—No los casó, Marie, el ayuntamiento se encargó de eso —aclara Annie con humor.

—Ya lo sé —responde la tal Marie—, pero así era como lo contaba ella, ¿no?

Los miembros de la familia responden asintiendo conmovidos, con sonrisas. Émile y Joanne también sonríen con timidez.

—Sí, somos nosotros.

—Mamá os quería mucho —les dice Marie.

Les aprieta los hombros con las manos.

—Gracias por venir.

Se marchan juntos. Suben por en medio del cementerio. Detrás de ellos la familia de Myrtille rodea la tumba y algunos rezan.

—¿Damos un paseo antes de regresar? —pregunta Émile.

Joanne asiente. Quieren despedirse de Eus, saben que no volverán. Émile intenta no pensar en la promesa que le hizo a Myrtille... Ni en que Joanne no tiene adónde ir.

Esa noche los jadeos resuenan en la pequeña habitación. Como gemidos de dolor que se entremezclan con sus respiraciones. Esta vez no ha sido necesario que dijeran nada. Tenían frío. Se sentían vacíos. Tenían un deseo imperioso de vivir, de llenarse el uno del otro.

Los suspiros resuenan hasta tarde y después mueren suavemente, dejando que sus cuerpos se sumerjan en una delicada quietud.

—¿Joanne? ¿Joanne?

Joanne se despierta de golpe. Se había adormecido esperando a que Émile volviera de la obra por la noche. Desde que recibieron la llamada de Annie se pasa horas allí... Albain y Joanne paran a las tres o a las cuatro y vuelven a resguardarse del frío. Ella aprovecha para pintar o jugar con Pok, pero Émile no vuelve hasta tarde, normalmente hasta las ocho. Gracias a él los trabajos avanzan muy rápido, Hippolyte no tiene queja, pero Joanne no está tan de acuerdo. Émile se pasa los días en silencio, trabaja más que nadie, y por las noches tampoco habla demasiado. La noche anterior dijo que lo sentía, que era la primera vez que perdía a alguien tan cercano, y que necesitaba un poco de tiempo.

—¿Joanne?

Es la voz de Hippolyte la que la ha despertado. Se levanta y va hacia la puerta; él está en el pasillo, parece preocupado.

—¿Qué pasa?

—Creo que Émile se ha caído en la obra. No quiere que llame a un médico.

Joanne sigue medio dormida y le lleva un tiempo entender al pastor.

—¿Se ha caído? —repite ella.

—No sé qué hacía allí a esas horas... Debe de haberse golpeado la cabeza, dice cosas incoherentes. No quiere llamar al médico...

Cruza la habitación corriendo y coge el chal negro de la cama.

—Ya voy.

Hippolyte se queda detrás mientras ella se acerca a Émile, que está de pie en medio de los escombros. Parece aturdido. Joanne no cree que se haya caído, piensa que ha sido otra crisis de amnesia. Cuando se acerca tiene el corazón en un puño, pero intenta que no se le note.

—¿Émile?

Le aterroriza encontrarse con la misma mirada que en Bages, cuando no la reconoció. Pero no es así, esta vez es distinto. Parece que Émile la reconoce, pero está alterado y muy nervioso. Mira a su alrededor como si lo viera todo por primera vez y no entendiera qué hace allí.

—Joanne, ¿cuándo hemos llegado? —le pregunta.

Ella no se atreve a mirar a Hippolyte, que está justo detrás. Intenta hablar lo más bajo posible.

—Hace tres semanas.

Pero Émile mueve la cabeza impaciente.

—No, no es verdad.

—Sí, hace tres semanas que llegamos —responde Joanne susurrando.

Mueve la cabeza de nuevo, irritado.

—Estábamos en Eus, me acuerdo perfectamente. Las hojas de los árboles caían sobre las callejuelas.

Ella se esfuerza en asentir y ocultar su preocupación.

—Es verdad.

—¡Hace apenas dos días, puede que hasta esta mañana, estábamos en casa de Myrtille y tú trabajabas en Coco Glacier!

—No —le dice Joanne sosteniendo la mirada.

—¿Cómo que no?

A Joanne le incomoda cada vez más la presencia de Hippolyte.

—Ves, Joanne, creo que se ha dado un buen golpe. No podemos dejarlo así. Voy a llamar a un médico.

Joanne intenta mantener la calma y controlar la situación.

—No creo que se haya caído.

Hippolyte la mira desconfiado. Émile no dice nada, su cara se mueve con tics nerviosos.

—Tiene…, tiene alzhéimer precoz.

Émile no reacciona a sus palabras ni a su voz temblorosa. Hippolyte frunce el ceño.

—¿Tiene qué?

—Una enfermedad que afecta a la memoria. Esto… le pasa de vez en cuando.

Hippolyte la observa receloso.

—No es nada. En un rato se acordará de todo. No necesita un médico, solo un poco de tiempo —insiste Joanne procurando aparentar seguridad.

Hippolyte los mira a los dos. Está claro que no sabe qué hacer.

—¿Estás segura?

—Sí, todo va bien. Me lo llevo dentro. Necesita descansar y mañana estará mejor.

Hippolyte vacila un momento y después asiente con un gesto.

—De todos modos... Ten cuidado por si se marea o tiene náuseas...

—Si es así llamaremos a un médico —le asegura Joanne.

El viejo pastor se marcha despacio. A lo lejos, Mystic corre sobre la nieve fresca para saludarlo. Joanne suspira. Al girarse Émile la mira como si estuviera loca, como si lo asustara.

—¿Por qué me has traído aquí?

Joanne traga saliva. No sabe por dónde empezar ni qué decir.

—Émile...

—¿Qué?

—Fuiste tú el que decidiste que viniéramos aquí...

—¡Estás mintiendo! —replica él en un tono agresivo.

—No...

—¡Tú misma lo has dicho, estábamos en Eus! ¿Por qué nos encontramos aquí? Myrtille iba a organizar una fiesta con amigos.

Joanne cierra los ojos despacio, deseando con todas sus fuerzas que cuando vuelva a abrirlos Émile haya recuperado la memoria.

—No...

—¿No, qué?

El tono de Émile es apremiante.

—Hace dos meses que nos fuimos de casa de Myrtille.

Émile se impacienta y ella es incapaz de ordenar sus ideas para tranquilizarlo, para decirle algo que consiga calmarlo. Se contenta con decir:

—Ven, vamos adentro, ahora te explico.

Pero él no se mueve. No piensa moverse de entre los escombros.

—Explícamelo ahora.

—Vale... Fuimos a Peyriac-de-Mer... Después a Bages..., ¿te acuerdas? Con Sébastian, el pescador..., y su perro Lucky.

No se atreve a mirarlo a los ojos, a enfrentarse con su mirada angustiada.

—Después fuimos a Gruissan a ver el mar.

Joanne se mira los pies fijamente, las botas forradas en medio de los escombros, y prosigue:

—Me puse enferma. Tenía fiebre y me trajiste aquí para que pudiera recuperarme.

Joanne lo mira pero él está de espaldas. Camina hacia el muro del otro lado, como si eso pudiera ayudarlo a encajarlo todo.

Se para de repente y da la vuelta. Mueve la cabeza. Es la primera vez que se comporta así. Normalmente está asustadísimo, angustiado, pero esta vez no. Está convencido de que tiene razón, de que ella está mintiendo. Está un poco agresivo.

—¡Marjorie siempre ha dicho que estabas desequilibrada!

Joanne abre los ojos de par en par, no entiende nada.

—¿Cómo?

—Decía que eras insolente e irresponsable.

Joanne no es capaz de responder. Es la primera vez que la ataca así.

—¡Tenía razón! ¡Mira a dónde me has traído! ¡Estamos en medio de la nada! ¡Siempre has puesto tus planes y tus prioridades por delante!

Ella da un paso atrás, casi imperceptible. Quiere irse, quiere alejarse de él lo antes posible.

—¡Sí, venga! —escupe Émile con furia—. ¡Lárgate! Es tu especialidad, ¿no?

Joanne retrocede un poco más. Le da miedo. Siente un nudo enorme en la garganta, un nudo que crece y le obstruye las vías respiratorias.

—¡Me da igual que te vayas, Laura, se ha terminado! ¡Ya no te quiero! ¡Ya me da igual lo que pienses!

Joanne no reconoce esa cara, es la primera vez que la ve. Este no es el Émile que conoció hace cinco meses.

—¡LÁRGATE!

El grito resuena entre las paredes de la obra. Joanne no espera a que se lo diga una segunda vez.

Cuando se despierta por la mañana, sigue con ese nudo en la garganta. Tarda unos segundos en acordarse del episodio de la noche anterior, y en entender por qué se siente tan disgustada. Al abrir los ojos se da cuenta de que Émile no ha dormido allí. La manta no tiene ni una arruga y en la almohada no hay marcas de la cabeza. Pero lo más preocupante es que el abrigo y la bufanda de Émile han desaparecido del colgador de detrás de la puerta. Siente cómo se le acelera el corazón. ¡Maldita sea! ¿Por qué no se le ocurrió esconder las llaves de la autocaravana? Se levanta con movimientos torpes. El suelo está helado. Todo le da vueltas. Apenas puede retener las arcadas. Le cuesta asumir que ha sucedido, que ha fallado estrepitosamente... Había prometido que se aseguraría de que no volviera a casa. Pero la noche anterior prefirió huir y acurrucarse en la cama, con el corazón acelerado, en estado de alerta, atenta a cualquier ruido de pasos en la sala contigua. Debería haber insistido, haberle hecho entrar en razón, pero ni siquiera lo intentó. Lo único que quería era marcharse de la obra. Lo cierto, aunque le dé vergüenza admitirlo, es que llegó a desear que se fuera, que desapareciera. El Émile de ayer por la noche no le gustó nada, le dio miedo. Parecía muy enfadado. Le gritó y le dijo cosas que no iban dirigidas a ella..., que claramente se referían a otra persona.

Se agarra al pomo de la puerta, hace un esfuerzo por abrirla sin perder el equilibrio. Se encuentra de frente con Albain, que estaba a punto de llamar.

—¡Ah, estás aquí!

Parece no entender muy bien qué está pasando, por qué está tan pálida, envuelta en la manta, todavía en pijama.

—Hippolyte pensaba que habías llevado a Émile al médico.

—¿Qué?

Albain se lo repite, un poco preocupado. Debe de estar extremadamente pálida.

—Por la caída de ayer en la obra.

Albain analiza sus gestos.

—No se cayó.

Pero Albain la interrumpe.

—La autocaravana no está. Hippolyte pensaba que te lo habías llevado a algún sitio.

Joanne lo niega, incapaz de responder.

—¿Sabes dónde está?

—No.

Se ha ido. La noche anterior no la reconoció. No del todo. Estaba convencido de que era una mentirosa. Le costaba ubicarse. Se acordaba de Eus y de Myrtille pero no de Bages ni de Gruissan. Tendría que haberle enseñado su libreta..., haberle obligado a leer algunos trozos. Pero en lugar de eso fue a esconderse bajo las mantas... Y él ha vuelto con su familia. Terminará en un centro de ensayos clínicos. Le ha fallado.

—Tal vez haya salido a comprar algo —le dice Albain intentando suavizar la situación al verla tan pálida. Le señala la cocina—. Te he dejado café. Estaré en la obra. Ven cuando te hayas preparado. Seguro que después vuelve, no te preocupes.

Joanne no sabe qué hacer, está confundida y se siente totalmente perdida sin Émile. La culpa que ha sentido por la mañana, al levantarse, se va transformando en rabia y en tristeza. ¿Cómo ha podido hacer eso? ¿Cómo ha podido abandonarla aquí, en medio de las montañas? Una vocecita le responde: «No eres nadie. Ni siquiera te reconoce». Se esfuerza en ahuyentar esos pensamientos, en pensar que Albain tiene razón, que solo ha salido a comprar algo y volverá. Va hacia la obra, no sabe qué más puede hacer.

—¿Qué hacemos hoy?

—Empezaremos a colocar las ventanas.

Albain le vuelve a hablar de su experiencia como albañil. Si no fuera por eso, sería incapaz de colocar las ventanas de Hippolyte. Pero Joanne se tapa la cara con la bufanda y se esfuerza en irse muy lejos, a otra época, a otra casa, a un momento en el que era más cándida, más inocente. No quiere pensar en la huida de Émile. Prefiere estar en Saint-Suliac, en la casita de piedra.

En algún lugar, en un limbo de los recuerdos de Joanne, Léon llama a la puerta del baño con impaciencia.

—¿Va todo bien, Jo?

Joanne está de pie, dentro de la bañera, y mira el rastro de sangre que hay a sus pies.

—Sí...

—¿Jo?

—Sí, estoy bien. ¿Qué haces aquí todavía? ¿No ibas a cenar a casa de tus padres?

Deja correr un hilillo de agua en la ducha para limpiar la sangre. Asume su decepción en silencio. Le ha venido la regla, eso significa que todavía no está embarazada.

—Sí, ya me voy, quería darte un beso antes de salir.

—Vale...

Para el agua de la ducha y coge una toalla.

—Voy, me estoy secando.

Se envuelve en la toalla tiritando. Fuera ya es de noche. Noviembre ya ha llegado y ni siquiera ha visto pasar el verano. El mes de agosto terminó al mismo tiempo que las obras. La veranda ya está lista. La amueblaron y la decoraron, y después empezaron las clases. Léon volvió a hablar del bebé. En realidad los dos pensaban en eso ahora que la veranda ya estaba terminada. En el fondo para ellos nunca fue una veranda, desde que Léon planteó el tema se convirtió en la habitación del bebé.

—¿Todo bien?

—¡Ya voy!

Se seca los pies rápidamente, se pone el pijama y se dirige hacia la puerta del baño. Al abrir se encuentra a Léon preocupado.

—¿Estás bien?

—Sí, ya te lo he dicho.

—Tienes una cara rara.

—Para nada, lo que pasa es que me muero de frío.

Léon cierra la puerta tras él y ella vuelve a secarse delante del espejo.

—Joseph ha encendido el fuego. En un cuarto de hora se estará mejor.

Léon continúa mirándola de forma extraña pero ella lo ignora. Frota con fuerza para secarse el pelo. No quiere decirle que le ha venido la regla. Ahora no. Sigue demasiado disgustada. Sabe que es estúpido, hace apenas dos meses que lo están intentando...

—¿Me das un beso? Debería irme.

Deja de frotarse el pelo y se gira para besarlo.

—Volveré pronto.

Joanne tiene una sensación desagradable cada vez que él se marcha para ir a cenar con sus padres. Siente que les da la razón al dejarla fuera. Continúa siendo la pequeña bastarda, la hija de una ramera, y sin embargo quiere tener un hijo con ella. Intenta quitarse esos pensamientos de la cabeza. Odia pensar así, sobre todo cuando se trata de Léon.

—Puede que cuando vuelva ya estés durmiendo...

—Tal vez.

—Pues buenas noches.

La besa de nuevo pero ella sigue con esa opresión en el pecho. No sabe si es por la regla o por la cena.

—Jo, ¿estás bien?

Joanne entra en el salón, Joseph la espera sentado a la mesa. Está todo preparado, delante de él hay un potaje humeante.

—Sí, estoy bien.

La observa con detenimiento mientras se sienta delante de él. Después se aclara la garganta.

—Sabes que Léon no tiene mala intención.

Se refiere a su ausencia, a la ausencia de todos los lunes por la noche.

—Ya lo sé.

—Le faltan agallas, nada más. —Le coge el plato y le sirve un buen cucharón de potaje.

—No es eso, papá.

—¿No es eso lo que te pone triste?

—No.

Joseph deja el plato de sopa y se inclina hacia delante para darle a entender que la está escuchando.

—Cuéntame, si te apetece.

—Léon y yo queremos...

Le cuesta seguir.

—¿Queréis tener un hijo? —pregunta Joseph con delicadeza.

La clarividencia de su padre la deja boquiabierta.

—Sí, eso es.

Joseph no se inmuta, como si hiciera meses que esperaba esa noticia.

—¿No sabes cómo decirme que queréis mudaros? —pregunta con el mismo tono delicado.

—¡No, no! ¡Queremos quedarnos aquí! Nos gustaría convertir la veranda en un dormitorio para el bebé —aclara ella.

De pronto la cara de Joseph se ilumina.

—Joanne... —murmura.

—¿Qué, papá?

—Has crecido tan deprisa...

Joanne sonríe y baja los ojos hacia el plato.

—¿Ya estás embarazada?

Ella levanta la vista hacia su padre, que la mira con una ternura infinita.

—No, papá, todavía no. Creía que sería más rápido, por eso no me siento muy bien esta noche.

La mirada de Joseph es tan dulce que Joanne tiene la sensación de que le acaricia la mejilla.

—Ya sabes lo que decía Buda: «La paciencia...

—... es la mayor de las oraciones» —termina ella la frase—. Ya lo sé.

Se sonríen con complicidad, cada uno a un lado de la mesa.

—Ya no seremos solo nosotros dos —murmura Joseph.

Joanne se emociona. Asiente bajando la vista de nuevo hacia el plato.

—No, ya no.

—Me siento muy feliz, Joanne.

Pasan un tiempo en silencio. Un silencio suave y ligero acompañado del crepitar del fuego en la chimenea. Después la voz de Joseph se alza de nuevo:

—Serás una madre excelente. Tengo muchas ganas de conocer a tu hijo. Yo también procuraré ser paciente.

Ella le sonríe.

—Me hace feliz que quieras tenerlo aquí —sigue Joseph.

Joanne se levanta despacio y se dirige hacia el otro lado de la mesa. No dice nada, se contenta con colocar la cabeza sobre su hombro, igual que hacía cuando era una niña, y se deja envolver por esos brazos enormes, por el olor a almizcle de sus camisas.

Las luces de Navidad parpadean en las callejuelas de Saint-Suliac. Joanne y Léon han ido a hacer la compra de la semana. Joseph lleva unos días muy cansado, hasta ha descuidado el huerto y el gallinero que construyó a finales de noviembre. Parece que las tres gallinas que acogió son perezosas. Desde que están allí apenas han recogido una docena de huevos. Joseph se pone nervioso y Joanne le dice que es por el frío.

Caminan deprisa por las calles heladas.

—¿Nos podemos parar un momento en la farmacia? —pregunta Joanne cuando ven la señal verde que parpadea.

Léon la mira con extrañeza, una sonrisa comienza a dibujarse en la comisura de sus labios.

—¿Crees que...?

—Toma, coge mi bolso. Solo será un minuto.

—¡Joanne, espera!

La coge del brazo y ella no se resiste. Se da cuenta de que también se esfuerza en disimular la sonrisa.

—¡Dime que es cierto! —susurra emocionado.

Ella le pone la mano delante de la boca para que se calle.

—No lo sé, por eso quiero hacerme la prueba.

—Pero...

—Ya veremos después de la prueba.

—Espera, Joanne, espera.

Léon la retiene, deja las bolsas de la compra en el suelo y le coge las manos entre las suyas.

—¿No te ha venido la regla? —susurra bajito, un poco nervioso.

Ella mira a su alrededor para asegurarse de que están solos en la calle.

—No.

—¿No?

—Me tendría que haber venido hace tres semanas.

Léon contiene un grito y aplaude en silencio.

Ella lo hace callar con una mirada fulminante.

—¡No, para! ¡Te prohíbo que lo celebres antes de tiempo! Primero hagamos el test.

Él asiente dócilmente pero sigue sonriendo.

—¡Date prisa! —le dice dándole un empujoncito.

Cuando entran en casa, ni siquiera llevan la compra hasta la cocina.

—¡Ya estamos aquí! —dicen al unísono, y van directos hacia el baño.

Joseph está leyendo en el salón.

—¡Date prisa! —dice Émile empujándola dentro del baño.

Ella pone cara de enfado, pero ve que Léon está entusiasmado.

—Será mejor que te calmes, si sale negativo te vas a llevar un buen chasco.

Pero él no escucha. Cierra la puerta del cuarto de baño y susurra:

—Te espero aquí.

Cuando Joanne abre la puerta, unos minutos después, no tiene tiempo de dar ni un paso. Léon se coloca justo delante de ella, a menos de dos centímetros.

—¿Y bien?

No consigue descifrar la cara impasible de Joanne. Nada, excepto una ligera turbación, y puede que un pequeño temblor en la comisura de los labios... ¿Se va a poner a llorar? Léon frunce el ceño.

—¿Jo?

Pero el labio se mueve y se da cuenta de que está sonriendo.

—¿Sí? —murmura. Casi no puede respirar.

Ella asiente y esta vez sonríe abiertamente, colocando un dedo sobre los labios de Léon para indicarle que no diga nada. Joseph está en el salón, a unos pasos. Todavía no pueden comunicárselo. Es demasiado pronto. Léon la besa, da saltitos de alegría en el pasillo. La levanta por los aires, la deja en el suelo, la vuelve a besar. Se ríen, sofocando la risa con las manos para no hacer ruido.

No guardarán el secreto demasiado tiempo...

Las fiestas de Navidad ya han terminado, pero el viejo abeto sigue allí y las lucecitas parpadean. Joanne está acurrucada en el sofá con una bolsa caliente sobre la barriga. Esta mañana han empezado las náuseas. No es capaz de comer nada sin tener que salir corriendo al baño. Joseph ha adivinado lo que pasa.

—¿Ya está? —le ha preguntado unas horas antes cuando le llevaba un vaso de agua.

Y ella no ha tenido más remedio que confesar:

—Todavía no debería decirlo... Es demasiado pronto.

Lo que quiere decir es que todavía puede perderlo.

Hace un rato que Léon ha vuelto del trabajo y la ha encontrado en el sofá, muy pálida.

—¿Es normal? —le ha preguntado en voz baja a Joseph, mientras Joanne contemplaba las llamas en silencio.

Joseph ha asentido sonriendo.

—Sí, es normal.

Ahora se esfuerzan en cenar los dos, mientras Joanne sigue hecha un ovillo en el sofá. Léon parece preocupado.

—¿Seguro que no quieres un poco de puré? —le pregunta a Joanne, que está de espaldas a él.

—Seguro.

Ella deja la bolsa de agua caliente sobre el reposabrazos del sofá y se levanta.

—¿Dónde vas? —le pregunta Léon inquieto.

—Lo más lejos posible de este olor.

—¿Este olor? ¿Qué olor?

A Joseph le hace gracia la inocencia de Léon.

—Los olores la molestarán durante un tiempo —le explica—. Algunos hasta le darán asco.

—Como ese puré —dice Joanne haciendo una mueca.

Joseph le sonríe compasivo.

—Ve a tumbarte. Te llevaremos lo que te apetezca comer, ¿vale? ¿Qué te gustaría?

Joanne piensa unos instantes.

—Compota de higos.

Los dos asienten.

—Muy bien, en media hora tendrás tu compota de higos.

La ven irse hacia la habitación. Léon parece preocupadísimo.

—¿Esto va a durar mucho?

—Puede ser. Los tres primeros meses es bastante habitual.

—¡Oh!

Después Joanne entra en su cuarto y ya no oye lo que dicen.

Duró dos meses. Al principio se negó a coger la baja e hizo esfuerzos para continuar con las tareas de la escuela hasta que Joseph se puso serio.

—¡Vas a descansar! ¡No comes nada! ¡Te vas a desmayar!

Léon se lo agradeció fervientemente.

—A mí no me escucha...

Se había hecho muy largo. Joanne siempre estaba cansada, y cuando se encontraba un poco mejor y comía algo volvían las náuseas. Se pasaba los días contando las horas. Leer la mareaba. Cocinar le daba náuseas. Afortunadamente tenía la música. Joseph le ponía Miles Davis, Beethoven, un poco de Mozart.

—Ayuda al desarrollo neurológico del bebé —decía.

Una noche los encontró en la cocina conspirando. Joseph acababa de volver del pueblo y le enseñaba a Léon un libro enorme que había comprado.

—Puede que la ayude a entretenerse.

Y Léon asentía convencido mientras hojeaba el libro.

Le hablaron del libro esa misma noche. Se titulaba *Ritos y tradiciones chamánicas en torno al embarazo de todo el mundo*. Joseph y Léon se sentaron en el mismo sofá, con el libro abierto entre los dos.

—Leeremos para ti —anunció Joseph.

Leyeron por turnos, comentando algunos pasajes y animándola a dar su opinión.

Encontramos creencias comunes en la mayoría de etnias de todo el mundo: la mujer y su feto son vulnerables ya que los malos espíritus pueden atacarlos. Para protegerlos hay que celebrar ritos de protección y de prohibición. En África las mujeres embarazadas se dan baños de caolín.

Léon frunció el ceño.

—No tengo ni idea de lo que es...

En casi todo el mundo les dan objetos para protegerlas. En África y en Vietnam, los curanderos les dan talismanes contra el aborto.

En Senegal un amuleto con un versículo del Corán. ¡Oh!, y en Guayana, los ndjukas les dan cordeles que se ponen alrededor de la barriga. Se los tiene que regalar un chamán.

Joseph y Léon se dejaban llevar más que ella.

Para el pueblo de Guatemala el metal es una protección excelente, y también para los ewés, en Togo. Protege de los maleficios de los hechiceros y sirve como pararrayos contra los malos espíritus.

Léon se golpeó la rodilla con la palma de la mano.

—¡Eso es, Jo! ¡Tenemos que comprarte una joya pararrayos!

Al ver que ella sonreía un poco, continuaron con la lectura toda la tarde. Al día siguiente, Léon le trajo un talismán musulmán auténtico que había encontrado en un anticuario de Saint-Suliac.

Otra tarde se dedicaron a adivinar el sexo del bebé según antiguas creencias. Léon y Joanne estaban a oscuras en su dormitorio, habían encendido algunas velas y Léon estaba inclinado sobre el libro que había comprado Joseph.

—¿Últimamente has soñado con un oso o con un dragón? —le preguntó Léon.

Joanne negó con la cabeza, apoyada en un cojín enorme.

—No.

—Bueno —dijo Léon decepcionado—, ¿y con una vaca?

Joanne lo pensó un momento y volvió a negar.

—Tampoco.

—¿Con una flor? ¿El sol?

—No.

—¿Una joya?

—¿Qué se supone que significa eso? —preguntó ella enderezándose un poco.

—En Corea creen que si la futura mamá sueña con un oso, un dragón o un vaca espera un niño. Si sueña con una flor o un sol, será una niña.

—Puede que todavía no se haya decidido —replicó Joanne con toda la seriedad del mundo.

—¿Hacemos un descanso? —propone Albain dejando el taladro y los tacos en el suelo.
—Vale.
Joanne lo sigue por el pequeño anexo hasta la cocina. No quiere pensar en la autocaravana, que no ha regresado. Albain coge una cacerola y echa una lata de verduras en conserva. Le pasa el pan y la mantequilla.
—Toma, ya puedes empezar, en nada estará listo.
Joanne no tiene hambre. Sigue mareada. Hace un esfuerzo para volver a perderse en lo más profundo de sus recuerdos, en el calor del hogar en el que creció, en Saint-Suliac.

Llega la primavera. El huerto de Joseph empieza a florecer. Hace sol, el mes de marzo comienza tranquilo. Joanne ya vuelve a trabajar, las náuseas han desaparecido, y el cansancio también. Tiene la barriga redonda, una barriguita redonda. Léon y ella ya han ido a la primera cita en el hospital, y han visto al bebé en la pantalla. Es un niño. Joanne está de cuatro meses y medio. El médico ha dicho que todo va bien, que en el trabajo no tiene que forzar pero que puede retomar la jornada completa. Está contenta, estas últimas semanas se le han hecho muy largas, aunque haya tenido tiempo para sumergirse en el libro de Joseph y Léon sobre las tradiciones de todo el mundo en torno al embarazo. De hecho, entre estos ritos, a cual más extravagante, encontró una o dos ideas que le llamaron la atención. Como una práctica africana que consiste en atarse un pareo alrededor de la barriga, día y noche, para que el tejido se impregne completamente del olor de la madre. Cuando nace el bebé, los primeros días lo envuelven en ese pareo para que huela el olor de la madre. En cuanto se siente mejor va a comprar una hermosa tela de un naranja intenso. Va andando y aprovecha para perderse entre las callejuelas. Al enterarse, Léon se preocupa mucho, demasiado, y ella le asegura que todo va bien, que el médico todavía la deja caminar.

Hace buen tiempo, la brisa marina se cuela en las callejuelas de Saint-Suliac. Joanne piensa que le encantaría hacer un pícnic en la playa. En agosto, cuando el bebé ya esté con ellos, podrán ir los cuatro. El mercado no está muy concurrido esta tarde a pesar del buen tiempo. Mientras Joseph va a buscar zanahorias, Joanne se acerca a un puesto de flores. Las rosas son extraordinarias, de un color rosa hermosísimo, de un amarillo intenso y algunas de un blanco puro. Las mira maravillada cuando la vendedora le tiende un ramo de tres rosas desde detrás del puesto.

—¿Son para mí? —pregunta ella con timidez.

La vendedora asiente. Es una mujer con cara simpática, unos bonitos ojos verdes, y el cabello gris recogido en un moño.

—Sí, para usted y para su bebé.

La mujer señala la barriga sonriendo.

—Oh, muchas gracias.

—¿Para cuándo lo espera? —le pregunta la mujer.

—Para agosto.

De pronto las interrumpe un frasco de cristal que cae al suelo y se rompe a pocos centímetros de los pies de Joanne. Las dos se sobresaltan. Joanne levanta la vista hacia la torpe que ha dejado caer el tarro y se encuentra cara a cara con madame André, una madame André petrificada, con la cara desfigurada por una mueca de horror indescriptible. Joanne siente cómo se le encoge el estómago y se le cierra la garganta. Apenas consigue oír a la vendedora, que se dirige a madame André.

—¡Bueno, señora mía, no ponga esa cara! Estas cosas pasan, espere que la ayudo a recoger.

Madame André sigue inmóvil. Está pálida, y su mirada va de la cara de Joanne a su barriga, como si no pudiera creer lo que ve. Joanne comprende la terrible realidad: madame André no sabe nada. Léon no se lo ha contado, aunque él diga que sí desde hace un par de meses. Léon no le ha confesado a su madre que espera un hijo de la pequeña bastarda. Joanne no sabe qué es peor: la situación, la cara de asco de madame André o la traición.

—No puede ser verdad —murmura madame André llevándose la mano a la frente.

Parece que va a desmayarse, la vendedora sale de su puesto y la sujeta.

—¿Está bien, señora? ¿Está mareada?

Madame André farfulla muy deprisa entre dientes, sin dejar de mirar a los ojos de Joanne.

—No puede ser. No ha podido hacernos esto. Pasar el rato, vale, pero dejarla embarazada... Se ha vuelto loco. No es posible.

Joanne es incapaz de moverse. Tiene la sensación de que se va a desintegrar allí mismo. Querría desaparecer, salvarse, pero no puede moverse. El desprecio de madame André la paraliza. La vendedora la mira.

—¿La conoce? —pregunta señalando a madame André.

Joanne tiene un nudo enorme en la garganta. Sacude la cabeza. Traga.

—No.

Intenta moverse. Se agacha despacio y desliza el ramo de rosas en la cesta, busca a su padre entre la gente. «Léon no ha dicho nada».

—Gracias por el ramo. Adiós —murmura a la vendedora.

Y la frase vuelve a su cabeza: «Léon no ha dicho nada. Le da vergüenza». Joanne se da cuenta ahora de su vergüenza cada vez que ha hablado del tema con él.

—¿Se lo has contado?

—Sí.

—¿Cómo han reaccionado?

—Bien... Normal.

—¿Eso significa que están contentos?

—Sí... Sí, están contentos.

No se explayaba demasiado. Enseguida cambiaba de tema. Joanne pensaba que quería evitar repetirle las cosas terribles que sus padres le habían dicho sobre ella. Porque seguro que le habían dicho cosas terribles. Léon seguía yendo a cenar solo, todos los lunes por la noche. Pero estaba equivocada. La realidad era muchísimo peor. Léon no les había contado nada. Su barriga iba creciendo, habían hecho la primera ecografía, y no les había contado nada. Seguía ocultando su bebé a sus padres.

—Jo, ¿estás bien?

Joseph la mira con curiosidad cuando se encuentran. Joanne tiene ganas de llorar. Tiene calor y frío al mismo tiempo. Tiene ganas de vomitar. Pocas veces se ha sentido tan triste.

—Jo, ¿qué te pasa?

Se pone las manos en la barriga, como para proteger al bebé de este horror, de esta crueldad, de todo este desprecio. No quiere que le afecte. Apenas consigue retener las lágrimas. Joseph no entiende nada. Mira a su alrededor. Examina el callejón del que ha salido. Ve a la vendedora y a otro comerciante sujetando a madame André. Parece que se va a desmayar. La obligan a beber un vaso de agua. Joseph se yergue furioso.

—¿Qué te ha hecho?

Se arremanga y repite indignado:

—¡Jo, no vamos a dejar que te trate así! ¡Nadie te trata así!

Se dispone a ir hacia allí, empieza a caminar, pero Jo lo para agarrándolo por la camisa.

—No ha sido ella —dice con un hilo de voz.

Joseph se para de golpe y se gira. No entiende nada.

—¿Qué ha pasado?

—No sabía nada.

Suben las callejuelas de Saint-Suliac a paso ligero, sin decir una palabra. Joseph está muy serio y dispuesto a todo. Joanne sigue consternada, todavía tiene las manos sobre su vientre, y camina deprisa, muy deprisa. Joseph dejará que haga lo que quiera, lo sabe. La apoyará hasta el final y después, cuando esté sola en su cuarto, bañada en lágrimas, vendrá a consolarla.

Léon está en el salón corrigiendo exámenes. Sonríe al oírlos entrar.

—¿Todo bien?

Joseph se marcha enseguida a la cocina. Solo queda Joanne, débil y pálida, sujetándose en la mesa.

—¿Va todo bien? —repite.

Ella se pone a llorar. En el mercado ha conseguido aguantar, pero ahora, delante de Léon, es imposible. Querría no tener que odiar esta cara que ama profundamente. Pero Léon no ha contado nada. Ha preferido ocultar su embarazo.

—Jo, ¿qué te pasa?

Se levanta y se acerca para abrazarla, pero ella lo aparta. Se echa hacia atrás. Aunque es extraño, cuando habla su voz suena perfectamente serena.

—Me he encontrado a tu madre en el mercado.

Ve en su cara que sabe perfectamente lo que ha sucedido. De hecho recuerda de pronto la preocupación excesiva al decirle que había ido al pueblo a comprar el pareo. No era su salud lo que le preocupaba, ni tampoco la del bebé. Era a su madre a quien intentaba proteger ocultándole el embarazo, el bebé de la vergüenza.

—¿Qué pretendías hacer? —continúa Joanne al ver que Léon es incapaz de hablar.

—Yo...

Se sonroja, baja la cabeza, como un niño. Joanne ignora sus lágrimas y continúa con una voz clara:

—¿Pretendías seguir ocultándolo cuando naciera?

Léon niega con la cabeza.

—Se lo iba a contar... —balbucea.

Pero ella lo interrumpe.

—Yo no quiero esto.

—¿Qué?

Sus ojos de niño, abiertos de par en par, le dan lástima, pero no lo suficiente como para dejar de hablar.

—No quiero esto para mi hijo. No quiero un padre que se avergüenza tanto de él que prefiere ocultarlo.

—No haría eso... Lo sabes...

—No quiero un padre incapaz de defenderlo del desprecio de los demás.

—Jo...

—Siempre has sido cobarde, y débil, pero no me importaba. Solo estaba yo. Era lo suficientemente fuerte para afrontarlo.

—Jo...

—Aquí no hay sitio para la vergüenza. Papá y yo te recibimos con los brazos abiertos. Quiero que te vayas.

El asombro y el pavor se dibujan en la cara de Léon.

—¿Qué?

Se agarra a la mesa. Intenta hablar, decir algo, pero la angustia no se lo permite.

—Quiero que te vayas de casa —repite Joanne con calma.

—¡No..., Jo! ¡No! ¡No me puedes hacer esto!

Léon llora y ella también, pero se mantiene firme. Está tranquila a pesar del llanto.

—Yo lo cuidaré, no te preocupes. Tengo amor suficiente. Puedo quererlo por los dos, saldremos adelante.

Él quiere sujetarla, aferrarse a ella, pero Joanne se marcha.

Se va a la cocina, donde Joseph se ha refugiado. Joanne sabe que él sabrá qué decir o no dirá nada si no es necesario, pero estará a su lado.

Desde la cocina oyen el llanto de Léon. Joseph no ha dicho nada, se conforma con estar a su lado. Su cara no muestra nada, inexpresiva, como una roca imperturbable.

—¡Joseph!

Es la voz desesperada de Léon, que ha conseguido arrastrarse desde el salón hasta la puerta de la cocina. Está en el umbral, con la cara arrasada por las lágrimas. Ya no le habla a Joanne, ahora le habla a su padre. Busca ayuda en el fondo de sus ojos.

—Joseph..., dile que se equivoca... Dile que está cometiendo un error... No puede pedirme que me vaya...

Pero la expresión de Joseph es dura. Joanne nunca lo había visto tan frío, tan furioso.

—Joanne no recibe órdenes. Ella sabe lo que le conviene mejor que nadie..., a ella y a su hijo. Lo siento, Léon.

Parece que le han dado un tortazo.

Sigue llorando más de una hora...

Hasta que se marcha de casa, todavía incrédulo, todavía consternado, con una bolsa enorme sobre el hombro.

Por la noche Joanne saca sus libros de cuando era pequeña de la parte de debajo de la estantería. Se instala en la veranda y empieza a leer en voz baja, a la luz de una lámpara de queroseno. Lee y lee, para ella y para el pequeño Tom.

Había una vez un hombre..., o tal vez fuera una mujer, o un niño, que atravesaba el desierto. Sí, el desierto, a pie. Y lloraba y lloraba sin parar, constantemente, a veces en silencio y otras muy fuerte, pero no dejaba de llorar. Lloraba al ritmo de sus pasos sobre la arena.

Un día, en la inmensidad del desierto, se encontró con un pájaro que le preguntó:

—¿Qué haces aquí solo?

—Camino y lloro...

Y le cayó una lágrima enorme que recogió enseguida.

—¿Por qué estás tan triste?

—No estoy triste.

—¿Y entonces por qué lloras?

—Mira. Mis lágrimas se convierten en perlas —dijo mostrando la lágrima suave y brillante—. Tengo miles en los bolsillos. ¿Las quieres ver?

—¡Sí! ¡Sí!

—El hombre metió la mano en el bolsillo abultado y sacó un puñado resplandeciente.

—¡Qué bonitas!

—Elige una si quieres.

—¿Por eso nunca dejas de llorar? ¿Para tener más y más perlas?

—¡Exacto! ¡Venga, elige una!

—Me gusta... ¡esta! No es la más grande pero es la que brilla más.

—Has elegido bien. ¡Adiós!

—¡Adiós!

El pájaro sujetó con el pico la perla, que ahora se había convertido en un tesoro, y se alejó, ligero, veloz, mientras que aquel que llora reanudó su marcha lenta y empezó a llorar de nuevo. Ya lejos, el pájaro se posó para contemplar la preciosa lágrima. Pensó que le gustaría tener más, no demasiadas, solo algunas para regalar a otros viajeros alados. Así que deshizo el camino hacia aquel al que dejó, el hombre que llora, y lo vio de lejos cansado, debilitado por el peso de sus dos bolsillos enormes llenos de perlas. Pronto no fue capaz de poner un pie delante del otro, cayó de rodillas, y aun así se siguió arrastrando, siguió llorando y recogiendo sus «lágrimas perla», que se metía en los bolsillos.

—¡Deja de llorar, son las lágrimas las que no te dejan seguir!

—No puedo parar, no puedo.

Y recogió dos lágrimas más que acababan de caer.

—Estoy agotado pero no puedo parar... Es la costumbre, no...

De pronto, con un picotazo seco y afilado, el pájaro hizo un tajo en el bolsillo del hombre que llora. Y después, en el otro bolsillo, crac, otro tajo. Le ayudó a levantarse y a ponerse a andar. Lo animó con su canto y con sus alas. Y una perla tras otra empezaron a caer todas de los bolsillos agujereados. Dos hileras de piedras dibujaban un camino sobre la arena caliente. A medida que avanzaba, el hombre se sentía más ligero. A medida que los bolsillos se vaciaban dibujando una senda luminosa, la fuente de sus lágrimas se calmó y se secó. Y, cuando los bolsillos se vaciaron, sus ojos se secaron al fin, su corazón volvió a estar alegre y sus pies, tan ligeros, tan ligeros que alzó el vuelo con el pájaro. Algunas veces, en la inmensidad del desierto, se puede ver un camino de perlas que no lleva a ninguna parte, y, si alzamos la vista, se puede ver a un hombre que planea junto a un pájaro…, o tal vez sea una mujer, o un niño, ¿quién sabe?

Tarda unos segundos en entender de dónde viene el jaleo que hay a su alrededor. Voces de hombres. Necesita un momento para reubicarse en Aas, en la finca de Hippolyte, y en concreto en la cocina del anexo. Vuelve en sí en el momento en el que Émile se planta delante de ella con su abrigo negro y el pelo castaño salpicado de nieve. Se queda petrificada, perpleja. No sabe si Émile se fue o si lo ha soñado.

—Vaya cara pones —le dice él sonriendo.

Joanne no consigue articular palabra. Él se deja caer a su lado en la mesa.

—¿No has visto mi nota?

—¿Qué?

—Mi nota, sobre la mesita de noche.

Ella niega con la cabeza. No se le ocurrió mirar en la mesita de noche.

—Te decía que volvería al mediodía. Que había salido a enviar una carta.

Joanne debe parecer desconcertada porque Émile sonríe y le pone la mano sobre la rodilla, discretamente, por debajo de la mesa, como para decirle: «Todo va bien, he vuelto».

Solo entonces se da cuenta de que Albain se ha sentado a la mesa, justo delante de ella, y de que le ha servido la comida. También se da cuenta de que respira mejor y de que de pronto tiene hambre. Antes de coger el tenedor lo mira de nuevo para asegurarse de que realmente está ahí, que ha vuelto y que no está soñando. Después se abalanza literalmente sobre el puré de verduras. ¡Cielos, está muerta de hambre!

—¿A dónde has ido?

—A Pau.

Hablan con la boca llena, sin importarles Albain, que de todos modos está inmerso en la lectura del periódico.

—¿Era..? —titubea Joanne—. ¿La carta era para tus padres?

Émile asiente mientras sigue comiendo.

—Sí... Algunas instrucciones.

Joanne supone que debe de tratarse de la decisión que tomó el otro día, la de que lo incineraran. Así que no insiste más. Pero minutos más tarde, cuando Albain se levanta de la mesa, pregunta:

—¿Recuerdas lo que pasó ayer por la noche?

—¿Eh?

Émile sigue comiendo con la mirada fija en el plato.

—En la obra.

Coge un vaso de agua y traga antes de beber.

—Ah, Hippolyte y Albain me han dicho que al parecer me caí, y que no quisiste llevarme al médico.

Lo observa atentamente para ver si está bromeando pero parece muy serio.

—¿No te acuerdas? —insiste.

—No.

—¿No?

Émile se gira hacia ella y niega con la cabeza.

—No. Cada vez va a peor. El proceso se está acelerando...

—¿Cómo?

—Tengo lagunas. Muchas veces no sé qué he hecho la noche anterior o..., o qué día es.

Los dos le quitan importancia, se lo toman a la ligera como si fuera algo normal. Siguen comiendo.

—Me confundiste con otra persona. Creo que era Laura —dice Joanne unos minutos después.

Ve que frunce el ceño, aunque se esfuerza en no levantar la vista del plato.

—¿Te..., te molesté... o te hice daño?

Ella se encoge de hombros.

—Estabas muy enfadado conmigo.

Le sorprende que se ponga a reír, con una risa nerviosa por encima del plato.

—¡No me extraña!

Joanne lo mira sin entender.

—¿Eh?

—¡Sí, era una pesadilla! ¡Tenía un don..., un don excepcional para sacarme de quicio! Creo que no te habría caído bien... —responde riendo.

Joanne también sonríe tímidamente.

—Ah, ¿no?

—Era insolente y provocadora. A mis padres nunca les gustó... Ni a mi hermana tampoco.

Émile se sorprende de poder recordar a Laura con tanta ligereza, de ser capaz de reírse y de ver a Joanne sonriendo también. Todavía se sorprende más cuando Joanne apoya el tenedor y dice:

—Léon era un hijo de papá terriblemente cobarde. Tampoco te habría caído bien.

Émile se queda sin palabras, con la sonrisa congelada. Joanne jamás ha hablado de Léon, ni de sí misma. Y cuando no le ha quedado más remedio su voz sonaba seria y triste. Pero hoy no. Émile intenta recomponerse para evitar un momento incómodo.

—¿Ves...? No estamos tan mal tú y yo.

Ella asiente con los ojos resplandecientes.

24

Unos días más tarde, Albain se marcha de la finca; la Navidad está cerca. La despedida es breve. Esta vez no hay noche de borrachera. Hippolyte prepara las maletas. Se marcha dos semanas a Pau, a casa de su hermana, para celebrar el fin de año. La finca y la obra se cierran. No llegarán nuevos voluntarios hasta enero. Sin embargo ha dado permiso a Émile y a Joanne para quedarse allí. Les ha aconsejado que se tomen unos días de vacaciones mientras él está fuera. Parece aliviado de que alguien se quede a cuidar a Mystic, su hermana no lo quiere en su piso. Les ha dado instrucciones para que le den de comer y también para alimentar el fuego de la chimenea. Les ha pasado los horarios de la Tut Tut, el vendedor ambulante. Les ha dado las llaves de la finca antes de marcharse de mala gana. Claramente a Hippolyte no le gusta alejarse de sus montañas mucho tiempo.

Esta mañana están completamente solos en la finca. Pok y Mystic son como sombras que van y vienen dejando sus huellas en la nieve de las extensiones heladas. Joanne y Émile están un poco desorientados en este espacio silencioso, con tres habitaciones vacías. Trabajar en la obra no es una opción. Hippolyte les ha hecho jurar que no entrarían mientras él estuviera en Pau, y, además, el viento glacial que sopla fuera los habría disuadido. Es mediodía y están sentados en la cocina vacía frente a una comida austera. Contemplan los copos de nieve revoloteando en el exterior, arrastrados por el viento.

—¿Qué podríamos hacer? —pregunta Émile mientras juguetea con los guisantes con la punta del tenedor.

Joanne se encoge de hombros.

—Con este tiempo no podemos salir fuera.

Hippolyte no tiene libros. Émile lo ha vuelto a comprobar esta mañana, ni periódicos antiguos para hojear. Por supuesto no tiene televisión. Estos últimos días, mientras dura la pequeña tregua en la que su memoria sigue intacta, ya ha manchado todas las páginas de la libreta escribiendo a su padre, a su madre, a Marjo, a Renaud. Joanne deja el tenedor y se aclara la voz.

—¿Se te ha ocurrido algo? —pregunta Émile esperanzado.

—Podríamos hacer lo mismo que hace todo el mundo... —dice encogiéndose de hombros.

—¿Qué es?

—Celebrar la Navidad.

Émile se reclina sorprendido contra el respaldo de la silla.

—¿En serio? ¿Como la gente normal que tiene una familia y no se está preparando para morir?

Lo dice con una mezcla de cinismo y de insolencia, como si en el fondo quisiera hacerla sonreír.

—Sí —responde Joanne con seriedad—. Celebrabas la Navidad con tu familia, ¿no?

—Claro, la preparábamos con semanas de antelación: el abeto, el belén, la recopilación de canciones tradicionales...

Joanne esboza una sonrisa, como si esto también le trajera recuerdos familiares.

—¿Tú también celebrabas la Navidad? —le pregunta Émile.

—Sí, mi padre y yo lo hacíamos todo artesanalmente: los regalos, los adornos, las guirnaldas para el abeto, las velas perfumadas. También preparábamos infusiones de piel de naranja, cacao amargo y canela.

Émile no puede evitar sonreír. Es como si el olor de la canela le hiciera cosquillas en la nariz. Como si pudiera escuchar las campanas y los carillones, con música de piano de fondo, saliendo de los altavoces del salón. Le parece oír los ruidos de la cocina. Las voces de Marjo y de su madre. Puede oler el aroma de la mantequilla con perejil de los caracoles que se extiende por la planta de abajo. Las últimas Navidades, los gemelos llegaron con gorros de Papá Noel, y Bastien se puso una pajarita roja. Nadie hizo ningún comentario sobre la cara de cansancio y la mirada perdida de Émile. Ya hacía cinco meses que Laura se había ido y todos pensaban que debería estar mejor. Ahora se da cuenta de que echó a perder sus últimas Navidades. Sus últimas Navidades de verdad. Todavía le quedan estas con Joanne en este espacio vacío. Joanne, que supuestamente es su mujer... Después de todo se supone que son una familia. Émile se incorpora ilusionado.

—Tienes razón. Podríamos celebrar la Navidad.

Es su primera, y probablemente última, Navidad juntos. No deberían desperdiciarla.

—Podríamos dar una vuelta por el pueblo después de comer y ver si venden abetos.

Joanne asiente con la boca llena.

Van caminando hasta el pueblo bajo la tormenta de nieve. Un anciano con el que se cruzan por el camino les dice que allí no encontrarán abetos, que es mejor que vayan a cortarlo al bosque. A Joanne le brillan los ojos al escucharlo.

—¿Con qué quieres que talemos el abeto? —replica Émile cuando el anciano se aleja.

—Seguro que Hippolyte tiene herramientas en la cabaña. Estoy segura de que hay sierras de arco en la obra que nos pueden servir.

A pesar del frío y del viento glacial, siguen caminando para ver si, en el pueblo, encuentran algún quiosco para comprar rotuladores, cinta y un poco de hilo para hacer las guirnaldas. Pero vuelven con las manos vacías. El pueblo, que está cubierto de nieve, es una auténtica aldea perdida en medio de la montaña. Se dan cuenta de que la única manera que tienen de conseguir estas cosas y establecer contacto con el mundo exterior es llamando a la Tut Tut. Otra posibilidad sería coger la autocaravana, pero la nieve sigue cayendo y no sería prudente. En el camino de vuelta Joanne se para varias veces para recoger piñas y ramas de abeto. Dice que tiene un montón de ideas de lo que podría hacer con eso. Émile la espera soplándose las manos.

Él se encarga de encender el fuego en la cocina mientras ella llama a la Tut Tut. Por lo que alcanza a oír, Joanne está intentando que les entreguen el pedido en la ronda del día siguiente; si no, tendrían que esperar cuatro días más. Joanne propone pagar un pequeño suplemento y eso parece convencer al hombre, ya que cuando cuelga y se levanta para preparar el té parece satisfecha. Mientras el agua se calienta empieza a clasificar las ramas de abeto.

—¿Vendrá mañana?

—Sí.

Continúa ordenando las ramas, y arrancando algunas hojas de aquí y de allá.

—¿Qué vas a hacer con eso? —pregunta Émile mientras lleva las tazas y la cacerola con el agua caliente a la mesa.

—Me gustaría atarlas en círculo con la cinta dorada.

—¿Para hacer una corona de Navidad?

—Sí. Y con lo que quede podríamos hacer estrellas. Solo tendríamos que entrecruzar ramas pequeñas y atarlas con la cinta.

Beben el té en silencio, contemplando cómo cae la nieve. Ya empieza a atardecer.

—¿Quieres que después vayamos a ver si encontramos un abeto?

Joanne asiente.

Esa noche sacan el Monopoly que les regaló Myrtille de la autocaravana y juegan hasta tarde. Al terminar, Émile se acerca a la ventana empañada por la nieve y observa el parpadeo de las llamas de las velas que están sobre el alféizar. Joanne tenía razón con su maldita meditación. Cuantas más lagunas tiene, más necesidad siente de mirar fijamente una llama, una nube, lo que sea, de vaciarse y concentrarse en el silencio. Se queda en la cocina un buen rato, sin moverse, mirando las velas que se van apagando. Después va hacia la habitación con Joanne y Pok y duerme profundamente.

—¿Qué hacemos aquí?

Joanne se gira bruscamente. Está desayunando en la cocina, mirando por la ventana si llega la Tut Tut. Émile está en el umbral y al ver su expresión sabe que se trata de otra crisis. Espera un segundo, y otro. Espera que sea suficiente para que vuelva en sí, a Aas, a lo que están haciendo... Pero no es así.

—¿Qué hacemos aquí? —vuelve a preguntar.

Se da cuenta de que los matices de su voz han cambiado desde sus primeras pérdidas de memoria. Sus primeros episodios de amnesia eran sinónimo de miedo. Le provocaban una ansiedad terrible. Se acuerda del día en el que estaba tumbado sobre la hierba, y al despertar casi no podía respirar. Las primeras veces era como si en parte entendiera que había perdido la memoria. Tenía miedo y se esforzaba por entender, por reponerse. Pero la otra noche, en la obra, fue distinto. Ya no había miedo, no había ansiedad. En vez de eso la confusión de lugares, de personas, del presente y el pasado. Como si ahora ya estuviera demasiado afectado como para ser consciente de que estaba perdiendo la memoria.

—¿Dónde está mamá? —pregunta Émile todavía en el umbral de la puerta.

Joanne traga y deja la taza de café sobre la mesa. Antes de responder querría saber con quién la confunde. No parece que sea Laura, está demasiado tranquilo.

—No... No lo sé.

Piensa que esa respuesta no la compromete y no empeorará la situación. Mira aliviada cómo Émile entra en la cocina y coge una silla para sentarse.

—Habrá salido a comprar algo —dice él—. Imagino que papá sigue durmiendo.

Joanne está paralizada, no sabe qué responder. No se atreve a moverse. Émile coge la cafetera y se sirve una taza totalmente sereno. No tiene ni idea de que está en una realidad paralela, una realidad formada de recuerdos y conjeturas. Joanne no sabría decir qué le asusta más, si la ansiedad de las primeras veces o este olvido absoluto.

—¿Llegamos ayer? —pregunta mientras se acerca la taza a los labios.

Joanne no se mueve, hace lo que puede para aparentar indiferencia.

—¿Marjo?

Al escuchar el nombre se sobresalta. Así que hoy es Marjorie. Hace un esfuerzo para responder tartamudeando:

—Sí... Llegamos... Sí.

Émile coge las ramas de abeto que Joanne dejó sobre la mesa la noche anterior y frunce el ceño.

—¿Qué es este horror?

No ve palidecer a Joanne.

—Te apuesto algo a que mamá quiere hacer adornos con manualidades.

Se gira de golpe hacia ella.

—¿Ha sido ella la que ha querido alquilar esta casa para las fiestas?

Joanne piensa: «Ojalá se le pase. Ojalá vuelva en sí pronto», y se mueve en la silla, cada vez más incómoda.

—Adivina... —dice con aparente despreocupación.

Apenas reconoce la sonrisa de Émile, es como si perteneciera a un Émile de otra época al que nunca habría conocido. Esa debía de ser la sonrisa de complicidad que tenía entonces con su hermana. Se toma el café de un trago y se levanta.

—¿A dónde vas? —le pregunta Joanne preocupada.

—¡Pues a estudiar! —responde Émile como si fuera algo evidente.

—Ah...

—¡Al volver tengo el simulacro de examen de selectividad! Ya sé que estamos de vacaciones, ¡pero lo llevo fatal!

Joanne cierra los ojos despacio, deseando que esto solo sea una pesadilla. Cuando vuelve a abrirlos Émile ya no está en la cocina y ella siente un gran alivio.

—¿Émile? ¿Émile? ¿Dónde estás?

Camina despacio, dando pasitos por el pasillo. Ha conseguido beberse el café, después ha esperado sentada en la cocina atenta a cualquier ruido. Joanne creía que volvería a preguntarle dónde había metido su madre los apuntes, pero no lo ha hecho. No ha oído nada. Entonces se decide a levantarse y a ir a buscarlo temerosa. Tiene miedo de encontrarlo delirando, de verse obligada a interpretar un papel que no conoce.

—¡Émile! —lo llama de nuevo.

—Estoy aquí —responde.

La puerta del baño se abre de golpe y Émile aparece con un albornoz y una toalla en la mano.

—¿Ya te has levantado? —pregunta.

Un segundo es suficiente para recomponerse, cambiar de cara y hacer como si nada. Joanne asiente.

—Sí, ya me he levantado.

—¿Has hecho café?

Está claro que vuelve a ser él. No se ha dado cuenta de que ha hecho una pequeña escapada a su pasado, a sus dieciocho años. Joanne se siente tan aliviada al ver que ha regresado a su realidad que prefiere no decir nada, hacer como si no hubiera pasado nada raro.

—Sí, la cafetera está encima de la mesa.

Fuera se oye el ruido de un motor y Émile frunce el ceño.

—¿Qué es eso?

Joanne da un respingo y corre hasta el final del pasillo para ponerse el abrigo. ¡Casi se había olvidado!

—Debe de ser el repartidor.

—¡Genial! Me visto y salgo.

Se siente tan aliviada que sale en calcetines y no se da cuenta hasta que camina varios metros sobre la nieve.

Ahí está todo, dispuesto sobre la mesa justo delante de ellos. Seis cajas llenas de provisiones, de bebidas, de cositas para ponerse manos a la obra con la decoración. En pocos segundos el entusiasmo llena la sala de nuevo. Colocan las provisiones en su lugar, desempaquetan las pinturas, las cintas, los botes de espray de purpurina. Joanne limpia la mesa y hace sitio para el taller de manualidades de guirnaldas. Émile la observa muy atento mientras coge bombones del paquete. La confusión matutina y ese malestar extraño quedan olvidados. Al menos por ahora.

—¿Crees que esta tarde habremos terminado con los adornos para el abeto? —pregunta Émile con la boca llena.

Joanne está concentrada en pasar el hilo transparente alrededor de las ramas de abeto para juntarlas en forma de círculo. Después corta cinta dorada y hace unos lacitos que engancha a ambos lados de la corona. Queda bastante bonito.

—Hum... —murmura pensativa—. No sé... ¿Por qué?

—Estaba pensando... Hace tiempo que no hemos hecho una sesión de meditación.

Joanne levanta la cabeza sorprendida.

—¿En serio? Creía que te aburría.

Émile niega con la cabeza, y traga el trozo de chocolate que tiene en la boca antes de responder.

—Creo que me ayuda... Cuando no sé muy bien qué hago en un sitio... o por qué estoy vestido cuando estoy convencido de que acabo de levantarme... Hago lo que me dijiste. Me concentro en el momento presente e intento despejar la mente.

Joanne sonríe con cierta ternura.

—Qué bien...

Observa los lazos dorados, no quiere darle vueltas a lo que ha pasado por la mañana. Émile no lo recuerda. Quiere pensar que se trata de un episodio aislado y no del principio de la degeneración.

—Entonces ¿te parece bien?

Joanne levanta la cabeza con una sensación desagradable de opresión en el pecho.

—¿Cómo?

—Lo de meditar.

—Ah, ¡sí, claro!

Ve cómo se levanta y mira por la ventana.

—Voy a dar de comer a Mystic. Ahora vuelvo.

Ella asiente. Lo observa caminar por la nieve a través de la ventana empañada. Mystic se le acerca corriendo. Émile se agacha, hace una bola de nieve y la tira lejos. El perro ladra y la busca por todas partes. Émile le habla, y Joanne cree entender algunas palabras al vuelo: «¡Busca!», «¿Dónde está?». Joanne vuelve a ponerse con los lacitos dorados sin conseguir que ese peso enorme del pecho desaparezca.

Saint-Suliac. Hace un esfuerzo por regresar a Saint-Suliac...

—¡Papá!

La voz de Joanne resuena por toda la casa de piedra y Joseph corre angustiado hacia su habitación.

—¿Qué pasa?

La encuentra sentada en la cama con un libro sobre las rodillas, las manos pegadas a la barriga cada día más abultada.

—¿Qué pasa? —pregunta Joseph preocupado—. ¿Hay algún problema con el bebé?

Joanne tiene los ojos muy abiertos, está inmóvil, parece concentrada, como si buscara una explicación.

—¿Joanne? —la llama Joseph con suavidad.

Parece volver en sí, ya que esboza media sonrisa.

—Se está moviendo...

Joseph suspira con alivio y se sienta a su lado.

—¿Es la primera vez?

Ella asiente. Parece estar en éxtasis, con las manos apretadas contra el vientre. Su sonrisa no va dirigida a nadie en particular. Joseph le da unos segundos antes de preguntar con cariño:

—¿Quieres que llame a Léon?

—Sí, por favor.

Léon no tarda en aparecer por la puerta de la casa, con un aire agitado e impaciente.

—¿Dónde está? —le pregunta a un Joseph serio.

—En su habitación.

Él va casi corriendo. Se arrodilla al lado de la cama y le coge las manos a Joanne.

—Jo... —susurra.

Ella lo mira sin mostrar ninguna emoción.

—Jo, lo siento mucho, muchísimo.

Ella niega con la cabeza para indicarle que no siga.

—El bebé se ha movido —le dice con calma.

La mirada de Léon pasa de la barriga redonda de Joanne a su rostro. Parece dudar. ¿Qué es lo más importante? ¿El bebé? ¿Que Joanne lo perdone? Finalmente apoya la cara en la barriga de Joanne mientras sigue murmurando:

—Me alegro de que me hayas llamado. Te prometo que haré todo lo necesario para que me perdones. Jo...

Se calla de repente, con los ojos como platos.

—Jo, se... ¡Jo!

Se levanta y coloca las dos manos sobre la barriga de Joanne. Abre los ojos de par en par.

—¡Jo..., se...! —repite.

Ella sonríe. Es la primera vez que le sonríe desde que se pelearon.

—Ya lo sé.

—¡Se mueve!

—Ya lo sé.

No puede evitar sonreír al ver la alegría de Léon. No es capaz de quedarse quieto: coloca las manos en la barriga, pega la oreja, después la boca, y grita:

—¡Hola! ¡Eh, ahí dentro, hola! Soy...

Se incorpora e intercambian una sonrisa de emoción. Pronuncia el final de la frase:

—¡Soy papá! —exclama con incredulidad.

Joanne se ríe, unas lágrimas de cocodrilo enormes resbalan por sus mejillas. Léon abraza la barriga, ella le acaricia el pelo. El bebé da patadas. Joanne no quiere que se vaya nunca más.

—¿En qué estás pensando? Te estás riendo sola.

La voz de Émile la sobresalta. Vuelve a estar en la cocina de Aas con la ventana empañada por la nieve.

—Ya has vuelto.

Émile se sienta y deja una docena de naranjas delante de él.

—¿Qué haces? —le pregunta sorprendida.

—Voy a pelar las naranjas y luego dejaré las mondas en la repisa de la chimenea para que se sequen... y poder preparar una de tus infusiones.

Joanne sonríe sorprendida.

—¿En serio?

—Sí. Se hace así, ¿no?

Ella se levanta y la silla chirría sobre las baldosas de la vieja cocina.

—Sí. Te ayudo.

La cocina huele a naranja y a leña quemada. Las peladuras se amontonan sobre la mesa y Émile señala el bol en el que han puesto las naranjas peladas.

—Ahora habrá que comerse todo esto.

Se come un gajo. Joanne se levanta y coloca las mondas de naranja planas sobre la repisa de la chimenea.

—¿En qué estabas pensando hace un momento cuando sonreías? —le pregunta Émile.

Mira cómo aplasta cada piel de naranja con la palma de la mano. Joanne le da la espalda. No sabe si ha hecho bien en insistir, en volver a preguntar.

—Pensaba en Saint-Suliac —responde ella.

Solo le ve la espalda y no sabe si al responder está triste o contenta.

—¿Echas de menos tu pueblo?

—A veces.

Parece que no tiene ganas de profundizar demasiado. Joanne se gira, se frota las manos en el pantalón y dice:

—Tendremos que esperar a que se sequen. Después las desmenuzaremos y las pondremos dentro de un filtro de té con canela y anís estrellado. Diría que también los pedí, ¿no?

Émile se inclina sobre las cajas que están en la mesa. Ha entendido que quiere cambiar de tema. Levanta un paquete de azúcar y la botella de aceite y se queda parado.

—¿Cómo es el anís estrellado?

Joanne mira hacia el techo, como si no diera crédito.

—Déjame a mí. Te lo enseño.

Esto ha sido suficiente para que el malestar de la mañana se esfumara por completo y el espíritu navideño llenara la sala. Pok está al lado de la chimenea, hecho un ovillo sobre la silla de madera. La purpurina flota por todas partes. Joanne comprueba que sus piñas han cogido un bonito tono dorado, y cuelga otra en el árbol. Émile se pincha los dedos cuando intenta terminar la corona de Navidad. Ha recortado unas estrellitas rojas del envase de cartón de una caja de pasta y las ha colgado en las ramas como ha podido. Contempla su obra de arte mientras se chupa el dedo dolorido.

—¿Qué te parece?

Las estrellas rojas tienen letras de la caja de pastas. En una se puede leer la mitad de una palabra: «Itali...», en otra se puede descifrar la «g» de «500 g».

—Es muy bonito —dice Joanne con solemnidad.

Deciden tomarse un té y, mientras busca un colador pequeño en el cajón de la mesa de madera destartalada, Joanne encuentra un puzle de quinientas piezas. El puzle reproduce la foto de un bosque en otoño. Se entretienen haciéndolo hasta muy tarde. Se olvidan de comer otra cosa que no sean las naranjas, y Joanne acaba dormida con la cabeza sobre la mesa, entre las piezas diminutas.

—¿Sigue nevando? —rezonga Émile mientras se despereza con los ojos hinchados por el sueño.

Joanne ya se ha levantado y está sentada sobre el alféizar de la ventana de su habitación. Pok está tumbado en la cama al lado de Émile. Joanne pega la cara contra el cristal.

—Sí.

—¿Mucho?

—Sí, acabaremos sepultados...

—Menos mal que encargamos todo esto... No sé si la Tut Tut podrá circular con esta nevada.

Joanne asiente. Anoche la llevó hasta su cama. Era ligera como una pluma. No se inmutó, ni un suspiro.

—¿Qué haces? ¿Estás pintando?

Se acaba de dar cuenta de que Joanne tiene un lienzo apoyado sobre las rodillas. Se incorpora en la cama y estira la manta hasta el pecho. Aunque la chimenea está encendida, hace un frío de mil demonios.

—Sí. Me gustaría empezar otro cuadro.

—¿Y qué vas a pintar?

Joanne duda y mordisquea la punta del pincel. El lienzo todavía sigue en blanco.

—¿A ti?

Intercambian una sonrisa.

—¿A mí?

—Sí.

—Hum... —murmura Émile—. Por qué no... ¿Tengo que posar? ¿No estarás pensando en un desnudo?

Le divierte ver como pone los ojos en blanco.

—Un desnudo no me parece mal.

Joanne se levanta, coloca el lienzo sobre el alféizar de la ventana. Lleva unos calcetines de lana verde enormes y el chal negro de siempre.

—Ya veremos luego.

—¿A dónde vas?

—A hacer té.

Desaparece por el pasillo y Pok se levanta y sigue sus pasos.

—¿Y mi meditación? —grita él.

Pero todo lo que consigue oír a través de los tabiques es la decepción de Joanne.

—¡Oh, no! ¡Has terminado el puzle sin mí!

25

Fuera no deja de nevar, y Mystic tiene tanto frío que Émile y Joanne lo dejan entrar a pesar de las órdenes de Hippolyte.

—Es un perro pastor, soporta el frío —les dijo.

El pobre perro está feliz de poderse acurrucar delante de la chimenea. El viento silba entre los pinos y se cuela por la puerta cuando Émile sale a buscar troncos.

A medida que pasan los días, la cocina se llena de aromas de galletas, de infusiones de naranja y canela, y del resplandor de las velas que Joanne le enseñó a hacer a Émile. Estos días son como un paréntesis fuera del tiempo. Un paréntesis apacible en medio del invierno y de la nieve que no termina de sepultarlos. Por las mañanas deshacen el puzle de quinientas piezas y se entretienen reconstruyéndolo. Después prueban con distintas meditaciones: meditación delante del fuego de la chimenea, meditación delante de los copos de nieve, ejercicios de respiración... Émile se esfuerza mucho por aprender. Le gustan estos momentos. No solo por la calma que va ganando cada día, sino también porque Joanne hace todo lo posible por ser una buena profesora y a él le gusta verla tan seria y tan concentrada.

A mediodía comen frugalmente. Nada muy pesado. Un bombón por aquí, una naranja por allá. Por la tarde Joanne pinta, y Émile hace pruebas en la cocina. Un día hace galletas, otro pan de especias. Meriendan tomando té. Preparan sopas. Improvisan otros adornos navideños. Pronto no quedará sitio en la repisa de la chimenea ni en la de la ventana para colocar sus velas artesanales, las bolas de papel maché y sus abetos en miniatura hechos con ramitas de madera. Muchas veces el sueño los sorprende en medio de una de sus obras de arte o de una partida de Monopoly.

Las pérdidas de memoria de Émile son cada vez más frecuentes, sobre todo por la mañana. No duran mucho. Le pregunta a Joanne dónde están y cómo han llegado hasta allí. Joanne no sabe si la reconoce, normalmente la confunde con Marjorie. Ella también tiene el pelo castaño, aunque más oscuro, y los ojos marrones. Pero según las fotos que ha visto Joanne, no se parecen en nada más. Durante sus lagunas suele ser amable con ella. Le pregunta dónde está Bastien, si ha dejado a los gemelos con él. Joanne no sabe quién es Bastien, se imagina que es el marido de Marjorie. Ella siempre responde vagamente:

—Ahora volverá. No anda muy lejos.

A veces se sumerge en un pasado más remoto y vuelve a hablar del examen que tiene que estudiar, de Renaud, que tiene que venir a buscarlo parar ir a jugar al fútbol. Debe de querer mucho a Marjorie porque es cariñoso, no como con Laura.

Joanne se va acostumbrando poco a poco. No es tan duro como la primera vez. Se esfuerza en no contradecirlo, en no dar muchos detalles. No tarda demasiado en recuperarse, y parece que no recuerda nada de lo que ha pasado. Solo hay que hacer como si nada y las cosas vuelven a su curso.

Una mañana, sin embargo, pasa algo más grave. Joanne está lavando los platos y mira distraída por la ventana cuando ve una silueta oscura sobre la nieve. Tarda unos segundos en darse cuenta de que es ropa... con un cuerpo dentro para ser exactos. Un cuerpo tumbado en el suelo. Las tazas se le caen en el fregadero y el ruido asusta a Pok, que está cerca de la chimenea. Segundos después se oye un portazo y Joanne ya está fuera con sus calcetines verdes.

—¡Émile!

Corre lo más rápido que puede sobre la nieve espesa. Mystic corre hacia ella moviendo el rabo.

—¡Émile!

Lo encuentra tumbado boca abajo, como si se hubiera caído hacia delante. Le parece que pesa una tonelada.

—¡Émile! ¡Émile! ¡Despierta! —le grita.

Pero él no se mueve. Está inconsciente. Joanne lo coge por los hombros y lo sacude, intenta darle la vuelta. Se lamenta de tener tan poca fuerza. Mystic corre a su alrededor ladrando, como si quisiera avisar a alguien. A un vecino, a quien sea.

—¡Émile!

Joanne procura no dejarse llevar por el pánico y pensar con claridad. Va corriendo hasta la casa y vuelve unos segundos más tarde con una sábana. Se arrodilla y lucha con todas sus fuerzas para hacer rodar el cuerpo inerte de Émile sobre la sábana blanca. Cuando lo consigue se da cuenta de que tiene la cara de color violáceo y algunas partes están hinchadas. No sabe cuánto tiempo lleva inconsciente con la cara sobre la nieve. Al notar que un aire tibio le sale por la nariz se siente aliviadísima. Se levanta y aparta a Mystic, que ladra alterado entre sus piernas. Arrastra la sábana sobre la nieve con el cuerpo de Émile encima. Pesa mucho y Joanne tira de él más de cinco minutos. Al llegar a la puerta de entrada cae al suelo exhausta.

Se toma unos segundos para recuperarse de la impresión y del esfuerzo titánico que acaba de hacer. Deja que el calor de la sala la invada poco a poco. Émile respira. Está allí, estirado sobre su sábana blanca, en el suelo de la entrada. Joanne tiene una visión fugaz, una visión escalofriante de ese mismo cuerpo tumbado dentro de poco sobre un sudario blanco. Pero entonces ya no respirará.

Necesita cerrar los ojos para alejar la imagen, para ahuyentar todas las imágenes que le podrían venir a la cabeza. Pero es demasiado tarde. Ya lo visualiza: un bosque en pleno verano. Un lago salvaje de un azul oscuro profundo e inquietante. Un lago rodeado de zarzas y hierbas altas. El agua no se mueve. La superficie está completamente lisa. Hay ramas flotando, capas de limo y algunas hojas. También hay un cuerpo, un cuerpo pequeño que flota en medio del lago. Solo se ve la cabeza rubia y una camiseta blanca. Alguien la sujeta en la orilla, alguien que le grita al oído: «¡Joanne, cálmate!», y la agarra cada vez más fuerte.

Sin embargo, ella no se oye gritar. Solo siente una tormenta dentro del pecho, algo que lo devasta todo, que destruye su mundo. Hay unos hombres dentro del agua, unos hombres que cogen a su pequeño. Ella grita con todas sus fuerzas:

—¡Dejadlo! ¡Dejad a mi niño tranquilo!

La voz que le habla al oído dice cosas que ella no entiende.

—Ahora nos lo traen. Te lo van a traer. Cálmate, Joanne.

No dejan que se mueva. Uno de los hombres lleva a Tom en brazos. Tom está empapado. Tiene los ojos cerrados, como si estuviera dormido. Joanne se desploma en el suelo, no nota cómo se lastima las rodillas con las piedras enormes. Solo sabe que extiende los brazos y que colocan a Tom tumbado en el suelo, delante de ella. Pero los hombres siguen allí, no dejan que coja a Tom en brazos y se lo lleve, lejos, muy lejos, lejos de ese maldito lago y de Léon. Tom tiene la piel helada. La nariz rígida. Joanne araña, golpea a todos esos hombres que la rodean, a todos los que le impiden que coja a su pequeño y se lo lleve lejos de allí.

—Lo han sacado del agua. Intenta calmarte, Joanne.

Ella muere despacio en la orilla. Muere mientras los hombres de negro se marchan, se llevan a su pequeño y lo encierran en ese camión. Muere con la cara contra el suelo, acribillada por el dolor, y desea no despertarse jamás.

Nota que la siguen rodeando, que la llaman, que repiten:

—Joanne, cálmate, Joanne.

Ya no está en el bosque. El suelo está duro y frío. Está en el pasillo del anexo. Es Émile el que la abraza y le habla. Ella está acurrucada contra la puerta, con las manos sobre las orejas y la cara llena de lágrimas. Se balancea hacia delante y hacia atrás, y respira con dificultad.

—Basta, Joanne, todo irá bien.

Émile le aparta las manos de la cara y ella entiende por qué. Se ha arañado las mejillas, se ha desgarrado la piel.

—Joanne, para, por favor, estoy aquí —le suplica Émile.

Deja que la abrace y trata de recobrar el aliento.

—¿Qué ha pasado?

—Se han llevado a Tom —responde ella entrecortadamente.

Se quedan sentados en el suelo frío del recibidor. Ninguno de los dos tiene fuerzas para levantarse y caminar hasta su dormitorio. Émile cubre el cuerpo de Joanne con la sábana blanca sobre la que se ha despertado. Ella no deja de temblar, como la noche que la encontró en la playa.

—Háblame de Tom.

Ella levanta la cabeza y lo mira horrorizada. Tiene las mejillas ensangrentadas. Entreabre los labios para preguntar:

—¿Qué?

Él no tiene ni idea de lo que está haciendo. Lo único que quiere es que deje de temblar y de hiperventilar.

—Háblame de Tom —le repite.

Se esfuerza por sonreír.

—Dices que era un niño increíble..., el más inteligente que has conocido —añade con una sonrisa vacilante.

Observa la cara de Joanne angustiado. Ha dejado de balancearse. Parece dudar.

—Vale —murmura.

Y así viajan hasta la casita de piedra rodeada por el huerto de Saint-Suliac, a una noche agradable de principios de verano.

Joanne está tumbada en el sofá, con la barriga enorme mirando hacia el techo, se respira nerviosismo en el pequeño salón. Léon se pone en marcha, recoge ropa del suelo, un manojo de llaves de la mesa, y lo mete todo en una bolsa grande de viaje. Joseph entra corriendo, con una boina calada en la cabeza.

—Ya está, el motor está en marcha, la puedes subir al coche.

Joanne está pálida, tiene la cara cubierta de sudor y la frente tensa. Ya ha tenido las primeras contracciones, cada vez más regulares. Ha llegado el momento de irse al hospital.

A Émile le sorprende que haya decidido contarle la historia de Tom Blue desde que lo vio por primera vez en el paritorio. Pero la deja hablar, ahora está más tranquila y respira mejor.

Léon va de copiloto, está demasiado nervioso para conducir así que Joseph le ha cogido el relevo. Está tranquilo, como Joanne. Sonríe con calma, y silba mientras conduce.

—Es un día precioso para darle la bienvenida al pequeño Tom —dice mirando a Joanne por el retrovisor.

Ya han elegido el nombre. En realidad lo eligió Joanne. Tom, por Tom Pouce, uno de sus cuentos infantiles preferidos. Es la historia de una pareja mayor que no ha podido tener hijos y pide un deseo: tener un hijo sea del tamaño que sea, aunque sea «tan pequeño como un pulgar». El niño nace milagrosamente y lo llaman «Tom Pouce» porque efectivamente no es más grande que un pulgar*. A pesar de ser tan pequeño, realiza todo tipo de hazañas; la más extraordinaria es salvarse después de que se lo coma una vaca.

La historia da un salto hacia delante. Encontramos a Joanne, Léon y Tom en la veranda que da sobre el huerto colorido. Tom es un bebé extraordinariamente calmado que apenas llora. Léon está preocupadísimo y se pregunta si es normal. Joanne está tranquila, y le dice que está convencida de que Tom Pouce tampoco lloraba.

---

* *Pouce* en francés significa «pulgar» y *Tom Pouce* es el título francés del cuento popular *Pulgarcito*. (*N. de las T.*).

Han colocado una cunita en la veranda, pero Tom nunca duerme allí. Joanne lo quiere tener cerca los primeros días. Es un bebé plácido, tiene una pelusilla rubia sobre la cabeza, y los ojos de un azul oscuro que ya tira hacia el marrón. Siempre está envuelto en el pareo naranja intenso que Joanne llevó todo el embarazo. Léon es torpe con el bebé pero Joanne tiene mucha paciencia. Le enseña a cogerlo en brazos, a cambiarle el pañal y a mecerlo. Joseph les deja su espacio, sabe que ahora cada uno tiene que encontrar su sitio.

Están en la veranda y alguien golpea la puerta con fuerza. Léon se pone blanco.

—Debe de ser mi madre. Ya me ha dicho tres veces que quiere conocer a Tom... Yo me he hecho el loco... —le explica nervioso a Joanne con una voz ahogada.

Joanne no dice nada. Recuerda la reacción de madame André al descubrir que estaba embarazada: «No ha podido hacernos esto». Ahora que Tom ya está aquí exige lo que es suyo, su derecho a visitar a su descendencia.

Monsieur y madame André llegan a la veranda guiados por un Joseph serio y contrariado. Léon está blanco como el papel y no deja de mover los pies.

—Buenos días, Joanne —dice madame André con la frialdad de siempre.

Joanne abraza al pequeño Tom con fuerza y retrocede un poco.

—Venimos a conocer a nuestro nieto.

Hay un silencio incómodo. Joseph permanece quieto, inmóvil en el umbral. Léon se queda cerca de Joanne y del pequeño, como si quisiera protegerlos de sus padres.

—¿Puedo? —pregunta madame André tendiendo una mano hacia el bebé.

Joanne asiente pero mira a Tom entre sus brazos apretados.

Monsieur y madame André se inclinan sobre él, cogen sus manos minúsculas entre sus dedos enormes, le acarician la mejilla.

Sus rostros normalmente duros y mezquinos se iluminan con una alegría genuina.

—Es el vivo retrato de Léon, ¿no?

—Totalmente.

—Tengo la impresión de que es él. —Ignoran por completo a Joanne, que no suelta al niño.

—Tiene sus ojos.

—Y la misma nariz, ¿no?

Léon no dice ni una palabra. Está nervioso.

—Parece muy tranquilo. ¿No llora nunca?

Se dirigen a su hijo, que se encoge de hombros.

—No mucho, no...

Joanne se muestra impasible.

—¿Qué es esta tela sucia? —pregunta madame André encogiendo la nariz con desagrado—. Se va a poner enfermo. Habría que meterla en la lavadora.

—Es un pareo —responde Léon con torpeza.

—¿Un qué?

—Joanne cree que el niño está más tranquilo si nota su olor.

Nadie dice nada. Joseph muestra su irritación chasqueando la lengua. Joanne da un paso atrás.

—Necesita dormir —señala. La sensación de malestar va en aumento. Madame André se cuelga el bolso del hombro ofendida.

—Muy bien, ya nos vamos.

Joanne siente un alivio indescriptible cuando la ve marcharse. Joseph se queda con ella, y Léon los acompaña hasta la puerta más incómodo que nunca. Al llegar al portal no hacen ningún esfuerzo por bajar la voz.

—Es nuestro nieto. No podrá impedir que lo veamos —dicen.

—Hasta la próxima —responde Léon. No se le ocurre nada mejor que decir.

Émile frunce el ceño sin entender.

—¿Qué pasó con los André para tener una relación tan tensa?

Joanne le pregunta con voz cansada si pueden ir a la cocina, y si le puede preparar un té. Después le seguirá contando.

El agua hierve y forma burbujas enormes dentro de la cacerola de hierro oxidada de la cocina. Joanne se sienta en una silla de madera. Émile ha ido a buscarle uno de los jerséis que le dio, él también se ha envuelto en una chaqueta. Tiene frío. Hace un rato, cuando se ha despertado sobre la sábana blanca, se moría de frío. No le ha preguntado a Joanne qué había pasado pero se lo imagina. Había salido a buscar leña fuera y probablemente se desmayó.

Lleva la cacerola caliente a la mesa, con movimientos lentos, y vierte el agua en las tazas. Cuando se sienta enfrente de Joanne ella le sigue contando. Le habla del estanco, de los cuchicheos cada vez que pasaban por delante y que Joseph fingía no oír. Le cuenta la primera comida en casa de los André y los interrogatorios ruines, también la escena digna de un melodrama que le hizo en el mercado, en el puesto de la florista.

—¿Y después? —pregunta Émile—. ¿Los André volvieron a la carga?

Se teletransportan a Saint-Suliac, a principios de septiembre. Joanne y Léon están en la veranda. Los dos parecen obcecados y un poco enfadados. Joanne está sentada en una mecedora de mimbre y tiene a Tom en brazos. Léon está de pie. Está tenso.

—No pongas esa mala cara... —le repite.

—Nunca me quisieron invitar a su casa.

—Las cosas han cambiado...

—Durante el embarazo trataron a Tom como una verdadera catástrofe.

—Las cosas han cambiado —le vuelve a decir Léon.

—¿Ahora se dignan a invitarme porque han decidido que quieren un nieto?

Joanne está tranquila. Habla con calma pero con firmeza, mientras acuna al bebé entre sus brazos.

—Soy yo el que te lo pide.

—La respuesta es no.

Léon retiene un suspiro de exasperación. Cambia de postura, cruza y descruza los brazos antes de decir:

—Entonces me lo llevo yo a la cena.

Joanne lo mira como si acabara de proferir un insulto.

—No.

Se miran desafiantes. La mirada de Joanne se endurece cada vez más.

—Tienen derecho a verlo —insiste Léon.

Joanne se levanta, con el bebé en brazos.

—No lo verán si yo no estoy.

—¿A dónde vas?

—Lejos de ti.

—¡Joanne!

Él la sigue hasta la habitación. Joanne ha dejado a Tom sobre la cama para cambiarlo. Léon la observa. Sus movimientos son precisos y tranquilos. Joanne es meticulosa, desde el primer día ha sabido lo que hacer con Tom, no como él. Hay que decir que este bebé es especial, no llora nunca. Lo pueden dejar horas en el cochecito. No balbucea, no protesta, apenas se mueve. Léon trata de captar su atención, hacerlo sonreír, despertar su interés, pero no lo consigue. Tiene la cara inexpresiva, la mirada un poco perdida. Joanne a veces también. ¿Puede ser que Tom se parezca a ella? Lo cierto es que esta falta de interacción con su bebé lo perturba.

—Tendrás que dejar que vean a Tom...

Joanne ajusta el pañal del bebé y se deja caer en la cama suspirando. Cierra los ojos, como si tuviera que hacer acopio de todas sus fuerzas para enfrentarse a esto. Cuando los vuelve a abrir, hay una tristeza infinita en su mirada.

—Lo sé —murmura.

El silencio se instala. Bebé Tom mira el techo en silencio. Léon se decide a hablar.

—¿Cómo lo hacemos entonces?

Joanne empieza a moverse despacio. Cierra el body del bebé y le vuelve a poner el pantalón gris.

—Pues yo también voy.

Joanne se queda atrás, sin decir nada, en un rincón del salón de los André. La araña de cristal ilumina la sala con una luz tenue. La mesa sigue puesta, con los vasos llenos de vino tinto. Los tres André reclinados sobre el cochecito del pequeño Tom. Madame André lo coge con una carcajada estridente de alegría.

—Ven aquí, pequeño mío. Ven con la abuela.

Lo coloca sobre sus rodillas y mira a su marido y su hijo entusiasmada.

—Mirad lo contento que está de estar conmigo.

El marido y el hijo asienten. Se sientan al lado de madame André sin dejar de mirar al pequeño ni un instante. Al principio comienzan de nuevo con sus historias de lo mucho que se parece a Léon.

—¡Tiene la misma nariz!

—Sobre todo los mismos ojos...

—¿Tom? —lo llaman.

—¿Tommy?

—Regálanos una sonrisita. Enséñanos tu sonrisa bonita.

Continúan llamando al bebé, que sigue inexpresivo, con la mirada fija en la araña del techo.

—¿Todavía no sonríe? —pregunta madame André a Léon, como si Joanne no estuviera allí.

Léon se encoge de hombros.

—Pues... la verdad es que no...

Se gira hacia Joanne incómodo.

—¿Ya sonríe?

Él no lo ha visto sonreír nunca.

—No, todavía no —confirma Joanne.

Madame André decide seguir ignorándola e insiste mirando a Léon:

—¿Ni siquiera la sonrisa angelical?

—¿Angelical... cómo? —Léon parece idiota.

Madame André chasquea la lengua y lo mira con ternura.

—A ver, cariño, lo que hacen todos los bebés. Una sonrisa refleja cuando duermen, o cuando miran al vacío. Se llama sonrisa angelical.

Léon se sonroja ligeramente. Se encoge de hombros.

—No..., nunca le he visto hacerlo.

Madame André se gira al fin hacia Joanne. Parece que la presencia de su nuera de pronto le parece útil.

—¿Y tú, Joanne? ¿Le has visto una sonrisa angelical?

Ella niega con la cabeza, y añade a la defensiva:

—Pero le gusta mirar al cielo. Cuando lo hace está muy concentrado.

Madame André no disimula su preocupación.

—Ya tiene tres meses, debería sonreír.

Joanne continúa con la vista fija en sus manos. Se muere de ganas de coger a su pequeño, de quitárselo a esa bruja que insinúa que su hijo es retrasado y llevárselo a casa. Pero en lugar de eso se queda sentada, en silencio.

Cuando el pequeño Tom cumple seis meses, Joanne tiene que volver a su trabajo de conserje. Joseph lo cuida durante el día. Su salud ha empeorado. Cada vez le cuesta más respirar cuando pasea por el huerto, y le resulta difícil mantenerse en pie delante de la encimera cuando cocina. Joanne está preocupada.

—No hagas demasiados esfuerzos, papá. Si cuidar a Tom es mucho, puedo organizarme para hacer una media jornada.

Él promete que se lo tomará con calma, pero cada vez que Joanne vuelve a casa se encuentra a Joseph rodeado de cubos de madera que ha tallado para el pequeño, o de decenas de pájaros de papel que ha plegado para sorprenderlo. Los lanza por la habitación tratando de suscitar la atención del pequeño Tom. Pero no da resultado. Tom sigue sentado, impasible. Sin embargo parece que disfruta de las historias que Joseph le lee todo el día.

Una noche, estalla otra discusión entre Léon y Joanne en la oscuridad de su dormitorio.

—Tendríamos que llevarlo a un médico.

El resoplido de Joanne deja claro que no es la primera vez que sale el tema.

—Déjalo tranquilo. Evoluciona a su ritmo.

—No emite ningún sonido. Los bebés de su edad balbucean.

—Tendrías que dejar de escuchar a tu madre.

—No es solo mi madre.

—Ah, ¿no?

Joanne está tensa, con las palmas de las manos apoyadas en el cobertor.

—No, también lo he hablado con mis colegas profesores, y a todos les extraña que no emita ni un gorjeo...

Joanne no contesta, empecinada, sigue en silencio.

—No fija la mirada, Joanne. Este niño no me mira nunca, ¿te parece normal?

Léon no pretendía hablar en un tono tan irritado.

—Mira... Mira las cosas.

—¡Mira las cosas pero a nosotros no!

Se niega a escuchar a Léon. Aunque sabe que tiene razón. La mirada de Tom es extraña, un poco confusa, un poco perdida. Ella tampoco consigue que la mire, o al menos no mucho tiempo. Pero eso no tiene importancia. Tom es su pequeño. Puede que sea distinto al resto de los bebés de su edad, pero eso no es motivo suficiente para someterlo a un montón de revisiones médicas.

—Jo —insiste Léon—, ¿nunca lo has pensado?

Joanne se estremece bajo las sábanas, a su lado.

—¿Pensar el qué?

—¿Y si es diferente? ¿Y si tiene una... discapacidad?

Léon parece horrorizado, Joanne no. Joanne sigue tranquila y obstinada.

—Es diferente, pero nunca he considerado que ser diferente fuera una discapacidad.

—Ya sabes lo que quiero decir...

Joanne suspira con tristeza.

—Tendría que haberlo sospechado.

Léon se pone tenso.

—¿Qué es lo que tendrías que haber sospechado?

—Que mi hijo no estaría nunca a la altura de los André.

—¡Eso es un golpe bajo, Joanne! —protesta Léon con vehemencia.

Ella no dice nada más. Léon busca su mano a tientas en la oscuridad, y cuando la encuentra Joanne no la aparta.

—Jo...

El silencio es la respuesta.

—Solo quiero lo mejor para él. Ya lo sabes.

La vocecita apagada de Joanne se deja oír.

—Entonces déjalo vivir. Deja que evolucione a su ritmo. Deja que se convierta en el niño que él quiera ser.

Léon claudica, asintiendo en la oscuridad.

—De acuerdo.

Mientras Joseph está postrado en la cama por órdenes del médico bajo la supervisión de Joanne, el pequeño Tom aprende a caminar. Joanne tenía razón, va evolucionando a su ritmo. Juguetea entre las tomateras y los melones, se deja caer sobre un montón de tierra y mira el cielo, o tal vez el vuelo de los pájaros, nadie sabe exactamente qué exploran sus misteriosos ojos color avellana. Arranca las flores, y Joseph lo regaña con ternura.

—¡Diablillo! —le grita levantándose de la mecedora de la veranda.

Joanne acude sonriendo, coge a Tom de la mano y se lo lleva de allí explicándole:

—Joseph quiere mucho a sus flores, Tom. No queremos que esté triste, ¿verdad?

Es la única que puede hacer eso. Tom ha desarrollado un reflejo extraño y, cada vez que alguien se le acerca demasiado o intenta tocarlo, hace un ademán brusco con el brazo para protegerse de los brazos rapaces. Es como una palmadita en el vacío. Frunce el ceño con fuerza. No le gusta que le toquen. Joseph lo respeta y ya no lo intenta. Se arrodilla para estar a su altura y le habla a un metro de distancia. Léon, sin embargo, lo lleva fatal. Joanne lo sabe.

—Este niño no me quiere.

Joanne lo niega.

—No quiere que lo toque. No es normal, ¿no?

—Necesita su espacio, su libertad.

—Y sigue con esa cosa de los ojos.

—¿Qué cosa?

—Rehúye la mirada.

Joanne le promete que Tom lo adora. A su manera.

—Es un niño particular, con su personalidad.

Procura librarse de las cenas en casa de los André. Cada vez va a peor. Además de críticos ahora también son alarmistas.

—¡No es normal que no reaccione cuando lo llamamos por su nombre!

Joanne en cierto modo se alegra de que el pequeño Tom ignore los gritos de madame André. Es su venganza.

Esa tarde de julio Joseph está en la veranda tomando el fresco, sentado en la mecedora al lado de la cuna de Tom. Joanne está en el huerto, siguiendo los pasos de su hijo, que retoza feliz. Pasa olímpicamente de la pelota que le ha regalado Joseph, y del flamante carrito que le ha comprado Léon. Lo único que le interesa es su cubo verde, que lleva a todas partes y de vez en cuando llena de tierra. Léon también está en el huerto. Sigue a Tom y a Joanne con la vista, con la mano en la frente a modo de visera. Joanne sabe que está pensando en el taller de poesía que quiere volver a poner en marcha cuando empiecen las clases en septiembre. Se implica muchísimo con los alumnos.

El chirrido de la verja de la escuela y el sonido de pasos sobre los adoquines los interrumpe a los cuatro. Joanne dejó la verja abierta hace un rato para que Léon pudiera descargar el coche más fácilmente. Ha comprado una sombrilla enorme y una mesa nueva para el jardín. El corazón de Joanne se encoge cuando ve a los André, con su ropa de verano, al otro lado del huerto. Monsieur André lleva una camisa de flores horrible, y madame André un sombrero grande color rosa.

—Buenos días —dice monsieur André.

—Pasábamos por aquí —añade su esposa.

Joanne sabe perfectamente por qué están allí: hace un mes que se las arregla para escaquearse de las cenas de los lunes. Los André quieren ver a su nieto y no se molestan en disimularlo. Joseph se pone tenso y se incorpora un poco en la mecedora. Los André empujan la portezuela y entran en el huerto. Le dan un beso a Léon y después saludan educadamente a Joanne y a Joseph.

—¿Dónde está Tom? —pregunta madame André buscándolo con la mirada por el jardín.

El pequeño está agachado en medio de las tomateras. Coge puñados de tierra, impasible, indiferente a los ruidos, a la llegada de visitantes.

—¡Tom! —lo llama madame André.

Joanne intenta avisarla cuando ve que se abalanza a grandes zancadas hacia el pequeño.

—Cuidado...

Pero es demasiado tarde. Madame André ya ha cogido a Tom para abrazarlo.

—¿Cómo está mi pequeño T...?

Un aluvión de bofetones en la cara no le permiten terminar la frase. Tom se resiste, se retuerce, da manotazos para escapar a ese contacto físico que detesta. Madame André grita espantada y lo suelta. El pequeño Tom se da un buen golpe en las nalgas. No grita. Nunca grita. Todavía no ha salido ningún sonido de su boquita de piñón. Joanne se acerca corriendo. Madame André, presa de la ira, regaña a Tom.

—¡Niño malo! ¿Quién te ha enseñado a pegar? ¡Eso no se hace, Tom!

Le coge el brazo para forzarlo a levantarse y a mirarla a los ojos, lo que hace que el pequeño todavía se obceque más y siga forcejeando y dando golpes.

—¡Déjelo! —grita Joanne.

Llega hasta donde están Tom y madame André, que la fusila con la mirada.

—¡Tendrías que darle una lección a tu hijo!

Joanne se arrodilla y el pequeño corre a sus brazos.

—No le gusta que le toquen —responde Joanne con calma.

—Ah, ¿sí? Pues nunca me había dado cuenta.

Madame André la mira con desconfianza.

—¿Desde cuándo?

—Desde hace algunas semanas. Desde que empezó a andar...

En realidad desde que puede escapar de los brazos molestos. Madame André frunce los labios y se levanta.

—Pues no deberíais permitírselo. Solo tiene un año. Si ya le dejáis hacer lo que quiera, tendréis...

Madame André se calla cuando Léon se acerca para interponerse entre ellas.

—A mí tampoco me deja acercarme —dice él.

Lo que parece aliviar a su madre.

—Ya se le pasará —añade Léon.

Pero madame André sigue ofendida.

—Cuento contigo para que eduques a este niño y le enseñes que no puede pegar a un adulto, que además es su abuela.

Léon asiente mientras se balancea sobre los pies con un aire torpe. Tom sigue aferrado a los brazos de Joanne, inmóvil. Madame André lo observa.

—¿Y por qué tiene las uñas tan sucias?

Léon se amedrenta, y Joanne responde:

—Estaba jugando con la tierra...

—Un niño maleducado y sucio.

De pronto la voz grave de Joseph sobresalta a todo el mundo. Nadie le ha visto acercarse.

—¿Han venido a mi casa para criticar la manera en que mi hija educa a su hijo?

Madame André está estupefacta, no sabe qué decir.

—Si es así tendré que pedirles que se vayan.

Es monsieur André el que rompe el silencio sepulcral dispuesto a calmar los ánimos.

—No, claro que no. Mi mujer no quería decir eso.

Sin embargo madame André no añade nada para desmentirlo. Sigue mirando al pequeño Tom con reprobación.

—Querida —continúa monsieur André—, será mejor que volvamos en otro momento...

Su mujer asiente a regañadientes, frunciendo todavía más los labios, que ahora parecen una línea finísima.

—Muy bien —responde con frialdad—, pero quiero darle un beso a mi nieto.

Joanne retrocede imperceptiblemente. Tom sigue entre sus brazos. Léon carraspea incómodo.

—Mamá, ya sabes que...

Pero madame André no escucha a nadie. Coge el brazo del niño bruscamente y lo obliga a girarse y a mirarla a la cara.

—¡Tom! ¡Mírame! —ordena.

El pequeño abre la boca, con los ojos desorbitados por el miedo. Es como si quisiera gritar con todas sus fuerzas, pero no saliera ningún sonido de su garganta. El grito de terror queda atrapado allí. Trata de liberarse de las garras de madame André, pega patadas y da manotazos con el brazo que tiene libre.

—¡Tom! —insiste madame André gritando todavía más fuerte—. ¿Me oyes? ¡No puedes ser tan caprichoso!

Joanne intenta contenerse, nota cómo los ojos se le llenan de lágrimas. Querría liberar a su hijo de las zarpas de esta bruja horrible, pero en lugar de eso procura calmarse y razonar con ella.

—Dele un poco de tiempo... Está asustado —dice vacilante.

Madame André sujeta ahora la cara de Tom y lo inmoviliza obligándolo a mirarla a los ojos.

—¡Tom! ¿Has oído lo que te he dicho? ¡Dame un beso! —estalla.

No lo ve venir, no se da cuenta de que la manita de Tom llega al suelo y coge un puñado de tierra. No ve venir el proyectil que le lanza a los ojos. Tom no ha encontrado otra forma de defenderse, tirar tierra a los ojos de la bruja. Madame André grita. Su marido se apresura a sujetarla. Joanne aprovecha para coger a Tom y llevárselo de allí, al abrigo de sus brazos.

—¡Léon! —grita madame André—. ¡¡Léon!!

Léon está mortificado. No se mueve. Madame André escupe la tierra, se seca los ojos y las lágrimas que le corren por las mejillas.

—¡Léon, más te vale castigar a este niño!

—Mamá...

La ira de su madre va en aumento.

—¡Tráemelo! —chilla—. ¡Tráemelo y deja que le pegue! Yo le enseñaré lo que...

Pero la voz de Joseph reprime cualquier tentativa.

—¡FUERA DE MI CASA!

Monsieur André intenta decir algo, pero Joseph no le deja tiempo.

—¡FUERA DE MI CASA AHORA MISMO!

Los André parecen asustados. Se mueven deprisa, como si Joseph estuviera loco de atar, como si pudiera atacarlos. Joanne los ve salir del huerto apresuradamente, y estrecha con fuerza a su pequeño contra el pecho. Al principio no entiende por qué Joseph se cae entre las tomateras, porqué su cuerpo se desploma como si fuera una muñeca de trapo. Abre la boca, el tiempo parece detenerse. La cabeza de Joseph golpea pesada la tierra seca. Un segundo después, un grito de horror franquea sus labios:

—¡PAPÁÁÁÁ!

—Un ataque al corazón —anuncia el médico con gravedad.
Joanne sigue temblando, pálida, con Tom en los brazos. No
ha querido moverse ni para ir con Léon. Tiene la cabeza ente-
rrada bajo el brazo de su madre, traumatizado por la violencia
del enfrentamiento con su abuela. Pero en estos momentos
Joanne tiene una preocupación mayor, Joseph ha tenido otro
ataque al corazón. Acompaña al médico hasta la puerta. Léon
espera en la entrada, tenso e incómodo, con aire de culpabilidad.
    —¿Qué puedo hacer para ayudar a mi padre? —pregunta
Joanne al médico.
    —Oblíguenlo a descansar. Sobre todo necesita descansar, hay
que evitarle cualquier tipo de estrés y de enfado. Viendo el estado
de su corazón, otro ataque podría ser fatal.
    Joanne baja la mirada muy seria.
    —¿Puedo seguir haciéndole infusiones de espino y melisa?
El viejo médico asiente.
    —Eso le sentará bien.
    Le tiende la mano y se la aprieta con dulzura, como para
transmitirle un afecto sincero.
    —¿Y el pequeño cómo va? —pregunta señalando a Tom, del
que solo ve el pelo rubio bajo el brazo de Joanne.
    —Un poco alterado...
    —Es comprensible después de lo que ha ocurrido... ¿Y siem-
pre está tan callado?
    Joanne asiente. El viejo doctor conoce bien a Tom pero no es
tan alarmista como madame André.
    —Bueno... Cuídelo bien... A los dos.
    —Gracias, doctor.

    Émile le sirve otra taza de té a Joanne. Se la ha bebido toda a
sorbitos mientras hablaba sin parar. Se la acerca sin decir nada. La
deja continuar.

Joseph está tumbado sobre la cama, con la cara pálida. Joanne está sentada en el borde, al lado de los pies. No parece estar mejor. Ella nota que está luchando por salir adelante, por superar el cansancio que lo embarga.

—Papá...

Le coge una mano. Está helada.

—Bébete la infusión.

Joseph obedece dócilmente. Después se incorpora, apoyado contra los almohadones. La mira con ternura.

—Joanne, no quiero convertirme en una carga para ti.

—No digas tonterías, papá.

—Tienes que ocuparte de tu propia familia. El pequeño Tom te necesita.

Ella baja la vista. No se atreve a repetirle lo que Léon le dijo la noche anterior en su dormitorio. Una palabra horrible. Una palabra que no se atreve a pronunciar.

—Vas a tener que protegerlo, Joanne... Yo no estaré aquí eternamente.

Joanne continúa con la mirada baja. Sabe que tiene razón.

—No puedes permitírselo, no tienes que dejar que maltraten a Tom.

Ella traga con dificultad.

—Lo sé.

—Léon no los detendrá.

—Lo sé.

El silencio se instala de nuevo. Joanne no se atreve a mirar a su padre.

—¿En qué estás pensando? —le pregunta él.

Ella duda todavía un momento, un pequeño instante.

—¿Crees que puede tener..., que es...? —Lo mira a los ojos—. Léon ha hablado de autismo.

Ya ha dicho la palabra, y le ha parecido como la hoja de un cuchillo en la garganta.

—¿Crees que puede tener..., que es...?

Joseph permanece impasible, apoyado en las almohadas.

—Creo que Tom vive en su propio mundo. Un mundo paralelo al nuestro. Le cuesta entrar en nuestra realidad.

Joanne traga y escucha con atención, conteniendo la respiración.

—Los adultos esperan que entre en nuestro mundo, pero él no puede. Intenta explicarlo a su manera. Pegando, huyendo.

Él la mira con más intensidad, sus ojos brillan tranquilos.

—¿Sabes por qué deja que te acerques, Joanne? ¿Por qué a mí no me pega nunca?

Ella se encoge de hombros. Presiente cuál será la respuesta pero no está segura del todo.

—Porque nosotros no tratamos de arrastrarlo a la fuerza hacia nuestra realidad. En la medida de lo posible, nos esforzamos por entrar en la suya. No lo hacemos del todo bien pero lo intentamos. Creo que Tom se da cuenta.

Joanne asiente, con una bola en la garganta.

—Lo siento, pero necesitarás mucho valor para enfrentarte a ellos.

—¿Por qué, papá? ¿Por qué lo sientes?

—Porque yo no estaré aquí para apoyarte. Estoy agotado. Lo noto.

—Pero yo no te culpo, papá. Yo...

Joanne ahuyenta las lágrimas que le obstruyen la garganta.

—Soy lo suficientemente fuerte para afrontarlo. Protegeré a Tom.

Joseph le sonríe con una ternura infinita.

—Ya lo sé, Joanne. Tom no podría haber tenido una madre mejor que tú.

Sigue un silencio menos denso que los anteriores.

—También lo siento por otra cosa —añade Joseph.

—¿Por qué?

—Por Léon...

—¿Léon?

—No es el compañero de viaje ideal. Me tendría que haber dado cuenta antes. Pero no importa... Tú le quieres, ¿verdad?

Joanne frunce el ceño.

—¿Un compañero de viaje?

Joseph sonríe ligeramente y asiente.

—Para este gran viaje que es la vida.

Ella no dice nada. El silencio se prolonga. No se mueven; Joanne sentada en el borde de la cama, Joseph apoyado sobre las almohadas.

—Si puedo hacer cualquier cosa desde allí arriba... Si es que existe un allí arriba, claro... —precisa con una sonrisa maliciosa.

Pero Joanne es incapaz de sonreírle. Nota que las lágrimas están a punto de desbordarse como un torrente.

—Pero si puedo hacer algo, te lo prometo, Joanne... Me las arreglaré para mandarte una señal. Cuando la vida te resulte demasiado pesada me encargaré de enviarte un nuevo compañero de viaje.

—¡Papá!

No le gusta que hable así de Léon. Sabe que no es perfecto pero es el padre de su hijo.

—Un compañero de viaje que sabrá protegerte y hacerte feliz.

Ese día la conversación se quedó ahí, en la semioscuridad de la habitación de Joseph, porque Joanne se puso a llorar. Las lágrimas goteaban sobre sus manos heladas.

En la cocina del anexo, en medio de la montaña nevada, Émile no se atreve a hablar. Frunce el ceño, tiende una mano hacia las de Joanne y las acaricia con suavidad. La nieve ha dejado de caer. El día se acuesta sobre los resplandores anaranjados.

—¿Fue por eso?

Ella tiene la mirada perdida en el fondo de la taza de té negro. Se estremece levemente.

—¿Por eso respondiste a mi anuncio?

—Compañera de viaje para una última escapada —responde ella en un susurro.

Joanne levanta la vista.

—Hablabas de mí, ¿no?

Émile sonríe como nunca le ha sonreído hasta ahora. Con una mezcla de ternura y de tristeza infinitas.

—Sí, hablaba de ti.

Papá:

Otra carta en mi libreta para ti. La próxima será para Tom. Tengo que contarle cómo cae la nieve, cómo es el cielo gris nacarado, las hermosas llamas de la chimenea.

Papá, por fin le he contado a Émile lo que has hecho. Creo que no sabía que habías sido tú el que me lo había enviado. Puede que no me crea... No me importa, yo sé que has sido tú. Algunas señales no engañan. Por ejemplo, entendió a Tom desde el principio. Fue él quien me sugirió lo de los dibujos y la inmensidad, y el que se ofreció a cuidar de Tom cuando esté allí arriba.

Es como Tom, ¿sabes? Tiene una enfermedad que a veces lo traslada a otra realidad. A otro espacio-tiempo. Al suyo y al de sus personajes del pasado.

Hace seis meses me llevó con él sin hacer preguntas. Solo me llevó con él y me enseñó lugares que jamás había visto. Montañas tan altas que parecen rozar el cielo y formar un puente entre aquí abajo y el más allá. Llanuras tan verdes, onduladas y suaves que apetece tumbarse y quedarse allí para siempre. Lagos de agua tan pura que limpia el alma. Puestas de sol sobre nieves perpetuas que confieren mayor brillo en los ojos que una lágrima. Me ha enseñado todo esto como un último regalo que quería ofrecer al mundo antes de marcharse.

Creo que se llevará bien con Tom allí arriba, y contigo también. Es curioso, le gusta descubrir el universo de los otros. Me ha pedido que lo llevara hasta el mío. Dice que todo es bonito y poético. Creo que estará bien con vosotros. Lo he iniciado en la meditación y ya distingue las diferentes variedades de calabazas.

Empieza a anotar citas por todas partes y el otro día lo oí tararear *My Baby Just Cares for Me*. Tú siempre has tenido debilidad por Nina Simone. Estoy segura de que os gustará.

Papá, tengo que irme. Hoy es Nochebuena. Émile y yo prepararemos algo parecido a un banquete. Estamos solo los dos, con los animales (Pok y Mystic podrán tomar algunas albóndigas de carne, que a Émile le encantan... ¡Nadie es perfecto!).

Un beso, papá. Dale un beso a Tom de mi parte. Dile que pienso en él cada segundo.

Con todo mi amor,

JOANNE

Esa tarde, la del día de Nochebuena, vuelven a hacer el amor. Joanne pinta a Émile, observa cómo escribe en su libreta, tumbado en la cama, lo examina con atención para poder reproducir sus rasgos, sus expresiones, con la mayor fidelidad posible, hasta que finalmente deja el lienzo, lo coloca sobre el alféizar de la ventana y se va a la cama con él. Pone sus manos heladas sobre sus mejillas, con suavidad, y él deja su libreta negra. Es él el que la besa, con una delicadeza infinita. Jamás la habían besado así. Joanne lo desviste y él se coloca sobre ella. Hacen el amor, en plena tarde, mientras los pesados copos de nieve caen afuera, mientras el fuego se extingue en la chimenea. Después se pasan horas en silencio, tumbados sobre las sábanas húmedas.

En la cocina llena de vaho, las velas proyectan una luz temblorosa. Los restos del banquete presiden la mesa destartalada. Joanne no se ha terminado el risotto de champiñones. Émile ha dejado las albóndigas y Pok se sube al plato y las devora. La botella de vino tinto está medio vacía. Émile se termina el vaso de un trago. Joanne desenvuelve despacio un bombón de chocolate, y se lo mete en la boca con un suspiro de placer. Hacía mucho tiempo que no cocinaban con tanta dedicación. Están saciados. Se han pegado una buena comilona. Émile se reclina en la silla y emite un leve gemido.

Mira como Joanne saca el puzle de quinientas piezas del cajón de madera de la mesa. Lo han hecho y rehecho una decena de veces pero cada vez sienten el mismo placer al reconstruirlo, al encerrarse en un silencio dulce y dejar volar sus mentes. Émile la deja empezar. Ella clasifica las piezas. Empieza a montar la esquina superior derecha del cuadro. Un colibrí sobre un árbol del bosque. Émile se aclara la garganta. Joanne lo mira inquisitivamente.

—¿Y qué pasó después?

Joanne no entiende la pregunta y se lo hace saber arrugando la nariz.

—¿Tu padre murió poco después?

Émile se refiere a la última incursión que hicieron a los recodos del pasado de Joanne. Le gustaría volver allí con ella. Joanne rebusca entre las piezas diminutas del puzle. Tarda unos segundos en responder.

—Murió una semana más tarde. Tranquilo, mientras dormía.

El decorado se va montando de nuevo a su alrededor, mientras la pequeña cocina, la ventana sucia y la nieve de fuera se van difuminando... Vuelven a estar en la casita de piedra, bajo el sol de verano de Saint-Suliac.

—Joseph se ha marchado.

Léon pronuncia estas palabras aturdido. Joanne ya lo sabe. Al levantarse ha ido a su dormitorio y lo ha encontrado rígido pero apaciblemente dormido. Sobre su rostro de cera todavía se dibujaba una leve sonrisa. Se lo ha explicado al pequeño Tom, que esperaba a su lado, tirando de la colcha.

—Joseph ha emprendido su último gran viaje. Se ha ido a un lugar en el que todas las almas descansan.

Le ha besado el pelo rubio, que huele a miel y a tierra.

Lloran en el huerto, ninguno se decide a llamar al viejo doctor. Lloran sentados, en medio de las tomateras que Joseph regó con tanto amor para alimentar a su familia. Joanne oculta la cara tras su sombrero negro. Tom mira al cielo. Léon tiene la cabeza entre las manos. Es el primero de los tres en levantarse.

—Voy a llamar al doctor Aumond.

Por la noche Joanne saca su mejor rotulador, el que tiene la punta más gruesa, y escribe sobre las paredes del salón con una hermosa caligrafía: «Quería hablar de la muerte, pero la vida ha irrumpido como de costumbre».

La contempla satisfecha, con una ligera sonrisa en la comisura de los labios. No quería una frase triste. Quería una frase que Tom pudiera leer más adelante y le diera a entender que la muerte no es un drama, que forma parte de la vida, que hay que aceptarla. Quería copiar algunas palabras que hicieran sonreír, que dieran a entender que la vida sigue ahí, en todas partes, como esa noche en el salón: en la carrera repentina y desenfrenada de Tom por la sala, en sus manos, que dan manotazos frenéticos al aire, en sus pupilas maravilladas.

Casi sin aliento, recorren los últimos metros para llegar a lo alto del pequeño acantilado. El sol es muy fuerte. Están empapados en sudor. Joanne lleva a Tom en la espalda —Léon todavía no puede tocarlo sin que el niño monte en cólera—, y Léon lleva la urna plateada. Los tres se detienen a los pies del oratorio. La Virgen María está allí, tranquila e inquebrantable, de un blancura resplandeciente bajo el sol abrasador. Las hierbas trepadoras, achicharradas por el calor, se enredan alrededor de las viejas piedras del zócalo. Más abajo, el azul brillante del mar y la belleza de la bahía de Saint-Suliac.

Léon retrocede un poco. Deja que sea Joanne la que coja la urna plateada. Mira cómo se acerca despacio hasta el borde del acantilado. Cumple los deseos de Joseph: volar sobre el mar. Léon se queda atrás con Tom, que mira el cielo, inmóvil. Joanne permanece unos segundos quieta sobre el vacío, como si hablara con su padre. Después destapa la urna y lanza las cenizas con un movimiento amplio. La nube gris sale volando, como una bandada de mariposas en el cielo radiante de Saint-Suliac. Tom aplaude. Es la primera vez que aplaude y Léon, al girarse, ve que ya no mira hacia el cielo. Tom acaba de descubrir la segunda maravilla de su universo: el mar. Y sus ojos extasiados reflejan una felicidad infinita.

Joanne ha encontrado el dibujo que estaba buscando. Lo vio en un cuento infantil cuando solo tenía ocho años. Joseph se lo leyó. Es un árbol negro, con un tronco fuerte y las ramas que se elevan hacia el cielo con curvas hermosas. Las raíces excavan profundos surcos en la tierra. El cuento explica que se trata del árbol de la vida. Une los dos mundos: el del cielo y el de la tierra, gracias a sus ramas, que suben hacia el cielo, y a las raíces, que se hunden en las profundidades de la tierra. El cuento indica que el árbol pierde las hojas en invierno pero las recupera en primavera, representando así «la expansión de la vida y su victoria constante sobre la muerte». Joanne no lo entendió muy bien en ese momento, y Joseph le explicó:

—Representa el ciclo de la vida y de la muerte.

Ella arrugó la nariz.

—Es un símbolo de inmortalidad, Joanne. Este dibujo representa que la vida siempre prevalece sobre la muerte.

Mete el libro dentro de su bolsa de tela beis. Léon y Tom la esperan fuera, en el huerto. Se van a ir los tres hasta la ciudad, Joanne quiere tatuarse este símbolo de inmortalidad. Lo decidió la noche anterior. Es el símbolo de Joseph. Es el símbolo de quien la ha ayudado a construirse y a crecer. Se lo tatuará en la espalda, a lo largo de la columna vertebral. No ha encontrado nada más simbólico.

De nuevo se hace el silencio dentro de la pequeña cocina cerrada. Pok está tumbado sobre la mesa, entre dos platos. Joanne ha acabado la esquina superior derecha del puzle. Émile sigue reclinado sobre el respaldo de la silla y la mira fijamente. Intuye el árbol de la vida a través de su jersey negro demasiado grande. Hace un rato, cuando hacían el amor, lo ha acariciado con los dedos preguntándose qué representaría. Ahora ya lo sabe.

Se endereza con dificultad y se acerca a la mesa. Coge algunas piezas del puzle y comienza a clasificarlas. Empezará por la esquina inferior izquierda. Siempre lo hacen así.

Permanecen unos minutos en silencio, después Émile pregunta:

—¿Y luego?

Joanne para un momento para coger un bombón. El papel dorado cruje entre sus dedos, y se mete el chocolate en la boca con movimientos suaves.

—Luego Tom se convirtió en un niño.

Entonces empieza a hablar del otoño que llega a Saint-Suliac, de los árboles que pierden las hojas en el patio del colegio, de la alfombra rojiza que cubre el empedrado. Le habla del silencio de los André, tras la escena del huerto y la muerte de Joseph. Durante seis meses no dan señales de vida. ¿Acaso se sienten culpables del ataque? Joanne no lo sabrá nunca. Léon no tiene ningún contacto con ellos en ese tiempo. Es un paréntesis agradable.

Joanne deja su trabajo de conserje para ocuparse de Tom a tiempo completo. Joseph ya no está, y se niega a dejarlo con otra mujer mientras ella trabaja. Es una época feliz. Enseña a Tom a pintar con las manos sobre un lienzo. Se pasan horas con las palmas de las manos llenas de pintura, cubriendo superficies en blanco. Joanne deja sus marcas con cuidado, pero Tom crea remolinos, regueros enormes. Solo utiliza la pintura de color azul.

Cuando Tom duerme la siesta, Joanne se tumba a su lado y contempla su rostro tranquilo, apaciguado por el sueño. Las cejas delicadas, la boca con forma de corazón. Sus labios suaves y regordetes. Las mejillas ligeramente sonrosadas. Mete la nariz entre su pelo, que huele a miel y tiene un leve aroma a tierra. A veces también se queda dormida.

Le hace galletas, compotas con canela y tartas de pera. Meriendan en la veranda, que es la habitación de Tom pero también su jardín de invierno. Han colocado dos mecedoras. Meriendan contemplando la naturaleza y el huerto, que se cubren de naranja, rojo y amarillo. Joanne toma una infusión. Tom un chocolate caliente. Joanne lee historias y canta canciones infantiles. Tom está muy atento. Sigue sin hablar pero a ninguno de los dos les molesta.

Por la noche, Léon queda maravillado con sus obras de arte. Cenan en el salón, donde el fuego de la chimenea está siempre encendido. Joseph ha dejado un vacío, pero poco a poco se van adaptando.

Al nuevo conserje de la escuela no le ha apetecido vivir en el patio. Tiene una casa grande, a las afueras de Saint-Suliac, donde vive con su mujer y sus cuatro hijos. Por eso la directora les ha dejado conservar la casita de piedra a cambio de un alquiler simbólico.

Es una época feliz a pesar de la pérdida de Joseph. Tom crece y se va desarrollando. Léon hace todo lo que puede por disimular su tristeza al no poder interactuar con Tom ni abrazarlo. Parece acostumbrarse. En cualquier caso está resignado. Joanne es feliz.

Tom crece y se convierte en un niño temerario. Es una suerte que Joanne pueda estar en casa para vigilarlo todo el tiempo. Tom parece no tener consciencia alguna del peligro. Corre mucho, de manera errática, y a menudo termina en el suelo, golpeándose la cabeza primero. Joanne se convierte en una experta en puntos de sutura, en rodillas magulladas y en chichones en la frente. Tom salta del sofá a la mesa, de la mesa a las sillas y de las sillas al sofá, una y otra vez, a pesar de las advertencias de Joanne. Un día no llegó a la mesa por muy poco y se abrió la barbilla. Parece que no calibra las distancias ni las alturas. Nada le da miedo. Ni siquiera el fuego de la chimenea. Una noche, Joanne se lo encuentra delante de la chimenea con las manos pegadas al cristal. Las ampollas estallan, las tiene en carne viva, pero Tom no grita. Solo se le escapa una lágrima solitaria.

—He girado la cabeza un segundo —le dice Joanne al doctor Aumond roja de vergüenza.

Los André reaparecen en febrero, cuando un viento glacial azota Saint-Suliac. Se presentan en la puerta de la casita de piedra, envueltos en sus bufandas gruesas, con los gorros calados en la cabeza, un ramo de flores en una mano y un brioche en la otra.

—Hemos pensado que os alegraría que trajéramos un poco de merienda —dice monsieur André.

Joanne no dice nada. Léon parece contento. Los André están encantados de volver a ver a su nieto. Cuando Tom no quiere darles un beso no insisten, ni hacen ningún comentario cuando corre a refugiarse detrás de la cocina dando una patada. No dicen ni pío cuando comprueban que sigue sin pronunciar ni una palabra y prefiere encaramarse sobre el alféizar de la ventana para mirar el cielo en lugar de interactuar con los adultos que están en la sala.

Durante algunos meses el pequeño Tom disfruta de una tregua feliz. No más críticas. No más comentarios. No más juicios. Los André se conforman con verlo caminar, correr, mirar fijamente hacia el cielo. Pero poco después el carácter se impone. El pelo de Tom se convierte en el blanco principal de las críticas de madame André.

—Habrá que cortarte el pelo, cariño. Pareces una niña.

Joanne hace un esfuerzo por no alterarse cada vez que la escucha. Tom tiene unos hermosos tirabuzones rubios que le cuelgan sobre los hombros. Se niega a llevarlo al peluquero. Tom se asustaría mucho. Nadie más que ella puede tocarlo. Y, además, a ella le gusta con el pelo largo. No parece una niña, parece un niño travieso y encantador.

Un día intentó acercarse con las tijeras, pero Tom fue muy claro: tiró la silla y se fue corriendo a su habitación. No quiere que le toquen el pelo.

—En algunas culturas, en Mongolia, por ejemplo, esperan unos años antes de cortarle el pelo a los niños —explica Joanne a una insistente madame André.

Lo que provoca una risa de gallina burlona.

—¡Si nuestro nieto hubiera nacido en Mongolia, lo sabríamos!

Ese mismo día Joanne escucha una conversación entre Léon y los André en el umbral de la puerta. Susurran angustiados y Joanne pone la oreja desde la cocina.

—¿... Sigue sin querer llevarlo al médico...? —pregunta la voz de madame André.

No consigue escuchar la respuesta de Léon. Ahora se oye la voz grave de monsieur André:

—... Está claro que es autismo... mudo como una piedra aunque oye bien... Muy nervioso... El otro día lo leí en una revista sobre salud.

Se hace un silencio. Léon farfulla algo como:

—Y aunque nos confirmen que es autista... ¿de qué nos servirá?

La voz llena de desprecio de madame André estalla con una satisfacción enfermiza.

—De nada, tienes razón. Esto había que haberlo pensado antes...

—¿Cómo?

—¿Qué esperabas si eliges como madre de tu hijo a la hija de un idiota y una ramera?

Un dolor fulminante deja a Joanne en el suelo, delante del fregadero de la cocina. Pero el dolor más lacerante llega después..., por el silencio abrumador de Léon..., ese largo silencio que invade toda la casa como una ola gélida.

Émile se da cuenta de que se ha emocionado, mucho más de lo que cabría esperar. Sigue con la cabeza inclinada sobre el puzle para que Joanne no le vea los ojos húmedos. Ha dejado la esquina superior derecha del puzle. Está erguida en la silla, con las manos sobre la mesa, la mirada fija delante de ella. No parece estar allí. Émile vacila unos segundos. Le da miedo sobresaltarla si pone una mano sobre la suya. Pero no se asusta, empieza a hablar despacio. Era lo que necesitaba para seguir con su historia.

A partir de este momento todo cambia para Joanne. Empieza a odiar a Léon. No es solo por el lago, por el ahogamiento de Tom. Es su cobardía. Todos esos años de cobardía repugnante.

La primavera llega poco a poco a Saint-Suliac, y las cosas se transforman. La casita de piedra parece estar dividida en dos por un velo invisible. Joanne y Tom están en un lado, y Léon está en el otro. Algo se ha roto. Joanne ya no ve a Léon, no lo oye si no es a través del velo, como si ahora pertenecieran a dos universos totalmente distintos que coexisten. Sigue durmiendo a su lado. Se esfuerza en participar educadamente de las conversaciones. De vez en cuando se entrega a su deber conyugal, cada vez con mayor dificultad. Pero no lo demuestra. Sin embargo en su universo solo está Tom. No hay nadie más que él. Vive por él. Por la noche vela por él. Prepara pícnics para pasar el día en la playa. Contemplan el mar juntos, y ella se alimenta de la felicidad que ve en los ojos de su hijo. Se puede pasar horas mirando los reflejos del sol en su hermoso cabello rubio.

En verano se bañan. Joanne le coloca un flotador alrededor de la barriga y no lo deja ni un segundo. En la playa, mientras se secan, inventan un lenguaje que solo ellos comprenden. Un lenguaje con los ojos y con las manos. Los dos se entienden. Joanne ha aprendido a leer sus ojos color avellana, a interpretar los movimientos frenéticos de sus manos.

Pasean por los acantilados y siempre se detienen a mirar el cielo. Duermen bajo las estrellas, envueltos en sus sacos para disfrutar de la cúpula celeste.

En septiembre, la directora del colegio, que ha oído hablar de las dificultades de Tom, le propone a Joanne que lo lleve con otros niños de su edad.

—En los recreos.

Joanne acepta pero siempre está cerca y no lo pierde de vista. Tom se queda solo en silencio. Todos los niños que tratan de acercarse a él se marchan desilusionados. Pero hay un grupo al que Tom se digna a acercarse, el de los niños que pintan en el patio. Así nace la leyenda de Tom Blue. La leyenda del niño que pintaba la inmensidad del cielo y el mar.

Joanne se detiene apenas un segundo. El tiempo de esbozar una sonrisa de emoción. Y enseguida vuelve a Saint-Suliac.

Es un día frío de invierno, y Joanne tiene gripe. Lleva tres días en cama con mucha fiebre. Léon se encarga con dificultad de Tom, todavía no han conseguido entenderse. Léon no comprende el lenguaje de las manos y los ojos. Se empeña en querer tocarlo, lo hace todo mal, pero a Joanne no le queda más remedio que dejarlo. Está postrada en la cama, sin fuerzas.

El ruido y el jaleo de la cocina la despiertan de un sueño pesado y febril. Tarda un rato en entender que no está alucinando. Se incorpora con dificultad y se esfuerza en reconocer las voces. De pronto oye un grito:

—¡Sujétale la cabeza, cariño!

Joanne se levanta de un salto. Es la voz de madame André. ¿Qué le están haciendo al pequeño Tom? Se teme lo peor. Y no se equivoca. En el salón, en su propio salón, tres adultos rodean a Tom. Monsieur André lo sujeta por los hombros, Léon le coge la cabeza y Tom la sacude de un lado a otro tratando de escaparse. Madame André tiene unas tijeras en la mano.

Joanne se apoya en la pared para no desmayarse. Tiene mucha fiebre y está agotada.

—¿Qué estáis haciendo?

Habría querido gritar pero su voz es débil, está cansada. Monsieur y madame André se giran hacia ella, pero es Léon el que responde inseguro:

—Queremos... cortarle el pelo.

Sabe que es una estupidez pero está claro que no ha podido hacer frente a sus padres. Joanne solo mira a Tom, que está aterrorizado, con los ojos abiertos de par en par. Cruza el salón a grandes pasos y pierde el control.

—¡Dejadlo en paz!

Las tijeras de madame André se cierran con un ruido seco. Clic. Si Tom pudiera habría gritado para defenderse. Pero sus gritos son sordos. Nadie los oye. Nadie excepto Joanne, y le parecen ensordecedores, terribles.

—¡Dejadlo en paz! —repite.

Clic. Otro mechón. Joanne está delante de ellos. Le tiende la mano a Tom y repite con dureza:

—¡Basta!

La voz de madame André replica sibilante:

—¡Parece un salvaje! ¡Un corte no le hará daño!

Levanta las tijeras y se dispone a cortar otro mechón. Tom ha estado llorando. Se agarra el pantalón con las manos, ha arrancado la tela por el miedo y la impotencia. Joanne intenta empujar a monsieur André, madame André y a Léon.

—¡Basta ya!

Las lágrimas también resbalan por sus mejillas. Pero monsieur André la aleja con delicadeza.

—Sé razonable, Joanne, vuelve a la cama. Estás pálida. Nosotros nos encargamos de cuidar a Tom. Solo es un pequeño corte de pelo.

Si Joseph hubiera estado allí jamás se habrían atrevido. Si Joseph hubiera estado allí los habría echado a escobazos. Les habría gritado. Pero Joanne está sola. Apenas puede mantenerse en pie. Clic. Otro mechón.

Un chillido estridente resuena, y de pronto el tiempo queda suspendido. El primer grito de Tom. Un grito de terror. Los tres torturadores paran de golpe, como si les hubieran dado una orden. Joanne siente cómo la rabia la invade, la rabia más intensa que ha sentido nunca. Lo han llevado al límite. Lo sabe. Solamente un malestar extremo habría podido arrancarle un sonido a Tom. Apenas oye el murmullo estupefacto de madame André («¡Oh, habla!»). Se abalanza sobre ella, le arranca las tijeras de las manos y chilla a pleno pulmón:

—¡FUERA!

Sujeta las tijeras amenazante. Tiembla. Está muy pálida. Sería capaz de matarlos. Podría apuñalarlos a todos. Uno a uno.

—Joanne —grita monsieur André.

Tom corre a refugiarse detrás de ella. Ninguno de los André se atreve a moverse. Los tres la miran preocupados y asustados.

—¡Salid todos de mi casa! ¡No quiero que os volváis a acercar a él! ¡Nunca más!

Léon va a decir algo, pero Joanne lo amenaza con las tijeras.

—Tú también. Vete. No quiero volver a verte en mi casa.

Monsieur André intenta calmarla.

—Joanne, tienes fiebre. No sabes lo que haces —le dice con tranquilidad.

—¡Marchaos! —Su voz restalla como un látigo.

Esta vez es Léon quien lo intenta.

—Jo, no era más que un corte de pelo...

—¡Marchaos! —repite más calmada.

Durante unos segundos nadie se mueve ni dice una palabra. El tiempo se dilata penosamente. Léon se aclara la garganta y murmura con la voz temblorosa:

—Deberíamos... Deberíamos hacerle caso a Joanne.

No los ve salir de casa. Se arrodilla al lado de Tom y lo abraza tan fuerte que está a punto de ahogarlo.

—Lo siento, mi pequeño Tom. Lo siento mucho. No tendrías que haber nacido en un mundo tan cruel.

Léon no vuelve al domicilio conyugal hasta mayo. Tiene la cara más arrugada, más entradas en la frente. Sufrió una crisis de ansiedad y se instaló con sus padres esperando a que Joanne lo perdonara.

Al volver a la casita de piedra descubre que Joanne y Tom no viven solos. Un gato blanco duerme con ellos, cada noche, en la cama de Tom, y se pasa los días entre las piernas de Joanne.

—¿Me habéis buscado un sustituto? —le pregunta a Joanne bromeando.

Ella no responde. Ha aceptado que vuelva pero no lo ha perdonado. Habría necesitado mucho tiempo para eso y no lo han tenido. Dos meses después deja a Tom con Léon mientras ella cierra las verjas de la escuela. Los ve marcharse en bicicleta, con la cesta llena de sándwiches.

—¡Ahora mismo voy! ¡Empezad a colocar la manta! —les dice.

Léon le hace una señal con la mano. Tom pedalea a toda velocidad. Es la última vez que ve a su hijo con vida.

No se oye nada en la cocina. Los dos lloran en silencio. Las lágrimas se estrellan contra las piezas diminutas del puzle. Joanne llora y Émile también llora al sentir su dolor, su sufrimiento infinito. Ella se lo entrega para compartirlo, para no sufrir sola, y él acepta la ofrenda, la acepta sin reservas. Los dos lloran juntos hasta el amanecer en la pequeña cocina del anexo, donde las llamas temblorosas se van apagando una a una, como tantas estrellas en el cielo...

«Sufrir es prestar una atención suprema a algo...».
PAUL VALÉRY, *Monsieur Teste*

26

—¡Émile!

La puerta se abre y aparece una chica. Lleva un sombrero negro de ala ancha y un conjunto también negro que le va un poco grande.

—Estás aquí —dice ella con cierto alivio. Él no entiende su preocupación.

—Sí.

—Ven, ven a comer. Ya he terminado de trabajar.

Émile estira las piernas agarrotadas de haber estado tanto tiempo sentado con ellas cruzadas sobre el alféizar de la ventana y asiente.

—Ya voy.

La ve desaparecer por el pasillo oscuro y baja de un salto. Antes de que la nieve se fundiera él también participaba en los trabajos de la obra. Con ella y con las otras dos chicas canadienses, no recuerda sus nombres. Después ella no lo dejó trabajar más.

—¿Por qué? —preguntó molesto.

—Por los desmayos.

Él no recuerda haberse desmayado. Sin embargo Hippolyte y las dos chicas confirmaron lo que decía Joanne. Se desmayó dos veces.

—Bajadas de tensión. Tienes que descansar —dijo Joanne.

Ahora se aburre un poco.

—¿Por qué no escribes en tu libreta? —le preguntó Joanne el otro día.

—¿Qué libreta?

—Tenemos una libreta de viaje cada uno, ¿recuerdas?

—Ah, ¿sí?

En realidad no sabía de qué le hablaba exactamente.

—Sí —afirmó ella.

—¿Para qué?

Joanne vaciló antes de responder.

—Para contarle a la gente que queremos lo que hacemos aquí.

—Hum...

Se mostró un tanto escéptico. Él nunca había tenido una libreta.

—Ya se lo contaremos después.

Joanne no supo qué responder. Pero ella sacó su libreta y se puso a escribir esperando que cambiara de opinión al verla. Así que esta mañana Émile ha cogido la libreta negra que está sobre la mesita de noche para complacerla. Porque ella se esfuerza mucho en cuidarlo. Se ha sorprendido al ver que ya hay muchas páginas escritas, y ha entendido que posiblemente ella tiene razón cuando habla de sus lapsus de memoria, o cuando le dice que están aquí para que descanse, para respirar aire puro de la montaña, para que su cerebro se oxigene. No ha leído las páginas que estaban escritas. Constatar que tiene ausencias lo ha impresionado.

Cruza la habitación y se detiene en el umbral. Acaba de ver que hay un cuadro nuevo en el suelo que se suma a la exposición de la chica. Pinta mucho. Cuando no está leyendo o escribiendo en la libreta, está pintando. Este último cuadro lo perturba. Se queda inmóvil unos segundos, incapaz de asegurar si es lo que él cree que es. La voz lo llama de nuevo desde el pasillo.

—¿Émile?

—¡Ya voy!

Se acerca al lienzo para examinarlo. Enseguida reconoce su cuarto: la colcha verde oscuro, el somier de metal, las paredes con pintura desconchada de color beis, la luz tenue que apenas ilumina la estancia. Hay alguien tumbado en la cama, está en una posición relajada, con una rodilla doblada y un brazo detrás de la nuca, en la mano un bolígrafo. Una libreta negra pequeña, idéntica a la suya, está apoyada sobre el colchón a su lado. El joven es bastante alto, moreno, y en la cara se intuye una barba de pocos días. Se nota que está tranquilo.

Émile se queda petrificado frente al lienzo... Tiene la sensación de que... Se pregunta si... Los ojos negros almendrados del joven le resultan familiares. Le cuesta apartar la mirada del cuadro. Las risas de las chicas canadienses resuenan en la cocina. Oye el ruido de una cacerola al ser apoyada sobre la cocina oxidada. Hace un esfuerzo para moverse, despacio. Le echa un último vistazo al lienzo antes de salir de la habitación. Está casi seguro... La chica lo ha pintado a él. ¿Cuándo? ¿Por qué? ¿En qué momento? No logra identificar el malestar que va en aumento en su pecho. Como una sensación de estar incompleto. Como si a su puzle le faltaran muchas piezas.

Joanne contempla la finca rodeada de montañas de Hippolyte, con la mirada perdida a través de la pequeña ventana mugrienta de la cocina. Hace unos días que la primavera se ha instalado y ha disipado la neblina, y los valles se ven de nuevo con nitidez. Sin embargo Joanne no ve el paisaje, sus pensamientos están lejos de allí. Ahora piensa en el cuadro que ha terminado esta noche, muy tarde. Se ha instalado en la cocina delante de una taza de té verde mientras todos dormían, y ha decidido terminar el lienzo que empezó hace tres meses. Deja la mirada perdida sobre el alféizar de la ventana, presidido todavía por los abetos diminutos que elaboraron con ramitas antes de Navidad. Sus ojos se detienen allí. Se da cuenta, con cierta tristeza, de que esa época le parece ahora muy lejana: el aroma de las naranjas, los papeles arrugados de los bombones, el puzle de quinientas piezas. Fue entonces cuando comenzó el cuadro de Émile, tumbado en la cama mientras escribía. Esa tarde habían hecho el amor, y ella había dejado su cuadro a medio pintar sobre el alféizar de la ventana. Luego había sido incapaz de terminarlo. Después de Nochebuena todo empezó a ir mal. Émile nunca había vuelto a ser el mismo.

Joanne deja de mirar hacia la ventana y los valles para observar a Émile, que acaba de entrar en la cocina. Parece desorientado. Desde que está atrapado en el «otro lado» a menudo parece nervioso, trata de ajustar su realidad con el mundo que le rodea.

—¿Qué día es hoy? —le pregunta a Rebecca, una de las chicas canadienses, mientras se sienta en la mesa.

Su mirada se pierde de nuevo, esta vez en el fondo de la cacerola de guisantes. Después de Navidad, los episodios pasajeros de amnesia se convirtieron en verdaderos viajes al «otro lado», a su otra realidad, a su otro espacio tiempo, donde reaparecen los personajes del pasado. Se quedaba allí días enteros, a veces semanas. En las contadas ocasiones que regresaba estaba alterado, angustiado. Joanne terminó por desear que no regresara, aunque para ella fuera doloroso, aunque echara de menos a su Émile, el de antes, el que estaba atrapado en ese «otro lado».

La primera vez que volvió parecía tranquilo y aliviado al verla. Fue en plena noche, a mediados del mes de enero. Émile susurró su nombre y ella creyó morir de alivio, ya que hacía semanas que la miraba sin reconocerla.

—Joanne...

Ella se giró para mirarlo, en la cama, febril. A través de la ventana, una luna en forma de cruasán iluminaba sus hombros, su cuello, su rostro sonriente. Émile era feliz.

—¿Seguimos en casa de Hippolyte? —susurró.

Y ella asintió sin explicarle que habían pasado semanas desde Navidad y desde que él había desaparecido en el «otro lado». Émile la cogió entre sus brazos y ella se dejó envolver por su calidez. Se quedaron inmóviles, uno en los brazos del otro. Joanne estaba a punto de dormirse, rezando para que por la mañana siguiera allí, con ella, cuando su voz sonó de nuevo.

—Hay una hoja con todas las instrucciones dentro de la libreta negra. La he puesto debajo del elástico de la cubierta.

—¿Cómo?

Le había costado salir de la ensoñación y entender lo que decía.

—Las instrucciones para entregar la libreta a mis padres.

Pensó que tal vez se había dado cuenta de que había desaparecido mucho tiempo, y de que la próxima vez corría el riesgo de no regresar. Pensó que por ese motivo le hablaba de las instrucciones.

—Vale, guardaré la hoja —asintió Joanne.

—Será lo mejor.

Émile se quedó en silencio, tranquilo. Durante unos instantes jugueteó con las manos de Joanne, con sus dedos, que le parecían minúsculos, hacía girar su alianza alrededor del anular. Continuó jugando con la alianza, sonriendo, en la penumbra de su cuarto. Después se durmió relajado.

Las veces que siguieron no estaba tan lúcido y tranquilo cuando regresaba. Estaba confundido, alterado, nervioso. En una ocasión tuvo una crisis de ansiedad y Joanne llegó a desear que no regresara más. Sí, todo se había estropeado después de Navidad, y Joanne no había sido capaz de pintar ese cuadro que mostraba a un Émile sereno, una época en la que habían compartido un último paréntesis sin saber que era el último. Había necesitado tomarse un tiempo, tres meses, un tiempo de letargo y de duelo, para terminar su obra y para decidir marcharse de la finca de Hippolyte.

—¿Va todo bien? —pregunta Rebecca al ver que Joanne está delante del plato sin decir nada.

—Sí, todo bien.

Rebecca y Emma son dos jóvenes canadienses de veinte y veintiún años que viajan por Europa antes de reanudar sus estudios de lengua en Toronto.

—Queremos prepararos una plato típico canadiense para cenar —dice Emma con su acento marcado.

—Oh, ¿y qué es? —Joanne se esfuerza por sonreír.

—Un pastel de carne.

Émile come a su lado en silencio. Hace un tiempo que le cuesta participar en las conversaciones. A menudo está alterado, distraído. Le cuesta concentrarse en algo más de unos segundos. Seguramente son otros síntomas de la enfermedad.

—¿Y cómo es?

—Una especie de rotí con carne picada, miga de pan remojada en leche, cebolla, etcétera.

—Y huevos —añade Rebecca—, con bastantes especias.

Joanne hace un esfuerzo por mostrarse ilusionada.

—Tiene buena pinta.

Nadie parece acordarse nunca de que ella no come carne. Antes Émile se acordaba. Se esforzaba mucho en cocinarle platos vegetarianos. El nuevo Émile está casi siempre sumido en sus ensoñaciones, en viejos recuerdos que lo invaden. Habla poco. Ya no escucha las conversaciones. Las tres chicas alzan la cabeza cuando se levanta bruscamente.

—¿A dónde vas? —le pregunta Joanne.

No soporta tener que vigilarlo tanto, pero desde que desapareció la semana pasada no le queda otro remedio. Al volver de la obra no estaba. Los cuatro lo buscaron una hora hasta que lo encontraron en el pueblo de Aas, totalmente desorientado.

«Quería ir a la cafetería con Renaud», había dicho.

Émile se dirige hacia la pequeña ventana grasienta de la cocina.

—El gato ha vuelto —dice.

Al principio no entienden qué está diciendo, pero entonces abre la ventana y Pok da un salto en medio de la cocina.

—Es Pok —le dice Rebecca.

—¡No conozco los nombres de todos los gatos vagabundos de los Pirineos!

Las dos chicas miran a Joanne con desconcierto. Todavía no están acostumbradas a los olvidos de Émile. No ha quedado más remedio que explicarles lo que pasaba. Émile no dejaba de preguntar a todo el mundo: «¿Dónde estamos?», «¿Sabéis quién me ha traído hasta aquí?», «¿Por qué no me lleváis a Roanne?», «¿Sois amigas de Marjo?».

Siempre son muy amables con él. Le responden a todas las preguntas, hasta a las más insistentes y las que repite todo el tiempo.

—No es un gato vagabundo —le explica Emma—. Es Pok. Es tu gato.

Joanne les hace una señal discretamente para que no insistan.

—Si tuviera un gato lo sabría —responde Émile mientras vuelve a sentarse a la mesa.

Nadie insiste. Sigue comiendo y unos minutos después, cuando ya ha terminado, Joanne recoge su plato y le dice con delicadeza:

—Ve a descansar un poco. Yo te despertaré cuando vaya.

Las tres chicas lavan los platos en silencio en la pequeña cocina del anexo.

—¿Entonces os vais? Quiero decir..., ¿de verdad? —pregunta Emma de pronto.

Joanne frunce el ceño sin entender.

—Sí, de verdad. ¿Por qué? —pregunta a la defensiva.

Emma se encoge de hombros impotente.

—Creíamos que os quedaríais con nosotras hasta el mes de mayo.

—Sí —confirma Rebecca—, nos habíamos acostumbrado a vosotros.

Joanne no puede evitar sonreír al ver sus caras de decepción.

—Y además Hippolyte está preocupado... con los desmayos de Émile... —añade Emma.

Joanne recuerda las conversaciones con Hippolyte cuando le dijo que pensaban irse. «Pero si eres delicada como una brizna de hierba... ¿Qué harás si se cae?». Sin embargo no queda otra opción. Émile está agotado, los desmayos son cada vez más frecuentes y ya no puede trabajar en la obra. Se pasa los días encerrado en la habitación, dando vueltas, y ella está agobiada todo el tiempo por si se vuelve a escapar. No puede estar pendiente de él constantemente. Tiene que trabajar. La habitación doble y la comida que ofrece Hippolyte son a cambio del trabajo en la obra que ella se esfuerza en hacer por los dos. Joanne también está cansada.

Hippolyte le ha pasado la dirección de una «ecoaldea» en Lescun, en los Pirineos. Uno de sus amigos pastores puso en marcha el proyecto: reformar antiguas cabañas de pastores y convertirlas en casas que sigan principios ecológicos. La pequeña aldea, de una cincuentena de habitantes, está diseñando un huerto enorme para ser autosuficiente en frutas y verduras. Hippolyte dice que la comunidad siempre busca voluntarios que quieran echar una mano.

—Les podrías dar clase de pintura a los niños —dice—. ¡Estoy seguro de que les encantaría!

Joanne se ha dejado cautivar poco a poco por esta idea. Hippolyte la ayuda a trazar un itinerario para llegar hasta Lescun. Le ha escrito una carta a su amigo pastor. Parece aliviado de saber que estarán acompañados por una comunidad, en lugar de estar solos, a merced de los desmayos de Émile. Joanne piensa que allí siempre habrá alguien pendiente de Émile.

En la cocina, Rebecca y Emma parecen disgustadas y un poco tristes de que se marchen tan pronto.

—Estaremos en la ecoaldea... Ha sido Hippolyte el que nos ha pasado el contacto. Está convencido de que allí nos encontraremos bien.

Las dos chicas se muestran un tanto escépticas.

—¿Os lleváis a Pok? —pregunta Emma.

Joanne asiente y el gesto de decepción de Emma se acentúa.

—También lo echaremos de menos.

Joanne les sonríe, y de pronto le parecen mucho más jóvenes de lo que son.

—«Las verdaderas separaciones, las más trágicas, son las que nunca tendrán lugar» —dice Joanne con aire enigmático.

Ellas se miran y fruncen el ceño. Joanne sonríe aún más y deja la cocina con estas palabras.

La gravilla cruje bajo los pies de Joanne, mientras camina despacio hacia la autocaravana. Tiene miedo y ya hace algunos días que se prepara. Es un ritual. Cuando termina de trabajar en la obra sale de la finca y se sube a la autocaravana. Se obliga a circular un rato por los senderos zigzagueantes de la montaña. No le queda más remedio. La puerta se abre con un chirrido, y Joanne monta y se coloca frente al volante. Siempre tiene la maldita impresión de ser diminuta, incapaz de llevar esa máquina.

El sol se pone tras los pequeños valles, la puerta se cierra y los faros se encienden cuando Joanne arranca el motor. Antes de salir del caminito de grava, mira hacia la casa y ve la ventana de la cocina iluminada. Rebecca y Emma están preparando su cena de despedida. Émile no está con ellas, se ha quedado en la habitación.

—Estad pendientes de él... En veinte minutos estoy de vuelta.

La autocaravana sale del camino despacio. Siempre le cuesta poner segunda, en realidad nunca ha conducido. En Saint-Suliac siempre iba a pie o en bicicleta. Joseph había insistido mucho en que se sacara el carnet de conducir. En esos momentos todavía no sabían que se quedaría con el puesto de conserje del colegio. Joseph creía que necesitaría el coche para buscar trabajo. Se sacó el carnet pero nunca condujo, no tenían coche. Ahora no le queda más remedio que volver a cogerlo. Émile cada vez tiene menos reflejos, y además podría desmayarse mientras conduce. Se lanza con prudencia a la carreterita de montaña. Sigue estando crispada cuando coge el volante pero siente que va progresando y cada vez está menos tensa. Su conducción es cada vez más suave. Se repite algunas palabras que le decía su padre cuando era pequeña: «Ya que no se puede cambiar la dirección del viento, hay que aprender a orientar las velas». Es una frase de James Dean. Le gusta recordarla cuando necesita confiar en ella, cuando las cosas se complican. Es una frase que la motiva. Adaptarse es salir adelante. Hay que saber reorientar las velas. Siempre.

—¿Para quién es la carta?

Ya está, ya han dejado la finca y se han despedido de Hippolyte, Emma y Rebecca. Antes de coger la carretera en dirección a Lescun se paran en el centro de Aas. Decir «centro» es un poco exagerado porque Aas solo tiene un comercio. Joanne ha elegido cuidadosamente una postal con una bonita cabaña de pastor en un valle cubierto de nieve. Intenta escribir sobre el mostrador de la tienda para poder enviarla desde aquí antes de coger la carretera. El vendedor los observa con curiosidad. Sin duda es por Émile, que mira por todas partes y parece un poco desorientado.

—Es para Sébastian —responde Joanne sin levantar la cabeza.

—¿Quién es Sébastian?

Joanne lo reprende con la mirada, ya que no deja de toquetear las revistas y el vendedor los mira con mala cara.

—Un amigo.

—¿Por qué le escribes?

—Le prometí que le escribiría desde cada lugar al que fuéramos —le responde mientras sigue con la postal.

Émile se inclina sobre su hombro para descifrar lo que escribe.

—Toma —le dice entregándole la postal—, ¿quieres firmar abajo?

Émile la mira con extrañeza.

—¿Por qué iba a querer firmar si no lo conozco?

—No pasa nada. Él sabe que viajo contigo.

—¿Por eso le hablas de mí?

—Sí, por eso.

Joanne le pone el bolígrafo en la mano.

—Toma, firma abajo. Sería un detalle por tu parte.

Émile lo hace de buen grado. Este Émile es amable, como el de antes.

La campanilla tintinea cuando abren la puerta de la tienda.

—Adiós —se despide Joanne del vendedor.

—Adiós. Que pasen un buen día.

Están en la acera, justo delante de la autocaravana.

—Joanne... —dice Émile.

—¿Sí?

Desbloquea las puertas y se gira hacia él con las llaves en la mano.

—Creo que tengo lapsus de memoria.

Ella aparenta tranquilidad y una cierta indiferencia. Siempre tranquila. Esa es la clave para que Émile sobrelleve su enfermedad sin demasiada ansiedad.

—Ah, ¿sí?

—Sí.

—¿Y por qué piensas eso?

—Este Sébastian...

La mira con ojos inquisitivos.

—Se supone que lo conozco, ¿no?

Ella se encoge de hombros.

—¿Tú crees?

—Sí, lo creo, y a ti también, ¿no? Se supone que te conozco.

Tiene una mirada infantil, una mirada llena de dudas y de expectativas. Ella le alborota el pelo con cariño.

—Tal vez, pero ¿sabes qué? No tiene importancia.

Joanne le indica que suba a la autocaravana pero Émile no se mueve.

—¿Seguro? —pregunta.

Ella asiente con cariño. Quiere a este nuevo Émile, este niño en el que se está convirtiendo. Lo quiere igual que al otro, al que está atrapado al «otro lado». De hecho, ¿no se trata de la misma persona?

—Seguro. Te lo prometo. Anda, sube, nos queda mucho camino por delante.

Él obedece de buena gana. Parece aliviado.

—¿A dónde vamos, Joanne?

Ya están otra vez en ruta. El mapa de carreteras de los Pirineos Atlánticos está abierto sobre el salpicadero y Joanne lo va consultando.

—Vamos a Lescun, la pequeña aldea de la que nos habló Hippolyte...

Émile se encoge de hombros, no se acuerda.

—Estaremos bien allí, ya verás.

—¿Y qué haremos?

—Viviremos con más gente y les ayudaremos a sostener la comunidad. Podemos participar de la permacultura o hacer otras cosas.

La mira con inquietud.

—¿Y después volveremos a Roanne?

—Sí, después volveremos a Roanne.

—¿Cuándo?

Joanne traga saliva y mira hacia la carretera. Así gana un poco de tiempo antes de responder.

—Cuando te sientas un poco mejor.

—¿Estamos aquí para respirar el aire puro de la montaña? ¿Porque es mejor para mi cerebro?

Cada poco tiempo le hace las mismas preguntas, como si quisiera asegurarse de que lo ha entendido bien, de que no se ha olvidado. Todo debe de ser tan confuso en su cabeza. Necesita repetirse las cosas.

—Eso es, Émile.

Ha conseguido tranquilizarlo. Se hunde en su asiento y apoya la cabeza contra el cristal.

—Hippolyte me ha hablado de un sitio en el que podríamos pararnos dos o tres días antes de llegar a Lescun. Está cerca de aquí.

—Ah, ¿sí?

—En el valle de Ossau, que ahora atravesamos, hay una reserva natural que es uno de los mayores refugios de buitres. Al parecer, si subimos hasta la cima de la Pène de Béon veremos planear a los buitres leonados y a los buitres egipcios.

Ha conseguido despertar su interés. La mira un tanto incrédulo.

—¿En serio?

Joanne hace una gesto con la cabeza para confirmar.

—¿Te apetece?

—Sí, me apetece.

—Perfecto, ¡vamos!

El silencio llena la cabina unos segundos, hasta que Émile se gira de nuevo para preguntar:

—¿Qué es un no sé qué egipcio?

—Un buitre egipcio.

—Buitre. B. U. I. T. R. E...

—Y egipcio.

—¡Eso es!

Instalan la mesa plegable y las dos sillas delante de la autocaravana. Han tardado menos de un cuarto de hora en llegar al pueblo de Aste-Béon, un auténtico refugio de buitres. Deciden aparcar en un prado medio abandonado tras adentrarse en un caminito de tierra y piedras.

—¿Preparo té? —propone Émile.

—Sí, perfecto.

Joanne aprovecha para tender las sábanas, todavía húmedas, que ha metido en la lavadora de Hippolyte antes de marcharse. Las tiende entre dos sillas en un equilibrio precario, espera que un golpe de viento no se las lleve. Todavía huelen a jabón de Marsella con un toque más afrutado. Mientras tanto Pok husmea alrededor de la autocaravana.

—¿Todo bien? —pregunta Joanne asomando la cabeza por la puerta.

Las últimas veces que Émile ha querido cocinar en casa de Hippolyte, o simplemente calentar agua, se ha olvidado del fuego y Joanne ha llegado a tiempo para evitar la catástrofe. Pero esta vez Émile está concentrado frente al hervidor. Sigue el movimiento de

las burbujas a través del plástico blanco. Joanne se pone de puntillas para coger la tetera y las dos tazas de porcelana auténtica que
compraron en Gruissan, junto al mar, una mañana de noviembre.
Después coge la caja metálica en la que ha guardado el té verde con
almendras que también compraron en Gruissan. Está colocando
las cosas sobre la encimera cuando Émile pregunta de repente:

—¿Has estado casada?

Al principio no entiende por qué le pregunta eso, pero entonces se da cuenta de que está mirando su dedo anular.

—¿Has estado casada dos veces? —le vuelve a preguntar antes
de que ella responda.

—¿Cómo?

—Tienes dos alianzas...

Efectivamente lleva dos alianzas en el anular. Una mañana de
enero encontró la de Émile tirada en el suelo del dormitorio. Probablemente se la había quitado preguntándose qué hacía esa cosa
de metal en su dedo. La debió de dejar sobre la mesita de noche y
debió de caerse al suelo. Joanne la recogió y se la puso delante de
la otra.

—Ah..., no... —responde sin poder evitar sonreír—, no me he
casado dos veces.

—¿Y por qué llevas dos alianzas?

—Porque...

Vierte el agua dentro de la tetera buscando una respuesta
apropiada.

—Porque mi marido la pierde constantemente... Así que no
me queda más remedio que llevarla yo.

Joanne lo mira de reojo.

—¿Y por qué la pierde? —pregunta.

—Es un poco despistado.

—Ah.

Coloca la tapita de porcelana sobre la tetera y la deja sobre
una bandeja. Antes de que pueda pedirle que coja las tazas y vaya
fuera con ella, Émile pregunta de nuevo:

—¿También tiene lapsus de memoria?

Vuelve a dejar la bandeja sobre la encimera y le sonríe.

—Sí, también.

—Espero que no se haya olvidado de que estáis casados...

La mira con horror.

—Espero que no —responde ella encogiéndose de hombros con aire despreocupado—. Bueno..., ¿tomamos el té?

El pueblo de Aste-Béon está coronado por la Pène de Béon. Este risco es el refugio de una colonia de buitres declarados como especie protegida. Los buitres se refugian en las cavidades y los huecos de la roca. Joanne y Émile se dirigen hacia allí esta tarde con sus mochilas y dos cantimploras. Joanne intenta contener el ritmo desenfrenado de Émile.

—No te fuerces, ve más despacio, tenemos tiempo.

Le da miedo que tenga otra bajada de tensión repentina y se desmaye por el camino. Van subiendo bajo un sol agradable, y de vez en cuando se detienen para contemplar los valles y los rebaños de ovejas o de vacas que pastan más abajo, los senderos pedregosos que serpentean entre la vegetación. Una vez arriba, pasa cerca de una hora hasta que ven al primer buitre alzar el vuelo. Sentado con las piernas cruzadas sobre la hierba, Émile arranca briznas con impaciencia. Joanne le enseña a hacer una pulsera de margaritas pero nota que se aburre. De pronto oyen un aleteo seco en el aire, el sonido de unas alas gigantescas que se despliegan. Contemplan maravillados el vuelo majestuoso de un ave rapaz inmensa a pocos metros. Miran al cielo hasta que el ave rapaz se convierte en un diminuto punto negro. Joanne es la primera en hablar.

—¿Volvemos mañana? Traeré los lienzos.

Émile asiente y pregunta nervioso:

—¿Era un buitre egipcio?

3 de marzo
Aste-Béon, sol suave de primavera. Sentado en el banco de la
autocaravana.

Nunca había visto una rapaz tan cerca. Hace un rato ha alzado
el vuelo justo a mi lado, ¡nunca había visto nada tan impresionante!
Son aves inmensas, nos podrían romper el cuello de un picotazo. La
chica dice que no, pero no creo que sea especialista en buitres...
    ¡Me encanta este pueblo, sobre todo el risco de los buitres!
    La chica dice que hay un museo sobre buitres en el pueblo y que
mañana podríamos ir. Dice que después seré perfectamente capaz
de distinguir un buitre egipcio (me ha deletreado el nombre, yo no
recordaba cómo se escribía).
    ¡Me muero de ganas de que sea mañana!

Después de comer emprenden de nuevo el camino de la Pène de
Béon. Hace cerca de dos horas que están allí, y Joanne ya ha pintado
el cielo, los valles que se divisan más abajo. Hace una pausa antes de
ponerse con lo más difícil: pintar un buitre leonado. Deja el pincel
y levanta la vista del cuadro. Émile está justo a su lado, con un libro
enorme de papel satinado sobre las rodillas. Esta mañana, tal y
como Joanne le había prometido, han ido al espacio museográfico
«El risco de los buitres». Émile, a quien desde Navidad le cuesta
mucho concentrarse, ha estado dos horas y media tranquilo, contemplando las enormes fotografías de la exposición. En la tienda de
recuerdos Joanne le ha comprado un hermoso libro, con las páginas
satinadas, que recoge las principales especies de buitres. Desde entonces no lo ha soltado. Cuando lo ve absorto como ahora en sus
imágenes de aves rapaces, no puede evitar pensar que le recuerda a
su pequeño Tom. Le recuerda a cuando Tom pintaba el azul.

Esa noche, Joanne decide sacar el viejo Monopoly de Myrtille.
Émile se sorprende al ver la caja rota con las esquinas dobladas y
el símbolo del franco.

—¿De dónde lo has sacado?

—Una amiga me lo regaló.

—Pues debe de ser una vieja amiga...

Ella asiente. Émile la mira desplegar el tablero y colocarlo sobre la mesa, delante del banco acolchado.

—Marjo odiaba este juego. Nunca habría jugado a esto contigo.

Joanne se encoge de hombros mientras sigue colocando los billetes, que clasifica por colores.

—Pero a ti sí te gusta.

—¿Cómo lo sabes? —Émile frunce el ceño.

—Lo sé.

—Eres una especie de adivina.

—Puede que sí.

Émile accede y se sienta en el banco a su lado, mientras que ella coloca las fichas, una amarilla y una verde, en la casilla de salida.

—Marjo solo quiere jugar al dominó —dice cogiendo el dado.

—Ah, ¿sí?

—Es tu amiga. Ya lo sabes, ¿no?

Él la observa. Ella asiente.

—Sí, claro.

—¿Vais al mismo colegio?

—¿Cómo?

—Marjo está en quinto, ¿y tú?

Joanne le señala la casilla para que mueva la ficha. Le ha salido un tres.

—Ah... Sí, yo también estoy en quinto.

Hace unos días creía que había quedado con Renaud en la cafetería de la facultad. Ahora ya ha retrocedido hasta primaria.

—Émile... —murmura unos segundos después.

—¿Sí?

—Mañana nos tenemos que ir... Para llegar hasta la aldea de la que nos habló Hippolyte.

Joanne esperaba ver esa cara de decepción, por eso ha preferido decírselo ya esta noche.

—¿Allí también habrá buitres?

—No lo creo...

—No me apetece mucho ir.

—Entonces podemos hacer un trato.

—¿Qué trato?

—Mañana vamos al risco de los buitres antes de irnos.

Émile asiente y vuelve a tirar el dado.

—Vale, y después nos vamos a Roanne.

Joanne prefiere no responder.

27

«Lo extraordinario se encuentra en el camino de la gente corriente». Estas son las palabras de Paulo Coelho que le vienen a la cabeza a Joanne cuando llegan a Lescun. El paisaje bañado por la luz del atardecer le inspira poemas, cuadros, melodías de piano. Jamás ha visto nada tan hermoso. El paisaje se impone como una evidencia y Joanne entiende que será aquí, que el periplo que comenzó el primer día en el área de servicio de la autopista de Roanne tenía que llevarlos hasta aquí.

—¿Todo bien? —pregunta Émile.

Joanne no trata de ocultar las lágrimas que brillan en sus ojos.

—Sí, todo bien.

Él todavía no sabe que será aquí, que ha llegado a su última morada. Joanne aparca en el arcén, despacio, y para el motor. Quiere darse tiempo para descubrir esta belleza pura.

Maravillada detrás del volante de la autocaravana, Joanne contempla uno de los anfiteatros naturales más bonitos de los Pirineos. Un circo natural moldeado por los glaciares y delimitado por las cumbres de piedra caliza de nombres legendarios: la Mesa de los Tres Reyes, las Agujas de Ansabère, los Órganos de Camplong. No sabe que llaman a Lescun «los Dolomitas del Pirineo», que esta población encaramada a mil metros de altura es el municipio más alto del macizo, situado frente a los picos más majestuosos de los Pirineos bearneses: el Pic d'Anie, el Billare, el Déc de Lhurs..., todos alcanzan los dos mil metros.

Recorre esta obra de arte de la naturaleza con la mirada, los riscos de piedra caliza de una blancura surrealista que recortan el cielo como dientes afilados. El pueblo está enclavado en el hueco de este circo natural casi cerrado. Todavía no sabe que Lescun es una aldea de las más auténticas, que conserva los techos de pizarra, las callejuelas estrechas flanqueadas por casas de muros gruesos, casas de piedra con puertas de madera y ventanas tradicionales. Todavía no sabe que cogiendo la callejuela estrecha que va hacia la iglesia encontrará lavaderos y abrevaderos antiguos... Que a las afueras del pueblo las cimas y los bosques lindan con prados de siega, setos, graneros, muros bajos. A medida que pasen los días descubrirá hermosos jardines con flores que iluminan las calles estrechas en primavera. Flores violetas que cubren los taludes de las carreteritas que llevan hasta las granjas; claveles, pulmonarias, orquídeas, que se juntan con sus compañeras amarillas; adormideras, prímulas...

En los cafés del pueblo escuchará las historias interminables sobre la batalla de Lescun, historias que ilustran el coraje de sus gentes frente a la armada española. Todo esto todavía no lo sabe, pero sus lágrimas ante la belleza del paisaje son un hermoso presagio de todo lo que le espera.

—¿Joanne?

La mujer le tiende una mano decidida. Tiene la cara bronceada por el sol, el pelo y los ojos de un negro profundo, y una nariz grande y recta.

—Encantada, soy Isadora. Mi padre es Pierre-Alain, el amigo de Hippolyte. Recibió su carta y os estábamos esperando.

Su cuerpo respira dinamismo: su sonrisa, su tono enérgico, el ritmo de su voz, su mirada despierta, sus manos grandes y robustas. No debe de tener más de treinta y cinco años.

—Y tú debes de ser Émile.

Émile parece salido de un álbum infantil. Con dos ojos grandes y redondos, y un aire inquisitivo y ligeramente asustado que haría reír a cualquiera. Aun así le estrecha la mano en silencio.

—¿Tenéis una caravana?

—Una autocaravana.

La joven se da la vuelta y echa un vistazo a su pequeña aldea, formada por cabañas de pastor. Está apartada del pueblo, justo en medio de una planicie.

—Vais a necesitar un terreno.

Se gira hacia ellos y pregunta:

—¿Cuánto tiempo pensáis quedaros?

Joanne se balancea un tanto incómoda.

—¿Alguien podría enseñarle la aldea a Émile? Aprovecharemos para hablar de eso...

No quiere hablar de su enfermedad y su muerte inminente delante de él. Isadora asiente moviendo la cabeza enérgicamente, y se lleva dos dedos a la boca. Da un buen silbido y tres hombres se giran.

—¡Marico! ¡Ven, por favor!

Se acerca un hombre grande. Muy moreno, con los ojos de un negro profundo. El pelo largo le cae sobre los hombros y lleva un aro en la ceja.

—Os presento a mi pareja —dice Isadora.

El hombre les saluda calurosamente.

—Marico es peruano. Lo conocí en uno de mis viajes a América Latina —añade Isadora.

No les deja tiempo para responder. Se gira hacia su pareja.

—Estaría bien enseñarle la aldea a Émile. ¿Te encargas tú?

—Claro —responde él con un fuerte acento.

A Joanne le da un poco de pena ver a Émile alejándose sin protestar, con los ojos abiertos llenos de preguntas.

Isadora se la lleva por la callejuela que rodea las cabañas de piedra.

—Parece un poco ido —comenta.

Joanne asiente.

—¿Toma drogas?

La pregunta de Isadora la sorprende.

—No, tiene alzhéimer precoz.

—Es terrible —dice Isadora frunciendo el ceño.

Le señala un murete de piedra para indicarle que se siente. Las dos se encaraman en el muro mientras el sol se pone sobre la pequeña aldea.

—Entonces cuéntame. ¿Tenéis intención de quedaros mucho tiempo?

—Sí. Estamos aquí a la espera...

—¿A la espera? —Isadora entrecierra los ojos.

—No le queda mucho tiempo.

—¡Oh!

Isadora trata de mostrar su compasión sosteniendo la mirada, pero Joanne tiene la vista fija sobre los acantilados calizos.

—¿Está en tratamiento?

—No. No ha querido.

—Entiendo. Y... ¿sabes cuánto tiempo le queda?

Joanne deja de mirar los acantilados blancos para girarse al fin hacia Isadora.

—Los médicos le dieron dos años el pasado mes de junio, pero las cosas se están acelerando.

Sigue hablando para no dar tiempo a que Isadora le haga más preguntas.

—Podrá ayudar con un par de cosas o tres. Solía ser muy bueno pero ahora... es un poco despistado. Hay que vigilarlo. Yo... creo que podría ayudar con el huerto. Sé bastante de jardinería.

Isadora asiente, después de las miradas de compasión retoma su papel de responsable de la aldea.

—¿Tienes idea de yoga o de taichí? Buscamos profesores.

Joanne arquea la ceja sorprendida.

—Ah, ¿sí?

—Sí. También nos interesa el desarrollo personal, no solo la ecología. Hacemos bastantes actividades. Marico, por ejemplo, da clases de capoeira a los jóvenes. Dice que les sentará genial tanto para el cuerpo como para la mente.

Joanne asiente con un gesto.

—No hago yoga ni taichí, pero...

Duda un momento. No está segura de que su experiencia con Émile haya sido muy exitosa.

—Podría iniciar a quien lo deseara en la meditación.

Los ojos de Isadora se iluminan como pequeñas hematites.

—¡Genial! ¿Sabes qué? ¡Estoy segura de que no habéis llegado aquí por casualidad! Marico lo dice a menudo: «Hay que estar atento a las señales».

Joanne arquea las cejas sorprendida.

—Pero esta frase no es de Marico... —dice con timidez.

Isadora sonríe, y asiente.

—No, tienes razón. Es de Paulo Coelho, ¿no?

—De *El Alquimista* —murmura Joanne asintiendo.

Intercambian una mirada de complicidad, de reconocimiento mutuo. Esto es una señal. Las dos se han dado cuenta.

La pequeña cabaña tiene una sala principal que hace de cocina comedor. Tanto el suelo como las paredes son de piedra sin pulir. Una mesa de madera antigua acoge a los cinco comensales. Las sillas son de haya maciza con el asiento de paja estropeado. Una estufa de leña ronronea en una esquina emitiendo un calor suave. Contra la pared del fondo, que no tiene ventana, hay una cocina de gas blanca, un fregadero de hierro fundido resquebrajado, una nevera muy antigua y un armario grande de madera que sirve de despensa.

—Hemos querido conservar un estilo antiguo, tradicional. La mayoría de las cabañas de la aldea son bastante modernas, la nuestra es una excepción—explica Marico.

Señala la cocina y la nevera.

—Todos los electrodomésticos que tenemos los hemos recogido en vertederos ilegales. Los hemos modificado para que cumplan las normas ecológicas actuales.

—Marico era técnico de electrodomésticos en Perú. Eso ayuda —explica Isadora dirigiéndose a Joanne.

Cinco personas comparten una comida de bienvenida en torno a una mesa iluminada por la luz pálida de una bombilla desnuda. Marico e Isadora han invitado a Émile y a Joanne, y también a Pierre-Alain, padre de Isadora y amigo de Hippolyte. Antes Isadora les ha hecho la visita completa de la ecoaldea, y les ha ido presentando a la gente que se cruzaban por el camino. Isadora les ha contado que la mayor parte de los residentes de esta aldea de cincuenta habitantes son jubilados. La mayoría trabajaban en temas de ecología, paisajismo, y en el sector agroalimentario. El resto de los habitantes son un grupo ecléctico que ha decidido invertir su tiempo en un proyecto que para ellos tiene sentido. Son la población activa que reparte el tiempo entre su trabajo y la ecoaldea, las familias con hijos, las personas que no pueden trabajar debido a una lesión o a una discapacidad. La población activa participa en la vida de la aldea principalmente los fines de semana. Es el caso de Isadora y de Marico. Marico todavía trabaja como técnico de electrodomésticos. Se desplaza hasta los municipios de los alrededores a bordo de su Renault Trafic. Isadora es camarera a media jornada en un bar del pueblo: el Café Dolomites. Por ahora no tienen hijos y no saben si se decidirán a tenerlos algún día. Pierre-Alain está jubilado. Se ha pasado la vida haciendo de pastor y siempre ha luchado por proteger el patrimonio pastoral de Lescun y de los Pirineos en general. Es él quién les cuenta cosas sobre la ecoaldea.

—Esta planicie en la que construimos la ecoaldea era una pastura estival. Aquí se traía a los rebaños cuando empezaba el buen tiempo hasta principios de otoño. En las pasturas estivales como esta siempre había diferentes construcciones, cada una cumplía una función. Los orris, por ejemplo, son cabañas que servían para almacenar la leche, el queso y los cereales. Cabañas pequeñas orientadas al norte para estar más frescas. La cabaña en la que estamos ahora es un orris. Los cortales servían o bien de establo o bien de cobertizo para el material y el estiércol. Tienen un pilar central y normalmente están cubiertos de paja. Hay uno en la ecoaldea, ya os lo enseñaré. Es la casa de una pareja de jubilados.

Durante el paseo con Isadora por la ecoaldea, Joanne ha descubierto maravillada cabañas tradicionales de piedra seca que siempre tienen la puerta abierta. Isadora le ha explicado que aquí las relaciones se basan en una confianza absoluta. En los jardines diminutos que hay al lado de las cabañas crecen puerros y algunas lechugas. Hay un gallinero con una decena de gallinas rojas, con los cuellos regordetes. El terreno destinado a actividades permaculturales está un poco apartado de las viviendas, delimitado por una cerca de madera. Ya hay una compostadora instalada a un lado del terreno con una nube de moscas sobrevolando que parecen hacer guardia. Isadora le ha enseñado los montículos de tierra enriquecidos con compost, que favorece la formación de un humus rico y estable y el desarrollo de cultivos. Le habla de las espirales de plantas aromáticas, que permiten que cada planta tenga las mejores condiciones para su crecimiento.

—A la menta y la cebolleta, por ejemplo, les va bien el suelo fresco y húmedo. Son plantas que están en la parte de abajo de la espiral. Las plantas que prefieren la semisombra, como el perejil, la borraja o el cilantro, irán encima de las pendientes. Y arriba del todo se colocan plantas que necesitan mucho sol.

—¿Como el tomillo, el romero... o la lavanda? —pregunta Joanne.

—Exacto. Veo que lo has entendido —responde Isadora con una sonrisa de complicidad.

Vuelven juntas hacia la aldea, paseando tranquilamente, e Isadora sigue hablando animada, con los ojos brillantes.

—La permacultura va en contra del cultivo clásico. No se siembra en fila, deja que las plantas se desarrollen a su ritmo y se mezclen entre ellas. En la naturaleza el monocultivo no existe. Y estas combinaciones de plantas son las que las protegen de enfermedades y plagas.

Llegan a la aldea. Émile y Marico las esperan delante de la cabaña de la pareja. Isadora añade apresuradamente:

—Ya tendremos ocasión de hablarlo estos días, pero para resumir el concepto de permacultura hay que tener en cuenta tres principios: cuidar de la tierra y de todas sus formas de vida; cuidar de las personas y construir una comunidad; redistribuir los excedentes. Nuestra comunidad se basa en estos principios.

Ya en la mesa, Émile está muy callado. La presencia de desconocidos lo intimida. Desde que han llegado a la aldea no ha abierto la boca.

Antes de comer, Isadora les ha designado un pequeño terreno al final de la aldea para que se establezcan allí, a un centenar de metros del terreno de permacultura. Han aparcado allí la autocaravana. Mañana Joanne sacará mesa y sillas, y puede que vaya a recoger piedras para trazar un caminito que llegue hasta la puerta de su casita.

—¿Alguien quiere más estofado? —pregunta Isadora mientras se levanta de la mesa.

Todos niegan con la cabeza. Marico se reclina sobre el respaldo de la silla y saca papel de fumar, que alisa contra la esquina de la mesa. Pierre-Alain cruza las manos sobre la barriga. Todavía es un hombre fuerte, muy delgado, enjuto. Tiene el pelo canoso, unas cejas tupidas con pelos de punta que trepan hacia lo alto de la cabeza, y la nariz ligeramente torcida. Transmite un dinamismo y una energía inagotables, como su hija.

Mientras Isadora se acerca a la cocina para dejar la olla de estofado, Joanne pasea la mirada por la cabaña. Aparte de la sala principal en la que están ahora, y que sería el comedor, parece que solo hay otra habitación. Se accede a través de una puerta de madera que está a la derecha de la despensa. Joanne imagina que es el baño. Isadora les ha explicado que todas las casas del pueblo tienen un baño seco, y que el compost que recogen así es una maravilla para los cultivos. Por eso en la aldea está totalmente prohibido el uso de productos químicos. «Jabón de Alepo cien por cien natural y nada más», ha dicho Isadora.

Joanne continúa recorriendo la sala con la mirada. Contra la pared que tiene a la izquierda hay una escalera de madera pintada de rojo que permite subir hasta una buhardilla minúscula. Se ve un colchón con sábanas azules y una lámpara de mesita de noche de cerámica colocada en el suelo. Debe de ser el dormitorio.

Cuando Isadora habla se sobresalta.

—No es muy alto, ¿verdad? ¡Menos mal que no tenemos claustrofobia!

Deja una ensaladera en la mesa. Dentro hay manzanas jugosas y algunas nueces que han sobrevivido al invierno. Pierre-Alain se despierta de su minisiesta y se endereza en la silla.

—Bueno —dice girándose hacia Joanne— ¿en qué proyectos os apetece implicaros?

Vuelven hacia su autocaravana bajo la noche estrellada. Isadora les ha dejado una linterna. Toda la aldea parece dormida. Joanne distingue a lo lejos la sombra de Pok deslizándose entre las cabañas. Espera que no les haga daño a las gallinas. Está agotada. Ha sido una noche repleta de estímulos y de encuentros. A Pierre-Alain le ha entusiasmado la propuesta de Joanne de formar un grupo de meditación para principiantes. Ha dicho que podían hacer un primer encuentro el sábado, dentro de cuatro días. Además los ha inscrito en su grupo de aprendices de brujo para la implementación de proyectos permaculturales.

—Somos un grupito de diez. Cada uno se implica en función del tiempo que quiera invertir. Ya veréis, es apasionante. Gilbert es botánico, es él quien dirige el grupo. Su mujer, Lucia, también es un auténtico pozo de sabiduría. Era herborista.

Joanne está agotada y emocionada al mismo tiempo por todas las posibilidades que le ofrece la aldea. Ha entendido que aquí todos cuidan del resto. Aquí siempre podrán contar con alguien.

Émile sigue callado cuando Joanne abre la puerta de la autocaravana y se encuentran con el mismo olor a té y a cerrado de siempre.

—Émile, ¿estás bien? —le pregunta ella con ternura.

Tiene la cara muy pálida. Su rostro refleja un gran desconcierto. Todavía no ha dicho ni una palabra. No sabe qué están haciendo allí. No entiende nada. No está bien, Joanne no lo había visto nunca tan confundido.

—Todo irá bien, sabes... Sé que todo esto es nuevo y que te da miedo, pero aquí estaremos muy bien... Toda la gente que has visto esta noche cuidará de nosotros. Vamos a aprender proyectos permaculturales.

Joanne le sonríe e intenta tranquilizarlo pero no parece surtir efecto. Émile sigue pálido, inmóvil.

—¿Émile? —insiste ella para que reaccione.

Lo observa con atención, ve como su nuez sube y baja mientras traga y se prepara para hablar.

—Quiero volver.

Al principio reacciona con una sonrisa tranquilizadora.

—Todo irá bien, Émile.

Joanne está acostumbrada a sus preguntas constantes sobre su regreso a Roanne. Hasta ahora siempre ha conseguido distraerlo pero Émile insiste, con una voz más seria.

—Quiero volver a Roanne.

Joanne nota que esta vez es diferente, que su voz es más irascible y tiene fuego en los ojos.

—Volveremos cuando te encuentres m...

—¡No, quiero-volver-ahora! —la interrumpe Émile con brusquedad.

Apenas separa las palabras. Está indignado. Perdido, un poco desquiciado. Sus ojos sueltan chispas, y todavía está más pálido que hace un momento.

—Llévame a casa de mis padres.

Ella sigue inmóvil, atónita.

—Llévame. No quiero seguir aquí contigo. Quiero irme a casa —repite.

Ve que está a punto de hacer un gesto para salir de la autocaravana y lo retiene, con delicadeza.

—Espera, Émile, espera... ¿No pensarás marcharte en plena noche?

Joanne teme que note el pánico en su voz.

—Mañana nos iremos, ¿vale? Vamos a esperar a que sea de día...

Ahora él la mira con aire de desconfianza.

—No te he visto nunca.

—Sí, Émile... Nos conocemos.

Pega un puñetazo sobre la encimera y empieza a chillar.

—¡No te conozco! ¡Me has robado el teléfono móvil y no me dejas volver a casa!

Joanne piensa en los vecinos que duermen. Procura ser todavía más suave para animarlo a bajar la voz.

—Émile, sabes que eso no es cierto. Yo no te he robado el teléfono.

Sin embargo grita todavía más fuerte.

—¿Y entonces dónde está?

—Yo...

—¡Dámelo! —grita.

Da otro puñetazo sobre la encimera. Tiene una mirada feroz, como de un león enjaulado. Joanne retrocede instintivamente. Recorre todos los rincones de la autocaravana en busca de una solución.

—No... No puedo...

Joanne tartamudea, se siente atrapada, incapaz de encontrar una salida. Tiene miedo. Miedo de que se enfade y quiera pegarle. Miedo de que se escape. Empieza a hablar muy deprisa, con un hilo de voz, casi sin aliento.

—Mañana, Émile. Mañana volveremos a casa. Tienes que creerme. Ahora es demasiado tarde... Está muy oscuro.

La puerta de la autocaravana se abre de golpe provocando un estruendo en medio de la noche. Un segundo después ya se ha ido.

—¡Émile!

Su sombra desaparece rápidamente en la oscuridad. Joanne salta del escalón y se lanza tras él.

—¡ÉMILE!

Se enciende una luz en la cabaña de al lado. Émile corre muy deprisa. Joanne no puede seguirlo. Lo llama intentando no gritar, no alarmar al vecindario.

—¡Émile! ¡Vuelve, Émile! ¡Te lo ruego, deja que te lo explique!

Una segunda cabaña se ilumina en medio de la noche. No le queda más remedio que detenerse un instante, casi sin aliento. Se siente muy débil. Hace semanas que se siente débil. Le da miedo desmayarse.

—¡Te vas a perder! ¡Si te marchas solo de noche te perderás!

Ha gritado más de lo que querría porque Émile ya está lejos. La ha dejado atrás rápidamente. Se abre una puerta a la derecha de Joanne. Un hombre aparece en el umbral.

—¿Va todo bien? —pregunta iluminándola con una linterna.

Se enciende la luz de una tercera cabaña.

—Es... Es mi amigo —tartamudea Joanne—. Tiene lapsus de memoria. Quiere escaparse.

Oye el crujir de la grava bajo los pies del hombre que se acerca a ella.

—¿A dónde va?

Joanne niega con la cabeza impotente.

—No lo sé.

El hombre le da la linterna a Joanne.

—Toma. Quédate aquí. Voy a tratar de detencrlo.

Se marcha corriendo, pronto no es más que una silueta negra. Joanne tiene que cerrar los ojos para que el paisaje deje de dar vueltas a su alrededor. Escucha la voz de un hombre en medio de la noche, seguida de la de Émile, que grita a pleno pulmón.

—¡SOLO QUIERO QUE ME LLEVEN A MI CASA! ¡DÉJEME! ¡NO TIENE DERECHO A RETENERME CONTRA MI VOLUNTAD!

Joanne se acerca corriendo como puede, con la linterna iluminando el camino de delante. Se encuentra mejor, ya no está mareada. No tendría que haber trabajado tanto durante el invierno. Tendría que haber guardado fuerzas para lo que pudiera pasar: la rabia, las discusiones, las tentativas de fuga.

Al llegar donde están el hombre y Émile se da cuenta de que hay más gente, otros hombres. Hay muchas casas con las luces encendidas y las puertas abiertas. Las mujeres están en el rellano, nerviosas, los hombres se han arremangado pensando que tendrían que pelear. Joanne se abre camino dando codazos entre los hombres que rodean a Émile.

—¡Dejadlo! ¡No le hagáis daño! Está enfermo... Pierde la memoria.

Los hombres se apartan. Dos sujetan a Émile, cada uno de un brazo.

—Ha intentado pegarnos —dice el hombre de la linterna.

—Lo siento mucho... Lo siento muchísimo... No sabe lo que hace, no...

Pero el grito de rabia de Émile la interrumpe y desgarra la noche.

—¡SOLTADME, PANDILLA DE ASESINOS!

Da una patada y por un instante la pierna se queda inmóvil en el aire, la cara se le crispa y de pronto lo ve todo borroso, como en una pantalla de mala calidad. Todo se oscurece y se difumina. Émile se desploma como un muñeco de trapo, como Joseph en medio de las tomateras tres años atrás.

Las luces rojas y azules de los faros giratorios bailan en los ojos asustados de Joanne. La multitud se agolpa delante de Émile y de la ambulancia. Joanne no ve nada excepto las luces. Hace un mo-

mento, cuando Émile se ha desplomado, se ha quedado petrificada por el terror, sin poder moverse. Ha sido el hombre de la linterna el que ha llamado a emergencias. Ella se ha quedado inmóvil
mientras las cabañas se iban iluminando una a una, mientras los
habitantes iban llegando alarmados por las voces de pánico que
gritaban: «¡Ya llega la ambulancia!», «¡Dejad pasar!», «¡Decidle a
Marico que mueva su furgoneta!».

La han cogido del brazo, la han apartado un poco y la han
obligado a sentarse en el suelo. Le han traído una chaqueta. Una
voz, sin duda la de Isadora, le ha dicho que no se preocupara, le
ha susurrado que ellos se encargaban de él, que la ambulancia ya
llegaba. Y ella ha obedecido en silencio, incapaz de moverse.

La muchedumbre se dispersa y Joanne alcanza a ver la camilla
que dos hombres suben a la ambulancia. Se lo van a llevar. Es
incapaz de reaccionar. Le vuelven las imágenes de Joseph desplo-
mándose en el jardín, y de los hombres que se llevan a su pequeño
Tom en un vehículo como ese.

De pronto Isadora está delante de ella y se arrodilla para quedar a su altura.

—Joanne, se lo van a llevar... Seguro que querrás acompañarlo...

Ella asiente, se levanta despacio y sigue a Isadora hasta la
ambulancia, con todas esas luces girando. Isadora habla con uno
de los chicos de la ambulancia. Un segundo después ayuda a
subir a Joanne a la parte de atrás y las puertas se cierran con un
golpe seco. La última imagen que ve es la de Isadora agitando el
brazo.

El coche se pone en marcha. Joanne mira el cuerpo inconsciente de Émile. Alguien le ha colocado una máscara de oxígeno
en la cara. Un hombre le está pegando electrodos en el pecho. Le
han quitado la camiseta.

—Siéntese, señora.

Ella obedece. El camino es pedregoso. El portasueros se balancea peligrosamente.

De pronto tiene un hombre justo delante que mueve los labios. Le está hablando. Joanne hace un esfuerzo por concentrarse.

—¿... cardiacos?

—¿Disculpe?

—¿Tiene antecedentes cardiacos? —repite él más despacio.

Niega con la cabeza. Se oye a sí misma balbuceando algo sobre los desmayos debido a las bajadas de tensión. La respuesta del técnico de la ambulancia le llega a través de la sirena.

—El corazón le late irregularmente. La causa del desmayo habrá sido una bradicardia. Es probable que antes de caer se haya mareado o haya tenido dificultad para respirar. ¿Ha dicho algo?

Ella niega con la cabeza, aturdida.

—Estaba muy asustado... Tiene lapsus de memoria importantes. Quería irse en plena noche... Tratamos de detenerlo...

El técnico de la ambulancia esboza una sonrisa tranquilizadora.

—No se preocupe, señora. Nos ocuparemos de él.

Todo va muy deprisa. Los de la ambulancia bajan de un salto. Colocan la camilla plegable sobre una camilla con ruedas. Desaparece entre el estruendo de las ruedas sobre el empedrado. Los hombres corren delante de ella. Nota una mano en el hombro, una ligera presión que la guía. Paredes blancas. Batas blancas. Fluorescentes blanquecinos y agresivos. Caras. Algunas sonrisas. El aliento del hombre que la guía, un ligero olor a café. Le señalan una silla de plástico gris.

—Siéntese aquí. Vendremos a buscarla.

Se mira las manos, colocadas sobre los muslos, como si no fueran las suyas. Las uñas demasiado largas y un poco sucias. Los cortes y las ampollas, consecuencia de todos estos meses en la obra de Hippolyte. Se mira las manos, que de pronto le parecen ajenas, demasiado pequeñas y frías. Con las dos alianzas colocadas en su anular, una encima de la otra. Alianzas que en realidad no lo son pero que justifican que ella esté aquí esta noche, que haga todo lo posible para que Émile no regrese a Roanne. Contra su voluntad. «¡Soltadme, pandilla de asesinos!».

Debe de haberse quedado dormida porque al principio no sabe dónde está, quién es el hombre que tiene delante, y por qué le ha puesto la mano en el hombro. Lleva un estetoscopio colgado del cuello y unas gafas de montura dorada. Nota que tiene el cuello y los hombros agarrotados.

—Señora, sígame.

Ella va volviendo en sí mientras lo sigue. Sus zapatos parecen de plástico y hacen un ruido extraño sobre el suelo. Le pide que entre en su despacho, y le indica que se siente en una silla de espuma azul espantosa.

Ella obedece. Fija la mirada en el bote de lápices que está sobre el escritorio de nogal del médico. Una lata pintada de amarillo en la que alguien ha puesto pegatinas verdes. Un regalo por el Día del Padre, debe de tener un hijo.

—Bien. Su amigo está bien.

El médico hace una pausa y Joanne aprovecha para colocarse. Se apoya contra el respaldo y nota que sus hombros se relajan.

—Le hemos hecho un ecocardiograma. Parece que tiene arritmia cardiaca, es decir, que su corazón late de forma irregular sin ningún motivo.

Le da tiempo para asimilar la información. Ella asiente.

—Para ser más preciso, tiene bradicardia. No solo tiene un ritmo cardiaco irregular sino que también es demasiado lento. Por debajo de sesenta latidos por minuto. El corazón es incapaz de bombear sangre y oxígeno suficientes al organismo, especialmente cuando hace un esfuerzo físico.

Se inclina hacia delante y fija sus pequeños ojos verdes en los de Joanne.

—¿En qué condiciones se ha desmayado?

—Estaba corriendo.

—¿Corriendo?

—Corriendo y forcejeando.

Los ojos verdes parecen encogerse un poco más.

—A veces pierde el conocimiento —precisa Joanne—. Tiene alzhéimer precoz. Sufría una de sus crisis, en las que no sabe dónde está... Quería irse del pueblo en mitad de la noche. Intentábamos detenerlo.

El médico cruza las manos sobre su mesa de nogal.

—Entonces, vamos a tratar cada problema por separado. Primero la bradicardia...

Se endereza en la silla.

—Su corazón late demasiado despacio y eso confirma lo que le comentaba... Se produce una insuficiencia durante el esfuerzo físico, como ha pasado esta noche.

La observa buscando una confirmación, que ella le da añadiendo con timidez:

—El médico que lo auscultó en varias ocasiones habló de bajadas de tensión...

—No eran bajadas de tensión. Es bradicardia.

Vuelve a inclinarse hacia delante y a entrelazar las manos sobre el escritorio.

—Y dice que tiene lapsus de memoria...

Joanne se revuelve incómoda en la silla de espuma azul. ¿Habría sido mejor no contárselo? Se acuerda de la reacción que tuvieron los médicos del hospital de Bagnères-de-Bigorre este verano. No les habían dado opción. Habían llamado al centro de ensayos clínicos y a los padres de Émile de inmediato. Sí, pero ahora es distinto. Joanne trata de convencerse de eso mientras gira nerviosamente las alianzas en torno al dedo.

—Padece una enfermedad rara... Una enfermedad que se parece a un alzhéimer precoz y que..., que causa daños cerebrales.

Tiene la impresión de estar encogiéndose ante la mirada preocupada del médico.

—¿Una enfermedad rara?

Joanne asiente.

—¿Cuál es?

Dirige la mirada a la punta de sus zapatos.

—No sé el nombre...

Ahora piensa que tendría que habérselo preguntado a Émile cuando todavía estaba lúcido. Ya es demasiado tarde. El médico se mueve en su asiento y procura ser más amable.

—No se preocupe. Lo encontraremos en su expediente. Me imagino que la bradicardia estará relacionada con esta patología.

Se quita las gafas redondas de montura dorada y las limpia distraídamente; parece estar reflexionando.

—¿No le están haciendo seguimiento?

Joanne vuelve a cambiar de postura. Está cada vez más incómoda. Trata de tranquilizarse diciéndose: «Todo va bien, ahora estamos casados».

—No. Le propusieron participar en un ensayo clínico pero lo rechazó. La enfermedad es incurable... No quiere que lo ingresen.

Tiene la impresión de que el médico la mira cada vez más desconfiado, pero deben de ser imaginaciones suyas. Se vuelve a colocar despacio las gafas sobre la nariz.

—Tendremos que consultar su expediente médico.

Ella asiente y pregunta tímidamente:

—¿Después le dejarán salir?

El médico arquea las cejas con aire autoritario.

—Depende.

—¿Depende de qué?

Intenta no parecer muy maleducada e insistente pero es difícil. Su inquietud va en aumento.

—Por ahora lo tendremos en observación unos días por el tema de la bradicardia.

Da unos golpecitos con sus dedos delgados sobre la mesa de nogal.

—Necesitamos su historial médico. Es muy posible que su enfermedad rara sea la causa de sus problemas cardiacos y de otros problemas futuros. Por ahora no podemos dejar que se vaya.

Joanne siente que se le encoge el corazón. Parece que todos sus temores se están haciendo realidad. Émile hospitalizado, conectado a unas máquinas, apenas unas horas después de llegar a ese circo maravilloso. Está angustiada, tiene un nudo en la garganta.

—Me pidió explícitamente que no lo dejara en un hospital. Yo... Estamos casados. Soy su tutora legal... Estoy dispuesta a firmar cualquier documento que sea necesario para sacarlo de aquí —dice con un hilo de voz.

El médico la interrumpe con un gesto.

—Se hace tarde, señora. Está conmocionada por los acontecimientos de esta noche. Debería volver y descansar un poco. Mañana lo hablaremos con calma, ¿de acuerdo?

Esboza una sonrisa que pretende ser indulgente pero que no está desprovista de cierta autoridad. Joanne asiente. Esta noche ya no tiene fuerzas. El médico se levanta de su sillón de piel. Se dirige hacia la salida y se gira hacia Joanne.

—La acompaño. Debería coger un taxi...

Pero ella no se mueve. Tiene que decirlo... No puede irse sin asegurarse...

—Doctor...

—¿Sí?

—Soy su tutora legal... Si pasa cualquier cosa..., si hay que tomar alguna decisión..., llámeme... ¿De acuerdo?

Le sonríe con amabilidad.

—Esta noche no decidiremos nada. Puede estar tranquila. Su marido está estable. Esta noche le sentará bien para descansar y recuperarse. Mañana por la mañana hablaremos de todo esto con la cabeza más despejada, ¿de acuerdo?

Joanne obedece y se levanta despacio. El médico abre la puerta y le tiende la mano.

—Hasta mañana. Que pase una buena noche.

La ve desaparecer en silencio por el pasillo blanco del hospital, con ese andar extraño que es pesado y ligero a la vez. «Pesado porque parece que lleva una gran carga. Ligero porque parece que flota por encima del suelo».

Isadora sale a recibir a Joanne cuando el taxi la deja en la aldea dormida. Las luces están apagadas en las pequeñas cabañas de pastores. Se han vuelto a ir a la cama. Isadora no. Esperaba preocupada a que volvieran.

—¿Estás bien, Joanne? —pregunta con cara de cansancio y preocupación—. ¿Lo han ingresado?

Joanne asiente.

—Sí, por unos días.

Isadora le pasa el brazo por los hombros y la lleva hasta su cabaña.

—Ven, te prepararé una infusión. Te ayudará a dormir.

La puerta de la cabaña se abre y Joanne ve que Marico también está despierto, sentado a la mesa de madera con un libro. La bombilla desnuda alumbra el interior con una luz tenue.

—¿Va todo bien? —pregunta Marico acercándole una silla.

La invita a sentarse. Joanne se mueve despacio mientras Isadora coge una tetera que está sobre los fogones.

—Es un problema cardiaco. —Joanne hace un esfuerzo para hablar.

Los dos abren los ojos de par en par.

—Su corazón late demasiado despacio. No es capaz de suministrar oxígeno y sangre, sobre todo cuando hace esfuerzos.

Isadora coloca la tetera de hierro negro y tres tazas pequeñas delante de ellos. Se sienta al lado de Joanne y le pregunta con delicadeza:

—¿Está relacionado con su enfermedad..., con el alzhéimer?

—Sí... Es por eso por lo que...

No recuerda si Émile le contó alguna cosa más. Era algo sobre el tronco encefálico y su destrucción, no sabe más.

—Una parte de su cerebro se destruye.

La cabaña queda en silencio. Pasa un minuto antes de que Isadora se decida a llenar las tacitas. El sonido del agua parece reactivar a Joanne, que se endereza inquieta.

—Cuando todavía estaba lúcido hicimos un pacto. Me hizo prometerle que nunca lo llevaría a casa. Quería morir lejos de las miradas de sus seres queridos. Por eso se marchó.

Se interrumpe para coger aire.

—Por eso nos casamos..., para que yo fuera su tutora legal y pudiera decidir al final. No quería morir en un hospital. Quería morir en plena naturaleza..., en la montaña.

Los mira con determinación, con la mirada de quien no teme a nadie. Se dispone a continuar, a decir que no faltará a su promesa, pero Marico la interrumpe muy serio.

—Vi cómo mi madre agonizaba en uno de esos morideros que llaman servicios de cuidados paliativos. No se lo deseo a nadie. Si no fuera por mi hermano mayor pusilánime y cobarde que presionó a toda la familia la habría traído aquí, en medio de las montañas, para que tuviera una muerte digna. Todavía no me lo he perdonado.

Marico traga con dificultad.

—Entiendo la promesa que hiciste. Tienes todo nuestro apoyo para lo que necesites de la aldea... Un apoyo sincero.

Isadora asiente. Joanne se deja caer sobre el respaldo aliviada. Se mira las manos apoyadas en las rodillas, y solo entonces se da cuenta de que estaban temblando. Pequeñas, frías y temblorosas.

28

Joanne está callada en el Renault Trafic blanco de Marico. Aprieta las mandíbulas y tiene la mirada perdida, fija en la carretera. Le costó mucho dormirse. Pok había salido a cazar, y eso tampoco la ayudó a calmarse. Cuando finalmente consiguió dormir, ya de madrugada, cayó en un sueño agitado y poco reparador.

Los frenos del coche de Marico rechinan frente a la entrada principal del hospital. Marico la mira con su sonrisa de siempre, una sonrisa dulce que no pierde ni siquiera en momentos como este.

—Termino la ronda de la mañana a mediodía —le dice con su acento peruano—. ¿Te recojo a las doce y cuarto?

Ella asiente y le da las gracias antes de bajar del coche. La portezuela se cierra, y Joanne camina despacio hacia las puertas de cristal.

No le da tiempo a llegar hasta la habitación de Émile, la habitación que le indica la recepcionista. El médico de la noche anterior la intercepta. La debía de estar esperando. Ahí está, con la misma bata blanca que la víspera, con sus gafas de montura dorada y sus ojos pequeños y verdes.

—¿Viene conmigo?

Joanne lo sigue y se sienta en el mismo despacho, en la misma silla de espuma azul. El bote de lápices amarillo y verde sigue allí, sobre el escritorio de nogal. El médico le sonríe y deja pasar unos segundos antes de hablar.

—Bien, antes de nada, puede estar tranquila. Émile se encuentra bien. Su corazón late a un ritmo normal.

Le da un momento para asimilar la información y aprovecha para reclinarse sobre su sillón de cuero.

—Le hemos dado una dosis de atropina y el corazón ha reaccionado bien.

Fija los ojos verdes en Joanne, que esta mañana está muy pálida.

—He podido consultar su expediente médico. Tal y como me temía la bradicardia está vinculada a su enfermedad neurodegenerativa —continúa con un tono más serio.

Deja pasar unos segundos para que Joanne pueda decir algo, pero ella permanece inmóvil, erguida en su silla azul.

—Ayer, cuando su marido llegó a urgencias, lo primero que pensé fue colocarle un marcapasos. Es una operación delicada pero es la solución más conveniente y la más eficaz en caso de bradicardia. Es un dispositivo médico que se implanta en el organismo del enfermo y genera impulsos eléctricos que estimulan el corazón cuando late demasiado lento.

Coge aire y se hurga discretamente la nariz.

—Sin embargo, tras consultar su expediente médico, he visto que todo es más complejo. La bradicardia es una consecuencia del deterioro que la enfermedad está provocando en su cerebro, más concretamente en el tronco encefálico, que es el encargado de las funciones vitales del organismo. Podríamos tratar la bradicardia pero me temo que sería como intentar llenar un saco roto..., si me permite la expresión.

Joanne no dice nada. Se esfuerza en fijar la mirada en el bote de lápices amarillo y verde.

—El resto de funciones vitales también se verán afectadas: la presión arterial, la función respiratoria, la regulación de la temperatura corporal... La alteración del ritmo cardiaco es solo una de las múltiples manifestaciones de esta degeneración. También...

Se incorpora y el sillón de cuero se inclina hacia delante.

—También me planteo si es necesario someter a su marido a una intervención tan delicada como la de colocar un marcapasos dadas las... —vacila un instante, las aletas de la nariz se dilatan—, dado el mal pronóstico de su enfermedad.

Se sorprende al oír la vocecita de Joanne, una voz suave pero muy clara.

—Yo creo que hay que dejarlo tranquilo. Firmaré todos los papeles que sean necesarios.

Espera la reprobación del médico, pero en lugar de eso el hombre asiente despacio.

—La comprendo. Y dada la situación debo decir que... a pesar de mi juramento hipocrático comparto su decisión.

No parpadea, la mira fijamente con sus pequeños ojos verdes.

—Antes de pedirle que firme los papeles tengo que asegurarme de que es usted plenamente consciente de los riesgos que corre su marido.

Joanne asiente. Tiene las manos apoyadas sobre las rodillas, igual que cuando estaban delante del alcalde. Escucha atentamente sin flaquear.

—El hecho de no ponerle un marcapasos a su marido hará que tenga problemas graves: insuficiencia cardiaca, desmayos frecuentes y paros cardiacos.

El médico busca alguna reacción en el rostro de Joanne y se sorprende al ver que no pierde el control ni por un momento. Está desconcertado, y le cuesta retomar el hilo.

—Usted... Eh, si usted es consciente de los riesgos y... —Comienza a rebuscar entre un montón de papeles—. Y si no cambia de opinión... Entonces... Sí...

Se enreda entre los papeles y sus pensamientos, la mira.

—Sí, aquí está. El documento de exención de responsabilidad. Le pediré que firme un certificado de denegación de atención médica. Aquí quedará estipulado que ha sido informada de las consecuencias que todo esto tendrá sobre la salud de su marido, y que usted sigue decidida.

Joanne asiente. El médico continúa rebuscando entre los papeles hasta que encuentra un formulario en blanco.

—Aquí está... Ahora lo rellenaré. La ley me obliga a darle tres días de reflexión antes de firmarlo. Lo dejaré en mi despacho y podrá venir a firmarlo a finales de semana, cuando su marido pueda salir.

Joanne recupera el habla.

—¿Estará ingresado hasta finales de esta semana?

Tras el discurso razonable y comprensivo del médico, Joanne pensaba que lo dejarían volver con ella esta mañana.

—Tres o cuatro días de atropina le irán bien. Así cuando salga se encontrará mucho mejor.

El médico se interrumpe de pronto y la mira muy serio.

—Pero nada de paseos largos, clases de baile, relaciones sexuales o cualquier otra actividad física. El corazón de su marido estará cada vez más débil. Hay que evitar los golpes de calor y los disgustos en general. Necesitará mucha tranquilidad y mucho reposo si todavía quiere disfrutar durante un tiempo de los placeres de la vida.

Su voz se llena de compasión y de tristeza cuando pregunta:

—¿Lo ha entendido?

—¿Joanne?

Casi se desmaya de alegría al ver que la reconoce. Sigue sin ser su Émile adulto, es su versión infantil que está atrapada en el pasado, pero lo importante es que la identifica como «la chica que lo acompaña a la montaña para curar su cerebro». Lo que más la asustaba era que tuviera otra crisis, pero está tranquilo en la cama del hospital. Se siente aliviada. Se coloca al lado de la cama y sonríe.

—¡Hola! ¿Estás bien?

Émile le sonríe y le señala los electrodos por debajo de la bata blanca.

—Dicen que tuve un ataque al corazón.

Ella asiente y se sienta a los pies de la cama. Se alegra al constatar que no recuerda nada de la escena de la víspera en la aldea.

—¿Es grave? —pregunta Émile frunciendo el ceño.

—No, nada grave. A finales de semana ya podrás salir. Volveremos a la autocaravana, que está en la aldea, y haremos lo que te apetezca. Podemos hacer un poco de jardinería o jugar al Monopoly..., o solo dormir la siesta —responde ella aparentando que todo está bien.

Émile frunce aún más el ceño.

—¿A la aldea?

—Sí.

Un momento de silencio.

—¿No te acuerdas? —le pregunta con delicadeza.

Él mueve la cabeza.

—Bueno, no pasa nada, ya verás, es un lugar precioso, rodeado de montañas blancas.

A Émile le brillan los ojos.

—¿Podremos irnos de excursión con la mochila y la tienda? Cuando estábamos en casa de Hippolyte dijiste que iríamos de excursión...

Joanne se acuerda de lo que le acaba de decir el médico: «Nada de paseos largos».

—Ya veremos.

—¿Por qué ya veremos?

—El médico dice que tienes que descansar.

—Pero no lo sabrá.

Parece un niño travieso y Joanne no puede evitar sonreír.

—Sí, es verdad... Podríamos hacerlo a escondidas.

Émile se incorpora de pronto, y mira hacia la puerta entreabierta de la habitación. Se mueve impaciente.

—¿Qué pasa? —pregunta Joanne.

Sigue moviéndose en la cama buscando la manera de ver algo por el resquicio de la puerta.

—Nada, estoy esperando a que vuelva —responde sin mirarla, todavía atento a la puerta.

—¿La enfermera va a volver?

—No.

—¿No?

Se revuelve de tal modo que uno de los electrodos está a punto de despegarse.

—Émile, tranquilo. La enfermera volverá cuando toque.

Pero él niega con la cabeza y la mira con una sonrisa infantil.

—No es la enfermera, Joanne. Es mi madre. —Ella siente que se le encoge el corazón y se le hielan los pulmones.

—¿Có..., cómo?

Émile sonríe todavía más.

—Mamá y Marjo han venido hace un rato.

Joanne abre la boca pero no emite ningún sonido. Tiene miedo y se le acelera el corazón. Parece que está a punto de ahogarse cuando Émile añade:

—Hemos ido a dar un paseo por la playa. Ha salido a comprarme un helado. ¿Quieres que le pida que te compre uno?

La mirada de Joanne se pierde sobre el terreno del huerto. Vislumbra los montículos y las espirales de plantas aromáticas aunque realmente no los está mirando. El atardecer es su momento preferido. La aldea está vacía. Todos están en sus casas. Las luces se encienden en las pequeñas cabañas. Puede sentarse sola, en silencio, e imaginar que es un árbol. Respira tranquilamente, los ojos ya no ven nada. Todo se difumina. Visualiza la raíces que salen de sus pies, de su pelvis, de sus muslos. Raíces que crecen y se expanden. Unas raíces que penetran en la tierra, profundas, cada vez más profundas. Siente el contacto con la tierra, la energía que sube, que la atraviesa. Se queda inmóvil. Cae la noche. La hierba se cubre de rocío. Está más serena, se siente más fuerte. Joseph le enseñó esta práctica. «Cuando sientas que la vida te rompe en mil pedazos, cuando todos tus referentes hayan desaparecido, transfórmate en un árbol». Hace mucho tiempo que no se sienta buscando calma. Primero los desmayos, la obra, la llegada del nuevo Émile, ese Émile que cada día se parece más a un niño... Esta noche es feliz de reencontrarse consigo misma.

Pasa una hora sin moverse. Siente una gran paz interior, y se ve preparada para enfrentarse a lo que vendrá. Inspira profundamente, pero antes intenta recabar un poco más de energía de la tierra. Pok se acerca a su dueña y se frota contra su espalda. Siempre le han gustado mucho los árboles. Son grandes, fuertes, majestuosos. Son silenciosos y secretos, invisibles para la mayoría de los seres, y sin embargo resisten todas las tormentas.

—¿Émile vuelve mañana?

Joanne asiente. Isadora está de pie frente al terreno que les asignó, se protege los ojos del sol con la mano.

—Se alegrará al ver lo que has hecho.

Joanne está de cuclillas colocando los pequeños guijarros que forman el pasillo principal de su obra. En estos cuatro días ha convertido el pequeño terreno vacío en un patio de verdad. Ha trazado un sendero que lleva hasta la puerta con guijarros, y también un cuadradito que será la terraza. Allí ha colocado la mesa y las sillas plegables, una sombrilla decolorada por el sol, y una tumbona oxidada de la que Marico se quería desembarazar. En la parte trasera de la autocaravana, debajo de un gran alcornoque, ha colocado cuatro tablas de madera en torno a un pedazo de tierra para plantar aromáticas. Por ahora solo parece un cuadrado de tierra revuelta pero espera poder ver muy pronto cómo crece la menta, la albahaca y el romero.

Ha limpiado la autocaravana de arriba abajo y ha colocado unas cortinas nuevas que el vecino, el hombre de la linterna, ya no quería. Son amarillas y naranjas, y dan un toque de alegría.

Parece que toda la aldea sabe que Émile está a punto de volver porque cada vez que se cruza con alguien le pregunta:

—¿Tu amigo vuelve pronto? ¿Mañana?

Muchos se han interesado por él y se han ofrecido a llevarla y a traerla del hospital. No sabe muy bien cómo actuar frente a tanta amabilidad. Su clase de meditación, prevista para el sábado, será su forma de agradecimiento colectivo. Tal vez Émile también quiera ir.

—Deberías descansar —le dice Isadora.

—Casi he terminado.

—Tómate un descanso. Cuando vuelva necesitarás energía... Te llamo cuando la cena esté lista.

Esta mañana el médico está muy serio. Es una mañana primaveral calurosa y soleada. El verano se acerca. En la aldea, Marico ha encendido la barbacoa para celebrar el regreso de Émile.

—Bueno, le dejo releer el documento antes de que firme las dos copias. También necesitaré su documento de identidad y su certificado de matrimonio.

Joanne asiente. Tiene los papeles preparados. Los ha dejado sobre la mesa antes de coger los formularios que le entrega el médico. Recorre las líneas con rapidez. Algunas frases le impactan más que otras.

La abajo firmante, madame Joanne Marie Tronier, con apellido de casada Verger, tutora legal del paciente Émile Marcel Verger, hospitalizado en el hospital Pasteur debido a un paro cardiaco, declaro haber sido informada correctamente, y haber entendido los riesgos en los que incurro al rechazar los cuidados propuestos. Estos riesgos incluyen de manera no limitativa: dificultad para respirar, desmayos, insuficiencia cardiaca, paro cardiaco y muerte del paciente.

Declaro no obstante que deseo llevarme a Émile Marcel Verger del centro hospitalario, y rechazar los cuidados y/o la intervención que propone el doctor Margueron, y eximo al doctor Margueron y al hospital Pasteur de toda responsabilidad y de cualquier consecuencia, incluidas las vitales, que puedan derivar de mi decisión.

Entiendo que, a pesar de firmar este documento, puedo cambiar de opinión y el paciente puede regresar al hospital si surge algún problema o sencillamente si lo desea o si tiene alguna duda.

Después le sigue el campo «Firma del paciente o de su tutor legal», y el campo «Firma del médico», así como el acostumbrado «Leído y aprobado».

Joanne hace un garabato rápido y firma las dos copias. El médico sigue muy serio. Se siente en la obligación de añadir:

—Si sucede cualquier cosa, si tiene alguna duda respecto a su decisión...

—Gracias, doctor —lo interrumpe Joanne.

Coge el certificado de matrimonio y el documento de identidad y espera a que el médico firme los documentos. El doctor le devuelve las hojas y se levanta para acompañarla hasta la puerta del despacho.

—Cuídelo bien, madame Verger.

Joanne mira por última vez esos ojos verdes penetrantes detrás de la montura dorada. Es consciente de la gran humanidad que ha mostrado y de lo difícil que es esto para él. Eso es lo que intenta transmitirle con esa última mirada. Todo su agradecimiento.

—Gracias por todo...

La ve marcharse en silencio, con su andar peculiar, una pequeña silueta negra en los pasillos blancos del hospital.

—¿Aquí es donde vivimos?

—Sí, es aquí... ¿Te gusta?

Émile ya ha dado la vuelta a la autocaravana.

—No corras, el médico te ha prohibido que corras.

—¿Tenemos jardín?

Joanne va con él hasta la parte trasera, a la sombra del alcornoque. Está agachado frente al diminuto huerto de aromáticas y se maravilla con el primer brote de menta que ha salido de la tierra.

—No es mucho... Solo unas cuantas plantas aromáticas.

—¿Es menta?

—Sí. Cuando crezca podremos hacer infusiones heladas.

A Tom le encantaban. Llenaba el vaso de cubitos hasta que apenas quedaba sitio para la menta, era casi todo hielo derretido.

Marico los espera al otro lado de la autocaravana. Los ha ido a recoger al hospital con su furgoneta blanca. Joanne se reúne con él delante del sendero de guijarros y llama a Émile.

—Nos esperan para comer. Marico ha hecho una barbacoa.

Marico le hace un gesto para indicarle que todavía hay tiempo. Se aleja con sus pantalones anchos de color marrón. Ya irán cuando estén listos. Émile aparece, está contento.

—Me gusta este sitio.

—Ya te lo dije.

—¿Tenemos que ir a comer con esa gente?

—Oh... —Joanne se encoge de hombros—. No... Si no te apetece ir, nos podemos quedar aquí. Pero lo han organizado para ti...

Émile frunce el ceño. Joanne ve que le está creciendo la barba y se pregunta si le dejará afeitarle. También podría cortarle el pelo enmarañado. Parecería más joven.

—No los conozco...

—Ya lo sé... Pero viviremos con ellos durante un tiempo y hay que ser educados.

—¿Cuánto tiempo?

—El tiempo que necesites para descansar.

Hace una mueca de disgusto pero asiente.

—Vale, de acuerdo.

Va a entrar en la autocaravana y Joanne lo retiene.

—Espera, Émile. ¿Qué te parece si te corto un poco el pelo antes de ir?

Pone un barreño encima de la mesa, delante de la silla plegable, y le coloca una toalla alrededor del cuello para que no le pique. Sobre la mesa un peine, unas tijeras, una maquinilla eléctrica y un juego de cuchillas de afeitar. No está segura de saber utilizarlo todo pero hará lo que pueda.

—Después me toca a mí hacerte algo en el pelo —dice Émile mientras ella intenta desenredar la maraña.

—Ah, ¿sí? —Joanne para de golpe, sorprendida.

—Sí.

—¿Y qué te gustaría hacerme?

—No lo sé...

Hace un gesto burlón, el fantasma del antiguo Émile.

—Peinarte, por ejemplo.

Joanne lo obliga a echar la cabeza hacia atrás mientras sonríe.

—¡Ja, ja, muy gracioso!

Él intenta liberarse para mirarla.

—No, pero podría lavarte el pelo, desenredarlo, y hacerte algún peinado.

Espera a ver cómo reacciona, pero ella le vuelve a inclinar la cabeza hacia atrás.

—Para de moverte o te cortaré una oreja.

—¿Te parece buena idea?

—¿El qué? ¿Cortarte una oreja?

—No, que te haga un peinado.

—Hum... No lo sé. ¿Tienes idea de cómo hacerlo?

—Creo que podría hacer una trenza —dice todo serio.

No puede evitar sonreír melancólicamente. Le pareció que le había gustado la trenza que le hizo Myrtille para su boda ficticia.

—¿Entonces? —pregunta impaciente.

—Vale... Sí.

Huele muy bien, una mezcla de champú de eucaliptus, fuego de leña de la barbacoa y de flores que se abren. Es un bonito día de primavera. Un mirlo canta sobre un árbol cercano. De vez en cuando pasa alguien frente al terreno y los saluda. Émile tiene el pelo mojado y está de buen humor. No para de reír, por el pelo que le hace cosquillas en el cuello; por una palabrota que suelta Joanne cuando da un golpe de tijera. Quiere saborear ese momento de tregua y confirmar que ha hecho bien en traerlo aquí a pesar de su corazón enfermo.

Los dos se miran en el espejo sol que Émile compró en el mercadillo de Gruissan hace unos meses. Émile tiene el pelo corto y la cara afeitada. Ahora se parece más al niño que vuelve a ser. Ella lleva una trenza bastante decente, de hecho se sorprende al verla.
—¿Dónde has aprendido a hacer trenzas?
—Marjorie me lo pide de vez en cuando.
—¿Que le hagas trenzas?
—Sí. Antes de ir al colegio.
—Ah.
No sabe si se supone que Marjorie está en la aldea. Hace un rato Émile ha dicho que estaría en la barbacoa... Joanne se adapta a sus reglas, a su realidad. Así que puede que dentro de un rato conozca a Marjorie.

Ese día Émile no está callado ni retraído durante la barbacoa. Sonríe mucho y habla con Marico, con Pierre-Alain, y con otros habitantes que Joanne había visto fugazmente los días anteriores. No es el mismo Émile que llegó a la aldea hace una semana, pálido, silencioso y desorientado. Joanne no quiere reconocer que este Émile sonriente y feliz se muestra así porque se ha adentrado más todavía en los recodos de su pasado, porque ahora pasado y presente conviven y se mezclan sin ninguna lógica. En este momento Pierre-Alain puede ser el padre de Émile o uno de sus profesores del colegio, y ha bautizado a uno de los niños de la aldea como «Tivan». Joanne no sabe quién es, pero se imagina que es uno de los hijos de Marjorie.

Cada vez está peor, pero lo único que le importa a Joanne es que parece feliz y relajado.

Marico se ha llevado a Émile con él para recoger tablas de madera en el pueblo y fabricar baños secos para la autocaravana. Joanne tiene la sensación de que a Émile le gusta pasar tiempo con Marico. Le sienta bien estar con un hombre y no solo con ella. Él no se lo dirá porque es demasiado educado, pero ella lo nota. Esta mañana tiene la sesión de meditación que programaron. Isadora se ha encargado de avisar a la gente y cuando llegan al valle en medio del circo de Lescun, rodeado de montes de piedra caliza, encuentran a unas quince personas. Joanne está sorprendidísima, esperaba a dos o tres, no más. Pero hay un buen grupo esperando.

—El entorno es maravilloso —dice Isadora.

La gente lo suscribe.

—Es una iniciativa excelente.

Joanne trata de no sentirse intimidada por la gente. Nunca ha hecho esto antes, no ha dado clases de meditación a nadie más que a Émile. No tenía nada que ver.

—¿Cómo nos colocamos?

Se da cuenta de que la mujer que le ha hecho la pregunta ha venido con su hijo, un niño de cuatro o cinco años. La edad que tendría Tom. Se esfuerza en no pensar en eso. Afortunadamente el niño es pelirrojo y tiene la cara llena de pecas, así que la comparación no pasa de ahí.

—Colocaos donde queráis, y como queráis. Poneos lo más cómodos posible.

Se hace extraño ver a quince personas que obedecen sin rechistar. Joanne se sienta tranquilamente sobre la hierba, intenta tener las Agujas de Ansabère en el punto de mira. En medio de todos estos acantilados altísimos de piedra caliza, las agujas son sus preferidas. Son las más puntiagudas. Se yerguen como cuchillas afiladas, imponentes y majestuosas. La gente de la aldea dice que son las cumbres más verticales e inaccesibles de los Pirineos... Durante mucho tiempo fueron los últimos picos que quedaban por coronar de toda la cadena montañosa... hasta que una expedición de dos escaladores lo consiguió a costa de su vida... Aunque ya conquistadas, se creía que las Agujas de Ansabère estaban malditas y durante mucho tiempo nadie volvió a subir.

El ejercicio que Joanne ha elegido para la sesión es una meditación con la montaña. «Un ejercicio de consciencia plena que sirve para calmarnos y tomar conciencia de nuestra fuerza interior», les explica Joanne. Les pide que se concentren en su respiración durante unos segundos para entrar en un estado de calma, después les dice que elijan una montaña de las que les rodean. Una montaña que les guste especialmente, que les provoque una cierta serenidad o, al contrario, que les transmita fuerza. Ella elige fijar su mirada en las agujas malditas, las agujas que permanecieron tanto tiempo invictas. Les invita a fijarse en cada detalle de esta montaña: la forma, el contorno, el color, sus contrastes, la rugosidad, los abetos, sus grietas... Les deja un tiempo para que se sumerjan plenamente en esa contemplación silenciosa. Todo desaparece alrededor de Joanne. Solo quedan el cielo y las Agujas de Ansabère.

—Vuestro cuerpo es esta montaña... —dice con una voz clara—. Anclada sólidamente dentro de la tierra..., estable..., firme. Sois esta roca. No le temáis a nada. Ni a las tormentas ni a los vientos que os azotan. Ni a la lluvia ni a las avalanchas. Seguís ahí, inquebrantables, unidos sólidamente a la tierra. Tomad conciencia de vuestra capacidad para enfrentaros a las cosas, de vuestra fuerza... Las tormentas no son capaces de moveros. Esperáis pacientes a que pasen, a que el cielo vuelva a ser azul. Sentidlo... Sentid esa calma..., esa seguridad total... Vosotros sois la montaña. Vosotros sois invencibles.

Por un momento Joanne se olvida de la Agujas de Ansabère. Se pierde durante unos segundos en sus recuerdos. En una época en la que ella no era una montaña, era una brizna de hierba arrastrada por el viento, a merced de las corrientes. Estaba encerrada entre cuatro paredes de color amarillo en una residencia. Las ventanas tenían barrotes y habían quitado los espejos para evitar que los internos se suicidaran. A Joanne le parecía una pena que los barrotes recortaran el cielo en bandas grises y estrechas.

Léon iba a verla cada día y ella no siempre lo reconocía. Veía cosas que no existían y no veía las cosas reales que la rodeaban. No hablaba. Había dejado de hablar el día que enterraron a Tom. Léon lo había metido debajo de la tierra. Los André lo habían dejado debajo de la tierra cuando tendría que haber volado para fundirse con el cielo y con el mar que tanto adoraba.

Nadie conseguía hacerla hablar. Un día, una enfermera que acababa de empezar y que la observaba a menudo con afecto le dio una libreta. Una libreta pequeña idéntica a la que utiliza ahora para escribir, solo que esta era roja y más pequeña. La enfermera le dijo: «Feliz Navidad, Joanne». Tenía una voz dulce y sincera, y unos ojos azules enormes. Cuando Joanne empezó a llorar no entendió lo que pasaba.

—No te pongas así, solo es un regalo.

Había colocado en el jarrón de su mesita de noche las lilas que Léon le trajo la víspera.

—Como no quieres hablar, he pensado que tal vez quieras escribir —le susurró como si le confiara un secreto.

La enfermera se llamaba Opale. Era un nombre curioso que a Joanne le gustó enseguida. Le recordó a una leyenda que contaba su padre sobre el ópalo. Le había enseñado que esta piedra preciosa era iridiscente, o, dicho de otra forma, que podía brillar proyectando luces multicolores. La leyenda que contaba Joseph provenía de los aborígenes australianos. El Dios creador bajó a la tierra sobre un arcoíris, al tocar el suelo todas las piedras resplandecieron con los mismos colores que el arcoíris. Los ópalos. Joseph también le explicó que para Plinio el Viejo, que era un escritor clásico, el ópalo era maravilloso, puesto que combinaba los colores y las propiedades del resto de las piedras preciosas.

Joanne se había acordado de esto al escribir la primera línea en la libreta que le dio Opale. La cubierta era de ante, y se podía cerrar con un elástico. Léon estaba a punto de llegar, probablemente acompañado de los André en el día de Navidad. Una vez cada tres meses se dignaban a visitar a su nuera, que había enmudecido y había enloquecido de pena. Aunque podían llegar en cualquier momento, Joanne empezó a escribir sus primeras líneas en la libreta. Era una carta para Joseph. Recuerda perfectamente las palabras que anotó ese día, las primeras palabras que salieron de su bolígrafo. Palabras de odio. Palabras liberadoras: «Papá, esta familia está maldita. Os han matado a los dos. Y con vosotros me han matado a mí». Cuando llegaron los André escondió la libreta debajo de la almohada. Al día siguiente le escribió una carta a Tom. Una carta de amor. La primavera llegó poco después. Joanne empezó a hablar pero solo con Opale. Poco después decidió que se iría, que compraría un coche y se marcharía de Bretaña. Ya no había nada que la retuviera en Saint-Suliac, el pueblo en el que había perdido a todos los miembros de su pequeña familia. Léon ya no formaba parte de ella. No quería regresar jamás.

Joseph le envió la señal esperada el mes de junio, al salir de la residencia. Había buscado en internet «Anuncios clasificados». Solo quería comprar un coche y marcharse. Allí encontró el anuncio de Émile. El padre de Joanne había mantenido su promesa.

29

Mayo ha llegado a la ecoaldea de Lescun. El aire ya tiene sabor a verano. Las temperaturas son altas y el sol no falta a su cita. En el huerto aparecen las primeras lechugas, un montón de rábanos, algunos pepinos, una decena de berenjenas y una fila entera de frambuesas. La espiral de aromáticas está esplendorosa, llena de hojas. Joanne echa una mano tres o cuatro horas a la semana al equipo de permacultura. El resto del tiempo descansa, y se toma tiempo para ella y para Émile. Su pequeño huerto de aromáticas, detrás de la autocaravana, despierta envidias. Émile disfruta cuidándolo. Joanne le enseña a coger las hojas de menta y a preparar infusiones heladas. Le encantan, como a Tom. Los días que se encuentra bien, cuando todavía parece un adulto, Marico se lo lleva con él para que le ayude con las reparaciones. Joanne no es capaz de negárselo, al verlo así está demasiado contenta como para recordarle que su corazón necesita reposo absoluto. Los días en los que Émile está totalmente sumergido en el pasado no puede dejarlo solo. Ya no sabe hacer nada sin ayuda, ni siquiera preparar el té sin que el agua se desborde. Está tan distraído que no es capaz de concentrarse en nada. Hasta jugar al Monopoly es imposible. No puede estar quieto. Se olvida de todo y no deja de repetir en bucle: «¿Por qué estamos aquí?», «¿Quién eres?», «¿Cuándo volvemos a Roanne?».

Es agotador pero lo lleva bien. Los días buenos pasan momentos muy agradables. Hacen postres, juegan al Scrabble, dan paseos por el pueblo cuando baja el calor, despacito y buscando siempre la sombra. Émile escribe en su libreta; la mayoría de las veces son cartas a sus padres en las que les cuenta qué hace y les promete que volverá para el comienzo de las clases. Parece feliz. Lo único que Joanne no puede concederle es esa excursión a pie por la montaña, con la mochila y la tienda de campaña. No deja de repetirlo y ella hace como si nada, y deja el tema para mañana. Tiene suerte de que Émile sea paciente y fácil de complacer. No se ha vuelto a desmayar, pero Joanne ha notado que pierde el equilibrio cada vez más. Un nuevo síntoma.

Las sesiones de meditación al aire libre se suceden por petición popular tras el éxito de la primera. Isadora, que gestiona las actividades de la aldea con mano de hierro, ha pasado un calendario. Las sesiones son un sábado de cada dos. Émile asistió a la segunda y dijo que había sido agradable. Joanne cree que no le gustó demasiado pero que no se atreve a decirlo. Le cuesta centrarse mucho tiempo en algo, así que meditar en silencio...

Pok ha crecido, ya no duerme con ellos. Cada vez pasa más tiempo fuera cazando. Joanne lo ha visto varias veces con una gata atigrada, una gata salvaje. Está convencida de que es su pareja. Ha crecido deprisa. Se consuela pensando que pronto le traerá un regimiento de gatitos atigrados pelirrojos. No sabe muy bien qué hará con ellos, pero le encantaría tener a todos esos gatitos en busca de mimos.

Esta tarde hace mucho calor. Joanne está sentada en la terraza del Café Dolomites. Le escribe una postal a Sébastian. Una postal muy bonita del circo y sus riscos majestuosos.

Querido Sébastian:

Hemos llegado al paraíso en la Tierra: el circo de Lescun. Creo que te gustaría vivir aquí, aunque esté lejos del mar y de los barcos de pescadores. El paisaje es sublime —estamos rodeados

de acantilados imponentes de piedra caliza–, pero también aco-
gedor; la aldea está en el valle, en medio del circo, rodeada y
protegida por los acantilados. Un verdadero refugio. No te cuento más, no quiero estropearte la sorpresa por si vienes a visitar-
nos en la autocaravana con Lucky...

Imagino que el verano va llegando poco a poco a Peyriac-de-
Mer y que vuelven los turistas. Aquí el calor es intenso aunque las
noches son muy frías. Formamos parte de la comunidad de una
ecoaldea en la que nos hemos instalado. Es un grupo de permacultura muy interesante, estoy segura de que te encantaría. Un
trabajo que da sus frutos.

Pok vive su primera historia de amor con una gata atigrada
un poco salvaje. Todavía no me la ha presentado... ¿Cómo está
Lucky?

Te tengo que dejar, ya llego al final de la postal. No creo que
recibas más. Émile está cada vez peor. El día a día se le va haciendo complicado. Ya ha olvidado casi toda su vida excepto los primeros años. Ya no me reconoce y su corazón se agota. Nos quedaremos en Lescun.

Te mando un abrazo y te deseo un feliz verano (ya está aquí).

P. D. 1: Te dejo la dirección de la ecoaldea en el sobre por si
quieres enviarnos una carta.

P. D. 2: Acaricia a Lucky de mi parte.

JOANNE

Cuando se levanta de la terraza siente un ligero mareo por el calor.
Busca la sombra, pegada a las paredes, hasta llegar al buzón amarillo, donde se anuncia que recogerán el correo mañana antes de las
diez de la mañana. Mete el sobre y emprende el camino de vuelta
hacia la aldea. No tiene prisa, Émile está en buenas manos con Lucia, la herborista jubilada que trabaja en el terreno. Tenía que darle
de comer a las gallinas y le ha pedido a Émile que la acompañe.

—Después iremos a regar las tomateras —le ha dicho mientras le hacía una señal a Joanne para que se marchara.

Son muchos lo que se ocupan de Émile para que Joanne pueda tener un poco de tiempo libre o trabajar en el campo. Siempre hay alguien dispuesto a cuidarlo. No podría pedir más.

Cuando llega a la aldea con su gran sombrero negro ve mucho ajetreo. Un grupo de seis personas hablan acaloradamente. Otros dos parecen buscar a alguien por el camino central de la aldea mientras gritan algo. Un mal presentimiento se convierte en terror cuando ve a Isadora corriendo hacia ella, y todas las cabezas se giran para mirarla. Hace un esfuerzo por estar lo más tranquila posible; Isadora la alcanza y recupera el aliento.

—¡Te estábamos buscando!

—¿Qué le ha pasado? —pregunta Joanne directamente. Sabe que se trata de Émile, y la cara pálida de Isadora le da la razón.

—Hemos llamado a una ambulancia... Se lo han llevado al hospital.

—¿Qué le ha pasado? —vuelve a preguntar con un tono más seco de lo que pretendía.

—Se ha caído. Estaba inconsciente. Dice que...

Isadora vacila un instante, mira hacia el grupo que las observa a algunos metros. Allí está Lucia.

—Lucia dice que no respiraba.

Joanne vuelve a marearse, pero se esfuerza en mirar fijamente a los ojos negros de Isadora para no tambalearse.

—¿Marico puede llevarme al hospital? —pregunta agitada.

—Está de ruta...

Joanne se dispone a hablar de nuevo, a decir que llamará a un taxi, pero Isadora la interrumpe.

—Mi padre te llevará.

Pierre-Alain tiene la delicadeza de no intentar llenar los silencios de camino al hospital. Respeta el silencio de Joanne y apaga la radio para no molestarla. Los pequeños senderos de montaña van pasando y ella solo piensa en una cosa. Una pregunta la obsesiona: «¿Ha sido otro desmayo o ha llegado el final?». Desea de todo

608

corazón que no sea el final. Todavía no. No tenía que terminar así...

Émile está dentro de una burbuja de algodón blanco. No es real pero es la sensación que tiene. Está en un sitio blanco, rodeado de motas blancas. Hace calor pero no demasiado. Las voces son suaves, femeninas. Son Marjorie y su madre. Probablemente está en la cuna. Marjorie y él duermen en la misma habitación. La cama de Marjorie es más grande y está arriba. La suya todavía tiene barrotes pero sus padres le han prometido que le pondrán una cama de verdad. Tiene cuatro años, y reconoce las voces de Marjorie y de su madre. Está seguro de que hablan de él. La víspera, Marjorie quiso llevarlo a dar un paseo en bicicleta. Hace buen tiempo. El verano ya ha llegado y hace una semana que han terminado el colegio. Le pide permiso a su madre.

—Mamá, ya tengo ocho años —dice orgullosa de pie en la cocina. Lleva un vestido de cuadros azules y blancos—. Puedo cuidarlo. No iremos lejos.

Su madre se gira con una sonrisa, como si estuviera contenta o si le hubiera hecho gracia. Él espera detrás de Marjorie, sigue sus órdenes.

—Déjame hablar a mí. Tú eres muy pequeño.

No protesta. Marjorie es mayor y siempre sabe lo que hay que hacer. Su madre dice que sí pero con una condición. Solo pueden ir por la urbanización o por el caminito de tierra que hay detrás de la casa. Ni hablar de ir hasta la carretera. Marjorie asiente.

—¡Vamos! —grita.

Se lo lleva a la habitación, le pone un casco y un montón de crema protectora en la cara. Émile intenta escaparse de esas manos pegajosas, pero Marjorie lo regaña con dulzura.

—Mimi, si te da un golpe de sol mamá no nos volverá a dejar ir solos.

Siempre lo llamaba Mimi, y se tomaba muy en serio el papel de pequeña mamá. Ha preparado una mochila con una botella de agua y algunos bollos.

—Merendaremos sentados sobre la hierba. ¿Vale, Mimi?

Él asiente, siempre le dice que sí porque sabe que Marjo es como una madre. Nunca se le olvida nada, piensa en todo. Salen juntos, él en su triciclo y ella sobre su bicicleta amarilla. Pedalea muy deprisa, Marjo...

Han ido por el caminito porque Marjo dice que es más divertido.

—¿Qué prefieres, Mimi? ¿Quieres ir por la urbanización o por el caminito de tierra? —le pregunta antes de salir.

—Como tú —le ha contestado.

—«Como tú» no significa nada. Yo creo que el camino de tierra es más divertido. Hay charcos y baches, podemos jugar a los obstáculos. Pero tú ¿qué prefieres?

—Sí.

—¿Sí, qué?

Lo mira con ojos divertidos y le alborota el pelo.

—No seas tímido, Mimi. Dime qué prefieres.

Él trata de hacerse el mayor y saca el pecho.

—El camino de tierra es más divertido... Yo también lo creo.

Marjo le sonríe y vuelve a despeinarlo.

—Perfecto, vamos.

Poco después, cuando ya están pedaleando, Marjo encuentra un árbol muy bonito. Es cierto que era hermoso, estaba lleno de flores blancas preciosas. Cree que es un cerezo. Le pregunta si quiere merendar aquí, debajo del cerezo. Él está de acuerdo y se sientan. Marjo saca los bollos y el agua. Le sujeta la botella mientras bebe como si fuera un bebé y él no se atreve a decirle nada. Luego una abeja se pone encima del bollo de Marjo y a ella le da tanto miedo que echa a correr y se pone a gritar, y el bollo se cae al suelo. Émile no entiende por qué grita tanto, coge la abeja entre los dedos, delicadamente, y la sujeta por un ala.

—¡Déjala, Mimi! ¡Te va a picar! —grita Marjorie.

La suelta y la abeja se va volando en medio del campo. Marjo recoge el bollo, lo sacude y se lo mete en la boca. Se lo come deprisa, como si temiera que la abeja volviera a quitárselo.

—¡La has asustado, Mimi, y se ha ido volando! —exclama, y lo coge en brazos.

Marjo ríe y se divierte dándole vueltas por los aires. Los rizos castaños se le meten en los ojos y en la boca pero se lo está pasando demasiado bien para enfadarse.

—Prométeme que no lo volverás a hacer, Mimi. Es muy peligroso —le advierte mientras lo deja en el suelo.

Él asiente.

—De acuerdo —dice ella.

En el camino de vuelta pedalean muy rápido entre los charcos y los baches, y gritan: «¡Mimi, el domador de abejas! ¡Mimi al rescate!».

Él no sabe qué quiere decir «al rescate», pero es muy divertido.

Émile empieza a distinguir las motas blancas que tiene alrededor. Son los rayos de sol que se filtran por las ventanas. Sigue sonriendo. El recuerdo de ese paseo en bicicleta... Fue muy divertido. Le preguntará a Marjorie si mañana pueden ir otra vez. Faltan unos días para empezar el cole, todavía tienen tiempo.

—¿Émile? Émile... ¿Émile?

Ahí están, a su lado, Marjorie y su madre. Hace un esfuerzo para salir de su ensoñación. Parpadea y abre los ojos. Están de pie al lado de la cama. Una figura negra y otra blanca. La blanca se inclina sobre él. Era ella quien le llamaba.

—¿Se encuentra bien, Émile? —le pregunta con dulzura.

Es Marjorie. Tiene pecas. Émile asiente y ella le pone algo en la cabeza. Ya lo vuelve a despeinar. Se gira hacia la otra figura. Ha pensado que ya es mayor para preguntar directamente. Al fin y al cabo ayer cazó una abeja...

—Mamá...

La mujer de negro se estremece. Él piensa que mueve la cabeza.

—¿Mañana podremos salir otra vez con la bici?

Al otro lado de la cama, Joanne no responde, está impactada.

—He pasado mucho tiempo en geriatría, y he visto muchos casos de alzhéimer... No tenga miedo de seguirle el juego —le dice la enfermera con suavidad.

Émile espera, inmóvil en la cama. Una ligera sonrisa se dibuja todavía en sus labios. Joanne traga con dificultad. Nunca le ha dado miedo entrar en la realidad de Émile y pretender ser quien él cree que es. No es eso lo que la paraliza, lo que le quema las entrañas y le oprime el pecho. Es ese «mamá». Joanne se agarra a la barra gris de la cama. Piensa que si espera un poco más volverá a repetirlo: «Mamá...». La enfermera le da un golpecito para animarla a hablar.

—Ya veremos... —responde con una voz ronca.

No sabe qué decir.

—¿Veremos qué? —pregunta Émile.

—Ya veremos el tiempo que hace y..., tal vez..., tal vez vayamos de excursión con la mochila y la tienda. Sería divertido, ¿no? —La voz resuena aguda e impostada, pero Émile parece no darse cuenta.

—¿Con Marjo?

—Sí... Si..., si quiere venir...

Alguien se mueve al fondo de la habitación. El médico, el mismo médico de la otra vez, está allí, con una sonrisa triste en los labios. Le hace un gesto a Joanne para indicarle que salga a hablar con él.

—Ahora vuelvo. Salgo unos minutos, ¿vale? —le dice a Émile en un susurro.

Espera la respuesta ansiosa, pero él solo hace un gesto con la cabeza. No hay otro «mamá». Tom había inventado un lenguaje propio con los ojos y con las manos. Así se comunicaban. Nunca le había dicho esta palabra, nunca la había pronunciado. «Mamá».

El médico cierra la puerta tras ellos, y Joanne vuelve a sentarse en la silla de espuma azul. Él se deja caer en su sillón de cuero.

—Bueno. Aquí estamos otra vez.

Ella asiente. Mira el bote amarillo con pegatinas verdes, otra cosa familiar. El médico espera a que levante la vista para empezar a hablar.

—Su marido ha tenido un ataque al corazón. Algo mucho más serio que la última vez que estuvo aquí. La circulación sanguínea hacia una parte del corazón se ha interrumpido. Debido al agotamiento. Si esa mujer de la aldea no le hubiera hecho un masaje cardiaco, no habría salido adelante.

Joanne frunce el ceño. El médico precisa:

—Mi equipo de urgencias ha anotado en el informe que una mujer le estaba haciendo un masaje cardiaco a su marido. Gracias a eso le ha seguido llegando oxígeno al cerebro mientras esperaban la ambulancia.

Suspira aliviada sin apenas darse cuenta. No sabe quién habrá sido, si Lucia o tal vez Isadora. Sea quien sea, le está muy agradecida.

—¿Se recuperará? —pregunta inquieta.

—Se recuperará, pero su estado será todavía peor. Le recomiendo más que nunca que no haga ningún tipo de actividad física.

Deja pasar unos segundos antes de preguntar:

—Tal y como está ahora, ¿podría... darme un pronóstico?

El médico separa las manos en un gesto de impotencia.

—Este paro cardiaco podría haber sido mortal. Podría haber sido el último. No puedo decirle cuánto tiempo le queda... El ecocardiograma muestra un corazón irregular y fatigado. Hay peligro de que vuelva a pararse. La tensión arterial también tiene muchos picos. Pueden pasar semanas antes de que tenga otro ataque, o algunos días si no descansa...

Joanne recibe el golpe sin inmutarse. Necesita unos segundos para recuperar el habla.

—¿Le quedan unas semanas como mucho?

El médico parece muy afligido. Joanne puede ver su compasión en el fondo de los ojos verdes.

—Como mucho, madame Verger.

Ella no dice nada más. Acaba de decidirlo. Oye hablar al médico pero es como si un velo los separara. Joanne ya no está allí.

—Lo dejaré ingresado cinco días para asegurarme de que el corazón recupera su ritmo. Después tendrá que volver a firmar el papel para que salga.

Ella se esfuerza en asentir.

—¿Desea hacer alguna otra pregunta?

Joanne niega con la cabeza y se levanta. Ya no tiene nada que hacer aquí. Quiere salir del despacho lo antes posible.

—No, ninguna.

El médico le propone acompañarla y darle un vaso de agua. Está muy pálida, pero ella lo rechaza educadamente.

—Bien... En ese caso nos vemos dentro de cinco días, madame Verger. Adiós.

Joanne ya no está.

Las carcajadas y los gritos de los niños resuenan en la aldea. El pequeño pelirrojo que Joanne vio durante la sesión de meditación hoy cumple cinco años. Esta tarde han venido otros cinco niños para una merienda de cumpleaños digna de su nombre. Por los gritos de los chiquillos se diría que la merienda se ha convertido en una batalla de agua.

Joanne cierra las cortinas amarillas y naranjas de la autocaravana para protegerse del calor. Mete algunas cosas en la enorme mochila roja con cierta solemnidad y un cuidado especial: dos libretas negras; el teléfono móvil; su cartera y la de Émile con los documentos de identidad; el último lienzo en blanco que le queda, que ocupa la mitad de la mochila; una paleta, un pincel y cuatro tubos de pintura; un libro amarillento con las esquinas dobladas;

un botiquín; una toalla y una pastilla de jabón; una muda de recambio para cada uno; una docena de bolsas de comida deshidratada; semillas y frutos secos; una cantimplora; pastillas para purificar el agua.

Joanne se levanta y se seca una gota de sudor que le resbala por la frente. Hace mucho calor. El mes de junio ha llegado mientras esperaba que Émile volviera a la aldea. Los cinco días de hospitalización se han convertido en dos semanas debido a un pico de hipertensión y después una hipotensión también brutal. El tronco encefálico, ha dicho el doctor Margueron.

Durante su ausencia se ha pasado horas en el huerto. Ya han salido los primeros melones, y ha sido la primera en probarlos, con Lucia, la salvadora de Émile. Al final ya sabe lo que pasó, fue Lucia la que le dio el masaje cardiaco y lo salvó unas semanas más.

Estos días también ha llegado una pareja nueva a la aldea. Tienen veinticinco años y se han tomado un año sabático. Mientras reforman su orris duermen en una tienda. Se pasan todo el día trabajando bajo un sol de justicia.

Durante estas semanas también se ha sumergido en la guía de los Pirineos, y ha comprado un mapa de los Pirineos Atlánticos.

Una noche, Pok volvió a la autocaravana acompañado de la gata atigrada. Joanne sonrió al constatar que tenía las tetillas hinchadas y rosadas.

Hace cuatro días que Émile ha vuelto y se pasa la mayor parte de las tardes durmiendo. Joanne le prepara infusiones heladas de menta y le propone jugar al Monopoly cuando lo ve mejor. El médico dijo que necesitaría unos días para recuperarse del todo. Joanne deja la mochila roja, llena hasta arriba, en el banco de la autocaravana. Está lista. Pronto podrán irse.

Se acerca a la encimera y se sirve un vaso de agua. Al lado del fregadero hay un sobre blanco que lleva la dirección «M. y Mme. André (a la atención de Léon André), rue du Bourg 12, 35430 Saint-Suliac». Dentro hay una llave marrón enorme cubierta de óxido. La llave de una casita de piedra rodeada de un huerto abandonado. Las tomateras ya hace tiempo que han muerto. Las malas hierbas habrán invadido el caminito que lleva hasta la puerta principal. Hace casi un año que Joanne se marchó. Léon no ha vuelto a pisarla desde la muerte de Tom. Joanne estaba en esa residencia y él volvió a casa de sus padres. Esa casa estaba repleta de recuerdos demasiado dolorosos. Joanne hizo una parada rápida al salir de la residencia, antes de ir hacia Roanne, al encuentro de un tal Emile26, y la casa olía a cerrado y a humedad. Antes de salir cerró todas las persianas y metió la llave marrón en la mochila roja. Ahora la llave está dentro del sobre blanco. En el sobre también hay otra cosa, una tarjeta con unas palabras para Léon:

Cuando no podemos volver atrás, solo debe importarnos cuál es la mejor manera de ir hacia delante.
Para Léon.
A modo de despedida.
Joanne.

En la parte de atrás de la tarjeta, una segunda cita de *El Alquimista* de Paulo Coelho. Uno de los primeros libros que le leyó Joseph. Palabras de aliento para ese hombre al que amó y odió desde lo más profundo de su ser. A pesar de todo.

«Siempre existe en el mundo una persona que espera a otra».
Paulo Coelho, *El Alquimista*

30

—¿Te importa echarles un ojo a Pok y a su amiga? Te he dejado el saco de pienso y el bebedero delante de la autocaravana. Normalmente vienen a comer al amanecer. Puedes llenar el plato antes de irte a la cama.

Isadora asiente, apoyada en un rastrillo en medio del huerto.

—Entendido.

—La gata está a punto de parir. No sé cuándo exactamente. Si los gatitos salen...

—No piensas irte tanto tiempo, ¿no? —pregunta Isadora divertida.

—No creo, pero...

—No te preocupes, yo los cuidaré.

—Vale.

Isadora mira a Joanne, que va cargada como una mula con la mochila roja llena hasta arriba, y calzada con las botas de montaña. Justo detrás Émile está arrodillado al lado de Pok esperando pacientemente.

—Te dejo las llaves de la autocaravana.

Pone las llaves en las manos rugosas y llenas de tierra de Isadora.

—¿Llevas el teléfono móvil? Por si...

Se refiere al estado de Émile y a los riesgos que supone irse con él a la montaña.

—Sí, llevo el teléfono. La batería está cargada. Lo apagaré para que no se agote.

Isadora asiente e intenta ocultar su preocupación. Se pregunta si volverá a ver a Émile vivo, pero intenta alejar ese pensamiento. Mira a Joanne con una gran sonrisa.

—¡Pasadlo muy bien! ¡Cuidaos mucho!

Agitan las manos a modo de despedida e Isadora los ve alejarse en esas primeras horas de calor matutino de junio. Pok los sigue unos metros antes de sentarse y ver como desaparecen.

Hoy Émile se va de vacaciones con su madre a la montaña. No entiende muy bien el porqué de este viaje improvisado. Lo único que sabe es que su padre se queda en la aldea y que Marjorie no está, pero él y su madre se van a la aventura. No se acuerda muy bien, pero tiene el vago recuerdo de una conversación en la que Marjorie le explicaba como a un adulto:

—Me voy a jugar a casa de mi amiga Maria. Su mamá ha dicho que puedo quedarme a dormir pero mañana volveré, ¿vale?

Él había dicho que sí.

—Esta noche tienes que portarte bien, Mimi, aunque yo no esté. No tendrás miedo de dormir solo, ¿verdad? Ya eres mayor.

Claro que no tiene miedo. Imagina que Marjorie debe de estar en casa de su amiga Maria y por eso su madre lo lleva a la montaña. Parece que dormirán en la tienda de campaña. Le ha prometido que verán águilas.

El sendero comienza con un puente que atraviesa un arroyo, después se adentran en un bosque que huele a musgo y a tierra fresca. Émile mira la mochila roja que se balancea delante de él, al ritmo de los pasos de su madre. Piensa que debe pesar mucho, no le ha dejado que lleve nada. Su madre es muy fuerte. El otro día su padre se rompió un pie y caminaba con las muletas. Dejaron que Marjo y él pintaran sobre la escayola. Marjo pintó un sol rosa y él un coche. Su madre tuvo que reorganizar toda la planta baja porque su padre no podía subir escaleras. Marjorie y él estaban apoyados sobre la barandilla de la escalera mirando cómo su madre bajaba sola el colchón, el somier, la tele.

—Cariño, déjalo, es una locura, te vas a hacer daño en la espalda. Llamaré a unos amigos y lo harán en dos minutos —decía su padre.

—Ya casi he terminado.

Movió todos los muebles del salón para instalar el dormitorio abajo mientras estuviera convaleciente. Ellos la querían ayudar a mover los sofás, y su padre también, pero no les dejó.

—¡Largo, id a jugar fuera!

Para a descansar en medio del prado. Hay montañas enormes puntiagudas y blancas frente a ellos, y también vacas que se echan la siesta en todas partes. Su madre saca dos sándwiches de la mochila roja.

—Solo tenemos uno para cada uno. Si por la tarde tienes hambre comeremos un tentempié.

—¿Un tentempié?

—Frutos secos, cosas así.

Ayer la miraba mientras preparaba una tarta de fresas. Estaban en la cocina con la ventana abierta. Su padre cortaba el césped en el jardín. Marjorie ayudaba a su madre. Lavaba las fresas en el fregadero. Su madre extendió la pasta con un rodillo.

—¿Puedo hacerlo? —le preguntó.

Ella estaba removiendo algo muy deprisa en una cacerola que estaba al fuego. Él miraba las manos embelesado, las movía tan deprisa que parecía que iban a desaparecer.

—Puedes quitarles las hojas a las fresas —le respondió sin dejar de remover.

Marjorie colocó un bol con las fresas lavadas justo delante de él. Le enseñó las hojas.

—Son los trocitos verdes, Mimi —le dijo acercando la silla a la mesa.

—Émile, tendrías que echarte la siesta.

Se gira con cara de disgusto.

—¿Qué? Pero no quiero...

Su madre está en el bosque, sentada en una roca, ya no tiene la cacerola ni la varilla en la mano.

—Hemos caminado casi una hora. Tienes que descansar. Yo también descansaré un rato.

Émile busca la mesa, el bol de fresas, la silla, a Marjo.

—Pero... ¿y las fresas? —balbucea.

Ella coloca el sombrero negro en el suelo y se tumba sobre la hierba.

—Después de la siesta.

Él obedece, un poco desconcertado. No sabe muy bien dónde están. Justo ahora preparaban una tarta en la cocina.

—¿Dónde está Marjo?

Se da cuenta de que se hace la dormida para no contestar. Mira a su alrededor y ve una vaca que hace pipí justo al lado. Se pone a reír.

Joanne lo mira con los ojos entreabiertos. La tranquiliza ver que las vacas le sirven de distracción durante un rato.

El sol baja lentamente sobre los pastos salpicados de rocas blancas. La piedra caliza se ilumina con reflejos dorados. Émile ha dormido toda la tarde. No han recorrido ni dos kilómetros desde esta mañana pero no importa. No tienen prisa en esta última escapada. Cada momento es precioso, incluso cuando no hacen nada. Émile sigue dormido y Joanne aprovecha para ir en busca de fresas o moras silvestre. La recolecta es bastante pobre pero servirá para acompañar la cena. Joanne no ha querido traer el hornillo, no le quedaba sitio en la mochila. Así que ha escogido los paquetes de comida que se rehidrata con agua fría de entre los que le quedaban de la última escapada del verano pasado.

Émile se despierta con el ruido del pequeño recipiente de metal que utiliza Joanne. Parece sorprendido de encontrarse en medio de un prado. Joanne sabe que está a punto de empezar a hacer mil preguntas, así que se adelanta:

—¿Has cocinado alguna vez algo así?

Émile está perplejo, pero la curiosidad lo lleva a mirar el fondo del recipiente, en el que flota un amasijo indefinible.

—¿Qué es?

—Nuestra cena.

—¿Vamos a hacer una hoguera?

Le da miedo desilusionarlo pero afortunadamente tiene un as guardado en la mochila.

—No, haremos algo mejor... Dormiremos en una tienda de campaña. ¿Quieres empezar a montarla?

Émile se levanta de un salto.

—¿Puedo?

—Claro. Si necesitas ayuda llámame.

Émile ya está rebuscando en la mochila roja.

Tarda una hora en desmontar la masa informe de estacas y tela que Émile ha construido orgulloso. Él se divierte al verla gritar cuando una estaca se cae al suelo y queda atrapada bajo la lona.

—Espera, mamá, ahora te ayudo.

Joanne queda sepultada bajo la lona, incapaz de moverse para salir.

Empiezan a cenar cuando un velo oscuro cubre el cielo y las primeras estrellas se iluminan. El estofado de arroz y curry está bastante bueno, lo que sorprende gratamente a Joanne.

—Marjorie me ha contado una historia de miedo —dice Émile mientras comen fresas silvestres todavía verdes.

—Ah, ¿sí?

—Hay que contarla cuando está oscuro.

—Pues ahora es un buen momento, ¿no?

—No, espera... Mejor dentro de la tienda.

—¿Hay que estar dentro de la tienda?

—Sí. Dará menos miedo.

Un poco más tarde, envuelta en un saco de dormir, lo escucha contar con los ojos brillantes de entusiasmo y miedo la leyenda del lobo feroz que vaga por los bosques en busca de niños para comer. La historia termina así:

—Y el lobo feroz coge la forma del último niño que se ha zampado... ¿Quién sabe si se esconde aquí?

Joanne hace como si temblara de miedo cuando él la mira satisfecho.

Está impresionada al ver que se sabe la historia de memoria. Que esa parte de la memoria ha quedado intacta, a salvo de la terrible enfermedad.

Al día siguiente la temperatura es muy agradable. Una brisa de aire fresco mueve las hojas del bosque. Picotean avellanas y pasas antes de ponerse en marcha bajo un sol tímido. Media hora más tarde la lluvia los sorprende, una lluvia fuerte e inesperada ya que el cielo está azul. Se ponen a cubierto debajo de los árboles y Émile ve a un pequeño erizo que se ha caído en un agujero entre dos raíces muy grandes. Joanne lo ve recoger dos palitos de madera para intentar sacar al pobre infeliz del agujero.

—Ayer salvé a Marjorie de una abeja —dice.

—Ah, ¿sí?

—Sí. Se quería comer su merienda.

Con gestos lentos y precisos se concentra en sacar al erizo y colocarlo sobre la hierba.

—¿Pueden atacar a los erizos?

—Sí, tienen depredadores.

—¿Quiénes?

—El cárabo, el jabalí...

Parece reflexionar, mira hacia el cielo, entre las hojas.

—¿Le podríamos construir un refugio?

La lluvia no les permite continuar, así que tienen tiempo para construirle un refugio al erizo. Émile recoge ramitas. Joanne las va apilando con ayuda de ramas más grandes para construir las estructuras de su cabaña.

Algunos senderistas que pasan por allí se paran a contemplar divertidos su pequeña obra. A la espera de terminar su refugio, han metido al erizo con cuidado en el recipiente de metal que les sirve para cocinar.

Ya hace un rato que ha dejado de llover cuando siguen su camino, satisfechos de dejar al pequeño animal en su nueva casa.

En la escuela hay un niño tímido que siempre está apartado. Está un poco gordito y cuando se pone a correr detrás del balón se medio ahoga. Émile y los otros niños se preguntan por qué se pasa los recreos en un banco en vez de jugar al pilla pilla con ellos. Hasta las niñas juegan. Un día lo ve agachado en el suelo, solo como de costumbre. Ha recogido ramitas y hojas con cuidado. Émile deja el juego y se acerca despacio. El niño ha construido una especie de camino delimitado por las ramitas. Émile no entiende por qué. En una esquina ha colocado hojas de platanero como cuencos para que sirvan de abrevadero a no se sabe qué animal. Dentro de las hojas hay unas gotas de agua y un trébol.

—¿Qué haces? —pregunta Émile.

El niño rechoncho levanta la cabeza y lo mira desconfiado.

—¡Las vas a aplastar! —le grita—. ¡Vete!

Émile no sabe de qué está hablando. No ve nada, y no se mueve.

—¿Has oído lo que te he dicho? —insiste el otro.

Émile se agacha para mirar de cerca el pequeño sendero cavado en la tierra.

—¿Es un pueblo para animales?

Su curiosidad parece ablandar al chico gordito.

—Son hormigas, ¿no lo ves? ¡Las vas a pisar!

Entonces Émile se da cuenta de que un centenar de puntitos negros transportan ramitas y migas por la tierra. Abre los ojos emocionado.

—¿Les estás haciendo un pueblo?

El niño niega con la cabeza.

—Les construyo instalaciones para ayudarlas a trabajar. Mi padre dice que las hormigas son los seres vivos más trabajadores. Trabajan sin parar todo el día. Toda la vida.

—Les tiene que pesar mucho —dice Émile al ver las ramitas diez veces más grandes que las hormigas.

—Sí, por eso las ayudo construyendo caminos.

Señala las hojas de platanero llenas de agua y el trébol.

—Aquí pueden parar para comer y beber.

Émile se sienta en el suelo con las piernas cruzadas.

—¿Y no tienen un sitio para dormir?

La pregunta parece coger al niño por sorpresa. Pero en pocos segundos responde.

—No creo que duerman.

—¿No?

—No.

Ahora es Émile el que se pone a pensar. Mira a su alrededor: las piedritas enterradas, un elástico viejo desteñido, un papel de chicle que ha tirado un niño, la concha de un caracol.

—¡Podríamos hacerles un patio de recreo! —dice entusiasmado.

El pequeño regordete duda unos instantes. Está a punto de responder que las hormigas no disponen de tiempo para jugar, están demasiado ocupadas, pero es la primera vez que tiene un amigo que juegue con él y no quiere perder la oportunidad.

—Hum... —dice—, de acuerdo.

Empiezan a escarbar contentos y concentrados. Después de un momento Émile levanta la cabeza y le pregunta:

—¿Cómo te llamas?

No van a la misma clase. Hay muchos niños en primaria. La mitad, entre ellos Émile, van a una clase, y el niño gordito está en la otra.

—Renaud. ¿Y tú?

—Émile.
—¡Émile! ¿Émile?

Joanne lo está buscando, ya empieza a oscurecer. Está sentado detrás de la tienda examinando la tierra.

—Creía que te había perdido. La próxima vez que te llame tienes que responder, ¿de acuerdo?

Él asiente, y Joanne se sienta a su lado.

—¿Qué estás haciendo?

La mira con cara de niño.

—Renaud y yo hacemos un camino para las hormigas —responde orgulloso.

Al día siguiente la mayor parte del ascenso es por el bosque. El sendero sube en una ligera pendiente y les permite disfrutar de un frescor agradable. Por el camino encuentran varios arroyos y hacia el mediodía aprovechan para lavarse y refrescarse un poco. Joanne comienza a perder la noción del tiempo. Tiene la impresión de haber salido hace dos semanas. Se cruzan con pocos senderistas.

La siesta se eterniza sobre el musgo fresco y verde del bosque. La respiración de Émile es sibilante y Joanne prefiere no alejarse demasiado. Se sienta a su lado mientras observa los movimientos entre los árboles. Ve fugazmente un arrendajo verde y resiste la tentación de despertar a Émile para enseñárselo.

Después de la cena rehidratada a base de una especie de risotto con tomate y albahaca con regusto a champiñón, Joanne se ve obligada a aceptar que no hay sitio para montar la tienda en la espesura del bosque. Le propone a Émile dormir bajo las estrellas y él acepta entusiasmado. Se instalan en un trocito despejado desde donde pueden ver un pedazo de cielo.

—¿Conoces las estrellas? —le pregunta Émile.

—Sí. Algunas.

—Déjame adivinar, ¿vale?

—Vale.

Solo consigue encontrar Venus, y los dos se ríen cuando dice que la Osa Mayor tiene más forma de sartén que de carro. Se duermen acunados por el sonido del viento entre las hojas. Es una noche suave. Venus brilla con especial intensidad.

—Es el último lienzo que me queda.

Su madre ha colocado el lienzo sobre una gran roca blanca que sobresale entre la hierba, también una paleta con cuatro colores: blanco, azul, verde y rojo, y un pincel fino.

—¿Qué te parece si lo pintamos entre los dos?

Émile asiente. Están en medio de un claro precioso. Joanne ha dicho que en dos o tres días llegarán a las cabañas de Ansabère.

—Pero hay que prestar atención.

—Yo siempre presto atención.

—Entonces perfecto. ¿Qué te gustaría pintar? —le pregunta Joanne sonriendo.

Él se encoge de hombros, y ella le muestra el claro, las montañas blancas, el cielo de un azul hermoso.

—Mira a tu alrededor. Habrá algo que quieras pintar, ¿no?

Él levanta un dedo y la señala.

—¿A mí? —pregunta sorprendida. Él asiente con una sonrisita.

—Entonces tú me dibujas a mí y yo luego pintaré el paisaje.

—Vale.

Émile le señala una roca grande. Allí posará para él. Joanne lo observa coger el pincel y pensar atentamente cómo lo hará. Finalmente empapa el pincel con un primer color. Desde donde está no consigue ver cuál ha elegido, pero sí puede escuchar su respiración entrecortada. Cada día es más evidente.

—¿Ya está?

Ya hace más de una hora que Émile está inclinado sobre el cuadro y Joanne nota el calor en la espalda. Va a coger una insolación.

—Casi.

Da una última pincelada por aquí, otra por allá, y la invita a acercarse. Joanne sonríe disimuladamente al ver los trazos gruesos e irregulares, y entonces advierte con sorpresa que la mujer del cuadro, sentada sobre la roca, aunque un poco deformada, parece ser otra persona. Tiene el pelo castaño, mucho más oscuro que el suyo, y más corto, por encima de los hombros. Pero eso no es todo, lleva un vestido de verano blanco con lunares rojos y un sombrero blanco.

Émile espera su reacción con una sonrisa en los labios. Joanne frunce el ceño.

—¿Soy yo? —pregunta con la mayor naturalidad posible.

—¡Claro!

No parece darse cuenta de cuál es el problema.

—Llevo un vestido muy bonito.

Pero él se contenta con levantarse y decirle:

—Te toca. Tienes que pintar el paisaje.

Émile está sentado con las piernas cruzadas sobre la hierba, apoyado contra un árbol. Es verano. Tiene diez años, y está en Aix-en-Provence en la boda de su tía. Suenan las campanas de la iglesia. Los tacones de la novia repiquetean sobre los adoquines de la calle. Los invitados siguen a la pareja de recién casados hasta el coche. Marjorie está apartada. Acaba de cumplir catorce años. No se hablan demasiado. Se ha cansado de tenerla siempre encima y además está bastante rara. Tiene granos en la cara y aparatos en los dientes. Cuelga pósteres ridículos en la habitación y sus amigas se ríen como gallinas. Esta mañana ha dicho que no iría a la boda porque el vestido la hacía parecer más gorda. Sus padres la han obligado y ha venido a regañadientes. Está apartada del resto de los invitados con los brazos cruzados. Cuando la pareja sube al coche bajo un montón de aplausos, Émile se va con ella. No dicen nada. Observan a la gente, que se va dispersando y hablando en grupitos. Después de un rato la oye resoplar.

—¿Qué te pasa?

—Nada.

—Dímelo...

—¡Te he dicho que no es nada!

Él se encoge de hombros como si le diera igual. Es lo único que necesita para que Marjorie se lo cuente.

—Nunca seré tan guapa como ella —dice muy seria.

Émile se queda pasmado.

—No es tan guapa para ser una novia. Ya tiene cuarenta años y la nariz torcida.

Marjorie se echa a reír entre lágrimas.

—No, no hablo de ella.

—¿No hablas de la tita Hélène?

—No..., hablo de mamá.

Émile mira en la misma dirección que Marjorie. Unos metros más adelante está su madre charlando con otros invitados. Nunca lo había pensado. ¿Su madre es guapa? Todas las madres son guapas cuando eres pequeño. Pero hoy, en medio de la multitud que conversa en la plaza de la iglesia, es cierto que resplandece. Solo se la ve a ella entre todos los invitados. Tal vez sea por su enorme sombrero blanco... Pero no es solo por eso. Tiene mucha presencia, y además lleva un vestido muy bonito. Émile no se había dado cuenta. Es un vestido de verano blanco con lunares rojos. Parece una niña o una princesa de dibujos animados. Es elegante y coqueta.

La observa detenidamente, allí de pie en medio de todos los invitados, con su vestido blanco de lunares rojos. Quiere grabar esta imagen de su madre en su memoria.

A su lado, Marjorie murmulla resoplando:

—Puedes decirlo. Soy más fea que ella.

Pero él no la oye.

Joanne espera a que la pintura esté seca para meter el lienzo en la mochila. Espera hasta el día siguiente, y la envuelve con cuidado con un poco de ropa. No quiere que se estropee... Detrás de la mujer con el vestido blanco de lunares rojos ha dibujado el claro en el que están: la hierba verde, las rocas, el camino pedregoso al fondo, los alerces, los picos de Ansabère, que se recortan sobre el cielo azul cargado de nubecitas redondas. El resultado es una pintura un poco extraña. ¿Qué hace esa mujer con un vestido de bailarina perdida en medio de la montaña?

Tardan otros tres días en llegar a las cabañas de Ansabère. El cansancio de Émile y su respiración cada vez más pesada les obligan a parar un día entero. Joanne deja que duerma en la tienda mientras ella aprovecha para lavar la ropa en un pequeño arroyo y secarla al sol.

Cuando consiguen llegar Émile parece maravillado con las vistas. Le cuesta recobrar la respiración y observarlo todo al mismo tiempo. Están en una meseta frondosa rodeada y protegida por las cimas más hermosas de los Pirineos: las altivas Agujas de Ansabère, el Pic de Pétragème, el Pic de Ansabère... En medio de este valle apacible hay tres cabañas de pastores auténticas, hechas de piedra, con techos de chapa que han sufrido muchas reparaciones. Hay varias capas superpuestas sobre la estructura original. Cada cabaña queda protegida por grandes rocas. Reina una calma total. Hasta el vuelo de los buitres en el cielo es silencioso, como si respetaran la intimidad del lugar. Joanne da unos pasos y deja la mochila al pie de una roca.

—En la cabaña más pequeña todavía vive un pastor. Las otras dos son un refugio para los senderistas pero nadie las cuida. Por lo que he leído es todo bastante rudimentario, solo hay paredes, el suelo y el techo.

Émile apenas la escucha. Va dando vueltas sobre sí mismo para poder abarcar la panorámica que les rodea. Un valle pequeño y solitario, verde y llano, en medio de las montañas. Un marco incomparable protegido por los gigantes de piedra caliza.

—Es precioso... —dice Émile extasiado, dejándose caer a su lado.

Rehúsa la cantimplora que le tiende Joanne y repite:

—Es espectacular. Es como el paraíso en la tierra.

Joanne sonríe.

—Si esto fuera el paraíso ya me conformaría. ¿Y tú?

Él asiente. Joanne rebusca en la mochila y saca un libro amarillento.

—¿Qué haces? —le pregunta Émile.

—Busco una cita de Jean-René Huguenin.

—¿Una cita?

—Sí. Sobre la belleza. Sobre lo que acabas de decir... refiriéndote al paisaje.

La mira sin entender muy bien. Ella gira las páginas y se para de vez en cuando para leer una línea antes de seguir buscando.

—La tengo —dice dejando el libro en el suelo.

Alza la vista hacia el paisaje que tiene delante y recita:

—«La belleza no está en el objeto sino en los ojos de quien lo mira».

Émile deja pasar unos segundos antes de preguntar.

—¿Qué significa?

—¿Tú qué crees?

Es una pregunta difícil. Piensa un momento mirando hacia el cielo y mordisqueándose el labio.

—No lo sé —confiesa.

—No hay una sola respuesta buena, ¿sabes? Cada uno interpreta las cosas a su manera. Por eso una cita puede transmitir mucho a una persona y a otra no.

—Ah...

—Para mí significa que no todo el mundo es capaz de ver la belleza que le rodea. Hay que... Hay que tener un corazón hermoso para apreciarla.

Émile se queda con la boca entreabierta. Joanne le propondrá que copie la cita en la libreta esta noche... Si le apetece.

La puerta de la cabaña pequeña se abre y les da un buen susto. El hombre que sale es joven, y eso también les sorprende. Están acostumbrados a un prototipo de pastor mucho más mayor. Hippolyte, Pierre-Alain. Pero el hombre que tienen delante ronda los cuarenta años; su pelo es moreno y de punta. Lleva un pantalón beis y una camisa blanca manchada por el tiempo y la vida rústica.

—Sois los últimos —les dice mientras camina hacia ellos.

Joanne se levanta y Émile la imita.

—¿Cómo? —pregunta ella.

—Los otros senderistas se han marchado por la mañana temprano. No sabía que seguíais aquí.

Joanne entiende la confusión.

—Oh, no... Nosotros acabamos de llegar.

El pastor la mira incrédulo.

—¿Queréis pasar la noche aquí?

Ella asiente sin entender por qué le sorprende tanto. El pastor apunta hacia el cielo azul, donde parece que unas nubes redondas y algodonosas hacen una carrera.

—Han anunciado la peor tormenta de la estación para esta noche. ¿No escucháis las noticias?

La cara de perplejidad de Joanne y la de confusión de Émile le confirman que no.

—La mayoría de los excursionistas lo hacen. Por eso han bajado todos esta mañana. Ahora ya no os da tiempo...

—Pero podemos dormir aquí, ¿no? —pregunta Joanne.

El pastor parece reflexionar y se gira hacia las cabañas.

—Esta de aquí tiene el techo completamente permeable. En menos de una hora estaréis empapados.

Mira hacia la que está un poco más lejos.

—Os podéis instalar en la otra. Debería protegeros de la lluvia pero será una buena tormenta y si hace mucho viento no confío en que la puerta de entrada aguante. El cerrojo no va bien.

Joanne se encoge de hombros. De todos modos no tienen elección.

—El suelo es de tierra... Espero que tengáis unas buenas esterillas...

Al verles la cara entiende que no. Mira hacia el cielo desesperado.

—Os dejaré unas velas y algunas cerillas. Apuesto a que tampoco habéis traído linterna.

No hace falta que respondan, el joven pastor ya ha dado media vuelta para ir hasta su cabaña a buscarlo todo.

La cabaña es rústica. El suelo de tierra batida está sucio y es irregular. Las ventanas están llenas de mugre. Sin embargo tienen la grata sorpresa de encontrar una mesa de madera, un banco y una chimenea que en principio no funciona. Joanne deja allí la mochila, las velas y las cerillas antes de salir fuera a buscar a Émile. Aunque saben que va a haber una tormenta, les cuesta creer las predicciones del pastor. Las nubes se mueven deprisa pero el cielo sigue totalmente azul y tranquilo. Se tumban en medio del valle para disfrutar de los últimos rayos de sol antes del temporal.

Se prepara la tormenta. El cielo se oscurece. Las nubes que llegan ahora son cada vez más negras. Se ha levantado un aire frío. Joanne ha bloqueado la puerta de entrada con la mesa de madera. Comen los dos sentados en el banco con la escudilla de metal sobre las rodillas. Bueno, Joanne come, Émile no. No ha tocado lo que parecen unos espaguetis boloñesa rehidratados.

—No tengo hambre.

—Haz un esfuerzo. Llevamos todo el día caminando.

—Estoy cansado. Tengo ganas de vomitar.

Joanne se incorpora preocupada.

—¿Tienes ganas de vomitar?

—Sí..., y veo borroso.

Se queda inmóvil, con el tenedor a pocos centímetros de la boca.

—¿Ves borroso?

—Quiero dormir, mamá.

Deja el recipiente de hierro y el tenedor, y se levanta.

—Vale, ahora te preparo el saco de dormir en ese rincón... La tierra está más suave.

Lo observa avanzar tambaleándose. Joanne tiene un presentimiento extraño. Se avecina la tormenta. Un primer trueno rasga el cielo y el viento se filtra por una rendija de la ventana. La vela se apaga y la habitación queda sumida en la penumbra.

—La vela —dice Émile.

Joanne lo ayuda a caminar los últimos pasos hasta su saco de dormir.

—No es nada. Ahora la enciendo.

Él se tumba, y ella le lleva el envoltorio de plástico de la cena, a falta de algo mejor.

—Toma, por si quieres vomitar...

Se queda a su lado y espera a que cierre los ojos. Su respiración vuelve a ser irregular. Intenta ignorar el segundo trueno que rompe el silencio del valle. Intenta mitigar su miedo, que va en aumento por la tormenta que llega.

Chas. Una llama nace de la cerilla. Vuelve a encender la vela que está en el alféizar de la ventana y enciende otras más, por si esta vuelve a apagarse. Las coloca por toda la sala. Después se sienta en el banco y se esfuerza en terminar de cenar. El cielo ruge con fuerza. Otro trueno se prepara. Mira la vela de la ventana, se concentra en mirarla para no temblar.

Siente cómo Émile se estremece dentro del saco, en el rincón oscuro de la sala. Está intentando leer un poco a la luz de la vela. El cielo se ha calmado. Augura que por poco tiempo.

—¿Estás bien? —le pregunta.

—Me duele la cabeza —responde Émile con una voz débil y ahogada.

Se levanta y se acerca a él con la vela. Se sienta sobre la tierra batida.

—¿Todavía tienes ganas de vomitar?

Él niega con la cabeza.

—¿Y la vista? ¿Sigues viendo borroso, Émile?

—A veces lo veo todo negro.

—¿Cómo? —pregunta ella con una voz sofocada.

—A veces no veo nada. Está todo negro.

—¿Y luego? ¿Luego ves otra vez?

—Sí. A veces.

Hace acopio de todas sus fuerzas para aparentar serenidad.

—No es nada, cariño. Cuando te duermas irá mejor.

Su instinto maternal reaparece. Es todo lo que ha encontrado para mantenerse a flote en medio de la tempestad. Le pone una mano en la frente para ver si tiene fiebre, pero parece que no. Claro que no. No es un virus, es el tronco encefálico... Todo va colapsando en su interior.

—¿Quieres que te cuente un cuento para ayudarte a dormir?

Lo ve asentir.

—Vale. ¿Conoces la historia de *Tom Pouce*?

—No.

—Pues te la voy a contar. Pero tienes que cerrar los ojos. Deja que te meza.

Él obedece.

Émile se ha dormido. La tormenta ha vuelto a empezar. El viento sopla, y los goznes de la puerta tiemblan. De vez en cuando una ráfaga de viento más fuerte consigue infiltrarse en la habitación y apaga la mitad de las velas. Los relámpagos rasgan el cielo e iluminan la sala con un resplandor inquietante. Un rayo cae sobre la montaña y se oye un ruido ensordecedor. Émile sigue durmiendo. Joanne lo vigila a cada rato, cada vez con más inquietud. La lluvia arrecia con fuerza sobre el tejado de chapa. Tiene frío y acaba por envolverse en el saco de dormir justo al lado de Émile.

Pero no consigue dormirse.

—Mamá.

La lluvia, el viento y los truenos hacen tal estruendo que, aunque está al lado, tarda unos segundos en escucharlo.

—Mamá...

—Sí, ¿qué pasa?

—No... No puedo respirar.

Habla entrecortadamente. Con todo el ruido de fuera no se ha dado cuenta de que respiraba con dificultad. Vuelve a reunir fuerzas para mantener la calma.

—Tienes que relajarte, Émile. Si te tranquilizas te encontrarás mejor.

—No puedo... respirar...

Émile le agarra la mano, se la aprieta muy fuerte. Entra en pánico. Joanne alza la voz para intentar calmar su angustia.

—Émile, escúchame. Tienes que calmarte. Concéntrate en...

Busca algo en la oscuridad de la habitación y justo un rayo ilumina el cielo.

—Mira los relámpagos en el cielo. La tormenta sobre la montaña. Es un espectáculo magnífico.

El rayo cae en algún lugar en medio de los acantilados de roca calcárea. Otro relámpago.

—Mira, Émile, es un espectáculo que impresiona pero que también es hermoso.

El relámpago ilumina la habitación. Joanne ve su cara desfigurada por el miedo y sus ojos marrones, que intentan concentrarse en la ventana, en el cielo, en los relámpagos.

—Muy bien, cariño. Sigue contemplando el espectáculo.

La mano de Émile estruja la suya, mientras abre la boca frenéticamente intentando atrapar el aire. Se oye un estertor ronco. El aire no entra, o lo hace con dificultad. No se equivocaba, la tormenta se avecinaba. Fuera y dentro. Era esta noche.

Joanne nota cómo las lágrimas resbalan por sus mejillas, y sin embargo consigue mantener un tono calmado y tranquilizador.

—Puedes contar los segundos entre el relámpago y el trueno para ver a cuántos kilómetros ha caído el rayo. Cuando era pequeña y me daban miedo los truenos yo jugaba a esto.

Émile abre y cierra la boca con movimientos bruscos. La nuca se tensa y la levanta con movimientos rápidos para ayudar a que el aire pase con más facilidad.

—Mi padre decía... Mi padre decía que un segundo equivalía a un kilómetro. ¿Quieres que contemos juntos?

Ha llegado el final. Pone los ojos en blanco. Joanne reza para que se acabe este calvario, para que este horror, esta asfixia lenta termine.

Son sus últimos suspiros. Con el poco aire que le queda, Émile llama a su madre. Le sujeta la mano. La necesita más que nunca. Y sin embargo es Joanne la que está allí, y no su madre.

Un recuerdo azota su memoria con la fuerza de una tempestad.

Un bosque en pleno verano. Un lago salvaje de un azul oscuro profundo e inquietante. Un lago rodeado de zarzas y hierbas altas. Agua que no se mueve. Ramas, capas de limo y algunas hojas flotan en la superficie. Y un cuerpo pequeño. Una cabeza rubia. Una camiseta blanca. Una tormenta dentro del pecho, algo que lo devasta todo, que destruye su mundo. Unos hombres dentro del agua, unos hombres que cogen a su pequeño. Sus manos arañando, dando manotazos al aire para poder abrazarlo una última vez, para llevarlo a casa. Unos hombres de negro que la sujetan y que se llevan a Tom lejos de allí.

Ha cometido un terrible error. No tendría que haberlo hecho. No es solo una compañera de viaje para una última escapada. Ni es solo la mujer de Émile.

Es una madre. Esta noche más que nunca es una madre y comprende que se ha equivocado. No ha dejado que una madre abrace a su pequeño por última vez.

31

Sentada sobre una roca enorme, Joanne contempla el amanecer. La tormenta ha pasado, y ha vuelto la calma al pequeño valle en el corazón de las montañas. Los primeros destellos de luz se reflejan sobre la cima de los montes. Hermosos degradados de naranja, rosa y rojo. El cielo se tiñe de un resplandor azul nacarado.

Con movimientos lentos, Joanne abre la libreta negra que tiene sobre las rodillas. Detrás del elástico de la cubierta hay una hoja de papel. La desdobla con cuidado y empieza a leer.

Mis instrucciones *post mortem*:

Joanne, si todo va según mis deseos, habré muerto lejos de un hospital en un lugar tranquilo en las montañas.

No te molestes en cargar con todas las formalidades que vendrán después. Es suficiente con que llames al primer médico que encuentres en internet o en una guía, y le pidas que venga a certificar mi muerte. Te libero del resto. Él me llevará al tanatorio más cercano y llamará a mi familia. Ellos se encargarán de repatriar mi cuerpo y pondrán en marcha el resto de trámites. Tú ya has hecho suficiente.

Deseo que les envíes la libreta a mis padres tal y como hablamos. Esta es su dirección:

M. y Mme. Verger

Impasse des Lis, 112

43200 Roanne

Haz un envío por correo certificado, por favor, no querría que se perdiera.

Les he hecho llegar las instrucciones a mis padres para la incineración. Sé que respetarán mi voluntad e imagino que organizarán una ceremonia religiosa. Encontrarás la dirección en la sección de necrológicas del periódico de Roanne. Se llama *Le Roanne Info,* y también está online.

Por lo demás, nos encontraremos allí arriba... Cuidaré de Tom. Te enviaremos de vez en cuando los más bellos cielos de verano. Para que puedas contemplarlos desde aquí abajo, sentada en medio del campo.

Gracias por mantener tu promesa. Gracias por todo.

Tu marido,

ÉMILE

P. D.: Nunca te lo dije. pero estabas deslumbrante ese 31 de agosto en las calles empedradas de Eus.

Deja que las lágrimas corran por sus mejillas. Ahora el sol se ha alzado del todo iluminando los acantilados con una luz impresionante. Nada permite imaginar la tormenta de la noche pasada.

Joanne saca el teléfono móvil y teclea en el buscador. Aparece una lista. Se seca las mejillas distraídamente mientras aprieta el botón de llamada del primer resultado.

Responde una voz femenina. La voz de una mujer que se ha despertado hace poco o a la que puede que haya despertado ella. Joanne inspira profundamente para coger fuerzas.

—Hola, buenos días. Me... Me llamo Joanne.

Al otro lado del teléfono le responde un sollozo ahogado. Joanne escucha la voz de un hombre que pregunta por detrás:

—¿Qué ocurre?

—Es ella —murmura la voz temblorosa de la mujer, casi sin aliento.

Oye un ruido sordo a través del auricular, como si alguien hubiera tirado algo. La mujer consigue preguntar entre lágrimas:

—¿Ya está? ¿Está...? ¿Se ha terminado?

Joanne necesita unos segundos para ser plenamente consciente de lo que va a hacer.

—No.

Dos gritos ahogados le responden al otro lado. Una especie de tartamudeo. Una posibilidad que no se atreven a esperar.

—¿Cómo? No está... ¿Todavía está vivo?

Joanne no aparta la mirada ni un segundo de las Agujas de Ansabère. De ellas coge sus últimas fuerzas.

—Ha pasado la noche. Creo... que le queda muy poco. Tal vez un día o dos como mucho. Yo...

Se seca de nuevo las lágrimas, que siguen corriendo por las mejillas.

—¿Tiene algo para apuntar? Voy a darles la ubicación. Estamos... en un refugio de montaña... Cerca de Lescun, en los Pirineos.

—Espere, espere, mi marido va a buscar papel y lápiz.

Oye la agitación, los susurros angustiados.

—Ya está, dígame —dice la voz del hombre.

—Las coordenadas GPS son latitud 42.898568, y longitud 0.716594.

—Espere... Espere, ¿puede repetirlo?... Para estar seguros.

—Claro. Latitud 42.898568, y longitud 0.716594.

La emoción puede palparse al otro lado. Joanne los oye murmurar apresuradamente.

—Él quería morir en un lugar así. Era lo que más deseaba. Llamándoles he roto el pacto que hicimos... Por favor, tienen que prometerme que no lo llevarán a un hospital —les dice Joanne.

La madre empieza a sollozar al otro lado. Joanne imagina su rostro arrasado por las lágrimas y el dolor.

—Se lo prometo —responde.

Joanne deja que las emociones fluyan, espera a que los sollozos se atenúen, a que el silencio vuelva.

—Una cosa más —dice con la mirada fija en las agujas malditas.

—Sí...

—Quiero que sepa que ha estado muy presente en este último viaje... Que usted...

Tiene que parar un momento para detener el torrente de lágrimas que está a punto de salir.

—Ha estado a su lado cada segundo de este viaje... Hay... Hay un cuadro dentro de la cabaña en la que está Émile... Ya lo verá... Se lo dejaré a la vista y lo entenderá. Ha estado con él a cada paso.

No puede seguir. Está demasiado emocionada. Tiene que colgar, sin decir una palabra más.

Émile está despierto en la pequeña cabaña que huele a humedad. Sigue tumbado, está agotado, pero esta mañana Joanne ha conseguido que coma algunos frutos secos. Le ha dejado su saco. Ya no le hará falta. A él sí. Tiene que estar caliente hasta que lleguen sus padres. Ella ya se lo ha explicado varias veces.

—Papá está de camino. Necesitas descansar antes de que llegue papá, ¿de acuerdo?

Él asiente. No habla demasiado. Cada palabra lo deja agotado. Está pálido. No le queda demasiado tiempo. Se aproxima la tarde. Joanne está segura de que los Verger llegarán antes de que sea de noche. Se lo ha explicado todo al pastor, que no ha entendido gran cosa.

—¿Va a venir más gente?

—Sí. Los padres de Émile vienen a buscarlo. Cuando lleguen solo tienes que indicarles dónde está la cabaña, ¿de acuerdo?

No ha entendido nada.

—¿Pero tú no estarás?

—No.

—¿Cómo que no?

—Me tengo que ir.

No parece muy contento. Está de mal humor.

—Si puedes ir a ver de vez en cuando si se encuentra bien.

—¡Yo tengo trabajo! —responde el pastor ya irritado.

No insiste. De todas maneras no ha sido capaz de marcharse y dejarlo solo. Se ha quedado con él, dándole sorbitos de agua, colocándole el saco de dormir. Parece que tiene frío. El cuadro que pintaron los dos está colocado sobre la mesa de madera, para que se vea. La libreta negra de Émile está justo al lado. Joanne mira por la ventana. El cielo está azul. El sol empieza a bajar. Le habría gustado llevar a Émile fuera, tumbarlo sobre la hierba para que viera su última puesta de sol, pero sola no tiene fuerza suficiente. Así que se conforma con decirle que mire el cielo azul, ese hermoso cielo azul por la ventana.

Escucha un motor a lo lejos. Un coche se acerca. El pastor le ha dicho hace un rato que hay un camino escarpado que permite llegar a un centenar de metros del valle y de las cabañas en caso de urgencia. Joanne sabe que son ellos. Nadie coge nunca esta carretera, le ha dicho el pastor. A no ser que tengan un 4×4 o una autorización especial. Joanne se ha encargado de obtener la autorización del pastor. Él tiene las llaves del enorme portón que bloquea el paso. Es su camino. Por ahí suben sus víveres una vez al mes, y sus medicamentos para la tensión. Parecía enfadado pero ha accedido a abrir el camino. Los Verger se acercan. En unos minutos bajarán del coche, unos metros más abajo, y subirán a pie, probablemente corriendo. Ha llegado el momento de irse, de meterse entre las rocas y desaparecer en el bosque.

—Bueno —murmura nerviosa—. Salgo un momento. Papá está llegando, voy a buscarlo, ¿vale?

Él asiente, con su rostro pálido.

—Ahora nos vemos, cariño. Nos vemos enseguida.

Le da un beso en la frente, sobre el pelo húmedo. Atraviesa la sala muy despacio. Lo mira por última vez, desde el umbral de la puerta estropeada. Y luego nada más. Desaparece con su mochila roja.

«No hay palabras que precedan las verdaderas despedidas».
EDMOND JABÈS, *El libro de las semejanzas*

Epílogo

Es un día de verano tormentoso y gris. El aire es pesado, las nubes bajas. La lluvia amenaza con caer. La multitud se concentra en el patio de la iglesia de Notre-Dame-des-Victoires. Una muchedumbre condensada que no deja de crecer. Joseph siempre le decía: «Si quieres saber qué edad tenía el muerto, cuenta la gente que hay en el funeral. Cuanta más gente hay, más joven era». Joanne le preguntó una vez en qué se basaba esa teoría absurda y él respondió encogiéndose de hombros:

—El funeral de un viejo no conmueve a mucha gente.

—¡Eso no es cierto! —dijo una Joanne de nueve años.

Joseph volvió a encogerse de hombros.

—Vale, hay otra explicación. Los amigos ya son viejos... o están muertos.

Esta mañana del 20 de junio la multitud no deja lugar a dudas. El muerto era joven. En la plaza hay familias con bebés pero también muchos jóvenes que parecen recién salidos de la universidad. Sus amigos.

Joanne llega en tren a Roanne por la mañana temprano. Se ha tenido que levantar de madrugada, a las cuatro de la mañana. No ha podido dormir durante el trayecto, y una vez en la estación le ha tocado lidiar con los mapas incomprensibles de la red de autobuses de Roanne, y aun así se ha equivocado dos veces de línea. Piensa que nunca ha estado demasiado acostumbrada a la

643

ciudad, pero los doce meses fuera de la civilización, en medio de los Pirineos, la han alejado todavía más de la vida urbana.

Tañen las campanas anunciando el comienzo de la ceremonia. La muchedumbre se apresura a entrar. Joanne se queda fuera, en la acera de enfrente, a un centenar de metros de la iglesia. Entrará cuando todos hayan cogido sitio. En los lugares así se siente extraña. Han venido más de cien personas a despedir a Émile. Más de cien personas que lo han conocido, han convivido con él, lo han querido. Y sin embargo ha decidido morir con ella, una desconocida para todos.

La muchedumbre ha entrado en la iglesia y ella se cuela por el resquicio de la puerta enorme de madera justo antes de que la cierren. Se queda en la última fila. Justo cuando se sienta, una pareja acompañada de un niño se levanta en la primera fila para saludar a una joven que llega tarde. La madre del pequeño es rubia, tiene el pelo rizado y está muy seria. El padre tiene los ojos enrojecidos y los hombros caídos. Parece desolado. Debía de ser un buen amigo de Émile. Tal vez Renaud. Intercambian unas palabras con la joven morena que acaba de llegar. Tiene una melena larga y lisa que le llega hasta mitad de la espalda, los labios redondos, y dos perlas pequeñas en las orejas. Es guapa y lo sabe, tal vez demasiado, pero hoy tiene cara de cansada y la mirada una poco perdida.

Un carraspeo anuncia la llegada del cura que celebrará la ceremonia. Los tres adultos se sientan, la iglesia se sume en un silencio absoluto.

Joanne no escucha lo que dicen. Mira la urna plateada que hay sobre el altar. Mira a la gente que se va levantando para leer un pasaje de la Biblia o para cantar las alabanzas de Émile. Entre ellos está el amigo desconsolado que Joanne ha supuesto que era Renaud. No se equivoca. Pasea la vista por la iglesia. Reconoce a Marjorie detrás de una cara pálida y unos rizos oscuros. También a su padre y a su madre, con la espalda encorvada en la primera fila. Los bebés están callados en sus cochecitos.

Cuando la madre de Émile sube al altar, un murmullo recorre la iglesia. Lleva una libreta negra con la cubierta de piel en la mano. Joanne se endereza. Pilla algunas palabras del cura, que habla del viaje que Émile emprendió hacia la montaña antes de su viaje definitivo. Una travesía que lo acercó a Dios. Joanne frunce el ceño. Se oye la voz ronca de la madre de Émile. Lee un fragmento breve que deja a la gente con multitud de preguntas sobre ese viaje del que nadie sabe nada. Joanne se esconde en su asiento de forma instintiva.

Pronto moriré y nunca me había sentido tan en paz conmigo mismo. Me veo con una mirada nueva, veo distinto al joven un tanto estúpido que fui, pero es una mirada benévola. Siento que he madurado gracias a estos últimos meses. Siento que he crecido.

La voz se apaga en la iglesia entre los resoplidos y el ruido de los pañuelos. Cuando el cura retoma la palabra, la mujer rubia con el pelo rizado, la pareja de Renaud, sale de la iglesia para calmar al niño que está llorando. Joanne sale detrás de ella por la puerta enorme de madera, y se queda en la plaza de la iglesia. El aire es todavía más denso. Cruza la calle y se sienta en la acera de enfrente, en el escalón de un portal. Desde allí ve la puerta de la iglesia y podrá seguir la procesión de lejos, hasta el cementerio. No sabe lo que harán los padres de Émile con las cenizas pero supone que las pondrán en una tumba.

Alza la vista hacia el cielo. Está cubierto y gris. No se distinguen nubes, ni estelas, ni ondas. Ningún movimiento. Piensa que Tom y Émile hoy no han hecho su trabajo, han sido muy perezosos. Probablemente están demasiado ocupados conociéndose. No les interesa esta ceremonia impersonal. Tal vez Émile eche una mirada distraída mientras termina una partida de Scrabble. Hace seis meses que tiene la revancha pendiente...

Deja la mirada perdida en ese cielo bajo y esponjoso. Piensa que habría preferido otra ceremonia. Unas palabras en el bosque, al pie de las montañas. Annie, Hippolyte, Sébastian, las dos chicas canadienses, Isadora, Marico, Lucia, Pok... Con ramos de flores silvestres que ellos habrían cogido. Un libro de citas amarillento que leerían en voz alta. Un refugio hecho con ramitas, que camuflarían debajo del musgo frondoso del bosque, para la urna plateada.

Una sonrisa temblorosa aparece en su rostro. Deja que las imágenes de esta ceremonia en el bosque impregnen lentamente su alma.

No son más de veinte personas las que siguen la procesión que lleva las cenizas de Émile hasta su última morada. Solo la familia más cercana y algunos amigos. Renaud está allí. Su mujer se ha quedado con el bebé, que sigue llorando. Joanne está detrás, lejos. No siente que forme parte del cortejo, pero sí quiere acompañar a Émile hasta el final.

Dejan la urna plateada en una pequeña bóveda con una lápida blanca. Madame Verger se lleva un pañuelo a la boca para ahogar un sollozo. Su marido le pasa el brazo por encima de los hombros.

Joanne aprieta el anillo de Émile en la palma de la mano, esa falsa alianza que le compró. Ha grabado una inscripción. Dentro del anillo ahora hay una cita que Joseph le repetía siempre, un proverbio corso que crea un surco fino dentro de la alianza: «Cambia de cielo, cambiarás de estrella».

En un rato, cuando ya no quede nadie, Joanne dejará el anillo sobre la lápida blanca. O tal vez lo entierre al lado para que un gato no se lo lleve. Esperará aquí, escondida tras los árboles, a que todos se hayan ido.

Transcurre casi una hora antes de que todos se marchen. La lluvia ha puesto término a los abrazos y a las palabras de pésame delante de la tumba. Los padres de Émile, su hermana y el marido de esta han sido los últimos en irse del cementerio, bajo un gran paraguas negro.

Joanne por fin aparece, sale de entre el follaje y cruza el pasillo central bajo la lluvia. Ha traído su chal negro y se lo pone encima de la cabeza para protegerse. Tiene el anillo dentro de la mano húmeda. Se arrodilla sobre la hierba fresca delante de la lápida blanca, cubierta de flores y de placas conmemorativas, para recuperar el aliento. El cansancio no ha desaparecido. Sigue viendo estrellas blancas bailando delante de sus ojos de vez en cuando. Se toma unos segundos para recuperarse y empieza a cavar con las manos. La tierra que está alrededor de la lápida le tiñe los dedos y se mete debajo de las uñas cada vez más negras. La lluvia le gotea por los brazos. Se acerca el anillo a los labios antes de colocarlo dentro de la tierra y sepultarlo.

Al girarse el corazón le da un vuelco y ahoga un grito de sorpresa. Marjorie está allí, a pocos metros, debajo de un paraguas negro. Tiene la cara inundada de lágrimas, y le pregunta con una mirada muy dulce:

—¿Eres Joanne?

No dicen nada mientras esperan a que el camarero vuelva con la comanda. Marjorie ha pedido un café y Joanne una infusión. Hace un momento, en el cementerio, cuando se han encontrado y Marjorie ha preguntado: «¿Eres Joanne?», la lluvia se ha intensificado. Joanne apenas ha tenido tiempo de asentir antes de que Marjorie la cubriera con su paraguas.

—Ven, no te quedes bajo la lluvia. Hay un bar aquí delante.

Joanne la sigue sin decir nada, como una autómata, la ha pillado por sorpresa. Marjorie empuja la puerta del bar y Joanne entra deprisa. Se deslizan entre las mesas y se sientan en una que está libre al lado de la ventana. Las gotas de lluvia han dejado formas hermosas sobre el cristal. El camarero las ha asaltado enseguida y ni siquiera han tenido tiempo de quitarse el abrigo.

Marjorie se lo quita ahora mientras Joanne intenta limpiarse discretamente las manos llenas de tierra en el vestido negro. Se miran intrigadas pero sus miradas nunca coinciden, parece que a las dos les viene bien que haya unos segundos de silencio para serenarse un poco. El camarero no vuelve. Marjorie ha colocado el abrigo con cuidado sobre el respaldo de la silla, aplanando el dorso con la mano. El silencio ya le parece suficiente y empieza a hablar:

—Soy Marjorie, la hermana de Émile.

Joanne asiente, escondiendo las manos negras debajo de la mesa.

—Mi hermano ya me dijo que eres muy discreta, y que era probable que no dijeras nada o que te marcharas antes que nadie.

A Joanne le cuesta disimular su asombro. Nota que levanta las cejas e intenta recuperar su impasibilidad.

—En diciembre nos mandó una carta con muchas instrucciones... y esta información.

Joanne recuerda la carta. Una mañana desapareció para enviarla y ella creyó que se había ido definitivamente, que la había dejado en Aas.

—En esa carta nos decía cómo podríamos reconocerte hoy. Habló de un sombrero negro pero veo que no lo has traído...

Joanne asiente, todavía sorprendida. Marjorie le sonríe para intentar que se sienta cómoda. En ese momento el camarero llega con el pedido. Deja un espresso delante de Marjorie y una taza enorme humeante delante de Joanne. Marjorie coge un sobre de azúcar de en medio de la mesa y lo echa con cuidado en el café antes de empezar a remover. Después levanta la vista hacia Joanne.

—Esta noche he leído su libreta. La abrí y no he sido capaz de dejarlo hasta el amanecer. ¿Sabes que...?

Se para un momento para tomar un sorbo de café y vuelve a fijar los ojos en los de Joanne.

—¿Sabes que no hay ni un solo fragmento, ni un solo día de su diario de a bordo en el que no hable de ti?

Joanne se mueve incómoda. No sabe qué responder. Marjorie sigue hablando como si no esperara ninguna respuesta.

—El pasaje que hemos seleccionado era la excepción. Lo hemos escogido adrede, no queríamos que te sintieras incómoda. Sabíamos que no sería un momento fácil para ti... Pero queríamos darte las gracias por el gesto que tuviste... Llamar a mis padres... El cuadro... Mi madre jamás podrá agradecértelo lo suficiente. Tus palabras le hicieron mucho bien. Quiero que lo sepas.

Algunas lágrimas corren por el rostro de Marjorie. Coge una servilleta de en medio de la mesa para enjugarlas. Joanne se decide a hablar.

—¿Lo..., lo pudiste ver por última vez? —pregunta con un nudo en la garganta.

Marjorie se suena y se mete la servilleta arrugada en el bolsillo.

—Yo no, pero mis padres pudieron pasar una última noche con él en esa cabaña.

Joanne empuja ese nudo que le obstruye la garganta para poder preguntar:

—¿Se fue a la mañana siguiente?

Marjorie asiente.

—Se fue al amanecer, tranquilo. Al parecer estaba sonriendo.

Las palabras salen de la boca de Joanne, como un suspiro.

—Émile decía que ese lugar era el paraíso.

Necesitan unos segundos para contener la emoción y secarse las lágrimas de los ojos. Para ayudar, Marjorie se termina su espresso de un trago.

—Lo hiciste muy feliz —le dice.

Joanne deja que pasen unos segundos dentro del café bullicioso. La lluvia sigue cayendo sobre la acera. Su infusión se está enfriando, así que toma otro sorbo. Marjorie se frota las mejillas con la punta de su jersey negro. Cuando vuelve a levantar la cabeza tiene un brillo extraño en los ojos.

—En mi casa tengo una habitación bastante grande...

Joanne no dice nada. No sabe qué decir. Deja que Marjorie siga hablando.

—La he reformado hace poco siguiendo indicaciones muy concretas. Una estantería que he tenido que llenar con libros que he comprado en un mercadillo de segunda mano, una mesa baja con pufs de mimbre, una tetera de época con una colección impresionante de tés de Oriente, India, China...

Joanne pone cara de no entender nada, pero Marjorie sigue hablando.

—Una caja de arena para gatos así como una despensa completa para felinos... Me han pedido que coloque un caballete al lado de la ventana. En el armario de al lado he guardado unos cuantos lienzos blancos que me han pedido que compre, junto a un lote de quince tubos de pintura y un set de pinceles.

Ve cómo la boca de Joanne se va abriendo, y prosigue con la enumeración.

—En la mesita de noche hay un aparato de radio *vintage*. Me han pedido que encima coloque la discografía de Miles Davis, Louis Armstrong, Ella Fitzgerald y todos los grandes jazzistas que encontrara en la tienda de discos. He encontrado una docena. También he ido a comprar una jardinera para el balcón, un saco de tierra y..., y el sinvergüenza me ha hecho recorrer toda la sección de jardinería para comprar semillas de fucsias, begonias, romero y albahaca.

Joanne ya ha entendido. Se ha quedado boquiabierta y las lágrimas vuelven a rodar en su rostro.

—¿Es él? —susurra.

Marjorie asiente con una sonrisa llena de ternura.

—Sí, es él. En su última carta también había tres páginas de instrucciones.

Las dos sonríen entre lágrimas. Cuando las sonrisas desaparecen Marjorie habla de nuevo, ahora más seria.

—No quería que estuvieras sola. Sabía que yo tenía una habitación vacía, sin usar... Sabía que yo te acogería encantada —añade con delicadeza.

Joanne va a replicar algo, pero Marjorie se lo impide prosiguiendo muy rápido:

—Ya me advirtió que era probable que dijeras que no. Me pidió que te comentara que no tienes por qué instalarte para siempre, que puedes quedarte solo unos días... o utilizarlo como lugar de vacaciones.

Joanne no logra sonreír. Balbucea, incómoda:

—Siento muchísimo que hayas tenido que esforzarte tanto...

Marjorie sonríe y sus ojos color avellana brillan.

—Para ser sincera me lo he pasado muy bien.

Joanne sigue incómoda.

—Tengo... Tengo un pequeño terreno en Lescun, en la ecoaldea... Me he comprometido con un proyecto permacultural... Pok va a ser papá... Quiero decir... Mi gato tendrá gatitos muy pronto. Me temo... que no puedo aceptar tu ofrecimiento... No soy una chica de ciudad, ¿sabes?

Marjorie no parece ofendida en absoluto. Se diría que esperaba exactamente esa reacción.

—Lo entiendo, Joanne. Pero todavía queda la opción de casa vacacional. A mis padres y a mí nos encantaría poder conocerte con más calma algún día...

La boca de Marjorie se sigue moviendo, pero ya no sale ningún sonido de entre sus labios. Al otro lado de la mesa, Joanne acaba de quitarse el chal que envolvía su cuerpo y lo ha colocado despacio sobre la mesa, al lado de la taza. Marjorie no puede dejar de mirarla fijamente. Se lleva una mano a la boca, se apoya contra el respaldo de la silla. Joanne está tranquila, delante de ella.

—¿Es...? —Marjorie no puede hablar. Intenta formular una frase de nuevo—. ¿Es de Émile?

Joanne asiente y ve cómo las lágrimas inundan de nuevo el rostro de Marjorie y le cubren la mano que tiene sobre la boca.

—¿Lo..., lo sabía?

Los ojos de Joanne se tiñen con una sombra de tristeza.

—No. Ya llevaba un tiempo lejos.

Al otro lado de la mesa Marjorie no puede dejar de llorar. Esta vez son lágrimas de alegría, de incredulidad.

—¡Cielos! ¡Vas a hacer llorar a toda la familia!

Joanne apoya las manos suavemente sobre la barriga, que va creciendo bajo el vestido negro. Sobre este pequeño ser que ya empieza a moverse, que germinó un hermoso día nevado, en el valle de Aas, en vísperas de Nochebuena. Esta cosita que la ha debilitado tanto estos últimos meses y que ahora la hace tan fuerte.

Marjorie llora. Joanne también llora entre el bullicio del bar. Piensa que ya se ha terminado, que la maldición se ha roto. Ya está cansada de hombres que desaparecen.

—¿Ya sabes qué es? —pregunta Marjorie mientras coge otra servilleta para secarse los ojos.

Joanne asiente.

—Una niña.

Marjorie sonríe entre lágrimas, y repite emocionada:

—Una niña.

—Una pequeña Opale. La piedra más preciosa de todas.

Poco a poco deja de llover, el cristal está empañado, y en la calle un niño se divierte dibujando un sol. Ni Joanne ni Marjorie se dan cuenta de que fuera está despejando. No ven el color azul violáceo que tiñe el cielo, lo verán después, cuando salgan del bar. Marjorie entornará los ojos y dará un suspiro de alegría. Joanne sonreirá y susurrará unas palabras: «Ya empezaba a impacientarme...».

Pero por ahora siguen dentro del bar.

—Creo..., creo que tendré que darle un repaso a tu casa de vacaciones... y que debería airearla un poco —dice Marjorie mientras se mete el pañuelo en el bolsillo.

Joanne no dice nada, al otro lado de la mesa, sigue con las manos apoyadas sobre la barriga.

—¿Te quedas con nosotros esta noche?

Lo piensa unos segundos. Isadora cuida de Pok y de la gata atigrada en Lescun. Cree que los gatitos no nacerán hasta dentro de un mes. No tiene por qué volver hoy.

—Vale —acepta Joanne—, pero tengo que decirte algo...

Marjorie frunce el ceño inquieta.

—¿Sí?

—Respecto a la cena...

Marjorie espera inclinada hacia delante. Joanne esboza una sonrisa tímida.

—No como carne.

«Cada día trae en sí la eternidad».
Paulo Coelho, *El Alquimista*